中国古典四大名著

# 水 浒 传

〔明〕施耐庵　罗贯中　著

扫码听音频

时代文艺出版社

SHIDAI WENYI CHUBANSHE

图书在版编目（CIP）数据

水浒传：全二册 / (明) 施耐庵, (明) 罗贯中著.
-- 长春：时代文艺出版社, 2024.1
（中国古典四大名著：有声版）
ISBN 978-7-5387-7265-4

Ⅰ.①水… Ⅱ.①施… ②罗… Ⅲ.①《水浒》
Ⅳ.①I242.4

中国国家版本馆CIP数据核字(2023)第205497号

水浒传（全二册）
SHUIHU ZHUAN（QUAN ER CE）
[明] 施耐庵　罗贯中　著

出 品 人：吴　刚
选题策划：新译文化
责任编辑：李荣銮　余嘉莹
演　　播：马延峰
注　　释：郑　伟　刘文宙　李贺来　谢蓉蓉
装帧设计：毛　淳
排版制作：隋淑凤

出版发行：时代文艺出版社
地　　址：长春市福祉大路5788号　龙腾国际大厦A座15层 （130118）
电　　话：0431-81629751（总编办）　0431-81629758（发行部）
官方微博：weibo.com/tlapress
开　　本：880mm×1230mm　1/32
字　　数：1170千字
印　　张：40.625
印　　刷：河北松源印刷有限公司
版　　次：2024年1月第1版
印　　次：2024年1月第1次印刷
定　　价：90.00元（全二册）

# 名 师 导 读

## 作者简介

关于《水浒传》的作者，存在几种说法。一说施耐庵著，罗贯中编次；一说施耐庵著；一说罗贯中著。目前学术界一般认为该书是施耐庵所作，其门人罗贯中在原作基础上做了加工，大约成书于元明之际。

施耐庵，元末明初人，名子安，字耐庵。生于元朝元贞三年（1296年），为至顺二年（1331年）进士。曾在钱塘（今浙江杭州）为官两年，因为与当道权贵不合，弃官归里，闭门著述。卒于明洪武三年（1370年）。

罗贯中，明初人，名本，号湖海散人。

## 作品简介

《水浒传》全本共一百二十回，按叙事情节可划分为两部分。第一回到第八十一回为第一部分，自洪太尉奉命上龙虎山、误走妖魔始，至水泊梁山一百单八名好汉按天书、排座次聚义终。这一部分描写了各种类型的人物，他们带着各自的际遇、身份和性格，以不同的方式走向绿林，最终走到水泊梁山的。该部分是全书的重点，写得十分精彩，留下了诸如"林冲雪夜上梁山""杨志东京卖刀""七星智取生辰纲""宋江坐楼杀惜""武松景阳冈打虎"等经典情节。

第二部分则是从第八十二回至一百二十回，自梁山军受了朝廷招安始，至宋江等英魂神聚蓼儿洼终。该部分的叙事模式一改前半部以人物为主线串联情节的方式，转而以叙事为主，讲述梁山军在接受朝廷招安后，为赵宋朝廷南征北战的故事。这一阶段是梁山军的衰败期，既是接受招安以后由强到弱、由集中到分散的演变过程，也是众多英雄梦想相继毁灭的过程。

需要说明的是，《水浒传》中梁山军荡平田虎、王庆的过程，在现存最早的百回本中是没有的，在百二十回本中方才加入。

## 成书过程

《水浒传》是一部英雄传奇小说，在题材、叙事、风格等方面，都有自己的特点，不但和《西游记》《红楼梦》有明显区别，就是和《三国演义》相比，也有许多相异之处。

《水浒传》取材于北宋时期宋江起义故事。这个故事的流传，经历了一个由历史到文学的发展过程。而它的文学形态，又经历了由口头到书面、由民间传说到文人创作两个阶段。

有关宋江起义的记载，史书上最早见于南宋王称所著的《东都事略·侯蒙传》："宋江以三十六人横行河朔，京东官军数万，无敢抗者。"从这条材料来看，宋江所领导的农民起义军最初活动在黄河以北地区。这支队伍规模不大，主要成员只有三十六人，但战斗力很强。《宋史·徽宗本纪》写道："淮南盗宋江等犯淮阳军，遣将讨捕，又犯京东、江北，入楚、海州界，命知州张叔夜讨降之。"这条材料对宋江起义军的转战路线交代得更清楚：在离开黄河以北地区后，逐步向宋河南道、淮南道一带转移，在这里被张叔夜征讨招降。《宋史·张叔夜传》、李纲《赵忠简公言行录》、徐梦莘《三朝北盟会编》等都载有宋江起义。这些文献材料，已经大致勾勒出宋江起义的基本脉络，是后来广为流传的水浒故事的历史根据。

宋江起义故事到南宋时期就已经在民间广泛流传,并且以话本形式出现,是说书人的重要素材。元代出现的大批水浒戏是元杂剧的重要分支,今存剧目共三十三种。宋话本、元杂剧都是在民间传说基础上创作来的,把它们和史书的相关记载相比,可以发现二者之间的许多差异:

一是叙事有繁简之分。大体上说,史书简略,话本繁复。故事已由许多分散的独立单篇,发展为系统连贯的整体。二是人物有多寡之别。史书中除宋江外,其余人都未留下姓名。到了元杂剧中,水浒英雄由原来的三十六人发展到七十二人,再到一百零八人,人数已是史书记载的三倍。

上述情况表明,宋江起义故事在流传过程中,经历了由历史向文学的转变,融入大量说话艺人、戏曲编撰者的创造。施耐庵和罗贯中正是在这个基础之上,经过选择、加工、再创作,写成了《水浒传》这部名著。

那么,施耐庵和罗贯中对流传的宋江故事有哪些借鉴,又进行了哪些加工改造呢?

一是继承说书艺人和杂剧作者的虚构传统,增加新的故事情节,使全书更加连贯、完整。二是对水浒英雄的塑造上精雕细刻,使之更加丰满。总之,《水浒传》的成书,体现的是由历史故事到文学传说的演变,由口头文学到书面文学的发展。


## 叙事手法

《水浒传》的叙事手法很有特点,主要表现在前半部的故事情节铺叙之中。前八十一回梁山军由弱到强的成长过程,采用的是环环相扣的叙事模式。首回的"张天师祈禳瘟疫,洪太尉误走妖魔"只是一个引子，就是要引出一百单八颗魔星降世，大闹赵宋江山的这段水浒故事；而后则笔锋一转，转到了东京市井上的泼皮高俅发迹，由高俅引出王进出走东京的事件；又由此而引出史家庄上的九纹龙史进投师学艺，结交九华山上的白花蛇杨春等好汉；由史进因此破家，夜走华阴县而结识鲁智深；由鲁智深拳打镇关西，被迫为僧，转投东京大相国寺而结识林冲；再由林冲发配火烧草料场，雪夜上梁山而引出杨志；而杨志则带出了石碣村七星聚义，黄泥冈上智取生辰纲的情节。《水浒传》就是如此设置了许多人物关系的"连环结"，众多的"连环结"相互沟通，成为一个庞大的人物关系网络，每位好汉都是这张网上的一个纽结。当这个网络完全织成的时候，各路英雄便全部会集在一起了。这种手法设置，使得《水浒传》的前半部分故事可以分成几个单元，每个单元集中表现几位英雄。各个单元既有相对的独立性，又相互联系，构成一个有机整体。作品的这种结构方式，是和所要表现的梁山军由分散到集中，人员由少到多的发展过程相适应的。

## 作品评价

　　《水浒传》反映的是忠义交织的价值观，在不同时期各有侧重。水浒英雄来自不同阶层，有着不同的生活经历和性格特征，他们最终之所以能在梁山聚集，结拜为兄弟，一方面是环境所迫，另一方面也在于他们重义气。

　　梁山英雄的义气体现在多方面：一是路见不平、拔刀相助的见义勇为精神。鲁智深、武松是典型代表。他们都有除暴安良的义举，做事毫不畏惧，并愿意承担严重后果。二是富有同情心，救人于危难之中。宋江、柴进是代表人物。他们援助各类英雄，仗义疏财，古道热肠，受到拥戴。三是肝胆相照，以诚相待，胸怀坦荡，光明磊落。《水浒传》往往把误会和冲突作为表现英雄义气的契机,采取"不打不成交"的叙事模式。

宋江率梁山好汉排座次,"聚义厅"改名为"忠义堂","忠"和"义"成为水浒英雄群体的双重价值取向,但起决定作用的观念是"忠"。"义"是梁山好汉聚众举事的动力,它使起义队伍日益壮大;"忠"则是葬送起义的祸根,把梁山好汉一步步引向痛苦的深渊。如果从思想渊源、文化传统方面考虑,"义"体现的民间文化成分更多,而"忠"则和儒家思想关系更为密切,对知识阶层影响更深。

《水浒传》是英雄悲剧和国家悲剧两线并存。这个群体的毁灭是一场英雄悲剧,具有震撼人心的力量。政治的腐败、社会的黑暗,决定了他们的命运必然是悲惨的,而不可能在现实社会中找到出路。《水浒传》用了相当大的篇幅来展示诸多英雄的人生磨难,同时还在一定程度上展示出北宋王朝的悲剧。国家悲剧是作为一条副线存在,对英雄悲剧起着补充作用。英雄悲剧、国家悲剧,二者交织在一起,有时是互为因果的关系。

《水浒传》是现实性和虚幻性的二元互补,其内容是北宋末期社会现实的艺术写照,有坚实的生活基础和较多的历史依据,是一部现实主义杰作。同时,《水浒传》又带有明显的虚幻成分,与现实性纠结在一起。从第一、二回开始,就有洪太尉放走魔君;晁盖等七人智取生辰纲,有北斗七星坠于屋顶之梦;梁山好汉排座次,忠义堂宋江得天书;最后以"宋公明神聚蓼儿洼,徽宗帝梦游梁山泊"结束。书中所出现的虚幻场面,都是作为现实事件的预兆、解说,是以天命神意来验证人间发生的事情。这些虚幻情节,强化了作品的传奇色彩,同时带有天命论、宿命论的消极成分。不过,由于这部分内容在全书所占比例不大,并没有冲淡《水浒传》的现实意义。

(高长山)

# 目　录

## 上　册

— 1 —

# 目　　录

# 目　　录

## 下　　册

# 目 录

目　　录

目　　录

试看书林隐处(文人学者隐居之所)，几多俊逸儒流(超群拔俗的儒士之辈)。虚名薄利不关愁，裁冰及剪雪(比喻构思新颖精美)，谈笑看吴钩(钩，兵器，形似剑而曲。春秋吴人善铸钩，故称。泛指利剑。此处是以吴钩自喻)。评议前王并后帝，分真伪，占据中州(指中原地区)，七雄(指战国时秦、楚、燕、齐、韩、赵、魏七国)扰扰乱春秋。兴亡如脆柳，身世类虚舟(任其漂流的小舟。比喻人事飘忽，播迁无定)。见成名无数，图名无数，更有那逃名无数。霎时(一会儿。霎，shà)新月下长川(长的河流)，江湖变桑田古路。讶求鱼缘木(爬上树去捉鱼，比喻行动和目的相反，劳而无所得)，拟穷猿择木(比喻在穷困中急于找栖身的地方。穷猿，被猎人紧迫的猿猴)，恐伤弓远之曲木(被弓箭射伤过的小鸟害怕弯曲的树枝)。不如且复掌中杯，再听取新声曲度(新作的乐曲的节拍、音调)。

# 引　首

诗曰：

纷纷五代(指907年唐朝灭亡后依次更替的中原地区的五个政权，即后梁、后唐、后晋、后汉与后周。公元960年，赵匡胤篡后周建立北宋，五代结束)乱离间，一旦云开复见天。草木百年新雨露，车书(车乘的轨辙相同，书牍的文字相同。表示文物制度划一，天下一统)万里旧江山。寻常巷陌陈罗绮，几处楼台奏管弦。人乐太平无事日，莺花无限日高眠。

话说这八句诗，乃是故宋神宗(赵顼，宋英宗长子，北宋第六位皇帝)天子朝中一个名儒，姓邵讳尧夫(邵雍，北宋哲学家、易学家。字尧夫，谥号康节)，道号康节先生所作。为叹五代残唐天下干戈不息，那时朝属梁，暮属晋，正谓是："朱、李、石、刘、郭(指后梁、后唐、后晋、后汉、后周的建立者朱全忠、李存勖、

— 1 —

石敬瑭、刘知远与郭威），梁、唐、晋、汉、周，都来十五帝，播乱五十秋。"后来感的天道循环，向甲马营（地名。在河南省洛阳市东北）中生下太祖武德皇帝（宋太祖赵匡胤，字元朗，宋朝开国皇帝，庙号太祖）来。这朝圣人出世，红光满天，异香经宿不散，乃是上界霹雳大仙下降。英雄勇猛，智量宽洪。自古帝王，都不及这朝天子。一条杆棒等身齐，打四百座军州都姓赵。那天子扫清寰宇，荡静中原，国号大宋（宋朝。上承五代十国下启元朝，分北宋和南宋两个阶段，共十八帝，由公元960年起至公元1279年，享国319年），建都汴梁（古地名。今河南省开封市，又称东京、汴京），九朝八帝班头，四百年开基帝主。因此上，邵尧夫先生赞道："一旦云开复见天。"正如教百姓再见天日之面一般。

那时西岳华山有个陈抟（tuán）处士，是个道高有德之人，能辨风云气色。一日骑驴下山，向那华阴道中正行之间，听得路上客人传说："如今东京柴世宗（五代时期后周皇帝柴荣）让位与赵检点（赵匡胤。赵匡胤曾为检校太傅前殿都点检）登基。"那陈抟先生听得，心中欢喜，以手加额（双手放置额前。亦用以表示敬意），在驴背上大笑，颠下驴来。人问其故，那先生道："天下从此定矣。正乃上合天心，下合地理，中合人和。"自庚申年间受禅（"陈桥兵变"后，后周恭帝柴宗训禅位，赵匡胤登基），开基即位，在位一十七年，天下太平，传位与御弟太宗（宋太宗赵光义。宋朝第二位皇帝，宋太祖赵匡胤的弟弟）。太宗皇帝在位二十二年，传位与真宗皇帝（宋真宗赵恒。宋朝第三位皇帝）。真宗又传位与仁宗（宋仁宗赵祯。宋朝第四位皇帝）。

这仁宗皇帝，乃是上界赤脚大仙，降生之时，昼夜啼哭不止，朝廷出给黄榜，召人医治。感动天庭，差遣太白金星下界，化作一老叟，前来揭了黄榜，自言能止太子啼哭。看榜官员引至殿下，朝见真宗。天子圣旨，教进内苑看视太子。那老叟直至宫中，抱着太子，耳边低低说了八个字，太子便不啼哭。那老叟不言姓名，只见化一阵清风而去。耳边道八个甚字？道是"文有文曲，武有武曲"。端的是玉帝差遣紫微宫中两座星辰下来，辅佐这朝天子：文曲星乃是南衙开封府主龙图阁大学士包拯（字希仁，北宋名臣，以清廉公正闻名），武曲星乃是征西夏国大元帅狄青（北宋大将。字汉臣，山西汾阳人。善骑射）。

　　这两个贤臣，出来辅佐这朝皇帝，在位四十二年，改了九个年号。自天圣元年癸亥登基，至天圣九年，那时天下太平，五谷丰登，万民乐业，路不拾遗，户不夜闭，这九年谓之一登。自明道元年至皇祐三年，这九年亦是丰富，谓之二登。自皇祐四年至嘉祐二年，这九年田禾大熟，谓之三登。一连三九二十七年，号为三登之世（连续二十七年皆五谷丰收。亦借指天下太平）。那时百姓受了些快乐，谁道乐极悲生。嘉祐三年春间，天下瘟疫盛行，自江南直至两京，无一处人民不染此症，天下各州各府，雪片也似申奏将来。

　　且说东京城里城外军民死亡大半，开封府主包待制亲将惠民和济局方，自出俸资（官吏所得的薪金）合药，救治万民。那里（哪里。那，同“哪”，下同）医治得，瘟疫越盛。文武百官商议，都向待漏院（百官晨集准备朝拜之所）中聚会，伺候早朝奏闻天子，专要祈祷，禳谢（向神祭祷，谢罪消灾。禳，ráng）瘟疫。不因此事，如何教三十六员天罡下临凡世，七十二座地煞降在人间，哄动宋国乾坤，闹遍赵家社稷。有诗为证，诗曰：

　　　　万姓熙熙化育中，三登之世乐无穷。
　　　　岂知礼礼乐笙镛①，变作兵戈剑戟丛。
　　　　水浒寨中屯节侠，梁山泊内聚英雄。
　　　　细推治乱兴亡数，尽属阴阳造化功。

---

　　①礼乐笙镛：礼节和音乐。镛，大钟。

# 第 一 回

## 张天师祈禳瘟疫　洪太尉误走妖魔

话说大宋仁宗天子在位,嘉祐三年三月三日五更三点,天子驾坐紫宸殿(官殿名,天子所居。唐、宋时为接见群臣及外国使者朝见庆贺的内朝正殿),受百官朝贺。但见:

　　祥云迷凤阁,瑞气罩龙楼。含烟御柳拂雄旗(旗帜的总称。旌,jīng),带露宫花迎剑戟(泛指武器。戟,jǐ,合戈、矛为一体的兵器)。天香影里,玉簪(玉制的簪子。又名玉搔头)朱履(红色的鞋。古代贵显者所穿)聚丹墀(指官殿的赤色台阶或赤色地面。墀,chí);仙乐声中,绣袄锦衣扶御驾(皇帝的车驾。也用作皇帝的代称)。珍珠帘卷,黄金殿上现金舆(帝王乘坐的车轿。舆,yú,皇帝的车);凤羽扇开,白玉阶前停宝辇(帝王所乘的车。辇,niǎn)。隐隐净鞭(古代皇帝仪仗中的一种。鞭形,挥动发出响声,使人肃静。又称"静鞭")三下响,层层文武两班齐。

当有殿头官(在殿上任宣召等事的内侍官)喝道:"有事出班早奏,无事卷帘退朝。"只见班部丛中,宰相赵哲、参政文彦博(字宽夫,号伊叟。北宋政治家、书法家)出班奏曰:"目今京师瘟疫盛行,伤损军民甚多。伏望陛下释罪宽恩,省刑薄税,祈禳(祈祷以求福除灾。禳,ráng)天灾,救济万民。"天子听奏,急敕(chì,古时自上告下之词。汉时凡尊长告诫后辈或下属皆称敕。南北朝以后特指皇帝的诏书)翰林院随即草诏,一面降赦(减罪和赦免。赦,shè,免除刑罚)天下罪囚,应有民间税赋,悉皆赦免;一面命在京宫观寺院,修设好事禳灾。不料其年瘟疫转盛,仁宗天子闻知,龙体不安,复会百官计议。向那班部中,有一大臣,越班启奏。天子看时,乃是参知政事范仲淹(字希文，北宋政治家、文学家)，拜罢起居，奏曰："目今天灾盛行，军民涂炭，日夕不能聊生。以臣愚意，要禳此灾，可宣嗣汉天师星夜临朝，就京师禁院，修设三千六百分罗天大醮(道士为禳除灾祟而设的规模盛大的道场。醮，jiào，指道士设坛祈祷)，奏闻上帝，可以禳保民间瘟疫。"仁宗天子准奏，急令翰林学士草诏一道，天子御笔亲书，并降御香一炷，钦差内外提点殿前太尉洪信为天使(天子的使者)，前往江西信州龙虎山，宣请嗣汉天师张真人星夜来朝，祈禳瘟疫，就金殿上焚起御香，亲将丹诏(帝王的诏书。以朱笔书写，故称)付与洪太尉，即便登程前去。

　　洪信领了圣敕，辞别天子，背了诏书，盛了御香，带了数十人，上了铺马，一行部从，离了东京，取路径投信州贵溪县来。于路上但见：

　　　　遥山迭翠，远水澄清。奇花绽锦绣铺林，嫩柳舞金丝拂地。风和日暖，时过野店山村；路直沙平，夜宿邮亭驿馆(递送文书者投宿之处)。罗衣荡漾红尘(指繁华之地)内，骏马驰驱紫陌(指京师郊野的道路)中。

且说太尉洪信赍擎(jīqíng，捧持)御诏，一行人从(随从)，上了路途，不止一日，来到江西信州。大小官员，出郭(外城，古代在城的外围加筑的一道城墙)迎接；随即差人报知龙虎山上清宫住持道众，准备接诏。次日，众位官同送太尉到于龙虎山下，只见上清宫许多道众，鸣钟击鼓，香花灯烛，幢幡(chuángfān，指佛、道教所用的旌旗)宝盖(佛道或帝王仪仗等的伞盖)，一派仙乐，都下山来迎接丹诏，直至上清宫前下马。太尉看那宫殿时，端的是好座上清宫。但见：

　　　　青松屈曲，翠柏阴森。门悬敕额金书，户列灵符(道教的符箓)玉篆(指仙家名册。篆，zhuàn)。虚皇坛畔，依稀垂柳名花；炼药炉边，掩映苍松老桧(guì，常绿乔木。幼树叶子像针，大树叶子像鳞片)。左壁厢(左边)天丁力士，参随(跟随)着太乙真君；右势下玉女金童，簇捧(簇拥)定紫微大帝。披发仗剑，北方真武踏龟蛇，趿履(jīlǚ，拖着鞋)顶冠，南极老人伏龙虎。前排二十八宿星君，后列三十二帝天子。阶砌下流水潺湲(chányuán，不绝的样子)，墙院后好山环绕。鹤生丹顶，龟长绿毛。树梢头献果苍猿，莎草内衔芝白鹿。三清殿(供奉道教最高的三位尊神的宝殿。泛指道观)上，击金钟道士步虚(唱经礼赞)；四圣堂前，敲玉磬(古代石制乐器名。磬，qìng，乐器)真人礼斗(礼拜北斗星君)。献香台砌，彩霞光射碧琉璃；召将瑶坛，赤日影摇红玛瑙(mǎnǎo，玉石)。早来门外祥云现，疑是天师送老君。

当下上自住持真人，下及道童侍从，前迎后引，接至三清殿上，请将诏书居中供养着。洪太尉便问监宫真人道："天师今在何处？"住持真人向前禀道："好教太尉得知：这代祖师，号曰虚靖天师，性好清高，倦于迎送，自向龙虎山顶，结一茅庵(茅庐，草舍)，修真养性，因此不住本宫。"太尉道："目今天子宣诏，如何得见？"真人答道："容禀：诏敕权供在殿上，贫道等亦不敢开读。且请太尉到方丈献茶，再烦计议。"当时将丹诏供养在三清殿上，与众官都到方丈(指道观住持的居室)。太尉居中坐下，执事人等献茶，就进斋供，水陆(指水中和陆地所产的食物)俱备。斋罢，太尉再问真人道："既然天师在山顶庵中，何不着人请将下来相见，开宣丹诏？"真人禀道："这代祖师，虽在山顶，其实道行(僧道修行的功夫)非常，能驾雾兴云，踪迹不定。贫道等如常亦难得见，怎生教人请得下来？"太尉道："似此如何得见！目今京师瘟疫盛行，今上天子特遣下官赍捧(捧持)御书丹诏，亲奉龙香，来请天师，要做三千六百分罗天大醮，以禳天灾，救济万民。似此怎生奈何？"真人禀道："天子要救万民，只除是太尉办一点志诚心，斋戒沐浴(在祭祀前沐浴更衣、整洁身心，以示虔诚)，更换布衣，休带从人，自背诏书，焚烧御香，步行上山礼拜，叩请天师，方许得见。如若心不志诚，空走一遭，亦难得见。"太尉听说，便道："俺从京师食素到此，如何心不志诚。既然恁地(nèndì，如此，这样)，依着你说，明日绝早(一大早)上山。"当晚各自权歇(暂且休息)。

次日五更时分，众道士起来，备下香汤(调有香料的热水)，请太尉起来沐浴，换了一身新鲜布衣，脚下穿上麻鞋草履，吃了素斋，取过丹诏，用黄罗包袱背在脊梁上，手里提着银手炉(仪仗队、侍者或僧人做法事时所执的香炉)，降降(烟火盛的样子)地烧着御香，许多道众人等，送到后山，指与路径。真人又禀道："太尉要救万民，休生退悔(退却后悔)之心，只顾志诚上去。"太尉别了众人，口诵天尊(道教对所奉天神中最高贵者的尊称)宝号(称神及僧道法号的敬辞)，纵步上山来。

将至半山，望见大顶直侵(接近，临近)霄汉(天河。亦借指天空)，果然好座大山！正是：

> 根盘地角，顶接天心。远观磨断乱云痕，近看平吞明月魄。高低不等谓之山，侧石通道谓之岫(xiù，山洞，有洞穴的山)，孤岭崎岖谓之路，上面平极谓之顶，头圆下壮谓之峦；藏虎藏豹谓之穴，隐风隐云谓之岩，高人隐居谓之洞，有境有界谓之府；樵人出没谓之径，能通车马谓之道；流水有声谓之涧，古渡源头谓之溪，岩崖滴水谓之泉。左壁为掩，右壁为映。出的是云，纳的是雾。锥尖象小，崎峻似峭，悬空似险，削礏(liè，连绵的山)如平。千峰竞秀，万壑争流，瀑布斜飞，藤萝倒挂。虎啸时风生谷口，猿啼时月坠山腰。恰似青黛(青黑色的颜料)染成千块玉，碧纱笼罩万堆烟。

这洪太尉独自一个行了一回，盘坡转径，揽葛攀藤。约莫(大约)走过了数个山头，三二里多路，看看脚酸腿软，正走不动，口里不说，肚里踌躇(chóuchú，犹豫、迟疑不决)，心中想道："我是朝廷贵官，在京师时，重茵(指双层的坐卧垫褥)而卧，列鼎而食，尚兀自(仍然)倦怠，何曾穿草鞋，走这般山路！知他天师在那里，却教下官受这般苦！"又行不到三五十步，掇(耸动)着肩气喘。只见山凹里起一阵风，风过处，向那松树背后，奔雷也似吼一声，扑地(象声词)跳出一个吊睛白额锦毛大虫(指老虎)来，洪太尉吃了一惊，叫声："阿呀！"扑地望后便倒。偷眼看那大虫时，但见：

> 毛披一带黄金色，爪露银钩十八只。
> 睛如闪电尾如鞭，口似血盆牙似戟。

伸腰展臂势狰狞①,摆尾摇头声霹雳②。

山中狐兔尽潜藏,涧下獐麂皆敛迹③。

那大虫望着洪太尉,左盘右旋,咆哮了一回,托地望后山坡下跳了去。洪太尉倒在树根底下,唬的三十六个牙齿捉对儿(成对儿)厮打(相打),那心头一似十五个吊桶,七上八落的响,浑身却如重风麻木,两腿一似斗败公鸡,口里连声叫苦。大虫去了一盏茶时,方才爬将起来,再收拾地上香炉,还把龙香烧着,再上山来,务要寻见天师。

又行过三五十步,口里叹了数口气,怨道:"皇帝御限(皇帝颁诏书封赐臣僚爵号)差俺来这里,教我受这场惊恐。"说犹未了,只觉得那里又一阵风,吹得毒气直冲将来。太尉定睛看时,山边竹藤里簌簌(象声词)地响,抢出(冲出)一条吊桶大小雪花也似蛇来。太尉见了,又吃一惊,撇了手炉,叫一声:"我今番(这回,此次)死也!"往后便倒在盘陀石(指不平的石块)边。微闪开眼来看那蛇时,但见:

昂首惊飙(突发的暴风,狂风。飙,biāo)起,掣目电光生。动荡则折峡倒冈,呼吸则吹云吐雾。鳞甲乱分千片玉,尾梢斜卷一堆银。

那条大蛇,径抢到盘陀石边,朝着洪太尉盘做一堆,两只眼迸出金光,张开巨口,吐出舌头,喷那毒气在洪太尉脸上,惊得太尉三魂荡荡,七魄悠悠。那蛇看了洪太尉一回,望山下一溜,却早不见了。太尉方才爬得起来,说道:"惭愧(侥幸)!惊杀下官!"看身上时,寒栗子(因受寒或受惊,皮肤上出现的疙瘩)比馉饳(gǔduò,古代的一种面食)儿大小,口里骂那道士:"叵耐(可恨)无礼,戏弄下官,教俺受这般惊恐!若山上寻不见天师,下去和他别有话说。"再拿了银提炉,整顿身上诏敕,并衣服巾帻(头巾,以全幅细绢裹头制成的帽子。帻,zé,头巾),却待再要上山去。

正欲移步,只听得松树背后隐隐地笛声吹响,渐渐近来。太尉定睛看时,只见那一个道童,倒骑着一头黄牛,横吹着一管铁笛,转出山凹来。太尉看那道童时:

---

① 狰狞(zhēngníng):凶恶貌。　②霹雳(pīlì):象声词。　③敛迹:隐藏;躲避。

头绾(wǎn，盘绕成结)两枚丫髻(指丫形发髻。髻，jì)，身穿一领青衣，腰间绦结草来编，脚下芒鞋麻间隔。明眸皓齿，飘飘并不染尘埃；绿鬓朱颜(乌黑而有光泽的头发，红润美好的容颜)，耿耿(超凡之貌)全然无俗态。

昔日吕洞宾(道教全真派祖师，北五祖之一)有首牧童诗道得好：

草铺横野六七里，笛弄晚风三四声。

归来饱饭黄昏后，不脱蓑衣卧月明。

但见那个道童笑吟吟地骑着黄牛，横吹着那管铁笛，正过山来。洪太尉见了，便唤那个道童：“你从那里来？认得我么？”道童不睬，只顾吹笛。太尉连问数声，道童呵呵大笑，拿着铁笛，指着洪太尉说道：“你来此间(这里，此地)，莫非要见天师么？”太尉大惊，便道：“你是牧童，如何得知？”道童笑道：“我早间在草庵中伏侍天师，听得天师说道：‘今上皇帝差个洪太尉赍擎丹诏御香，到来山中，宣我往东京做三千六百分罗天大醮，祈禳天下瘟疫，我如今乘鹤驾云去也。’这早晚想是去了，不在庵中。你休上去，山内毒虫猛兽极多，恐伤害了你性命。”太尉再问道：“你不要说谎。”道童笑了一声，也不回应，又吹着铁笛，转过山坡去了。太尉寻思道：“这小的如何尽知此事？想是天师分付他，已定(一定)是了。”欲待再上山去，方才惊唬(惊动吓唬)的苦，争些儿(几乎)送了性命，不如下山去罢。

太尉拿着提炉，再寻旧路，奔下山来。众道士接着，请至方丈坐下。真人便问太尉道：“曾见天师么？”太尉说道：“我是朝中贵官，如何教俺走得山路，吃了这般辛苦，争些儿送了性命。为头(开始)上至半山里，跳出一只吊睛白额大虫，惊得下官魂魄都没了；又行不过一个山嘴，竹藤里抢出一条雪花大蛇来，盘做一堆，拦住去路。若不是俺福分大，如何得性命回京？尽是你这道众戏弄下官！”真人复道：“贫道等怎敢轻慢大臣？这是祖师试探太尉之心。本山虽有蛇虎，并不伤人。”太尉又道：“我正走不动，方欲再上山坡，只见松树旁边转出一个道童，骑着一头黄牛，吹着管铁笛，正过山来。我便问他：'那里来？识得俺么？'他道：'已都知了。'说天师分付，早晨乘鹤驾云，往东京去了，下官因此回来。"真人道："太尉可惜错过，这个牧童，正是天师。"太尉道："他既是天师，如何这等猥獕(wěicuī，容貌、举止丑陋难看或庸俗拘束)？"真人答道："这代天师，非同小可。虽然年幼，其实道行非常。他是额外(脱离红尘)之人，四方显化(指神灵显现身影)，极是灵验。世人皆称为道通祖师。"洪太尉道："我直如此有眼不识真师，当面错过！"真人道："太尉且请放心。既然祖师法旨(道、神仙首领的命令)道是去了，比及(及至，等到)太尉回京之日，这场醮事(道士所做斋醮祈祷之事)，祖师已都完了。"太尉见说，方才放心。

真人一面教安排筵宴，管待太尉，请将丹诏收藏于御书匣内，留在上清宫中，龙香就三清殿上烧了。当日方丈内大排斋供，设宴饮酌(斟酒而饮。酌，zhuó)，至晚席罢，止宿到晓。

次日早膳(吃早饭)以后，真人、道众并提点、执事人等，请太尉游山。太尉大喜。许多人从跟随着，步行出方丈，前面两个道童引路。行至宫前宫后，看玩许多景致。三清殿上，富贵不可尽言。左廊下九天殿、紫微殿、北极殿；右廊下太乙殿、三官殿、驱邪殿。诸宫看遍，行到右廊后一所去处。洪太尉看时，另外一所殿宇：一遭都是捣椒红泥墙；正面两扇朱红槅子，门上使着胳膊大锁锁着，交叉上面贴着十数道封皮(封条)，封皮上又是重重迭迭使着朱印；檐前一面朱红漆金字牌额，左书四个金字，写道："伏魔之殿。"太尉指着门道："此殿是甚么去处？"真人答道："此乃是前代老祖天师锁镇魔王之殿。"太尉又问道："如何上面重重迭迭贴着许多封皮？"真人答道："此是老祖大唐洞玄国师封锁魔王在此。但是经传一代天师，亲手便添一道封皮，使其子子孙孙，不得妄(胡乱，随便)开。走了魔君，非常利害。今经八九代祖师，誓不敢开。锁用铜汁灌铸，谁知里面的事。小道自来住持本宫三十余年，也只听闻。"

洪太尉听了，心中惊怪，想道："我且试看魔王一看。"便对真人说道："你且开门来，我看魔王甚么模样。"真人告道："太尉，此殿决不敢开！先祖天师叮咛告戒：今后诸人不许擅开。"太尉笑道："胡说！你等要妄生怪事，煽惑(煽动蛊惑)良民，故意安排这等去处，假称锁镇魔王，显耀你们道术。我读一鉴之书(国子监所藏的全部书籍。鉴，同"监"，指国子监)，何曾见锁魔之法！神鬼之道，处隔幽冥(地府，阴间)，我不信有魔王在内。快疾与我打开，我看魔王如何？"真人三回五次禀说："此殿开不得，恐惹利害，有伤于人。"太尉大怒，指着道众说道："你等不开与我看，回到朝廷，先奏你们众道士阻当(阻止，拦住)宣诏，违别(违反，违抗)圣旨，不令我见天师的罪犯；后奏你等私设此殿，假称锁镇魔王，煽惑军民百姓。把你都追了度牒(僧道出家，由官府发给的凭证。牒，dié)，刺配(古代刑罚名。在犯人面部刺字，发配边远地区)远恶(指边远恶劣之地)军州受苦。"

真人等惧怕太尉权势，只得唤几个火工道人(干杂活的道人)来，先把封皮揭了，将铁锤打开大锁。众人把门推开，看里面时，黑洞洞地，但见：

昏昏默默(看不见、听不到的状态)，杳杳冥冥(阴暗的样子。杳，yǎo)，数百年不见太阳光，亿万载难瞻明月影。不分南北，怎辨东西。黑烟霭霭(ǎiǎi，云烟密集的样子)扑人寒，冷气阴阴侵体颤。人迹不到之处，妖精往来之乡。闪开双目有如盲，伸出两手不见掌。常如三十夜，却似五更(旧时自黄昏至拂晓一夜间，分为五段，谓之"五更"，此处指第五更，即天将明时)时。

众人一齐都到殿内，黑暗暗不见一物。太尉教从人取十数个火把点着，将来打一照时，四边并无一物，只中央一个石碑，约高五六尺，下面石龟趺坐(碑刻等的底座。趺，fū)，大半陷在泥里。照那碑碣(石碑方首者称碑，圆首者称碣。后泛指碑刻。碣，jié)上时，前面都是龙章凤篆(指道教的符箓)，天书符箓(lù)，人皆不识；照那碑后时，却有四个真字(楷书)大书，凿着"遇洪而开"。却不是一来天罡星合当出世，二来宋朝必显忠良，三来凑巧遇着洪信，岂不是天数？洪太尉看了这四个字，大喜，便对真人说道："你等阻当我，却怎地数百年前已注定我姓字在此？

遇洪而开，分明是教我开看，却何妨。我想这个魔王，都只在石碑底下。汝等从人，与我多唤几个火工人等，将锄头铁锹来掘开。"

真人慌忙谏道："太尉不可掘动，恐有利害，伤犯于人，不当稳便(稳妥)。"太尉大怒，喝道："你等道众，省得(晓得，明白)甚么？碑上分明凿着遇我教开，你如何阻当？快与我唤人来开。"真人又三回五次禀道："恐有不好。"太尉那里肯听。只得聚集众人，先把石碑放倒，一齐并力掘那石龟，半日方才掘得起。又掘下去，约有三四尺深，见一片大青石板，可方丈围。洪太尉叫再掘起来，真人又苦禀道："不可掘动。"太尉那里肯听。众人只得把石板一齐扛起。看时，石板底下，却是一个万丈深浅地穴。只见穴内刮喇喇(象声词)一声响亮，那响非同小可，恰似：

天摧地塌，岳撼山崩。钱塘江上，潮头浪拥出海门来；泰华山(华山)头，巨灵神一劈山峰碎。共工(古代传说中的天神，与颛顼争为帝，头触不周山，折天柱，使天倾东北，地陷东南)奋怒，去盔(kuī，头盔)撞倒了不周山；力士(力气大的人。此处用"张良刺秦"典故)施威，飞锤击碎了始皇辇(秦始皇的马车)。一风撼折千竿竹，十万军中半夜雷。

那一声响亮过处，只见一道黑气，从穴里滚将起来，掀塌了半个殿角。那道黑气，直冲到半天里空中，散作百十道金光，望(用作介词。向，往。表示对象或方向)四面八方去了。众人吃了一惊，发声喊，都走了，撇下锄头铁锹，尽从殿内奔将出来，推倒撷翻(翻倒，摔倒。撷，diān)无数。惊得洪太尉目睁口呆，罔知所措(不知该怎么办。罔，wǎng)，面色如土。奔到廊下，只见真人向前叫苦不迭(不断地叫苦。迭，dié，停)。

太尉问道："走了的却是甚么妖魔？"那真人言不过数句，话不过一席，说出这个缘由。有分教(旧小说段终的套语，提示情节的发展)，一朝皇帝，夜眠不稳，昼食忘餐。直使宛子城中藏虎豹，蓼儿洼(在今山东省泰安市东平县境内。蓼，liǎo)内聚神蛟(古代传说中指以魔力兴风作浪的蛟龙)。毕竟龙虎山真人说出甚么言语来，且听下回分解。

# 第 二 回

## 王教头私走延安府 九纹龙大闹史家村

话说当时住持真人对洪太尉说道："太尉不知,此殿中当初是祖老天师洞玄真人传下法符,嘱付道:'此殿内镇锁着三十六员天罡星,七十二座地煞星,共是一百单八个魔君在里面。上立石碑,凿着龙章凤篆天符,镇住在此。若还放他出世,必恼下方生灵。'如今太尉放他走了,怎生是好?"有诗为证:

> 千古幽扃①一旦开,天罡地煞出泉台②。
> 自来无事多生事,本为禳灾却惹灾。
> 社稷③从今云扰扰,兵戈到处闹垓④。
> 高俅奸佞⑤虽堪恨,洪信从今酿祸胎⑥。

当时洪太尉听罢,浑身冷汗,捉颤(发抖)不住。急急收拾行李,引了从人,下山回京。真人并道众送官已罢,自回宫内,修整殿宇,起竖石碑,不在话下。

再说洪太尉在途中分付从人,教把走妖魔一节,休说与外人知道,恐天子知而见责(被责备)。于路无话,星夜回至京师,进得汴梁城(古地名。今河南省开封市),闻人所说:"天师在东京禁院做了七昼夜好事,普施符箓,禳救灾病,瘟疫尽消,军民安泰。天师辞朝,乘鹤驾云,自回龙虎山去了。"洪太尉次日早朝,见了天子,奏说:"天师乘鹤驾云,

---

① 幽扃(jiōng):深锁的门户。　②泉台:墓穴。　③社稷(jì):社,土神;稷,谷神。多用为国家的代称。　④闹垓(gāi)垓:嘈杂的样子。　⑤奸佞(nìng):奸邪诌媚。
⑥祸胎:祸根。

先到京师,臣等驿站而来,才得到此。"仁宗准奏,赏赐洪信,复还旧职,亦不在话下。

后来仁宗天子在位共四十二年,晏驾(车驾晚出。古代称帝王死亡的讳辞。晏,yàn),无有太子,传位濮安懿王允让之子,太宗皇帝的孙,立帝号曰英宗(赵曙,北宋第五位皇帝,在位五年)。在位四年,传位与太子神宗(赵顼,北宋第六位皇帝,在位十八年。顼,xū)。神宗在位一十八年,传位与太子哲宗(赵煦,北宋第七位皇帝,在位十五年)。那时天下尽皆太平,四方无事。

且说东京开封府汴梁宣武军(宋代行政区域名。宋置全国为十八路,下设州、府、军、监三百二十二),一个浮浪破落户子弟(游荡无赖的败落人家子弟),姓高,排行第二,自小不成家业,只好刺枪使棒,最是踢得好脚气毬(用以蹴踢的球。毬,qiú)。京师人口顺,不叫高二,却都叫他做高毬。后来发迹,便将气毬那字去了毛傍,添作立人,便改作姓高名俅。这人吹弹歌舞,刺枪使棒,相扑(古称角觚。类似现今的摔跤)顽耍;亦胡乱学诗、书、词、赋。若论仁、义、礼、智、信、行、忠、良,却是不会,只在东京城里城外帮闲(为官僚、豪富们消遣玩乐而凑趣效劳)。因帮了一个生铁王员外儿子使钱,每日三瓦两舍(宋代对妓院、茶楼、酒肆及其他游乐场所的总称),风花雪月,被他父亲开封府里告了一纸文状,府尹(官名。以文臣充,专掌府事)把高俅断了二十脊杖,迭配(递配,充军)出界发放。东京城里人民不许容他在家宿食。

高俅无计奈何,只得来淮西临淮州,投奔一个开赌坊的闲汉柳大郎,名唤柳世权。他平生专好惜客养闲人,招纳四方干隔涝(患干疥疮的人。比喻不干不净的人)汉子(用为对男子的通称,有时含贬义)。高俅投托得柳大郎家,一住三年。

后来哲宗天子因拜南郊,感得风调雨顺,放宽恩大赦天下,那高俅在临淮州,因得了赦宥(shèyòu,赦免,宽恕)罪犯,思量要回东京。这柳世权却和东京城里金梁桥下开生药铺的董将士(对富翁的谑称)是亲戚,写了一封书札,收拾些人事(礼物)盘缠(路费),赍发(资助。赍,jī)高俅回东京,投奔董将士家过活。

— 14 —

当时高俅辞了柳大郎,背上包裹,离了临淮州,迤逦(yǐlǐ,缓行的样子)回到东京,径来金梁桥下董生药家,下了这封信。董将士一见高俅,看了柳世权来书,自肚里寻思道:"这高俅我家如何安着(安置)得他!若是个志诚老实的人,可以容他在家出入,也教孩儿们学些好。他却是个帮闲的破落户,没信行(诚实守信的品行)的人,亦且当初有过犯来,被断配(发配外地服役)的人,旧性必不肯改。若留住在家中,倒惹得孩儿们不学好了,待不收留他,又撇不过柳大郎面皮(情面)。"当时只得权且欢天喜地,相留在家宿歇,每日酒食管待。住了十数日,董将士思量出一个路数(办法),将出一套衣服,写了一封书简,对高俅说道:"小人家下萤火之光,照人不亮,恐后误了足下(对同辈敬称)。我转荐足下与小苏(苏辙。苏洵与其子苏轼、苏辙并有文名,世称洵为老苏,轼为大苏,辙为小苏。亦有此小苏为苏轼的说法)学士处,久后也得个出身。足下意内如何?"高俅大喜,谢了董将士。

董将士使个人将着书简,引领高俅,径到学士府内。门吏转报小苏学士,出来见了高俅,看了来书,知道高俅原是帮闲浮浪的人,心下想道:"我这里如何安着得他!不如做个人情,荐他去驸马王晋卿府里,做个亲随(亲信随从)。人都唤他做小王都太尉,他便喜欢这样的人。"当时回了董将士书札,留高俅在府里住了一夜。次日,写了一封书呈(书信),使个干人(办事的差役),送高俅去那小王都太尉处。

这太尉乃是哲宗皇帝妹夫,神宗皇帝的驸马。他喜爱风流人物,正用这样的人。一见小苏学士差人持书送这高俅来,拜见了,便喜。随即写回书,收留高俅在府内做个亲随。自此高俅遭际(受到赏识)在王都尉府中出入,如同家人一般。自古道:"日远日疏,日亲日近。"忽一日,小王都太尉庆诞生辰,分付府中安排筵宴,专请小舅端王。这端王乃是神宗天子第十一子,哲宗皇帝御弟,现掌东驾(现为太子,拥有继承权),排号九大王,是个聪明俊俏人物。这浮浪子弟门风、帮闲之事,无一般不晓,无一般不会,更无一般不爱。即如琴、棋、书、画,无所不通,踢毬(蹴鞠,cùjū,古代足球运动)打弹(用棒打球),品竹调丝,吹

— 15 —

弹歌舞,自不必说。当日王都尉府中,准备筵宴,水陆<sub>(水中和陆地所产食物)</sub>俱备。但见:

> 香焚宝鼎,花插金瓶。仙音院<sub>(宫廷音乐机构)</sub>竞奏新声,教坊司<sub>(官廷音乐机构)</sub>频逞妙艺。水晶壶内,尽都是紫府<sub>(仙人所居宫殿)</sub>琼浆;琥珀杯中,满泛着瑶池<sub>(西王母居住的地方)</sub>玉液。玳瑁<sub>(dàimào,形似龟,甲壳黄褐色,可做装饰品)</sub>盘堆仙桃异果,玻璃碗供熊掌驼蹄。鳞鳞脍切银丝,细细茶烹玉蕊。红裙舞女,尽随着象板<sub>(象牙拍板)</sub>鸾箫<sub>(箫的美称)</sub>;翠袖歌姬,簇捧定龙笙凤管。两行珠翠立阶前,一派笙歌临座上。

且说这端王来王都尉府中赴宴,都尉设席,请端王居中坐定,都尉对席相陪。酒进数杯,食供两套,那端王起身净手,偶来书院里少歇,猛见书案上一对儿羊脂玉碾成的镇纸<sub>(写字、作画时用以压纸或书籍的一种工具)</sub>狮子,极是做得好,细巧玲珑。端王拿起狮子,不落手<sub>(拿在手上,舍不得放下)</sub>看了一回道:"好!"王都尉见端王心爱,便说道:"再有一个玉龙笔架,也是这个匠人一手做的,却不在手头,明日取来,一并相送。"端王大喜道:"深谢厚意,想那笔架,必是更妙。"王都尉道:"明日取出来,送至宫中便见。"端王又谢了。两个依旧入席,饮宴至暮,尽醉方散。端王相别回宫去了。

次日,小王都太尉取出玉龙笔架,和两个镇纸玉狮子,着一个小金盒子盛了,用黄罗<sub>(黄色罗纱)</sub>包袱包了,写了一封书呈,却使高俅送去。高俅领了王都尉钧旨<sub>(对命令的敬称)</sub>,将着<sub>(拿着)</sub>两般玉玩器,怀中揣着书呈,径投端王宫中来。把门官吏转报与院公<sub>(对仆人的敬称)</sub>。没多时,院公出来问:"你是那个府里来的人?"高俅施礼罢,答道:"小人是王驸马府中,特送玉玩器来进大王。"院公道:"殿下在庭心里和小黄门<sub>(太监)</sub>踢气毬,你自过去。"高俅道:"相烦引进。"院公引到庭前,高俅看时,见端王头戴软纱唐巾,身穿紫绣龙袍,腰系文武双穗绦<sub>(tāo,用丝线编织的带子)</sub>,把绣龙袍前襟拽扎<sub>(捆扎)</sub>起,揣在绦儿边。足穿一双嵌金线飞凤靴,三五个小黄门相伴着蹴<sub>(cù,踢)</sub>气毬。

高俅不敢过去冲撞，立在从人(随从)背后伺候。也是高俅合当发迹，时运到来，那个气毬腾地起来，端王接个不着，向人丛里直滚到高俅身边，那高俅见气毬来，也是一时的胆量，使个鸳鸯拐(先后用左右外脚踝连续踢球)，踢还端王。端王见了大喜，便问道："你是甚人？"高俅向前跪下道："小的是王都尉亲随，受东人(主人)使令，赍送两般玉玩器来，进献大王，有书呈在此拜上。"端王听罢，笑道："姐夫直如此挂心。"高俅取出书呈进上。端王开盒子看了玩器，都递与堂候官(供役使的小吏)收了去。

那端王且不理玉玩器下落，却先问高俅道："你原来会踢气毬！你唤做甚么？"高俅叉手跪复道："小的叫做高俅，胡乱踢得几脚。"端王道："好！你便下场来踢一回耍。"高俅拜道："小的是何等样人，敢与恩王下脚！"端王道："这是'齐云社(民间蹴鞠社团)'，名为'天下圆(圆社)'，但踢何伤。"高俅再拜道："怎敢！"三回五次告辞，端王定要他踢，高俅只得叩头谢罪，解膝下场。才踢几脚，端王喝采。高俅只得把平生本事都使出来，奉承端王。那身分(架势)模样，这气毬一似鳔胶(用鱼鳔或猪皮熬制的胶)粘在身上的。端王大喜，那里肯放高俅回府去，就留在宫中过了一夜。次日，排个筵会，专请王都尉宫中赴宴。

却说王都尉当日晚不见高俅回来，正疑思间，只见次日门子(侍候官员的差役)报道："九大王差人来传令旨，请太尉到宫中赴宴。"王都尉出来，见了那干人(办事的差役)，看了令旨，随即上马，来到九大王府前，下马入宫，来见端王。端王大喜，称谢两般玉玩器。入席饮宴间，端王说道："这高俅踢得两脚好气毬，孤欲索此人做亲随，如何？"王都尉答道："殿下既用此人，就留在宫中伏侍殿下。"端王欢喜，执杯相谢。二人又闲话一回，至晚席散。王都尉自回驸马府去，不在话下。

且说端王自从索得高俅做伴之后，就留在宫中宿食。高俅自此遭际端王，每日跟随，寸步不离。未及两个月，哲宗皇帝晏驾，无有太子，文武百官商议，册立端王为天子，立帝号曰徽宗(赵佶，北宋第八位皇帝，在位二十五年），便是玉清教主微妙道君皇帝（宋徽宗尊号）。登基之后，一向无事。忽一日，与高俅道："朕欲要抬举你，但有边功，方可升迁，先教枢密院（中央官署名。主管官称枢密使）与你入名，只是做随驾迁转的人。"后来没半年之间，直抬举高俅做到殿帅府太尉职事。正是：

> 不拘贵贱齐云社，一味模棱天下圆。
>
> 抬举高俅毬气力，全凭手脚会当权。

且说高俅得做了殿帅府太尉，选拣吉日良辰，去殿帅府里到任。所有一应合属公吏衙将，都军监军，马步（骑兵和步兵）人等，尽来参拜，各呈手本（见贵官所用的名帖），开报花名。高殿帅一一点过，于内只欠一名八十万禁军教头（军队中教练武艺的下级军官）王进。半月之前，已有病状在官，患病未痊，不曾入衙门管事。高殿帅大怒，喝道："胡说！既有手本呈来，却不是那厮（那个人，蔑称）抗拒官府，搪塞下官！此人即系推病在家，快与我拿来。"随即差人到王进家来，捉拿王进。

且说这王进却无妻子，只有一个老母，年已六旬之上。牌头（对军士或差役的敬称）与教头王进说道："如今高殿帅新来上任，点你不着，军正司禀说染患在家，现有病患状在官。高殿帅焦躁，那里肯信，定要拿你，只道是教头诈病在家，教头只得去走一遭。若还不去，定连累众人，小人也有罪犯。"

王进听罢，只得捱着病来。进得殿帅府前，参见太尉，拜了四拜，躬身唱个喏（又手行礼，同时出声致敬。喏，rě），起来立在一边。高俅道："你那厮便是都军教头王升的儿子？"王进禀道："小人便是。"高俅喝道："这厮，你爷（父亲）是街市上使花棒卖药的，你省的甚么武艺？前官没眼，参你做个教头，如何敢小觑（轻视。觑，qù）我，不伏俺点视！你托谁的势，要推病在家，安闲快乐！"王进告道："小人怎敢，其实患病未痊。"高太尉骂道："贼配军，你既害病，如何来得？"王进又告道："太尉呼唤，安敢不来！"高殿帅大怒，喝令左右："拿下！加力与我打这厮！"众多牙将（中下级军官）都是和王进好的，只得与军正司同告道："今日太尉上任，好日头，权免此人这一次。"高太尉喝道："你这贼配军,且看众将之面,饶恕你今日,明日却和你理会。"

王进谢罪罢,起来抬头看了,认得是高俅。出得衙门,叹口气道:"俺的性命,今番难保了。俺道是甚么高殿帅,却原来正是东京帮闲的'圆社'高二。比先(过去)时曾学使棒,被我父亲一棒打翻,三四个月将息(养息、休息)不起,有此之仇。他今日发迹,得做殿帅府太尉,正待要报仇,我不想正属他管。自古道:'不怕官,只怕管。'俺如何与他争得?怎生奈何是好?"回到家中,闷闷不已。对娘说知此事,母子二人,抱头而哭。娘道:"我儿,'三十六着,走为上着'。只恐没处走。"王进道:"母亲说得是,儿子寻思,也是这般计较。只有延安府老种(指种谔。种,chóng)经略(官名。宋置经略安抚使,掌一路民兵之事)相公镇守边庭,他手下军官,多有曾到京师的,爱儿子使枪棒,何不逃去投奔他们?那里是用人去处,足可安身立命。"正是:

　　用人之人,人始为用。恃己自用,人为人送。彼处得贤,此间失重。若驱若引,可惜可痛。

当下娘儿两个商议定了。其母又道:"我儿,和你要私走,只恐门前两个牌军,是殿帅府拨来伏侍你的,他若得知,须走不脱。"王进道:"不妨。母亲放心,儿子自有道理措置(安排)他。"

当下日晚未昏,王进先叫张牌入来,分付道:"你先吃了些晚饭,我使你一处去干事。"张牌道:"教头使小人那里去?"王进道:"我因前日病患,许下酸枣门外岳庙里香愿,明日早要去烧灶头香。你可今晚先去分付庙祝(庙宇中管香火的人),教他来日早些开庙门,等我来烧灶头香,就要三牲(牛、羊、猪)献刘李王。你就庙里歇了等我。"张牌答应,先吃了晚饭,叫了安置,望庙中去了。

当夜子母二人,收拾了行李、衣服、细软、银两,做一担儿打挟(收藏)了。又装两个料袋(用以装干粮、钱物的袋子)袱驼(驮在马上的包袱),拴在马上的。等到五更,天色未明,王进教起李牌,分付道:"你与我将这些银两,去岳庙里,和张牌买个三牲煮熟,在那里等候。我买些纸烛,随后便来。"李牌将银子望庙中去了。

王进自去备了马，牵出后槽(马房)，将料袋袱驼搭上，把索子拴缚牢了，牵在后门外，扶娘上了马。家中粗重都弃了，锁上前后门，挑了担儿，跟在马后。趁五更天色未明，乘势出了西华门，取路望延安府来。

且说两个牌军，买了福物(祭祀所用酒肉)煮熟，在庙等到巳牌(上午九时至十一时。古代把一昼夜分为十二个时辰，用子、丑、寅、卯等十二支表示。官府在衙门前挂牌报时，故称某时为某牌)，也不见来。李牌心焦，走回到家中寻时，见锁了门，两头无路。寻了半日，并无有人。看看待晚，岳庙里张牌疑忌，一直奔回家来。又和李牌寻了一黄昏，看看黑了。两个见他当夜不归，又不见他老娘。次日，两个牌军又去他亲戚之家访问，亦无寻处。两个恐怕连累，只得去殿帅府首告："王教头弃家在逃，子母不知去向。"高太尉见告，大怒道："贼配军在逃，看那厮待走那里去！"随即押下文书，行开诸州各府，捉拿逃军王进。二人首告(出面告发别人的行为)，免其罪责，不在话下。

且说王教头母子二人，自离了东京，免不得饥餐渴饮，夜住晓行，在路上一月有余。忽一日，天色将晚，王进挑着担儿，跟在娘的马后，口里与母亲说道："天可怜见，惭愧了！我子母两个，脱了这天罗地网之厄(è，灾难)。此去延安府不远了。高太尉便要差人拿我，也拿不着了。"子母两个欢喜，在路上不觉错过了宿头(借宿之处)。走了这一晚，不遇着一处村坊(村庄)，那里去投宿是好？正没理会处，只见远远地林子里闪出一道灯光来。王进看了道："好了，遮莫(尽管)去那里陪个小心，借宿一宵，明日早行。"当时转入林子里来看时，却是一所大庄院，一周遭都是土墙，墙外却有二三百株大柳树。看那庄院，但见：

前通官道，后靠溪冈。一周遭青缕如烟，四下里绿阴似染。转屋角牛羊满地，打麦场鹅鸭成群。田园广野，负佣庄客有千人；家眷轩昂(气度不凡)，女使儿童难计数。正是家有余粮鸡犬饱，户多书籍子孙贤。

　　当时王教头来到庄前，敲门多时，只见一个庄客出来。王进放下担儿，与他施礼。庄客道："来俺庄上有甚事？"王进答道："实不相瞒：小人母子二人，贪行了些路程，错过了宿店。来到这里，前不巴村，后不巴店，欲投贵庄，借宿一宵，明日早行。依例拜纳（奉献，敬缴）房金，万望周全方便。"庄客道："既是如此，且等一等，待我去问庄主太公。肯时，但歇不妨。"王进又道："大哥方便。"庄客入去多时，出来说道："庄主太公教你两个入来。"王进请娘下了马。王进挑着担儿，就牵了马，随庄客到里面打麦场上，歇下担儿，把马拴在柳树上。母子二人，直到草堂上来见太公。

　　那太公年近六旬之上，须发皆白，头戴遮尘暖帽，身穿直缝宽衫，腰系皂丝绦，足穿熟皮靴。王进见了便拜。太公连忙道："客人休拜，你们是行路的人，辛苦风霜，且坐一坐。"王进母子两个叙礼罢，都坐定。太公问道："你们是那里来的？如何昏晚到此？"王进答道："小人姓张，原是京师人。今来消折了本钱，无可营用，要去延安府投奔亲眷。不想今日路上贪行了些程途，错过了宿店，欲投贵庄，假宿一宵，来日早行。房金依例拜纳。"太公道："不妨。如今世上人那个顶着房屋走哩！你母子二位，敢未打火（旅途中休息做饭）？"叫庄客安排饭来。没多时，就厅上放开条桌子，庄客托出一桶盘（盛饭菜的桶形盘子），四样菜蔬，一盘牛肉，铺放桌上。先烫酒来筛（斟）下。太公道："村落中无甚相待，休得见怪。"王进起身谢道："小人母子无故相扰，此恩难报。"太公道："休这般说，且请吃酒。"一面劝了五七杯酒，搬出饭来。二人吃了，收拾碗碟。太公起身，引王进子母到客房里安歇。王进告道："小人母亲骑的头口（牲口），相烦寄养，草料望乞应付，一并拜酬。"太公道："这个不妨。我家也有头口骡马，教庄客牵出后槽，一发喂养。"王进谢了。挑那担儿，到客房里来。庄客点上灯火，一面提汤（热水）来洗了脚。太公自回里面去了。王进子母二人谢了庄客，掩上房门，收拾歇息。次日，睡到天晓，不见起来。

　　庄主太公来到客房前过，听得王进子母在房里声唤（呻吟）。太公问道："客官,天晓(天亮),好起了。"王进听得,慌忙出房来,见太公施礼,说道："小人起多时了。夜来多多搅扰(打扰。表歉意和感谢),甚是不当。"太公问道："谁人如此声唤?"王进道："实不相瞒太公说,老母鞍马劳倦,昨夜心痛病发。"太公道："既然如此,客人休要烦恼,教你老母且在老夫庄上住几日。我有个医心疼的方,叫庄客去县里撮药(照方配药)来,与你老母亲吃。教他放心,慢慢地将息。"王进谢了。

话休絮繁(啰唆烦琐),自此王进子母二人在太公庄上服药。住了五七日,觉得母亲病患痊了,王进收拾要行。当日因来后槽看马,只见空地上一个后生脱膊着(裸露上身),刺着一身青龙,银盘也似一个面皮,约有十八九岁,拿条棒在那里使。王进看了半晌,不觉失口道："这棒也使得好了,只是有破绽,赢不得真好汉。"那后生听得大怒,喝道："你是甚么人?敢来笑话我的本事?俺经了七八个有名的师父,我不信倒不如你!你敢和我叉一叉(比试一下)么?"

说犹(仍、还)未了,太公到来,喝那后生："不得无礼!"那后生道："叵耐(不可容忍,可恨)这厮笑话我的棒法。"太公道："客人莫不会使枪棒?"王进道："颇晓得些。敢问长上,这后生是宅上何人?"太公道："是老汉的儿子。"王进道："既然是宅内小官人,若爱学时,小人点拨他端正(入正轨)如何?"太公道："恁地(如此。恁,nèn)时,十分好。"便教那后生来拜师父。那后生那里肯拜,心中越怒,道："阿爹,休听这厮胡说!若吃他赢得我这条棒时,我便拜他为师。"王进道："小官人若是不当村(不以为蠢,不嫌弃)时,较量一棒耍子。"那后生就空地当中,把一条棒使得风车儿似转,向王进道："你来,你来!怕的不算好汉!"王进只是笑,不肯动手。太公道："客官既是肯教小顽(谦称自己年轻的儿子)时,使一棒何妨。"王进笑道："恐冲撞了令郎时,须不好看。"太公道："这个不妨,若是打折了手脚,也是他自作自受。"

王进道："恕无礼。"去枪架上拿了一条棒在手里,来到空地上,使个旗鼓(武术使棍棒的架式)。那后生看了一看,拿条棒滚将入来,径奔王进。王进托地拖了棒便走,那后生抢着棒又赶入来。王进回身,把棒望空地里劈将下来。那后生见棒劈来，用棒来隔。王进却不打下来，将棒一掣(chè，抽)，却望后生怀里直搠(shuò，刺，戳)将来，只一缴(缠绕)，那后生的棒丢在一边，扑地望后倒了。王进连忙撇了棒，向前扶住道："休怪，休怪。"那后生爬将起来，便去旁边掇(duó，拾取)条凳子，纳(同"捺"，用手按)王进坐，便拜道："我枉自(白白地)经了许多师家，原来不值半分。师父，没奈何，只得请教。"王进道："我母子二人，连日在此搅扰宅上，无恩可报，当以效力。"

太公大喜，教那后生穿了衣裳，一同来后堂坐下。叫庄客杀一个羊，安排了酒食果品之类，就请王进的母亲一同赴席。四个人坐定，一面把盏，太公起身劝了一杯酒，说道："师父如此高强，必是个教头。小儿有眼不识泰山。"王进笑道："奸不厮欺，俏不厮瞒(真人面前不说假话)，小人不姓张。俺是东京八十万禁军教头王进的便是，这枪棒终日搏弄(摆弄)。为因新任一个高太尉，原被先父打翻，今做殿帅府太尉，怀挟旧仇，要奈何(对付)王进。小人不合属他所管，和他争不得，只得子母二人逃上延安府，去投托老种经略相公处勾当(谋生)。不想来到这里，得遇长上父子二位如此看待；又蒙救了老母病患，连日管顾，甚是不当。既然令郎肯学时，小人一力奉教。只是令郎学的，都是花棒，只好看，上阵无用，小人从新点拨他。"太公见说了，便道："我儿，可知输了？快来再拜师父。"那后生又拜了王进。正是：

好为师患负虚名，心服应难以力争。

只有胸中真本事，能令顽劣拜先生。

太公道："教头在上，老汉祖居在这华阴县界，前面便是少华山。这村便唤做史家村，村中总有三四百家，都姓史。老汉的儿子从小不务农业，只爱刺枪使棒。母亲说他不得，怄气(生闷气。怄，òu)死了，老汉只得随他性子。不知使了多少钱财，投师父教他。又请高手匠人与他刺了这身花绣，肩臂胸膛总有九条龙，满县人口顺(随口)，都叫他做九纹龙史进。教头今日既到这里，一发成全了他亦好。老汉自当重重酬谢。"王进大喜道："太公放心。既然如此说时，小人一发(干脆）教了令郎方去。”自当日为始，吃了酒食，留住王教头母子二人在庄上。史进每日求王教头点拨十八般武艺，一一从头指教。那十八般武艺？

矛、锤、弓、弩(nǔ)、铳(chòng)，鞭、简、剑、链、挝(zhuā)，斧、钺(yuè)并戈、戟(jǐ)，牌、棒与枪、杈。

话说这史进每日在庄上管待王教头母子二人，指教武艺。史太公自去华阴县中承当里正（古时乡官。里长），不在话下。不觉荏苒光阴（时间不知不觉过去。荏苒，rěnrǎn），早过半年之上，正是：

窗外日光弹指[1]过，席间花影坐前移。

一杯未进笙歌送，阶下辰牌又报时。

前后得半年之上，史进打这十八般武艺，从新学得十分精熟。多得王进尽心指教，点拨得件件都有奥妙。王进见他学得精熟了，自思：“在此虽好，只是不了（没个结果）。”一日想起来，相辞要上延安府去。史进那里肯放，说道：“师父只在此间过了，小弟奉养你母子二人，以终天年，多少（多么）是好！”王进道：“贤弟，多蒙你好心，在此十分之好；只恐高太尉追捕到来，负累（连累）了你，不当稳便，以此两难。我一心要去延安府，投着在老种经略处勾当。那里是镇守边庭（边疆），用人之际，足可安身立命。”

史进并太公苦留不住，只得安排一个筵席送行。托出一盘两个缎子、一百两花银（成色较纯的银子）谢师。次日，王进收拾了担儿，备了马，子母二人，相辞史太公。王进请娘乘了马，望延安府路途进发。史进叫庄客挑了担儿，亲送十里之程，心中难舍。史进当时拜别了师父，洒泪分手，和庄客自回。王教头依旧自挑了担儿，跟着马，和娘两个，自取关西路里去了。

话中不说王进去投军役，只说史进回到庄上，每日只是打熬（磨炼）气力，亦且壮年，又没老小（妻子儿女），半夜三更起来演习武艺，白日

① 弹指：捻弹手指作声。佛家多以喻时间短暂。

里只在庄后射弓走马。不到半载之间，史进父亲太公，染病患症，数日不起。史进使人远近请医士看治，不能痊可(痊愈)，呜呼哀哉，太公殁(mò，死)了。史进一面备棺椁(guānguǒ，棺与椁。泛指棺材)盛殓(把尸体装入棺材。殓，liàn)，请僧修设好事，追斋(诵经礼忏，超度死者)理七(斋祭亡魂的仪式。人死后，生者每七天为之斋供一次，并请和尚诵经，四十九天中共行七次，称为理七)，荐拔(得到超度，脱离苦难)太公。又请道士建立斋醮(设斋坛，祈祷神佛。醮，jiào)，超度生天，整做了十数坛好事功果道场，选了吉日良时，出丧安葬。满村中三四百史家庄户，都来送丧挂孝，埋殡在村西山上祖坟内了。史进家自此无人管业。史进又不肯务农，只要寻人使家生(武器)，较量枪棒。

　　自史太公死后，又早过了三四个月日。时当六月中旬，炎天正热。那一日，史进无可消遣，捉个交床(胡床的别称，一种有靠背、能折叠的坐具)，坐在打麦场边柳阴树下乘凉。对面松林透过风来，史进喝采道："好凉风！"正乘凉哩，只见一个人探头探脑，在那里张望。史进喝道："作怪！谁在那里张(偷窥)俺庄上？"史进跳起身来，转过树背后，打一看时，认得是猎户摽(biào，打)兔李吉。史进喝道："李吉，张我庄内做甚么？莫不来相脚头(行窃前先行窥探)？"李吉向前声喏道："大郎，小人要寻庄上矮丘乙郎吃碗酒，因见大郎在此乘凉，不敢过来冲撞。"

　　史进道："我且问你：往常时，你只是担些野味，来我庄上卖，我又不曾亏了你，如何一向不将来卖与我？敢是欺负我没钱？"李吉答道："小人怎敢。一向没有野味，以此不敢来。"史进道："胡说！偌大(这么大。偌，ruò)大一个少华山，怎地广阔，不信没有个獐儿兔儿！"李吉道："大郎原来不知：如今近日上面添了一伙强人(强盗)，扎下一个山寨，在上面聚集着五七百个小喽罗(占有固定地盘的强人部众)，有百十匹好马。为头那个大王，唤作神机军师朱武，第二个唤做跳涧虎陈达，第三个唤做白花蛇杨春。这三个为头，打家劫舍，华阴县里禁他不得，出三千贯赏钱召人拿他，谁敢上去惹他？因此上小人们不敢上山打捕野味,那讨来卖？"史进道："我也听得说有强人,不想那厮们如此大弄(大规模行动),必然要恼人。李吉,你今后有野味时,寻些来。"李吉唱个喏,自去了。

史进归到厅前,寻思："这厮们大弄,必要来薅恼(骚扰。薅, hāo)村坊。既然如此……"便叫庄客拣两头肥水牛来杀了,庄内自有造下的好酒,先烧了一陌(量词,约相当于"叠")顺溜纸(祈求神鬼保佑顺利而烧的纸钱),便叫庄客去请这当村里三四百史家庄户,都到家中草堂上序齿(按年龄长幼排定先后次序)坐下,教庄客一面把盏劝酒。史进对众人说道："我听得少华山上有三个强人,聚集着五七百小喽罗,打家劫舍,这厮们既然大弄,必然早晚要来俺村中罗唣(搅扰)。我今特请你众人来商议,倘若那厮们来时,各家准备。我庄上打起梆子,你众人可各执枪棒,前来救应。你各家有事,亦是如此。递相(互相)救护,共保村坊。如若强人自来,都是我来理会。"众人道："我等村农,只靠大郎做主。梆子响时,谁敢不来？"当晚众人谢酒,各自分散,回家准备器械。自此史进修整门户墙垣(墙和院墙。垣, yuán),安排庄院,设立几处梆子,拴束衣甲,整顿刀马,提防贼寇,不在话下。

且说少华山寨中三个头领,坐定商议,为头的神机军师朱武,那人原是定远人氏,能使两口双刀,虽无十分本事,却精通阵法,广有谋略,有八句诗单道朱武好处：

> 道服裁棕叶,云冠剪鹿皮。
>
> 脸红双眼俊,面白细髯①垂。
>
> 阵法方诸葛②,阴谋胜范蠡③。
>
> 华山谁第一,朱武号神机。

第二个好汉姓陈,名达,原是邺(yè)城人氏,使一条出白点钢枪,亦有诗赞道：

---

①髯(rán)：两颊上的胡子。唇下曰须,在颊为髯。 ②诸葛：指诸葛亮。曾推演兵法,作八阵图。 ③范蠡(lǐ)：春秋末年政治家、军事家,曾助越王勾践灭吴。

　　力健声雄性粗卤，丈二长枪撒如雨。

　　邨中豪杰霸华阴，陈达人称跳涧虎。

　　第三个好汉姓杨，名春，蒲州解(hài)良县人氏，使一口大杆刀。亦有诗赞道：

　　腰长臂瘦力堪夸，到处刀锋乱撒花。

　　鼎立华山真好汉，江湖名播白花蛇。

　　朱武当与陈达、杨春说道："如今我听知华阴县里出三千贯赏钱，召人捉我们。诚恐来时，要与他厮杀。只是山寨钱粮欠少，如何不去劫掳(抢劫掳掠。掳，lǔ)些来，以供山寨之用。聚积些粮食在寨里，防备官军来时，好和他打熬(支撑)。"跳涧虎陈达道："说得是。如今便去华阴县里，先问他借粮，看他如何。"白花蛇杨春道："不要华阴县去，只去蒲城县，万无一失。"陈达道："蒲城县人户稀少，钱粮不多，不如只打华阴县，那里人民丰富，钱粮广有。"杨春道："哥哥不知，若去打华阴县时，须从史家村过。那个九纹龙史进是个大虫，不可去撩拨他。他如何肯放我们过去？"陈达道："兄弟好懦弱！一个村坊过去不得，怎地敢抵敌官军？"杨春道："哥哥不可小觑(轻视。觑，qù)了他，那人端的(确实)了得。"朱武道："我也曾闻他十分英雄，说这人真有本事。兄弟休去罢。"陈达叫将起来，说道："你两个闭了鸟嘴(骂人话。鸟嘴。鸟，diǎo)！长别人志气，灭自己威风。他只是一个人，须不三头六臂，我不信。"喝叫小喽罗："快备我的马来。如今便去先打史家庄，后取华阴县。"朱武、杨春再三谏劝，陈达那里肯听。随即披挂上马，点了一百四五十小喽罗，鸣锣擂鼓下山，望史家村去了。

　　且说史进正在庄前整制刀马，只见庄客报知此事。史进听得，就庄上敲起梆子来。那庄前庄后，庄东庄西，三四百史家庄户，听得梆子响，都拖枪拽棒，聚起三四百人，一齐都到史家庄上。看了史进头戴一字巾，身披朱红甲，上穿青锦袄，下著抹绿靴，腰系皮搭膊，前后铁掩心，一张弓，一壶箭，手里拿一把三尖两刃四窍八环刀。庄客牵过那匹火炭赤马。史进上了马，绰(chāo，匆忙地抓起)了刀，前面摆着三四十壮健的庄客,后面列着八九十村蠢(粗笨)的乡夫。各史家庄户,都跟在后头,一齐呐喊,直到村北路口。

那少华山陈达引了人马,飞奔到山坡下,便将小喽罗摆开。史进看时,见陈达头戴干红凹面巾,身披裹金生铁甲,上穿一领红衲袄,脚穿一对吊墩(dūn)靴,腰系七尺攒线搭膊,坐骑一匹高头白马,手中横着丈八点钢矛。小喽罗两势下呐喊,二员将就马上相见。

陈达在马上看着史进,欠身(身体稍微向上向前)施礼。史进喝道:"汝等杀人放火,打家劫舍,犯着迷天大罪,都是该死的人。你也须有耳朵,好大胆,直来太岁头上动土(比喻触犯强暴有力的人)!"陈达在马上答道:"俺山寨里欠少些粮食,欲往华阴县借粮,经由贵庄,假(借)一条路,并不敢动一根草,可放我们过去,回来自当拜谢。"史进道:"胡说!俺家现当里正,正要来拿你这伙贼。今日倒来经由我村中过,却不拿你,倒放你过去!本县知道,须连累了我。"陈达道:"'四海之内,皆兄弟也',相烦借一条路。"史进道:"甚么闲话!我便肯时,有一个不肯,你问得他肯便去。"陈达道:"好汉,教我问谁?"史进道:"你问得我手里这口刀肯,便放你去。"陈达大怒道:"赶人不要赶上(不要欺人太甚),休得要逞精神!"史进也怒,抢手中刀,骤坐下马,来战陈达。陈达也拍马挺枪,来迎史进。两个交马,但见:

> 一来一往,一上一下。一来一往,有如深水戏珠龙;一上一下,却似半岩争食虎。九纹龙忿怒(愤怒。忿,fèn),三尖刀只望顶门飞;跳涧虎生嗔,丈八矛不离心坎刺。好手中间逞好手,红心里面夺红心。

史进、陈达两个斗了多时,史进卖个破绽,让陈达把枪望心窝里搠来,史进却把腰一闪,陈达和枪撺入怀里来,史进轻舒猿臂(长臂),款(慢)扭狼腰,只一挟,把陈达轻轻摘离了嵌花鞍,款款揪住了线搭膊,只一丢,丢落地,那匹战马拨风也似去了。史进叫庄客将陈达绑缚了,众人把小喽罗一赶都走了。史进回到庄上,将陈达绑在庭心内柱上,等待一发拿了那两个贼首,一并解官(解送官府)请赏。且把酒来赏了众人,教且权散。众人喝采:"不枉了史大郎如此豪杰!"

休说众人欢喜饮酒,却说朱武、杨春两个,正在寨里猜疑,捉摸(琢磨,寻思)不定,且教小喽罗再去打听消息。只见同去的人牵着空马,奔到山前,只叫道:"苦也!陈家哥哥不听二位哥哥所说,送了性命。"朱武问其缘故,小喽罗备说交锋一节,怎当史进英雄。朱武道:"我的言语不听,果有此祸。"杨春道:"我们尽数(全部)都去,与他死拚如何?"朱武道:"亦是不可。他尚自(尚且)输了,你如何拚得他过?我有一条苦计,若救他不得,我和你都休(完结。多指失败或死亡)。"杨春问道:"如何苦计?"朱武附耳低言说道:"只除恁地。"杨春道:"好计!我和你便去,事不宜迟。"

再说史进正在庄上忿怒未消,只见庄客飞报道:"山寨里朱武、杨春自来了。"史进道:"这厮合(应该)休,我教他两个一发解官。快牵马过来。"一面打起梆子,众人早都到来。史进上了马,正待出庄门,只见朱武、杨春步行,已到庄前。两个双双跪下,擎(qíng)着两眼泪。史进下马来喝道:"你两个跪下如何说?"朱武哭道:"小人等三个,累(多次)被官司(官府)逼迫,不得已上山落草(逃入山林做强盗),当初发愿道:'不求同日生,只愿同日死。'虽不及关、张、刘备的义气,其心则同。今日小弟陈达不听好言,误犯虎威,已被英雄擒捉在贵庄,无计恳求,今来一径(一起)就死。望英雄将我三人,一发解官请赏,誓不皱眉。我等就英雄手内请死,并无怨心。"史进听了,寻思道:"他们直恁(竟如此)义气!我若拿他去解官请赏时,反教天下好汉们耻笑我不英雄。自古道:'大虫不吃伏肉(强者不欺负服输的弱者)。'"史进便道:"你两个且跟我进来。"朱武、杨春并无惧怯,随了史进,直到后厅前跪下,又教史进绑缚。史进三回五次叫起来,他两个那里肯起来。惺惺惜惺惺,好汉识好汉。史进道:"你们既然如此义气深重,我若送了你们,不是好汉。我放陈达还你如何?"朱武道:"休得连累了英雄,不当稳便(不妥当),宁可把我们去解官请赏。"史进道:"如何使得?——你肯吃我酒食么?"朱武道:"一死尚然不惧,何况酒肉乎？"有诗为证：

> 姓名各异死生同，慷慨偏多计较空。
>
> 只为衣冠无义侠，遂令草泽见奇雄。

当时史进大喜，解放陈达，就后厅上座，置酒设席，管待三人。朱武、杨春、陈达拜谢大恩。酒至数杯，少添春色(脸上的红晕)。酒罢，三人谢了史进，回山去了。史进送出庄门，自回庄上。

却说朱武等三人归到寨中坐下，朱武道："我们不是这条苦计，怎得性命在此？虽然救了一人，却也难得史进为义气上放了我们。过几日备些礼物送去，谢他救命之恩。"

话休絮繁。过了十数日，朱武等三人收拾得三十两蒜条金(长而形似蒜苗的金条)，使两个小喽罗，乘月黑夜送去史家庄上。当夜初更时分，小喽罗敲门，庄客报知史进，史进火急披衣，来到庄前，问小喽罗："有甚话说？"小喽罗道："三个头领再三拜复：特地使小校进些薄礼，酬谢大郎不杀之恩。不要推却，望乞笑留。"取出金子，递与史进。初时推却，次后寻思道："既然好意送来，受之为当。"叫庄客置酒管待小校，吃了半夜酒，把些零碎银两，赏了小校(小卒)，回山去了。又过半月有余，朱武等三人在寨中商议掳掠得一串好大珠子，又使小喽罗连夜送来史家庄上。史进受了，不在话下。

又过了半月，史进寻思道："也难得这三个敬重我，我也备些礼物回奉他。"次日，叫庄客寻个裁缝，自去县里买了三匹红锦，裁成三领锦袄子；又拣肥羊，煮了三个，将大盒子盛了，委两个庄客去送。史进庄上，有个为头的庄客王四，此人颇能答应官府，口舌利便，满庄人都叫他做赛伯当。史进教他同一个得力庄客，挑了盒担，直送到山下。小喽罗问了备细(详细情况)，引到山寨里，见了朱武等。三个头领大喜，受了锦袄子，并肥羊酒礼，把十两银子，赏了庄客。每人吃了十数碗酒，下山回归庄内，见了史进，说道："山上头领，多多上复。"

史进自此常常与朱武等三人往来，不时间，只是王四去山寨里送物事。不则一日,寨里头领也频频地使人送金银来与史进。

荏苒光阴,时遇八月中秋到来。史进要和三人说话,约至十五夜来庄上赏月饮酒。先使庄客王四赍(jī,携带)一封请书,直去少华山上请朱武、陈达、杨春来庄上赴席。王四驰书径到山寨里,见了三位头领,下了来书。朱武看了大喜,三个应允,随即写封回书,赏了王四五两银子,吃了十来碗酒。王四下得山来,正撞着时常送物事来的小喽罗,一把抱住,那里肯放。又拖去山路边村酒店里,吃了十数碗酒。王四相别了回庄,一面走着,被山风一吹,酒却涌上来,踉踉跄跄(走路歪斜的样子。踉,liàng。跄,qiàng),一步一攧。走不到十里之路,见座林子,奔到里面,望着那绿茸茸莎草地上扑头倒了。

原来摽兔李吉正在那山坡下张(设网捕捉)兔儿,认得是史家庄上王四,赶入林子里来扶他,那里扶得动。只见王四搭膊里突出银子来,李吉寻思道:"这厮醉了,那里讨得许多!何不拿他些?"也是天罡星合当聚会,自然生出机会来。李吉解那搭膊,望地下只一抖,那封回书和银子都抖出来。李吉拿起,颇识几字,将书拆开看时,见上面写着少华山朱武、陈达、杨春,中间多有兼文带武(黑话,绿林行话)的言语,却不识得,只认得三个名字。李吉道:"我做猎户,几时能够发迹,算命道我今年有大财,却在这里。华阴县里现出三千贯赏钱,捕捉他三个贼人。叵耐史进那厮,前日我去他庄上寻矮丘乙郎,他道我来相脚头蹋盘(探路。蹋,xí),你原来倒和贼人来往!"银子并书都拿去了,望华阴县里来出首(告发)。

却说庄客王四,一觉直睡到二更方醒觉来,看见月光微微照在身上,吃了一惊。跳将起来,却见四边都是松树。便去腰里摸时,搭膊(长方形布袋)和书都不见了。四下里寻时,只见空搭膊在莎草地上。王四只管叫苦,寻思道:"银子不打紧,这封回书,却怎生好?正不知被甚人拿去了?"眉头一纵,计上心来,自道:"若回去庄上说脱了回书,大郎必然焦躁,定是赶我出去,不如只说不曾有回书,那里查照(核查)。"计较定了,飞也似取路归来庄上,却好五更(天将明时)天气(时候)。

指某一时刻)。

史进见王四回来,问道:"你缘何方才归来？"王四道:"托主人福荫,寨中三个头领,都不肯放,留住王四吃了半夜酒,因此回来迟了。"史进又问:"曾有回书否？"王四道:"三个头领要写回书,却是小人道:'三位头领既然准来赴席,何必回书？小人又有杯酒,路上恐有些失支脱节(差池),不是耍处。'"史进听了大喜,说道:"不枉了诸人叫做赛伯当,真个了得。"王四应道:"小人怎敢差迟,路上不曾住脚,一直奔回庄上。"史进道:"既然如此,教人去县里买些果品、案酒(下酒的菜肴)伺候。"

不觉中秋节至,是日晴明得好。史进当日分付家中庄客,宰了一腔大羊,杀了百十个鸡鹅,准备下酒食筵宴。看看天色晚来,怎见得好个中秋？但见:

午夜初长,黄昏已半,一轮月挂如银。冰盘如昼,赏玩正宜人。清影十分圆满,桂花玉兔交馨。帘栊(窗帘)高卷,金杯频劝酒,欢笑贺升平。年年当此节,酩酊(mǐngdǐng,大醉的样子)醉醺醺(酒醉的样子。醺,xūn)。莫辞终夕饮,银汉(天河、银河)露华新。

且说少华山上朱武、陈达、杨春三个头领,分付小喽罗看守寨栅,只带三五个做伴,将了朴刀(古时武器,一种刀身窄长,刀柄较短的刀。双手使用。朴,pō),各跨(同"挎")口腰刀,不骑鞍马,步行下山,径来到史家庄上。史进接着,各叙礼罢,请入后园,庄内已安排下筵宴。史进请三位头领上坐,史进对席相陪,便叫庄客把前后庄门拴了。一面饮酒,庄内庄客,轮流把盏,一边割羊劝酒。酒至数杯,却早东边推起那轮明月,但见:

桂花离海峤(海边山岭。峤,qiáo),云叶散天衢(天空。衢,qú)。彩霞照万里如银,素魄(月光)映千山似水。影横旷野,惊独宿之乌鸦;光射平湖,照双栖之鸿雁。冰轮(月亮)展出三千里,玉兔(月光)平吞四百州。

史进正和三个头领在后园饮酒,赏玩中秋,叙说旧话新言,只听得墙外一声喊起,火把乱明。史进大惊,跳起身来分付:"三位贤友且坐,待我去看。"喝叫庄客:"不要开门!"掇(duó,拾取)条梯子,上墙打一看时,只见是华阴县县尉在马上,引着两个都头,带着三四百土兵,围住庄院。史进和三个头领只管叫苦,外面火把光中,照见钢叉、朴刀、五股叉、留客住(头端有倒钩的长枪),摆得似麻林一般。两个都头口里叫道:"不要走了强贼。"

　　不是这伙人来捉史进并三个头领,有分教,史进先杀了一两个人,结识了十数个好汉,直使天罡地煞一齐相会。直教芦花深处屯兵士,荷叶阴中治战船。毕竟史进与三个头领怎地脱身,且听下回分解。

# 第 三 回

## 史大郎夜走华阴县　鲁提辖拳打镇关西

话说当时史进道："却怎生是好？"朱武等三个头领跪下答道："哥哥，你是干净的人，休为我等连累了。大郎可把索（大绳子）来绑缚我三个，出去请赏，免得负累了你不好看。"史进道："如何使得！恁地时，是我赚（诳骗）你们来，捉你请赏，枉惹天下人笑。我若是死时，与你们同死，活时同活。你等起来，放心，别作圆便（指变通、周到的主意和办法）。且等我问个来历缘故情由。"

史进上梯子问道："你两个都头，何故半夜三更来劫我庄上？"那两个都头答道："大郎，你兀自（还，仍然）赖哩！现有原告人李吉在这里。"史进喝道："李吉，你如何诬告平人（无罪之人，良民）？"李吉应道："我本不知，林子里拾得王四的回书，一时间把在县前看，因此事发。"史进叫王四问道："你说无回书，如何却又有书？"王四道："便是小人一时醉了，忘记了回书。"史进大喝道："畜生，却怎生好？"外面都头人等，惧怕史进了得，不敢奔入庄里来捉人。三个头领把手指道："且答应外面。"史进会意，在梯子上叫道："你两个都头都不要闹动，权退一步，我自绑缚出来，解官（解送官府）请赏。"那两个都头却怕史进，只得应道："我们都是没事的，等你绑出来，同去请赏。"史进下梯子，来到厅前，先叫王四，带进后园，把来一刀杀了。喝教许多庄客，把庄里有的没的细软等物，即便收拾，尽教打迭（犹打叠。收拾）起了；一壁（一边）点起三四十个火把。庄里史进和三个头领全身披挂，枪架上各人跨了腰刀，拿了朴刀，拽扎（捆扎）起，把庄后草屋点着。庄

— 34 —

客各自打拴（收拾，准备）了包裹。外面见里面火起，都奔来后面看。且说史进就中堂又放起火来，大开了庄门，呐声喊（大喊一声），杀将出来。

史进当头，朱武、杨春在中，陈达在后，和小喽罗并庄客，一冲一撞，指东杀西。史进却是个大虫，那里拦当（拦阻）得住！后面火光乱起，杀开条路，冲将出来，正迎着两个都头并李吉。史进见了大怒，"仇人相见，分外眼明"，两个都头见头势（情况）不好，转身便走。李吉也却待回身，史进早到，手起一朴刀，把李吉斩做两段。两个都头正待走时，陈达、杨春赶上，一家一朴刀，结果了两个性命。县尉惊得跑马走回去了。众土兵那里敢向前，各自逃命散了，不知去向。

史进引着一行人，且杀且走，众官兵不敢赶来，各自散了。史进和朱武、陈达、杨春并庄客人等，都到少华山上寨内坐下，喘息方定。朱武等到寨中，忙叫小喽罗，一面杀牛宰马，贺喜饮宴，不在话下。

一连过了几日，史进寻思："一时间（短时间之内）要救三人，放火烧了庄院，虽是有些细软家财（指轻便而便于携带的贵重物品），粗重什物（各种物品器具。多指日常生活用品），尽皆没了。"心内踌躇（chóuchú，犹豫不决），在此不了，开言对朱武等说道："我的师父王教头，在关西经略府勾当。我先要去寻他，只因父亲死了，不曾去得。今来家私庄院废尽，我如今要去寻他。"朱武三人道："哥哥休去，只在我寨中且过几时，又作商议。若哥哥不愿落草（入山林与官府为敌）时，待平静了，小弟们与哥哥重整庄院，再作良民。"史进道："虽是你们的好情分，只是我心去意难留。我想家私什物尽已没了，要再去整顿庄院想不能勾（即"能够"，表示有能力、有可能）。我若寻得师父，也要那里讨个出身（出路，前途），求半世快乐。"朱武道："哥哥便在此间做个寨主，却不快活？只恐寨小，不堪歇马。"史进道："我是个清白好汉，如何肯把父母遗体来点污（玷辱，污辱）了？你劝我落草，再也休题。"史进住了几日，定要去，朱武等苦留不住。史进带去的庄客，都留在山寨；只自收拾了些少碎银两，打拴一个包裹，余者多的尽数寄留在山寨。

史进头戴白范阳毡大帽，上撒一撮红缨，帽儿下裹一顶浑青抓角软头巾,项上明黄缕带,身穿一领白纻丝(丝绸的一种。纻,zhù)两上领战袍,腰系一条揸(zhā,把手指伸开)五指梅红攒线搭膊(同"褡膊",一种用较宽的绸、布做成的束衣腰巾,有的中间有小口袋,可以裹系钱物),青白间道行缠绞脚(裹足布,绑腿布。古时男女都用。后唯兵士或远行者用),衬着踏山透土多耳麻鞋,跨一口铜钹(bó)磬口雁翎刀(短刀名。翎,líng),背上包裹,提了朴刀,辞别朱武等三人。众多小喽罗都送下山来,朱武等洒泪而别,自回山寨去了。

只说史进提了朴刀,离了少华山,取路投关西五路,望延安府路上来。但见:

崎岖山岭,寂寞孤村。披云雾夜宿荒林,带晓月朝登险道。

落日趱行(快行。趱,zǎn)闻犬吠,严霜早促听鸡鸣。

史进在路,免不得饥食渴饮,夜住晓行。独自一个行了半月之上,来到渭州(今甘肃平凉、华亭、崇信及宁夏泾源县地)。这里也有一个经略府,莫非师父王教头在这里?史进便入城来看时,依然有六街三市。只见一个小小茶坊,正在路口。史进便入茶坊里来,拣一副座位坐了。茶博士(卖茶人或茶坊伙计)问道:"客官,吃甚茶?"史进道:"吃个泡茶(宋、元、明人喝茶,往往把干果、蜜饯等沏在茶里,叫作泡茶。后称以开水冲茶)。"茶博士点个泡茶,放在史进面前。史进问道:"这里经略府在何处?"茶博士道:"只在前面便是。"史进道:"借问经略府内有个东京来的教头王进么?"茶博士道:"这府里教头极多,有三四个姓王的,不知那个是王进?"

道犹未了,只见一个大汉,大踏步竟入走进茶坊里来。史进看他时,是个军官模样,怎生结束(装束,打扮),但见:

头裹芝麻罗万字顶头巾,脑后两个太原府纽丝金环,上穿一领鹦哥绿纻丝战袍,腰系一条文武双股鸦青绦,足穿一双鹰爪皮四缝干黄靴。生得面圆耳大,鼻直口方,腮边一部络腮胡须(连鬓胡须,络腮胡子)。身长八尺,腰阔十围。

那人入到茶坊里面坐下。茶博士便道:"客官要寻王教头,只问这个提辖(官名。宋代州郡多设置提辖，或由守臣兼任，专管统辖军队，训练教阅、督捕盗贼)，便都认得。"史进忙起身施礼道："官人，请坐拜茶。"那人见了史进长大魁伟，象条好汉，便来与他施礼。两个坐下。史进道："小人大胆，敢问官人高姓大名？"那人道："洒家(宋元时关西一带男子的自称。代词。犹"咱")是经略府提辖，姓鲁，讳个达字。敢问阿哥，你姓甚么？"史进道："小人是华州华阴县人氏，姓史，名进。请问官人，小人有个师父，是东京八十万禁军教头，姓王名进，不知在此经略府中有也无？"鲁提辖道："阿哥，你莫不是史家村甚么九纹龙史大郎？"史进拜道："小人便是。"鲁提辖连忙还礼，说道："闻名不如见面，见面胜似闻名。你要寻王教头，莫不是在东京恶(交恶)了高太尉的王进？"史进道："正是那人。"鲁达道："俺也闻他名字。那个阿哥不在这里。洒家听得说，他在延安府老种经略相公处勾当。俺这渭州，却是小种经略相公镇守，那人不在这里。你既是史大郎时，多闻你的好名字，你且和我上街去吃杯酒。"鲁提辖挽了史进的手，便出茶坊来。鲁达回头道："茶钱洒家自还你。"茶博士应道："提辖但吃不妨，只顾去。"

　　两个挽了胳膊，出了茶坊来，上街行得三五十步，只见一簇众人围住白地(空地，没有树木或建筑物的地)上。史进道："兄长，我们看一看。"分开人众看时，中间裹一个人，仗着十来条棍棒，地上摊着十数个膏药，一盘子盛着，插把纸标儿在上面，却原来是江湖上使枪棒卖药的。史进看了，却认的他，原来是教史进开手(开始学武)的师父，叫做打虎将李忠。史进就人丛中叫道："师父，多时不见。"李忠道："贤弟，如何到这里？"鲁提辖道："既是史大郎的师父，同和俺去吃三杯。"李忠道："待小子卖了膏药，讨了回钱，一同和提辖去。"鲁达道："谁耐烦等你？去便同去。"李忠道："小人的衣饭，无计奈何。提辖先行，小人便寻将来。贤弟，你和提辖先行一步。"鲁达焦躁，把那看的人，一推一交，便骂道："这厮们夹着屁眼撒开(撒开，散开)，不去的，洒家便打。"众人见是鲁提辖，一哄都走了。

李忠见鲁达凶猛，敢怒而不敢言，只得陪笑道："好急性的人。"当下收拾了行头(泛指服装、行装)药囊，寄顿(寄存)了枪棒，三个人转弯抹角，来到州桥之下一个潘家有名的酒店。门前挑出望竿(悬挂酒旆的旗竿)，挂着酒旆(亦称酒望、酒帘、青旗、酒旗等。酒店的旗子。旆，pèi)，漾在空中飘荡。怎见得好座酒肆(酒店)？有诗为证：

风拂烟笼锦旆扬，太平时节日初长。

能添壮士英雄胆，善解佳人愁闷肠。

三尺晓垂杨柳外，一竿斜插杏花旁。

男儿未遂平生志，且乐高歌入醉乡。

三人上到潘家酒楼上，拣个济楚阁儿(包间、雅座)里坐下。鲁提辖坐了主位，李忠对席，史进下首坐了。酒保(酒店的伙计)唱了喏(叉手行礼，同时出声致敬。喏，rě)，认得是鲁提辖，便道："提辖官人，打多少酒？"鲁达道："先打四角(角，jué，古代酒器。青铜制，形状似爵而无柱，前后两尾沿口端斜出似角，有盖。凡酒器一升曰爵，二升曰觚，三升曰觯，四升曰角，五升曰散)酒来。"一面铺下菜蔬、果品按酒，又问道："官人，吃甚下饭(菜肴)？"鲁达道："问甚么？但有，只顾卖来，一发算钱还你。这厮只顾来聒噪(说话琐碎，声音喧闹，令人烦躁。聒，guō)。"酒保下去，随即烫酒上来；但是下口肉食，只顾将来，摆一桌子。

三个酒至数杯，正说些闲话，较量些枪法，说得入港(指交谈投机，意气相合)，只听得隔壁阁子里有人哽哽咽咽啼哭。鲁达焦躁，便把碟儿、盏儿都丢在楼板上。酒保听得，慌忙上来看时，见鲁提辖气愤愤地。酒保抄手(双手交叉。表示施礼)道："官人要甚东西，分付买来。"鲁达道："洒家要甚么？你也须认的洒家，却怎地教甚么人在间壁(隔壁)吱吱的哭，搅俺弟兄们吃酒。洒家须不曾少了你酒钱！"酒保道："官人息怒，小人怎敢教人啼哭，打搅官人吃酒。这个哭的，是绰酒座儿唱(在酒馆内座位间巡回卖唱)的父子两人。不知官人们在此吃酒，一时间自苦(自寻苦恼)了啼哭。"鲁提辖道："可是作怪！你与我唤的他来。"

酒保去叫，不多时，只见两个到来：前面一个十八九岁的妇人，背后一个五六十岁的老儿,手里拿串拍板(坚木数片,以绳串联,用以击节),都来到面前。看那妇人,虽无十分的容貌,也有些动人的颜色(姿色)。但见:

> 鬅松(头发松散的样子。鬅,péng)云髻(高耸的发髻),插一枝青玉簪儿;袅娜(niǎonuó,形容女子体态柔美)纤腰,系六幅红罗裙子。素白旧衫笼雪体,淡黄软袜衬弓鞋(缠脚女子所穿的鞋)。蛾眉紧蹙(眉头皱拢。蹙,cù),汪汪泪眼落珍珠;粉面低垂,细细香肌消玉雪。若非雨病云愁,定是怀忧积恨。

那妇人拭着眼泪,向前来深深的道了三个万福(古代妇女行的敬礼,两手轻轻抱拳在胸前右下侧上下移动,同时略做鞠躬的姿势)。那老儿也都相见了。鲁达问道:"你两个是那里人家?为甚啼哭?"那妇人便道:"官人不知,容奴(女子谦称)告禀:奴家是东京(北宋时首都汴梁又称东京或汴京,现河南省开封市)人氏。因同父母来这渭州,投奔亲眷,不想搬移南京(古都名。宋大中祥符七年,因应天府为赵匡胤旧藩,建为南京。地在今河南商丘县南)去了。母亲在客店里染病身故,子父二人,流落在此生受(受苦)。此间有个财主,叫做镇关西郑大官人,因见奴家,便使强媒硬保,要奴作妾。谁想写了三千贯文书(字据),虚钱实契,要了奴家身体。未及三个月,他家大娘子好生利害,将奴赶打出来,不容完聚,着落店主人家追要原典身钱三千贯(旧时用绳索穿钱,每一千文为一贯)。父亲懦弱,和他争执不得,他又有钱有势。当初不曾得他一文,如今那讨钱来还他?没计奈何,父亲自小教得奴家些小曲儿,来这里酒楼上赶座子(奔走于酒楼卖艺谋生)。每日但得些钱来,将大半还他,留些少子父们盘缠(费用)。这两日酒客稀少,违了他钱限,怕他来讨时,受他羞耻。子父们想起这苦楚来,无处告诉(申诉),因此啼哭。不想误触犯了官人,望乞恕罪,高抬贵手。"

鲁提辖又问道:"你姓甚么?在那个客店里歇?那个镇关西郑大官人在那里住?"老儿答道:"老汉姓金,排行第二;孩儿小字翠莲;郑大官人便是此间状元桥下卖肉的郑屠,绰号镇关西。老汉父子两个,只在前面东门里鲁家客店安下。"鲁达听了道:"呸! 俺只道那个郑大官人,却原来是杀猪的郑屠。这个腌臜(āza,龌龊,肮脏)泼才(无赖),投托着俺小种经略相公门下做个肉铺户,却原来这等欺负人! "回头看着李忠、史进道:"你两个且在这里,等洒家去打死了那厮便来。"史进、李忠抱住劝道:"哥哥息怒,明日却理会(料理,处置)。"两个三回五次劝得他住。

鲁达又道:"老儿,你来! 洒家与你些盘缠,明日便回东京去如何? "父子两个告道:"若是能够回乡去时,便是重生父母,再长爷娘。只是店主人家如何肯放? 郑大官人须着落(犹责成,归属。指定某人或某机构负责办好某件事)他要钱。"鲁提辖道:"这个不妨事,俺自有道理。"便去身边摸出五两来银子,放在桌上,看着史进道:"洒家今日不曾多带得些出来,你有银子,借些与俺,洒家明日便送还你。"史进道:"直(值得,算得)甚么,要哥哥还。"去包裹里取出一锭十两银子,放在桌上。鲁达看着李忠道:"你也借些出来与洒家。"李忠去身边摸出二两来银子。鲁提辖看了见少,便道:"也是个不爽利(不爽快)的人。"鲁达只把十五两银子与了金老,分付道:"你父子两个将去做盘缠,一面收拾行李。俺明日清早来,发付(打发)你两个起身,看那个店主人敢留你! "金老并女儿拜谢去了。

鲁达把这二两银子丢还了李忠。三人再吃了两角酒,下楼来叫道:"主人家,酒钱洒家明日送来还你。"主人家连声应道:"提辖只顾自去,但吃不妨,只怕提辖不来赊。"三个人出了潘家酒肆,到街上分手,史进、李忠各自投客店去了。

只说鲁提辖回到经略府前下处(住所,临时休息的地方),到房里,晚饭也不吃,气愤愤的睡了。主人家又不敢问他。

再说金老得了这一十五两银子,回到店中,安顿了女儿。先去城外远处觅下一辆车儿,回来收拾了行李,还了房宿钱,算清了柴米钱,只等来日天明。当夜无事,次早五更起来,子父两个先打火做饭,吃罢,收拾了。

天色微明,只见鲁提辖大踏步走入店里来,高声叫道:"店小二,那里是金老歇处?"小二哥道:"金公,提辖在此寻你。"金老开了房门,便道:"提辖官人,里面请坐。"鲁达道:"坐甚么?你去便去,等甚么?"金老引了女儿,挑了担儿,作谢提辖,便待出门,店小二拦住道:"金公,那里去?"鲁达问道:"他少你房钱?"小二道:"小人房钱,昨夜都算还了。须欠郑大官人典身钱,着落在小人身上看管他哩!"鲁提辖道:"郑屠的钱,洒家自还他。你放这老儿还乡去。"那店小二那里肯放。鲁达大怒,揸开五指(把手指张开。揸,zhā),去那小二脸上只一掌,打的那店小二口中吐血;再复一拳,打下当门两个牙齿。小二扒将起来,一道烟(形容跑得极快)走向店里去躲了。店主人那里敢出来拦他。金老父子两个,忙忙离了店中,出城自去寻昨日觅下的车儿去了。

且说鲁达寻思:恐怕店小二赶去拦截他,且向店里掇条凳子,坐了两个时辰(四个小时)。约莫金公去的远了,方才起身,径到状元桥来。

且说郑屠开着两间门面,两副肉案,悬挂着三五片猪肉。郑屠正在门前柜身内坐定,看那十来个刀手卖肉。鲁达走到面前,叫声:"郑屠!"郑屠看时,见是鲁提辖,慌忙出柜身来唱喏道:"提辖恕罪。"便叫副手掇条凳子来,"提辖请坐。"鲁达坐下道:"奉着经略相公钧旨,要十斤精肉(瘦肉),切做臊子(肉末儿,细剁的肉),不要见半点肥的在上头。"郑屠道:"使得,你们快选好的,切十斤去。"鲁提辖道:"不要那等腌臜厮们动手!你自与我切。"郑屠道:"说得是。小人自切便了。"自去肉案上拣下十斤精肉,细细切做臊子。

那店小二把手帕包了头,正来郑屠家报说金老之事,却见鲁提辖坐在肉案门边,不敢拢(靠近)来,只得远远的立住,在房檐下望。

这郑屠整整的自切了半个时辰,用荷叶包了道:"提辖,教人送去?"鲁达道:"送甚么?且住!再要十斤,都是肥的,不要见些精的在上面,也要切做臊子。"郑屠道:"却才精的,怕府里要裹馄饨,肥的臊子何用？"鲁达睁着眼道："相公钧旨(对帝王将相的命令的敬称)，分付洒家，谁敢问他？"郑屠道："是合用的东西，小人切便了。"又选了十斤实膘的肥肉，也细细的切做臊子，把荷叶来包了。整弄了一早晨，却得饭罢时候。

那店小二那里敢过来，连那正要买肉的主顾，也不敢拢来。

郑屠道："着人与提辖拿了，送将府里去。"鲁达道："再要十斤寸金软骨(脊椎动物体内的一种结缔组织。只有鼻尖、外耳、肋骨的尖端、椎骨的连接面等处有软骨)，也要细细地剁做臊子，不要见些肉在上面。"郑屠笑道："却不是特地来消遣(捉弄)我！"鲁达听罢，跳起身来，拿着那两包臊子在手里，睁眼看着郑屠道："洒家特地要消遣你！"把两包臊子劈面打将去，却似下了一阵的肉雨。郑屠大怒，两条忿气(怒气)从脚底下直冲到顶门，心头那一把无明业火(指怒火)焰腾腾的按纳不住，从肉案上抢了一把剔骨尖刀，托地跳将下来。鲁提辖早拔步(快速迈步)在当街上。

众邻舍并十来个火家(伙计)，那个敢向前来劝。两边过路的人都立住了脚，和那店小二也惊的呆了。

郑屠右手拿刀，左手便来要揪鲁达，被这鲁提辖就势按住左手，赶将入去，望小腹上只一脚，腾地踢倒在当街上。鲁达再入一步，踏住胸脯，提着那醋钵(醋坛子)儿大小拳头，看着这郑屠道："洒家始投老种经略相公，做到关西五路廉访使(主管监察事务的官名)，也不枉了叫做镇关西。你是个卖肉的操刀屠户，狗一般的人，也叫做镇关西！你如何强骗了金翠莲？"扑的只一拳，正打在鼻子上，打得鲜血迸流(喷涌流淌。迸，bèng)，鼻子歪在半边，却便似开了个油酱铺，咸的、酸的、辣的，一发都滚出来。郑屠挣不起来，那把尖刀也丢在一边，口里只叫："打得好！"鲁达骂道："直娘贼(骂人的话。不知廉耻，把娘都卖了的狗贼)，还敢应口(回嘴)！"提起拳头来，就眼眶际眉梢只一拳，打得眼棱(生有睫毛的上下眼睑)缝裂，乌珠(黑眼珠)迸出，也似开了个彩帛铺(彩色丝绸店)的，红的、黑的、绛(jiàng，深红色)的，都绽将出来。

两边看的人，惧怕鲁提辖，谁敢向前来劝。

郑屠当不过,讨饶。鲁达喝道:"咄(duō,呵斥声)!你是个破落户,若是和俺硬到底,洒家倒饶了你;你如何对俺讨饶,洒家偏不饶你。"又只一拳,太阳(太阳穴)上正着,却似做了一个全堂水陆的道场(僧尼设坛诵经,超度水陆亡灵),磬儿(古代打击乐器。状如曲尺。用玉、石或金属制成。悬挂于架上,击之而鸣。磬,qìng)、钹儿(铜质圆形的打击乐器,两个圆铜片,中心鼓起成半球形,正中有孔,可以穿绸条等用以持握,两片相击作声。钹,bó)、饶儿(铜质圆形的打击乐器,比钹大。饶,náo),一齐响。鲁达看时,只见郑屠挺在地下,口里只有出的气,没了入的气,动弹不得。鲁提辖假意道:"你这厮诈死,洒家再打。"只见面皮(脸色)渐渐的变了。

鲁达寻思道:"俺只指望痛打这厮一顿,不想三拳真个打死了他。洒家须吃官司,又没人送饭,不如及早撒开。"拔步便走,回头指着郑屠尸道:"你诈死,洒家和你慢慢理会。"一头骂,一头大踏步去了。街坊邻舍,并郑屠的火家,谁敢向前来拦他。鲁提辖回到下处,急急卷了些衣服、盘缠、细软、银两;但是旧衣粗重,都弃了。提了一条齐眉短棒,奔出南门,一道烟走了。

且说郑屠家中众人,救了半日不活,呜呼死了。老小邻人径来州衙告状。正直(正赶上)府尹升厅,接了状子,看罢道:"鲁达系是经略府提辖,不敢擅自径来捕捉凶身(凶手)。"府尹随即上轿,来到经略府前,下了轿子。把门军士入去报知。经略听得,教请到厅上,与府尹施礼罢。经略问道:"何来?"府尹禀道:"好教相公得知,府中提辖鲁达,无故用拳打死市上郑屠。不曾禀过相公,不敢擅自提拿凶身。"经略听说,吃了一惊,寻思道:"这鲁达虽好武艺,只是性格粗卤(同"粗鲁"),今番做出人命事,俺如何护得短?须教他推问(审问)使得。"经略回府尹道:"鲁达这人,原是我父亲老经略处军官,为因俺这里无人帮护,拨他来做个提辖。既然犯了人命罪过,你可拿他依法度取问。如若供招明白,拟罪已定,也须教我父亲知道,方可断决。怕日后父亲处边上要这个人时,却不好看。"府尹禀道:"下官问了情由,合行申禀老经略相公知道,方敢断遣(判决遣发)。"

府尹辞了经略相公，出到府前，上了轿，回到州衙里，升厅坐下。便唤当日缉捕使臣押下文书，捉拿犯人鲁达。

当时王观察(捕役)领了公文，将带二十来个做公的人(衙门的差役)，径到鲁提辖下处。只见房主人道："却才拕(tuō，同"拖")了些包裹，提了短棒出去了。小人只道奉着差使，又不敢问他。"王观察听了，教打开他房门看时，只有些旧衣旧裳，和些被卧在里面。王观察就带了房主人，东西四下里去跟寻，州南走到州北，捉拿不见。王观察又捉了两家邻舍并房主人，同到州衙厅上回话道："鲁提辖惧罪在逃，不知去向，只拿得房主人并邻舍在此。"府尹见说，且教监下(看守)；一面教拘集(召集)郑屠家邻佑(邻居)人等，点了仵作行人(检验死伤的差役。仵，wǔ)，着仰本地坊官人并坊厢(城中日坊，近城日厢。泛指市街)里正(古时乡官。里长)，再三检验已了。郑屠家自备棺木盛殓，寄在寺院。一面迭成文案，一壁差人杖限(要下属限期完成，逾期予以杖罚的公文)缉捕凶身；原告人保领回家；邻佑杖断(判以杖刑)有失救应；房主人并下处邻舍，止得个不应(非有意犯罪)。鲁达在逃，行开个海捕(通缉)急递(紧急传送)的文书，各路追捉；出赏钱一千贯，写了鲁达的年甲(年龄)、贯址(籍贯)、形貌，到处张缉(张贴告示缉拿)；一干人等疏放(释放)听候。郑屠家亲人，自去做孝，不在话下。

且说鲁达自离了渭州，东逃西奔，急急忙忙，却似：

> 失群的孤雁，趁月明独自贴天飞；漏网的活鱼，乘水势翻身冲浪跃。不分远近，岂顾高低。心忙撞倒路行人，脚快有如临阵马。

这鲁提辖急急忙忙行过了几处州府，正是"逃生不避路，到处便为家"。自古有几般："饥不择食，寒不择衣，慌不择路，贫不择妻。"鲁达心慌抢路，正不知投那里去的是。一迷地(一个劲儿地)行了半月之上，在路却走到代州雁门县。入得城来，见这市井闹热，人烟辏集(密集。辏，còu)，车马骈驰(并驾而驰。骈，pián)，一百二十行经商买卖，诸物行货(货物)都有，端的整齐。虽然是个县治，胜如州府。鲁提辖正行之

间,不觉见一簇人众围住了十字街口看榜。但见:

　　扶肩搭背,交颈并头。纷纷不辨贤愚,扰扰难分贵贱。张三蠢胖,不识字只把头摇;李四矮矬(身材矮小。矬, cuó),看别人也将脚踏。白头老叟(男性老人),尽将拐棒拄髭须(胡子。唇上曰髭,唇下为须。髭, zī);绿鬓(乌黑有光泽的鬓发。形容年轻美貌)书生,却把文房抄款目。行行总是萧何法,句句俱依律令行。

　　鲁达看见众人看榜,挨满在十字路口,也钻在人丛里听时,鲁达却不识字,只听得众人读道:"代州雁门县依奉太原府指挥使司,该准渭州文字,捕捉打死郑屠犯人鲁达,即系经略府提辖。如有人停藏(窝藏)在家宿食(住宿吃饭),与犯人同罪;若有人捕获前来,或首告到官,支给赏钱一千贯文。"鲁提辖正听到那里,只听得背后一个人大叫道:"张大哥,你如何在这里?"拦腰抱住,扯离了十字路口。

　　不是这个人看见了,横拖倒拽将去,有分教,鲁提辖剃除头发,削去髭须,倒换过杀人姓名,薅恼(骚扰。薅, hāo)杀诸佛罗汉。直教禅杖打开危险路,戒刀杀尽不平人。毕竟扯住鲁提辖的是甚人。且听下回分解。

# 第 四 回

## 赵员外重修文殊院　鲁智深大闹五台山

话说当下鲁提辖扭过身来看时，拖扯的不是别人，却是渭州酒楼上救了的金老。那老儿直拖鲁达到僻静处，说道："恩人，你好大胆！现今明明地张挂榜文，出一千贯赏钱捉你，你缘何(因何，为何)却去看榜？若不是老汉遇见时，却不被做公的(衙门的差役)拿了。榜上现写着你年甲(年龄)、貌相、贯址(籍贯)。"鲁达道："洒家不瞒你说，因为你上，就那日回到状元桥下，正迎着郑屠那厮，被洒家三拳打死了，因此上在逃。一到处撞了四五十日，不想来到这里。你缘何不回东京去，也来到这里？"金老道："恩人在上：自从得恩人救了，老汉寻得一辆车子，本欲要回东京去，又怕这厮赶来，亦无恩人在彼搭救，因此不上东京去。随路望北来，撞见一个京师古邻(古邻居。古，通"故")，来这里做买卖，就带老汉父子两口儿到这里。亏杀(多亏)了他，就与老汉女儿做媒，结交此间一个大财主赵员外，养做外宅(指男子养于别宅而与之同居之妇)，衣食丰足，皆出于恩人。我女儿常常对他孤老(外宅所事的男子)说提辖大恩，那个员外也爱刺枪使棒，常说道：'怎地得恩人相会一面也好。'想念如何能够得见。且请恩人到家过几日，却再商议。"

鲁提辖便和金老行不得半里，到门首(门口)，只见老儿揭起帘子，叫道："我儿，大恩人在此。"那女孩儿浓妆艳饰，从里面出来，请鲁达居中坐了，插烛(跪拜时连续磕头的动作)也似拜了六拜，说道："若非恩人垂救，怎能够有今日。"鲁达看那女子时，另是一般丰韵，比前不同。

但见：

　　金钗斜插，掩映乌云；翠袖巧裁，轻笼瑞雪。樱桃口浅晕微红，春笋手半舒嫩玉。纤腰袅娜(形容女子、草或枝条细长柔软)，绿罗裙微露金莲(女子的小脚)；素体轻盈，红绣袄偏宜玉体。脸堆三月娇花，眉扫初春嫩柳。香肌扑簌瑶台月，翠鬟笼松楚岫云。

　　那女子拜罢，便请鲁提辖道："恩人上楼去请坐。"鲁达道："不须生受(劳烦)，洒家便要去。"金老便道："恩人既到这里，如何肯放教你便去？"老儿接了杆棒(用作兵器的木棒)包裹，请到楼上坐定。老儿分付道："我儿陪侍恩人坐坐，我去安排饭来。"鲁达道："不消(不需要，不用)多事，随分(随便，就便)便好。"老儿道："提辖恩念，杀身难报。量些粗食薄味，何足挂齿。"女子留住鲁达在楼上坐地(坐着)，金老下来，叫了家中新讨的小厮，分付(嘱咐，命令)那个娅嬛(yāhuan，婢女。今写作"丫鬟")，一面烧着火。老儿和这小厮上街来，买了些鲜鱼、嫩鸡、酿鹅(糟鹅)、肥鲊(大而厚实的咸鱼。鲊，zhǎ)、时新果子之类归来。一面开酒，收拾菜蔬，都早摆了，搬上楼来。春台(饭桌)上放下三个盏子，三双箸(zhù，筷子)，铺下菜蔬、果子、嗄饭(下饭的菜肴。嗄，xià)等物，娅嬛将银酒壶烫上酒来。女父二人，轮番把盏。金老倒地便拜。鲁提辖道："老人家如何恁地下礼(施礼)，折杀(承受不起)俺也。"金老说道："恩人听禀(听我们向您禀告汇报)：前日老汉初到这里，写个红纸牌儿，旦夕一炷香，父女两个兀自拜哩。今日恩人亲身到此，如何不拜？"鲁达道："却也难得你这片心。"

　　三人慢慢地饮酒。将及天晚，只听得楼下打将起来。鲁提辖开窗看时，只见楼下三二十人，各执白木棍棒，口里都叫拿将下来。人丛里一个人，骑在马上，口里大喝道："休教走了这贼！"鲁达见不是头(情势不佳)，拿起凳子，从楼上打将下来。金老连忙摇手叫道："都不要动手。"那老儿抢下楼去，直至那骑马的官人身边，说了几句言语。那官人笑将起来，便喝散了那二三十人，各自去了。

　　那官人下马，入到里面，老儿请下鲁提辖来，那官人扑翻身便拜道："闻名不如见面，见面胜似闻名，义士提辖受礼。"鲁达便问那金老道："这官人是谁？素不相识，缘何便拜洒家？"老儿道："这个便是我儿的官人赵员外。却才只道老汉引甚么郎君子弟(指显贵浮浪的公子)在楼上吃酒，因此引庄客来厮打。老汉说知，方才喝散了。"鲁达道："原来如此。怪员外不得。"赵员外再请鲁提辖上楼坐定。金老重整杯盘，再备酒食相待。赵员外让鲁达上首坐地，鲁达道："洒家怎敢！"员外道："聊表相敬之礼，小子多闻提辖如此豪杰，今日天赐相见，实为万幸。"鲁达道："洒家是个粗卤汉子，又犯了该死的罪过。若蒙员外不弃贫贱，结为相识，但有用洒家处，便与你去。"赵员外大喜，动问(客套话。请问)打死郑屠一事，说些闲话，较量些枪法。吃了半夜酒，各自歇了。

次日天明，赵员外道："此处恐不稳便，可请提辖到敝庄住几时。"鲁达问道："贵庄在何处？"员外道："离此间十里多路，地名七宝村便是。"鲁达道："最好。"员外先使人去庄上叫牵两匹马来。未及晌午(正午)，马已到来。员外便请鲁提辖上马，叫庄客担了行李，鲁达相辞了金老父女二人，和赵员外上了马。两个并马行程，于路说些闲话，投七宝村来。不多时，早到庄前下马，赵员外携住鲁达的手，直至草堂上，分宾而坐，一面叫杀羊置酒相待。晚间收拾客房安歇，次日又备酒食管待。鲁达道："员外错爱(谦辞。表示深受对方爱护)，洒家如何报答。"赵员外便道："'四海之内，皆兄弟也。'如何言报答之事。"

话休絮烦(古代小说中叙事时，常用此语承接前后，表示开始叙述新的内容)。鲁达自此之后，在这赵员外庄上住了五七日。忽一日，两个正在书院里闲坐说话，只见金老急急奔来庄上，径到书院里，见了赵员外并鲁提辖。见没人，便对鲁达道："恩人，不是老汉心多，为是恩人前日老汉请在楼上吃酒，员外误听人报，引领庄客来闹了街坊，后却散了，人都有些疑心，说开去。昨日有三四个做公的来邻舍街坊打听得紧，只怕要来村里缉捕恩人。倘或有些疏失，如之奈何？"鲁达道：

"怎地时,洒家自去便了。"赵员外道:"若是留提辖在此,诚恐有些山高水低(喻指意外不幸之事),教提辖怨怅(怨恨,不满);若不留提辖来,许多面皮(面子,情面)都不好看。赵某却有个道理,教提辖万无一失,足可安身避难。只怕提辖不肯。"鲁达道:"洒家是个该死的人,但得一处安身便了,做甚么不肯?"赵员外道:"若如此,最好。离此间三十余里有座山,唤做五台山。山上有一个文殊院,原是文殊菩萨道场。寺里有五七百僧人,为头智真长老,是我弟兄。我祖上曾舍钱在寺里,是本寺的施主檀越(檀越为梵语音译,意思也是施主)。我曾许下剃度(佛教语。谓落发出家而得超度)一僧在寺里,已买下一道五花(佛教中的五种吉祥花朵,为优昙波罗花、曼陀罗花、莲花、山玉兰和菩提树花)度牒(僧道出家,由官府发给凭证)在此,只不曾有个心腹之人,了这条愿心。如是提辖肯时,一应费用,都是赵某备办,委实(确实)肯落发做和尚么?"鲁达寻思:"如今便要去时,那里投奔人,不如就了这条路罢。"便道:"既蒙员外做主,洒家情愿做了和尚,专靠员外照管。"当时说定了,连夜收拾衣服盘缠,缎匹礼物,排担了。

次日早起来,叫庄客挑了,两个取路望五台山来。辰牌已后,早到那山下。鲁提辖看那五台山时,果然好座大山!但见:

云遮峰顶,日转山腰;嵯峨(cuó é,山高峻的样子)仿佛接天关,崒嵂(高峻的样子)参差(不齐的样子)侵汉表(犹天表,天外)。岩前花木舞春风,暗吐清香;洞口藤萝披宿雨,倒悬嫩线。飞云瀑布,银河影浸月光寒;峭壁苍松,铁角铃摇龙尾动。山根雄峙三千界,峦势高擎几万年。

赵员外与鲁提辖两乘轿子,抬上山来,一面使庄客前去通报。到得寺前,早有寺中都寺(寺院中统管总务的执事僧)、监寺(佛寺中主持寺务之僧。地位次于方丈),出来迎接。两个下了轿子,去山门外亭子上坐定。寺内智真长老得知,引着首座(地位仅次于住持的和尚)、侍者(佛门中侍候长老的随从僧徒),出山门外来迎接。赵员外和鲁达向前施礼,真长老打了问讯(僧尼向人合掌致敬),说道:"施主(僧道等称施舍财物给佛寺或道观的人,也泛称一般的在家人)远出不易。"赵员外答道："有些小事,特来上刹(敬称佛寺)相浼(求托。浼,měi)。"真长老便道："且请员外方丈(初指寺院。后指僧尼长老、住持的居室)吃茶。"赵员外前行,鲁达跟在背后,看那文殊寺,果然是好座大刹!但见:

> 山门侵翠岭,佛殿接青云。钟楼与月窟(月宫)相连,经阁共峰峦对立。香积厨(僧家厨房)通一泓(清水一道)泉水,众僧寮(僧舍)纳四面烟霞。老僧方丈斗牛边,禅客经堂云雾里。白面猿时时献果,将怪石敲响木鱼;黄斑鹿日日衔花,向宝殿供养金佛。七层宝塔接丹霄,千古圣僧来大刹。

当时真长老请赵员外并鲁达到方丈。长老邀员外向客席而坐,鲁达便去下首(位置较卑的一边),坐在禅椅上。员外叫鲁达附耳低言:"你来这里出家,如何便对长老坐地(坐着)?"鲁达道："洒家不省得(不知道)。"起身立在员外肩下(肩旁的座位)。面前首座、维那(佛寺中管理僧众事务的僧人,位次于上座、寺主)、侍者、监寺(主持寺务之僧)、都寺(统管总务的执事僧)、知客(佛寺中专管接待宾客的僧人。又称典客、典宾)、书记(从事文书工作的人),依次排立东西两班。庄客把轿子安顿了,一齐搬将盒子入方丈(长老的居室)来,摆在面前。长老道："何故又将礼物来?寺中多有相浼(轻慢。浼,dú)檀越处。"赵员外道："些小薄礼,何足称谢!"道人、行童(供役使的小和尚)收拾去了。赵员外起身道："一事启堂头大和尚(住持):赵某旧有一条愿心,许剃一僧在上刹,度牒词簿都已有了,到今不曾剃得。今有这个表弟姓鲁,是关西军汉出身,因见尘世艰辛,情愿弃俗出家。万望长老收录,慈悲慈悲,看赵某薄面,披剃为僧。一应所用(一切需用之物)弟子自当准备。烦望长老玉成(敬辞,促成),幸甚!"长老见说,答道："这个事缘是光辉老僧山门(寺院大门。此处指为寺院增光),容易容易,且请拜茶。"只见行童托出茶来。茶罢,收了盏托。

真长老便唤首座、维那,商议剃度这人,分付监寺、都寺,安排斋食。只见首座与众僧自去商议道："这个人不似出家的模样,一双眼却恁凶险。"众僧道："知客,你去邀请客人坐地,我们与长老计较

(商量)。"知客出来,请赵员外、鲁达到客馆里坐地。首座众僧禀长老说道:"却才这个要出家的人,形容丑恶,貌相凶顽,不可剃度他,恐久后累及山门。"长老道:"他是赵员外檀越的兄弟,如何撇得他的面皮? 你等众人且休疑心,待我看一看。"焚起一炷信香,长老上禅椅,盘膝而去,口诵咒语,入定(闭目静坐,使心定于一处)去了。一炷香过,却好回来,对众僧说道:"只顾剃度他。此人上应天星,心地刚直。虽然时下凶顽,命中驳杂(紊乱不顺,困顿坎坷),久后却得清净,正果非凡,汝等皆不及他。可记吾言,勿得推阻。"首座道:"长老只是护短,我等只得从他。不谏(jiàn,规劝)不是,谏他不从,便了。"

长老叫备斋食,请赵员外等方丈会斋(又名吃斋会、善会,由僧家召集,请善男信女在农历四月八日赴会,念佛经、吃斋)。斋罢,监寺打了单帐。赵员外取出银两,教人买办物料。一面在寺里做僧鞋、僧衣、僧帽、袈裟(和尚披的法衣,由许多长方形布片拼缀而成)、拜具(礼拜神、佛的用具。如蒲团、垫子等物品)。一两日都已完备。长老选了吉日良时,教鸣钟击鼓,就法堂内会集大众。整整齐齐,五六百僧人,尽披袈裟,都到法座下合掌作礼,分作两班。赵员外取出银锭、表礼(用作礼品或赏赐的衣料)、信香(香为信心之使,虔诚烧香,神佛即知其愿望),向法座前礼拜了。表白宣疏(诵读祝祷文)已罢,行童(供寺院役使的小和尚)引鲁达到法座下。维那教鲁达除了巾帻(头巾。帻,zé),把头发分做九路绾(wǎn,盘绕成结)了,挑摽(tiáodié,挑起折叠)起来。净发人先把一周遭都剃了,却待剃髭须,鲁达道:"留了这些儿还洒家也好。"众僧忍笑不住。真长老在法座上道:"大众听偈(jì,佛经中的唱颂词。通常四句一偈)。"念道:

寸草不留,六根清净,与汝剃除,免得争竞。

长老念罢偈言,喝一声:"咄! 尽皆剃去!"净发人只一刀,尽皆剃了。首座呈将度牒上法座前,请长老赐法名。长老拿着空头度牒而说偈曰:

灵光一点,价值千金,佛法广大,赐名智深。

长老赐名已罢,把度牒转将下来,书记僧填写了度牒,付与鲁智深收受。长老又赐法衣袈裟,教智深穿了。监寺引上法座前,长老用手与他摩顶受记(以右手摩顶,记录弟子来生因果及成佛之事)道:"一要皈依(信仰佛教者的入教仪式。因对佛、法、僧三宝表示归顺依附,故亦称"三皈依")佛性,二要归奉正法,三要归敬师友,此是三归。五戒者:一不要杀生,二不要偷盗,三不要邪淫,四不要贪酒,五不要妄语(乱言)。"智深不晓得禅宗答应能否两字,却便道:"洒家记得。"众僧都笑。

受记已罢,赵员外请众僧到云堂里坐下,焚香设斋供献。大小职事僧人,各有上贺礼物。都寺引鲁智深参拜了众师兄师弟,又引去僧堂背后丛林里选佛场坐地。当夜无事。

次日赵员外要回,告辞长老,留连(挽留)不住,早斋已罢,并众僧都送出山门。赵员外合掌道:"长老在上,众师父在此,凡事慈悲。小弟智深,乃是愚卤直人,早晚礼数不到,言语冒渎(冒犯,多用作谦辞),误犯清规,万望觑(看)赵某薄面,恕免恕免。"长老道:"员外放心,老僧自慢慢地教他念经诵咒,办道参禅。"员外道:"日后自得报答。"人丛里唤智深到松树下,低低分付道:"贤弟,你从今日难比往常,凡事自宜省戒,切不可托大(大意)。倘有不然,难以相见,保重保重。早晚衣服,我自使人送来。"智深道:"不索(不需要)哥哥说,洒家都依了。"当时赵员外相辞长老,再别了众人上轿;引了庄客,扡(tuō,同"拖")了一乘空轿,取了盒子,下山回家去了。当下长老自引了众僧回寺。

话说鲁智深回到丛林选佛场中禅床上,扑倒头便睡,上下肩两个禅和子(即和尚)推他起来,说道:"使不得。既要出家,如何不学坐禅?"智深道:"洒家自睡,干你甚事?"禅和子道:"善哉!"智深裸袖道:"团鱼(鳖的俗称)洒家也吃,甚么'鳝哉'?"禅和子道:"却是苦也!"智深便道:"团鱼大腹,又肥甜了,好吃,那得'苦也'。"上下肩禅和子都不睬他,由他自睡了。次日,要去对长老说知智深如此无礼。首座劝道:"长老说道他后来正果非凡,我等皆不及他,只是护短。你们且没奈何,休与他一般见识。"禅和子自去了。智深见没人说他,每到晚便放翻身体,横罗十字,倒在禅床上睡,夜间鼻如雷响;

要起来净手(婉辞,指排泄大小便),大惊小怪,只在佛殿后撒尿撒屎,遍地都是。侍者禀长老说:"智深好生无礼,全没些个出家人体面。丛林(僧众聚集的处所)中如何安着得此等之人?"长老喝道:"胡说!且看檀越之面,后来必改。"自此无人敢说。

鲁智深在五台山寺中,不觉搅了四五个月。时遇初冬天气,智深久静思动。当日晴明得好,智深穿了皂布直裰(僧袍,裰,duō),系了鸦青绦,换了僧鞋,大踏步走出山门来。信步行到半山亭子上,坐在鹅项懒凳(一种小凳子)上,寻思道:"干鸟(diǎo,人、畜的生殖器。多用在骂人话中)么!俺往常好酒好肉,每日不离口,如今教洒家做了和尚,饿得干瘪(biě)了。赵员外这几日又不使人送些东西来与洒家吃,口中淡出鸟来。这早晚怎地得些酒来吃也好。"正想酒哩,只见远远地一个汉子,挑着一付担桶,唱上山来。上面盖着桶盖。那汉子手里拿着一个旋子,唱着上来,唱道:

九里山前作战场,牧童拾得旧刀枪。

顺风吹动乌江水,好似虞姬别霸王。

鲁智深观见那汉子挑担桶上来,坐在亭子上,看这汉子,也来亭子上,歇下担桶。智深道:"兀那(指示代词。犹那,那个。可指人、地或事)汉子,你那桶里,甚么东西?"那汉子道:"好酒!"智深道:"多少钱一桶?"那汉子道:"和尚,你真个也是作耍?"智深道:"洒家和你耍甚么?"那汉子道:"我这酒挑上去,只卖与寺内火工道人(僧寺的杂工)、直厅(守厅。亦指守厅的人)、轿夫、老郎们(寺庙中的粗杂工)做生活的吃。本寺长老已有法旨:但卖与和尚们吃了,我们都被长老责罚,追了本钱,赶出屋去。我们现关着本寺的本钱,现住着本寺的屋宇,如何敢卖与你吃?"智深道:"真个不卖?"那汉子道:"杀了我也不卖!"智深道:"洒家也不杀你,只要问你买酒吃。"那汉子见不是头,挑了担桶便走。智深赶下亭子来,双手拿住匾担,只一脚,交裆踢着,那汉子双手掩着,做一堆蹲在地下,半日起不得。智深把那两桶酒都提在亭子上,地下拾起旋子(温酒时盛水的金属器具),开了桶盖,只顾舀冷酒吃。

— 53 —

无移时(片刻工夫),两大桶酒吃了一桶。智深道:"汉子,明日来寺里讨钱。"那汉子方才疼止,又怕寺里长老得知,坏了衣饭(失去经济来源),忍气吞声,那里敢讨钱。把酒分做两半桶挑了,拿了旋子,飞也似下山去了。

只说鲁智深在亭子上坐了半日,酒却上来;下得亭子,松树根边又坐了半歇,酒越涌上来。智深把皂直裰褪膊下来,把两只袖子缠在腰里,露出脊背上花绣(以针在人体臂胸等部刺成各种花纹,然后以青墨涂之。又名扎青、刺青)来,扇着(晃着)两个膀子上山来。但见:

> 头重脚轻,眼红面赤;前合后仰,东倒西歪。踉踉跄跄上山来,似当风之鹤;摆摆摇摇回寺去,如出水之蛇。指定天宫,叫骂天蓬元帅;踏开地府,要拿催命判官。裸形赤体醉魔君,放火杀人花和尚。

鲁智深看看来到山门下,两个门子远远地望见,拿着竹篦(一种竹棍,一头完好,另一头则划破成数十瓣,磕地有声。常用来恫吓鸡犬,古代可用作制敌兵器。篦,bì)来到山门下,拦住鲁智深便喝道:"你是佛家弟子,如何噇(chuáng,古代特指大吃大喝)得烂醉了上山来?你须不瞎,也见库局里贴的晓示:但凡和尚破戒吃酒,决打四十竹篦,赶出寺去。如门子纵容醉的僧人入寺,也吃十下。你快下山去,饶你几下竹篦。"鲁智深一者初做和尚,二来旧性未改,睁起双眼骂道:"直娘贼!你两个要打洒家,俺便和你厮打。"门子见势头不好,一个飞也似入来报监寺,一个虚拖竹篦拦他。智深用手隔过,搐开五指,去那门子脸上只一掌,打得踉踉跄跄;却待挣扎,智深再复一拳,打倒在山门下,只是叫苦。智深道:"洒家饶你这厮。"踉踉跄跄,攧(diān,跌、摔)入寺里来。

监寺听得门子报说,叫起老郎、火工、直厅、轿夫三二十人,各执白木棍棒,从西廊下抢出来,却好迎着智深。智深望见,大吼了一声,却似嘴边起个霹雳,大踏步抢入来。众人初时不知他是军官出身,次后见他行得凶了,慌忙都退入藏殿(指兼有经堂与看经堂之楼殿)里去,便把亮槅(能透光的花格长窗。槅,gé)关上。智深抢入阶来,一拳一脚,打开亮槅,三二十人都赶得没路,夺条棒,从藏殿里打将出来。

　　监寺慌忙报知长老。长老听得,急引了三五个侍者直来廊下,喝道:"智深不得无礼!"智深虽然酒醉,却认得是长老,撇了棒,向前来打个问讯(僧尼跟人应酬时合十招呼),指着廊下对长老道:"智深吃了两碗酒,又不曾撩拨(招惹)他们,他众人又引人来打洒家。"长老道:"你看我面,快去睡了,明日却说。"鲁智深道:"俺不看长老面,洒家直打死你那几个秃驴!"长老叫侍者扶智深到禅床上,扑地便倒了,齁齁(hōuhōu,鼾声)地睡了。

　　众多职事僧人围定长老告诉道:"向日(从前)徒弟们曾谏长老来,今日如何? 本寺那里容得这个野猫,乱了清规(戒律)!"长老道:"虽是如今眼下有些罗唣(吵闹,寻事。唣,zào),后来却成得正果,无奈何,且看赵员外檀越之面,容恕他这一番。我自明日叫去埋怨他便了。"众僧冷笑道:"好个没分晓(是非不分)的长老!"各自散去歇息。

　　次日,早斋罢,长老使侍者到僧堂里坐禅处唤智深时,尚兀自未起。待他起来,穿了直裰,赤着脚,一道烟走出僧堂来。侍者吃了一惊,赶出外来寻时,却走在佛殿后撒屎。侍者忍笑不住,等他净了手,说道:"长老请你说话。"智深跟着侍者到方丈,长老道:"智深虽是个武夫出身,今来赵员外檀越剃度了你,我与你摩顶受记,教你'一不可杀生,二不可偷盗,三不可邪淫,四不可贪酒,五不可妄语'。此五戒乃僧家常理。出家人第一不可贪酒,你如何夜来吃得大醉,打了门子,伤坏了藏殿上朱红槅子,又把火工道人都打走了,口出喊声。如何这般所为?"智深跪下道:"今番不敢了。"长老道:"既然出家,如何先破了酒戒,又乱了清规? 我不看你施主赵员外面,定赶你出寺! 再后休犯!"智深起来合掌道:"不敢,不敢。"长老留在方丈里,安排早饭与他吃;又用好言语劝他;取一领细布直裰,一双僧鞋,与了智深,教回僧堂去了。

　　昔有一名贤,走笔作一篇口号,单说那酒,端的做得好! 道是:

　　　　从来过恶皆归酒,我有一言为世剖。

地水火风合成人,面曲米水和醇酎①。

酒在瓶中寂不波,人未醺时若无口。

谁说孩提即醉翁,未闻食糯颠如狗。

如何三杯放手倾,遂令四大不自有!

几人涓滴不能尝,几人一饮三百斗。

亦有醒眼是狂徒,亦有酕醄②神不谬③。

酒中贤圣得人传,人负邦家因酒覆。

解嘲破惑有常言,酒不醉人人醉酒。

但凡饮酒,不可尽欢,常言:"酒能成事,酒能败事。"便是小胆的吃了,也胡乱做了大胆,何况性高(脾气大,性情急躁)的人?

再说这鲁智深自从吃酒醉闹了这一场,一连三四个月,不敢出寺门去。忽一日,天气暴(突然)暖,是二月间天气。离了僧房,信步踱出山门外立地,看着五台山,喝采一回。猛听得山下叮叮当当的响声,顺风吹上山来。智深再回僧堂里取了些银两,揣在怀里,一步步走下山来。出得那"五台福地"的牌楼来看时,原来却是一个市井,约有五七百人家。智深看那市镇上时,也有卖肉的,也有卖菜的,也有酒店面店。智深寻思道:"干呆么!俺早知有这个去处,不夺他那桶酒吃,也自下来买些吃。这几日熬得清水流,且过去看,有甚东西买些吃?"听得那响处,却是打铁的在那里打铁,间壁一家门上,写着"父子客店"。智深走到铁匠铺门前看时,见三个人打铁。智深便道:"兀那待诏(对手艺工匠的尊称),有好钢铁么?"那打铁的看见鲁智深腮边新剃,暴长短须戗戗(qiāngqiāng,不顺的样子,倒长的样子)地好渗濑人(吓人。濑,lài),先有五分怕他。那待诏住了手道:"师父请坐,要打甚么生活(器物)?"智深道:"洒家要打条禅杖(一种兵器,为铲的一种,佛教僧人多持之),一口戒刀。不知有上等好铁么?"待诏道:"小人这里正有些好铁,不知师父要打多少重的禅杖、戒刀(僧人所佩带的刀,戒律规定只准割衣

---

① 醇酎(chúnzhòu):味厚的美酒。  ②酕醄(máotáo):大醉的样子。  ③谬(miù):错误的,不合情理的。

物用,不许杀生),但凭分付。"智深道:"洒家只要打一条一百斤重的。"待诏笑道:"重了。师父,小人打怕不打了,只恐师父如何使得动? 便是关王刀,也只有八十一斤。"智深焦躁道:"俺便不及关王(三国时期的关羽,后人尊为关王)! 他也只是个人。"那待诏道:"小人据常说,只可打条四五十斤的,也十分重了。"智深道:"便依你说,比关王刀,也打八十一斤的。"待诏道:"师父,肥了不好看,又不中使。依着小人,好生打一条六十二斤的水磨(加水精细打磨)禅杖与师父,使不动时,休怪小人。戒刀已说了,不用分付,小人自用十分好铁打造在此。"智深道:"两件家生,要几两银子? "待诏道:"不讨价,实要五两银子。"智深道:"俺便依你五两银子;你若打得好时,再有赏你。"那待诏接了银两道:"小人便打在此。"智深道:"俺有些碎银子在这里,和你买碗酒吃。"待诏道:"师父稳便,小人赶趁(赶制)些生活,不及相陪。"

　　智深离了铁匠人家,行不到三二十步,见一个酒望子(酒店所用的幌子。以布缀竿,悬于门首,作招徕酒客之用),挑出在房檐上。智深掀起帘子,入到里面坐下,敲着桌子叫道:"将酒来! "卖酒的主人家说道:"师父少罪,小人住的房屋,也是寺里的,本钱也是寺里的。长老已有法旨:但是小人们卖酒与寺里僧人吃了,便要追了小人们本钱,又赶出屋。因此,只得休怪。"智深道:"胡乱卖些与洒家吃,俺须不说是你家便了。"店主人道:"胡乱不得,师父别处去吃。休怪,休怪。"智深只得起身,便道:"洒家别处吃得,却来和你说话。"出得店门,行了几步,又望见一家酒旗儿(酒帘。酒店的标志),直挑出在门前。智深一直走进去,坐下叫道:"主人家,快把酒来卖与俺吃。"店主人道:"师父,你好不晓事,长老已有法旨,你须也知,却来坏我们衣饭。"智深不肯动身,三回五次,那里肯卖。智深情知不肯,起身又走。连走了三五家,都不肯卖。智深寻思一计,若不生个道理,如何能够酒吃? 远远地杏花深处,市梢(市镇街道的尽头。梢,shāo)尽头,一家挑出个草帚儿(乡村酒店用作酒幌的草帘)来。智深走到那里看时,却是个傍村小酒店。但见:

傍村酒肆已多年，斜插桑麻古道边。

白板凳铺宾客坐，须篱笆用棘荆编。

破瓮榨成黄米酒，柴门挑出布青帘。

更有一般堪笑处，牛屎泥墙尽酒仙。

智深走入店里来，靠窗坐下，便叫道："主人家，过往僧人买碗酒吃。"庄家看了一看道："和尚，你那里来？"智深道："俺是行脚僧人，游方到此经过，要买碗酒吃。"庄家道："和尚，若是五台山寺里的师父，我却不敢卖与你吃。"智深道："洒家不是，你快将酒卖来。"庄家看见鲁智深这般模样，声音各别，便道："你要打多少酒？"智深道："休问多少，大碗只顾筛来。"约莫也吃了十来碗，智深问道："有甚肉，把一盘来吃。"庄家道："早来有些牛肉，都卖没了。"智深猛闻得一阵肉香，走出空地上看时，只见墙边沙锅里煮着一只狗在那里。智深道："你家现有狗肉，如何不卖与俺吃？"庄家道："我怕你是出家人，不吃狗肉，因此不来问你。"智深道："洒家的银子有在这里。"便将银子递与庄家道："你且卖半只与俺。"那庄家连忙取半只熟狗肉，捣些蒜泥，将来放在智深面前。智深大喜，用手扯那狗肉，蘸着蒜泥吃，一连又吃了十来碗酒。吃得口滑(顺口)，只顾要吃，那里肯住。庄家倒都呆了，叫道："和尚，只恁地罢！"智深睁起眼道："洒家又不白吃你的，管俺怎地？"庄家道："再要多少？"智深道："再打一桶来。"庄家只得又舀一桶来。智深无移时(不多时，一会儿)，又吃了这桶酒，剩下一脚狗腿，把来揣在怀里，临出门又道："多的银子，明日又来吃。"吓得庄家目瞪口呆，罔知所措。看见他早望五台山上去了。

智深走到半山亭子上，坐了一回，酒却涌上来，跳起身，口里道："俺好些时不曾拽拳使脚，觉道身体都困倦了，洒家且使几路看。"下得亭子，把两只袖子搭(nuò，握在手中，握持)在手里，上下左右，使了一回。使得力发，只一膀子，扇在亭子柱上，只听得刮刺刺一声响亮，把亭子柱打折了，坍了亭子半边。

门子(看门的人)听得半山里响，高处看时，只见鲁智深一步一撷，抢上山来。两个门子叫道："苦也！这畜生今番又醉得不小！"便把山门关上，把栓拴了。只在门缝里张时，见智深抢到山门下，见关了门，把拳头擂鼓也似敲门，两个门子那里敢开。智深敲了一回，扭过身来，看了左边的金刚(佛教指佛的侍从力士，手执金刚杵)，喝一声道："你这个鸟大汉，不替俺敲门，却拿着拳头吓洒家，俺须不怕你。"跳上台基，把栅刺子只一拔，却似撅葱般拔开了；拿起一根折木头，去那金刚腿上便打，簌簌地泥和颜色都脱下来。门子张见道："苦也！"只得报知长老。智深等了一会，调转身来，看着右边金刚，喝一声道："你这厮张开大口，也来笑洒家。"便跳过右边台基上，把那金刚脚上打了两下，只听得一声震天价响，那尊金刚从台基上倒撞下来，智深提着折木头大笑。

　　两个门子去报长老，长老道："休要惹他，你们自去。"只见这首座、监寺、都寺并一应职事僧人，都到方丈禀道："这野猫今日醉得不好，把半山亭子，山门下金刚，都打坏了。如何是好？"长老道："自古天子尚且避醉汉，何况老僧乎？若是打坏了金刚，请他的施主赵员外自来塑新的；倒了亭子，也要他修盖。这个且由他。"众僧道："金刚乃是山门之主，如何把来换过？"长老道："休说坏了金刚，便是打坏了殿上三世佛(佛教谓过去、现在、未来三世，各有千佛出世。过去佛为迦叶诸佛，现在佛为释迦牟尼佛，未来佛为弥勒诸佛)，也没奈何，只可回避他。你们见前日的行凶么？"众僧出得方丈，都道："好个囫囵竹(未凿眼的竹子。喻糊涂，不明事理)的长老！门子，你且休开，只在里面听。"智深在外面大叫道："直娘的秃驴们，不放洒家入寺时，山门外讨把火来，烧了这个鸟寺。"众僧听得叫，只得叫门子："拽了大栓，由那畜生入来；若不开时，真个做出来。"门子只得捻脚捻手(轻脚轻手，小心而不使出声)，把栓拽了，飞也似闪入房里躲了，众僧也各自回避。

　　只说那鲁智深双手把山门尽力一推，扑地撺将入来，吃了一交(通"跤")。扒将起来，把头摸一摸，直奔僧堂来。到得选佛场(指开堂、设戒、度僧之地。亦泛指佛寺)中，禅和子正打坐间，看见智深揭起帘子，钻将入来,都吃一惊,尽低了头,智深到得禅床边,喉咙里咯咯地响,看着地下便吐。众僧都闻不得那臭,个个道:"善哉!"齐掩了口鼻。智深吐了一回,扒上禅床,解下绦,把直裰带子都咇咇剥剥<sub>(象声词。咇, bì)</sub>扯断了,脱下那脚狗腿来。智深道:"好好,正肚饥哩!"扯来便吃。众僧看见,便把袖子遮了脸,上下肩两个禅和子远远地躲开。智深见他躲开,便扯一块狗肉,看着上首的道:"你也到口<sub>(吃,尝一尝)</sub>。"上首的那和尚,把两只袖子死掩了脸。智深道:"你不吃。"把肉望下首的禅和子嘴边塞将去,那和尚躲不迭<sub>(躲闪不及)</sub>,却待下禅床,智深把他劈耳朵揪住,将肉便塞。对床四五个禅和子跳过来劝时,智深撇了狗肉,提起拳头,去那光脑袋上咇咇剥剥只顾凿。满堂僧众大喊起来,都去柜中取了衣钵<sub>(袈裟和饭盂)</sub>要走。此乱唤做卷堂大散,首座那里禁约<sub>(禁止约束,管束)</sub>得住?智深一味地打将出来,大半禅客都躲出廊下来。

监寺、都寺,不与长老说知,叫起一班职事<sub>(管事)</sub>僧人,点起<sub>(点名招集)</sub>老郎、火工道人、直厅、轿夫,约有一二百人,都执杖叉棍棒,尽使手巾盘头,一齐打入僧堂来。智深见了,大吼一声,别无器械,抢入僧堂里,佛面前推翻供桌,撅<sub>(juē)</sub>两条桌脚,从堂里打将出来。但见:

> 心头火起,口角雷鸣。奋八九尺猛兽身躯,吐三千丈凌云志气。按不住杀人怪胆,圆睁起卷海双睛。直截横冲,似中箭投崖虎豹;前奔后涌,如着枪跳涧豺狼。直饶<sub>(犹纵使,即使)</sub>揭帝<sub>(亦作"揭谛"。佛教语。护法神之一)</sub>也难当,便是金刚须拱手。

当时鲁智深抢两条桌脚,打将出来,众多僧行见他来得凶了,都拖了棒,退到廊下。智深两条桌脚,着地卷将来,众僧早两下合拢来。智深大怒,指东打西,指南打北,只饶了两头的。当时智深直打到法堂下,只见长老喝道:"智深不得无礼,众僧也休动手。"两边众人,被打伤了数十个,见长老来,各自退去。

智深见众人退散,撇了桌脚,叫道:"长老,与洒家做主。"此时酒已七八分醒了。长老道:"智深,你连累杀老僧。前番醉了一次,搅扰了一场，我教你兄赵员外得知，他写书来，与众僧陪话(赔礼)。今番你又如此大醉无礼，乱了清规，打坍了亭子，又打坏了金刚。这个且由他。你搅得众僧卷堂而走，这个罪业(指身、口、意三业所造之罪，亦泛指应受恶报的罪孽)非小，我这里五台山文殊菩萨道场，千百年清净香火去处，如何容得你这个秽污(肮脏的人)？你且随我来方丈里过几日，我安排你一个去处。"智深随长老到方丈去。长老一面叫职事僧人留住众禅客，再回僧堂，自去坐禅；打伤了的和尚，自去将息。长老领智深到方丈，歇了一夜。

次日，真长老与首座商议："收拾了些银两赍发他，教他别处去，可先说与赵员外知道。"长老随即修书一封，使两个直厅道人，径到赵员外庄上，说知就里(原委)，立等回报。赵员外看了来书，好生不然(不悦，不高兴)。回书来拜复长老说道："坏了的金刚、亭子，赵某随即备价来修。智深任从长老发遣。"长老得了回书，便叫侍者取领皂布直裰，一双僧鞋，十两白银，房中唤过智深。长老道："智深，你前番一次大醉，闹了僧堂，便是误犯。今次又大醉，打坏了金刚，坍了亭子，卷堂闹了选佛场，你这罪业非轻；又把众禅客打伤了。我这里出家，是个清净去处，你这等做，甚是不好。看你赵檀越面皮，与你这封书，投一个去处安身。我这里决然安你不得了。我夜来看了，赠汝四句偈言，终身受用。"智深道："师父教弟子那里去安身立命？愿听俺师四句偈言。"

真长老指着鲁智深，说出这几句言语，去这个去处。有分教，这人笑挥禅杖，战天下英雄好汉；怒掣(chě，抽)戒刀，砍世上逆子谗(chán)臣。直教名驰塞北三千里，果证(佛教语。谓果地之证悟)江南第一州。毕竟真长老与智深说出甚言语来，且听下回分解。

# 第 五 回

## 小霸王醉入销金帐　花和尚大闹桃花村

话说当日智真长老道:"智深,你此间决不可住了。我有一个师弟,现在东京大相国寺住持,唤做智清禅师。我与你这封书,去投他那里,讨个职事僧(寺院中分管各项职务的僧人)做。我夜来(夜间,昨夜)看了,赠汝四句偈言,你可终身受用,记取今日之言。"智深跪下道:"洒家愿听偈言。"长老道:

遇林而起,遇山而富,遇水而兴,遇江而止。

鲁智深听了四句偈言,拜了长老九拜。背了包裹、腰包(本为腰间所系的包,后常泛指个人所得或所有,犹私囊)、肚包(系在腹部用以盛钱或什物的布袋),藏了书信,辞了长老并众僧人,离了五台山,径到铁匠间壁(隔壁)客店里歇了,等候打了禅杖、戒刀,完备就行。寺内众僧得鲁智深去了,无一个不欢喜。长老教火工道人自来收拾打坏了的金刚、亭子。过不得数日,赵员外自将若干钱物来五台山,再塑起金刚,重修起半山亭子,不在话下。有诗为证:

禅林辞去入禅林,知已相逢义断金。

且把威风惊贼胆,漫将妙理悦禅心。

绰名<sup>①</sup>久唤花和尚,道号亲名鲁智深。

俗愿了时终证果,眼前争奈<sup>②</sup>没知音。

再说这鲁智深就客店里住了几日,等得两件家生都已完备,做

---

①绰名:绰号。　②争奈:怎奈,无奈。

了刀鞘,把戒刀插放鞘内,禅杖却把漆来裹了。将些碎银子赏了铁匠,背了包裹,跨了戒刀,提了禅杖,作别了客店主人并铁匠,行程上路。过往人看了,果然是个莽和尚。但见:

> 皂直裰背穿双袖,青圆绦斜绾双头。鞘内戒刀,藏春冰三尺;肩头禅杖,横铁蟒一条。鹭鸶腿紧系脚絣(绑腿一类的用品。絣,bēng),蜘蛛肚牢拴衣钵。嘴缝边攒千条断头铁线,胸脯上露一带盖胆寒毛。生成食肉餐鱼(一种生长在淡水中的条形鱼名。餐,cān)脸,不是看经念佛人。

且说鲁智深自离了五台山文殊院,取路投东京来。行了半月之上,于路不投寺院去歇,只是客店内打火安身,白日间酒肆里买吃。一日正行之间,贪看山明水秀,不觉天色已晚。但见:

> 山影深沉,槐阴渐没。绿杨郊外,时闻鸟雀归林;红杏村中,每见牛羊入圈。落日带烟生碧雾,断霞映水散红光。溪边钓叟移舟去,野外村童跨犊归。

鲁智深因见山水秀丽,贪行了半日,赶不上宿头(借宿之处),路中又没人作伴,那里投宿是好? 又赶了三二十里田地,过了一条板桥,远远地望见一簇红霞,树木丛中,闪着一所庄院,庄后重重迭迭,都是乱山。鲁智深道:"只得投庄上去借宿。"径奔到庄前看时,见数十个庄家,忙忙急急,搬东搬西。鲁智深到庄前,倚了禅杖,与庄客打个问讯。庄客道:"和尚,日晚来我庄上做甚的?"智深道:"洒家赶不上宿头,欲借贵庄投宿一宵,明早便行。"庄客道:"我庄上今夜有事,歇不得。"智深道:"胡乱借洒家歇一夜,明日便行。"庄客道:"和尚快走,休在这里讨死!"智深道:"也是怪哉! 歇一夜,打甚么不紧? 怎地便是讨死?"庄家道:"去便去,不去时,便捉来缚在这里。"鲁智深大怒道:"你这厮村人(俗人,蠢人),好没道理! 俺又不曾说甚的,便要绑缚洒家。"庄客们也有骂的,也有劝的。

鲁智深提起禅杖,却待要发作,只见庄里走出一个老人来。鲁智深看那老人时,似年近六旬之上。挂一条过头挂杖,走将出来,喝问庄客：“你们闹甚么？”庄客道：“可奈(可恨)这个和尚要打我们。”智深便道：“小僧是五台山来的和尚，要上东京去干事，今晚赶不上宿头，借贵庄投宿一宵，庄家那厮无礼，要绑缚洒家。”那老人道：“既是五台山来的僧人，随我进来。”智深跟那老人直到正堂上，分宾主坐下。那老人道：“师父，休要怪。庄家们不省得师父是活佛去处来的，他作寻常一例相看。老汉从来敬信佛天三宝(佛、法、僧)，虽是我庄上今夜有事，权且留师父歇一宵了去。”智深将禅杖倚了，起身打个问讯，谢道：“感承施主，小僧不敢动问贵庄高姓？”老人道：“老汉姓刘，此间唤做桃花村，乡人都叫老汉做桃花庄刘太公。敢问师父俗姓，唤做甚么讳字(名讳字号)？”智深道：“俺的师父是智真长老，与俺取了个讳字。因洒家姓鲁，唤做鲁智深。”太公道：“师父请吃些晚饭，不知肯吃荤腥也不？”鲁智深道：“洒家不忌荤酒，遮莫(不论)甚么浑清白酒，都不拣选，牛肉狗肉，但有便吃。”太公道：“既然师父不忌荤酒，先叫庄客取酒肉来。”没多时，庄客掇张桌子，放下一盘牛肉，三四样菜蔬，一双箸，放在鲁智深面前。智深解下腰包、肚包，坐定。那庄客旋(以旋子温酒。旋，原指温酒器，旋之汤中以温酒)了一壶酒，拿一只盏子，筛下酒与智深吃。这鲁智深也不谦让，也不推辞，无一时，一壶酒，一盘肉，都吃了。太公对席看见，呆了半晌。庄客搬饭来，又吃了，抬过桌子。

　　太公分付道：“胡乱教师父在外面耳房(正房或厢房两侧连着的小房间。言其在门内左右如两耳然)中歇一宵，夜间如若外面热闹，不可出来窥望(偷看)。”智深道：“敢问贵庄今夜有甚事？”太公道：“非是你出家人闲管的事。”智深道：“太公缘何模样不甚喜欢？莫不怪小僧来搅扰你么？明日洒家算还你房钱便了。”太公道：“师父听说，我家时常斋僧布施，那争(多)师父一个。只是我家今夜小女招夫，以此烦恼。”鲁智深呵呵大笑道：“‘男大须婚，女大必嫁。’这是人伦大事，五常之礼，何故烦恼？”太公道：“师父不知，这头亲事不是情愿与的。”智深大笑道：“太公，你也是个痴汉(愚蠢之人，笨蛋)，既然不两相情愿，如何招赘(招人到自己家里做女婿。赘，zhuì)做个女婿？"太公道："老汉止有这个小女，如今方得一十九岁。被此间有座山，唤做桃花山，近来山上有两个大王，扎了寨栅，聚集着五七百人，打家劫舍。此间青州官军捕盗，禁他不得。因来老汉庄上讨进奉(指进献的财物)，见了老汉女儿，撇下二十两金子、一匹红锦为定礼，选着今夜好日，晚间来入赘老汉庄上。又和他争执不得，只得与他，因此烦恼，非是争师父一个人。"

智深听了道："原来如此。小僧有个道理，教他回心转意，不要娶你女儿如何？"太公道："他是个杀人不眨眼魔君，你如何能够得他回心转意？"智深道："洒家在五台山智真长老处学得说因缘，便是铁石人，也劝得他转。今晚可教你女儿别处藏了，俺就你女儿房内说因缘劝他，便回心转意。"太公道："好却甚好，只是不要拎虎须(比喻冒犯厉害的人)。"智深道："洒家的不是性命！你只依着俺行。"太公道："却是好也！我家有福，得遇这个活佛下降。"庄客听得，都吃一惊。

太公问智深："再要饭吃么？"智深道："饭便不要吃，有酒再将些来吃。"太公道："有，有！"随即叫庄客取一只熟鹅，大碗斟将酒来，叫智深尽意吃了三二十碗，那只熟鹅也吃了。叫庄客将了包裹，先安放房里，提了禅杖，带了戒刀，问道："太公，你的女儿躲过了不曾？"太公道："老汉已把女儿寄送在邻舍庄里去了。"智深道："引洒家新妇房内去。"太公引至房边，指道："这里面便是。"智深道："你们自去躲了。"太公与众庄客自出外面安排筵席。智深把房中桌椅等物都掇过了，将戒刀放在床头，禅杖把来倚在床边，把销金帐子下了，脱得赤条条地，跳上床去坐了。

太公见天色看看黑了，叫庄客前后点起灯烛荧煌(辉煌)，就打麦场上放下一条桌子，上面摆着香花灯烛。一面叫庄客大盘盛着肉，大壶温着酒。约莫初更时分，只听得山边锣鸣鼓响。这刘太公怀着鬼胎，庄家们都捏着两把汗，尽出庄门外看时，只见远远地四五十火把，照曜如同白日(白天)，一簇人马，飞奔庄上来。但见：

雾锁青山影里，滚出一伙没头神；烟迷绿树林边，摆着几行争食鬼。人人凶恶，个个狰狞(zhēngníng，凶恶)。头巾都戴茜根红(茜草的根状茎和其节上的须根的颜色，即绛红色)，衲袄(一种斜襟的夹袄或棉袄)尽披枫叶赤。缨枪对对，围遮定吃人心肝的小魔王；梢棒双双，簇捧着不养爹娘的真太岁(喻凶恶强暴的人)。夜间罗刹去迎亲，山上大虫来下马。

刘太公看见，便叫庄客大开庄门，前来迎接。只见前遮后拥，明晃晃的都是器械旗枪，尽把红绿绢帛缚着，小喽罗头巾边乱插着野花。前面摆着四五对红纱灯笼，照着马上那个大王。怎生打扮？但见：

头戴撮尖干红凹面巾，鬓傍边插一枝罗帛象生花(装饰用的仿生假花)，上穿一领围虎体挽绒金绣绿罗袍，腰系一条称狼身销金包肚红搭膊，着一双对掩云跟牛皮靴，骑一匹高头卷毛大白马。

那大王来到庄前下了马，只见众小喽罗齐声贺道："帽儿光光，今夜做个新郎。衣衫窄窄，今夜做个娇客。"刘太公慌忙亲捧台盏，斟下一杯好酒，跪在地下。众庄客都跪着。那大王把手来扶道："你是我的丈人，如何倒跪我？"太公道："休说这话，老汉只是大王治下管的人户。"那大王已有七八分醉了，呵呵大笑道："我与你家做个女婿，也不亏负了你。你的女儿匹配我也好。"刘太公把了下马杯(下马到家之后要喝的酒)，来到打麦场上，见了香花灯烛，便道："泰山(岳父的别称)，何须如此迎接？"那里又饮了三杯，来到厅上，唤小喽罗教把马去系在绿杨树上。小喽罗把鼓乐就厅前擂将起来。大王上厅坐下，叫道："丈人，我的夫人在那里？"太公道："便是怕羞，不敢出来。"大王笑道："且将酒来，我与丈人回敬。"那大王把了一杯，便道："我且和夫人厮见(相见)了，却来吃酒未迟。"

那刘太公一心只要那和尚劝他，便道："老汉自引大王去。"拿了烛台，引着大王，转入屏风背后，直到新人房前。太公指与道："此间便是，请大王自入去。"太公拿了烛台，一直去了。未知凶吉如何，先办一条走路。

那大王推开房门,见里面黑洞洞地。大王道:"你看我那丈人,是个做家(谓持家节俭)的人,房里也不点碗灯,由我那夫人黑地里坐地。明日叫小喽罗山寨里扛一桶好油来与他点。"鲁智深坐在帐子里都听得,忍住笑,不做一声。那大王摸进房中,叫道:"娘子,你如何不出来接我?你休要怕羞,我明日要你做压寨夫人。"一头叫娘子,一头摸来摸去。一摸摸着销金帐子,便揭起来,探一只手入去摸时,摸着鲁智深的肚皮,被鲁智深就势劈头巾角儿(包头的头巾的角)揪住,一按按将下床来。那大王却待挣扎,鲁智深把右手捏起拳头,骂一声:"直娘贼!"连耳根带脖子只一拳,那大王叫一声:"做甚么便打老公?"鲁智深喝道:"教你认的老婆!"拖倒在床边,拳头脚尖一齐上,打得大王叫救人。刘太公惊得呆了,只道这早晚正说因缘劝那大王,却听的里面叫救人。太公慌忙把着灯烛,引了小喽罗,一齐抢将入来。众人灯下打一看时,只见一个胖大和尚,赤条条不着一丝,骑翻大王在床面前打。为头的小喽罗叫道:"你众人都来救大王。"众小喽罗一齐拖枪拽棒,打将入来救时,鲁智深见了,撇下大王,床边绰了禅杖,着地打将出来。小喽罗见来得凶猛,发声喊都走了。刘太公只管叫苦。打闹里,那大王爬出房门,奔到门前,摸着空马,树上折枝柳条,托地跳在马背上,把柳条便打那马,却跑不去。大王道:"苦也!这马也来欺负我。"再看时,原来心慌,不曾解得缰绳,连忙扯断了,骑着护马(没有鞍辔的光背马。护,chǎn)飞走。出得庄门,大骂:"刘太公老驴休慌,不怕你飞了。"把马打上两柳条,拨喇喇地驮了大王上山去。

刘太公扯住鲁智深道:"和尚,你苦了老汉一家儿了。"鲁智深说道:"休怪无礼!且取衣服和直裰来,洒家穿了说话。"庄家去房里取来,智深穿了。太公道:"我当初只指望你说因缘,劝他回心转意,谁想你便下拳打他一这一顿,定是去报山寨里大队强人来杀我家。"智深道:"太公休慌。俺说与你,洒家不是别人,俺是延安府老种经略相公帐前提辖官，为因打死了人，出家做和尚。休道这两个鸟人，便是一二千军马来，洒家也不怕他。你们众人不信时，提俺禅杖看。"庄客们那里提得动。智深接过来手里，一拟拈灯草一般使起来。太公道："师父休要走了去，却要救护我们一家儿使得。"智深道："甚么闲话，俺死也不走。"太公道："且将些酒来师父吃，休得要抵死醉了。"鲁智深道："洒家一分酒，只有一分本事，十分酒，便有十分的气力。"太公道："恁地时最好。我这里有的是酒肉，只顾教师父吃。"

且说这桃花山大头领坐在寨里，正欲差人下山来探听做女婿的二头领如何，只见数个小喽罗气急败坏，走到山寨里叫道："苦也！苦也！"大头领连忙问道："有甚么事，慌做一团？"小喽罗道："二哥哥吃(被)打坏了。"大头领大惊，正问备细，只见报道："二哥哥来了。"大头领看时，只见二头领红巾也没了，身上绿袍扯得粉碎，下得马倒在厅前，口里说道："哥哥救我一救。"大头领问道："怎么来？"二头领道："兄弟下得山，到他庄上，入进房里去。叵耐(可恨)那老驴把女儿藏过了，却教一个胖和尚躲在女儿床上。我却不提防，揭起帐子摸一摸，吃那厮揪住，一顿拳头脚尖，打得一身伤损。那厮见众人入来救应，放了手，提起禅杖打将出去。因此我得脱了身，拾得性命。哥哥与我做主报仇。"大头领道："原来恁地。你去房中将息，我与你去拿那贼秃来。"喝叫左右："快备我的马来！"众小喽罗都去。大头领上了马，绰枪在手，尽数引了小喽罗，一齐呐喊下山去了。

再说鲁智深正吃酒哩，庄客报道："山上大头领尽数都来了。"智深道："你等休慌。洒家但打翻的，你们只顾缚了，解去官司请赏。取俺的戒刀来。"鲁智深把直裰脱了，拽扎起下面衣服，跨了戒刀，大踏步提了禅杖，出到打麦场上。只见大头领在火把丛中，一骑马抢到庄前，马上挺着长枪，高声喝道："那秃驴在那里？早早出来决个胜负。"智深大怒，骂道："腌臜打脊泼才(卑鄙该死的无赖。腌臜，āza，丑恶。打脊，鞭笞背部，肉刑的一种)，叫你认得洒家！"抡起禅杖，着地卷将来。那大头领逼住枪，大叫道："和尚且休要动手，你的声音好厮熟，你且通个姓名。"鲁智深道:"洒家不是别人,老种经略相公帐前提辖鲁达的便是。如今出了家,做和尚,唤做鲁智深。"那大头领呵呵大笑,滚鞍下马,撇了枪,扑翻身便拜道:"哥哥别来无恙,可知二哥着了你手。"鲁智深只道赚(诳骗、欺哄)他,托地跳退数步,把禅杖收住,定睛看时,火把下认得,不是别人,却是江湖上使枪棒卖药的教头打虎将李忠。原来强人下拜(跪下而拜),不说此二字,为军中不利,只唤做剪拂(江湖隐语。谓行下拜礼),此乃吉利的字样。李忠当下剪拂了起来,扶住鲁智深道:"哥哥缘何做了和尚?"智深道:"且和你到里面说话。"刘太公见了,又只叫苦:"这和尚原来也是一路! "

鲁智深到里面,再把直裰穿了,和李忠都到厅上叙旧。鲁智深坐在正面,唤刘太公出来,那老儿不敢向前。智深道:"太公休怕,他也是俺的兄弟。"那老儿见说是兄弟,心里越慌,又不敢不出来。李忠坐了第二位,太公坐了第三位。鲁智深道:"你二位在此,俺自从渭州三拳打死了镇关西,逃走到代州雁门县,因见了洒家赍发他的金老。那老儿不曾回东京去,却随个相识,也在雁门县住。他那个女儿,就与了本处一个财主赵员外。和俺厮见了,好生相敬。不想官司追捉得洒家要紧,那员外陪钱去送俺五台山智真长老处落发为僧。洒家因两番酒后闹了僧堂,本师长老与俺一封书,教洒家去东京大相国寺,投了智清禅师,讨个职事僧做。因为天晚,到这庄上投宿,不想与兄弟相见。却才俺打的那汉是谁? 你如何又在这里? "李忠道:"小弟自从那日与哥哥在渭州酒楼上同史进三人分散,次日听得说哥哥打死了郑屠。我去寻史进商议,他又不知投那里去了。小弟听得差人缉捕,慌忙也走了,却从这山下经过。却才被哥哥打的那汉,先在这里桃花山扎寨,唤做小霸王周通。那时引人下山来和小弟厮杀,被我赢了,他留小弟在山上为寨主,让第一把交椅,教小弟坐了,以此在这里落草。"

智深道:"既然兄弟在此,刘太公这头亲事,再也休题。他止有这个女儿,要养终身。不争(若)被你把了去,教他老人家失所(失去安身之处）。"太公见说了，大喜，安排酒食出来，管待二位。小喽罗们每人两个馒头，两块肉，一大碗酒，都教吃饱了。太公将出原定的金子缎匹。鲁智深道："李家兄弟，你与他收了去，这件事都在你身上。"李忠道："这个不妨事。且请哥哥去小寨住几时，刘太公也走一遭。"太公叫庄客安排轿子，抬了鲁智深，带了禅杖、戒刀、行李。李忠也上了马，太公也乘了一乘小轿，却早天色大明。众人上山来，智深、太公到得寨前，下了轿子，李忠也下了马，邀请智深入到寨中，向这聚义厅上，三人坐定。李忠叫请周通出来。周通见了和尚，心中怒道："哥哥却不与我报仇，倒请他来寨里，让他上面坐！"李忠道："兄弟，你认得这和尚么？"周通道："我若认得他时，须不吃他打了。"李忠笑道："这和尚便是我日常和你说的三拳打死镇关西的，便是他。"周通把头摸一摸，叫声："阿呀！"扑翻身便剪拂。鲁智深答礼道："休怪冲撞。"

三个坐定，刘太公立在面前，鲁智深便道："周家兄弟，你来听俺说，刘太公这头亲事，你却不知他只有这个女儿，养老送终，承祀香火，都在他身上。你若娶了，教他老人家失所，他心里怕不情愿。你依着洒家，把来弃了，别选一个好的。原定的金子缎匹，将在这里。你心下如何？"周通道："并听大哥言语，兄弟再不敢登门。"智深道："大丈夫作事，却休要翻悔！"周通折箭为誓（折断箭以表示自己的决心和誓约）。

刘太公拜谢了，纳还金子缎匹，自下山回庄去了。

李忠、周通椎牛（谓击杀牛。椎，chuí）宰马，安排筵席，管待了数日。引鲁智深山前山后观看景致，果是好座桃花山，生得凶怪，四围险峻，单单只一条路上去，四下里漫漫都是乱草。智深看了道："果然好险隘去处。"住了几日，鲁智深见李忠、周通不是个慷慨之人，作事悭吝（吝啬。悭，qiān），只要下山。两个苦留，那里肯住，只推道："俺如今既出了家，如何肯落草？"李忠、周通道："哥哥既然不肯落草，要去时，我等明日下山，但得多少，尽送与哥哥作路费。"

　　次日，山寨里一面杀羊宰猪，且做送路筵席，安排整顿，却将金银酒器，设放在桌上。正待入席饮酒，只见小喽罗报来说："山下有两辆车，十数个人来也。"李忠、周通见报了，点起众多小喽罗，只留一两个伏侍鲁智深饮酒。两个好汉道："哥哥只顾请自在吃几杯，我两个下山去取得财来，就与哥哥送行。"分付已罢，引领众人下山去了。

　　且说这鲁智深寻思道："这两个人好生悭吝，现放着有许多金银，却不送与俺，直等要去打劫得别人的送与洒家。这个不是把官路当人情，只苦别人！洒家且教这厮吃俺一惊。"便唤这几个小喽罗近前来筛酒吃。方才吃得两盏，跳起身来，两拳打翻两个小喽罗，便解搭膊做一块儿捆了，口里都塞了些麻核桃<small>（用麻绳打成的如核桃大小的结）</small>。便取出包裹打开，没要紧的都撇了，只拿了桌上金银酒器，都踏匾了，拴在包裹；胸前度牒袋内藏了真长老的书信；跨了戒刀，提了禅杖，顶了衣包，便出寨来。到山后打一望时，都是险峻之处，却寻思："洒家从前山去时，必定吃那厮们撞见，不如就此间乱草处滚将下去。"先把戒刀和包裹拴了，望下丢落去，又把禅杖也掼落去。却把身望下只一滚，骨碌碌直滚到山脚边，并无伤损。诗曰：

　　　　绝险曾无鸟道开，欲行且止自疑猜。

　　　　光头包裹从高下，瓜熟纷纷落蒂来。

　　当时鲁智深从险峻处滚下，跳将起来，寻了包裹，跨了戒刀，拿了禅杖，拽开脚手，取路便走。

　　再说李忠、周通下到山边，正迎着那数十个人，各有器械。李忠、周通挺着枪，小喽罗呐着喊，抢向前来喝道："兀那客人，会事<small>（懂事、晓事）</small>的留下买路钱。"那客人内有一个便拈着朴刀来斗李忠，一来一往，一去一回，斗了十余合，不分胜负。周通大怒，赶向前来喝一声，众小喽罗一齐都上，那伙客人抵当不住，转身便走。有那走得迟的，尽被搠死七八个。劫了车子财物，和着凯歌，慢慢地上山来。到得寨里打一看时，只见两个小喽罗捆做一块在亭柱边。桌子上金银酒器,都不见了。周通解了小喽罗,问其备细,鲁智深那里去了。小喽罗说道:"把我两个打翻捆缚了,卷了若干器皿,都拿了去。"周通道:"这贼秃不是好人,倒着了那厮手脚,却从那里去了?"团团(全部,到处)寻踪迹,到后山,见一带荒草平平地都滚倒了。周通看了道:"这秃驴倒是个老贼!这般险峻山冈,从这里滚了下去。"李忠道:"我们赶上去问他讨,也羞那厮一场。"周通道:"罢,罢!贼去了关门,那里去赶?便赶得着时,也问他取不成。倘有些不然起来,我和你又敌他不过,后来倒难厮见了;不如罢手,后来倒好相见。我们且自把车子上包裹打开,将金银缎匹分作三分,我和你各捉一分,一分赏了众小喽罗。"李忠道:"是我不合引他上山,折了你许多东西,我的这一分都与了你。"周通道:"哥哥,我同你同死同生,休恁地计较。"

看官(话本和小说中对听众和读者的称呼)牢记话头,这李忠、周通自在桃花山打劫。

再说鲁智深离了桃花山,放开脚步,从早晨直走到午后,约莫走下五六十里多路,肚里又饥,路上又没个打火处,寻思:"早起只顾贪走,不曾吃得些东西,却投那里去好?"东观西望,猛然听得远远地铃铎(金属响器名。大者为铃,小者为铎。作为警戒、教化、斋醮、奏乐之用。铎,duó)之声,鲁智深听得道:"好了!不是寺院,便是宫观,风吹得檐前铃铎之声,洒家且寻去那里投奔。"

不是鲁智深投那个去处,有分教(亦作"有分交",旧小说段终的套语,提示情节的发展),到那里断送了十余条性命生灵,一把火烧了有名的灵山古迹。直教黄金殿上生红焰,碧玉堂前起黑烟。毕竟鲁智深投甚么寺观来,且听下回分解。

# 第 六 回

## 九纹龙剪径赤松林　鲁智深火烧瓦罐寺

话说鲁智深走过数个山坡，见一座大松林，一条山路。随着那山路行去，走不得半里，抬头看时，却见一所败落寺院，被风吹得铃铎响。看那山门时，上有一面旧朱红牌额，内有四个金字，都昏(模糊不清)了，写着“瓦罐之寺”。又行不得四五十步，过座石桥，再看时，一座古寺，已有年代。入得山门里，仔细看来，虽是大刹，好生崩损。但见：

钟楼倒塌，殿宇崩摧。山门尽长苍苔，经阁都生碧藓。释迦佛芦芽穿膝，浑如在雪岭之时；观世音荆棘缠身，却似守香山之日。诸天(佛教语。指护法众天神)坏损，怀中鸟雀营巢；帝释(佛教护法神之一)欹斜(歪斜不正。欹，qī)，口内蜘蛛结网。没头罗汉，这法身也受灾殃；折臂金刚，有神通如何施展。香积厨中藏兔穴，龙华台上印狐踪。

鲁智深入得寺来，便投知客寮(寺院接待宾客处。寮，liáo)去。只见知客寮门前大门也没了，四围壁落全无。智深寻思道：“这个大寺，如何败落的恁地？”直入方丈前看时，只见满地都是燕子粪，门上一把锁锁着，锁上尽是蜘蛛网。智深把禅杖就地下搠着，叫道：“过往僧人来投斋。”叫了半日，没一个答应。回到香积厨下看时，锅也没了，灶头都塌损。智深把包裹解下，放在监斋使者(寺观厨房里供的神)面前，提了禅杖，到处寻去。寻到厨房后面一间小屋，见几个老和尚坐地，一个个面黄肌瘦。智深喝一声道：“你们这和尚，好没道理！由洒家叫唤,没一个应。"那和尚摇手道:"不要高声。"智深道:"俺是过往僧人,讨顿饭吃,有甚利害。"老和尚道:"我们三日不曾有饭落肚,那里讨饭与你吃?"智深道:"俺是五台山来的僧人,粥也胡乱请洒家吃半碗。"老和尚道:"你是活佛去处来的僧,我们合当斋你,争奈我寺中僧众走散,并无一粒斋粮。老僧等端的(真的,确实)饿了三日。"智深道:"胡说,这等一个大去处,不信没斋粮。"老和尚道:"我这里是个非细(不小)去处。只因是十方常住(接待往来僧人的寺院),被一个云游和尚,引着一个道人,来此住持,把常住有的没的都毁坏了。他两个无所不为,把众僧赶出去了。我几个老的走不动,只得在这里过,因此没饭吃。"智深道:"胡说,量他一个和尚,一个道人,做得甚事,却不去官府告他?"老和尚道:"师父,你不知这里衙门又远,便是官军,也禁不的他。这和尚、道人好生了得,都是杀人放火的人,如今向方丈后面一个去处安身。"智深道:"这两个唤做甚么?"老和尚道:"那和尚姓崔,法号道成,绰号生铁佛;道人姓丘,排行小乙(第一),绰号飞天夜叉。这两个那里似个出家人,只是绿林中强贼(啸聚山林的强盗。绿,lù)一般,把这出家影占身体(掩饰身份)。"

　　智深正问间,猛闻得一阵香来。智深提了禅杖,趓(xué,转)过后面打一看时,见一个土灶,盖着一个草盖,气腾腾透将起来。智深揭起看时,煮着一锅粟米粥。智深骂道:"你这几个老和尚没道理!只说三日没吃饭,如今现煮一锅粥,出家人何故说谎?"那几个老和尚被智深寻出粥来,只叫得苦,把碗、碟、钵头(盛器)、杓子(勺子)、水桶都抢过了。智深肚饥,没奈何,见了粥要吃,没做道理处,只见灶边破漆春台(饭桌),只有些灰尘在上面。智深见了,人急智生,便把禅杖倚了,就灶边拾把草,把春台揩抹了灰尘;双手把锅掇起来,把粥望春台只一倾。那几个老和尚都来抢粥吃,被智深一推一交,倒的倒了,走的走了。智深却把手来捧那粥吃。才吃几口,那老和尚道:"我等端的三日没饭吃,却才去那里抄化得这些粟(sù)米,胡乱熬些粥吃,你又吃我们的。"智深吃五七口,听得了这话,便撇了不吃。只听的外面有人嘲歌(随口而唱)。

智深洗了手,提了禅杖,出来看时,破壁子里望见一个道人,头带皂巾,身穿布衫,腰系杂色绦,脚穿麻鞋,挑着一担儿,一头是个竹篮儿,里面露些鱼尾,并荷叶托着些肉;一头担着一瓶酒,也是荷叶盖着。口里嘲歌着唱道:

　　你在东时我在西,你无男子我无妻。

　　我无妻时犹闲可,你无夫时好孤恓。

那几个老和尚赶出来,摇着手,悄悄地指与智深道:"这个道人便是飞天夜叉丘小乙。"智深见指说了,便提着禅杖,随后跟去。那道人不知智深在后面跟来,只顾走入方丈后墙里去。智深随即跟到里面,看时,见绿槐树下放着一条桌子,铺着些盘馔(盘盛饭菜),三个盏子,三双箸子,当中坐着一个胖和尚,生的眉如漆刷,脸似墨装,胳膊的一身横肉,胸脯下露出黑肚皮来。边厢(旁边,附近)坐着一个年幼妇人。那道人把竹篮放下,也来坐地。

智深走到面前,那和尚吃了一惊,跳起身来,便道:"请师兄坐,同吃一盏。"智深提着禅杖道:"你这两个如何把寺来废了?"那和尚便道:"师兄请坐,听小僧说。"智深睁着眼道:"你说!你说!"那和尚道:"在先敝寺十分好个去处,田庄又广,僧众极多,只被廊下那几个老和尚吃酒撒泼,将钱养女。长老禁约他们不得,又把长老排告了出去,因此把寺来都废了。僧众尽皆走散,田土已都卖了。小僧却和这个道人,新来住持此间,正欲要整理山门,修盖殿宇。"智深道:"这妇人是谁,却在这里吃酒?"那和尚道:"师兄容禀:这个娘子,他是前村王有金的女儿。在先他的父亲是本寺檀越,如今消乏了家私(家产),近日好生狼狈,家间人口都没了,丈夫又患病,因来敝寺借米。小僧看施主檀越面,取酒相待,别无他意,师兄休听那几个老畜生说。"智深听了他这篇话,又见他如此小心,便道:"叵耐几个老僧戏弄洒家。"提了禅杖,再回香积厨来。

这几个老僧方才吃些粥,正在那里。看见智深嗔忿(chēnfèn,气愤)

— 75 —

的出来,指着老和尚道:"原来是你这几个坏了常住,犹自在俺面前说谎。"老和尚们一齐都道:"师兄休听他说,现今养着一个妇女在那里。他恰才见你有戒刀、禅杖,他无器械,不敢与你相争。你若不信时,再去走遭,看他和你怎地。师兄,你自寻思:他们吃酒吃肉,我们粥也没的吃,恰才还只怕师兄吃了。"智深道:"也说得是。"倒提了禅杖,再往方丈后来,见那角门却早关了。

智深大怒,只一脚踢开了,抢入里面,看时,只见那生铁佛崔道成仗(持)着一条朴刀,从里面赶到槐树下来抢智深。智深见了,大吼一声,轮起手中禅杖,来斗崔道成。两个斗了十四五合,那崔道成斗智深不过,只有架隔遮拦,掣杖躲闪,抵当不住,却待要走。这丘道人见他当不住,却从背后拿了条朴刀,大踏步搠将来。智深正斗间,忽听的背后脚步响,却又不敢回头看他。不时见一个人影来,知道有暗算的人,叫一声:"着!"那崔道成心慌,只道着他禅杖,托地(突然、猛然)跳出圈子外去。智深恰才回身,正好三个摘脚儿厮见。崔道成和丘道人两个又并了十合之上。智深一来肚里无食,二来走了许多路途,三者当不的他两个生力(有力气的人),只得卖个破绽,拖了禅杖便走。两个拈着朴刀,直杀出山门外来,智深又斗了十合,掣了禅杖便走。两个赶到石桥下,坐在栏杆上,再不来赶。

智深走得远了,喘息方定,寻思道:"洒家的包裹放在监斋使者面前,只顾走来,不曾拿得,路上又没一分盘缠,又是饥饿,如何是好?待要回去,又敌他不过。他两个并我一个,枉送了性命。"信步望前面去,行一步,懒(疲惫)一步。走了几里,见前面一个大林,都是赤松树。但见:

虬枝(盘屈的树枝。虬,qiú)错落,盘数千条赤脚老龙;怪影参差,立几万道红鳞巨蟒。远观却似判官(传说冥司中阎王属下掌管生死簿的官)须,近看宛如魔鬼发。谁将鲜血洒林梢,疑是朱砂铺树顶。

鲁智深看了道:"好座猛恶林子。"观看之间,只见树影里一个人探头探脑,望了一望,吐了一口唾,闪入去了。智深道:"俺猜这个撮鸟(骂人的话)是个剪径(拦路抢劫)的强人,正在此间等买卖。见洒家是个和尚,他道不利市(运气不好),吐一口唾,走入去了。那厮却不是鸟晦气(运气不佳),撞了洒家！洒家又一肚皮鸟气,正没处发落,且剥小厮衣裳当酒吃。"提了禅杖,径抢到松林边,喝一声:"兀那林子里的撮鸟快出来！"

那汉子在林子听的,大笑道:"我晦气,他倒来惹我。"就从林子里拿着朴刀,背翻身跳出来,喝一声:"秃驴,你是当死,不是我来寻你。"智深道:"教你认的洒家。"抢起禅杖抢那汉。那汉拈着朴刀来斗和尚,恰待向前,肚里寻思道:"这和尚声音好熟。"便道:"兀那和尚,你的声音好熟,你姓甚？"智深道:"俺且和你斗三百合,却说姓名。"那汉大怒,仗手中朴刀来迎禅杖。两个斗到十数合,那汉暗暗的喝采道:"好个莽和尚。"又斗了四五合,那汉叫道:"少歇,我有话说。"两个都跳出圈子外来,那汉便问道:"你端的姓甚名谁？声音好熟。"智深说姓名毕,那汉撇了朴刀,翻身便剪拂,说道:"认得史进么？"智深笑道:"原来是史大郎。"两个再剪拂了,同到林子里坐定。

智深问道:"史大郎,自渭州别后,你一向在何处？"史进答道:"自那日酒楼前与哥哥分手,次日听得哥哥打死了郑屠,逃走去了。有缉捕的访知史进和哥哥赍发那唱的金老,因此小弟亦便离了渭州,寻师父王进。直到延州,又寻不着。回到北京,住了几时,盘缠使尽,以此来在这里寻些盘缠,不想得遇。哥缘何做了和尚？"智深把前面讲过的话,从头说了一遍。史进道:"哥哥既是肚饥,小弟有干肉烧饼在此。"便取出来教智深吃。史进又道:"哥哥既有包裹在寺内,我和你讨去。若还不肯时,一发结果了那厮。"智深道:"是。"当下和史进吃得饱了,各拿了器械,再回瓦罐寺来。

到寺前,看见那崔道成、丘小乙两个兀自在桥上坐地(坐着)。智深大喝一声道:"你这厮们,来,来！今番和你斗个你死我活！"那和尚笑道:"你是我手里败将,如何再来敢厮并？"智深大怒,轮起铁禅杖,奔过桥来。那生铁佛生嗔(生气,发怒),仗着朴刀,杀下桥去。智深

— 77 —

一者得了史进,肚里胆壮;二乃吃得饱了,那精神气力,越使得出来。两个斗到八九合,崔道成渐渐力怯,只办得走路;那飞天夜叉丘道人见和尚输了,便仗着朴刀来协助。这边史进见了,便从树林子里跳将出来,大喝一声:"都不要走!"掀起笠儿,挺着朴刀,来战丘小乙。四个人两对厮杀。智深与崔道成正斗到间深里,智深得便处喝一声:"着!"只一禅杖,把生铁佛打下桥去。那道人见倒了和尚,无心恋战,卖个破绽便走。史进喝道:"那里去?"赶上望后心一朴刀,扑地一声响,道人倒在一边。史进踏入去,掉转朴刀,望下面只顾胳肢胳察(象声词。多形容动刀动枪的声音)的搠(shuò,刺,戳)。智深赶下桥去,把崔道成背后一禅杖。可怜两个强徒,化作南柯一梦(泛指梦。亦比喻一场空)。正是"从前作过事,无幸一齐来"。

智深、史进把这丘小乙、崔道成两个尸首都缚了,撺(抛掷)在涧里。两个再打入寺里来,香积厨下那几个老和尚,因见智深输了去,怕崔道成、丘小乙来杀他,已自都吊死了。智深、史进直走入方丈后角门内看时,那个掳来的妇人投井而死。直寻到里面八九间小屋,打将入去,并无一人。只见包裹已拿在彼,未曾打开。鲁智深见有了包裹,依原背了。再寻到里面,只见床上三四包衣服,史进打开,都是衣裳,包了些金银,拣好的包了一包袱,背在身上。寻到厨房,见有酒有肉,两个都吃饱了。灶前缚(捆扎)了两个火把,拨开火炉,火上点着,焰腾腾的先烧着后面小屋,烧到门前。再缚几个火把,直来佛殿下后檐,点着烧起来。凑巧风紧,刮刮杂杂(象声词。像烈火焚烧之声)地火起,竟天价(直至天边,满天)烧起来。智深与史进看着,等了一回,四下火都着了。二人道:"梁园虽好,不是久恋之家(指不宜久留之地。梁园,又称兔园,西汉梁孝王所建的东苑。梁孝王在其中广纳宾客,名士司马相如、枚乘、邹阳等均为座上客),俺二人只好撒开。"

二人厮赶着,行了一夜。天色微明,两个远远地望见一簇人家,看来是个村镇。两个投那村镇上来,独木桥边,一个小小酒店。但见:

柴门半掩,布幄(布制的帘幕。幄,mù,同"幕")低垂。酸醨(味酸而薄的酒。醨,lí)酒瓮土床边,墨画神仙尘壁上。村童量酒,想非涤器之相如(西汉司马相如);丑妇当垆(指卖酒。垆,lú,放酒坛的土墩),不是当时之卓氏(卓文君,司马相如之妻)。墙间大字,村中学究醉时题;架上蓑衣,野外渔郎乘兴当。

智深、史进来到村中酒店内,一面吃酒,一面叫酒保买些肉来,借些米来,打火做饭。两个吃酒,诉说路上许多事务。吃了酒饭,智深便问史进道:"你今投那里去?"史进道:"我如今只得再回少华山去,投奔朱武等三人,入了伙,且过几时,却再理会。"智深见说了道:"兄弟也是。"便打开包裹,取些金银,与了史进。二人拴了包裹,拿了器械,还了酒钱。二人出得店门,离了村镇,又行不过五七里,到一个三岔(chà)路口。智深道:"兄弟须要分手,洒家投东京去,你休相送。你打华州,须从这条路去,他日却得相会。若有个便人(受托顺便代办某事的人),可通个信息来往。"史进拜辞了智深,各自分了路,史进去了。

只说智深自往东京,在路又行了八九日,早望见东京。入得城来,但见:

千门万户,纷纷朱翠交辉;三市六街,济济衣冠(代称缙绅、士大夫)聚集。凤阁列九重金玉,龙楼显一派玻璃。花街柳陌,众多娇艳名姬;楚馆秦楼,无限风流歌妓。豪门富户呼卢(赌博)会,公子王孙买笑来。

智深看见东京热闹,市井喧哗,来到城中,陪个小心问人道:"大相国寺在何处?"街坊人答道:"前面州桥便是。"智深提了禅杖便走,早来到寺前。入得山门看时,端的好一座大刹!但见:

山门高耸,梵宇清幽。当头敕额字分明,两下金刚形猛烈。五间大殿,龙鳞瓦砌碧成行;四壁僧房,龟背磨砖花嵌缝。钟楼森立,经阁巍峨(wēi'é,高大雄伟)。幡竿高峻接青云,宝塔依稀侵碧汉(银河。亦指青天)。木鱼横挂,云板高悬。佛前灯烛荧煌,炉内香烟缭绕。幢幡不断,观音殿接祖师堂;宝盖相连,水陆会通罗汉院。时时护法诸天降,岁岁降魔尊者来。

智深进得寺来,东西廊下看时,径投知客寮内去,道人(佛寺中打杂的人)撞见,报与知客。无移时,知客僧出来,见了智深生得凶猛,提着铁禅杖,跨着戒刀,背着个大包裹,先有五分惧他。知客问道:"师兄何方来?"智深放下包裹禅杖,打个问讯,知客回了问讯。智深说道:"小徒五台山来,本师真长老有书在此,着小僧来投上刹清大师长老处,讨个职事僧做。"知客道:"既是真大师长老有书札,合当(犹应当,应该)同到方丈里去。"知客引了智深直到方丈,解开包裹,取出书来,拿在手里。知客道:"师兄,你如何不知体面(体统、规矩),即目(现在)长老出来,你可解了戒刀,取出那七条(僧人之上着衣。因衣有横截七条,故称)坐具(僧人用来护衣、护身、护床席卧具的布巾)信香(佛教谓香为信心之使,虔敬烧香,神佛即知其愿望,因称信香)来礼拜长老使得。"智深道:"你却何不早说!"随即解了戒刀,包裹内取出片香一炷,坐具七条,半晌没做道理处。知客又与他披了袈裟,教他先铺坐具。少刻,只见智清禅师出来,知客向前禀道:"这僧人从五台山来,有真禅师书在此。"清长老道:"师兄多时不曾有法帖(主持所出的信函)来。"知客叫智深道:"师兄,快来礼拜长老。"只见智深先把那炷香插在炉内,拜了三拜,将书呈上。清长老接书拆开看时,中间备细说着鲁智深出家缘由,并今下山投托上刹之故,"万望慈悲收录,做个职事人员,切不可推故。此僧久后必当证果(谓佛教徒经过长期修行而悟入妙道)"。清长老读罢来书,便道:"远来僧人且去僧堂中暂歇,吃些斋饭。"智深谢了,收拾起坐具七条,提了包裹,拿了禅杖、戒刀,跟着行童去了。

清长老唤集两班许多职事僧人,尽到方丈,乃言:"汝等众僧在此,你看我师兄智真禅师好没分晓(不明事理)。这个来的僧人,原来是经略府军官,为因打死了人,落发为僧。二次在彼闹了僧堂,因此难着他。你那里安他不的,却推来与我。待要不收留他,师兄如此千万嘱咐,不可推故(推诿);待要着他在这里,倘或乱了清规,如何使得？"知客道："便是弟子们看那僧人，全不似出家人模样，本寺如何安着得他？"都寺便道："弟子寻思起来，只有酸枣门外退居廨宇(宦舍。廨，xiè)后那片菜园，时常被营内军健们(兵卒)并门外那二十来个破落户侵害，纵放羊马，好生罗唕。一个老和尚在那里住持，那里敢管他？何不教智深去那里住持，倒敢管的下。"清长老道："都寺说的是。"教侍者去僧堂内客房里等他吃罢饭，便唤将他来。

　　侍者去不多时，引着智深到方丈里。清长老道："你既是我师兄真大师荐将来我这寺中挂搭(和尚宿在别的庙里)，做个职事人员，我这敝寺有个大菜园，在酸枣门外岳庙间壁，你可去那里住持管领。每日教种地人纳十担菜蔬，余者都属你用度。"智深便道："本师真长老着小僧投大刹，讨个职事僧做，却不教俺做个都寺、监寺，如何教洒家去管菜园？"首座便道："师兄，你不省得，你新来挂搭，又不曾有功劳，如何便做得都寺？这管菜园也是个大职事人员了。"智深道："洒家不管菜园，俺只要做都寺、监寺。"知客又道："你听我说与你：僧门中职事人员，各有头项(职务、级别)。且如小僧做个知客，只理会管待往来客官僧众。至如维那、侍者、书记、首座，这都是清职，不容易得做。都寺、监寺、提点、院主，这个都是掌管常住财物。你才到的方丈，怎得便上等职事。还有那管藏的，唤做藏主；管殿的，唤做殿主；管阁的，唤做阁主；管化缘(和尚、尼姑或道士向人求取馈赠)的，唤做化主；管浴堂的，唤做浴主。这个都是主事人员，中等职事。还有那管塔的塔头，管饭的饭头，管茶的茶头，管东厕的净头，与这管菜园的菜头，这个都是头事人员，末等职事。假如师兄你管了一年菜园好，便升你做个塔头(僧职名。管理佛塔者)；又管了一年好，升你做个浴主；又一年好，才做监寺。"智深道："既然如此，也有出身时，洒家明日便去。"清长老见智深肯去，就留在方丈里歇了。当日议定了职事，随即写了榜文，先使人去菜园里退居廨宇内，挂起库司榜文，明日交割。当夜各自散了。

　　次早，清长老升法座，押了法帖(寺庙主持所出的文书、信函)，委智深管菜园。智深到座前,领了法帖,辞了长老,背上包裹,跨了戒刀,提了禅杖,和两个送入院的和尚,直来酸枣门外廨宇里来住持。诗曰:

> 萍踪浪迹入东京,行尽山林数十程。
>
> 古刹今番经劫火,中原从此动刀兵。
>
> 相国寺中重挂搭,种蔬园内且经营。
>
> 自古白云无去住,几多变化任纵横。

且说菜园左近有二三十个赌博不成才破落户泼皮,泛常(平常)在园内偷盗菜蔬,靠着养身。因来偷菜,看见廨宇门上新挂一道库司榜文,上说:"大相国寺仰委管菜园僧人鲁智深前来住持,自明日为始掌管,并不许闲杂人等入园搅扰。"那几个泼皮看了,便去与众破落户商议道:"大相国寺里差(chāi)一个和尚,甚么鲁智深,来管菜园。我们趁他新来,寻一场闹,一顿打下头来,教那厮伏我们。"数中(其中)一个道:"我有一个道理。他又不曾认的我,我们如何便去寻的闹?等他来时,诱他去粪窖边,只做参贺(参拜庆贺)他,双手抢住脚,翻筋斗,撅那厮下粪窖去,只是小耍他。"众泼皮道:"好,好!"商量已定,且看他来。

却说鲁智深来到廨宇退居内房中,安顿了包裹行李,倚了禅杖,挂了戒刀。那数个种地道人,都来参拜了,但有一应锁钥,尽行交割。那两个和尚,同旧住持老和尚相别了,尽回寺去。

且说智深出到菜园地上,东观西望,看那园圃。只见这二三十个泼皮,拿着些果盒、酒礼,都嘻嘻的笑道:"闻知和尚新来住持,我们邻舍街坊都来作庆(贺喜)。"智深不知是计,直走到粪窖边来。那伙泼皮一齐向前,一个来抢左脚,一个便抢右脚,指望来撅智深。只教智深脚尖起处,山前猛虎心惊;拳头落时,海内蛟龙丧胆。正是方圆一片闲园圃,目下排成小战场。那伙泼皮怎的来撅智深,且听下回分解。

# 第 七 回

## 花和尚倒拔垂杨柳　豹子头误入白虎堂

话说那酸枣门外三二十个泼皮破落户中间,有两个为头的,一个叫做过街老鼠张三,一个叫做青草蛇李四。这两个为头接将来,智深也却好去粪窖边,看见这伙人都不走动,只立在窖边,齐道:"俺特来与和尚作庆。"智深道:"你们既是邻舍街坊,都来廨宇里坐地。"张三、李四便拜在地上,不肯起来,只指望和尚来扶他,便要动手。智深见了,心里早疑忌道:"这伙人不三不四,又不肯近前来,莫不要撅洒家? 那厮却是倒来捋虎须(比喻冒犯厉害的人)! 俺且走向前去,教那厮看洒家手脚。"

智深大踏步近众人面前来。那张三、李四便道:"小人兄弟们特来参拜师父。"口里说,便向前去,一个来抢左脚,一个来抢右脚。智深不等他占身,右脚早起,腾的把李四先踢下粪窖里去。张三恰待走,智深左脚早起,两个泼皮都踢在粪窖里挣扎。后头那二三十个破落户惊的目瞪口呆,都待要走。智深喝道:"一个走的,一个下去! 两个走的,两个下去! "众泼皮都不敢动弹。只见那张三、李四在粪窖里探起头来。原来那座粪窖没底似深,两个一身臭屎,头发上蛆虫盘满,立在粪窖里叫道:"师父饶恕我们。"智深喝道:"你那众泼皮,快扶那鸟上来,我便饶你众人。"众人打一救,挽到葫芦架边,臭秽不可近前。智深呵呵大笑道:"兀那蠢物,你且去菜园池子里洗了来,和你众人说话。"

两个泼皮洗了一回,众人脱件衣服,与他两个穿了。智深叫道:

"都来廨宇里坐地说话。"智深先居中坐了,指着众人道:"你那伙鸟人,休要瞒洒家,你等都是甚么鸟人？来这里戏弄洒家！"那张三、李四并众火伴一齐跪下,说道:"小人祖居在这里,都只靠赌博讨钱为生。这片菜园是俺们衣饭碗(比喻赖以为生的职业或技能等),大相国寺里几番使钱,要奈何我们不得。师父却是那里来的长老,怎的了得！相国寺里不曾见有师父,今日我等情愿伏侍。"智深道:"洒家是关西延安府老种经略相公帐前提辖官,只为杀的人多,因此情愿出家,五台山来到这里。洒家俗姓鲁,法名智深。休说你这三二十个人直甚么,便是千军万马队中,俺敢直杀的入去出来。"众泼皮喏喏连声,拜谢了去。智深自来廨宇里房内,收拾整顿歇卧。

次日,众泼皮商量凑些钱物,买了十瓶酒,牵了一个猪来请智深。都在廨宇安排了,请鲁智深居中坐了,两边一带,坐定那二三十泼皮饮酒。智深道:"甚么道理叫你众人们坏钞(花钱)？"众人道:"我们有福,今日得师父在这里与我等众人做主。"智深大喜。吃到半酣里,也有唱的,也有说的,也有拍手的,也有笑的。正在那里喧哄(犹喧闹),只听得门外老鸦哇哇的叫。众人有叩齿(道家所行的祝告仪式之一。叩左齿为鸣天鼓,叩右齿为击天磬,驱祟降妖用之。当门上下八齿相叩,为鸣法鼓,通真、朝奏用之)的,齐道:"赤口上天,白舌入地(祈求禳解灾难的咒语。赤口、白舌皆为主口舌争讼的恶神)。"智深道:"你们做甚么鸟乱？"众人道:"老鸦叫,怕有口舌。"智深道:"那里取这话？"那种地道人笑道:"墙角边绿杨树上新添了一个老鸦巢,每日只聒(guō,吵闹)到晚。"众人道:"把梯子去上面拆了那巢便了。"有几个道:"我们便去。"

智深也乘着酒兴,都到外面看时,果然绿杨树上一个老鸦巢。众人道:"把梯子上去拆了,也得耳根清净。"李四便道:"我与你盘上去,不要梯子。"智深相了一相,走到树前,把直裰脱了,用右手向下,把身倒缴(反扭过来)着,却把左手拔住上截,把腰只一趁,将那株绿杨树带根拔起。众泼皮见了,一齐拜倒在地,只叫:"师父非是凡人,正是真罗汉身体,无千万斤气力,如何拔得起？"智深道:"打甚鸟紧？

明日都看洒家演武，使器械。"众泼皮当晚各自散了。

从明日为始，这二三十个破落户见智深匾匾的伏(服服帖帖)，每日将酒肉来请智深，看他演武使拳。过了数日，智深寻思道："每日吃他们酒食多矣，洒家今日也安排些还席。"叫道人去城中买了几般果子，沽(gū，买)了两三担酒，杀翻一口猪，一腔羊。那时正是三月尽，天气正热。智深道："天色热。"叫道人绿槐树下铺了芦席，请那许多泼皮团团坐定。大碗斟酒，大块切肉，叫众人吃得饱了，再取果子吃，酒又吃得正浓。众泼皮道："这几日见师父演力，不曾见师父使器械，怎得师父教我们看一看也好。"智深道："说的是。"便去房内取出浑铁禅杖，头尾长五尺，重六十二斤。众人看了，尽皆吃惊，都道："两臂膊没水牛大小气力，怎使得动？"智深接过来，飕飕的使动，浑身上下没半点儿参差。众人看了，一齐喝采。

智深正使得活泛(动作敏捷灵活)，只见墙外一个官人看见，喝采道："端的使得好！"智深听得，收住了手，看时，只见墙缺边立着一个官人。怎生打扮？但见：

头戴一顶青纱抓角儿头巾，脑后两个白玉圈连珠鬓环。身穿一领单绿罗团花战袍，腰系一条双搭尾龟背银带。穿一对磕瓜头朝样皂靴，手中执一把折迭纸西川扇子。

那官人生的豹头环眼，燕颔虎须(相貌威武)，八尺长短身材，三十四五年纪。口里道："这个师父，端的非凡，使的好器械！"众泼皮道："这位教师喝采，必然是好。"智深问道："那军官是谁？"众人道："这官人是八十万禁军枪棒教头林武师，名唤林冲。"智深道："何不就请来厮教(相互指教)。"那林教头便跳入墙来，两个就槐树下相见了，一同坐地。林教头便问道："师兄何处人氏？法讳(法名)唤做甚么？"智深道："洒家是关西鲁达的便是。只为杀的人多，情愿为僧，年幼时也曾到东京，认得令尊林提辖。"林冲大喜，就当结义智深为兄。智深道："教头今日缘何到此？"林冲答道："恰才与拙荆(称自己妻子的谦辞)一同来间壁岳庙里还香愿。林冲听得使棒，看得入眼，着女使锦儿自和荆妇(对人称己妻的谦辞)去庙里烧香,林冲就只此间相等,不想得遇师兄。"智深道:"酒家初到这里,正没相识,得这几个大哥每日相伴。如今又得教头不弃,结为弟兄,十分好了。"便叫道人再添酒来相待。

恰才饮得三杯,只见女使锦儿慌慌急急,红了脸,在墙缺边叫道:"官人休要坐地!娘子在庙中和人合口(口角,吵嘴)。"林冲连忙问道:"在那里?"锦儿道:"正在五岳楼下来,撞见个奸诈不及的,把娘子拦住了不肯放。"林冲慌忙道:"却再来望师兄,休怪,休怪。"

林冲别了智深,急跳过墙缺,和锦儿径奔岳庙里来,抢到五岳楼看时,见了数个人,拿着弹弓、吹筒(诱捕鸟兽的用具)、粘竿(顶端涂胶捕鸟的竹竿),都立在栏干边;胡梯(扶梯,楼梯)上一个年少的后生,独自背立着,把林冲的娘子拦着道:"你且上楼去,和你说话。"林冲娘子红了脸道:"清平世界,是何道理把良人调戏?"林冲赶到跟前,把那后生肩胛只一扳过来,喝道:"调戏良人妻子,当得何罪?"恰待下拳打时,认的是本管高太尉螟蛉之子(养子。螟蛉,mínglíng)高衙内。原来高俅新发迹,不曾有亲儿,无人帮助,因此过房这阿叔高三郎儿子在房内为子。本是叔伯弟兄,却与他做干儿子。因此,高太尉爱惜他。那厮在东京倚势豪强,专一爱淫垢(奸污)人家妻女。京师人惧怕他权势,谁敢与他争口,叫他做花花太岁。有诗为证:

脸前花现丑难亲,心里花开爱妇人。

撞着年庚不顺利,方知太岁是凶神。

当时林冲扳将过来,却认得是本管高衙内,先自手软了。高衙内说道:"林冲,干你甚事!你来多管!"原来高衙内不晓得他是林冲的娘子,若还晓的时,也没这场事。见林冲不动手,他发这话。众多闲汉见闹,一齐拢来劝道:"教头休怪,衙内不认得,多有冲撞。"林冲怒气未消,一双眼睁着瞅那高衙内。众闲汉劝了林冲,和哄高衙内出庙上马去了。

林冲将引妻小并使女锦儿,也转出廊下来。只见智深提着铁禅杖，引着那二三十个破落户，大踏步抢入庙来。林冲见了，叫道："师兄那里去？"智深道："我来帮你厮打。"林冲道："原来是本管(主管)高太尉的衙内，不认得荆妇，时间(犹眼下，一时)无礼。林冲本待要痛打那厮一顿，太尉面上须不好看。自古道：'不怕官，只怕管。'林冲不合吃着他的请受(官俸，薪饷)，权且让他这一次。"智深道："你却怕他本官太尉，洒家怕他甚鸟！俺若撞见那撮鸟时，且教他吃洒家三百禅杖了去。"林冲见智深醉了，便道："师兄说得是。林冲一时被众人劝了，权且饶他。"智深道："但有事时，便来唤洒家与你去。"众泼皮见智深醉了，扶着道："师父，俺们且去，明日再得相会。"智深提着禅杖道："阿嫂休怪，莫要笑话。阿哥，明日再会。"智深相别，自和泼皮去了。林冲领了娘子并锦儿，取路回家，心中只是郁郁不乐。

　　且说这高衙内引了一班儿闲汉，自见了林冲娘子，又被他冲散了，心中好生着迷，怏怏不乐(不服气或闷闷不乐的神情。怏，yàng)，回到府中纳闷。过了三两日，众多闲汉都来伺候，见衙内心焦，没撩没乱(指没有情绪)，众人散了。

　　数内有一个帮闲的，唤作乾鸟头富安，理会得高衙内意思，独自一个到府中伺候。见衙内在书房中闲坐，那富安走近前去道："衙内近日面色清减，心中少乐，必然有件不悦之事。"高衙内道："你如何省得(晓得)？"富安道："小子一猜便着。"衙内道："你猜我心中甚事不乐。"富安道："衙内是思想(想念)那'双木'的，这猜如何？"衙内笑道："你猜得是，只没个道理得他。"富安道："有何难哉！衙内怕林冲是个好汉，不敢欺他，这个无妨。他现在帐下听使唤，大请大受(谓优厚的待遇)，怎敢恶了太尉？轻则便刺配了他，重则害了他性命。小闲(受人使唤的人，犹小使。亦为这类人的自称)寻思有一计，使衙内能够得他。"高衙内听得，便道："自见了许多好女娘(年轻妇女)，不知怎的只爱他，心中着迷，郁郁不乐。你有甚见识(方法)，能勾他时，我自重重的赏你。"富安道："门下知心腹的陆虞候陆谦，他和林冲最好，明日衙内躲在陆虞候楼上深阁，摆下些酒食，却叫陆谦去请林冲出来吃酒，教他直去樊楼(酒楼)上深阁里吃酒。小闲便去他家,对林冲娘子说道:'你丈夫教头和陆谦吃酒,一时重气(气闷),闷倒在楼上,叫娘子快去看哩!'赚得他来到楼上。妇人家水性(性情浮荡,如水一样随势而流,比喻妇女爱情不专一),见了衙内这般风流人物,再着些甜话儿调和他,不由他不肯。小闲这一计如何?"高衙内喝采道:"好计!就今晚着人去唤陆虞候来分付了。"原来陆虞候家只在高太尉家隔壁巷内。次日,商量了计策,陆虞候一时听允,也没奈何。只要小衙内欢喜,却顾不得朋友交情。

且说林冲连日闷闷不已,懒上街去。巳牌时(上午九时至十一时),听得门首有人叫道:"教头在家么?"林冲出来看时,却是陆虞候,慌忙道:"陆兄何来?"陆谦道:"特来探望兄,何故连日街前不见?"林冲道:"心里闷,不曾出去。"陆谦道:"我同兄长去吃三杯解闷。"林冲道:"少坐拜茶(请客人饮茶的敬辞)。"两个吃了茶起身。陆虞候道:"阿嫂,我同兄长到家去吃三杯。"林冲娘子赶到布帘下叫道:"大哥,少饮早归。"林冲与陆谦出得门来,街上闲走了一回。陆虞候道:"兄长,我们休家去,只就樊楼内吃两杯。"当时两个上到樊楼内,占个阁儿,唤酒保分付,叫取两瓶上色好酒,希奇果子按酒。两个叙说闲话,林冲叹了一口气,陆虞候道:"兄长何故叹气?"林冲道:"贤弟不知,男子汉空有一身本事,不遇明主,屈沉在小人之下,受这般腌臜(āza,不痛快)的气!"陆虞候道:"如今禁军中虽有几个教头,谁人及得兄长的本事?太尉又看承(护持,照顾)得好,却受谁的气?"林冲把前日高衙内的事告诉陆虞候一遍。陆虞候道:"衙内必不认得嫂子。兄长休气,只顾饮酒。"林冲吃了八九杯酒,因要小遗(小便,撒尿),起身道:"我去净手了来。"

林冲下得楼来,出酒店门,投东小巷内去净了手,回身转出巷口,只见女使锦儿叫道:"官人寻得我苦,却在这里!"林冲慌忙问道:"做甚么?"锦儿道:"官人和陆虞候出来,没半个时辰,只见一个汉子慌慌急急奔来家里,对娘子说道:'我是陆虞候家邻舍。你家教头和陆谦吃酒，只见教头一口气不来，便撞倒了，叫娘子且快来看视。'娘子听得，连忙央间壁王婆看了家，和我跟那汉子去，直到太尉府前小巷内一家人家。上至楼上，只见桌子上摆着些酒食，不见官人。恰待下楼，只见前日在岳庙里罗唣娘子的那后生出来道：'娘子少坐，你丈夫来也。'锦儿慌慌下得楼时，只听得娘子在楼上叫'杀人'。因此我一地里寻官人不见，正撞着卖药的张先生道：'我在樊楼前过，见教头和一个人入去吃酒。'因此特奔到这里。官人快去。"

林冲见说，吃了一惊，也不顾女使锦儿，三步做一步跑到陆虞候家，抢到胡梯(楼梯)上，却关着楼门，只听得娘子道："清平世界，如何把我良人妻子关在这里？"又听得高衙内道："娘子，可怜见(怜悯。见，词尾，无义)救俺，便是铁石人，也告的回转。"林冲立在胡梯上叫道："大嫂(丈夫称妻子)开门。"那妇人听的是丈夫声音，只顾来开门。高衙内吃了一惊，斡开(转开，旋开。斡，wò)了楼窗，跳墙走了。林冲上的楼上，寻不见高衙内，问娘子道："不曾被这厮点污(玷污)了？"娘子道："不曾。"林冲把陆虞候家打得粉碎。将娘子下楼，出得门外看时，邻舍两边都闭了门。女使锦儿接着，三个人一处归家去了。

林冲拿了一把解腕尖刀(日常应用的小佩刀。一般尖长，背厚，刃薄，柄短)，径奔到樊楼前去寻陆虞候，也不见了。却回来他门前等了一晚，不见回家，林冲自归。娘子劝道："我又不曾被他骗了，你休得胡做。"林冲道："叵耐这陆谦畜生！我和你如兄若弟，你也来骗我！只怕不撞见高衙内，也照管着他头面。"娘子苦劝，那里肯放他出门。陆虞候只躲在太尉府内，亦不敢回家。林冲一连等了三日，并不见面。府前人见林冲面色不好，谁敢问他。

第四日饭时候，鲁智深径寻到林冲家相探，问道："教头如何连日不见面？"林冲答道："小弟少冗(稍有些繁忙)，不曾探得师兄。既蒙到我寒家，本当草酌(简便的筵席。多用作设宴请客的谦辞)三杯，争奈一时不能周备。且和师兄一同上街间玩一遭，市沽(谓买酒)两盏如何？"智深道："最好。"两个同上街来，吃了一日酒，又约明日相会。自此每日与智深上街吃酒，把这件事都放慢了。正是：

> 丈夫心事有亲朋，谈笑酣歌散郁蒸。
>
> 只有女人愁闷处，深闺无语病难兴。

且说高衙内自从那日在陆虞候家楼上吃了那惊，跳墙脱走，不敢对太尉说知，因此在府中卧病。陆虞候和富安两个来府里望衙内，见他容颜不好，精神憔悴，陆谦道："衙内何故如此精神少乐？"衙内道："实不瞒你们说：我为林冲老婆，两次不能够得他，又吃他那一惊，这病越添得重了。眼见的半年三个月性命难保。"二人道："衙内且宽心，只在小人两个身上，好歹要共那妇人完聚，只除他自缢（上吊）死了便罢。"正说间，府里老都管也来看衙内病症。只见：

> 不痒不痛，浑身上或寒或热；没撩没乱，满腹中又饱又饥。
>
> 白昼忘餐，黄昏废寝。对爷娘怎诉心中恨，见相识难遮脸上羞。

那陆虞候和富安见老都管来问病，两个商量道："只除恁的。"等候老都管看病已了出来，两个邀老都管僻净处说道："若要衙内病好，只除教太尉得知，害了林冲性命，方能够得他老婆和衙内在一处，这病便得好。若不如此，已定（一定）送了衙内性命。"老都管道："这个容易。老汉今晚便禀太尉得知。"两个道："我们已有了计，只等你回话。"

老都管至晚来见太尉，说道："衙内不害别的症，却害林冲的老婆。"高俅道："几时见了他的浑家（妻子。旧时家中妻子主内，故称）？"都管禀道："便是前月二十八日在岳庙里见来，今经一月有余。"又把陆虞候设的计，备细说了。高俅道："如此因为他浑家，怎地害他？——我寻思起来，若为惜林冲一个人时，须送了我孩儿性命。却怎生是好？"都管道："陆虞候和富安有计较（方法）。"高俅道："既是如此，教唤二人来商议。"老都管随即唤陆谦、富安入到堂里，唱了喏。高俅问道："我这小衙内的事，你两个有甚计较？救得我孩儿好了时，我自抬举你二人。"陆虞候向前禀道："恩相在上，只除如此如此使得。"高俅见说了，喝采道："好计！你两个明日便与我行。"不在话下。

　　再说林冲每日和智深吃酒，把这件事不记心了。那一日，两个同行到阅武坊巷口，见一条大汉，头戴一顶抓角儿头巾，穿一领旧战袍，手里拿着一口宝刀，插着个草标儿，立在街上，口里自言自语说道："不遇识者，屈沉了我这口宝刀。"林冲也不理会，只顾和智深说着话走。那汉又跟在背后道："好口宝刀，可惜不遇识者！"林冲只顾和智深走着，说得入港（谓交谈投机，意气相合）。那汉又在背后说道："偌大一个东京，没一个识得军器的。"林冲听的说，回过头来，那汉飕的把那口刀掣将出来，明晃晃的夺人眼目。林冲合当有事，猛可地（突然地）道："将来（拿过来）看。"那汉递将过来，林冲接在手内，同智深看了。但见：

　　　　清光夺目，冷气侵人。远看如玉沼（zhǎo）春冰，近看似琼台瑞雪。花纹密布，如丰城狱内飞来；紫气横空，似楚昭梦中收得。太阿巨阙（宝剑名。阙，què）应难比，莫邪干将（宝剑名。邪，yé）亦等闲。

　　当时林冲看了，吃了一惊，失口（指脱口而出）道："好刀！你要卖几钱？"那汉道："索价三千贯，实价二千贯。"林冲道："值是值二千贯，只没个识主。你若一千贯肯时，我买你的。"那汉道："我急要些钱使，你若端的要时，饶你五百贯，实要一千五百贯。"林冲道："只是一千贯，我便买了。"那汉叹口气道："金子做生铁卖了！罢，罢！一文也不要少了我的。"林冲道："跟我来家中取钱还你。"回身却与智深道："师兄，且在茶房里少待，小弟便来。"智深道："洒家且回去，明日再相见。"

　　林冲别了智深，自引了卖刀的那汉，到家去取钱与他，就问那汉道："你这口刀那里得来？"那汉道："小人祖上留下。因为家道消乏（衰落），没奈何，将出来卖了。"林冲道："你祖上是谁？"那汉道："若说时，辱没（玷污，使不光彩）杀人！"林冲再也不问。那汉得了银两，自去了。

　　林冲把这口刀翻来复去看了一回，喝采道："端的好把刀！高太尉府中有一口宝刀，胡乱不肯教人看。我几番借看，也不肯将出来。今日我也买了这口好刀，慢慢和他比试。"林冲当晚不落手看了一晚,夜间挂在壁上。未等天明,又去看那刀。

次日,巳牌时分,只听得门首有两个承局(宋代的低级军职,属殿前司)叫道:"林教头,太尉钧旨,道你买一口好刀,就叫你将去比看,太尉在府里专等。"林冲听得说道:"又是甚么多口的报知了。"两个承局催得林冲穿了衣服,拿了那口刀,随这两个承局来。林冲道:"我在府中不认的你。"两个人说道:"小人新近参随(随从人员)。"却早来到府前,进得到厅前。林冲立住了脚,两个又道:"太尉在里面后堂内坐地。"转入屏风至后堂,又不见太尉。林冲又住了脚,两个又道:"太尉直在里面等你,叫引教头进来。"又过了两三重门,到一个去处,一周遭都是绿栏杆。两个又引林冲到堂前,说道:"教头,你只在此少待,等我入去禀太尉。"

林冲拿着刀,立在檐前,两个人自入去了,一盏茶时,不见出来。林冲心疑,探头入帘看时,只见檐前额上有四个青字,写道"白虎节堂"。林冲猛省(猛然觉悟,忽然明白过来)道:"这节堂是商议军机大事处,如何敢无故辄(zhé,就)入?"急待回身,只听的靴履响、脚步鸣,一个人从外面入来。林冲看时,不是别人,却是本管(主管)高太尉。林冲见了,执刀向前声喏。太尉喝道:"林冲,你又无呼唤,安敢辄入白虎节堂?你知法度否?你手里拿着刀,莫非来刺杀下官?有人对我说,你两三日前,拿刀在府前伺候,必有歹心。"林冲躬身禀道:"恩相,恰才蒙两个承局呼唤林冲,将刀来比看。"太尉喝道:"承局在那里?"林冲道:"他两个已投堂里去了。"太尉道:"胡说!甚么承局,敢进我府堂里去!左右与我拿下这厮!"说犹未了,傍(同"旁")边耳房里走出二十余人,把林冲横推倒拽,恰似皂雕追紫燕,浑如猛虎啖羊羔。高太尉大怒道:"你既是禁军教头,法度也还不知道。因何手执利刃,故入节堂,欲杀本官?"叫左右把林冲推下,不知性命如何。

不因此等,有分教,大闹中原,纵横海内。直教农夫背上添心号(古时战士所着戎衣胸背的符号),渔父舟中插认旗(谓行军时主将所有的作为标识的旗帜。旗上有不同的标记,以便士兵辨认)。毕竟看林冲性命如何,且听下回分解。

# 第 八 回

## 林教头刺配沧州道　鲁智深大闹野猪林

话说当时太尉喝叫左右排列军校,拿下林冲要斩,林冲大叫冤屈。太尉道:"你来节堂有何事务? 现今手里拿着利刃,如何不是来杀下官? "

林冲告道:"太尉不唤,如何敢? 见有两个承局望堂里去了,故赚林冲到此。"太尉喝道:"胡说! 我府中那有承局? 这厮不服断遣(判决遣发)。"喝叫左右:"解去开封府,分付滕府尹好生推问勘理(审问,勘察,审理),明白处决。就把宝刀封了去。"左右领了钧旨,监押林冲投开封府来,恰好府尹坐衙未退。但见:

绯罗缴壁,紫绶卓围。当头额挂朱红,四下帘垂斑竹。官僚守正,戒石上刻御制四行;令史谨严,漆牌中书低声二字。提辖官能掌机密,客帐司专管牌单。吏兵沉重,节级严威。执藤条祗候(即"祗候"。宋时官名。元明时亦指官府衙役。祗,zhī)立阶前,持大杖离班分左右。户婚词讼,断时有似玉衡(北斗七星中的第五星。泛指北斗)明;斗殴是非,判处恰如金镜(比喻月亮)照。虽然一郡宰臣官,果是四方民父母。直使囚从冰上立,尽教人向镜中行。说不尽许多威仪,似塑就一堂神道。

高太尉干人(宋朝民户中的富豪和官户家中的一种办事的差役)把林冲押到府前,跪在阶下,将太尉言语对滕府尹说了。将上太尉封的那把刀放在林冲面前。府尹道:"林冲,你是个禁军教头,如何不知法度,手执利刃,故入节堂? 这是该死的罪犯。"林冲告道:"恩相明镜,念林冲

— 93 —

负屈衔冤。小人虽是粗卤(粗鲁)的军汉,颇识些法度,如何敢擅入节堂？为是前月二十八日,林冲与妻到岳庙还香愿,正迎见高太尉的小衙内,把妻子调戏,被小人喝散了。次后又使陆虞候赚小人吃酒,却使富安来骗林冲妻子到陆虞候家楼上调戏,亦被小人赶去,是把陆虞候家打了一场。两次虽不成奸,皆有人证。次日,林冲自买这口刀,今日太尉差两个承局来家呼唤林冲,叫将刀来府里比看。因此,林冲同二人到节堂下。两个承局进堂里去了,不想太尉从外面进来,设计陷害林冲。望恩相做主。"

府尹听了林冲口词,且叫与了回文(回复的公文),一面取刑具枷枏(木枷与手械。带于囚犯颈项、手腕的刑具)来枷了,推入牢里监下。林冲家里自来送饭,一面使钱。林冲的丈人张教头亦来买上告下(贿赂上司,央告下人),使用财帛(金钱布帛。亦泛指钱财)。

正值有个当案孔目(官府衙门里的高级吏人。掌管狱讼、账目、遣发等事务),姓孙,名定,为人最鲠直(刚直,率直),十分好善,只要周全人,因此人都唤做孙佛儿。他明知道这件事,转转宛宛在府上说知就里,禀道:"此事果是屈了林冲,只可周全他。"府尹道:"他做下这般罪！高太尉批'仰定罪',定要问他手执利刃,故入节堂,杀害本官,怎周全得他？"孙定道:"这南衙开封府,不是朝廷的,是高太尉家的。"府尹道:"胡说！"孙定道:"谁不知高太尉当权,倚势豪强,更兼他府里无般不做。但有人小小触犯,便发来开封府,要杀便杀,要剐(guǎ)便剐,却不是他家官府。"府尹道:"据你说时,林冲事怎的方便他,施行断遣？"孙定道:"看林冲口词是个无罪的人,只是没拿那两个承局处。如今着他招认做不合腰悬利刃,误入节堂。脊杖二十,刺配远恶(遥远险恶)军州。"

滕府尹也知这件事了,自去高太尉面前再三禀说林冲口词。高俅情知理短,又碍府尹,只得准了。

就此日府尹回来升厅,叫林冲除了长枷,断了二十脊杖,唤个文笔匠(专在人身上刺字刻花的匠人)刺了面颊,量地方远近,该配沧州牢城(宋

<u>时囚禁流配罪犯之所</u>)。当厅打一面七斤半团头铁叶护身枷钉了,贴上封皮,押了一道牒文,差两个防送公人监押前去。

　　两个人是董超、薛霸。二人领了公文,押送林冲出开封府来,只见众邻舍并林冲的丈人张教头都在府前接着,同林冲两个公人到州桥下酒店里坐定。林冲道:"多得孙孔目维持,这棒不毒,因此走动得。"张教头叫酒保安排案酒果子,管待两个公人。酒至数杯,只见张教头将出银两,赍发他两个防送公人已了。林冲执手对丈人说道:"泰山(<u>岳父</u>)在上,年灾月厄,撞了高衙内,吃了一场屈官司。今日有句话说,上禀泰山:自蒙泰山错爱,将令爱嫁事小人,已至三载,不曾有半些儿差池。虽不曾生半个儿女,未曾面红耳赤,半点相争。今小人遭这场横事,配去沧州,生死存亡未保。娘子在家,小人心去不稳,诚恐高衙内威逼这头亲事。况兼青春年少,休为林冲误了前程。却是林冲自行主张,非他人逼迫。小人今日就高邻在此,明白立纸休书,任从改嫁,并无争执。如此林冲去的心稳,免得高衙内陷害。"张教头道:"贤婿,甚么言语!你是天年不齐(<u>谓命运和流年不相配合,以致运道不好</u>),遭了横事(<u>意外事故。横,hèng,意外的</u>),又不是你作将出来的。今日权且去沧州躲灾避难,早晚天可怜见,放你回来时,依旧夫妻完聚。老汉家中也颇有些过活(<u>维持生活的财物</u>),便取了我女家去,并锦儿,不拣怎的,三年五载,养赡得他。又不叫他出入,高衙内便要见,也不能够。休要忧心,都在老汉身上。你在沧州牢城,我自频频寄书并衣服与你。休得要胡思乱想,只顾放心去。"林冲道:"感谢泰山厚意。只是林冲放心不下,枉自两相耽误。泰山可怜见林冲,依允小人,便死也瞑目。"张教头那里肯应承。众邻舍亦说行不得。林冲道:"若不依允小人之时,林冲便挣扎得回来,誓不与娘子相聚。"张教头道:"既然恁地时,权且由你写下,我只不把女儿嫁人便了。"

　　当时叫酒保寻个写文书的人来,买了一张纸来。那人写,林冲说道是:

　　　　东京八十万禁军教头林冲,为因身犯重罪,断配沧州,去后存亡不保。有妻张氏年少,情愿立此休书,任从改嫁,永无争执。委是自行情愿,即非相逼。恐后无凭,立此文约为照。年月日。

林冲当下看人写了,借过笔来,去年月下押个花字(押字。因用草书,其形体稍花,故称),打个手模(按在凭证上的指纹,即手印)。

正在阁里写了,欲付与泰山收时,只见林冲的娘子,号天哭地叫将来。女使锦儿抱着一包衣服,一路寻到酒店里。林冲见了,起身接着道:"娘子,小人有句话说,已禀过泰山了。为是林冲年灾月厄,遭这场屈事,今去沧州,生死不保,诚恐误了娘子青春。今已写下几字在此,万望娘子休等小人,有好头脑(指合适的对象、人才),自行招嫁,莫为林冲误了贤妻。"那娘子听罢,哭将起来,说道:"丈夫,我不曾有半些儿点污,如何把我休了!"林冲道:"娘子,我是好意,恐怕日后两下相误,赚了你。"张教头便道:"我儿放心,虽是女婿恁的主张,我终不成下得(舍得,忍心)将你来再嫁人! 这事且由他放心去。他便不来时,我也安排你一世的终身盘费(指日常生活费用),只教你守志(谓女子不改嫁)便了。"那妇人听得说,心中哽咽,又见了这封书,一时哭倒声绝在地。未知五脏如何,先见四肢不动。但见:

荆山玉损(比喻把美好的事物损坏了。荆山传为楚人卞和得璞处),可惜数十年结发成亲;宝鉴花残,枉费九十日东君(司春之神)匹配。花容倒卧,有如西苑芍药倚朱栏;檀口(红艳的嘴唇。多形容女性嘴唇之美)无言,一似南海观音来入定。小园昨夜东风恶,吹折江梅就地横。

林冲与泰山张教头救得起来,半晌方才苏醒,兀自哭不住。林冲把休书与教头收了。众邻舍亦有妇人来劝林冲娘子,搀扶回去。张教头嘱付林冲道:"你顾前程去挣扎,回来厮见。你的老小,我明日便取回去,养在家里,待你回来完聚。你但放心去,不要挂念。如有便人(受托顺便代办某事的人),千万频频寄些书信来。"林冲起身谢了,拜辞泰山并众邻舍,背了包裹,随着公人去了。张教头同邻舍取路回家,不在话下。

　　且说两个防送公人(押解护送犯人的差役)把林冲带来使臣房里,寄了监。董超、薛霸各自回家收拾行李。只说董超正在家里拴束包裹,只见巷口酒店里酒保来说道:"董端公,一位官人在小人店中请说话。"董超道:"是谁?"酒保道:"小人不认的,只叫请端公便来。"原来宋时的公人,都称呼端公(宋代对衙役的称呼)。当时董超便和酒保径到店中阁儿内看时,见坐着一个人,头戴顶万字头巾,身穿领皂纱背子,下面皂靴净袜。见了董超,慌忙作揖道:"端公请坐。"董超道:"小人自来不曾拜识尊颜,不知呼唤有何使令(差遣,使唤)?"那人道:"请坐,少间(过一会儿,隔不多时)便知。"董超坐在对席,酒保一面铺下酒盏、菜蔬、果品、按酒都搬来摆了一桌。那人问道:"薛端公在何处住?"董超道:"只在前边巷内。"那人唤酒保问了底脚(犹底细),"与我去请将来"。酒保去了一盏茶时,只见请得薛霸到阁儿里。董超道:"这位官人请俺说话。"薛霸道:"不敢动问大人高姓?"那人又道:"少刻便知,且请饮酒。"

　　三人坐定,一面酒保筛酒。酒至数杯,那人去袖子里取出十两金子,放在桌上,说道:"二位端公各收五两,有些小事烦及(烦扰,打扰)。"二人道:"小人素不认得尊官(旧时对官员的敬称。有时也用作对不相识者的敬称),何故与我金子?"那人道:"二位莫不投沧州去?"董超道:"小人两个奉本府差遣,监押林冲直到那里。"那人道:"既是如此,相烦二位。我是高太尉府心腹人陆虞候便是。"董超、薛霸喏喏连声,说道:"小人何等样人,敢共对席。"陆谦道:"你二位也知林冲和太尉是对头。今奉着太尉钧旨,教将这十两金子送与二位。望你两个领诺(亦作"领喏"。答应,应承)。不必远去,只就前面僻静去处,把林冲结果了,就彼处讨纸回状,回来便了。若开封府但有话说,太尉自行分付,并不妨事。"董超道:"却怕使不得。开封府公文,只叫解活的去,却不曾教结果了他。亦且本人年纪又不高大,如何作的这缘故?倘有些兜搭(周折),恐不方便。"薛霸道:"老董,你听我说:高太尉便叫你我死,也只得依他。莫说使这官人又送金子与俺。你不要多说,和你分了罢,落得做人情,日后也有照顾俺处。前头有的是大松林猛恶去处,不拣怎的,与他结果(杀死。多见于早期白话)了罢。"当下薛霸收了金子,说道:"官人放心,多是五站路,少便两程,便有分晓。"陆谦大喜道:"还是薛端公真是爽利!明日到地了时,是必揭取林冲脸上金印回来做表证(犹明证),陆谦再包办二位十两金子相谢。专等好音,切不可相误。"

原来宋时但是犯人徒流迁徙的,都脸上刺字,怕人恨怪,只唤做打金印。三个人又吃了一会酒,陆虞候算了酒钱,三人出酒肆来,各自分手。

只说董超、薛霸将金子分受入己,送回家中,取了行李包裹,拿了水火棍(旧时衙门差役所使用的上黑下红、上圆下略扁的木棍),便来使臣房里取了林冲,监押上路。当日出得城来,离城三十里多路歇了。宋时途路上客店人家,但是公人监押囚人来歇,不要房钱。当下董、薛二人带林冲到客店里,歇了一夜。第二日天明,起来打火,吃了饮食,投沧州路上来。时遇六月天气,炎暑正热,林冲初吃棒时,倒也无事。次后三两日间,天道盛热,棒疮却发,又是个新吃棒的人,路上一步挨一步走不动。薛霸道:"好不晓事,此去沧州二千里有余的路,你这般样走,几时得到?"林冲道:"小人在太尉府里折了些便宜,前日方才吃棒,棒疮举发。这般炎热,上下(对公差的尊称)只得担待一步。"董超道:"你自慢慢的走,休听咭咶(jīguō,絮叨,唠叨)。"薛霸一路上喃喃咄咄(叨叨咭咭)的口里埋冤叫苦,说道:"却是老爷们晦气,撞着你这个魔头。"看看天色又晚,但见:

火轮(比喻日)低坠,玉镜(比喻月)将悬。遥观野炊俱生,近睹柴门半掩。僧投古寺,云林时见鸦归;渔傍阴涯,风树犹闻蝉噪。急急牛羊来热坂,劳劳驴马息蒸途(谓热气蒸腾的路途)。

当晚三个人投村中客店里来,到得房内,两个公人放了棍棒,解下包裹。林冲也把包来解了,不等公人开口,去包里取些碎银两,央店小二买些酒肉,籴(dí,买进粮食,与"粜"相对)些米来,安排盘馔,请两个防送公人坐了吃。董超、薛霸又添酒来,把林冲灌的醉了,和枷倒在一边。薛霸去烧一锅百沸滚汤(开水),提将来,倾在脚盆内,叫道:"林教头,你也洗了脚好睡。"林冲挣的起来,被枷(旧时一种套在脖子上的刑具)碍了,曲身不得。薛霸便道:"我替你洗。"林冲忙道:"使不得。"薛霸道:"出路人那里计较的许多。"林冲不知是计,只顾伸下脚来,被薛霸只一按,按在滚汤里。林冲叫一声:"哎也!"急缩得起时,泡得脚面红肿了。林冲道:"不消生受。"薛霸道:"只见罪人伏侍(即"服侍",伺候、照料)公人,那曾有公人伏侍罪人。好意叫他洗脚,颠倒嫌冷嫌热,却不是好心不得好报!"口里喃喃的骂了半夜,林冲那里敢回话,自去倒在一边。他两个泼了这水,自换些水,去外边洗了脚收拾。

睡到四更,同店人都未起,薛霸起来烧了面汤(洗脸的热水),安排打火做饭吃。林冲起来晕了,吃不得,又走不动。薛霸拿了水火棍,催促动身。董超去腰里解下一双新草鞋,耳朵并索儿却是麻编的,叫林冲穿。林冲看时,脚上满面都是潦浆泡,只得寻觅旧草鞋穿,那里去讨。没奈何,只得把新草鞋穿上。叫店小二算过酒钱,两个公人带了林冲出店,却是五更天气。林冲走不到三二里,脚上泡被新草鞋打破了,鲜血淋漓,正走不动,声唤不止。薛霸骂道:"走便快走,不走便大棍搠将起来。"林冲道:"上下方便,小人岂敢怠慢,俄延(延缓、耽搁)程途,其实是脚疼走不动。"董超道:"我扶着你走便了。"搀着林冲,只得又挨了四五里路。看看正走不动了,早望见前面烟笼雾锁,一座猛恶林子,但见:

　　　　枯蔓层层如雨脚,乔枝郁郁似云头。

　　　　不知天日何年照,惟有冤魂不断愁。

这座林子有名唤做野猪林,此是东京去沧州路上第一个险峻去处。宋时这座林子内,但有些冤仇的,使用些钱与公人,带到这里,不知结果(杀死)了多少好汉。今日这两个公人带林冲奔入这林子里来。董超道:"走了一五更,走不得十里路程,似此,沧州怎的得到?"薛霸道:"我也走不得了,且就林子里歇一歇。"三个人奔到里面,解下行李包裹,都搬在树根头。林冲叫声:"阿也!"靠着一株大树便倒了。

只见董超,薛霸道:"行一步,等一步,倒走得我困倦起来,且睡一睡却行。"放下水火棍,便倒在树边,略略闭得眼,从地下叫将(喊叫)起来。林冲道:"上下(称衙门中的差役)做甚么?"董超、薛霸道:"俺两个正要睡一睡,这里又无关锁,只怕你走了,我们放心不下,以此睡不稳。"林冲答道:"小人是个好汉,官司既已吃了,一世也不走。"薛霸道:"那里信得你说?要我们心稳,须得缚一缚。"林冲道:"上下要缚便缚,小人敢道怎的?"薛霸腰里解下索子来,把林冲连手带脚和枷紧紧的绑在树上。同董超两个跳将起来,转过身来,拿起水火棍,看着林冲说道:"不是俺要结果你,自是前日来时,有那陆虞候传着高太尉钧旨,教我两个到这里结果你,立等金印回去回话。便多走的几日,也是死数(注定必死),只今日就这里,倒作成我两个回去快些。休得要怨我弟兄两个,只是上司差遣,不由自己。你须精细着:明年今日是你周年(特指死亡满一年的日子)。我等已限定日期,亦要早回话。"林冲见说,泪如雨下,便道:"上下,我与你二位往日无仇,近日无冤,你二位如何救得小人,生死不忘。"董超道:"说甚么闲话?救你不得。"

薛霸便提起水火棍来,望着林冲脑袋上劈将来,可怜豪杰束手就死。正是"万里黄泉无旅店,三魂今夜落谁家"。毕竟林冲性命如何,且听下回分解。

# 第 九 回

## 柴进门招天下客　林冲棒打洪教头

　　话说当时薛霸双手举起棍来，望林冲脑袋上便劈下来。说时迟，那时快，薛霸的棍恰举起来，只见松树背后雷鸣也似一声，那条铁禅杖飞将来，把这水火棍一隔，丢去九霄云外。跳出一个胖大和尚来，喝道："洒家在林子里听你多时！"两个公人看那和尚时，穿一领皂布直裰，跨一口戒刀，提起禅杖，轮起来打两个公人。

　　林冲方才闪开眼看时，认得是鲁智深。林冲连忙叫道："师兄不可下手，我有话说。"智深听得，收住禅杖。两个公人呆了半晌，动弹不得。林冲道："非干他两个事，尽是高太尉使陆虞候分付他两个公人，要害我性命。他两个怎不依他？你若打杀他两个，也是冤屈。"

　　鲁智深扯出戒刀，把索子都割断了，便扶起林冲，叫："兄弟，俺自从和你买刀那日相别之后，洒家忧得你苦。自从你受官司，俺又无处去救你。打听的你断配沧州，洒家在开封府前又寻不见。却听得人说，监在使臣（宋朝专管缉捕的武官）房内，又见酒保来请两个公人说道：'店里一位官人寻说话。'以此洒家疑心，放你不下。恐这厮们路上害你，俺特地跟将来。见这两个撮鸟带你入店里去，洒家也在那里歇。夜间听得那厮两个做神做鬼，把滚汤赚了你脚。那时俺便要杀这两个撮鸟，却被客店里人多，恐防救了。洒家见这厮们不怀好心，越放你不下。你五更里出门时，洒家先投奔这林子里来，等杀这厮两个撮鸟。他到来这里害你，正好杀这厮两个。"林冲劝道："既然师兄救了我，你休害他两个性命。"鲁智深喝道："你这两个撮鸟！洒

— 101 —

家不看兄弟面时,把你这两个都剁做肉酱!且看兄弟面皮,饶你两个性命。"就那里插了戒刀,喝道:"你这两个撮鸟,快搀兄弟,都跟洒家来。"提了禅杖先走。两个公人那里敢回话,只叫:"林教头救俺两个。"依前(照旧,仍旧)背上包裹,提了水火棍,扶着林冲。又替他拕(tuō,同"拖")了包裹,一同跟出林子来。行得三四里路程,见一座小小酒店在村口,四个人入来坐下。看那店时,但见:

> 前临驿路,后接溪村。数株桃柳绿阴浓,几处葵榴红影乱。门外森森麻麦,窗前猗猗(柔美的样子。猗,yī)荷花。轻轻酒旆(即酒帘。酒店的标志。旆,pèi)舞薰风,短短芦帘遮酷日。壁边瓦瓮,白泠泠(清冽的样子)满贮村醪(村酒,浊酒。醪,láo);架上磁瓶,香喷喷新开社酝。白发田翁亲涤(洗刷)器,红颜村女笑当垆(指卖酒。垆,放酒坛的土墩)。

当下深、冲、超、霸四人在村酒店中坐下,唤酒保买五七斤肉,打两角酒来吃,回些面来打饼(做饼)。酒保一面整治,把酒来筛。两个公人道:"不敢拜问师父在那个寺里住持?"智深笑道:"你两个撮鸟问俺住处做甚么?莫不去教高俅做甚么奈何洒家?别人怕他,俺不怕他。洒家若撞着那厮,教他吃三百禅杖。"两个公人那里敢再开口。吃了些酒肉,收拾了行李,还了酒钱,出离了村店。林冲问道:"师兄,今投那里去?"鲁智深道:"'杀人须见血,救人须救彻。'洒家放你不下,直送兄弟到沧州。"两个公人听了,暗暗地道:"苦也!却是坏了我们的勾当,转去时怎回话?且只得随顺(依顺,依从)他,一处行路。"有诗为证:

> 最恨奸谋欺白日,独持义气薄黄金。
> 迢遥不畏千程路,辛苦惟存一片心。

自此途中被鲁智深要行便行,要歇便歇,那里敢扭(违拗)他?好便骂,不好便打。两个公人不敢高声,只怕和尚发作。行了两程,讨了一辆车子,林冲上车将息(养息,休息),三个跟着车子行着。两个公人怀着鬼胎,各自要保性命,只得小心随顺着行。鲁智深一路买酒买肉,将息林冲,那两个公人也吃。遇着客店,早歇晚行,都是那两个公人打火做饭,谁敢不依他? 二人暗商量:"我们被这和尚监押定了,明日回去,高太尉必然奈何俺。"薛霸道:"我听得大相国寺菜园廨宇里新来了个僧人,唤做鲁智深,想来必是他。回去实说,俺要在野猪林结果他,被这和尚救了,一路护送到沧州,因此下手不得。舍着还了他十两金子,着陆谦自去寻这和尚便了。我和你只要躲得身上干净。"董超道:"也说的是。"两个暗商量了不题。

话休絮繁。被智深监押不离,行了十七八日,近沧州只有七十来里路程。一路去都有人家,再无僻净处了。鲁智深打听得实了,就松林里少歇。智深对林冲道:"兄弟,此去沧州不远了。前路都有人家,别无僻净去处,洒家已打听实了。俺如今和你分手,异日再得相见。"林冲道:"师兄回去,泰山处可说知。防护之恩,不死当以厚报。"鲁智深又取出一二十两银子与林冲,把三二两与两个公人道:"你两个撮鸟,本是路上砍了你两个头,兄弟面上,饶你两个鸟命。如今没多路了,休生歹心。"两个道:"再怎敢? 皆是太尉差遣。"接了银子,却待分手,鲁智深看着两个公人道:"你两个撮鸟的头,硬似这松树么? "二人答道:"小人头是父母皮肉,包着些骨头。"智深轮起禅杖,把松树只一下,打的树有二寸深痕,齐齐折了。喝一声道:"你两个撮鸟,但有歹心,教你头也与这树一般。"摆着手,拖了禅杖,叫声:"兄弟保重。"自回去了。董超、薛霸都吐出舌头来,半晌缩不入去。林冲道:"上下,俺们自去罢。"两个公人道:"好个莽和尚,一下打折了一株树。"林冲道:"这个直得(算得)甚么? 相国寺一株柳树,连根也拔将出来。"二人只把头来摇,方才得知是实。

三人当下离了松林,行到晌午,早望见官道上一座酒店。但见:

古道孤村,路傍酒店。杨柳岸,晓垂锦斾(pèi,长条旗);莲花荡,风拂青帘。刘伶(字伯伦,安徽宿州人,魏晋时期文学家、诗人,"竹林七贤"之一)仰卧画床前,李白(字太白,号青莲居士,唐朝诗人)醉眠描壁上。社酝壮农夫之胆,村醪助野叟(村野老人)之容。神仙玉佩曾留下,卿相金貂(皇帝左右侍臣的冠饰)也当来。

三个人入酒店里来,林冲让两个公人上首(位置比较尊贵的一侧)坐了。董、薛二人,半日方才得自在。只见那店里有几处座头(旧时茶楼酒馆等处桌椅配套的座位),三五个筛酒的酒保,都手忙脚乱,搬东搬西。林冲与两个公人坐了半个时辰,酒保并不来问。林冲等得不耐烦,把桌子敲着说道:"你这店主人好欺客,见我是个犯人,便不来睬着,我须不白吃你的,是甚道理?"主人说道:"你这是原来不知我的好意。"林冲道:"不卖酒肉与我,有甚好意?"店主人道:"你不知俺这村中有个大财主,姓柴名进,此间称为柴大官人,江湖上都唤做小旋风,他是大周柴世宗(后周皇帝柴荣)子孙。自陈桥让位(即陈桥兵变,是赵匡胤发动的取代后周,建立宋朝的兵变事件),太祖武德皇帝(指宋太祖赵匡胤)敕赐与他誓书铁券(即誓券。又称丹书铁券。天子颁赐功臣世代享受某种特权的文书)在家中,谁敢欺负他?专一招接天下往来的好汉,三五十个养在家中,常常嘱付我们酒店里:'如有流配来的犯人,可叫他投我庄上来,我自资助他。'我如今卖酒肉与你,吃得面皮红了,他道你自有盘缠,便不助你。我是好意。"

林冲听了,对两个公人道:"我在东京教军时,常常听得军中人传说柴大官人名字,却原来在这里。我们何不同去投奔他。"董超、薛霸寻思道:"既然如此,有甚亏了我们处?"就便收拾包裹,和林冲问道:"酒店主人,柴大官人庄在何处,我等正要寻他。"店主人道:"只在前面,约过三二里路,大石桥边转弯抹角,那个大庄院便是。"

林冲等谢了店主人,三个出门,果然三二里,见座大石桥。过得桥来,一条平坦大路,早望见绿柳阴中显出那座庄院。四下一周遭(一圈)一条涧河,两岸边都是垂杨大树,树阴中一遭(四周)粉墙。转弯来到庄前,看时,好个大庄院!但见:

门迎黄道,山接青龙。万枝桃绽武陵溪(即陶渊明《桃花源记》所载武陵源),千树花开金谷苑(西晋石崇的别墅,遗址在今洛阳老城东北七里处的金谷涧内)。聚贤堂上,四时有不谢奇花;百卉厅前,八节赛长春佳景。堂悬敕额金牌,家有誓书铁券。朱甍(朱红色的屋顶。借指帝王官室和道院、庙宇等。甍，méng)碧瓦，掩映着九级高堂；画栋雕梁，真乃是三微(三正。三正之始，万物皆微，故又称三微)精舍(精致的房舍)。不是当朝勋戚(有功勋的皇亲国戚)第，也应前代帝王家。

三个人来到庄上，见那条阔板桥上，坐着四五个庄客，都在那里乘凉。三个人来到桥边，与庄客施礼罢，林冲说道："相烦大哥报与大官人知道：京师有个犯人，送配牢城，姓林的求见。"庄客齐道："你没福，若是大官人在家时，有酒食钱财与你，今早出猎去了。"林冲道："不知几时回来？"庄客道："说不定，敢怕投东庄去歇，也不见得。许你不得。"林冲道："如此是我没福，不得相遇，我们去罢。"别了众庄客，和两个公人再回旧路，肚里好生愁闷。行了半里多路，只见远远的从林子深处，一簇人马飞奔庄上来，但见：

人人俊丽，个个英雄。数十匹骏马嘶风，两三面绣旗弄日。粉青毡笠，似倒翻荷叶高擎；绛色红缨，如烂熳莲花乱插。飞鱼袋内，高插着装金雀画细轻弓；狮子壶中，整攒着点翠雕翎(雕的翎毛。借指羽箭)端正箭。牵几只赶獐(zhāng，哺乳动物，形状像鹿，毛较粗，头上无角)细犬，擎数对拿兔苍鹰。穿云俊鹘(hú，鸟类的一科。翅膀窄而尖，嘴短而宽，上嘴弯曲并有齿状突起。也叫隼)顿绒绦，脱帽锦雕寻护指。标枪风利，就鞍边微露寒光；画鼓团圞(圆的样子。圞，luán)，向马上时闻响震。鞍边拴系，无非天外飞禽；马上擎抬，尽是山中走兽。好似晋王临紫塞(李克用因镇压黄巢农民起义有功，封晋王，踞山西省一带。据说秦汉时筑长城所用的土是紫色的，所以长城的关卡叫紫塞。李克用是沙陀族，由塞外进入中原，故云临紫塞)，浑如汉武到长杨(长杨即长杨宫，秦时所建，因广植垂杨，故名。汉武帝常在这里狩猎)。

那簇人马飞奔庄上来，中间捧着一位官人，骑一匹雪白卷毛马。马上那人，生得龙眉凤目，皓齿朱唇，三牙(三丫)掩口髭须，三十四五年纪。头戴一顶皂纱转角簇花巾，身穿一领紫绣团胸绣花袍，腰系一条玲珑嵌宝玉环绦，足穿一双金线抹绿皂朝靴。带一张弓，插一壶箭，引领从人，都到庄上来。林冲看了，寻思道："敢是柴大官人么？"又不敢问他，只自肚里踌躇(chóuchú，犹豫)。只见那马上年少的官人纵马前来问道："这位带枷的是甚人？"林冲慌忙躬身答道："小人是东京禁军教头，姓林，名冲，为因恶了高太尉，寻事发下开封府，问罪断遣，刺配此沧州。闻得前面酒店里说，这里有个招贤纳士好汉柴大官人，因此特来相投。不期缘浅，不得相遇。"那官人滚鞍下马，飞近前来，说道："柴进有失迎迓(犹迎接。迓，yà)。"就草地上便拜。林冲连忙答礼。

那官人携住林冲的手，同行到庄上来。那庄客们看见，大开了庄门，柴进直请到厅前。两个叙礼罢，柴进说道："小可(对自己的谦称)久闻教头大名，不期今日来踏贱地，足称平生渴仰(极其仰慕)之愿。"林冲答道："微贱林冲，闻大人贵名，传播海宇，谁人不敬？不想今日因得罪犯，流配来此，得识尊颜，宿生(平生)万幸。"柴进再三谦让，林冲坐了客席；董超、薛霸也一带坐了。跟柴进的伴当(随从)，各自牵了马，去院后歇息，不在话下。

柴进便唤庄客，叫将酒来。不移时，只见数个庄客托出一盘肉，一盘饼，温一壶酒；又一个盘子，托出一斗白米，米上放着十贯钱，都一发将出来。柴进见了道："村夫不知高下，教头到此，如何恁地轻意？快将进去。先把果盒酒来，随即杀羊相待，快去整治。"林冲起身谢道："大官人，不必多赐，只此十分够了，感谢不当。"柴进道："休如此说。难得教头到此，岂可轻慢。"庄客不敢违命，先捧出果盒酒来。柴进起身，一面手执三杯。林冲谢了柴进，饮酒罢，两个公人一同饮了。柴进说："教头请里面少坐。"柴进随即解了弓袋箭壶，就请两个公人一同饮酒。

柴进当下坐了主席，林冲坐了客席，两个公人在林冲肩下。叙说些闲话，江湖上的勾当(事情)，不觉红日西沉。安排得酒食果品海味，摆在桌上，抬在各人面前。柴进亲自举杯，把了三巡，坐下叫道："且将汤来吃。"吃得一道汤，五七杯酒，只见庄客来报道："教师来也。"柴进道："就请来一处坐地相会亦好，快抬一张桌来。"林冲起身看时，只见那个教师入来，歪戴着一顶头巾，挺着脯子，来到后堂。林冲寻思道："庄客称他做教师，必是大官人的师父。"急急躬身唱喏道："林冲谨参。"那人全不睬着，也不还礼。林冲不敢抬头。柴进指着林冲对洪教头道："这位便是东京八十万禁军枪棒教头林武师林冲的便是，就请相见。"林冲听了，看着洪教头便拜。那洪教头说道："休拜，起来。"却不躬身答礼。柴进看了，心中好不快意。林冲拜了两拜，起身让洪教头坐。洪教头亦不相让，便去上首便坐。柴进看了，又不喜欢。林冲只得肩下坐下，两个公人亦就坐了。

　　洪教头便问道："大官人今日何故厚礼管待配军？"柴进道："这位非比其他的，乃是八十万禁军教头。师父如何轻慢？"洪教头道："大官人只因好习枪棒，往往流配军人都来倚草附木(比喻托名或攀附于人)，皆道我是枪棒教师，来投庄上，诱些酒食钱米。大官人如何忒认真？"林冲听了，并不做声。柴进说道："凡人不可易相，休小觑(小看。觑，qù)他。"洪教头怪这柴进说"休小觑他"，便跳起身来道："我不信他，他敢和我使一棒看，我便道他是真教头。"柴进大笑道："也好！也好！林武师，你心下如何？"林冲道："小人却是不敢。"洪教头心中忖量(思量，考虑。忖，cǔn)道："那人必是不会，心中先怯了。"因此越来惹林冲使棒。柴进一来要看林冲本事；二者要林冲赢他，灭那厮嘴。柴进道："且把酒来吃着，待月上来也罢。"

　　当下又吃过了五七杯酒，却早月上来了，照见厅堂里面，如同白日。柴进起身道："二位教头较量一棒。"林冲自肚里寻思道："这洪教头必是柴大官人师父，不争我一棒打翻了他，须不好看。"柴进见林冲踌躇，便道："此位洪教头也到此不多时，此间又无对手。林武师休得要推辞，小可也正要看二位教头的本事。"柴进说这话，原来只怕林冲碍柴进的面皮，不肯使出本事来。林冲见柴进说开就里(原委)，方才放心。只见洪教头先起身道："来，来，来！和你使一棒看。"一齐都哄出堂后空地上。庄客拿一束棍棒来，放在地下。洪教头先脱了衣裳，拽扎起裙子，掣(chè，抽)条棒，使个旗鼓(武术使棍棒的架势)，喝

— 107 —

道:"来,来,来!"柴进道:"林武师,请较量一棒。"林冲道:"大官人,休要笑话。"就地也拿了一条棒起来道:"师父请教。"洪教头看了,恨不得一口水吞了他。林冲拿着棒,使出山东大擂,打将入来。洪教头把棒就地下鞭了一棒,来抢林冲。两个教头就明月地下交手,真个好看。怎见是山东大擂?但见:

> 山东大擂,河北夹枪。大擂棒是鳅鱼穴内喷来,夹枪棒是巨蟒窠(kē,巢穴)中窜出。大擂棒似连根拔怪树,夹枪棒如遍地卷枯藤。两条海内抢珠龙,一对岩前争食虎。

两个教头在明月地上交手,使了四五合棒,只见林冲托地(突然)跳出圈子外来,叫一声:"少歇。"柴进道:"教头如何不使本事?"林冲道:"小人输了。"柴进道:"未见二位较量,怎便是输了?"林冲道:"小人只多这具枷,因此,权当输了。"

柴进道:"是小可一时失了计较。"大笑着道:"这个容易。"便叫庄客取十两银子,当时将至。柴进对押解两个公人道:"小可大胆,相烦二位下顾(敬辞。请人给予照顾),权把林教头枷开了,明日牢城营内但有事务,都在小可身上,白银十两相送。"董超、薛霸见了柴进人物轩昂(形容精神饱满,气度不凡),不敢违他,落得做人情,又得了十两银子,亦不怕他走了。薛霸随即把林冲护身枷开了。柴进大喜道:"今番(这回,此次)两位教师再试一棒。"

洪教头见他却才(刚才)棒法怯了,肚里平欺他做,提起棒却待要使。柴进叫道:"且住!"叫庄客取出一锭银来,重二十五两。无一时,至面前。柴进乃言:"二位教头比试,非比其他,这锭银子,权为利物(竞赛的奖品、彩头)。若是赢的,便将此银子去。"柴进心中只要林冲把出本事来,故意将银子丢在地下。洪教头深怪林冲来,又要争这个大银子,又怕输了锐气,把棒来尽心使个旗鼓,吐个门户(武术用语。犹架势),唤做把火烧天势。林冲想道:柴大官人心里只要我赢他。也横着棒,使个门户,吐个势,唤做拨草寻蛇势。洪教头喝一声:"来,来,来!"便使棒盖将入来。林冲望后一退,洪教头赶入一步,提起棒,又复一棒下来。林冲看他脚步已乱了,便把棒从地下一跳,洪教头措手不及,就那一跳里,和身一转,那棒直扫着洪教头臁儿骨(小腿胫骨。臁,lián)上,撇了棒,扑地倒了。柴进大喜,叫快将酒来把盏,众人一齐大笑。洪教头那里挣扎起来。众庄客一头笑着,扶了洪教头,羞颜满面,自投庄外去了。

柴进携住林冲的手,再入后堂饮酒,叫将利物来,送还教师。林冲那里肯受,推托不过,只得收了。正是:

欺人意气总难堪,冷眼旁观也不甘。

请看受伤并折利,方知骄傲是羞惭。

柴进留林冲在庄上,一连住了几日,每日好酒好食相待。又住了五七日,两个公人催促要行。柴进又置席面相待送行;又写两封书,分付林冲道:“沧州大尹(对府县行政长官的称呼)也与柴进好,牢城管营(边远地区管理徒流充军罪犯服役的官吏)、差拨(牢城内看管囚犯的差役),亦与柴进交厚。可将这两封书去下,必然看觑(看顾,照料。觑,qù)教头。”即捧出二十五两一锭大银,送与林冲,又将银五两赍发两个公人。吃了一夜酒,次日天明,吃了早饭,叫庄客挑了三个的行李,林冲依旧带上枷,辞了柴进便行。柴进送出庄门作别,分付道:“待几日小可自使人送冬衣来与教头。”林冲谢道:“如何报谢大官人!”两个公人相谢了。

三人取路投沧州来,将及午牌时候(指上午十一点到下午一点。亦泛指中午前后),已到沧州城里,虽是个小去处,亦有六街三市。径到州衙里下了公文,当厅引林冲参见了州官大尹,当下收了林冲,押了回文,一面帖下,判送牢城营内来。两个公人自领了回文,相辞了,回东京去,不在话下。

只说林冲送到牢城营内来,看那牢城营时,但见:

门高墙壮,地阔池深。天王堂畔,两行细柳绿垂烟;点视厅(查点察看犯人的场所)前,一簇乔松青泼黛。来往的,尽是咬钉嚼铁(形容意志坚定,毫不动摇)汉;出入的,无非沥血剖肝人。

沧州牢城营内收管林冲,发在单身房里,听候点视。却有那一般的罪人,都来看觑他,对林冲说道:"此间管营、差拨,十分害人,只是要诈人钱物。若有人情钱物送与他时,便觑的你好;若是无钱,将你撇在土牢里,求生不生,求死不死。若得了人情,入门便不打你一百杀威棒,只说有病,把来寄下;若不得人情时,这一百棒打得七死八活。"林冲道:"众兄长如此指教,且如要使钱,把多少与他?"众人道:"若要使得好时,管营把五两银子与他,差拨也得五两银子送他,十分好了。"

正说之间,只见差拨过来问道:"那个是新来配军?"林冲见问,向前答应道:"小人便是。"那差拨不见他把钱出来,变了面皮,指着林冲骂道:"你这个贼配军,见我如何不下拜? 却来唱喏<sub>(出声答应)</sub>!你这厮可知在东京做出事来,见我还是大剌剌<sub>(形容举止随便,满不在乎的样子)</sub>的。我看这贼配军,满脸都是饿文<sub>(从人的口角延伸到嘴里的皱纹。迷信的人认为有此纹者必饿死)</sub>,一世也不发迹<sub>(指人脱离困顿状况而得志、兴起)</sub>! 打不死,拷不杀的顽囚! 你这把贼骨头,好歹落在我手里,教你粉骨碎身。少间叫你便见功效。"把林冲骂得一佛出世<sub>(死去活来)</sub>,那里敢抬头应答。众人见骂,各自散了。

林冲等他发作过了,去取五两银子,陪着笑脸告道:"差拨哥哥,些小薄礼,休言轻微。"差拨看了道:"你教我送与管营和俺的,都在里面?"林冲道:"只是送与差拨哥哥的;另有十两银子,就烦差拨哥哥送与管营。"差拨见了,看着林冲笑道:"林教头,我也闻你的好名字,端的<sub>(确实,果然)</sub>是个好男子! 想是高太尉陷害你了。虽然目下暂时受苦,久后必然发迹。据你的大名,这表人物,必不是等闲之人,久后必做大官。"林冲笑道:"皆赖差拨照顾。"差拨道:"你只管放心。"又取出柴大官人的书礼,说道:"相烦老哥将这两封书下一下。"差拨道:"既有柴大官人的书,烦恼做甚? 这一封书值一锭金子。我一面与你下书<sub>(下文书)</sub>,少间管营来点你,要打一百杀威棒时,你便只说你'一路患病,未曾痊可<sub>(痊愈)</sub>'。我自来与你支吾<sub>(用含混的话搪塞)</sub>,要瞒生人的眼目。"林冲道:"多谢指教。"差拨拿了银子并书,离了单身房,自去了。

林冲叹口气道："'有钱可以通神'，此语不差。端的有这般的苦处。"

原来差拨落(经手钱财，从中私下扣取小部分，以充私囊)了五两银子，只将五两银子并书来见管营，备说林冲是个好汉，柴大官人有书相荐，在此呈上。已是高太尉陷害，配他到此，又无十分大事。管营道："况是柴大官人有书，必须要看顾他。"便教唤林冲来见。

且说林冲正在单身房里闷坐，只见牌头叫道："管营在厅上叫唤新到罪人林冲来点名。"林冲听得叫唤，来到厅前。管营道："你是新到犯人，太祖武德皇帝留下旧制：新入配军，须吃一百杀威棒(旧时为压倒犯人的气焰，用棍棒打刚抓到或解到的犯人的腿或臀，叫"打杀威棒")。左右与我驮起来。"林冲告道："小人于路感冒风寒，未曾痊可，告寄打。"牌头道："这人现今有病，乞赐怜恕。"管营道："果是这人症候在身，权且寄下，待病痊可却打。"差拨道："现今天王堂看守的，多时满了，可教林冲去替换他。"就厅上押了帖文，差拨领了林冲，单身房里取了行李，来天王堂交替。差拨道："林教头，我十分周全你。教看天王堂时，这是营中第一样省气力的勾当，早晚只烧香扫地便了。你看别的囚徒，从早起直做到晚，尚不饶他；还有一等无人情的，拨他在土牢里，求生不生，求死不死。"林冲道："谢得照顾。"又取三二两银子与差拨道："烦望哥哥一发周全，开了项上枷更好。"差拨接了银子，便道："都在我身上。"连忙去禀了管营，就将枷也开了。

林冲自此在天王堂内，安排宿食处。每日只是烧香扫地，不觉光阴早过了四五十日。那管营、差拨得了贿赂，日久情熟，由他自在，亦不来拘管他。柴大官人又使人来送冬衣并人事与他。那满营内囚徒，亦得林冲救济。

话不絮繁。时遇冬深将近，忽一日，林冲已牌时分，偶出营前闲走。正行之间，只听得背后有人叫道："林教头，如何却在这里？"林冲回头过来看时，见了那人。有分教，林冲火烟堆里，争些(差一点，几乎)断送余生，风雪途中，几被伤残性命。毕竟林冲见的是甚人，且听下回分解。

# 第 十 回

## 林教头风雪山神庙　陆虞候火烧草料场

话说当日林冲正闲走间，忽然背后人叫，回头看时，却认得是酒生儿(卖酒的人，酒店中的伙计)李小二。当初在东京时，多得林冲看顾。这李小二先前在东京时，不合偷了店主人家财，被捉住了，要送官司问罪。却得林冲主张陪话，救了他，免送官司。又与他陪了些钱财，方得脱免。京中安不得身，又亏林冲赍发他盘缠，于路投奔人，不意今日却在这里撞见。林冲道："小二哥，你如何地在这里？"李小二便拜道："自从得恩人救济，赍发小人，一地里(到处)投奔人不着。迤逦(yǐlǐ，辗转)不想来到沧州，投托一个酒店里姓王，留小人在店中做过卖(旧称饭馆、茶馆、酒店中的店员)。因见小人勤谨，安排的好菜蔬，调和的好汁水，来吃的人都喝采，以此买卖顺当。主人家有个女儿，就招了小人做女婿。如今丈人、丈母都死了，只剩得小人夫妻两个，权在营前开了个茶酒店。因讨钱过来，遇见恩人。恩人不知为何事在这里？"林冲指着脸上道："我因恶了高太尉，生事陷害，受了一场官司，刺配到这里。如今叫我管天王堂，未知久后如何。不想今日到此遇见。"

李小二就请林冲到家里面坐定，叫妻子出来拜了恩人。两口儿欢喜道："我夫妻二人正没个亲眷，今日得恩人到来，便是从天降下。"林冲道："我是罪囚，恐怕玷辱(玷污。玷，diàn)你夫妻两口。"李小二道："谁不知恩人大名？休恁地说。但有衣服，便拿来家里浆洗(洗净并浆挺衣物)缝补。"当时管待林冲酒食，至夜送回天王堂。次日又

— 112 —

来相请，因此林冲得店小二家来往，不时间送汤送水来营里，与林冲吃。林冲因见他两口儿恭敬孝顺，常把些银两与他做本银。

且把闲话休题，只说正话。迅速光阴，却早冬来。林冲的绵衣裙袄，都是李小二浑家（妻子。旧时家中妻子主内，故称）整治缝补。忽一日，李小二正在门前安排菜蔬下饭，只见一个人闪将进来，酒店里坐下，随后又一人闪入来。看时，前面那个人是军官打扮，后面这个走卒模样，跟着也来坐下。李小二入来问道："可要吃酒？"只见那个人将出一两银子与小二道："且收放柜上，取三四瓶好酒来。客到时，果品酒馔（酒和饭菜）只顾将来，不必要问。"李小二道："官人请甚客？"那人道："烦你与我去营里请管营、差拨两个来说话。问时，你只说有个官人请说话，商议些事务，专等专等。"

李小二应承了，来到牢城里，先请了差拨；同到管营家中请了管营，都到酒店里。只见那个官人和管营、差拨两个讲了礼。管营道："素不相识，动问官人高姓大名？"那人道："有书在此，少刻便知。且取酒来。"李小二连忙开了酒，一面铺下菜蔬果品酒馔，那人叫讨副劝盘（劝酒时用来放酒杯的盘子）来，把了盏，相让坐了。小二独自一个穿梭也似伏侍不暇。那跟来的人讨了汤桶，自行烫酒，约计吃过十数杯，再讨了按酒（下酒用的肉菜），铺放桌上。只见那人说道："我自有伴当（旧指陪同主人出门的仆从，后也泛指同伴）烫酒，不叫你休来。我等自要说话。"

李小二应了，自来门首叫老婆道："大姐（对妻子的称呼。多见于元明白话小说及元杂剧），这两个人来得不尴尬（犹言尴尬。指行为鬼祟，神色态度不自然。不，助词，无义）。"老婆道："怎么的不尴尬？"小二道："这两个人语言声音是东京人。初时又不认得管营，向后我将按酒入去，只听得差拨口里讷出（结结巴巴地说出。讷，nè）一句高太尉三个字来。这人莫不与林教头身上有些干碍（关联）？我自在门前理会。你且去阁子背后听说甚么。"老婆道："你去营中寻林教头来认他一认。"李小二道："你不省得。林教头是个性急的人，摸不着便要杀人放火。倘或叫的他来看了，正是前日说的甚么陆虞候，他肯便罢？做出事来，须连累了我和你。你只去听一听再理会。"老婆道："说得是。"便入去听了一个时辰，出来说道："他那三四个交头接耳说话，正不听得说甚么。只见那一个军官模样的人，去伴当怀里取出一帕子物事，递与管营和差拨，帕子里面的，莫不是金银。只见差拨口里说道：'都在我身上，好歹要结果他性命。'"

正说之时，阁子里叫将汤来。李小二急去里面换汤时，看见管营手里拿着一封书。小二换了汤，添些下饭，又吃了半个时辰，算还了酒钱，管营、差拨先去了。次后那两个低着头也去了。

转背(离开)不多时，只见林冲走将入店里来，说道："小二哥，连日好买卖。"李小二慌忙道："恩人请坐，小人却待正要寻恩人，有些要紧话说。"有诗为证：

> 谋人动念震天门，悄语低言号六军。
> 岂独隔墙原有耳，满前神鬼尽知闻。

当下林冲问道："甚么要紧的事？"李小二请林冲到里面坐下，说道："却才有个东京来的尴尬人，在我这里请管营、差拨吃了半日酒。差拨口里讷出高太尉三个字来，小人心下疑惑。又着浑家听了一个时辰，他却交头接耳，说话都不听得。临了只见差拨口里应道：'都在我两个身上，好歹要结果了他。'那两个把一包金银递与管营、差拨。又吃一回酒，各自散了。不知甚么样人？小人心下疑，只怕恩人身上有些妨碍。"林冲道："那人生得什么模样？"李小二道："五短身材，白净面皮，没甚髭须，约有三十余岁。那跟的也不长大，紫棠色面皮。"林冲听了大惊道："这三十岁的正是陆虞候。那泼贱贼(骂人的话。犹贱人)，敢来这里害我！休要撞着我，只教骨肉为泥！"李小二道："只要提防他便了。岂不闻古人言：'吃饭防噎，走路防跌'？"

林冲大怒，离了李小二家。先去街上买把解腕尖刀，带在身上。前街后巷，一地里去寻。李小二夫妻两个捏着两把汗。当晚无事。次日天明起来，洗漱罢，带了刀，又去沧州城里城外，小街夹巷，团团

(到处)寻了一日。牢城营里,都没动静。林冲又来对李小二道:"今日又无事。"小二道:"恩人,只愿如此。只是自放仔细便了。"林冲自回天王堂,过了一夜,街上寻了三五日,不见消耗(消息),林冲也自心下慢了。

到第六日,只见管营叫唤林冲到点视厅上,说道:"你来这里许多时,柴大官人面皮,不曾抬举的你,此间东门外十五里有座大军草场,每月但是纳草纳料的,有些常例钱(按惯例送的钱。旧时官员、吏役向人勒索的名目之一)取觅(取得,获得)。原寻一个老军看管,如今我抬举你去替那老军来守天王堂,你在那里寻几贯盘缠。你可和差拨便去那里交割(新旧交替时结清手续,移交)。"林冲应道:"小人便去。"当时离了营中,径到李小二家,对他夫妻两个说道:"今日管营拨我去大军草料场管事,却如何?"李小二道:"这个差使,又好似天王堂。那里收草料时,有些常例钱钞。往常不使钱时,不能够这差使。"林冲道:"却不害我,倒与我好差使,正不知何意?"李小二道:"恩人休要疑心,只要没事便好了。只是小人家离得远了,过几时挪工夫来望恩人。"就在家里安排几杯酒,请林冲吃了。

话不絮繁,两个相别了。林冲自到天王堂取了包裹,带了尖刀,拿了条花枪,与差拨一同辞管营,两个取路投草料场来。正是严冬天气,彤云密布,朔风(北风,寒风)渐起,却早纷纷扬扬卷下一天大雪来。那雪早下得密了,但见:

凛凛严凝雾气昏,空中祥瑞降纷纷。须臾(片刻,短时间)四野难分路,顷刻千山不见痕。银世界,玉乾坤,望中隐隐接昆仑。若还下到三更后,仿佛填平玉帝门。

林冲和差拨两个在路上,又没买酒吃处,早来到草料场外。看时,一周遭有些黄土墙,两扇大门。推开看里面时,七八间草屋做着仓廒(储藏粮食的处所。廒,áo),四下里都是马草堆,中间两座草厅。到那厅里,只见那老军在里面向火(烤火)。差拨说道:"管营差这个林冲来替你回天王堂看守,你可即便交割。"老军拿了钥匙,引着林冲分付道："仓廒内自有官司封记。这几堆草，一堆堆都有数目。"老军都点见了堆数，又引林冲到草厅上，老军收拾行李，临了说道："火盆、锅子、碗碟都借与你。"林冲道："天王堂内，我也有在那里。你要，便拿了去。"老军指壁上挂一个大葫芦，说道："你若买酒吃时，只出草场，投东大路去三二里，便有市井。"老军自和差拨回营里来。

只说林冲就床上放了包裹被卧，就坐上生些焰火起来。屋边有一堆柴炭，拿几块来生在地炉里。仰面看那草屋时，四下里崩坏了，又被朔风吹撼，摇振得动。林冲道："这屋如何过得一冬？待雪晴了，去城中唤个泥水匠来修理。"向了一回火，觉得身上寒冷，寻思："却才老军所说二里路外有那市井，何不去沽(买)些酒来吃？"便去包裹里取些碎银子，把花枪挑了酒葫芦，将火炭盖了，取毡笠子戴上，拿了钥匙出来，把草厅门拽上；出到大门首，把两扇草场门反拽上锁了；带了钥匙，信步投东。雪地里踏着碎琼乱玉，迤逦背着北风而行。

那雪正下得紧，行不上半里多路，看见一所古庙，林冲顶礼道："神明庇佑，改日来烧纸钱。"又行了一回，望见一簇人家，林冲住脚看时，见篱笆中挑着一个草帚儿在露天里。林冲径到店里，主人问道："客人那里来？"林冲道："你认得这个葫芦么？"主人看了道："这葫芦是草料场老军的。"林冲道："原来如此。"店主道："既是草料场看守大哥，且请少坐。天气寒冷，且酌三杯，权当接风。"店家切一盘熟牛肉，烫一壶热酒，请林冲吃。又自买了些牛肉，又吃了数杯。就又买了一葫芦酒，包了那两块牛肉，留下些碎银子。把花枪挑着酒葫芦，怀内揣了牛肉，叫声相扰，便出篱笆门，仍旧迎着朔风回来。看那雪，到晚越下得紧了。古时有个书生，做了一个词，单题那贫苦的恨雪：

广莫严风刮地，这雪儿下的正好。拈絮摂绵(形容下大雪。摂、xián)，栽几片大如拷栳(kǎolǎo，用柳条编的盛物器具)。见林间竹屋茅茨(茅屋。茨、cí)，争些儿被他压倒。富室豪家，却言道压瘴犹嫌少。向的是兽炭红炉，穿的是绵衣絮袄。手拈梅花，唱道国家祥瑞，不念贫民些小。高卧有幽人，吟咏多诗草。

再说林冲踏着那瑞雪，迎着北风，飞也似奔到草场门口开了锁，入内看时，只叫得苦。原来天理昭然，佑护善人义士。因这场大雪，救了林冲的性命。那两间草厅，已被雪压倒了。林冲寻思："怎地好？"放下花枪、葫芦在雪里。恐怕火盆内有火炭延烧起来，搬开破壁子，探半身入去摸时，火盆内火种都被雪水浸灭了。林冲把手床上摸时，只拽得一条絮被。林冲钻将出来，见天色黑了，寻思："又没把火处，怎生安排？"想起，"离了这半里路上，有一古庙，可以安身。我且去那里宿一夜，等到天明，却作理会(料理，处置)。"把被卷了，花枪挑着酒葫芦，依旧把门拽上，锁了，望那庙里来。

入得庙门，再把门掩上，傍边止有一块大石头，掇将过来，靠了门。入得里面看时，殿上塑着一尊金甲山神，两边一个判官，一个小鬼，侧边堆着一堆纸。团团看来，又没邻舍，又无庙主。林冲把枪和酒葫芦放在纸堆上，将那条絮被放开；先取下毡笠子，把身上雪都抖了，把上盖(外衣)白布衫脱将下来，早有五分湿了，和毡笠放在供桌上，把被扯来，盖了半截下身。却把葫芦冷酒提来慢慢地吃，就将怀中牛肉下酒。

正吃时，只听得外面必必剥剥地爆响。林冲跳起身来，就壁缝里看时，只见草料场里火起，刮刮杂杂的烧着。但见：

> 雪欺火势，草助火威。偏愁草上有风，更讶雪中送炭。赤龙斗跃，如何玉甲纷纷；粉蝶争飞，遮莫火莲焰焰。初疑炎帝(传说中主管夏令和南方的神)纵神驹，此方刍牧(割草放牧)；又猜南方逐朱雀，遍处营巢。谁知是白地里起灾殃，也须信暗室中开电目。看这火，能教烈士无明发；对这雪，应使奸邪心胆寒。

当时林冲便拿了花枪，却待开门来救火，只听得外面有人说将话来。林冲就伏门边听时，是三个人脚步响，直奔庙里来。用手推门，却被石头靠住了，推也推不开。三人在庙檐下立地看火。数内一个道："这条计好么？"一个应道："端的亏管营、差拨两位用心！

回到京师,禀过太尉,都保你二位做大官。这番张教头没的推故。"
那人道:"林冲今番直吃我们对付了,高衙内这病必然好了。"又一个
道:"张教头那厮,三回五次托人情去说:'你的女婿没了。'张教头越
不肯应承。因此衙内病患看看重了。太尉特使俺两个央浼(恳求,请
求。浼,měi)二位干这件事,不想而今完备了。"又一个道:"小人直爬
入墙里去,四下草堆上,点了十来个火把,待走那里去?"那一个道:
"这早晚烧个八分过了。"又听得一个道:"便逃得性命时,烧了大军
草料场,也得个死罪。"又一个道:"我们回城里去罢。"一个道:"再看
一看,拾得他一两块骨头回京,府里见太尉和衙内时,也道我们也能
会干事。"

　　林冲听得三个人时,一个是差拨,一个是陆虞候,一个是富安。
自思道:"天可怜见林冲! 若不是倒了草厅,我准定被这厮们烧死
了。"轻轻把石头掇开,挺着花枪,左手拽开庙门,大喝一声:"泼贼那
里去?"三个人都急要走时,惊得呆了,正走不动。林冲举手,胳察
的一枪,先拨倒差拨。陆虞候叫声:"饶命!"吓得慌了手脚,走不
动。那富安走不到十来步,被林冲赶上,后心只一枪,又搠倒了。翻
身回来,陆虞候却才行得三四步,林冲喝声道:"奸贼,你待那里去!"
批胸只一提,丢翻在雪地上。把枪搠在地里,用脚踏住胸脯,身边取
出那口刀来,便去陆谦脸上搁着,喝道:"泼贼,我自来又和你无甚么
冤仇,你如何这等害我? 正是杀人可恕,情理难容。"陆虞候告道:"不
干小人事,太尉差遣,不敢不来。"林冲骂道:"奸贼,我与你自幼相交,
今日倒来害我,怎不干你事? 且吃我一刀!"把陆谦上身衣服扯开,
把尖刀向心窝里只一剜,七窍迸出血来,将心肝提在手里。回头看
时,差拨正爬将起来要走。林冲按住喝道:"你这厮原来也恁的歹!
且吃我一刀。"又早把头割下来,挑在枪上。回来,把富安、陆谦头都
割下来。把尖刀插了,将三个人头发结做一处,提入庙里来,都摆
在山神面前供桌上。再穿了白布衫,系了搭膊,把毡笠子带上,将
葫芦里冷酒都吃尽了。被与葫芦都丢了不要,提了枪,便出庙门投

东去。走不到三五里，早见近村人家都拿着水桶钩子来救火。林冲道："你们快去救应，我去报官了来。"提着枪只顾走，有诗为证：

> 天理昭昭不可诬，莫将奸恶作良图。
>
> 若非风雪沽村酒，定被焚烧化朽枯。
>
> 自谓冥中施计毒，谁知暗里有神扶。
>
> 最怜万死逃生地，真是魁奇伟丈夫。

那雪越下的猛，林冲投东走了两个更次，身上单寒，当不过那冷。在雪地里看时，离得草料场远了。只见前面疏林深处，树木交杂，远远地数间草屋被雪压着，破壁缝里透出火光来。林冲径投那草屋来。推开门，只见那中间坐着一个老庄客，周围坐着四五个小庄家向火。地炉里面焰焰地烧着柴火。林冲走到面前叫道："众位拜揖，小人是牢城营差使人，被雪打湿了衣裳，借此火烘一烘，望乞方便。"庄客道："你自烘便了，何妨得！"

林冲烘着身上湿衣服，略有些干，只见火炭边煨(wēi)着一个瓮儿，里面透出酒香。林冲便道："小人身边有些碎银子，望烦回些酒吃。"老庄客道："我们每夜轮流看米囤，如今四更天气正冷，我们这几个吃尚且不够，那得回与你。休要指望！"林冲又道："胡乱只回三两碗与小人挡寒。"老庄客道："你那人休缠休缠。"林冲闻得酒香，越要吃，说道："没奈何，回些罢。"众庄客道："好意着你烘衣裳向火，便来要酒吃！去便去，不去时，将来吊在这里。"林冲怒道："这厮们好无道理！"把手中枪看着块焰焰着的火柴头，望老庄家脸上只一挑将起来，又把枪去火炉里只一搅，那老庄家的髭须(胡子。唇上曰髭，唇下为须。髭，zī)焰焰的烧着，众庄客都跳将起来。林冲把枪杆乱打，老庄家先走了；庄家们都动弹不得，被林冲赶打一顿，都走了。

林冲道："都去了，老爷快活吃酒。"土坑上却有两个椰瓢(用椰壳制成的瓢)，取一个下来，倾那瓮酒来，吃了一会，剩了一半。提了枪，出门便走。一步高，一步低，跟跟跄跄(走路不稳，跌跌撞撞)，捉脚不住。走不过一里路，被朔风一掉，随着那山涧边倒了，那里挣得起来。大凡醉人一倒,便起不得。当时林冲醉倒在雪地上。

却说众庄客引了二十余人,拖枪拽棒,都奔草屋下看时,不见了林冲。却寻着踪迹赶将来,只见倒在雪地里,花枪丢在一边。庄客一齐上,就地拿起林冲来,将一条索缚了。趁五更时分,把林冲解投一个去处来。不是别处,有分教,蓼儿洼内,前后摆数千只战舰艨艟(ménɡchōnɡ,战船);水浒寨中,左右列百十个英雄好汉。正是说时杀气侵人冷,讲处悲风透骨寒。毕竟看林冲被庄客解投甚处来,且听下回分解。

# 第 十 一 回

## 朱贵水亭施号箭　林冲雪夜上梁山

　　话说豹子头林冲当夜醉倒在雪里地上,挣扎不起,被众庄客向前绑缚了,解送来一个庄院。只见一个庄客从院里出来,说道:"大官人(对有钱有势、社会地位较高的男子和富贵人家子弟的尊称。多见于早期白话作品)未起,众人且把这厮高吊起在门楼底下。"看天色晓来,林冲酒醒,打一看时,果然好个大庄院。林冲大叫道:"甚么人敢吊我在这里?"那庄客听得叫,手拿着白木棍,从门里走出来,喝道:"你这厮还自好口!"那个被烧了髭须的老庄客道:"休要问他,只顾打!等大官人起来,问明送官。"庄客一齐上,林冲被打,挣扎不得,只叫道:"不要打我,我自有说处(说法,理由)。"只见一个庄客来叫道:"大官人来了。"林冲看时,只见个官人,背叉着手,行将出来,至廊下问道:"你们在此打甚么人?"众庄客答道:"昨夜捉得个偷米贼人。"那官人向前来看时,认得是林冲,慌忙喝退庄客,亲自解下,问道:"教头缘何被吊在这里?"众庄客看见,一齐走了。

　　林冲看时,不是别人,却是小旋风柴进,连忙叫道:"大官人救我!"柴进道:"教头为何到此,被村夫耻辱!"林冲道:"一言难尽!"两个且到里面坐下,把这火烧草料场一事,备细告诉。柴进听罢道:"兄长如此命蹇(命运不好。蹇,jiǎn)!今日天假其便(上天给予的缘分。指难得的好机会),但请放心。这里是小弟的东庄,且住几时,却再商量。"叫庄客取一笼衣裳出来,叫林冲彻里至外都换了。请去暖阁里坐地,安排酒食杯盘管待。自此林冲只在柴进东庄上住了五七日,不在话下。

却说沧州牢城营里管营首告：林冲杀死差拨、陆虞候、富安等三人，放火延烧大军草料场。州尹大惊，随即押了公文帖，仰(命令)缉捕人员将带做公的，沿乡历邑(yì，旧时县的别称)，道店村坊，四处张挂，出三千贯信赏钱(必定付给的赏金)，捉拿正犯林冲。看看挨捕(谓严密搜捕)甚紧，各处村坊讲动了。

且说林冲在柴大官人东庄上，听得个信息紧急，俟候柴进回庄，林冲便说道："非是大官人不留小人，只因官司追捕甚紧，排家(挨家挨户)搜捉，倘或寻到大官人庄上，犹恐负累(连累)大官人不好。既蒙大官人仗义疏财，求借林冲些小盘缠，投奔他处栖身，异日不死，当效犬马之报。"柴进道："既是兄长要行，小人有个去处，作书一封与兄长前去。"正是：

豪杰蹉跎① 运未通，行藏② 随处被牢笼。
不因柴进修书荐，焉得驰名水浒中。

林冲道："若得大官人如此周济(接济，救助)，教小人安身立命。只不知投何处去？"柴进道："是山东济州管下一个水乡，地名梁山泊，方圆八百余里，中间是宛子城、蓼儿洼。如今有三个好汉在那里扎寨。为头的唤做白衣秀士王伦，第二个唤做摸着天杜迁，第三个唤做云里金刚宋万。那三个好汉，聚集着七八百小喽罗，打家劫舍。多有做下迷天大罪的人，都投奔那里躲灾避难，他都收留在彼。三位好汉，亦与我交厚，尝寄书缄(书信)来。我今修一封书与兄长，去投那里入伙如何？"林冲道："若得如此顾盼(照顾，看顾)，最好！"柴进道："只是沧州道口现今官司张挂榜文，又差两个军官在那里搜检，把住道口。兄长必用从那里经过。"柴进低头一想道："再有个计策，送兄长过去。"林冲道："若蒙周全，死而不忘。"

柴进当日先叫庄客背了包裹出关去等。柴进却备了三二十四

---

① 蹉跎(cuōtuó)：不得志。　②行藏：指出处或行止。

马,带了弓箭旗枪,驾了鹰雕,牵着猎狗,一行人马都打扮了,却把林冲杂在里面,一齐上马,都投关外。

却说把关军官坐在关上,看见是柴大官人,却都认得。原来这军官未袭职(承袭官职)时,曾到柴进庄上,因此识熟。军官起身道:"大官人又去快活!"柴进下马问道:"二位官人缘何在此?"军官道:"沧州太尹行移文书,画影图形,捉拿犯人林冲,特差某等(我等,我们)在此守把。但有过往客商,一一盘问,才放出关。"柴进笑道:"我这一伙人内中间夹带着林冲,你缘何不认得?"军官也笑道:"大官人是识法度的,不到得(不会,不至干)肯夹带了出去?请尊便上马。"柴进又笑道:"只恁地相托得过,拿得野味回来相送。"作别了,一齐上马出关去了。

行得十四五里,却见先去的庄客在那里等候。柴进叫林冲下了马,脱去打猎的衣服,却穿上庄客带来的自己衣裳,系了腰刀,戴上红缨毡笠,背上包裹,提了衮刀(狭长而有长柄的大刀),相辞柴进,拜别了便行。

只说那柴进一行人上马,自去打猎,到晚方回,依旧过关送些野味与军官,回庄上去了,不在话下。

且说林冲与柴大官人别后,上路行了十数日,时遇暮冬天气,彤云密布,朔风紧起,又见纷纷扬扬,下着满天大雪。行不到二十余里,只见满地如银。昔金完颜亮(金代第四位皇帝,史称海陵王)有篇词,名《百字令》,单题着大雪,壮那胸中杀气:

天丁震怒,掀翻银海,散乱珠箔(珠帘)。六出(雪花的别称)奇花飞滚滚,平填了山中丘壑。皓虎颠狂,素麟猖獗(任意横行。形容雪大),掣断珍珠索。玉龙酣战,鳞甲满天飘落。　　谁念万里关山,征夫僵立,缟带沾旗脚。色映戈矛,光摇剑戟,杀气横戎幕。貔(pí,传说中的一种猛兽)虎豪雄,偏裨(偏将,裨将)英勇,共与谈兵略。须拚一醉,看取碧空寥廓(高远空旷)。

话说林冲踏着雪只顾走,看看天色冷得紧切,渐渐晚了。远远

望见枕溪靠湖一个酒店,被雪漫漫地压着。但见:

> 银迷草舍,玉映茅檐。数十株老树杈桠,三五处小窗关闭。疏荆篱落,浑如腻粉轻铺;黄土绕墙,却似铅华布就。千团柳絮飘帘幕,万片鹅毛舞酒旗。

林冲看见,奔入那酒店里来,揭开芦帘,拂身(轻身)入去,倒侧首看时,都是座头(酒馆里的座位)。拣一处坐下,倚了衮刀,解放包裹,抬了毡笠,把腰刀也挂了。只见一个酒保来问道:"客官打多少酒?"林冲道:"先取两角酒来。"酒保将个桶儿打两角酒,将来放在桌上。林冲又问道:"有甚么下酒?"酒保道:"有生熟牛肉、肥鹅、嫩鸡。"林冲道:"先切二斤熟牛肉来。"酒保去不多时,将来铺下一大盘牛肉,数盘菜蔬,放个大碗,一面筛酒。林冲吃了三四碗酒,只见店里一个人背叉着手,走出来门前看雪。那人问酒保道:"甚么人吃酒?"林冲看那人时,头戴深檐暖帽,身穿貂鼠皮袄,脚着一双獐皮窄勒靴,身材长大,貌相魁宏(伟岸),双拳骨脸,三叉黄须,只把头来摸着看雪。

林冲叫酒保只顾筛酒。林冲说道:"酒保,你也来吃碗酒。"酒保吃了一碗。林冲问道:"此间去梁山泊还有多少路?"酒保答道:"此间要去梁山泊,虽只数里,却是水路,全无旱路。若要去时,须用船去,方才渡得到那里。"林冲道:"你可与我觅只船儿。"酒保道:"这般大雪,天色又晚了,那里去寻船只?"林冲道:"我多与你些钱,央你觅只船来,渡我过去。"酒保道:"却是没讨处。"林冲寻思道:"这般却怎的好?"又吃了几碗酒,闷上心来,蓦然(猛然)想起:"我先在京师做教头,每日六街三市游玩吃酒,谁想今日被高俅这贼坑陷了我这一场,文了面,直断送到这里,闪得我有家难奔,有国难投,受此寂寞!"因感伤怀抱,问酒保借笔砚来,乘着一时酒兴,向那白粉壁上写下八句道:

> 仗义是林冲,为人最朴忠。
>
> 江湖驰誉望,京国显英雄。

身世悲浮梗①，功名类转蓬②。

他年若得志，威镇泰山东。

林冲题罢诗，撇下笔，再取酒来。

正饮之间，只见那个穿皮袄的汉子走向前来，把林冲劈腰(当腰,正对着腰)揪住，说道："你好大胆！你在沧州做下迷天大罪，却在这里！现今官司出三千贯信赏钱捉你，却是要怎地？"林冲道："你道我是谁？"那汉道："你不是豹子头林冲？"林冲道："我自姓张。"那汉笑道："你莫胡说，现今壁上写下名字，你脸上文着金印，如何要赖得过？"林冲道："你真个要拿我！"那汉笑道："我却拿你做甚么？你跟我进来，到里面和你说话。"

那汉放了手，林冲跟着，到后面一个水亭上，叫酒保点起灯来，和林冲施礼，对面坐下。那汉问道："却才见兄长只顾问梁山泊路头，要寻船去，那里是强人山寨，你待要去做甚么？"林冲道："实不相瞒：如今官司追捕小人紧急，无安身处，特投这山寨里好汉入伙，因此要去。"那汉道："虽然如此，必有个人荐兄长来入伙。"林冲道："沧州横海郡故友举荐将来。"那汉道："莫非小旋风柴进么？"林冲道："足下(对同辈、朋友的敬称,古时也用于对上)何以知之？"那汉道："柴大官人与山寨中大王头领交厚，常有书信往来。"原来王伦当初不得第之时，与杜迁投奔柴进，多得柴进留在庄子上，住了几时。临起身，又赍发盘缠银两，因此有恩。林冲听了，便拜道："有眼不识泰山，愿求大名。"那汉慌忙答礼，说道："小人是王头领手下耳目，姓朱，名贵，原是沂州(古地名,范围曾包含过今鲁南的临沂全部、枣庄东部、鲁中的沂源、新泰,还有鲁东南的日照全部,以及苏北一带)沂水县(现今仍有沂水县,隶属于山东省临沂市)人氏，江湖上但叫小弟做旱地忽律(即忽雷。鳄鱼的别称)。山寨里教小弟在此间开酒店为名，专一探听往来客商经过。但有财帛者，便去山寨里报知。但是孤单客人到此，无财帛的，放他过去；有财帛的，来到这

---

①浮梗：浮萍。　②转蓬：随风飘转的蓬草。

里,轻则蒙汗药(指能使人暂时失去知觉的药)麻翻,重则登时(立即;立刻)结果,将精肉片为靶子(腊肉。靶, bǎ),肥肉煎油点灯。却才见兄长只顾问梁山泊路头,因此不敢下手。次后见写出大名来,曾有东京来的人,传说兄长的豪杰,不期今日得会。既有柴大官人书缄相荐,亦是兄长名震寰海(海内,全国),王头领必当重用。"随即叫酒保安排分例酒来相待。林冲道:"何故重赐分例酒食?拜扰不当。"朱贵道:"山寨中留下分例酒食,但有好汉经过,必叫小弟相待。兄弟既来入伙,怎敢有失祗应(供奉,当差。祗, zhī)"随即安排鱼肉、盘馔、酒肴到来相待。两个在水亭上,吃了半夜酒。林冲道:"如何能够船来渡过去?"朱贵道:"这里自有船只,兄长放心。且暂宿一宵,五更却请起来同往。"当时两个各自去歇息。

睡到五更时分,朱贵自来叫林冲起来,洗漱罢,再取三五杯酒相待,吃了些肉食之类。此时天尚未明,朱贵把水亭上窗子开了,取出一张鹊画弓,搭上那一枝响箭,觑着对港败芦折苇里面射将去。林冲道:"此是何意?"朱贵道:"此是山寨里的号箭(会发出声音作为信号的箭),少顷便有船来。"没多时,只见对过芦苇泊里三五个小喽罗,摇着一只快船过来,径到水亭下。朱贵当时引了林冲,取了刀仗行李下船。小喽罗把船摇开,望泊子里去奔金沙滩来。林冲看时,见那八百里梁山水泊,果然是个陷人去处!但见:

> 山排巨浪,水接遥天。乱芦攒万队刀枪,怪树列千层剑戟。濠边鹿角,俱将骸骨攒成;寨内碗瓢,尽使骷髅(kūlóu,骨架子)做就。剥下人皮蒙战鼓,截来头发做缰绳。阻当官军,有无限断头港陌;遮拦盗贼,是许多绝径林峦。鹅卵石迭迭如山,苦竹枪森森似雨。断金亭上愁云起,聚义厅前杀气生。

当时小喽罗把船摇到金沙滩岸边,朱贵同林冲上了岸。小喽罗背了包裹,拿了刀杖,两个好汉上山寨来。那几个小喽罗,自把船摇到小港里去了。

林冲看岸上时,两边都是合抱的大树,半山里一座断金亭子(立于梁山西侧的悬崖之畔,三面环临深谷绝涧)。再转将过来,见座大关,关前摆着刀枪剑戟、弓弩戈矛,四边都是擂木炮石。小喽罗先去报知。二人进得关来,两边夹道遍摆着队伍旗号。又过了两座关隘(险要关口。隘,ài),方才到寨门口。林冲看见四面高山,三关雄壮,团团围定;中间里镜面也似一片平地,可方三五百丈;靠着山口,才是正门,两边都是耳房(与正房相连的左右两旁的小房子)。

朱贵引着林冲来到聚义厅上,中间交椅上坐着一个好汉,正是白衣秀士王伦,左边交椅上坐着摸着天杜迁,右边交椅坐着云里金刚宋万。朱贵、林冲向前声喏了。林冲立在朱贵侧边,朱贵便道:"这位是东京八十万禁军教头,姓林,名冲,绰号豹子头。因被高太尉陷害,刺配沧州,那里又被火烧了大军草料场。争奈杀死三人,逃走在柴大官人家,好生相敬。因此,特写书来举荐入伙。"

林冲怀中取书递上,王伦接来拆开看了,便请林冲来坐第四位交椅,朱贵坐了第五位。一面叫小喽罗取酒来,把了三巡,动问柴大官人近日无恙。林冲答道:"每日只在郊外猎较(泛指打猎)乐情(犹消遣)。"王伦动问了一回,蓦然寻思道:"我却是个不及第的秀才,因鸟气(粗话。犹怨气,闲气),合着杜迁来这里落草;续后(随后)宋万来,聚集这许多人马伴当(旧指陪同主人出门的仆从,后也泛指同伴)。我又没十分本事,杜迁、宋万武艺也只平常。如今不争添了这个人,他是京师禁军教头,必然好武艺。倘若被他识破我们手段,他须占强,我们如何迎敌?不若只是一怪,推却事故,发付(打发)他下山去便了,免致后患。只是柴进面上却不好看,忘了日前之恩,如今也顾他不得。"正是:

未同豪气岂相求,纵遇英雄不肯留。

秀士自来多嫉妒,豹头空叹觅封侯。

当下王伦叫小喽罗一面安排酒食,整理筵宴,请林冲赴席,众好汉一同吃酒。将次席终,王伦叫小喽罗把一个盘子,托出五十两白银、两匹纻丝来。王伦起身说道:"柴大官人举荐将教头来敝寨入伙,争奈小寨粮食缺少,屋宇不整,人力寡薄,恐日后误了足下,亦不好看。略有些薄礼,望乞笑留;寻个大寨安身歇马,切勿见怪。"林冲道:"三位头领容复:小人'千里投名,万里投主',凭托柴大官人面皮,径投大寨入伙。林冲虽然不才,望赐收录。当以一死向前,并无谄佞(chǎnnìng,阿谀逢迎),实为平生之幸。不为银两赍发而来,乞头领照察。"王伦道:"我这里是个小去处,如何安着得你?休怪,休怪。"朱贵见了,便谏(jiàn,规劝)道:"哥哥在上,莫怪小弟多言。山寨中粮食虽少,近村远镇,可以去借;山场水泊木植广有,便要盖千间房屋,却也无妨。这位是柴大官人力举荐来的人,如何教他别处去?抑且(况且、而且)柴大官人自来与山上有恩,日后得知不纳此人,须不好看。这位又是有本事的人,他必然来出气力。"杜迁道:"山寨中那争他一个!哥哥若不收留,柴大官人知道时见怪,显的我们忘恩背义。日前多曾亏了他,今日荐个人来,便怎推却,发付他去!"宋万也劝道:"柴大官人面上,可容他在这里做个头领也好。不然,见得我们无义气,使江湖上好汉见笑。"王伦道:"兄弟们不知,他在沧州虽是犯了迷天大罪,今日上山,却不知心腹。倘或来看虚实,如之奈何?"林冲道:"小人一身犯了死罪,因此来投入伙,何故相疑?"王伦道:"既然如此,你若真心入伙,把一个'投名状'(加入组织前用以表达忠心的行为)来。"林冲便道:"小人颇识几字,乞纸笔来便写。"朱贵笑道:"教头你错了。但凡好汉们入伙,须要纳投名状,是教你下山去杀得一个人,将头献纳,他便无疑心。这个便谓之投名状。"林冲道:"这事也不难。林冲便下山去等,只怕没人过。"王伦道:"与你三日限。若三日内有投名状来,便容你入伙;若三日内没时,只得休怪。"林冲应承了,自回房中宿歇,闷闷不已。正是:

愁怀郁郁苦难开,可恨王伦忒弄乖[1]。

明日早寻山路去,不知那个送头来?

当夜席散,朱贵相别下山,自去守店。

---

① 弄乖:耍手段;卖乖。

　　林冲到晚,取了刀仗行李,小喽罗引去客房内歇了一夜。次日早起来,吃些茶饭,带了腰刀,提了朴刀,叫一个小喽罗领路下山,把船渡过去,僻静小路上等候客人过往。从朝至暮,等了一日,并无一个孤单客人经过。林冲闷闷不已,和小喽罗再过渡来,回到山寨中。王伦问道:"投名状何在?"林冲答道:"今日并无一个过往,以此不曾取得。"王伦道:"你明日若无投名状时,也难在这里了。"林冲再不敢答应,心内自己不乐,来到房中,讨些饭吃了,又歇了一夜。

　　次日清早起来,和小喽罗吃了早饭,拿了朴刀,又下山来。小喽罗道:"俺们今日投南山路去等。"两个来到林子里潜伏等候,并不见一个客人过往。伏到午牌时候(指上午十一点到下午一点。亦泛指中午前后),一伙客人约有三百余人,结踪而过。林冲又不敢动手,看他过去。又等了一歇,看看天色晚来,又不见一个客人过。林冲对小喽罗道:"我恁地晦气(坏运气),等了两日,不见一个孤单客人过往,如何是好?"小喽罗道:"哥哥且宽心,明日还有一日限,我和哥哥去东山路上等候。"当晚依旧上山。王伦说道:"今日投名状如何?"林冲不敢答应,只叹了一口气。王伦笑道:"想是今日又没了。我说与你三日限,今已两日了。若明日再无,不必相见了,便请挪步下山,投别处去。"

　　林冲回到房中,端的是心内好闷,有《临江仙》词一篇云:

　　闷似蛟龙离海岛,愁如猛虎困荒田,悲秋宋玉(战国时楚人,辞赋家。或称是屈原弟子,曾为楚顷襄王大夫。其作品《九辩》首句为"悲哉秋之为气也",故后人常以宋玉为悲秋悯志的代表人物)泪涟涟。江淹(字文通,南朝梁文人。少时以诗文著称,后文思枯竭。有"江郎才尽"之典)初去笔,项羽(名籍,字羽,楚国贵族出身。秦末义军将领,秦亡后称西楚霸王,后与刘邦争做帝王,进行了四年的楚汉战争,公元前202年兵败,在垓下乌江边自杀)恨无船。　高祖荥阳遭困厄(指公元前204年,刘邦被项羽围困在荥阳的战役)昭关伍相忧煎(伍相,指伍子胥,春秋时楚国人。其父伍奢被楚平王杀死,楚平王到处捉拿伍子胥,伍子胥为过昭关,一夜急白了头发),曹公赤壁火连天(东汉末年,孙权、刘备联军于208年在长江赤壁一带用火攻大破曹操大军），李陵台上望（李陵，字少卿，西汉名将，李广之孙。初为西汉将领，公元前99年奉汉武帝之命出征匈奴，率五千步兵与八万匈奴战于浚稽山，最后因寡不敌众兵败投降），苏武陷居延（苏武，字子卿，西汉大臣。公元前100年奉命持节出使匈奴，被扣留，后被迁到北海边牧羊，留居匈奴十九年持节不屈）。

当晚林冲仰天长叹道："不想我今日被高俅那贼陷害，流落到此，天地也不容我，直如此命蹇时乖（命运不济，遭遇坎坷。蹇，jiǎn）！"过了一夜，次日天明起来，讨些饭食吃了，打拴（收拾、准备）了那包裹，撇在房中。跨了腰刀，提了朴刀，又和小喽罗下山过渡，投东山路上来。林冲道："我今日若还取不得投名状时，只得去别处安身立命。"两个来到山下东路林子里潜伏等候，看看日头中了，又没一个人来。

时遇残雪初晴，日色明朗，林冲提着朴刀对小喽罗道："眼见得又不济事了。不如趁早，天色未晚，取了行李，只得往别处去寻个所在。"小校用手指道："好了！兀的（语气助词。表惊异）不是一个人来？"林冲看时，叫声："惭愧！"只见那个人远远在山坡下望见行来。待他来得较近，林冲把朴刀捍剪了一下，蓦地跳将出来。那汉子见了林冲，叫声："阿也！"撇了担子，转身便走。林冲赶将去，那里赶得上，那汉子闪过山坡去了。林冲道："你看，我命苦么！来了三日，甫能（刚刚能）等得一个人来，又吃他走了。"小校道："虽然不杀得人，这一担财帛，可以抵当。"林冲道："你先挑了上山去，我再等一等。"小喽罗先把担儿挑出林去。

只见山坡下转出一个大汉来，林冲见了，说道："天赐其便。"只见那人挺着朴刀，大叫如雷，喝道："泼贼，杀不尽的强徒，将俺行李那里去？洒家正要捉你这厮们，倒来拔虎须。"飞也似踊跃（犹跳跃）而来。林冲见他来得势猛，也使步迎他。

不是这个人来斗林冲，有分教，梁山泊内，添几个弄风白额大虫；水浒寨中，辏（còu，车轮的辐聚集到中心，引申为聚集）几只跳涧金睛猛兽。毕竟来与林冲斗的，正是甚人，且听下回分解。

# 第 十 二 回

## 梁山泊林冲落草　汴京城杨志卖刀

话说林冲打一看时，只见那汉子头戴一顶范阳毡笠，上撒着一托红缨；穿一领白缎子征衫(旅人之衣)，系一条纵线绦(tāo,用丝线编织成的花边或扁平的带子,可以装饰衣物)，下面青白间道行缠(裹足布,绑腿布。古时男女都用。后唯兵士或远行者用)，抓着裤子口，獐皮袜，带毛牛膀靴；跨口腰刀，提条朴刀；生得七尺五六身材，面皮上老大一搭青记，腮边微露些少赤须；把毡笠子掀在脊梁上，坦开胸脯，带着抓角儿软头巾，挺手中朴刀，高声喝道："你那泼贼，将俺行李财帛那里去了？"林冲正没好气，那里答应，睁圆怪眼，倒竖虎须，挺着朴刀，抢将来斗那个大汉。此时残雪初晴，薄云方散，溪边踏一片寒冰，岸畔涌两条杀气，一往一来，斗到三十来合，不分胜败。

两个又斗了十数合，正斗到分际(紧要关头)，只见山高处叫道："两位好汉不要斗了！"林冲听得，蓦地跳出圈子外来。两个收住手中朴刀，看那山顶上时，却是白衣秀士王伦和杜迁、宋万并许多小喽罗，走下山来，将船渡过了河，说道："两位好汉，端的好两口朴刀，神出鬼没！这个是俺的兄弟豹子头林冲。青面汉，你却是谁？愿通姓名。"那汉道："洒家是三代将门之后，五侯杨令公(对北宋名将杨业的誉称。杨业屡败契丹,战功卓著。雍熙三年,宋军北征,杨业因矢尽援绝,被俘,绝食死。《宋史》有传。后来小说、戏剧中以杨业事迹为引线演为杨家将故事)之孙，姓杨，名志。流落在此关西。年纪小时，曾应过武举，做到殿司制使官。道君(指宋徽宗)因盖万岁山，差一般十个制使去太湖边搬运花石纲(北宋徽宗喜爱奇异的花木和石头,大臣蔡京就派专差向民间搜刮,劫往京城,供皇帝赏玩。这种运送花石的船队,号为"花石纲"),赴京交纳。不想洒家时乖运蹇,押着那花石纲,来到黄河里,遭风打翻了船,失陷了花石纲,不能回京赴任,逃去他处避难。如今赦了俺们罪犯,洒家今来收的一担儿钱物,待回东京去枢密院(中央官署名。宋代与中书省分掌军政)使用,再理会本身的勾当。打从这里经过,顾倩(雇佣)庄家挑那担儿,不想被你们夺了。可把来还洒家如何?"王伦道:"你莫是绰号(外号,诨号)唤做青面兽的?"杨志道:"洒家便是。"王伦道:"既然是杨制使,就请到山寨吃三杯水酒,纳还行李如何?"杨志道:"好汉既然认得洒家,便还了俺行李,更强似(胜于,超过)请吃酒。"王伦道:"制使,小可数年前到东京应举时,便闻制使大名。今日幸得相见,如何教你空去!且请到山寨少叙片时,并无他意。"

杨志听说了,只得跟了王伦一行人等过了河,上山寨来。就叫朱贵同上山寨相会,都来到寨中聚义厅上。左边一带四把交椅,却是王伦、杜迁、宋万、朱贵。右边一带两把交椅,上首杨志,下首林冲,都坐定了。王伦叫杀羊置酒,安排筵宴,管待杨志,不在话下。

话休絮烦,酒至数杯,王伦心里想道:"若留林冲,实形容(比照)得我们不济,不如我做个人情,并留了杨志,与他作敌。"因指着林冲对杨志道:"这个兄弟,他是东京八十万禁军教头,唤做豹子头林冲。因这高太尉那厮安不得好人,把他寻事刺配沧州,那里又犯了事,如今也新到这里。却才制使要上东京勾当,不是王伦纠合制使,小可兀自弃文就武,来此落草。制使又是有罪的人,虽经赦宥(shèyòu,赦免),难复前职。亦且高俅那厮现掌军权,他如何肯容你?不如只就小寨歇马,大秤分金银,大碗吃酒肉,同做好汉,不知制使心下主意若何?"杨志答道:"重蒙众头领如此带携(关照),只是洒家有个亲眷,现在东京居住。前者官事(案件)连累了他,不曾酬谢得。今日欲要投那里走一遭,望众头领还了洒家行李。如不肯还,杨志空手也去了。"王伦笑道:"既是制使不肯在此,如何敢勒逼(强迫,逼迫)入伙?且请宽心住一宵,明日早行。"杨志大喜。当日饮酒到一更方歇,各自去歇息了。

次日早起来，又置酒与杨志送行。吃了早饭，众头领叫一个小喽罗，把昨夜担儿挑了，一齐都送下山来，到路口与杨志作别。叫小喽罗渡河，送出大路。众人相别了，自回山寨。王伦自此方才肯教林冲坐第四位，朱贵坐第五位。从此五个好汉在梁山泊打家劫舍，不在话下。

只说杨志出了大路，寻个庄家挑了担子，发付小喽罗自回山寨。杨志取路，不数日，来到东京。入得城来，寻个客店安歇下；庄客交还担儿，与了些银两，自回去了。杨志到店中放下行李，解了腰刀、朴刀，叫店小二将些碎银子买些酒肉吃了。

过数日，央人来枢密院打点，理会本等(本来,原本)的勾当，将出那担儿内金银财物，买上告下，再要补殿司府制使职役。把许多东西都使尽了，方才得申文书，引去见殿帅高太尉。来到厅前，那高俅把从前历事文书都看了，大怒道："既是你等十个制使去运花石纲，九个回到京师交纳了，偏你这厮把花石纲失陷了。又不来首告(出首告发别人的犯罪行为)，倒又在逃，许多时捉拿不着。今日再要勾当，虽经赦宥所犯罪名，难以委用。"把文书一笔都批倒了，将杨志赶出殿帅府来。

杨志闷闷不已，回到客店中，思量："王伦劝俺，也见得是。只为洒家清白姓字，不肯将父母遗体来玷污了。指望把一身本事，边庭(边疆地区)上一枪一刀，博个封妻荫子(旧时赐封号于立大功者的妻子,其官职由子孙荫袭)，也与祖宗争口气，不想又吃这一闪。高太尉，你忒毒害，恁地刻薄(不留情面)！"心中烦恼了一回。在客店里又住几日，盘缠都使尽了。正是：

> 花石纲原没纪纲，奸邪到底困忠良。
> 早知廊庙当权重，不若山林聚义长。

杨志寻思道："却是恁地好？只有祖上留下这口宝刀，从来跟着洒家，如今事急无措，只得拿去街上货卖得千百贯钱钞，好做盘缠，投往他处安身。"当日将了宝刀，插了草标儿，上市去卖，走到马行街内,立了两个时辰,并无一个人问。将立到晌午时分,转来到天汉州桥热闹处去卖。杨志立未久,只见两边的人都跑入河下巷内去躲。杨志看时,只见都乱撺,口里说道:"快躲了,大虫来也!"杨志道:"好作怪!这等一片锦城池(美好城市),却那得大虫来!"当下立住脚看时,只见远远地黑凛凛(色黑而有威严)一大汉,吃得半醉,一步一撒撞将来。杨志看那人时,形貌生得粗陋。但见:

面目依稀似鬼,身材仿佛如人。椏杈怪树,变为骼骼形骸(hái,骨骼);臭秽枯桩,化作腌臜(āza,脏的,不干净的)魍魉(wǎngliǎng,古代传说中的山川精怪;鬼怪)。浑身遍体,都生渗渗濑濑沙鱼皮;夹脑连头,尽长拳拳弯弯卷螺发。胸前一片紧顽皮,额上三条强拗皱。

原来这人是京师有名的破落户泼皮,叫做没毛大虫牛二,专在街上撒泼、行凶、撞闹(闹事)。连为几头官司,开封府也治他不下,以此满城人见那厮来都躲了。

却说牛二抢到杨志面前,就手里把那口宝刀扯将出来,问道:"汉子,你这刀要卖几钱?"杨志道:"祖上留下宝刀,要卖三千贯。"牛二喝道:"甚么鸟刀,要卖许多钱!我三十文买一把,也切得肉,切得豆腐。你的鸟刀有甚好处,叫做宝刀!"杨志道:"洒家的须(连词,相当于"却")不是店上卖的白铁刀,这是宝刀。"牛二道:"怎的唤做宝刀?"杨志道:"第一件,砍铜剁铁,刀口不卷;第二件,吹毛得过;第三件,杀人刀上没血。"牛二道:"你敢剁铜钱么?"杨志道:"你便将来剁与你看。"

牛二便去州桥下香椒铺里讨了二十文当三钱(宋代的一种面额为三文的钱币),一垛儿(犹言一堆)将来放在州桥栏干上,叫杨志道:"汉子,你若剁得开时,我还你三千贯。"那时看的人,虽然不敢近前,向远远地围住了望。杨志道:"这个直得甚?"把衣袖卷起,拿刀在手,看的较准,只一刀,把铜钱剁做两半。众人都喝采。牛二道:"喝甚么鸟采!你且说第二件是甚么?"杨志道:"吹毛得过:若把几根头发望刀口上只一吹,齐齐都断。"牛二道:"我不信。"自把头上拔下一把头发,递与杨志:"你且吹我看。"杨志左手接过头发,照着刀口上尽气力一吹,那头发都做两段,纷纷飘下地来。众人喝采,看的人越多了。牛二又问:"第三件是甚么?"杨志道:"杀人刀上没血。"牛二道:"怎么杀人刀上没血?"杨志道:"把人一刀砍了,并无血痕,只是个快。"牛二道:"我不信,你把刀来剁一个人我看。"杨志道:"禁城之中,如何敢杀人?你不信时,取一只狗来杀与你看。"牛二道:"你说杀人,不曾说杀狗!"杨志道:"你不买便罢,只管缠人做甚么?"牛二道:"你将来我看。"杨志道:"你只顾没了当(没了结,纠缠不清),洒家又不是你撩拨(招惹)的!"牛二道:"你敢杀我?"杨志道:"和你往日无冤,昔日无仇,一物不成两物,现在没来由杀你做甚么?"

牛二紧揪住杨志说道:"我偏要买你这口刀。"杨志道:"你要买,将钱来。"牛二道:"我没钱。"杨志道:"你没钱,揪住洒家怎地?"牛二道:"我要你这口刀。"杨志道:"我不与你。"牛二道:"你好男子,剁我一刀。"杨志大怒,把牛二推了一交。牛二爬将起来,钻入杨志怀里。杨志叫道:"街坊邻舍,都是证见:杨志无盘缠,自卖这口刀,这个泼皮强夺洒家的刀,又把俺打。"街坊人都怕这牛二,谁敢向前来劝。牛二喝道:"你说我打你,便打杀直甚么?"口里说,一面挥起右手一拳打来,杨志霍地躲过,拿着刀抢入来,一时性起,望牛二颡根(咽喉的后部。颡,sǎng)上搠个着,扑地倒了。杨志赶入去,把牛二胸脯上又连搠了两刀,血流满地,死在地上。

杨志叫道:"洒家杀死这个泼皮,怎肯连累你们!泼皮既已死了,你们都来同洒家去官府里出首(自首)。"坊隅(街头巷曲。隅,yú)众人慌忙拢来,随同杨志径投开封府出首。正值府尹坐衙,杨志拿着刀和地方邻舍众人都上厅来,一齐跪下,把刀放在面前。杨志告道:"小人原是殿司制使,为因失陷花石纲,削去本身职役,无有盘缠,将这口刀在街货卖。不期被个泼皮破落户牛二强夺小人的刀,又用拳打小人。因此一时性起,将那人杀死。众邻舍都是证见。"众人亦替杨志告说,分诉了一回。府尹道:"既是自行前来出首,免了这厮入门的款打(严刑拷打)。"且叫取一面长枷枷了。差两员相官带了仵作行人,监押杨志并众邻舍一干人犯,都来天汉州桥边登场(当场)检验了,迭成文案(公文案卷)。众邻舍都出了供状,保放随衙听候,当厅发落。将杨志于死囚牢里监守。但见:

> 推临狱内,拥入牢门。黄须节级,麻绳准备吊绷揪;黑面押牢,木匣安排牢锁镣。杀威棒,狱卒断时腰痛;撒子角(即楼子。一种刑具。用绳子穿着五条小木棍,施刑时套在指上收紧。楼,zā),囚人见了心惊。休言死去见阎王,只此便如真地狱。

且说杨志押到死囚牢里,众多押牢禁子(旧称在监狱中看守罪犯的人,狱卒)、节级(宋、元时期的地方狱吏),见说杨志杀死没毛大虫牛二,都可怜他是个好男子,不来问他取钱,又好生看觑他。天汉州桥下众人,为是杨志除了街上害人之物,都敛些盘缠,凑些银两,来与他送饭,上下又替他使用。推司也觑他是个身首(指魁梧高大的身材)的好汉,又与东京街上除了一害,牛二家又没苦主,把款状都改得轻了。三推六问(反复审讯),却招做一时斗殴杀伤,误伤人命。待了六十日限满,当厅推司禀过府尹,将杨志带出厅前,除了长枷,断了二十脊杖,唤个文墨匠人刺了两行金印,迭配北京大名府(旧址在今河北省邯郸市大名县东南部。宋仁宗庆历二年建陪都,史称"北京")留守司充军。那口宝刀没官入库。

当厅押了文牒,差两个防送公人,免不得是张龙、赵虎,把七斤半铁叶子盘头护身枷钉了。分付两个公人,便教监押上路。

天汉州桥那几个大户科敛(凑份子)些银两钱物,等候杨志到来,请他两个公人一同到酒店里吃了些酒食,把出银两,赍发两位防送公人,说道:"念杨志是个好汉,与民除害,今去北京,路途中望乞二位上下照觑(照看),好生看他一看。"张龙、赵虎道:"我两个也知他是好汉,亦不必你众位分付,但请放心。"杨志谢了众人,其余多的银两,尽送与杨志做盘缠,众人各自散了。

话里只说杨志同两个公人来到原下的客店里,算还了房钱,取了原寄的衣服行李,安排些酒食,请了两位公人;寻医士赎了几个棒疮的膏药,贴了棒疮,便同两个公人上路。三个望北京进发,五里单牌(驿路旁记里数之标志,单数里程称为单牌,双数里程称为双牌),十里双牌,逢州过县,买些酒肉,不时间请张龙、赵虎同吃。三个在路,夜宿旅馆,晓行驿道,不数日来到北京,入得城中,寻个客店安下。

原来北京大名府留守司,上马管军,下马管民,最有权势。那留守唤作梁中书,讳世杰,他是东京当朝太师蔡京(字元长,北宋权相之一、书法家)的女婿。当日是二月初九日,留守升厅,两个公人解杨志到留守司厅前,呈上开封府公文。梁中书看了。原在东京时,也曾认得杨志,当下一见了,备问情由。杨志便把高太尉不容复职,使尽钱财,将宝刀货卖,因而杀死牛二的实情通前一一告禀了。梁中书听得大喜,当厅就开了枷,留在厅前听用。押了批回与两个公人,自回东京了,不在话下。

只说杨志自在梁中书府中早晚殷勤听候使唤。梁中书见他勤谨,有心要抬举他,欲要迁他做个军中副牌,月支一分请受(官俸,薪饷)。只恐众人不伏,因此传下号令,教军政司告示大小诸将人员,来日都要出东郭门教场中去演武试艺。当晚梁中书唤杨志到厅前,梁中书道:"我有心要抬举你做个军中副牌,月支一分请受,只不知你武艺如何?"杨志禀道:"小人应过武举(指科举制度中的武科)出身,曾做殿司府制使职役。这十八般武艺,自小习学。今日蒙恩相抬举,如拨云见日一般,杨志若得寸进,当效衔环(相传东汉杨宝九岁时救了一只黄雀。晚上有黄衣童子自称西王母使者,送给杨宝四枚白环。后用为报恩之典)背鞍之报。"梁中书大喜,赐与一副衣甲。当夜无事。

次日天晓,时当二月中旬,正值风和日暖。梁中书早饭已罢,带领杨志上马,前遮后拥,往东郭门来,上得教场中,大小军卒,并许多官员接见。就演武厅前下马,到厅上,正面摆着一把浑银交椅,坐下。左右两边,齐臻臻(整肃。臻,zhēn)地排着两行官员,指挥使、团练使、正制使、统领使、牙将、校尉、正牌军、副牌军。前后周围,恶狠狠地列着百员将校。正将台上立着两个都监:一个唤做李天王李成,一个唤做闻大刀闻达,二人皆有万夫不当之勇,统领着许多军马,一齐都来朝着梁中书呼三声喏。却早将台上竖起一面黄旗来,将台两边左右列着三五十对金鼓手,一齐发起擂来。品(演奏乐器)了三通画角(古管乐器。形如竹筒,头细尾大,以竹木或皮革等制成,因表面有彩绘,故称。发声哀厉高亢,古时军中多用以警昏晓,振士气、肃军容),发了三通擂鼓(亦作"擂鼓"。急击鼓。擂,lèi),教场里面谁敢高声。又见将台上竖起一面净平旗(命令众人肃静的令旗)来,前后五军,一齐整肃。将台上把一面引军红旗麾动,只见鼓声响处,五百军列成两阵,军士各执器械在手。将台上又把白旗招动,两阵马军齐齐地都立在面前,各把马勒住。

梁中书传下令来,叫唤副牌军周谨向前听令。右阵里周谨听得呼唤,跃马到厅前,跳下马,插了枪,暴雷也似声个大喏。梁中书道:"着副牌军施逞(施展,逞现)本身武艺。"周谨得了将令,绰枪上马,在演武厅前,左盘右旋,右盘左旋,将手中枪使了几路,众人喝采。梁中书道:"叫东京对拨来的军健(兵卒)杨志。"杨志转过厅前,唱个大喏。梁中书道:"杨志,我知你原是东京殿司府制使军官,犯罪配来此间。即目盗贼猖狂,国家用人之际,你敢与周谨比试武艺高低?如若赢得,便迁你充其职役。"杨志道:"若蒙恩相差遣,安敢有违钧旨。"梁中书叫取一匹战马来,教甲仗库随行官吏应付军器,教杨志披挂上马,与周谨比试。杨志去厅后把取来衣甲穿了,拴束罢,带了头盔、弓、箭、腰刀,手拿长枪上马,从厅后跑将出来。

梁中书看了道:"着杨志与周谨先比枪。"周谨怒道:"这个贼配军敢来与我交枪!"谁知恼犯了这个好汉,来与周谨斗武。不因这番比试,有分教,杨志在万马丛中闻姓字,千军队里夺头功。毕竟杨志与周谨比试,引出甚么人来,且听下回分解。

# 第 十 三 回

## 急先锋东郭争功　青面兽北京斗武

话说当时周谨、杨志两个勒马,在于旗下,正欲出战交锋,只见兵马都监闻达喝道:"且住!"自上厅来禀复梁中书道:"复恩相:论这两个比试武艺,虽然未见本事高低,枪刀本是无情之物,只宜杀贼剿寇。今日军中自家比试,恐有伤损,轻则残疾,重则致命,此乃于军不利。可将两根枪去了枪头,各用毡片包裹,地下蘸了石灰,再各上马,都与皂衫穿着。但是枪杆厮搠,如白点多者,当输。"梁中书道:"言之极当。"随即传令下去。

两个领了言语,向这演武厅后去了枪尖,都用毡片(加工羊毛或其他动物毛而成的块片状材料)包了,缚成骨朵(凸起的包),身上各换了皂衫(黑色短袖单衣),各用枪去石灰桶里蘸了石灰,再各上马,出到阵前。那周谨跃马挺枪,直取杨志,这杨志也拍战马,拈手中枪,来战周谨。两个在阵前,来来往往,番番复复,搅做一团,扭做一块,鞍上人斗人,坐下马斗马,两个斗了四五十合。看周谨时,恰似打翻了豆腐的,斑斑点点,约有三五十处;看杨志时,只有左肩牌下一点白。

梁中书大喜,叫唤周谨上厅,看了迹道:"前官参你做个军中副牌,量你这般武艺,如何南征北讨? 怎生做得正请受的副牌?"教杨志替此人职役。管军兵马都监李成上厅禀复梁中书道:"周谨枪法生疏,弓马熟闲,不争把他来逐了职事,恐怕慢了(怠慢)军心。再教周谨与杨志比箭如何?"梁中书道:"言之极当(十分恰当)。"再传下将令来,叫杨志与周谨比箭。

两个得了将令,都扎了枪,各关了弓箭。杨志就弓袋内取出那张弓来,扣得端正,擎了弓,跳上马,跑到厅前,立在马上,欠身禀复道:"恩相,弓箭发处,事不容情,恐有伤损,乞请钧旨(对帝王将相的命令的敬称)。"梁中书道:"武夫比试,何虑伤残? 但有本事,射死勿论。"杨志得令,回到阵前。李成传下言语,叫两个比箭好汉,各关与(发给)一面遮箭牌(挡箭的盾牌),防护身体。两个各领遮箭防牌,绾在臂上。杨志说道:"你先射我三箭,后却还你三箭。"周谨听了,恨不得把杨志一箭射个透明。杨志终是个军官出身,识破了他手段,全不把他为事。怎见得两个比箭:

> 这个曾向山中射虎,那个惯从风里穿杨。彀(gòu,使劲张弓)满处,兔狐丧命;箭发时,雕鹗(è,通称"鱼鹰")魂伤。较艺术,当场比并;施手段,对众揄扬(彰显手段)。一个磨鞦解,实难抵当;一个闪身解,不可提防。顷刻内要观胜负,霎时间便见存亡。

当时将台上早把青旗麾动,杨志拍马望南边去,周谨纵马赶来,将缰绳搭在马鞍鞒上,左手拿着弓,右手搭上箭,拽得满满地望杨志后心飕地一箭。杨志听得背后弓弦响,霍地一闪,去镫里藏身,那枝箭早射个空。周谨见一箭射不着,却早慌了,再去壶中急取第二枝箭来,搭上弓弦,觑的杨志较亲(明白真切),望后心再射一箭。杨志听得第二枝箭来,却不去镫里藏身,那枝箭风也似来,杨志那时也取弓在手,用弓梢只一拨,那枝箭滴溜溜拨下草地里去了。周谨见第二枝箭又射不着,心里越慌。杨志的马早跑到教场尽头,霍地把马一兜,那马便转身望正厅上走回来。周谨也把马只一勒,那马也跑回,就势里赶将来去。那绿茸茸芳草地上,八个马蹄翻盏撒钹(倒置翻转的盏钹。形容马蹄疾腾的样子)相似,勃喇喇(形容快速)地风团儿也似般走。周谨再取第三枝箭,搭在弓弦上,扣得满满地,尽平生气力,眼睁睁地看着杨志后心窝上,只一箭射将来。杨志听得弓弦响,扭回身,就鞍上把那枝箭只一绰(抓起,拿起),绰在手里,便纵马入演武厅前,撇下周谨的箭。

梁中书见了大喜，传下号令，却叫杨志也射周谨三箭。将台上又把青旗麾动，周谨撇了弓箭，拿了防牌在手，拍马望南而走。杨志在马上把腰只一纵，略将脚一拍，那马泼喇喇的便赶。杨志先把弓虚扯一扯，周谨在马上听得脑后弓弦响，扭转身来，便把防牌来迎，却早接个空。周谨寻思道："那厮只会使枪，不会射箭。等他第二枝箭再虚诈时，我便喝住了他，便算我赢了。"周谨的马早到教场南尽头，那马便转望演武厅来。杨志的马见周谨马跑转来，那马也便回身。杨志早去壶中掣出一枝箭来，搭弓在弦上，心里想道："射中他后心窝，必至伤了他性命。他和我又没冤仇，洒家只射他不致命处便了。"左手如托太山，右手如抱婴孩，弓开如满月，箭去似流星。说时迟，那时快，一箭正中周谨左肩。周谨措手不及，翻身落马。那匹空马直跑过演武厅背后去了。众军卒自去救那周谨去了。梁中书见了大喜，叫军政司便呈文案来，教杨志截替(替代)了周谨职役。

杨志喜气洋洋，下了马，便向厅前来拜谢恩相，充其职役。正是：

得罪幽燕①作配兵，当场比试死相争。

能将一箭穿杨手，夺得牌军半职荣。

不想阶下左边转上一个人来叫道："休要谢职，我和你两个比试！"杨志看那人时，身材七尺以上长短，面圆耳大，唇阔口方，腮边一部落腮胡须，威风凛凛，相貌堂堂，直到梁中书面前声了喏，禀道："周谨患病未痊，精神不在，因此误输与杨志。小将不才，愿与杨志比试武艺，如若小将折半点便宜与杨志，休教截替周谨，便教杨志替了小将职役，虽死而不怨。"梁中书看时，不是别人，却是大名府留守司正牌军索超。为是他性急，撮盐入火(食盐洒入火中发出迸裂之声。比喻性急容易发作)，为国家面上，只要争气，当先厮杀，以此人都叫他做急先锋。李成听得，便下将台来，直到厅前禀复道："相公，这杨志既是殿

①幽燕：古称今河北北部及辽宁一带。

司制使,必将好武艺,须知周谨不是对手;正好与索正牌比试武艺,便见优劣。"梁中书听了,心中想道:"我指望一力要抬举杨志,众将不伏。一发等他赢了索超,他们也死而无怨,却无话说。"

梁中书随即唤杨志上厅问道:"你与索超比试武艺如何?"杨志禀道:"恩相将令,安敢有违。"梁中书道:"既然如此,你去厅后换了装束(衣装打扮),好生披挂,教甲仗库随行官吏取应用军器给与,就叫牵我的战马借与杨志骑,小心在意,休觑得等闲。"杨志谢了,自去结束(整理装束)。

却说李成分付索超道:"你却难比别人,周谨是你徒弟,先自输了。你若有些疏失,吃(表示被动,用法同"被")他把大名府军官都看得轻了。我有一匹惯曾上阵的战马,并一副披挂,都借与你,小心在意,休教折了锐气。"索超谢了,也自去结束。

梁中书起身,走出阶前来,从人移转银交椅,直到月台栏干边放下。梁中书坐定,左右祗候(职官名。宋代祗候分置于东、西上阁门,与阁门宣赞舍人并称阁职,祗候分佐舍人)两行;唤打伞的撑开那把银葫芦顶茶褐罗三檐凉伞来,盖定在梁中书背后。将台上传下将令,早把红旗招动。两边金鼓齐鸣,发一通擂。去那教场中两阵内,各放了个炮。炮响处,索超跑马入阵内,藏在门旗下;杨志也从阵里跑马入军中,直到门旗背后。将台上又把黄旗招动,又发了一通擂,两军齐呐一声喊。教场中谁敢做声,静荡荡的。再一声锣响,扯起净平白旗。两下众官没一个敢走动胡言说话,静静地立着。

将台上又把青旗招动,只见第三通战鼓响处,去那左边阵内门旗下看看分开。鸾铃(系在马身上的响铃)响处,正牌军索超出马,直到阵前,兜住(勒住)马,拿军器在手,果是英雄豪杰。但见:

> 头带一顶熟钢狮子盔,脑后斗大来一颗红缨,身披一副铁叶攒成铠甲,腰系一条镀金兽面束带,前后两面青铜护心镜;上笼着一领绯红团花袍,上面垂两条绿绒缕领带;下穿一双斜皮气跨靴,左带一张弓,右悬一壶箭;手里横着一柄金蘸斧,坐下

李都监那匹惯战能征雪白马。

看那马时，又是一匹好马。但见：

　　色按庚辛(庚辛即太白星。指索超的马的颜色为雪白色)，仿佛南山白额虎；毛堆腻粉，如同北海玉麒麟。冲得阵，跳得溪，喜战鼓，性如君子；负得重，走得远，惯嘶风(迎风雄叫。形容马势雄猛)，必是龙媒(骏马)。胜如伍相(伍子胥)梨花马，赛过秦王白玉驹。

左阵上急先锋索超兜住马，挜(yǎ，挥动)着金蘸斧，立马在阵前。

右边阵内门旗下看看分开，鸾铃响处，杨志提手中枪出马，直至阵前，勒住马，横着枪在手，果是勇猛。但见：

　　头戴一顶铺霜耀日镔铁(精铁。镔，bīn)盔，上撒着一把青缨；身穿一副钩嵌梅花榆叶甲，系一条红绒打就勒甲绦，前后兽面掩心；上笼着一领白罗生色花袍，垂着条紫绒飞带；脚登一双黄皮衬底靴；一张皮靶弓，数根凿子箭；手中挺着浑铁点钢枪；骑的是梁中书那匹火块赤千里嘶风马。

看那马时，又是匹无敌的好马。但见：

　　鬃分火焰，尾摆朝霞。浑身乱扫胭脂，两耳对攒红叶。侵晨(天快亮时，拂晓)临紫塞，马蹄迸四点寒星；日暮转沙堤，就地滚一团火块。休言南极神驹，真乃寿亭赤兔(指三国时期关羽的坐骑赤兔马)。

右阵上青面兽杨志拈手中枪，勒坐下马，立于阵前。两边军将暗暗地喝采，虽不知武艺如何，先见威风出众。

正南上旗牌官拿着销金令字旗，骤(zhòu，快速催动)马而来，喝道："奉相公钧旨，教你两个俱各用心，如有亏误处，定行责罚。若是赢时，多有重赏。"二人得令，纵马出阵，到教场中心，两马相交，二般兵器并举。索超忿怒，轮手中大斧，拍马来战杨志。杨志逞威，拈手中神枪，来迎索超。两个在教场中间，将台前面，二将相交，各赌平生本事。一来一往，一去一回，四条臂膊纵横，八只马蹄撩乱。但见：

　　征旗蔽(bì，遮蔽)日，杀气遮天。一个金蘸斧直奔顶门，一个浑铁枪不离心坎。这个是扶持社稷毗沙门(佛经所说四天王之一。又名多闻天王。俗称托塔天王),托塔李天王;那个是整顿江山掌金阙(道家谓天上有黄金阙,为仙人或天帝所居),天蓬大元帅(道教护法神北极四圣之一,原为北斗星宿之一,被尊崇为星宿神)。一个枪尖上吐一条火焰,一个斧刃中迸几道寒光。那个是七国中袁达(传说袁达是孙膑四员大将之一,为东周战国人,生前护国爱民,庶民皆敬之)重生,这个是三分内张飞(字益德,幽州涿郡人,三国时期蜀汉名将,以勇猛著称)出世。一个似巨灵神忿怒,挥大斧劈碎山根;一个如华光(传说中的恶神)藏生嗔(chēn,怒,生气),仗金枪搠开地府。这个圆彪彪睁开双眼,胳查查斜砍斧头来;那个必剥剥咬碎牙关,火焰焰摇得枪杆断。各人窥破绽,那放半些闲。

两个斗到五十余合,不分胜败。月台上梁中书看得呆了;两边众军官看了,喝采不迭;阵面上军士们递相厮觑道:"我们做了许多年军,也曾出了几遭征,何曾见这等一对好汉厮杀!"李成、闻达在将台上,不住声叫道:"好斗!"闻达心上只恐两个内伤了一个,慌忙招呼旗牌官,拿着令字旗,与他分了。将台上忽的一声锣响,杨志和索超斗到是处(起兴处),各自要争功,那里肯回马。旗牌官飞来叫道:"两个好汉歇了,相公有令。"杨志、索超方才收了手中军器,勒坐下马,各跑回本阵来,立马在旗下。看那梁中书,只等将令。

李成、闻达下将台来,直到月台下,禀复梁中书道:"相公,据这两个武艺一般(一样,同样),皆可重用。"梁中书大喜,传下将令,唤杨志、索超。牌旗官传令,唤两个到厅前,都下了马。小校接了二人的军器,两个都上厅来,躬身听令。梁中书叫取两锭白银,两副表里(衣服的面子与里子。亦泛指衣料),来赏赐二人。就叫军政司将两个都升做管军提辖使,便叫贴了文案,从今日便参了他两个。索超、杨志都拜谢了梁中书,将着赏赐下厅来,解了枪刀弓箭,卸了头盔衣甲,换了衣裳。索超也自去了披挂,换了锦袄,都上厅来,再拜谢了众军官。梁中书叫索超、杨志两个也见了礼,入班做了提辖。众军卒便打着得胜鼓,把着那金鼓旗先散。

梁中书和大小军官,都在演武厅上筵宴。看看红日沉西,筵席已罢,梁中书上了马,众官员都送归府。马头前摆着这两个新参的提辖,上下肩都骑着马,头上亦都带着红花,迎入东郭门来。两边街道扶老携幼,都看了欢喜。梁中书在马上问道:"你那百姓,欢喜为何?"众老人都跪了禀道:"老汉等生在北京,长在大名府,不曾见今日这等两个好汉将军比试。今日教场中看了这般敌手,如何不欢喜?"梁中书在马上听了大喜。回到府中,众官各自散了。索超自有一班弟兄请去作庆(贺喜)饮酒。杨志新来,未有相识,自去梁府宿歇,早晚殷勤听候使唤,都不在话下。

且把这闲话丢过,只说正话。自东郭演武之后,梁中书十分爱惜杨志,早晚与他并不相离。月中又有一分请受,自渐渐地有人来结识他。那索超见了杨志手段高强,心中也自钦伏(敬服)。

不觉光阴迅速,又早春尽夏来,时逢端午,蕤宾节(指代农历五月端午节。蕤,ruí)至,梁中书与蔡夫人在后堂家宴,庆贺端阳。但见:

盆栽绿艾,瓶插红榴。水晶帘卷虾须,锦绣屏开孔雀。菖蒲(chāngpú,植物名。端午节用来挂在门前)切玉(切开的玉。形容洁白),佳人笑捧紫霞杯;角黍(即粽子。黍,shǔ)堆银,美女高擎青玉案。食烹异品,果献时新。葵扇风中,奏一派声清韵美;荷衣香里,出百般舞态娇姿。

当日梁中书正在后堂与蔡夫人家宴,庆赏端阳,酒至数杯,食供两套,只见蔡夫人道:"相公自从出身(指入仕之途),今日为一统帅,掌握国家重任,这功名富贵从何而来?"梁中书道:"世杰自幼读书,颇知经史,人非草木,岂不知泰山之恩?提携之力,感激不尽!"蔡夫人道:"丈夫既知我父亲恩德,如何忘了他生辰?"梁中书道:"下官如何不记得,泰山是六月十五日生辰,已使人将十万贯收买金珠宝贝,送上京师庆寿。一月之前,干人(宋朝民户中的富豪和官户家中的一种办事的差役)都关领(领取)去了。现今九分齐备,数日之间,也待打点停当,差人起程。只是一件，在此踌躇。上年收买了许多玩器并金珠宝贝，使人送去，不到半路，尽被贼人劫了。枉费了这一遭财物，至今严捕贼人不获。今年叫谁人去好？"蔡夫人道："帐前现有许多军校，你选择心腹的人去便了。"梁中书道："尚有四五十日，早晚催并礼物完足，那时选择去人未迟。夫人不必挂心，世杰自有理会。"当日家宴，午牌至二更方散，自此不在话下。

不说梁中书收买礼物玩器，选人上京去庆贺蔡太师生辰。且说山东济州郓城县(县名。在山东省西南部，北临黄河，邻接河南省)新到任一个知县，姓时，名文彬。此人：

> 为官清正，作事廉明，每怀恻隐之心(对别人的不幸表示同情)，常有仁慈之念。争田夺地，辨曲直而后施行；闲殴相争，分轻重方才决断。闲暇时抚琴会客，忙迫里飞笔判词(判定讼案的文词)。名为县之宰官(县官)，实乃民之父母。

当日知县时文彬升厅公座，左右两边排着公吏人等。知县随即叫唤尉司捕盗官员并两个巡捕都头。本县尉司管下有两个都头：一个唤做步兵都头，一个唤做马兵都头。这马兵都头，管着二十匹坐马弓手，二十个土兵；那步兵都头管着二十个使枪的头目，二十个土兵。

这马兵都头姓朱名仝(tóng)，身长八尺四五；有一部虎须髯，长一尺五寸，面如重枣(喻深红色)，目若朗星，似关云长模样，满县人都称他做美髯公。原是本处富户，只因他仗义疏财，结识江湖上好汉，学得一身好武艺。怎见的朱仝气象？但见：

> 义胆忠肝豪杰，胸中武艺精通，超群出众果英雄。弯弓能射虎，提剑可诛(zhū，斩杀)龙。一表堂堂神鬼怕，形容凛凛威风。面如重枣色通红，云长重出世，人号美髯公。

那步兵都头姓雷名横，身长七尺五寸，紫棠色面皮，有一部扇圈胡须，为他膂力(体力。膂，lǚ)过人，跳二三丈阔涧，满县人都称他做插翅虎。原是本县打铁匠人出身，后来开张碓房(舂米作坊。碓，duì)，杀牛放赌，虽然仗义，只有些心地偏窄，也学得一身好武艺。怎见得雷横的气象？但见：

天上罡星临世上，就中一个偏能，都头好汉是雷横。拽拳神臂健，飞脚电光生。江海英雄推武勇，跳墙过涧身轻，豪雄谁敢与相争！山东插翅虎，寰海（天下。寰，huán）尽闻名。

那朱全、雷横两个，专管擒拿贼盗。当日知县呼唤两个上厅来，声了喏，取台旨（指示、命令）。知县道："我自到任以来，闻知本府济州管下所属水乡梁山泊贼盗聚众打劫，拒敌官军。亦恐各处乡村盗贼猖狂，小人甚多，今唤你等两个，休辞辛苦，与我将带本管土兵人等，一个出西门，一个出东门，分投巡捕。若有贼人，随即剿获申解，不可扰动乡民。体知（察知）东溪村山上有株大红叶树，别处皆无，你们众人采几片来县里呈纳，方表你们曾巡到那里。若无红叶，便是汝等虚妄，定行责罚不恕。"两个都头领了台旨，各自回归，点了本管土兵，分投自去巡察。

不说朱全引人出西门自去巡捕，只说雷横当晚引了二十个土兵出东门，绕村巡察，遍地里走了一遭，回来到东溪村山上，众人采了那红叶，就下村来。行不到三二里，早到灵官（王灵官的略称。道教奉为护法监坛之神）庙前，见殿门不关，雷横道："这殿里又没有庙祝，殿门不关，莫不有歹人在里面么？我们直入去看一看。"众人拿着火，一齐照将入来，只见供桌上赤条条地睡着一个大汉。天道又热，那汉子把些破衣裳团做一块作枕头，枕在项下，齁齁（熟睡时的鼻息声。齁，hōu）的沉睡着了在供桌上。雷横看了道："好怪，好怪！知县相公忒神明，原来这东溪村真个有贼！"大喝一声，那汉却待要挣扎，被二十个土兵一齐向前，把那汉子一条索绑了，押出庙门，投一个保正（村长）庄上来。

不是投那个去处，有分教，东溪村里，聚三四筹好汉英雄；郓城县中，寻十万贯金珠宝贝。正是天上罡星来聚会，人间地煞得相逢。毕竟雷横拿住那汉，投解甚处来，且听下回分解。

# 第 十 四 回

## 赤发鬼醉卧灵官殿　晁天王认义东溪村

　　话说当时雷横来到灵官殿上，见了这条大汉，睡在供桌上，众土兵向前，把条索子绑了，捉离灵官殿来。天色却早，是五更时分。雷横道："我们且押这厮去晁(cháo)保正(宋代乡兵制度,十家为一保,设保长一人)庄上讨些点心吃了，却解(jiè,押送)去县里取问。"一行众人却都奔这保正庄上来。

　　原来那东溪村保正姓晁，名盖，祖是本县本乡富户，平生仗义疏财，专爱结识天下好汉，但有人来投奔他的，不论好歹，便留在庄上住。若要去时，又将银两赍助(资助。赍,jī)他起身。最爱刺枪使棒，亦自身强力壮，不娶妻室，终日只是打熬(磨炼)筋骨。郓城县管下东门外有两个村坊，一个东溪村，一个西溪村，只隔着一条大溪。当初这西溪村常常有鬼，白日迷人下水在溪里，无可奈何。忽一日，有个僧人经过，村中人备细说知此事，僧人指个去处，教用青石凿个宝塔，放于所在，镇住溪边。其时西溪村的鬼，都赶过东溪村来。那时晁盖得知了，大怒。从这里走将过去，把青石宝塔独自夺了过来东溪村放下，因此人皆称他做托塔天王。晁盖独霸在那村坊，江湖都闻他名字。

　　却早(一大早)雷横并土兵(地方兵)押着那汉来到庄前敲门，庄里庄客闻知，报与保正。此时晁盖未起，听得报是雷都头到来，慌忙叫开门。庄客开得庄门，众土兵先把那汉子吊在门房里。雷横自引了十数个为头的人到草堂上坐下。晁盖起来接待，动问(请问)道："都头有甚公干到这里？"雷横答道："奉知县相公钧旨：着我与朱仝两个引了部下土兵，分投下乡村各处巡捕贼盗。因走得力乏，欲得少歇，径投贵庄暂息，有惊保正安寝。"晁盖道："这个何妨！"一面叫庄客安排酒食管待，先把汤来吃。晁盖动问道："敝村曾拿得个把小贼么？"雷横道："却才前面灵官殿上有个大汉睡着在那里，我看那厮不是良善君子，一定是醉了，就便睡着。我们把索子缚绑了，本待便解去县里见官，一者忒早些，二者也要教保正知道，恐日后父母官问时，保正也好答应。现今吊在贵庄门房里。"晁盖听了，记在心，称谢道："多亏都头见报。"少刻庄客捧出盘馔酒食，晁盖喝道："此间不好说话，不如去后厅轩下(屋檐下)少坐。"便叫庄客里面点起灯烛，请都头到里面酌杯。晁盖坐了主位，雷横坐了客席。两个坐定，庄客铺下果品、按酒、菜蔬、盘馔。庄客一面筛酒，晁盖又叫买酒与土兵众人吃，庄客请众人都引去廊下客位(指客厅)里管待，大盘酒肉只管叫众人吃。晁盖一头相待雷横吃酒，一面自肚里寻思："村中有甚小贼吃(被)他拿了？我且自去看是谁。"相陪吃了五七杯酒，便叫家里一个主管出来："陪奉都头坐一坐，我去净了手便来。"

那主管陪侍着雷横吃酒，晁盖却去里面拿了个灯笼，径来门楼下看时，土兵都去吃酒，没一个在外面。晁盖便问看门的庄客："都头拿的贼吊在那里？"庄客道："在门房里关着。"晁盖去推开门，打一看时，只见高高吊起那汉子在里面，露出一身黑肉，下面抓扎起两条黑魆魆(颜色发黑。魆，xū)毛腿，赤着一双脚。晁盖把灯照那人脸时，紫黑阔脸，鬓边一搭朱砂记，上面生一片黑黄毛。晁盖便问道："汉子，你是那里人？我村中不曾见有你。"那汉道："小人是远乡客人，来这里投奔一个人，却把我来拿做贼，我须有分辨处。"晁盖道："你来我这村中投奔谁？"那汉道："我来这村中投奔一个好汉。"晁盖道："这好汉叫做甚么？"那汉道："他唤做晁保正。"晁盖道："你却寻他有甚勾当？"那汉道："他是天下闻名的义士好汉。如今我有一套富贵要与他说知，因此而来。"晁盖道："你且住，只我便是晁保正，却要我救你，你只认我做娘舅之亲。少刻，我送雷都头那人出来时，你便叫我做阿舅，我便认你做外甥，只说四五岁离了这里，今番来寻阿舅，因此不认得。"那汉道："若得如此救护，深感厚恩，义士提携则个(语气助词，用以表示委婉或商量、解释的语气)！"正是：

　　黑甜①一枕古祠中，被获高悬草舍东。

　　百万赃私天不佑，解围晁盖有奇功。

当时晁盖提了灯笼，自出房来，仍旧把门拽上，急入后厅来见雷横，说道："甚是慢客。"雷横道："多多相扰，理甚不当。"两个又吃了数杯酒，只见窗子外射入天光来，雷横道："东方动了(太阳出来了)，小人告退，好去县中画卯(旧时官署规定卯时开始办公。吏胥差役按时赴官署签到，听候差使，称"画卯"。卯时，上午五至七时)。"晁盖道："都头官身，不敢久留。若再到敝村公干，千万来走一遭。"雷横道："却得再来拜望，不须保正分付。请保正免送。"晁盖道："却罢，也送到庄门口。"

两个同走出来，那伙土兵众人都得了酒食，吃得饱了，各自拿了枪棒，便去门房里解了那汉，背剪缚着带出门外。晁盖见了，说道："好条大汉！"雷横道："这厮便是灵官庙里捉的贼。"

说犹未了，只见那汉叫一声："阿舅，救我则个！"晁盖假意看他一看，喝问道："兀的这厮不是王小三么？"那汉道："我便是，阿舅救我。"众人吃了一惊。雷横便问晁盖道："这人是谁？如何却认得保正？"晁盖道："原来是我外甥王小三。这厮如何在庙里歇？乃是家姐的孩儿，从小在这里过活，四五岁时随家姐夫和家姐上南京去住，一去了十数年。这厮十四五岁又来走了一遭，跟个本京客人来这里贩卖，向后再不曾见面。多听得人说这厮不成器，如何却在这里？小可本也认他不得，为他鬓边有这一搭朱砂记，因此影影(恍惚)认得。"晁盖喝道："小三，你如何不径来见我？却去村中做贼！"那汉叫道："阿舅，我不曾做贼。"晁盖喝道："你既不做贼，如何拿你在

---

① 黑甜：指酣睡。苏轼《发广州诗》自注：俗谓睡为黑甜。

这里？"夺过土兵手里棍棒，劈头劈脸便打。雷横并众人劝道："且不要打，听他说。"那汉道："阿舅息怒，且听我说：自从十四五岁时来走了这遭，如今不是十年了？昨夜路上多吃了一杯酒，不敢来见阿舅，权去庙里睡得醒了，却来寻阿舅；不想被他们不问事由，将我拿了，却不曾做贼。"晁盖拿起棍来又要打，口里骂道："畜生！你却不径来见我，且在路上贪嚖这口黄汤（黄酒），我家中没有与你吃，辱没杀人！"雷横劝道："保正息怒，你令甥本不曾做贼。我们见他偌大一条大汉在庙里睡得跷蹊(qiāoqī，可疑)，亦且面生，又不认得，因此设疑，捉了他来这里。若早知是保正的令甥，定不拿他。"唤土兵快解了绑缚的索子，放还保正。众土兵登时（马上）放了那汉。雷横道："保正休怪，早知是令甥，不致如此，甚是得罪，小人们回去。"晁盖道："都头且住，请入小庄，再有话说。"

雷横放了那汉，一齐再入草堂里来。晁盖取出十两花银送与雷横，说道："都头休嫌轻微，望赐笑留。"雷横道："不当如此。"晁盖道："若是不肯收受时，便是怪小人。"雷横道："既是保正厚意，权且收受，改日却得报答。"晁盖叫那汉拜谢了雷横，晁盖又取些银两赏了众土兵，再送出庄门外。雷横相别了，引着土兵自去。

晁盖却同那汉到后轩下，取几件衣裳与他换了，取顶头巾与他戴了，便问那汉姓甚名谁，何处人氏。那汉道："小人姓刘，名唐，祖贯东潞州人氏，因这鬓边有这搭朱砂记，人都唤小人做赤发鬼，特地送一套富贵来与保正哥哥。昨夜晚了，因醉倒庙里，不想被这厮们捉住，绑缚了来，正是'有缘千里来相会，无缘对面不相逢'。今日幸得在此，哥哥坐定（入座，坐下），受刘唐四拜。"拜罢，晁盖道："你且说送一套富贵与我，现在何处？"

刘唐道："小人自幼飘荡江湖，多走途路，专好结识好汉，往往多闻哥哥大名，不期有缘得遇。曾见山东、河北做私商的，多曾来投奔哥哥，因此刘唐敢说这话。这里别无外人，方可倾心吐胆对哥哥说。"晁盖道："这里都是我心腹人，但说不妨。"

刘唐道："小弟打听得北京大名府梁中书收买十万贯金珠、宝贝、玩器等物，送上东京，与他丈人蔡太师庆生辰。去年也曾送十万贯金珠宝贝，来到半路里，不知被谁人打劫了，至今也无捉处。今年又收买十万贯金珠宝贝，早晚安排起程，要赶这六月十五日生辰。小弟想此一套是不义之财，取之何碍！便可商议个道理去半路上取了，天理知之，也不为罪。闻知哥哥大名，是个真男子，武艺过人。小弟不才，颇也学得本事，休道三五个汉子，便是一二千军马队中，拿条枪，也不惧他。倘蒙哥哥不弃时，献此一套富贵，不知哥哥心内如何？"晁盖道："壮哉！且再计较。你既来这里，想你吃了些艰辛，且去客房里将息少歇。待我从长商议，来日说话。"晁盖叫庄客引刘唐廊下客房里歇息，庄客引到房中，也自去干事了。

且说刘唐在房里寻思道："我着甚来由，苦恼这遭！多亏晁盖完成，解脱了这件事。只匡耐雷横那厮平白骗了晁保正十两银子，又吊我一夜。想那厮去未远，我不如拿了条棒赶上去，齐打翻了那厮们，却夺回那银子，送还晁盖，也出一口恶气。此计大妙。"刘唐便出房门，去枪架上拿了一条朴刀，便出庄门，大踏步投南赶来。此时天色已明，但见：

北斗初横，东方欲白。天涯曙色才分，海角残星渐落。金鸡三唱，唤佳人傅粉施朱；宝马频嘶，催行客争名竞利。几缕丹霞横碧汉，一轮红日上扶桑(神话中的树名。传说日出于扶桑之下，拂其树杪而升)。

这赤发鬼刘唐挺着朴刀，赶了五六里路，却早望见雷横引着土兵，慢慢地行将去。刘唐赶上来，大喝一声："兀那都头不要走！"

雷横吃了一惊，回过头来，见是刘唐拈着朴刀赶来。雷横慌忙去土兵手里夺条朴刀拿着，喝道："你那厮赶将来做甚么？"刘唐道："你晓事的，留下那十两银子还了我，我便饶了你！"雷横道："是你阿舅送我的，干你甚事？我若不看你阿舅面上，直结果了你这厮性命，划地(怎的，怎么。表示嗔怪、反诘语气。划，chǎn)问我取银子？"刘唐道：

"我须不是贼,你却把我吊了一夜,又骗我阿舅十两银子。是会的(明白事理的)将来还我,佛眼相看;你若不还我,叫你目前流血!"雷横大怒,指着刘唐大骂道:"辱门败户的谎贼,怎敢无礼!"刘唐道:"你那诈害百姓的腌臜泼才,怎敢骂我!"雷横又骂道:"贼头贼脸贼骨头,必然要连累晁盖!你这等贼心贼肝,我行(我这里)须使不得!"刘唐大怒道:"我来和你见个输赢。"拈着朴刀,直奔雷横。雷横见刘唐赶上来,呵呵大笑,挺手中朴刀来迎。两个就大路上厮并(相拼,决斗),但见:

> 一来一往,似凤翻身;一撞一冲,如鹰展翅。一个照搠,尽依良法;一个遮拦,自有悟头。这个丁字脚,抢将入来;那个四换头,奔将进去。两句道:"虽然不上凌烟阁(唐太宗贞观十七年画功臣像于凌烟阁,以表彰功臣),只此堪描入画图。"

当时雷横和刘唐就路上斗了五十余合,不分胜败。众土兵见雷横赢刘唐不得,却待都要一齐上并他。只见侧首篱门开处,一个人掣两条铜链,叫道:"你们两个好汉且不要斗,我看了多时,权且歇一歇,我有话说。"便把铜链就中一隔,两个都收住了朴刀,跳出圈子外来,立住了脚。看那人时,似秀才打扮,戴一顶桶子样抹眉梁头巾,穿一领皂沿边麻布宽衫,腰系一条茶褐銮带;下面丝鞋净袜,生得眉清目秀,面白须长。这人乃是智多星吴用,表字(古代男子成人,不便直呼其名。故另取一与本名含义相关的别名,称之为字,以表其德)学究,道号加亮先生(意谓比诸葛亮更厉害),祖贯本乡人氏。曾有一首《临江仙》赞吴用的好处:

> 万卷经书曾读过,平生机巧心灵,六韬(兵书名。旧题周吕望撰。分文韬、武韬、龙韬、虎韬、豹韬、犬韬六卷)三略(古兵书名。相传为汉初黄石公作,全书分上略、中略、下略)究来精。胸中藏战将,腹内隐雄兵。　　谋略敢欺诸葛亮(字孔明,三国时蜀汉政治家、军事家),陈平(汉初丞相、谋士)岂敌才能。略施小计鬼神惊。字称吴学究,人号智多星。

当时吴用手提铜链,指着刘唐叫道:"那汉且住,你因甚和都头争执?"刘唐光着眼(瞪大双眼)看吴用道:"不干你秀才事!"雷横便道:"教授(对私塾先生的尊称)不知,这厮夜来赤条条地睡在灵官庙里,被我们拿了这厮,带到晁保正庄上。原来却是保正的外甥,看他母舅面上放了他。晁天王请我们吃了酒,送些礼物与我。这厮瞒了他阿舅,直赶到这里问我取,你道这厮大胆么?"吴用寻思道:"晁盖我都是自幼结交,但有些事,便和我相议计较。他的亲眷相识,我都知道,不曾见有这个外甥。亦且年甲也不相登(不相当),必有些跷蹊。我且劝开了这场闹,却再问他。"吴用便道:"大汉休执迷,你的母舅与我至交,又和这都头亦过得好,他便送些人情与这都头,你却来讨了,也须坏了你母舅面皮(脸面)。且看小生面,我自与你母舅说。"刘唐道:"秀才,你不省得(晓得,明白)。这个不是我阿舅甘心与他,他诈取了我阿舅的银两;若是不还我,誓不回去。"雷横道:"只除是保正自来取,便还他,却不还你。"刘唐道:"你屈冤人做贼,诈了银子,怎地不还?"雷横道:"不是你的银子,不还,不还!"刘唐道:"你不还!只除问得我手里朴刀肯便罢。"吴用又劝:"你两个斗了半日,又没输赢,只管斗到几时是了?"刘唐道:"他不还我银子,直和他拚(pàn,豁出去;舍弃不顾。后作"拼")个你死我活便罢。"雷横大怒道:"我若怕你,添个土兵来并你,也不算好汉。我自好歹搠翻你便罢!"刘唐大怒,拍着胸前叫道:"不怕!不怕!"便赶上来。这边雷横便指手划脚也赶拢来。两个又要厮并。这吴用横身在里面劝,那里劝得住。刘唐拈着朴刀,正待钻将过来。雷横口里千贼万贼骂,挺起朴刀,正待要斗。只见众土兵指道:"保正来了。"

刘唐回身看时,只见晁盖披着衣裳,前襟摊开,从大路上赶来,大喝道:"畜生不得无礼!"那吴用大笑道:"须是保正自来,方才劝得这场闹。"晁盖赶得气喘,问道:"你怎的赶来这里斗朴刀?"雷横道:"你的令甥拿着朴刀赶来问我取银子。小人道:'不还你,我自送还保正,非干你事。'他和小人斗了五十合,教授解劝在此。"晁盖道:"这畜生,小人并不知道,都头看小人之面请回,自当改日登门陪话(赔不是,赔礼道歉)。"雷横道:"小人也知那厮胡为,不与他一般见识,又劳保正远出。"作别自去,不在话下。

　　且说吴用对晁盖说道:"不是保正自来,几乎做出一场大事。这个令甥端的非凡,是好武艺。小生在篱笆里看了,这个有名惯使朴刀的雷都头,也敌不过,只办得架隔遮拦。若再斗几合,雷横必然有失性命,因此小人慌忙出来间隔了。这个令甥从何而来?往常时庄上不曾见有。"晁盖道:"却待正要求请先生到敝庄商议句话,正欲使人来,只是不见了他,枪架上朴刀又没寻处。只见牧童报说,一个大汉拿条朴刀望南一直赶去,我慌忙随后追得来,早是得教授谏劝住了。请尊步同到敝庄,有句话计较计较。"那吴用还至书斋,挂了铜链在书房里,分付主人家道:"学生来时,说道先生今日有干（有事务、事情）,权放一日假。"有诗为证:

　　　　文才不下武才高,铜链犹能劝朴刀。

　　　　只爱雄谈偕义士,岂甘枯坐伴儿曹。

　　　　放他众鸟笼中出,许尔群蛙野外跳。

　　　　自是先生多好动,学生欢喜主人焦。

　　吴用拽上书斋门,将锁锁了,同晁盖、刘唐到晁家庄上。晁盖径邀入后堂深处,分宾而坐。吴用问道:"保正,此人是谁?"晁盖道:"江湖上好汉,此人姓刘,名唐,是东潞州人氏。因此有一套富贵,特来投奔我。夜来他醉卧在灵官庙里,却被雷横捉了,拿到我庄上,我因认他做外甥,方得脱身。他说:'有北京大名府梁中书收买十万贯金珠宝贝,送上东京,与他丈人蔡太师庆生辰,早晚从这里经过,此等不义之财,取之何碍!'他来的意,正应我一梦。我昨夜梦见北斗七星,直坠在我屋脊上,斗柄上另有一颗小星,化道白光去了。我想星照本家,安得不利?今早正要求请教授商议,此一件事若何?"吴用笑道:"小生见刘兄赶得来蹊跷,也猜个七八分了。此一事却好,只是一件,人多做不得,人少又做不得。宅上空有许多庄客,一个也用不得。如今只有保正、刘兄、小生三人,这件事如何团弄（犹办理）?便是保正与刘兄十分了得,也担负不下。这段事须得七八个好汉方可,多也无用。"晁盖道:"莫非要应梦之星数?"吴用便道:"兄长这一梦也非同小可,莫非北地上再有扶助的人来?"吴用寻思了半晌,眉头一纵,计上心来,说道:"有了! 有了!"晁盖道:"先生既有心腹好汉,可以便去请来,成就这件事。"

吴用不慌不忙,迭两个指头,说出这句话来,有分教:东溪庄上,聚义汉翻作强人;石碣村中,打鱼船权为战舰。正是指挥说地谈天口,来诱翻江搅海人。毕竟智多星吴用说出甚么人来,且听下回分解。

# 第 十 五 回

## 吴学究说三阮撞筹　公孙胜应七星聚义

　　话说当时吴学究道：“我寻思起来，有三个人，义胆包身，武艺出众，敢赴汤蹈火，同死同生。只除非得这三个人，方才完得这件事。”晁盖道：“这三个却是甚么样人？姓甚名谁？何处居住？”吴用道：“这三个人是弟兄三个，在济州（古济州，治于巨野。今济宁市）梁山泊边石碣村住，日常只打鱼为生，亦曾在泊子里做私商勾当（为盗行劫）。本身姓阮(ruǎn)，弟兄三人，一个唤做立地太岁阮小二，一个唤做短命二郎阮小五，一个唤做活阎罗阮小七。这三个是亲弟兄。小生旧日在那里住了数年，与他相交时，他虽是个不通文墨的人，为见他与人结交真有义气，是个好男子，因此和他来往。今已好两年不曾相见。若得此三人，大事必成。”晁盖道：“我也曾闻这阮家三弟兄的名字，只不曾相会。石碣村离这里只有百十里以下路程，何不使人请他们来商议？”吴用道：“着人去请，他们如何肯来？小生必须自去那里，凭三寸不烂之舌，说他们入伙。”晁盖大喜道：“先生高见，几时可行？”吴用答道：“事不宜迟，只今夜三更便去，明日晌午（正午）可到那里。”晁盖道：“最好。”

　　当时叫庄客且安排酒食来吃。吴用道：“北京到东京也曾行到，只不知生辰纲从那条路来？再烦刘兄休辞生受（劳苦），连夜去北京路上探听起程的日期，端的从那条路上来。”刘唐道：“小弟只今夜也便去。”吴用道：“且住，他生辰是六月十五日，如今却是五月初头，尚有四五十日。等小生先去说了三阮弟兄回来，那时却教刘兄去。”晁盖道："也是,刘兄弟只在我庄上等候。"

话休絮烦,当日吃了半晌酒食,至三更时分,吴用起来洗漱罢,吃了些早饭,讨了些银两,藏在身边,穿上草鞋。晁盖、刘唐送出庄门,吴用连夜投石碣村来。行到晌午时分,早来到那村中。但见:

> 青郁郁山峰迭翠,绿依依桑柘(桑木与柘木。柘,zhè)堆云。四边流水绕孤村,几处疏篁(错落有致的竹林。篁,huáng)沿小径。茅檐傍涧,古木成林。篱外高悬沽酒旆,柳阴闲缆钓鱼船。

吴学究自来认得,不用问人,来到石碣村中,径投阮小二家来。到得门前看时,只见枯桩上缆着数只小渔船,疏篱外晒着一张破鱼网。倚山傍水,约有十数间草房。吴用叫一声道:"二哥在家么?"只见一个人从里面走出来,生得如何? 但见:

> 眍兜脸(脸庞中间深凹的样子。眍,kōu)两眉竖起,略绰口四面连拳。胸前一带盖胆黄毛,背上两枝横生板肋(指胸部或背部结实隆起的肌肉)。臂膊有千百斤气力,眼睛射几万道寒光。休言村里一渔人,便是人间真太岁(喻凶恶强暴的人)。

那阮小二走将出来,头戴一顶破头巾,身穿一领旧衣服,赤着双脚。出来见了是吴用,慌忙声喏道:"教授何来? 甚风吹得到此?"吴用答道:"有些小事,特来相浼二郎。"阮小二道:"有何事,但说不妨。"吴用道:"小生自离了此间,又早二年。如今在一个大财主家做门馆(书塾的老师),他要办筵席,用着十数尾重十四五斤的金色鲤鱼,因此特地来相投足下。"阮小二笑了一声,说道:"小人且和教授吃三杯,却说。"吴用道:"小生的来意,也欲正要和二哥吃三杯。"阮小二道:"隔湖有几处酒店,我们就在船里荡将过去。"吴用道:"最好。也要就与五郎说句话,不知在家也不在?"阮小二道:"我们去寻他便了。"两个来到泊岸边,枯桩上缆的小船解了一只,便扶着吴用下船去了。树根头拿了一把桦楸(桦木做的船桨),只顾荡。早荡将开去,望湖泊里来。正荡之间,只见阮小二把手一招,叫道:"七哥,曾见五郎么?"吴用看时,只见芦苇丛中摇出一只船来。那汉生的如何?

但见：

> 疙疸（同"疙瘩"）脸横生怪肉，玲珑眼突出双睛。腮边长短淡黄须，身上交加乌黑点。浑如生铁打成，疑是顽铜铸就。世上降生真五道，村中唤作活阎罗。

那阮小七头戴一顶遮日黑箬笠（ruòlì，用箬竹叶及篾编成的宽边帽），身上穿个棋子布背心，腰系着一条生布（没上色的布）裙，把那只船荡着，问道："二哥，你寻五哥做甚么？"吴用叫一声："七郎，小生特来相央你们说话。"阮小七道："教授恕罪，好几时不曾相见。"吴用道："一同和二哥去吃杯酒。"阮小七道："小人也欲和教授吃杯酒，只是一向不曾见面。"

两只船厮跟着在湖泊里，不多时，划到个去处，团团都是水，高埠（高土丘。埠，bù）上有七八间草房，阮小二叫道："老娘，五哥在么？"那婆婆道："说不得，鱼又不得打，连日去赌钱，输得没了分文。却才讨我头上钗儿，出镇上赌去了。"阮小二笑了一声，便把船划开。阮小七便在背后船上说道："哥哥，正不知怎地，赌钱只是输，却不晦气！莫说哥哥不赢，我也输得赤条条地。"吴用暗想道："中了我的计了。"两只船厮并着，投石碣村镇上来。划了半个时辰，只见独木桥边一个汉子，把着两串铜钱，下来解船。阮小二道："五郎来了。"吴用看时，但见：

> 一双手浑如铁棒，两只眼有似铜铃。面上虽有些笑容，眉间却带着杀气。能生横祸，善降非灾。拳打来，狮子心寒；脚踢处，蚖蛇（土虺蛇。亦泛指毒蛇。蚖，wán）蛇丧胆。何处觅行瘟使者，只此是短命二郎。

那阮小五斜戴着一顶破头巾，鬓边插朵石榴花，披着一领旧布衫，露出胸前刺着的青郁郁一个豹子来，里面匾扎起裤子，上面围着一条间道棋子布手巾。吴用叫一声道："五郎得采（谓赌博得利，中彩）么？"阮小五道："原来却是教授，好两年不曾见面，我在桥上望你们半日了。"阮小二道："我和教授直到你家寻你，老娘说道出镇上赌钱去了,因此同来这里寻你。且来和教授去水阁上吃三杯。"阮小五慌忙去桥边解了小船,跳在舱里,捉了桦楫,只一划,三只船厮并着划了一歇,早到那个水阁酒店前。看时,但见:

前临湖泊,后映波心。数十株槐柳绿如烟,一两荡荷花红照水。凉亭上窗开碧槛,水阁中风动朱帘。休言三醉岳阳楼(湖南省岳阳市西门古城楼),只此便是蓬岛客(世外仙人)。

当下三只船撑到水亭下荷花荡中,三只船都缆了。扶吴学究上了岸,入酒店里来,都到水阁内拣一副红油桌凳。阮小二便道:"先生休怪我三个弟兄粗俗,请教授上坐。"吴用道:"却使不得。"阮小七道:"哥哥只顾坐主位,请教授坐客席,我兄弟两个便先坐了。"吴用道:"七郎只是性快(性格爽快)。"四个人坐定了,叫酒保打一桶酒来。店小二把四只大盏子摆开,铺下四双箸,放了四盘菜蔬,打一桶酒,放在桌子上。阮小二道:"有甚么下口?"小二哥道:"新宰得一头黄牛,花糕也似好肥肉。"阮小二道:"大块切十斤来。"阮小五道:"教授休笑话,没甚孝顺(款待)。"吴用道:"倒来相扰,多激恼(劳驾)你们。"阮小二道:"休恁地说!"催促小二哥只顾筛酒,早把牛肉切做两盘,将来放在桌上。阮家三兄弟让吴用吃了几块,便吃不得了。那三个狼餐虎食,吃了一回。

阮小五动问道:"教授到此贵干?"阮小二道:"教授如今在一个大财主家做门馆教学,今来要对付十数尾金色鲤鱼,要重十四五斤的,特来寻我们。"阮小七道:"若是每常,要三五十尾也有,莫说十数个,再要多些,我弟兄们也包办得。如今便要重十斤的也难得。"阮小五道:"教授远来,我们也对付十来个重五六斤的相送。"吴用道:"小生多有银两在此,随算价钱,只是不用小的,须得十四五斤重的便好。"阮小七道:"教授,却没讨处,便是五哥许五六斤的,也不能勾,须是等得几日才得,我的船里有一桶小活鱼,就把来吃酒。"阮小七便去船内取将一桶小鱼上来,约有五七斤,自去灶上安排,盛做三盘,把来放在桌上。阮小七道:"教授胡乱吃些个。"

　　四个又吃了一回。看看天色渐晚，吴用寻思道："这酒店里须难说话，今夜必是他家权宿，到那里却又理会。"阮小二道："今夜天色晚了，请教授权在我家宿一宵，明日却再计较。"吴用道："小生来这里走一遭，千难万难，幸得你们弟兄今日做一处，眼见得这席酒不肯要小生还钱。今晚借二郎家歇一夜，小生有些须银子在此，相烦就此店中沽一瓮酒，买些肉，村中寻一对鸡，夜间同一醉如何？"阮小二道："那里要教授坏钱，我们弟兄自去整理，不烦恼没对付处。"吴用道："径来要请你们三位。若还不依小生时，只此告退。"阮小七道："既是教授这般说时，且顺情吃了，却再理会。"吴用道："还是七郎性直爽快！"吴用取出一两银子，付与阮小七，就问主人家沽了一瓮酒，借个大瓮盛了；买了二十斤生熟牛肉，一对大鸡。阮小二道："我的酒钱，一发还你。"店主人道："最好！最好！"

　　四人离了酒店，再下了船，把酒肉都放在船舱里，解了缆索，径划将开去，一直投阮小二家来。到得门前，上了岸，把船仍旧缆在桩上，取了酒肉，四人一齐都到后面坐地，便叫点起灯来。原来阮家弟兄三个，只有阮小二有老小，阮小五、阮小七都不曾婚娶，四个人都在阮小二家后面水亭上坐定。阮小七宰了鸡，叫阿嫂同讨的小猴子（小童）在厨下安排。约有一更相次，酒肉都搬来摆在桌上。

　　吴用劝他弟兄们吃了几杯，又提起买鱼事来，说道："你这里偌大一个去处，却怎地没了这等大鱼？"阮小二道："实不瞒教授说，这般大鱼，只除梁山泊里便有。我这石碣湖中狭小，存不得这等大鱼。"吴用道："这里和梁山泊一望不远，相通一派之水，如何不去打些？"阮小二叹了一口气道："休说！"吴用又问道："二哥如何叹气？"阮小五接了说道："教授不知，在先这梁山泊是我弟兄们的衣饭碗，如今绝不敢去。"吴用道："偌大去处，终不成官司（官府。多指政府的主管部门）禁打鱼鲜。"阮小五道："甚么官司，敢来禁打鱼鲜！便是活阎王，也禁治不得！"吴用道："既没官司禁治，如何绝不敢去？"阮小五道："原来教授不知来历，且和教授说知。"吴用道："小生却不理会得。"阮小七接着便道:"这个梁山泊去处,难说难言。如今泊子里新有一伙强人(强悍而凶暴的人)占了,不容打鱼。"吴用道:"小生却不知,原来如今有强人,我这里并不曾闻得说。"

阮小二道:"那伙强人,为头的是个落第举子(科举考试未被录取),唤做白衣秀士王伦,第二个叫做摸着天杜迁,第三个叫做云里金刚宋万。以下有个旱地忽律(即忽雷。鳄鱼的别称)朱贵,现在李家道口开酒店,专一探听事情,也不打紧。如今新来一个好汉,是东京禁军教头,甚么豹子头林冲,十分好武艺。这几个贼男女聚集了五七百人,打家劫舍,抢掳来往客人。我们有一年多不去那里打鱼,如今泊子里把住了,绝了我们的衣饭,因此一言难尽。"吴用道:"小生实是不知有这段事,如何官司不来捉他们?"阮小五道:"如今那官司一处处动弹,便害百姓。但一声下乡村来,倒先把好百姓家养的猪、羊、鸡、鹅,尽都吃了,又要盘缠打发他。如今也好教这伙人奈何!那捕盗官司的人,那里敢下乡村来!若是那上司官员差他们缉捕人来,都吓得尿屎齐流,怎敢正眼儿看他!"阮小二道:"我虽然不打得大鱼,也省了若干科差(官府向民户征收财物或派劳役)。"吴用道:"怎地时,那厮们倒快活!"阮小五道:"他们不怕天,不怕地,不怕官司,论秤分金银,异样穿绸锦,成瓮吃酒,大块吃肉,如何不快活?我们弟兄三个空有一身本事,怎地学得他们!"吴用听了,暗暗地欢喜道:"正好用计了。"阮小七说道:"人生一世,草生一秋,我们只管打鱼营生,学得他们过一日也好!"

吴用道:"这等人学他做甚么?他做的勾当,不是笞杖(笞刑和杖刑)五七十的罪犯,空自把一身虎威都撇下;倘或被官司拿住了,也是自做的罪。"阮小二道:"如今该管官司没甚分晓(不分是非),一片糊涂,千万犯了迷天大罪的,倒都没事!我弟兄们不能快活,若是但有肯带挈(带领,提携。挈,qiè)我们的,也去了罢。"阮小五道:"我也常常这般思量,我弟兄三个的本事,又不是不如别人!谁是识我们的?"吴用道:"假如便有识你们的,你们便如何肯去!"阮小七道:"若是有识我们的,水里水里去,火里火里去。若能够受用得一日,便死了开眉展眼。"吴用暗暗喜道:"这三个都有意了,我且慢慢地诱他。"吴用又劝他三个吃了两巡(两遍)酒,正是:

> 只为奸邪屈有才,天教恶曜①下凡来。
>
> 试看阮氏三兄弟,劫取生辰不义财。

吴用又说道:"你们三个敢上梁山泊捉这伙贼么?"阮小七道:"便捉的他们,那里去请赏?也吃江湖上好汉们笑话!"吴用道:"小生短见,假如你们怨恨打鱼不得,也去那里撞筹(凑数入伙)却不是好?"阮小二道:"先生,你不知,我弟兄们几遍商量要去入伙,听得那白衣秀士王伦的手下人都说道他心地窄狭,安不得人。前番那个东京林冲上山,怄尽他的气。王伦那厮,不肯胡乱着人(收留人)。因此我弟兄们看了这般样,一齐都心懒了。"阮小七道:"他们若似老兄这等慷慨,爱我弟兄们便好!"阮小五道:"那王伦若得似教授这般情分时,我们也去了多时,不到今日!我弟兄三个,便替他死也甘心!"吴用道:"量小生何足道哉!如今山东、河北多少英雄豪杰的好汉!"阮小二道:"好汉们尽有,我弟兄自不曾遇着。"

吴用道:"只此间郓城县东溪村晁保正,你们曾认得他么?"阮小五道:"莫不是叫做托塔天王的晁盖么?"吴用道:"正是此人。"阮小七道:"虽然与我们只隔得百十里路程,缘分浅薄,闻名不曾相会。"吴用道:"这等一个仗义疏财的好男子,如何不与他相见!"阮小二道:"我弟兄们无事也不曾到那里,因此不能够与他相见。"吴用道:"小生这几年也只在晁保正庄上左近(邻近,附近)教些村学;如今打听得他有一套富贵待取,特地来和你们商议,我等就那半路里拦住取了,如何?"阮小五道:"这个却使不得。他既是仗义疏财的好男子,我们却去坏他的道路(行业,职业),须吃江湖上好汉们知时笑话。"吴用道:"我只道你们弟兄心志不坚,原来真个惜客好义。我对你们

---

① 曜(yào):星座。

实说,果有协助之心,我教你们知此一事。我如今现在晁保正庄上住。保正闻知你三个大名,特地教我来请你们说话。"阮小二道:"我弟兄三个,真真实实地并没半点儿假! 晁保正敢有件奢遮(了不起,出色)的私商买卖,有心要带挈我们,一定是烦老兄来。若还端的有这事,我三个若舍不得性命相帮他时,残酒为誓,教我们都遭横事,恶病临身,死于非命! "阮小五和阮小七把手拍着脖项道:"这腔热血,只要卖与识货的! "

吴用道:"你们三位弟兄在这里,不是我坏心术来诱你们,这件事非同小可的勾当! 目今朝内蔡太师是六月十五日生辰,他的女婿是北京大名府梁中书,即目起解十万贯金珠宝贝与他丈人庆生辰。今有一个好汉姓刘,名唐,特来报知。如今欲要请你们去商议,聚几个好汉,向山凹僻静去处,取此一套富贵不义之财,大家图个一世快活。因此特教小生只做买鱼来请你们三个计较,成此一事。不知你们心意如何? "阮小五听了道:"罢! 罢! "叫道:"七哥,我和你说甚么来! "阮小七跳起来道:"一世的指望,今日还了愿心! 正是搔着我痒处! 我们几时去? "吴用道:"请三位即便去来,明日起个五更,一齐都到晁天王庄上去。"阮家三弟兄大喜。有诗为证:

> 学究知书岂爱财,阮郎渔乐亦悠哉!
>
> 只因不义金珠去,致使群雄聚义来。

当夜过了一宿,次早起来,吃了早饭,阮家三弟兄分付了家中,跟着吴学究,四个人离了石碣村,拽开脚步,取路投东溪村来。行了一日,早望见晁家庄,只见远远地绿槐树下晁盖和刘唐在那里等,望见吴用引着阮家三兄弟直到槐树前,两下都厮见了。晁盖大喜道:"阮氏三雄名不虚传,且请到庄里说话。"

六人俱从庄外入来,到得后堂,分宾主坐定。吴用把前话说了,晁盖大喜,便叫庄客宰杀猪羊,安排烧纸。阮家三弟兄见晁盖人物轩昂,语言洒落,三个说道:"我们最爱结识好汉,原来只在此间。今日不得吴教授相引,如何得会? "三个弟兄好生欢喜。当晚且吃了些饭,说了半夜话。

　　次日天晓,去后堂前面列了金钱、纸马、香花、灯烛,摆了夜来煮的猪羊、烧纸。众人见晁盖如此志诚,尽皆欢喜,个个说誓道:"梁中书在北京害民,诈得钱物,却把去东京与蔡太师庆生辰,此一等正是不义之财。我等六人中但有私意者,天地诛灭,神明鉴察<sub>(鉴别,察看)</sub>。"六人都说誓了,烧化纸钱。

　　六筹好汉,正在后堂散福<sub>(把祭祀食品分给大家吃)</sub>饮酒,只见一个庄客报说:"门前有个先生<sub>(道人)</sub>要见保正化斋粮。"晁盖道:"你好不晓事! 见我管待客人在此吃酒,你便与他三五升米便了,何须直来问我! "庄客道:"小人化米与他,他又不要,只要面见保正。"晁盖道:"一定是嫌少! 你便再与他三二斗米去。你说与他,保正今日在庄上请人吃酒,没工夫相见。"庄客去了多时,只见又来说道:"那先生,与了他三斗米,又不肯去;自称是一清道人,不为钱米而来,只要求见保正一面。"晁盖道:"你这厮不会答应,便说今日委实没工夫,教他改日却来相见拜茶。"庄客道:"小人也是这般说,那个先生说道: '我不为钱米斋粮,闻知保正是个义士,特求一见。'"晁盖道:"你也这般缠,全不替我分忧! 他若再嫌少时,可与他三四斗去,何必又来说! 我若不和客人们饮时,便去厮见一面,打甚么紧! 你去发付他罢,再休要来说! "

　　庄客去了没半个时,只听得庄门外热闹。又见一个庄客飞也似来报道:"那先生发怒,把十来个庄客都打倒了。"晁盖听得,吃了一惊,慌忙起身道:"众位弟兄少坐,晁盖自去看一看。"便从后堂出来,到庄门前看时,只见那个先生身长八尺,道貌堂堂,生得古怪,正在庄门外绿槐树下打那众庄客。晁盖看那先生,但见:

　　头绾两枚髻松<sub>(头发松散。髻,péng)</sub>双丫髻<sub>(丫形发髻。髻,jì)</sub>,身穿一领巴山短褐袍,腰系杂色彩丝绦,背上松纹古铜剑。白肉脚衬着多耳麻鞋,绵囊手拿着鳖<sub>(biē)</sub>壳扇子。八字眉,一双杏子眼;四方口,一部落腮胡。

那先生一头打，一头口里说道："不识好人。"晁盖见了，叫道："先生息怒，你来寻晁保正，无非是投斋化缘，他已与了你米，何故嗔怪如此？"那先生哈哈大笑道："贫道不为酒食钱米而来，我觑得十万贯如同等闲。特地来寻保正，有句话说。叵耐村夫无理，毁骂贫道，因此性发。"晁盖道："你可曾认得晁保正么？"那先生道："只闻其名，不曾会面。"晁盖道："小子便是。先生有甚话说？"那先生看了道："保正休怪，贫道稽首(道人举一手向人行礼。稽，qǐ)。"晁盖道："先生少请，到庄里拜茶如何？"那先生道："多感(多谢)。"

两人入庄里来，吴用见那先生入来，自和刘唐、三阮一处躲过。且说晁盖请那先生到后堂吃茶已罢，那先生道："这里不是说话处。别有甚么去处可坐？"晁盖见说，便邀那先生又到一处小小阁儿内，分宾坐定。晁盖道："不敢拜问先生高姓？贵乡何处？"那先生答道："贫道复姓公孙，单讳一个胜字，道号一清先生。小道是蓟(jì)州人氏，自幼乡中好习枪棒，学成武艺多般，人但呼为公孙胜大郎。为因学得一家道术，亦能呼风唤雨，驾雾腾云，江湖上都称贫道做入云龙。贫道久闻郓城县东溪村晁保正大名，无缘不曾拜识。今有十万贯金珠宝贝，专送与保正，作进见之礼。未知义士肯纳受否？"晁盖大笑道："先生所言，莫非北地生辰纲么？"那先生大惊道："保正何以知之？"晁盖道："小子胡猜，未知合先生意否？"公孙胜道："此一套富贵，不可错过。古人有云：'当取不取，过后莫悔。'晁保正心下如何？"

正说之间，只见一个人从阁子外抢将入来，劈胸揪住公孙胜说道："好呀！明有王法，暗有神灵，你如何商量这等的勾当！我听得多时也！"吓得这公孙胜面如土色。

正是机谋未就，争奈窗外人听；计策才施，又早萧墙祸起(内部发生祸乱)。毕竟抢来揪住公孙胜的却是何人，且听下回分解。

# 第 十 六 回

## 杨志押送金银担　吴用智取生辰纲

　　话说当时公孙胜正在阁儿里对晁盖说这北京生辰纲是不义之财,取之何碍。只见一个人从外面抢将入来,揪住公孙胜道:"你好大胆! 却才商议的事,我都知了也。"那人却是智多星吴学究。晁盖笑道:"教授休慌,且请相见。"两个叙礼罢。吴用道:"江湖上久闻人说入云龙公孙胜一清大名,不期今日此处得会! "晁盖道:"这位秀才先生,便是智多星吴学究。"公孙胜道:"吾闻江湖上多人曾说加亮先生大名,岂知缘法(缘分)却在保正庄上得会。只是保正疏财仗义,以此天下豪杰,都投门下。"晁盖道:"再有几个相识在里面,一发请进后堂深处相见。"

　　三个人入到里面,就与刘唐、三阮都相见了。正是:

　　　　金帛多藏祸有基,英雄聚会本无期。

　　　　一时豪侠欺黄屋[1],七宿光芒动紫薇[2]。

　　众人道:"今日此一会,应非偶然,须请保正哥哥正面而坐。"晁盖道:"量小子是个穷主人,怎敢占上! "吴用道:"保正哥哥年长,依着小生,且请坐了。"晁盖只得坐了第一位,吴用坐了第二位,公孙胜坐了第三位,刘唐坐了第四位,阮小二坐了第五位,阮小五坐第六位,阮小七坐第七位。却才聚义饮酒,重整杯盘,再备酒肴(酒菜),众人饮酌。吴用道:"保正梦见北斗七星坠在屋脊上,今日我等七人聚

---

　　①黄屋:帝王的代称。　②紫薇:即紫微垣。星官名,三垣之一。

义举事,岂不应天垂象(应天,顺应天命,垂象,显示征兆。古人迷信,把某些自然现象附会人事,认为是预示人间祸福吉凶的迹象)!此一套富贵,唾手而取(轻易可得。唾,tuò)。前日所说央刘兄去探听路程从那里来,今日天晚,来早便请登程。"公孙胜道:"这一事不须去了。贫道已打听,知他来的路数了,只是黄泥冈大路上来。"晁盖道:"黄泥冈东十里路,地名安乐村,有一个闲汉,叫做白日鼠白胜,也曾来投奔我,我曾赍助他盘缠。"吴用道:"北斗上白光,莫不是应在这人?自有用他处。"刘唐道:"此处黄泥冈较远,何处可以容身?"吴用道:"只这个白胜家便是我们安身处,亦还要用了白胜。"晁盖道:"吴先生,我等还是软取(不用蛮力来获取),却是硬取(用强硬的手段获取)?"吴用笑道:"我已安排定了圈套,只看他来的光景(情况,景况),力则力取,智则智取。我有一条计策,不知中你们意否?如此,如此。"晁盖听了大喜,撅着脚(顿脚,跺脚)道:"好妙计!不枉了称你做智多星!果然赛过诸葛亮!好计策!"吴用道:"休得再提,常言道:'隔墙须有耳,窗外岂无人(意谓防人偷听)。'只可你知我知。"晁盖便道:"阮家三兄且请回归,至期来小庄聚会。吴先生依旧自去教学。公孙先生并刘唐,只在敝庄权住。"当日饮酒至晚,各自去客房里歇息。

次日五更起来,安排早饭吃了,晁盖取出三十两花银,送与阮家三兄弟道:"权表薄意,切勿推却。"三阮那里肯受。吴用道:"朋友之意,不可相阻。"三阮方才受了银两。一齐送出庄外来,吴用附耳低言道:"这般这般,至期不可有误。"三阮相别了,自回石碣村去。晁盖留住公孙胜、刘唐在庄上。吴学究常来议事。正是:

> 取非其有官皆盗,损彼盈余盗是公。
>
> 计就只须安稳待,笑他宝担去匆匆。

话休絮繁,却说北京大名府梁中书收买了十万贯庆贺生辰礼物完备,选日差人起程。当下一日在后堂坐下,只见蔡夫人问道:"相公,生辰纲几时起程?"梁中书道:"礼物都已完备,明后日便用起身。只是一件事,在此踌躇(chóuchú,犹豫)未决。"蔡夫人道:"有甚事踌踏未决？"梁中书道："上年费了十万贯收买金珠宝贝，送上东京去，只因用人不着(不当)，半路被贼人劫将去了，至今无获。今年帐前眼见得又没个了事(能办成事)的人送去，在此踌躇未决。"蔡夫人指着阶下道："你常说这个人十分了得，何不着他，委纸领状，送去走一遭，不致失误。"

梁中书看阶下那人时，却是青面兽杨志。梁中书大喜，随即唤杨志上厅说道："我正忘了你。你若与我送得生辰纲去，我自有抬举你处。"杨志叉手向前禀道："恩相差遣，不敢不依！只不知怎地打点(准备，打算，考虑)？几时起身？"梁中书道："着落(安排，安置)大名府差十辆太平车子(古代一种载重的大车。车两侧有挡板，前有多头牲畜牵引)，帐前拨十个厢禁军(为完成某种任务，朝廷临时征用两种军队混编而成的军队)监押着车，每辆上各插一把黄旗，上写着'献贺太师生辰纲'。每辆车子再使个军健跟着，三日内便要起身去。"杨志道："非是小人推托，其实去不得。乞钧旨别差英雄(英勇)精细的人去。"梁中书道："我有心要抬举你，这献生辰纲的札子(官方公文中的上呈文书)内，另修一封书在中间，太师跟前重重保你受道敕命回来，如何倒生支调(支吾搪塞)，推辞不去？"杨志道："恩相在上，小人也曾听得上年已被贼人劫去了，至今未获。今岁途中盗贼又多，此去东京，又无水路，都是旱路。经过的是紫金山、二龙山、桃花山、伞盖山、黄泥冈、白沙坞、野云渡、赤松林，这几处都是强人出没的去处。更兼单身客人亦不敢独自经过，他知道是金银宝物，如何不来抢劫？枉结果了性命，以此去不得。"梁中书道："恁地时，多着军校防护送去便了。"杨志道："恩相便差五百人去，也不济事。这厮们一声听得强人来时，都是先走了的。"梁中书道："你这般地说时，生辰纲不要送去了？"杨志又禀道："若依小人一件事，便敢送去。"梁中书道："我既委在你身上，如何不依你说。"杨志道："若依小人说时，并不要车子，把礼物都装做十余条担子，只做客人的打扮行货(贩运货物)。也点十个壮健的厢禁军，却装做脚夫挑着。只消一个人和小人去，却打扮做客人，悄悄连夜上东京交付，恁地时方好。"

梁中书道:"你甚说的是。我写书呈重重保你受道诰命(皇帝赐爵或授官的诏令)回来。"杨志道:"深谢恩相抬举。"当日便叫杨志一面打拴担脚,一面选拣军人。

次日,叫杨志来厅前伺候,梁中书出厅来问道:"杨志,你几时起身?"杨志禀道:"告复恩相,只在明早准行,就委领状。"梁中书道:"夫人也有一担礼物,另送与府中宝眷,也要你领。怕你不知头路,特地再教奶公(对奶妈丈夫的称呼)谢都管,并两个虞候,和你一同去。"杨志告道:"恩相,杨志去不得了。"梁中书说道:"礼物都已拴缚完备,如何又去不得?"杨志禀道:"此十担礼物都在小人身上,和他众人,都由杨志,要早行便早行,要晚行便晚行,要住便住,要歇便歇,亦依杨志提调(调度)。如今又叫老都管并虞候和小人去,他是夫人行的人,又是太师府门下奶公,倘或路上与小人别拗(别扭,违拗)起来,杨志如何敢和他争执得?若误了大事时,杨志那其间如何分说?"梁中书道:"这个也容易,我叫他三个都听你提调便了。"杨志答道:"若是如此禀过,小人情愿便委领状。倘有疏失,甘当重罪。"梁中书大喜道:"我也不枉了抬举你,真个有见识!"随即唤老谢都管并两个虞候出来,当厅分付道:"杨志提辖情愿委了一纸领状,监押生辰纲,十一担金珠宝贝,赴京太师府交割,这干系都在他身上。你三人和他做伴去,一路上早起、晚行、住歇,都要听他言语,不可和他别拗。夫人处分付的勾当,你三人自理会,小心在意,早去早回,休教有失。"老都管一一都应了。

当日杨志领了,次日早起五更,在府里把担仗(行李、货物等)都摆在厅前。老都管和两个虞候又将一小担财帛共十一担,拣了十一个壮健的厢禁军,都做脚夫打扮。杨志戴上凉笠儿,穿着青纱衫子,系了缠带行履麻鞋,跨口腰刀,提条朴刀。老都管也打扮做个客人模样,两个虞候假装做跟的伴当。各人都拿了条朴刀,又带几根藤条。梁中书付与了札付(上行下的文书)书呈,一行人都吃得饱了,在厅上拜辞了梁中书。看那军人担仗起程。杨志和谢都管、两个虞候监押着,一行共是十五人,离了梁府,出得北京城门,取大路投东京进发。此时正是五月半天气,虽是晴明得好,只是酷热难行。昔日吴七郡王(吴琚,南宋书法家)有八句诗道:

> 玉屏四下朱阑绕,簇簇游鱼戏萍藻。
>
> 簟①铺八尺白虾须,头枕一枚红玛瑙②。
>
> 六龙惧热不敢行,海水煎沸蓬莱岛③。
>
> 公子犹嫌扇力微,行人正在红尘道。

这八句诗单题着炎天暑月,那公子王孙在凉亭上水阁中浸着浮瓜沉李,调冰雪藕避暑,尚兀自嫌热,怎知客人为些微名薄利,又无枷锁拘缚,三伏内,只得在那途路中行。今日杨志这一行人要取六月十五日生辰,只得在路途上行。自离了这北京五七日,端的只是起五更,趁早凉便行,日中热时便歇。

五七日后,人家渐少,行路又稀,一站站都是山路。杨志却要辰牌(辰刻。上午七时至九时)起身,申时(指下午三时至五时)便歇。那十一个厢禁军,担子又重,无有一个稍轻,天气热了行不得,见着林子,便要去歇息。杨志赶着催促要行,如若停住,轻则痛骂,重则藤条便打,逼赶要行。两个虞候虽只背些包裹行李,也气喘了行不上。杨志也嗔道:"你两个好不晓事!这干系须是俺的,你们不替洒家打这夫子,却在背后也慢慢地挨。这路上不是要处!"那虞候道:"不是我两个要慢走,其实热了行不动,因此落后。前日只是趁早凉走,如今怎地正热里要行,正是好歹不均匀。"杨志道:"你这般说话,却似放屁!前日行的须是好地面,如今正是尴尬去处(危险地方),若不日里赶过去,谁敢五更半夜走?"两个虞候口里不道,肚中寻思:"这厮不直得便骂人。"

杨志提了朴刀,拿着藤条,自去赶那担子。两个虞候坐在柳阴树下,等得老都管来,两个虞候告诉道:"杨家那厮,强杀(充其量)只是

---

① 簟(diàn):供坐卧铺垫用的苇席或竹席。　②玛瑙(mǎnǎo):宝石。　③蓬莱岛:传说中的仙岛。

我相公门下一个提辖,直这般会做大(自大、摆架子)!"老都管道:"须是相公当面分付,道休要和他别拗,因此我不做声,这两日也看他不得,权且耐他。"两个虞候道:"相公也只是人情话儿,都管自做个主便了。"老都管又道:"且耐他一耐。"

当日行到申牌时分,寻得一个客店里歇了。那十一个厢禁军雨汗通流,都叹气吹嘘,对老都管说道:"我们不幸做了军健,情知道被差出来。这般火似热的天气,又挑着重担,这两日又不拣早凉行,动不动老大藤条打来,都是一般父母皮肉,我们直恁地苦!"老都管道:"你们不要怨怅,巴到(挨到)东京时,我自赏你。"众军汉道:"若是似都管看待我们时,并不敢怨怅。"又过了一夜。

次日天色未明,众人起来,都要趁凉起身去。杨志跳起来喝道:"那里去!且睡了,却理会。"众军汉道:"趁早不走,日里热时走不得,却打我们。"杨志大骂道:"你们省得甚么?"拿了藤条要打,众军忍气吞声,只得睡了。当日直到辰牌时分,慢慢地打火,吃了饭走,一路上赶打着,不许投凉处歇。那十一个厢禁军口里喃喃讷讷(嘟嘟囔囔)地怨怅,两个虞候在老都管面前絮絮聒聒(絮絮叨叨)地搬口(搬弄是非)。老都管听了,也不着意(在意),心内自恼他。

话休絮繁,似此行了十四五日,那十四个人没一个不怨怅杨志。当日客店里辰牌时分慢慢地打火,吃了早饭行。正是六月初四日时节,天气未及晌午,一轮红日当天,没半点云彩,其日十分大热。古人有八句诗道:

> 祝融①南来鞭火龙,火旗焰焰烧天红。
> 日轮当午凝不去,万国如在红炉中。
> 五岳翠干云彩灭,阳侯②海底愁波竭。
> 何当一夕金风③起,为我扫除天下热。

当日行的路,都是山僻崎岖小径,南山北岭,却监着那十一个军

---

①祝融:火神。　②阳侯:波涛之神。　③金风:秋风。

汉,约行了二十余里路程。那军人们思量要去柳阴树下歇凉,被杨志拿着藤条打将来,喝道:"快走! 教你早歇!"众军人看那天时,四下里无半点云彩,其时那热不可当。但见:

> 热气蒸人,嚣尘(喧闹扬尘。嚣,xiāo)扑面。万里乾坤如甑(zèng,蒸食炊具。类似蒸锅),一轮火伞当天。四野无云,风寂寂树焚溪坼(chè,裂开);千山灼焰,哔(bì,同"哔")剥剥石裂灰飞。空中鸟雀命将休,倒撷入树林深处;水底鱼龙鳞角脱,直钻入泥土窖中。直教石虎喘无休,便是铁人须汗落。

当时杨志催促一行人在山中僻路里行,看看日色当午,那石头上热了,脚疼走不得。众军汉道:"这般天气热,兀的不晒杀人!"杨志喝着军汉道:"快走,赶过前面冈子去,却再理会。"正行之间,前面迎着那土冈子。众人看这冈子时,但见:

> 顶上万株绿树,根头一派黄沙。嵯峨浑似老龙形,险峻但闻风雨响。山边茅草,乱丝丝攒遍地刀枪;满地石头,磣可可(凄惨可怕的样子。磣,chěn)睡两行虎豹。休道西川蜀道险,须知此是太行山。

当时一行十五人奔上冈子来,歇下担仗,那十四人都去松阴树下睡倒了。杨志说道:"苦也! 这里是甚么去处,你们却在这里歇凉? 起来快走!"众军汉道:"你便剁做我七八段,其实去不得了!"杨志拿起藤条,劈头劈脑打去,打得这个起来,那个睡倒,杨志无可奈何。

只见两个虞候和老都管气喘急急,也巴到冈子上松树下坐了喘气。看这杨志打那军健,老都管见了说道:"提辖,端的(确实)热了走不得,休见他罪过。"杨志道:"都管,你不知这里正是强人出没的去处,地名叫做黄泥冈。闲常(往常)太平时节,白日里兀自出来劫人,休道是这般光景,谁敢在这里停脚!"两个虞候听杨志说了,便道:"我见你说好几遍了,只管把这话来惊吓人!"老都管道:"权且教他们众人歇一歇,略过日中行如何?"杨志道:"你也没分晓了! 如何使得？这里下冈子去，兀自有七八里没人家，甚么去处，敢在此歇凉！"老都管道："我自坐一坐了走，你自去赶他众人先走。"

杨志拿着藤条喝道："一个不走的，吃俺二十棍。"众军汉一齐叫将起来，数内(其中，里头)一个分说道："提辖，我们挑着百十斤担子，须不比你空手走的，你端的不把人当人！便是留守相公自来监押时，也容我们说一句。你好不知疼痒，只顾逞辩！"杨志骂道："这畜生不恁死俺！只是打便了。"拿起藤条，劈脸便打去。老都管喝道："杨提辖，且住！你听我说，我在东京太师府里做奶公时，门下官军见了无千无万，都向着我喏喏连声。不是我口浅(说话刻薄)，量你是个遭死的军人，相公可怜抬举你做个提辖，比得芥菜子(芥菜的种子，此处意指微小)大小的官职，直得恁地逞能！休说我是相公家都管，便是村庄一个老的，也合依我劝一劝。只顾把他们打，是何看待？"杨志道："都管，你须是城市里人，生长在相府里，那里知道途路上千难万难。"老都管道："四川、两广也曾去来，不曾见你这般卖弄。"杨志道："如今须不比太平时节。"都管道："你说这话，该剜口割舌(剜割嘴巴、舌头。指说了不该说的话)，今日天下恁地不太平？"

杨志却待再要回言，只见对面松林里影着一个人，在那里舒头探脑价望，杨志道："俺说甚么？兀的不是歹人来了！"撇下藤条，拿了朴刀，赶入松林里来喝一声道："你这厮好大胆，怎敢看俺的行货！"正是：

> 说鬼便招鬼，说贼便招贼。
> 却是一家人，对面不能识。

杨志赶来看时，只见松林里一字儿摆着七辆江州车儿(手推式独轮车)，七个人脱得赤条条的在那里乘凉。一个鬓边老大一搭朱砂记，拿着一条朴刀，望杨志跟前来。七个人齐叫一声："呵也！"都跳起来。杨志喝道："你等是甚么人？"那七人道："你是甚么？"杨志又问道："你等莫不是歹人？"那七人道："你颠倒问，我等是小本经纪，那里有钱与你？"杨志道："你等小本经纪人，偏俺有大本钱！"那七人问道:"你端的是甚么人?"杨志道:"你等且说那里来的人?"那七人道:"我等弟兄七人是濠州(古地名,治所在今安徽省凤阳县)人,贩枣子上东京去,路途打从这里经过。听得多人说这里黄泥冈上时常有贼打劫客商。我等一面走,一头自说道:'我七个只有些枣子,别无甚财赋。'只顾过冈子来。上得冈子,当不过这热,权且在这林子里歇一歇,待晚凉了行。只听得有人上冈子来,我们只怕是歹人,因此使这个兄弟出来看一看。"杨志道:"原来如此,也是一般的客人。却才见你们窥望,惟恐是歹人,因此赶来看一看。"那七个人道:"客官请几个枣子了去。"杨志道:"不必。"提了朴刀,再回担边来。

老都管道:"既是有贼,我们去休。"杨志说道:"俺只道是歹人,原来是几个贩枣子的客人。"老都管道:"似你方才说时,他们都是没命的(不要命的)!"杨志道:"不必相闹,只要没事便好。你们且歇了,等凉些走。"众军汉都笑了。杨志也把朴刀插在地上,自去一边树下坐了歇凉。

没半碗饭时,只见远远地一个汉子挑着一副担桶,唱上冈子来,唱道:

　　赤日炎炎似火烧,野田禾稻半枯焦。

　　农夫心内如汤煮[1],公子王孙把扇摇。

那汉子口里唱着,走上冈子来,松林里头歇下担桶,坐地乘凉。众军看见了,便问那汉子道:"你桶里是甚么东西?"那汉子应道:"是白酒。"众军道:"挑往那里去?"那汉子道:"挑出村里卖。"众军道:"多少钱一桶?"那汉子道:"五贯足钱(足陌钱。亦泛指足额的钱数)。"众军商量道:"我们又热又渴,何不买些吃,也解暑气。"

正在那里凑钱,杨志见了,喝道:"你们又做甚么?"众军道:"买碗酒吃。"杨志调过朴刀杆便打,骂道:"你们不得洒家言语(吩咐;命令),胡乱便要买酒吃,好大胆!"众军道:"没事又来鸟乱!我们自凑

---

　　① 汤煮:意谓内心如滚沸汤水一样不能平静。

钱买酒吃,干你甚事? 也来打人!"杨志道:"你这村鸟（旧小说中用以骂人的话。鸟,用同"屌"）,理会的甚么! 到来只顾吃嘴! 全不晓得路途上的勾当艰难,多少好汉,被蒙汗药麻翻了!"那挑酒的汉子看着杨志冷笑道:"你这客官好不晓事! 早是（幸好）我不卖与你吃,却说出这般没气力的话来! "

正在松树边闹动争说（喧闹争执）,只见对面松林里那伙贩枣子的客人都提着朴刀,走出来问道:"你们做甚么闹?"那挑酒的汉子道:"我自挑这酒过冈子村里卖,热了,在此歇凉,他众人要问我买些吃,我又不曾卖与他。这个客官道我酒里有甚么蒙汗药,你道好笑么? 说出这般话来! "

那七个客人说道:"我只道有歹人出来,原来是如此,说一声也不打紧。我们正想酒来解渴,既是他们疑心,且卖一桶与我们吃。"那挑酒的道:"不卖! 不卖!"这七个客人道:"你这鸟汉子也不晓事,我们须不曾说你。你左右将到村里去卖,一般还你钱,便卖些与我们,打甚么不紧（有什么要紧）? 看你不道得（难道不）舍施了茶汤,便又救了我们热渴。"那挑酒的汉子便道:"卖一桶与你不争（没什么）,只是被他们说的不好,又没碗瓢舀吃。"那七人道:"你这汉子忒认真! 便说了一声,打甚么不紧? 我们自有椰瓢在这里。"只见两个客人去车子前取出两个椰瓢（椰壳制成的瓢）来,一个捧出一大捧枣子来。七个人立在桶边,开了桶盖,轮替换着舀那酒吃,把枣子过口（犹下酒,下饭）。无一时,一桶酒都吃尽了。

七个客人道:"正不曾问得你多少价钱?"那汉道:"我一了（一向,从来）不说价,五贯足钱一桶,十贯一担。"七个客人道:"五贯便依你五贯,只饶我们一瓢吃。"那汉道:"饶不的,做定的价钱。"一个客人把钱还他,一个客人便去揭开桶盖,兜了一瓢,拿上便吃。那汉去夺时,这客人手拿半瓢酒,望松林里便走,那汉赶将去。只见这边一个客人从松林里走将出来,手里拿一个瓢,便来桶里舀了一瓢酒。那汉看见,抢来劈手夺住,望桶里一倾,便盖了桶盖,将瓢望地下一丢,口里说道:"你这客人好不君子相! 戴头识脸(谓有面子,有身份)的,也这般罗唣(啰唆)!"

那对过众军汉见了,心内痒起来,都待要吃,数中一个看着老都管道:"老爷爷与我们说一声,那卖枣子的客人买他一桶吃了,我们胡乱也买他这桶吃,润一润喉也好。其实热渴了,没奈何。这里冈子上又没讨水吃处,老爷方便。"老都管见众军所说,自心里也要吃得些,竟来对杨志说:"那贩枣子客人已买了他一桶酒吃,只有这一桶,胡乱教他们买吃些避暑气。冈子上端的没处讨水吃。"杨志寻思道:"俺在远远处望这厮们都买他的酒吃了,那桶里当面也见吃了半瓢,想是好的。打了他们半日,胡乱容他买碗吃罢。"杨志道:"既然老都管说了,教这厮们买吃了,便起身。"

众军健听了这话,凑了五贯足钱,来买酒吃。那卖酒的汉子道:"不卖了! 不卖了! 这酒里有蒙汗药在里头!"众军陪着笑说道:"大哥直得便还言语!"那汉道:"不卖了! 休缠!"这贩枣子的客人劝道:"你这个鸟汉子,他也说得差了,你也忒认真! 连累我们也吃你说了几声。须不关他众人之事,胡乱卖与他众人吃些。"那汉道:"没事讨别人疑心做甚么?"这贩枣子客人把那卖酒的汉子推开一边,只顾将这桶酒提与众军去吃。那军汉开了桶盖,无甚舀吃,陪个小心,问客人借这椰瓢用一用。众客人道:"就送这几个枣子与你们过酒。"众军谢道:"甚么道理。"客人道:"休要相谢,都是一般客人,何争在这百十个枣子上。"众军谢了,先兜两瓢,叫老都管吃一瓢,杨提辖吃一瓢,杨志那里肯吃。老都管自先吃了一瓢,两个虞候各吃一瓢。众军汉一发上,那桶酒登时吃尽了。

杨志见众人吃了无事,自本不吃,一者天气甚热,二乃口渴难熬,拿起来只吃了一半,枣子分几个吃了。那卖酒的汉子说道:"这桶酒被那客人饶一瓢吃了,少了你些酒,我今饶了你众人半贯钱罢。"众军汉凑出钱来还他。那汉子收了钱,挑了空桶,依然唱着山歌,自下冈子去了。

那七个贩枣子的客人,立在松树旁边,指着这一十五人说道:"倒也!倒也!"只见这十五个人头重脚轻,一个个面面厮觑(面面相觑。相视无言。形容因紧张或惊惧而束手无策之状),都软倒了。那七个客人从松树林里推出这七辆江州车儿,把车子上枣子丢在地上,将这十一担金珠宝贝都装在车子内,遮盖好了,叫声:"聒噪(江湖上打招呼用的习惯语。即打扰了,对不起)!"一直望黄泥冈下推了去。正是:

诛求膏血庆生辰,不顾民生与死邻。

始信从来招劫盗,亏心必定有缘因。

杨志口里只是叫苦,软了身体,挣扎不起;十五人眼睁睁地看着那七个人都把这金宝装了去,只是起不来,挣不动,说不的。

我且问你,这七人端的是谁?不是别人,原来正是晁盖、吴用、公孙胜、刘唐、三阮这七个。却才那个挑酒的汉子,便是白日鼠白胜。却怎地用药?原来挑上冈子时,两桶都是好酒。七个人先吃了一桶,刘唐揭起桶盖,又兜了半瓢吃,故意要他们看着,只是叫人死心搭地。次后吴用去松林里取出药来,抖在瓢里,只做走来饶他酒吃,把瓢去兜时,药已搅在酒里,假意兜半瓢吃,那白胜劈手夺来,倾在桶里,这个便是计策。那计较都是吴用主张,这个唤做智取生辰纲。

原来杨志吃的酒少,便醒得快,爬将起来,兀自捉脚不住(站立不稳)。看那十四个人时,口角流涎,都动不得,正应俗语道:"饶你奸似鬼,吃了洗脚水。"

杨志愤闷道:"不争你把了生辰纲去,教俺如何回去见得梁中书?这纸领状须缴不得,就扯破了。如今闪得俺有家难奔,有国难投,待走那里去?不如就这冈子上寻个死处。"撩衣破步(撩起衣服,迈开大步),望着黄泥冈下便跳。正是断送落花三月雨,摧残杨柳九秋霜。毕竟杨志在黄泥冈上寻死,性命如何,且听下回分解。

# 第 十 七 回

## 花和尚单打二龙山  青面兽双夺宝珠寺

话说杨志当时在黄泥冈上被取了生辰纲去,如何回转去见得梁中书,欲要就冈子上自寻死路。却待望黄泥冈下跃身一跳,猛可醒悟,曳住了脚,寻思道:"爹娘生下洒家,堂堂一表,凛凛一躯,自小学成十八般武艺在身,终不成只这般休了。比及(与其)今日寻个死处,不如日后等他拿得着时,却再理会。"回身再看那十四个人时,只是眼睁睁地看着杨志,没个挣扎得起。杨志指着骂道:"都是你这厮们不听我言语,因此做将出来,连累了洒家。"树根头拿了朴刀,挂了腰刀,周围看时,别无物件,杨志叹了口气,一直下冈子去了。

那十四个人直到二更,方才得醒,一个个爬将起来,口里只叫得连珠箭的苦。老都管道:"你们众人不听杨提辖的好言语,今日送了我也!"众人道:"老爷,今日事已做出来了,且通个商量。"老都管道:"你们有甚见识?"众人道:"是我们不是了。古人有言:'火烧到身,各自去扫;蜂虿入怀,随即解衣(祸事来临,要赶紧摆脱。虿,chài)。'若还杨提辖在这里,我们都说不过。如今他自去的不知去向,我们回去见梁中书相公,何不都推在他身上。只说道:'他一路上,凌辱打骂众人,逼迫得我们都动不得。他和强人做一路,把蒙汗药将俺们麻翻了,缚了手脚,将金宝都掳去了。'"老都管道:"这话也说的是。我们等天明,先去本处官司首告。留下两个虞候,随衙听候,捉拿贼人。我等众人,连夜赶回北京,报与本官知道,教动文书,申复太师得知,着落济州府,追获这伙强人便了。"次日天晓,老都管自和一行人来济州府该管官吏首告,不在话下。

且说杨志提着朴刀,闷闷不已,离黄泥冈,望南行了半日,看看又走了半夜,去林子里歇了,寻思道:"盘缠又没了,举眼无个相识,却是怎地好?"渐渐天色明亮,只得趁早凉了行。又走了二十余里,正是:

> 面皮青毒逞雄豪,白送金珠十一挑。
>
> 今日为何行急急,不知若个打藤条。

当时杨志走得辛苦,到一酒店门前。杨志道:"若不得些酒吃,怎地打熬(忍受)得过?"便入那酒店去,向这桑木桌凳座头上坐了,身边倚了朴刀。只见灶边一个妇人问道:"客官莫不要打火?"杨志道:"先取两角酒来吃,借些米来做饭,有肉安排些个,少停一发算钱还你。"只见那妇人先叫一个后生来面前筛酒,一面做饭,一边炒肉,都把来杨志吃了。杨志起身,绰了朴刀,便出店门。那妇人道:"你的酒肉饭钱都不曾有!"杨志道:"待俺回来还你,权赊咱一赊。"说了便走。

那筛酒的后生赶将出来,揪住杨志,被杨志一拳打翻了。那妇人叫起屈来。杨志只顾走,只听得背后一个人赶来,叫道:"你那厮走那里去!"杨志回头看时,那人大脱着膊,拖着杆棒,抢奔将来。杨志道:"这厮却不是晦气,倒来寻洒家!"立脚住了不走。看后面时,那筛酒后生也拿条桄叉,随后赶来,又引着三两个庄客,各拿杆棒,飞也似都奔将来。杨志道:"结果了这厮一个,那厮们都不敢追来。"便挺了手中朴刀来斗这汉。这汉也轮转手中杆棒,抢来相迎。两个斗了三二十合,这汉怎地敌的杨志,只办得架隔遮拦,上下躲闪。

那后来的后生并庄客,却待一发上,只见这汉托地跳出圈子外来叫道:"且都不要动手!兀那使朴刀的大汉,你可通个姓名。"那杨志拍着胸道:"洒家行不更名,坐不改姓,青面兽杨志的便是!"这汉道:"莫不是东京殿司杨制使么?"杨志道:"你怎地知道洒家是杨制使？"这汉撇了枪棒，便拜道："小人有眼不识泰山。"杨志便扶这人起来，问道："足下是谁？"这汉道："小人原是开封府人氏，乃是八十万禁军都教头林冲的徒弟，姓曹，名正，祖代屠户出身。小人杀的好牲口，挑觔(jīn，同"筋")剔骨，开剥推剥，只此被人唤做操刀鬼。为因本处一个财主，将五千贯钱，教小人来此山东做客，不想折了本，回乡不得，在此入赘(男子就婚于女家并成为其家庭成员)在这个庄农人家。却才灶边妇人，便是小人的浑家(妻子)。这个拿梢叉的，便是小人的妻舅。却才小人和制使交手，见制使手段和小人师父林教师一般，因此抵敌不住。"杨志道："原来你却是林教师的徒弟。你的师父，被高太尉陷害，落草去了。如今现在梁山泊。"曹正道："小人也听得人这般说将来，未知真实。且请制使到家少歇。"

杨志便同曹正再回到酒店里来。曹正请杨志里面坐下，叫老婆和妻舅都来拜了杨志，一面再置酒食相待。饮酒中间，曹正动问道："制使缘何到此？"杨志把做制使失陷花石纲，并如今又失陷了梁中书的生辰纲一事，从头备细告诉了。曹正道："既然如此，制使且在小人家里住几时，再有商议。"杨志道："如此却是深感你的厚意。只恐官司追捕将来，不敢久住。"曹正道："制使这般说时，要投那里去？"杨志道："洒家欲投梁山泊，去寻你师父林教头。俺先前在那里经过时，正撞着他下山来，与洒家交手。王伦见了俺两个本事一般，因此都留在山寨里相会，以此认得你师父林冲。王伦当初苦苦相留，俺却不曾落草，如今脸上又添了金印，却去投奔他时，好没志气。因此踌躇未决，进退两难。"

曹正道："制使见的是。小人也听的人传说：王伦那厮，心地偏窄，安不得人。说我师父林教头上山时，受尽他的气。不若小人此间离不远，却是青州地面，有座山，唤做二龙山。山上有座寺，唤做宝珠寺。那座山生来却好，裹着这座寺，只有一条路上的去。如今寺里住持还了俗，养了头发，余者和尚都随顺了。说道他聚集的四五百人，打家劫舍。为头那人，唤做金眼虎邓龙。制使若有心落草时,到去那里入伙,足可安身。"杨志道:"既有这个去处,何不去夺来安身立命?"

当下就曹正家里住了一宿,借了些盘缠,拿了朴刀,相别曹正,曳开脚步,投二龙山来。行了一日,看看渐晚,却早望见一座高山。杨志道:"俺去林子里且歇一夜,明日却上山去。"转入林子里来,吃了一惊。只见一个胖大和尚,脱的赤条条的,背上刺着花绣(以针在人体臂胸等部刺成各种花纹,然后以青墨涂之。又名札青、刺青),坐在松树根头乘凉。那和尚见了杨志,就树根头绰了禅杖,跳将起来,大喝道:"兀那撮鸟,你是那里来的?"正是:

> 平将珠宝担落空,却问宝珠寺讨帐。
>
> 要投入寺里强人,先引出寺外和尚。

杨志听了道:"原来也是关西和尚。俺和他是乡中(老乡),问他一声。"杨志叫道:"你是那里来的僧人?"那和尚也不回说,轮起手中禅杖,只顾打来。杨志道:"怎奈这秃厮无礼,且把他来出口气!"挺起手中朴刀,来奔那和尚。两个就林子里,一来一往,一上一下,两个放对(比武时摆开架势对打),但见:

> 两条龙竞宝,一对虎争餐。禅杖起如虎尾龙筋,朴刀飞似龙鬐(龙须。鬐,qí)虎爪。崒嵂嵂(zúlùlù,高峻的样子),忽喇喇,天崩地塌,阵云中黑气盘旋;恶狠狠,雄赳赳,雷吼风呼,杀气内金光闪烁。两条龙竞宝,吓得那身长力壮仗霜锋周处(曾斩杀猛虎、蛟蛟)眼无光;一对虎争飡(同"餐"),惊的这胆大心粗施雪刃卞庄(春秋时鲁国勇士)魂魄丧。两条龙竞宝,眼珠放彩,尾摆得水母殿台摇;一对虎争飡,野兽奔驰,声震的山神毛发竖。

当时杨志和那和尚斗到四五十合,不分胜败。那和尚卖个破绽,托地跳出圈子外来,喝一声:"且歇!"两个都住了手。杨志暗暗地喝采道:"那里来的这个和尚!真个好本事,手段高!俺却刚刚地只敌的他住!"那僧人叫道:"兀那青面汉子,你是甚么人?"杨志道:"洒家是东京制使杨志的便是。"那和尚道:"你不是在东京卖刀杀了破落户牛二的？"杨志道："你不见俺脸上金印？"那和尚笑道："却原来在这里相见。"杨志道："不敢问师兄却是谁？缘何知道洒家卖刀？"那和尚道："洒家不是别人，俺是延安府老种经略相公帐前军官鲁提辖的便是。为因三拳打死了镇关西，却去五台山净发为僧。人见洒家背上有花绣，都叫俺做花和尚鲁智深。"

杨志笑道："原来是自家乡里，俺在江湖上多闻师兄大名。听得说道，师兄在大相国寺里挂搭，如今何故来在这里？"鲁智深道："一言难尽。洒家在大相国寺管菜园，遇着那豹子头林冲，被高太尉要陷害他性命。俺却路见不平，直送他到沧州，救了他一命。不想那两个防送公人回来，对高俅那厮说道：'正要在野猪林里结果（杀死）林冲，却被大相国寺鲁智深救了，那和尚直送到沧州，因此害他不得。'这直娘贼恨杀洒家，分付寺里长老不许俺挂搭，又差人来捉洒家。却得一伙泼皮通报，不是着了那厮的手。吃俺一把火烧了那菜园里廨宇，逃走在江湖上，东又不着，西又不着。来到孟州（地名，今隶属河南省焦作市）十字坡过，险些儿被个酒店妇人害了性命，把洒家着蒙汗药麻翻了。得他的丈夫归来得早，见了洒家这般模样，又看了俺的禅杖、戒刀吃惊，连忙把解药救俺醒来。因问起洒家名字，留住俺过了几日，结义洒家做了弟兄。那人夫妻两个，亦是江湖上好汉有名的，都叫他做菜园子张青，其妻母夜叉孙二娘，甚是好义气。住了四五日，打听的这里二龙山宝珠寺可以安身，洒家特地来奔那邓龙入伙，叵耐（可恨）那厮不肯安着洒家在这山上。和俺厮并，又敌洒家不过，只把这山下三座关，牢牢地拴住。又没别路上去，那撮鸟由你叫骂，只是不下来厮杀，气得洒家正苦在这里没个委结（结局，了结），不想却是大哥来。"杨志大喜。两个就林子里剪拂（江湖隐语。谓行下拜礼）了，就地坐了一夜。

杨志诉说了卖刀杀死牛二的事，并解生辰纲失陷一节，都备细说了。又说曹正指点来此一事，便道："既是闭了关隘，俺们休在这里，如何得他下来？不若且去曹正家商议。"

两个厮赶着行离了那林子,来到曹正酒店里。杨志引鲁智深与他相见了。曹正慌忙置酒相待,商量要打二龙山一事。曹正道:"若是端的闭了关时,休说道你二位,便有一万军马,也上去不得。似此只可智取,不可力求。"鲁智深道:"叵耐那撮鸟,初投他时,只在关外相见。因不留俺,厮并起来,那厮小肚上,被俺一脚点翻了。却待要结果了他性命,被他那里人多,救了上山去,闭了这鸟关。由你自在下面骂,只是不肯下来厮杀。"杨志道:"既然好去处,俺和你如何不用心去打!"鲁智深道:"便是没做个道理上去,奈何不得他!"

曹正道:"小人有条计策,不知中二位意也不中?"杨志道:"愿闻良策则个。"曹正道:"制使也休这般打扮,只照依小人这里近村庄家(村民)穿着。小人把这位师父禅杖、戒刀都拿了,却叫小人的妻弟,带六个火家(伙计),直送到那山下,把一条索子绑了师父,小人自会做活结头。却去山下叫道:'我们近村开酒店庄家,这和尚来我店中吃酒,吃得大醉了,不肯还钱,口里说道,去报人来打你山寨。因此我们听的,乘他醉了,把他绑缚在这里,献与大王。'那厮必然放我们上山去。到得他山寨里面,见邓龙时,把索子曳脱了活结头,小人便递过禅杖与师父。你两个好汉一发上,那厮走往那里去!若结果了他时,以下的人,不敢不伏。此计若何?"鲁智深、杨志齐道:"妙哉!妙哉!"有诗为证:

乳虎称龙亦枉然,二龙山许二龙蟠。

人逢忠义情偏洽,事到颠危策愈全。

当晚众人吃了酒食,又安排了些路上干粮。次日五更起来,众人都吃得饱了。鲁智深的行李包裹都寄放在曹正家。当日杨志、鲁智深、曹正带了小舅并五七个庄家,取路投二龙山来。晌午后,直到林子里,脱了衣裳,把鲁智深用活结头使索子绑了,教两个庄家牢牢地牵着索头。杨志戴了遮日头凉笠儿,身穿破布衫,手里倒提着朴刀。曹正拿着他的禅杖。众人都提着棍棒,在前后簇拥着。到得山下,看那关时,都摆着强弩(强劲的弓。弩,nǔ,用机械发箭的弓)硬弓,灰瓶(装石灰的瓶。使敌不能睁眼）炮石。

　　小喽罗在关上，看见绑得这个和尚来，飞也似报上山去。多样时，只见两个小头目上关来问道："你等何处人？来我这里做甚么？那里捉得这个和尚来？"曹正答道："小人等是这山下近村庄家，开着一个小酒店。这个胖和尚不时来我店中吃酒，吃得大醉，不肯还钱，口里说道：'要去梁山泊叫千百个人来打此二龙山，和你这近村坊都洗荡了！'因此小人只得又将好酒请他，灌得醉了，一条索子绑缚这厮，来献与大王，表我等村邻孝顺之心，免的村中后患。"

　　两个小头目听了这话，欢天喜地，说道："好了！众人在此少待一时。"两个小头目就上山来报知邓龙，说拿得那胖和尚来。邓龙听了大喜，叫："解上山来，且取这厮的心肝来做下酒，消我这点冤仇之恨！"小喽罗得令，来把关隘门开了，便叫送上来。

　　杨志、曹正紧押鲁智深解上山来。看那三座关时，端的险峻：两下里山环绕将来，包住这座寺。山峰生得雄壮，中间只一条路上关来。三重关上，摆着擂木（古代作战时从高处推下撞压敌人的木头）炮石，硬弩强弓，苦竹枪密密地攒着。过得三处关闸，来到宝珠寺前看时，三座殿门，一段镜面也似平地，周遭都是木栅为城。寺前山门下立着七八个小喽罗，看见缚的鲁智深来，都指手骂道："你这秃驴，伤了大王，今日也吃拿了！慢慢的碎割了这厮！"鲁智深只不做声。押到佛殿看时，殿上都把佛来抬去了，中间放着一把虎皮交椅；众多小喽罗拿着枪棒，立在两边。

　　少刻，只见两个小喽罗扶出邓龙来，坐在交椅上。曹正、杨志紧紧地帮（挨近）着鲁智深到阶下。邓龙道："你那厮秃驴，前日点翻了我，伤了小腹，至今青肿未消。今日也有见我的时节。"鲁智深睁圆怪眼，大喝一声："撮鸟休走！"两个庄家把索头只一曳，曳脱了活结头，散开索子。鲁智深就曹正手里接过禅杖，云飞轮动。杨志撇了凉笠儿，倒转手中朴刀。曹正又抢起杆棒。众庄家一齐发作，并力向前。邓龙急待挣扎时，早被鲁智深一禅杖，当头打着，把脑盖劈作两半个,和交椅都打碎了。手下的小喽罗,早被杨志搠翻了四五个。曹正叫道:"都来投降!若不从者,便行扫除(全部)处死!"寺前寺后,五六百小喽罗并几个小头目,惊吓的呆了,只得都来归降投伏。随即叫把邓龙等尸首扛抬去后山烧化了。一面去点仓廒(储藏粮食的仓库。廒,áo),整顿房舍,再去看那寺后有多少物件,且把酒肉安排些来吃。鲁智深并杨志做了山寨之主,置酒设宴庆贺。小喽罗们尽皆投伏了,仍设小头目管领。

曹正别了二位好汉,领了庄家,自回家去了,不在话下。正是:

> 古刹雄奇隐翠微,翻为贼寨假慈悲。
>
> 天生神力花和尚,弄棒磨刀作住持。

又有诗一首并及杨志:

> 有智能深助智深,绿林豪客主丛林。
>
> 降龙伏虎真同志,兽面谁知有佛心。

不说鲁智深、杨志自在二龙山落草,却说那押生辰纲老都管并这几个厢禁军,晓行夜住,赶回北京,到的梁中书府,直至厅前,齐齐都拜翻在地下告罪。梁中书道:"你们路上辛苦,多亏了你众人。"又问:"杨提辖何在?"众人告道:"不可说!这人是个大胆忘恩的贼!自离了此间五七日后,行到黄泥冈时,天气大热,都在林子里歇凉。不想杨志和七个贼人通同(勾结),假装做贩枣子客商。杨志约会与他做一路,先推七辆江州车儿,在这黄泥冈上松林里等候。却叫一个汉子,挑一担酒来冈子上歇下。小的众人不合买他酒吃,被那厮把蒙汗药都麻翻了,又将索子捆缚众人。杨志和那七个贼人却把生辰纲财宝并行李,尽装载车上将了去。现今去本管济州府呈告了,留两个虞候在那里随衙听候,捉拿贼人。小人等众人星夜赶回来告知恩相。"

梁中书听了大惊,骂道:"这贼配军!你是犯罪的囚徒,我一力抬举你成人,怎敢做这等不仁忘恩的事!我若拿住他时,碎尸万段!"随即便唤书吏,写了文书,当时差人星夜来济州投下;又写一封家书,着人也连夜上东京,报与太师知道。

　　且不说差人去济州下公文,只说着人上东京来到太师府报知,见了太师,呈上书札。蔡太师看了,大惊道:"这班贼人,甚是胆大!去年将我女婿送来的礼物打劫了去,至今未获;今年又来无礼,如何干罢(罢休)!"随即押了一纸公文,着一个府干,亲自赍了,星夜望济州来,着落府尹,立等捉拿这伙贼人,便要回报。

　　且说济州府尹自从受了北京大名府留守司梁中书札付(官府上行下的文书),每日理论不下。正忧闷间,只见门吏报道:"东京太师府里差府干现到厅前,有紧急公文,要见相公。"府尹听得,大惊道:"多管(多半)是生辰纲的事!"慌忙升厅,来与府干相见了,说道:"这件事,下官已受了梁府虞候的状子,已经差缉捕的人,跟捉贼人,未见踪迹。前日留守司又差人行札付到来,又经着仰尉司并缉捕观察,杖限跟捉,未曾得获。若有些动静消息,下官亲到相府回话。"府干道:"小人是太师府里心腹人,今奉太师钧旨,特差来这里要这一干人。临行时,太师亲自分付,教小人到本府,只就州衙里宿歇,立等相公要拿这七个贩枣子的并卖酒一人,在逃军官杨志,各贼正身(确是本人并非冒名顶替者)。限在十日捉拿完备,差人解赴东京。若十日不获得这件公事时,怕不先来请相公去沙门岛(海岛名。在山东省蓬莱市西北海中,为宋元时流放罪犯之地)走一遭。小人也难回太师府里去,性命亦不知如何。相公不信,请看太师府里行来的钧帖。"

　　府尹看罢大惊,随即便唤缉捕人等。只见阶下一人声喏,立在帘前,太守道:"你是甚人?"那人禀道:"小人是三都缉捕使臣何涛。"太守道:"前日黄泥冈上打劫了去的生辰纲,是你该管么?"何涛答道:"禀复相公:何涛自从领了这件公事,昼夜无眠,差下本管眼明手快的公人去黄泥冈上往来缉捕;虽是累经杖责,到今未见踪迹。非是何涛怠慢官府,实出于无奈。"府尹喝道:"胡说!'上不紧则下慢。'我自进士出身,历任到这一郡诸侯,非同容易!今日东京太师府差一干办来到这里,领太师台旨:限十日内,须要捕获各贼正身,完备解京。若还违了限次,我非止罢官,必陷我投沙门岛走一遭。你是个缉捕使臣,倒不用心,以致祸及于我。先把你这厮迭配远恶军州,雁飞不到去处!"便唤过文笔匠来,去何涛脸上刺下"迭配……州"字样,空着其处州名,发落道:"何涛,你若获不得贼人,重罪决不饶恕!"正是:

> 脸皮打稿太乖张,自要平安人受殃。
>
> 贱面可无烦作计,本心也合细商量。

却说何涛领了台旨,下厅前来到使臣房里,会集许多做公的,都到机密房中,商议公事。众做公的都面面相觑(相视无言。形容因惊惧而束手无策),如箭穿雁嘴,钩搭鱼腮,尽无言语。何涛道:"你们闲常时(平时)都在这房里赚钱使用,如今有此一事难捉,都不做声。你众人也可怜我脸上刺的字样。"众人道:"上复观察,小人们人非草木,岂不省的? 只是这一伙做客商的,必是他州外府深山旷野强人遇着,一时劫了他的财宝,自去山寨里快活,如何拿的着? 便是知道,也只看得他一看。"何涛听了,当初只有五分烦恼,见说了这话,又添了五分烦恼,自离了使臣房里,上马回到家中,把马牵去后槽上拴了。独自一个,闷闷不已。正是:

> 双眉重上三锽锁①,满腹填平万斛②愁。
>
> 网里漏鱼何处觅? 瓮中捉鳖向谁求?

只见老婆问道:"丈夫,你如何今日这般嘴脸?"何涛道:"你不知,前日太守委我一纸批文,为因黄泥冈上一伙贼人,打劫了梁中书与丈人蔡太师庆生辰的金珠宝贝计十一担,正不知是甚么样人打劫了去。我自从领了这道钩批,到今未曾得获。今日正去转限(推迟期限),不想太师府又差干办来立等要拿这一伙贼人解京。太守问我贼人消息,我回复道:'未见次第(条理,头绪),不曾获得。'府尹将我脸上刺下'迭配……州'字样,只不曾填甚去处,在后知我性命如何!"老

---

① 三锽(huáng)锁:内有三条簧片的锁。　②万斛(hú):极言容量之多。斛,旧量器名。

婆道："似此怎地好？却是如何得了！"

正说之间，只见兄弟何清来望哥哥。何涛道："你来做甚么？不去赌钱，却来怎地？"何涛的妻子乖觉(机警灵敏)，连忙招手说道："阿叔(妇女称丈夫的弟弟)，你且来厨下，和你说话。"何清当时跟了嫂嫂进到厨下坐了。嫂嫂安排些酒肉菜蔬，烫几杯酒，请何清吃。何清问嫂嫂道："哥哥忒杀欺负人！我不中(不行,不优秀)，也是你一个亲兄弟！你便奢遮杀(犹言了不起,出色)，只做得个缉捕观察，便叫我一处吃盏酒，有甚么辱没了你！"阿嫂道："阿叔，你不知道，你哥哥心里自过活不得哩！"何清道："他每日起了大钱大物，那里去了？有的是钱和米，有甚么过活不得处？"阿嫂道："你不知，为这黄泥冈上，前日一伙贩枣子的客人打劫了北京梁中书庆贺蔡太师的生辰纲去。如今济州府尹奉着太师钧旨：限十日内，定要捉拿各贼解京。若还捉不着正身时，便要刺配远恶军州去。你不见你哥哥先吃府尹刺了脸上'迭配……州'字样，只不曾填甚么去处，早晚捉不着时，实是受苦！他如何有心和你吃酒？我却才安排些酒食与你吃。他闷了几时了，你却怪他不得。"

何清道："我也诽诽(fēifēi,沸沸扬扬)地听得人说道：'有贼打劫了生辰纲去。'正在那里地面上？"阿嫂道："只听的说道黄泥冈上。"何清道："却是甚么样人劫了？"阿嫂道："叔叔，你又不醉，我方才说了，是七个贩枣子的客人打劫了去。"何清呵呵的大笑道："原来怎地。知道是贩枣子的客人了，却闷怎地？何不差精细的人去捉。"阿嫂道："你倒说得好，便是没捉处。"何清笑道："嫂嫂，倒要你忧。哥哥放着常来的一班儿好酒肉弟兄，闲常不睬的是亲兄弟，今日才有事，便叫没捉处。若是教兄弟得知，赚得几贯钱使，量这伙小贼，有甚难处！"阿嫂道："阿叔，你倒敢知得些风路(消息,线索)？"何清笑道："直等哥哥临危之际，兄弟却来有个道理救他。"说了，便起身要去。阿嫂留住再吃两杯。

那妇人听了这话说得蹊跷，慌忙来对丈夫备细说了。何涛连忙叫请兄弟到面前。何涛陪着笑脸说道:"兄弟,你既知此贼去向,如何不救我?"何清道:"我不知甚么来历,我自和嫂子说耍。兄弟如何救的哥哥?"何涛道:"好兄弟,休得要看冷暖(比喻世态炎凉)。只想我日常的好处,休记我闲时的歹处,救我这条性命!"何清道:"哥哥,你管下许多眼明手快的公人,也有三二百个,何不与哥哥出些大气?量兄弟一个,怎救的哥哥!"何涛道:"兄弟休说他们,你的话眼(话语中隐隐透露的意思)里有些门路,休要把与别人做好汉。你且说与我些去向,我自有补报你处。正教我怎地心宽!"何清道:"有甚么去向,兄弟不省的!"何涛道:"你不要怄我,只看同胞共母之面。"何清道:"不要慌。且待到至急处,兄弟自来出些气力,拿这伙小贼。"阿嫂便道:"阿叔,胡乱救你哥哥,也是弟兄情分。如今被太师府钧贴,立等要这一干人,天来大事,你却说小贼!"何清道:"嫂嫂,你须知我只为赌钱上,吃哥哥多少言语。但是打骂,不曾和他争涉。闲常有酒有食,只和别人快活,今日兄弟也有用处。"

何涛见他话眼有些来历,慌忙取一个十两银子,放在桌上,说道:"兄弟,权将这锭银收了。日后捕得贼人时,金银缎匹赏赐,我一力包办。"何清笑道:"哥哥正是'急来抱佛脚,闲时不烧香'。我若要你银子时,便是兄弟勒揸(克扣,勒索)你。你且把去收了,不要将来赚我。你若如此,我便不说。既是你两口儿我行陪话,我说与你。不要把银子出来惊我。"何涛道:"银两都是官司信赏出的,如何没三五百贯钱?兄弟,你休推却。我且问你:这伙贼却在那里有些来历?"何清拍着大腿道:"这伙贼,我都捉在便袋里了。"何涛大惊道:"兄弟,你如何说这伙贼在你便袋(随身携带的装东西的布袋)里?"何清道:"哥哥,你莫管我,自都有在这里便了。你只把银子收了去,不要将来赚我,只要常情便了。我却说与你知道。"

何清不慌不忙,迭着两个指头说出来。有分教,郓城县里,引出个仗义英雄;梁山泊中,聚一伙擎(qíng)天好汉。毕竟何清对何涛说出甚人来,且听下回分解。

# 第十八回

## 美髯公智稳插翅虎　宋公明私放晁天王

当时何观察与兄弟何清道："这锭银子，是官司信赏的，非是我把来赚你，后头再有重赏。兄弟，你且说这伙人如何在你便袋里？"只见何清去身边招文袋(装文件或财物的小袋子)内摸出一个经折儿(折叠式的狭长小簿本。旧时多用以记录备忘事宜)来，指道："这伙贼人都在上面。"何涛道："你且说怎地写在上面？"何清道："不瞒哥哥说：兄弟前日为赌博输了，没一文盘缠，有个一般赌博的，引兄弟去北门外十五里，地名安乐村，有个王家客店内，凑些碎赌。为是官司行下文书来，着落本村，但凡开客店的，须要置立文簿，一面上用勘合印信(骑缝印章)。每夜有客商来歇宿，须要问他：'那里来？何处去？姓甚名谁？做甚买卖？'都要抄写在簿子上。官司查照时，每月一次，去里正处报名。为是小二哥不识字，央我替他抄了半个月。当日是六月初三日，有七个贩枣子的客人，推着七辆江州车儿来歇。我却认得一个为头的客人，是郓城县东溪村晁保正。因何认得他？我比先(从前)曾跟一个赌汉去投奔他，因此我认得。我写着文簿，问他道：'客人高姓？'只见一个三髭须白净面皮的抢将过来，答应道：'我等姓李，从濠州来贩枣子，去东京卖。'我虽写了，有些疑心。第二日，他自去了，店主带我去村里相赌，来到一处三叉路口，只见一个汉子挑两个桶来。我不认得他。店主人自与他厮叫道：'白大郎，那里去？'那人应道：'有担醋，将去村里财主家卖。'店主人和我说道：'这人叫做白日鼠白胜，他是个赌客。'我也只安在心里。后来听得沸沸扬扬地

― 191 ―

文,径奔郓城县衙门前来。当下巳牌时分,却值知县退了早衙,县前静悄悄地。何涛走去县对门一个茶坊里坐下,吃茶相等。吃了一个泡茶,问茶博士(卖茶人或茶坊伙计)道:"今日如何县前恁地静?"茶博士说道:"知县相公早衙方散,一应公人和告状的,都去吃饭了未来。"何涛又问道:"今日县里不知是那个押司直日?"茶博士指着道:"今日直日的押司(职官名。宋代衙门中办理文书、狱讼的役吏)来也。"何涛看时,只见县里走出一个吏员来。看那人时,怎生模样?但见:

> 眼如丹凤,眉似卧蚕。滴溜溜两耳悬珠,明皎皎双睛点漆。唇方口正,髭须地阁(下巴)轻盈;额阔顶平,皮肉天仓(两眉之间。也指前额中央)饱满。坐定时浑如虎相,走动时有若狼形。年及三旬,有养济万人之度量;身躯六尺,怀扫除四海之心机。志气轩昂,胸襟秀丽。刀笔(文字)敢欺萧相国(西汉丞相萧何),声名不让孟尝君(战国四公子之一,以善养士著称)。

那押司姓宋,名江,表字公明,排行第三,祖居郓城县宋家村人氏。为他面黑身矮,人都唤他做黑宋江;又且于家大孝,为人仗义疏财,人皆称他做孝义黑三郎。上有父亲在堂,母亲早丧。下有一个兄弟,唤做铁扇子宋清,自和他父亲宋太公在村中务农,守些田园过活。这宋江自在郓城县做押司。他刀笔精通,吏道纯熟;更兼爱习枪棒,学得武艺多般。平生只好结识江湖上好汉,但有人来投奔他的,若高若低(不管身份尊卑),无有不纳,便留在庄上馆谷(食宿款待),终日追陪,并无厌倦。若要起身,尽力资助,端的是挥金似土。人问他求钱物,亦不推托;且好做方便,每每排难解纷,只是周全人性命。时常散施棺材药饵,济人贫苦,周人之急,扶人之困,以此山东、河北闻名,都称他做及时雨,却把他比做天上下的及时雨一般,能救万物。曾有一首《临江仙》赞宋江好处:

> 起自花村刀笔吏(专掌文案的官吏),英灵上应天星,疏财仗义更多能。事亲行孝敬,待士有声名。　济弱扶倾心慷慨,高名水月双清。及时甘雨四方称,山东呼保义,豪杰宋公明。

当时宋江带着一个伴当,走将出县前来。只见这何观察当街迎住,叫道:"押司,此间请坐拜茶。"宋江见他似个公人打扮,慌忙答礼道:"尊兄何处?"何涛道:"且请押司到茶坊里面吃茶说话。"宋公明道:"谨领(敬辞。表示恭敬地领受)。"两个人到茶坊里坐定,伴当都叫去门前等候。宋江道:"不敢拜问尊兄高姓?"何涛答道:"小人是济州府缉捕使臣何观察的便是。不敢动问押司高姓大名?"宋江道:"贱眼不识观察,少罪。小吏姓宋名江的便是。"何涛倒地便拜,说道:"久闻大名,无缘不曾拜识。"宋江道:"惶恐。观察请上坐。"何涛道:"小人安敢占上?"宋江道:"观察是上司衙门的人,又是远来之客。"两个谦让了一回,宋江坐了主位,何涛坐了客席。宋江便叫茶博士将两杯茶来。没多时,茶到。两个吃了茶。

宋江道:"观察到敝县,不知上司有何公务?"何涛道:"实不相瞒,来贵县有几个要紧的人。"宋江道:"莫非贼情公事否?"何涛道:"有实封公文在此,敢烦押司作成(成全,照顾)。"宋江道:"观察是上司差来捕盗的人,小吏怎敢怠慢?不知为甚么贼情紧事?"何涛道:"押司是当案(主持文案)的人,便说也不妨。敝府管下黄泥冈上一伙贼人,共是八个,把蒙汗药麻翻了北京大名府梁中书差遣送蔡太师的生辰纲军健一十五人,劫去了十一担珍珠宝贝,计该十万贯正赃。今捕得从贼一名白胜,指说七个正贼,都在贵县。这是太师府特差一个干办(职官名),在本府立等要这件公事,望押司早早维持。"宋江道:"休说太师处着落,便是观察自赍公文来要,敢不捕送?只不知道白胜供指那七人名字?"何涛道:"不瞒押司说:是贵县东溪村晁保正为首。更有六名从贼,不识姓名,烦乞用心。"

宋江听罢,吃了一惊,肚里寻思道:"晁盖是我心腹弟兄。他如今犯了迷天大罪,我不救他时,捕获将去,性命便休了!"心内自慌,却答应道:"晁盖这厮,奸顽役户,本县内上下人,没一个不怪他。今番做出来了,好教他受!"何涛道:"相烦押司便行此事。"宋江道:"不妨,这事容易,'瓮中捉鳖,手到拿来(喻举手可得,确有把握)'。只是一件,这实封公文,须是观察自己当厅投下,本官看了,便好施行发落,差人去捉,小吏如何敢私下擅开? 这件公事,非是小可,不当轻泄于人。"何涛道:"押司高见极明,相烦引进。"宋江道:"本官发放一早晨事务,倦怠了少歇。观察略待一时,少刻坐厅时,小吏来请。"何涛道:"望押司千万作成。"宋江道:"理之当然,休这等说话。小吏略到寒舍,分拨了些家务便到,观察少坐一坐。"何涛道:"押司尊便,小弟只在此专等。"

宋江起身,出得阁儿,分付茶博士道:"那官人要再用茶,一发我还茶钱。"离了茶坊,飞也似跑到下处。先分付伴当去叫直司在茶坊门前伺候:"若知县坐衙时,便可去茶坊里安抚那公人道:'押司稳便(犹自便、请便),叫他略待一待。"却自槽上鞁了马,牵出后门外去;拿了鞭子,慌忙地跳上马,慢慢地离了县治(县衙)。出得东门,打上两鞭,那马拨喇喇的望东溪村撺将去,没半个时辰,早到晁盖庄上。庄客见了,入去庄里报知。正是:

　　　　义重轻他不义财,奉天法网有时开。

　　　　　剥民官府过于贼,应为知交放贼来。

　　且说晁盖正和吴用、公孙胜、刘唐在后园葡萄树下吃酒。此时三阮已得了钱财,自回石碣村去了。晁盖见庄客报说宋押司在门前。晁盖问道:"有多少人随从着?"庄客道:"只独自一个飞马而来,说快要见保正。"晁盖道:"必然有事。"慌忙出来迎接。宋江道了一个喏,携了晁盖手,便投侧边小房里来。晁盖问道:"押司如何来的慌速?"宋江道:"哥哥不知,兄弟是心腹弟兄,我舍着条性命来救你。如今黄泥冈事发了! 白胜已自拿在济州大牢里了,供出你等七人。济州府差一个何缉捕,带着若干人,奉着太师府钧帖并本州文书,来捉你等七人,道你为首。天幸撞在我手里,我只推说知县睡着,且教何观察在县对门茶坊里等我。以此飞马而来,报道哥哥。'三十六计,走为上计。'若不快走时,更待甚么? 我回去引他当厅下了公文,知县不移时便差人连夜下来。你们不可耽搁。倘有些疏失,如之奈何! 休怨小弟不来救你。"

晁盖听罢,吃了一惊道:"贤弟大恩难报!"宋江道:"哥哥,你休要多说,只顾安排走路,不要缠障(纠缠,搅绕)。我便回去也。"晁盖道:"七个人:三个是阮小二、阮小五、阮小七,已得了财,自回石碣村去了;后面有三个在这里,贤弟且见他一面。"宋江来到后园,晁盖指着道:"这三位:一个吴学究;一个公孙胜,蓟州来的;一个刘唐,东潞州人。"宋江略讲一礼,回身便走,嘱咐道:"哥哥保重,作急快走,兄弟去也。"宋江出到庄前,上了马,打上两鞭,飞也似望县里来了。当时有个学究,为此事作诗一首,也说得是。诗曰:

> 保正缘何养贼曹,押司纵贼罪难逃。
>
> 须知守法清名重,莫谓通情义气高。
>
> 爵固畏鹯①能害爵,猫如伴鼠岂成猫。
>
> 空持刀笔称文吏,羞说当年汉相萧。

且说晁盖与吴用、公孙胜、刘唐三人道:"你们认得那来相见的这个人么?"吴用道:"却怎地慌慌忙忙便去了? 正是谁人?"晁盖道:"你三位还不知哩! 我们不是他来时,性命只在咫尺(形容时间短暂)休了!"三人大惊道:"莫不走了消息,这件事发了?"晁盖道:"亏杀(幸亏)这个兄弟,担着血海也似干系,来报与我们。原来白胜已自捉在济州大牢里了,供出我等七人。本州差个缉捕何观察,将带若干人,奉着太师钧帖来,着落郓城县,立等要拿我们七个。亏了他稳住那公人在茶坊里俟候(等候。俟,sì),他飞马先来报知我们,如今回去下了公文,少刻便差人连夜到来捕获我们,却是怎地好!"吴用道:"若非此人来报,都打在网里。这大恩人姓甚名谁?"晁盖道:"他便是本县押司呼保义宋江的便是。"吴用道:"只闻宋押司大名,小生却不曾得会。虽是住居咫尺,无缘难得见面。"公孙胜、刘唐都道:"莫不是江湖上传说的及时雨宋公明?"晁盖点头道:"正是此人。他和我

---

① 鹯(zhān):鹯类猛禽。亦称"晨风"。

心腹相交,结义弟兄。吴先生不曾得会。四海之内,名不虚传。结义得这个兄弟,也不枉了。"

晁盖问吴用道:"我们事在危急,却是怎地解救?"吴学究道:"兄长不须商议,'三十六计,走为上计'。"晁盖道:"却才宋押司也教我们走为上计,却是走那里去好?"吴用道:"我已寻思在肚里了。如今我们收拾五七担挑了,一径都走奔石碣村三阮家里去。今急遣一人,先与他弟兄说知。"晁盖道:"三阮是个打鱼人家,如何安得我等许多人?"吴用道:"兄长,你好不精细!石碣村那里一步步近去,便是梁山泊。如今山寨里好生兴旺。官军捕盗,不敢正眼儿看他。若是赶得紧,我们一发入了伙。"晁盖道:"这一论极是上策,只恐怕他们不肯收留我们。"吴用道:"我等有的是金银,送献些与他,便入伙了。"正是:

> 无道之时多有盗,英雄进退两俱难。
>
> 只因秀士居山寨,买盗犹然似买官。

当时晁盖道:"既然恁地商量定了,事不宜迟。吴先生,你便和刘唐带了几个庄客,挑担先去阮家安顿了,却来旱路上接我们。我和公孙先生两个打并了便来。"吴用、刘唐把这生辰纲打劫得金珠宝贝,做五六担装了,叫五六个庄客,一发吃了酒食。吴用袖了铜链,刘唐提了朴刀,监押着五七担,一行十数人,投石碣村来。晁盖和公孙胜在庄上收拾。有些不肯去的庄客,赍发他些钱物,从他去投别主。有愿去的,都在庄上并迭财物,打拴行李。正是:

> 须信钱财是毒蛇,钱财聚处即亡家。
>
> 人称义士犹难保,天鉴贪官漫自夸。

再说宋江飞马去到下处,连忙到茶坊里来,只见何观察正在门前望。宋江道:"观察久等。却被村里有个亲戚,在下处说些家务,因此耽搁了些。"何涛道:"有烦押司引进。"宋江道:"请观察到县里。"

两个入得衙门来,正值知县时文彬在厅上发落事务。宋江将着实封公文,引着何观察直至书案边,叫左右挂上回避牌(旧时衙门中所挂的令人回避的牌子)。宋江向前禀道:"奉济州府公文,为贼情紧急公务,特差缉捕使臣何观察到此下文书。"知县接来拆开,就当厅看了,大惊,对宋江道:"这是太师府差干办来立等要回话的勾当。这一干贼,便可差人去捉。"宋江道:"日间去,只怕走了消息,只可差人就夜去捉。拿得晁保正来,那六人便有下落。"时知县道:"这东溪村晁保正,闻名是个好汉,他如何肯做这等勾当?"随即叫唤尉司并两个都头:一个姓朱,名仝;一个姓雷,名横。他两个,非是等闲人也。

当下朱仝、雷横两个来到后堂,领了知县言语,和县尉上了马,径到尉司,点起马步弓手并土兵一百余人,就同何观察并两个虞候,作眼拿人。当晚都带了绳索军器,县尉骑着马,两个都头亦各乘马,各带了腰刀弓箭,手拿朴刀,前后马步弓手簇拥着,出得东门,飞奔东溪村晁家来。到得东溪村里,已是一更天气,都到一个观音庵取齐(聚齐,集合)。

朱仝道:"前面便是晁家庄。晁盖家有前后两条路,若是一齐去打他前门,他望后门走了;一齐哄去打他后门,他奔前门走了。我须知晁盖好生了得,又不知那六个是甚么人,必须也不是善良君子。那厮们都是死命,倘或一齐杀出来,又有庄客协助,却如何抵敌他?只好声东击西,等那厮们乱窜,便好下手。不若我和雷都头分做两路:我与你分一半人,都是步行去,先望他后门埋伏了。等候喊哨响为号,你等向前门只顾打入来,见一个捉一个,见两个捉一双。"雷横道:"也说的是。朱都头,你和县尉相公从前门打入来,我去截住后路。"朱仝道:"贤弟,你不省得。晁盖庄上有三条活路,我闲常时都看在眼里了。我去那里,须认得他的路数,不用火把便见。你还不知他出没的去处,倘若走漏了事情,不是耍处。"县尉道:"朱都头说得是,你带一半人去。"朱仝道:"只消得三十来个够了。"朱仝领了十个弓手,二十个土兵,先去了。县尉再上了马,雷横把马步弓手,都摆在前后,帮护着县尉。土兵等都在马前,明晃晃照着三二十个火把,拿着樵叉、朴刀、留客住、钩镰刀,一齐都奔晁家庄来。

到得庄前,兀自有半里多路,只见晁盖庄里一缕火起,从中堂烧将起来,涌得黑烟遍地,红焰飞空。又走不到十数步,只见前后门四面八方,约有三四十把火发,焰腾腾地一齐都着。前面雷横挺着朴刀,背后众土兵发着喊,一齐把庄门打开,都扑入里面看时,火光照得如同白日一般明亮,并不曾见有一个人。只听得后面发着喊,叫将起来,叫前面捉人。原来朱仝有心要放晁盖,故意赚雷横去打前门。这雷横亦有心要救晁盖,以此争先要来打后门;却被朱仝说开了,只得去打他前门。故意这等大惊小怪,声东击西,要催逼晁盖走了。

朱仝那时到庄后时,兀自晁盖收拾未了。庄客看见,来报与晁盖说道:"官军到了!事不宜迟!"晁盖叫庄客四下里只顾放火,他和公孙胜引了十数个去的庄客,呐着喊,挺起朴刀,从后门杀将出来,大喝道:"当吾者死!避吾者生!"朱仝在黑影里叫道:"保正休走!朱仝在这里等你多时。"晁盖那里顾他说,与同公孙胜,舍命只顾杀出来。朱仝虚闪一闪,放开条路,让晁盖走了。晁盖却叫公孙胜引了庄客先走,他独自押着后。朱仝使步弓手从后门扑入去,叫道:"前面赶捉贼人!"雷横听的,转身便出庄门外,叫马步弓手分头去赶。雷横自在火光之下,东观西望做(假装)寻人。朱仝撇了土兵,挺着刀,去赶晁盖。晁盖一面走,口里说道:"朱都头,你只管追我做甚么?我须没歹处!"朱仝见后面没人,方才敢说道:"保正,你兀自不见我好处:我怕雷横执迷,不会做人情,被我赚他打你前门,我在后面等你出来放你。你见我闪开条路,让你过去。你不可投别处去,只除梁山泊可以安身。"晁盖道:"深感救命之恩,异日必报!"有诗为证:

> 捕盗如何与盗通,官赃应与盗赃同。
>
> 莫疑官府能为盗,自有皇天不肯容。

朱仝正赶间,只听得背后雷横大叫道:"休教走了人!"朱仝分付晁盖道："保正，你休慌，只顾一面走，我自使转他去。"朱仝回头叫道："有三个贼望东小路去了，雷都头，你可急赶。"雷横领了人，便投东小路上，并土兵众人赶去。朱仝一面和晁盖说着话，一面赶他，却如防送（押解护送犯人）的相似。

渐渐黑影里不见了晁盖。朱仝只做失脚扑地，倒在地下。众土兵随后赶来，向前扶起，急救得。朱仝答道："黑影里不见路径，失脚走下野田里，滑倒了，闪挫了左腿。"县尉道："走了正贼（正犯，主犯），怎生奈何！"朱仝道："非是小人不赶，其实月黑了，没做道理处。这些土兵，全无几个有用的人，不敢向前。"县尉再叫土兵去赶，众土兵心里道："两个都头尚兀自不济事，近他不得，我们有何用？"都去虚赶了一回，转来道："黑地里正不知那条路去了。"雷横也赶了一直（一程）回来，心内寻思道："朱仝和晁盖最好，多敢是放了他去，我没来由做甚么恶人。我也有心亦要放他，今已去了，只是不见了人情。晁盖那人，也不是好惹的。"回来说道："那里赶得上？这伙贼端的了得！"县尉和两个都头回到庄前时，已是四更时分。何观察见众人四分五落，赶了一夜，不曾拿得一个贼人，只叫苦道："如何回得济州去见府尹！"县尉只得捉了几家邻舍去，解将郓城县里来。

这时知县一夜不曾得睡，立等回报，听得道："贼都走了，只拿得几个邻舍。"知县把一干拿到的邻舍，当厅勘问。众邻舍告道："小人等虽在晁保正邻近住居，远者三二里田地，近者也隔着些村坊。他庄上时常有搠枪使棒的人来，如何知他做这般的事？"知县逐一问了时，务要问他们一个下落。数内一个贴邻（隔壁邻居）告道："若要知他端的，除非问他庄客。"知县道："说他家庄客，也都跟着走了。"邻舍告道："也有不愿去的，还在这里。"

知县听了，火速差人，就带了这个贴邻做眼，来东溪村捉人。无两个时辰，早拿到两个庄客。当厅勘问时，那庄客初时抵赖，吃打不过，只得招道："先是六个人商议，小人只认得一个，是本乡中教学的先生，叫做吴学究；一个叫做公孙胜，是全真先生（指出家的道士）；又有一个黑大汉,姓刘。更有那三个,小人不认得,却是吴学究合将(聚集、汇合)来的。听的说道:'他姓阮,在石碣村住。他是打鱼的,弟兄三个。'只此是实。"知县取了一纸招状,把两个庄客交割与何观察,回了一道备细公文,申呈本府。宋江自周全那一干邻舍,保放回家听候。

且说这众人与何涛押解了两个庄客,连夜回到济州,正值府尹升厅。何涛引了众人到厅前,禀说晁盖烧庄在逃一事,再把庄客口词说一遍。府尹道:"既是恁地说时,再拿出白胜来!"问道:"那三个姓阮的,端的住在那里?"白胜抵赖不过,只得供说:"三个姓阮的:一个叫做立地太岁阮小二,一个叫做短命二郎阮小五,一个是活阎罗阮小七,都在石碣湖村里住。"知府道:"还有那三个姓甚么?"白胜告道:"一个是智多星吴用,一个是入云龙公孙胜,一个叫做赤发鬼刘唐。"知府听了,便道:"既有下落,且把白胜依原监了,收在牢里。"随即又唤何观察,差去石碣村,缉捕这几个贼人。

不是何涛去石碣村去,有分教,天罡地煞,来寻际会风云(遭逢到好的际遇);水浒山城,去聚纵横人马。毕竟何观察怎生差去石碣村缉捕,且听下回分解。

# 第 十 九 回

## 林冲水寨大并火　晁盖梁山小夺泊

话说当下何观察领了知府台旨下厅来，随即到机密房里，与众人商议。众多做公的道："若说这个石碣村湖荡，紧靠着梁山泊，都是茫茫荡荡，芦苇水港。若不得大队官军，舟船人马，谁敢去那里捕捉贼人？"何涛听罢，说道："这一论也是。"再到厅上禀复府尹道："原来这石碣村湖泊，正傍着梁山水泊，周围尽是深港水汊，芦苇草荡。闲常时也兀自劫了人，莫说如今又添了那一伙强人在里面。若不起得大队人马，如何敢去那里捕获得人？"府尹道："既是如此说时，再差一员乃得事（明白事理，精明能干）的捕盗巡检，点与五百官兵人马，和你一处去缉捕。"何观察领了台旨，再回机密房来，唤集这众多做公的，整选了五百余人，各各自去准备什物器械。次日，那捕盗巡检领了济州府帖文，与同何观察两个，点起五百军兵同众多做公的，一齐奔石碣村来。

且说晁盖、公孙胜自从把火烧了庄院，带同十数个庄客，来到石碣村，半路上撞见三阮弟兄，各执器械，却来接应到家。七个人都在阮小五庄上。那时阮小二已把老小搬入湖泊里。七个商议要去投梁山泊一事。吴用道："现今李家道口有那旱地忽律（即忽雷。鳄鱼的别称）朱贵在那里开酒店，招接四方好汉。但要入伙的，须是先投奔他。我们如今安排了船只，把一应的物件装在船里，将些人情送与他引进。"

大家正在那里商议投奔梁山泊，只见几个打鱼的来报道："官军人马,飞奔村里来也!"晁盖便起身叫道:"这厮们赶来,我等休走!"阮小二道:"不妨!我自对付他。叫那厮大半下水里去死,小半都搠杀他。"公孙胜道:"休慌!且看贫道的本事!"晁盖道:"刘唐兄弟,你和学究先生且把财赋老小装载船里,径撑去李家道口左侧相等。我们看些头势,随后便到。"阮小二选两只棹船,把娘和老小,家中财赋,都装下船里。吴用、刘唐各押着一只,叫七八个伴当摇了船,先到李家道口去等。又分付阮小五、阮小七撑驾小船,如此迎敌。两个各棹船(划船。棹,zhào)去了。

　　且说何涛并捕盗巡检带领官兵,渐近石碣村,但见河埠有船,尽数夺了。便使会水的官兵且下船里进发。岸上人马,船骑相迎,水陆并进。到阮小二家,一齐呐喊,人兵并起,扑将入去,早是一所空房,里面只有些粗重家火。何涛道:"且去拿几家附近渔户。"问时,说道:"他的两个兄弟阮小五、阮小七,都在湖泊里住,非船不能去。"何涛与巡检商议道:"这湖泊里港汊又多,路径甚杂,抑且水荡坡塘,不知深浅,若是四分五落去捉时,又怕中了这贼人奸计。我们把马匹都教人看守在这村里,一发都下船里去。"当时捕盗巡检并何观察,一同做公的人等都下了船。

　　那时提的船非止百十只,也有撑的,亦有摇的,一齐都望阮小五打鱼庄上来。行不到五六里水面,只所得芦苇中间有人嘲歌(随口而唱)。众人且住了船听时,那歌道:

　　　　打鱼一世蓼儿洼,不种青苗不种麻。

　　　　酷吏赃官都杀尽,忠心报答赵官家①。

　　何观察并众人听了,尽吃一惊。只见远远地一个人,独棹一只小船儿唱将来。有认得的指道:"这个便是阮小五。"何涛把手一招,众人并力向前,各执器械挺着迎将去。只见阮小五大笑骂道:"你这等虐害百姓的贼官,直如此大胆!敢来引老爷做甚么!却不是来

────────

①赵官家:赵宋皇帝。

捋虎须！"何涛背后有会射弓箭的,搭上箭,曳满弓,一齐放箭。阮小五见放箭来,拿着桦楸,翻筋斗钻下水里去。众人赶到跟前,拿个空。

又行不到两条港汊,只听得芦花荡里打唿哨(把手指放在嘴里用力吹时发出的尖锐的声音),众人把船摆开,见前面两个人棹着一只船来。船头上立着一个人,头戴青箬笠,身披绿蓑衣(用草或棕制成的防雨工具。蓑,suō),手里拈着条笔管枪,口里也唱着道:

> 老爷生长石碣村,禀性生来要杀人。

> 先斩何涛巡检首,京师献与赵王君①。

何观察并众人听了,又吃一惊。一齐看时,前面那个人拈着枪,唱着歌,背后这个摇着橹。有认得的说道:"这个正是阮小七。"何涛喝道:"众人并力向前,先拿住这个贼！休教走了！"阮小七听得笑道:"泼贼！"便把枪只一点,那船便使转来,望小港里串着走。众人发着喊,赶将去。这阮小七和那摇船的,飞也似摇着橹,口里打着唿哨,串着小港汊中只顾走。

众官兵赶来赶去,看见那水港窄狭了,何涛道:"且住！把船且泊(bó,停船靠岸)了,都傍岸边。"上岸看时,只见茫茫荡荡,都是芦苇,正不见一些旱路。何涛心内疑惑,却商议不定,便问那当村住的人。说道:"小人们虽是在此居住,也不知道这里有许多去处。"何涛便教划着两只小船,船上各带三两个做公的,去前面探路。去了两个时辰有余,不见回报。何涛道:"这厮们好不了事！"再差五个做公的,又划两只船去探路。这几个做公的,划了两只船,又去了一个多时辰,并不见些回报。何涛道:"这几个都是久惯做公的,四清六活(机灵干练)的人,却怎地也不晓事,如何不着一只船转来回报？不想这些带来的官兵,人人亦不知颠倒(不晓事)！"

天色又看看晚了,何涛思想:"在此不着边际,怎生奈何！我须

---

① 赵王君:指当时的皇帝宋徽宗。

用自去走一遭。"拣一只疾快小船，选了几个老郎做公的，各拿了器械，桨起五六把桦楫，何涛坐在船头上，望这个芦苇港里荡将去。

那时已是日没沉西，划得船开，约行了五六里水面，看见侧边岸上一个人，提着把锄头走将来。何涛问道："兀那汉子，你是甚人？这里是甚么去处？"那人应道："我是这村里庄家。这里唤做断头沟，没路了。"何涛道："你曾见两只船过来么？"那人道："不是来捉阮小五的？"何涛道："你怎地知得是来捉阮小五的？"那人道："他们只在前面乌林里厮打。"何涛道："离这里还有多少路？"那人道："只在前面望得见便是。"何涛听得，便叫拢船(撑船靠岸)，前去接应。便差两个做公的，拿了榖叉上岸来。只见那汉提起锄头来，手到把这两个做公的一锄头一个，翻筋斗都打下水里去。何涛见了吃一惊，急跳起身来时，却待奔上岸，只见那只船忽地搪将开去，水底下钻起一个人来，把何涛两腿只一扯，扑通地倒撞下水里去。那几个船里的却待要走，被这提锄头的赶将上船来，一锄头一个，排头(丛头)打下去，脑浆也打出来。这何涛被水底下这人倒拖上岸来，就解下他的搭膊来捆了。看水底下这人，却是阮小七。岸上提锄头的那汉，便是阮小二。

弟兄两个看着何涛骂道："老爷弟兄三个，从来只爱杀人放火。量你这厮，直得甚么！你如何大胆，特地引着官兵来捉我们！"何涛道："好汉！小人奉上命差遣，盖不由己。小人怎敢大胆，要来捉好汉？望好汉可怜见家中有个八十岁的老娘，无人养赡(供给生活所需)，望乞饶恕性命则个！"阮家弟兄道："且把他来捆做个粽子，撇在船舱里。"把那几个尸首，都撺去水里去了。个个胡哨一声，芦苇丛中钻出四五个打鱼的人来，都上了船。阮小二、阮小七各驾了一只船出来。

且说这捕盗巡检，领着官兵，都在那船里说道："何观察他道做公的不了事，自去探路，也去了许多时，不见回来。"那时正是初更左右，星光满天。众人都在船上歇凉。忽然只见起一阵怪风，但见：

飞沙走石,卷水摇天。黑漫漫堆起乌云,昏邓邓(昏暗)催来急雨。倾翻荷叶,满波心翠盖交加;摆动芦花,绕湖面白旗缭乱。吹折昆仑山顶树,唤醒东海老龙君。

那一阵怪风从背后吹将来,吹得众人掩面大惊,只叫得苦,把那缆船索都刮断了。正没摆布处,只听得后面胡哨响。迎着风看时,只见芦花侧畔,射出一派火光来。众人道:"今番却休了!"那大船小船,约有四五十只,正被这大风刮得你撞我磕,捉摸不住,那火光却早来到面前。原来都是一丛小船,两只价帮住,上面满满堆着芦苇柴草,刮刮杂杂烧着,乘着顺风直冲将来。那四五十只官船,屯塞做一块,港汊又狭,又没回避处。那头等大船也有十数只,却被他火船推来,钻在大船队里一烧。水底下原来又有人扶助着船烧将来,烧得大船上官兵都跳上岸来逃命奔走,不想四边尽是芦苇野港,又没旱路。只见岸上芦苇又刮刮杂杂,也烧将起来。那捕盗官兵,两头没处走。风又紧,火又猛,众官兵只得钻去,都奔烂泥里立地。

火光丛中,只见一只小快船,船尾上一个摇着船,船头上坐着一个先生,手里明晃晃地拿着一口宝剑,口里喝道:"休教走了一个!"众兵都在烂泥里慌做一堆。说犹未了,只见芦苇东岸,两个人引着四五个打鱼的,都手里明晃晃拿着刀枪走来。这边芦苇西岸,又是两个人,也引着四五个打鱼的,手里也明晃晃拿着飞鱼钩走来。东西两岸,四个好汉并这伙人,一齐动手,排头儿搠将来。无移时,把许多官兵都搠死在烂泥里。

东岸两个是晁盖、阮小五;西岸两个是阮小二、阮小七;船上那个先生,便是祭风的公孙胜。五位好汉,引着十数个打鱼的庄家,把这伙官兵都搠死在芦苇荡里。单单只剩得一个何观察,捆做粽子也似丢在船舱里。阮小二提将上岸来,指着骂道:"你这厮,是济州一个诈害百姓的蠹虫!我本待把你碎尸万段,却要你回去对那济州府管事的贼驴说:俺这石碣村阮氏三雄,东溪村天王晁盖,都不是好撩拨的!我也不来你城里借粮,他也休要来我这村中讨死!倘或正眼儿觑着,休道你是一个小小州尹,也莫说蔡太师差干人来要拿我们,便是蔡京亲自来时,我也搠他三二十个透明的窟窿。俺们放你回去,休得再来！传与你的那个鸟官人,教他休要讨死！这里没大路,我着兄弟送你出路口去。"当时阮小七把一只小快船载了何涛,直送他到大路口,喝道:"这里一直去,便有寻路处。别的众人都杀了,难道只恁地好好放了你去,也吃你那州尹贼驴笑！且请下你两个耳朵来做表证(证明)！"阮小七身边拔起尖刀,把何观察两个耳朵割下来,鲜血淋漓。插了刀,解了搭膊,放上岸去。诗曰:

> 官兵尽付断头沟,要放何涛不便休。
>
> 留着耳朵听说话,旋将驴耳代驴头。

何涛得了性命,自寻路回济州去了。

且说晁盖、公孙胜和阮家三弟兄,并十数个打鱼的,一发都驾了五七只小船,离了石碣村湖泊,径投李家道口来。到得那里,相寻着吴用、刘唐船只,合做一处。吴用问起拒敌官兵一事,晁盖备细说了。吴用众人大喜,整顿船只齐了,一同来到旱地忽律朱贵酒店里来相投。朱贵见了许多人来说投托入伙,慌忙迎接。吴用将来历实说与朱贵听了,大喜。逐一都相见了,请入厅上坐定,忙叫酒保安排分例酒来,管待众人。随即取出一张皮靶弓来,搭上一枝响箭,望着那对港芦苇中射去。响箭到处,早见有小喽啰摇出一只船来。朱贵急写了一封书呈,备细写众豪杰入伙姓名人数,先付与小喽啰赍了,教去寨里报知;一面又杀羊管待众好汉。

过了一夜,次日早起,朱贵唤一只大船,请众多好汉下船,就同带了晁盖等来的船只,一齐望山寨里来。行了多时,早来到一处水口,只听的岸上鼓响锣鸣。晁盖看时,只见七八个小喽啰,划出四只哨船来,见了朱贵,都声了喏,自依旧先去了。

再说一行人来到金沙滩上岸,便留老小船只并打鱼的人在此等候。又见数十个小喽啰,下山来接引到关上。王伦领着一班头领,出关迎接。晁盖等慌忙施礼。王伦答礼道:"小可王伦,久闻晁天王大名,如雷灌耳。今日且喜光临草寨。"晁盖道:"晁某是个不读书史的人,甚是粗卤。今日事在藏拙,甘心与头领帐下做一小卒,不弃幸甚。"王伦道:"休如此说,且请到小寨,再有计议。"一行从人,都跟着两个头领上山来。到得大寨聚义厅上,王伦再三谦让晁盖一行人上阶。晁盖等七人在右边一字儿立下,王伦与众头领在左边一字儿立下。一个个都讲礼罢,分宾主对席坐下。王伦唤阶下众小头目声喏已毕,一壁厢(一边)动起山寨中鼓乐。先叫小头目去山下管待来的从人,关下(山寨大门之外)另有客馆安歇。诗曰:

> 入伙分明是一群,相留意气便须亲。
>
> 如何待彼为宾客,只恐身难作主人。

且说山寨里宰了两头黄牛、十个羊、五个猪,大吹大擂筵席。众头领饮酒中间,晁盖把胸中之事,从头至尾都告诉王伦等众位。王伦听罢,骇然了半晌,心内踌躇,做声不得,自己沉吟,虚应答筵宴。至晚席散,众头领送晁盖等众人关下客馆内安歇,自有来的人伏侍。

晁盖心中欢喜,对吴用等六人说道:"我们造下这等迷天大罪,那里去安身? 不是这王头领如此错爱,我等皆已失所,此恩不可忘报!"吴用只是冷笑。晁盖道:"先生何故只是冷笑? 有事可以通知。"吴用道:"兄长性直,你道王伦肯收留我们? 兄长不看他的心,只观他的颜色动静规模(指人物的才具气概)。"晁盖道:"观他颜色怎地?"吴用道:"兄长不见他早间席上与兄长说话,倒有交情;次后因兄长说出杀了许多官兵捕盗巡检,放了何涛,阮氏三雄如此豪杰,他便有些颜色变了。虽是口中应答,动静规模,心里好生不然。若是他有心收留我们,只就早上便议定了座位。杜迁、宋万这两个自是粗卤的人,待客之事,如何省得? 只有林冲那人,原是京师禁军教头,大郡的人,诸事晓得;今不得已,坐了第四位。早间见林冲看王伦答应兄长模样,他自便有些不平之气,频频把眼瞅这王伦,心内自己踌躇。我看这人,倒有顾盼(照料,照顾)之心,只是不得已。小生略放片言,教他本寨自相火并(指同伙自相残杀、并吞)。"晁盖道:"全仗先生妙策良谋,可以容身。"当夜七人安歇了。

次早天明,只见人报道:"林教头相访。"吴用便对晁盖道:"这人来相探,中俺计了。"七个人慌忙起来迎接,邀请林冲入到客馆里面。吴用向前称谢道:"夜来重蒙恩赐,拜扰不当。"林冲道:"小可有失恭敬。虽有奉承之心,奈缘不在其位,望乞恕罪。"吴学究道:"我等虽是不才,非为草木,岂不见头领错爱之心,顾盼之意,感恩不浅。"晁盖再三谦让林冲上坐,林冲那里肯,推晁盖上首坐了,林冲便在下首坐定。吴用等六人一带(一排)坐下。晁盖道:"久闻教头大名,不想今日得会。"林冲道:"小人旧在东京时,与朋友交有礼节,不曾有误。虽然今日能够得见尊颜,不得遂平生之愿,特地径来陪话。"晁盖称谢道:"深感厚意。"

吴用便动问道:"小生旧日久闻头领在东京时,十分豪杰,不知缘何与高俅不睦,致被陷害。后闻在沧州,亦被火烧了大军草料场,又是他的计策。向后不知谁荐头领上山?"林冲道:"若说高俅这贼陷害一节,但提起,毛发直立,又不能报得此仇!来此容身,皆是柴大官人举荐到此。"吴用道:"柴大官人,莫非是江湖上人称为小旋风柴进的么?"林冲道:"正是此人。"晁盖道:"小可(自称,谦称)多闻人说柴大官人仗义疏财,接纳四方豪杰,说是大周皇帝(后周世宗柴荣)嫡派子孙,如何能够会他一面也好。"

吴用又对林冲道:"据这柴大官人,名闻寰海(海内,全国),声播天下的人,教头若非武艺超群,他如何肯荐上山?非是吴用过称(过分称赞、赞誉),理合王伦让这第一位头领坐。此天下之公论,也不负了柴大官人之书信。"林冲道:"承先生高谈,只因小可犯下大罪,投奔柴大官人,非他不留林冲,诚恐负累他不便,自愿上山。不想今日去住无门!非在位次低微,且王伦只心术不定,语言不准,难以相聚。"吴用道:"王头领待人接物,一团和气,如何心地倒恁窄狭?"林冲道:"今日山寨,天幸得众多豪杰到此,相扶相助,似锦上添花,如旱苗得雨。

此人只怀妒贤嫉能之心，但恐众豪杰势力相压。夜来因见兄长所说众位杀死官兵一节，他便有些不然，就怀不肯相留的模样，以此请众豪杰来关下安歇。"吴用便道："既然王头领有这般之心，我等休要待他发付，自投别处去便了。"林冲道："众豪杰休生见外之心，林冲自有分晓。小可只恐众豪杰生退去之意，特来早早说知。今日看他如何相待。若这厮语言有理，不似昨日，万事罢论；倘若这厮今朝有半句话参差时，尽在林冲身上。"晁盖道："头领如此错爱，俺兄弟皆感厚恩。"吴用便道："头领为我弟兄面上，倒教头领与旧弟兄分颜(翻脸)。若是可容即容，不可容时，小生等登时告退。"林冲道："先生差矣！古人有言：'惺惺惜惺惺，好汉惜好汉。'量这一个泼男女，腌臜畜生，终作何用！众豪杰且请宽心。"林冲起身别了众人，说道："少间相会。"众人相送出来，林冲自上山去了。正是：

> 如何此处不留人，休言自有留人处。
>
> 应留人者怕人留，身苦难留留客住。

当日没多时，只见小喽罗到来相请，说道："今日山寨里头领相请众好汉，去山南水寨亭上筵会。"晁盖道："上复头领，少间(一会儿)便到。"小喽罗去了。

晁盖问吴用道："先生，此一会如何？"吴学究笑道："兄长放心，此一会倒有分做山寨之主。今日林教头必然有火并王伦之意。他若有些心懒，小生凭着三寸不烂之舌，不由他不火并。兄长身边各藏了暗器，只看小生把手来拈须为号，兄长便可协力。"晁盖等众人暗喜。

辰牌已后，三四次人来催请。晁盖和众头领身边各各带了器械，暗藏在身上，结束(穿戴)得端正，却来赴席。只见宋万亲自骑马，又来相请，小喽罗抬过七乘山轿，七个人都上轿子，一径投南山水寨里来。直到寨后水亭子前下了轿，王伦、杜迁、林冲、朱贵都出来相接，邀请到那水亭子上，分宾主坐定。看那水亭一遭景致时，但见：

四面水帘高卷，周回花压朱阑。满目香风，万朵芙蓉铺绿水；迎眸翠色，千枝荷叶绕芳塘。华檐外阴阴柳影，锁窗(绘有连环花饰的窗子)前细细松声。江山秀气满亭台，豪杰一群来聚会。

当下，王伦与四个头领杜迁、宋万、林冲、朱贵坐在左边主位上；晁盖与六个好汉吴用、公孙胜、刘唐、三阮坐在右边客席。阶下小喽罗轮番把盏。酒至数巡，食供两次，晁盖和王伦盘话。但提起聚义一事，王伦便把闲话支吾开去。吴用把眼来看林冲时，只见林冲侧坐交椅上，把眼瞅王伦身上。

看看饮酒至午后，王伦回头叫小喽罗取来。三四个人去不多时，只见一人捧个大盘子，里放着五锭大银。王伦便起身把盏，对晁盖说道："感蒙众豪杰到此聚义，只恨敝山小寨，是一洼之水，如何安得许多真龙？聊备些小薄礼，万望笑留，烦投大寨歇马，小可使人亲到麾下(将旗之下。麾，huī)纳降(接受投降)。"晁盖道："小子久闻大山招贤纳士，一径地特来投托入伙，若是不能相容，我等众人自行告退。重蒙所赐白金，决不敢领。非敢自夸丰富，小可聊有些盘缠使用。速请纳回厚礼，只此告别。"王伦道："何故推却？非是敝山不纳众位豪杰，奈缘只为粮少房稀，恐日后误了足下，众位面皮不好，因此不敢相留。"

说言未了，只见林冲双眉剔起(竖起)，两眼圆睁，坐在交椅上大喝道："你前番我上山来时，也推道粮少房稀。今日晁兄与众豪杰到此山寨，你又发出这等言语来，是何道理？"吴用便说道："头领息怒。自是我等来的不是，倒坏了你山寨情分。今日王头领以礼发付我们下山，送与盘缠，又不曾热赶(立即驱赶)将去。请头领息怒，我等自去罢休。"林冲道："这是笑里藏刀，言清行浊的人！我其实今日放他不过！"王伦喝道："你看这畜生！又不醉了，倒把言语来伤触我，却不是反失上下！"林冲大怒道："量你是个落第穷儒，胸中又没文学，怎做得山寨之主！"吴用便道："晁兄，只因我等上山相投，反坏了头领面皮。只今办了船只，便当告退。"

　　晁盖等七人便起身,要下亭子。王伦留道:"且请席终了去。"林冲把桌子只一脚,踢在一边,抢起身来,衣襟底下掣出一把明晃晃刀来,搦(nuò,古同"搦",握持)的火杂杂(形容紧张火爆的动作)。吴用便把手将髭须一摸,晁盖、刘唐便上亭子来,虚拦住王伦叫道:"不要火并!"吴用一手扯住林冲,便道:"头领不可造次(乱来)!"公孙胜假意劝道:"休为我等坏了大义。"阮小二便去帮住(靠紧对方身旁使之不能自由动作)杜迁,阮小五便帮住宋万,阮小七帮住朱贵,吓得小喽罗们目瞪口呆。

　　林冲拿住王伦骂道:"你是一个村野穷儒,亏了杜迁得到这里。柴大官人这等资助你,赒给(周济给助。赒,zhōu)盘缠,与你相交;举荐我来,尚且许多推却。今日众豪杰特来相聚,又要发付他下山去。这梁山泊便是你的!你这嫉贤妒能的贼,不杀了,要你何用!你也无大量大才,也做不得山寨之主!"杜迁、宋万、朱贵本待要向前来劝,被这几个紧紧帮着,那里敢动。王伦那时也要寻路走,却被晁盖、刘唐两个拦住。王伦见头势(情势,形势)不好,口里叫道:"我的心腹都在那里?"虽有几个身边知心腹的人,本待要来救,见了林冲这般凶猛头势,谁敢向前。林冲即时拿住王伦,又骂了一顿,去心窝里只一刀,肐察(gēchá,象声词。多形容动刀动枪的声音)地搠倒在亭上。可怜王伦做了多年寨主,今日死在林冲之手,正应古人言:"量大福也大,机深祸亦深。"有诗为证:

　　　　独据梁山志可羞,嫉贤傲士少宽柔。

　　　　只将寨主为身有,却把群英作寇仇。

　　　　酒席欢时生杀气,杯盘响处落人头。

　　　　胸怀褊狭①真堪恨,不肯留贤命不留。

　　晁盖见杀了王伦,各擎刀在手。林冲早把王伦首级割下来,提在手里,吓得那杜迁、宋万、朱贵都跪下说道:"愿随哥哥执鞭坠镫(谓

---

① 褊(biǎn)狭:指心胸、气量、见识等狭隘。褊,衣服狭小。

<u>服侍别人乘骑,多表示倾心追随)</u>！"晁盖等慌忙扶起三人来。吴用就血泊里曳过头把交椅来,便纳林冲坐地<u>(坐下)</u>,叫道:"如有不伏者,将王伦为例！今日扶林教头为山寨之主。"林冲大叫道:"先生差矣！我今日只为众豪杰义气为重上头,火并了这不仁之贼,实无心要谋此位。今日吴兄却让此第一位与林冲坐,岂不惹天下英雄耻笑？若欲相逼,宁死而已！弟有片言,不知众位肯依我么？"众人道:"头领所言,谁敢不依？愿闻其言。"

林冲言无数句,话不一席,有分教,断金亭上,招多少断金之人;聚义厅前,开几番聚义之会。正是替天行道人将至,仗义疏财汉便来。毕竟林冲对吴用说出甚言语来,且听下回分解。

# 第 二 十 回

## 梁山泊义士尊晁盖　郓城县月夜走刘唐

话说林冲杀了王伦,手拿尖刀,指着众人说道:"据林冲虽系禁军遭配到此,今日为众豪杰至此相聚,争奈王伦心胸狭隘,嫉贤妒能,推故不纳,因此火并了这厮,非林冲要图此位。据着我胸襟胆气,焉敢拒敌官军,剪除君侧元凶首恶?今有晁兄,仗义疏财,智勇足备,方今天下人闻其名,无有不伏。我今日以义气为重,立他为山寨之主,好么?"众人道:"头领言之极当。"晁盖道:"不可。自古'强兵不压主'。晁盖强杀(充其量),只是个远来新到的人,安敢便来占上?"林冲把手向前,将晁盖推在交椅上,叫道:"今日事已到头,请勿推却。若有不从者,将王伦为例。"再三再四,扶晁盖坐了。林冲喝叫众人就于亭前参拜了。一面使小喽罗去大寨里摆下筵席,一面叫人抬过了王伦尸首,一面又着人去山前山后唤众多小头目都来大寨里聚义。

林冲等一行人,请晁盖上了轿马,都投大寨里来。到得聚义厅前,下了马,都上厅来。众人扶晁天王去正中第一位交椅上坐定,中间焚起一炉香来。林冲向前道:"小可林冲,只是个粗卤匹夫,不过只会些枪棒而已,无学无才,无智无术。今日山寨,天幸得众豪杰相聚,大义既明,非比往日苟且。学究先生在此,便请做军师,执掌兵权,调用将校,须坐第二位。"吴用答道:"吴某村中学究,胸次又无经纶济世之才,虽只读些孙吴兵法,未曾有半粒微功,怎敢占上?"林冲道:"事已到头,不必谦让。"吴用只得坐了第二位。林冲道:"公孙先生请坐第三位。"晁盖道："却使不得。若是这等推让之时,晁盖必须退位。"林冲道："晁兄差矣。公孙先生名闻江湖,善能用兵,有鬼神不测之机,呼风唤雨之法,谁能及得?"公孙胜道："虽有些小之法,亦无济世之才,如何便敢占上? 还是头领请坐。"林冲道："只今番克敌制胜,便见得先生妙法。正是鼎分三足,缺一不可,先生不必推却。"公孙胜只得坐了第三位。

林冲再要让时,晁盖、吴用、公孙胜都不肯。三人俱道："适蒙头领所说,鼎分三足,以此不敢违命。我三人占上,头领再要让人时,晁盖等只得告退。"三人扶住林冲,只得坐了第四位。晁盖道："今番须请宋、杜二头领来坐。"那杜迁、宋万见杀了王伦,寻思道："自身本事低微,如何近的他们,不若做个人情。"苦苦地请刘唐坐了第五位,阮小二坐了第六位,阮小五坐了第七位,阮小七坐了第八位,杜迁坐了第九位,宋万坐了第十位,朱贵坐了第十一位。梁山泊自此是十一位好汉坐定。山前山后,共有七八百人,都来厅前参拜了,分立在两下。

晁盖道："你等众人在此:今日林教头扶我做山寨之主,吴学究做军师,公孙先生同掌兵权,林教头等共管山寨。汝等众人,各依旧职,管领山前山后事务,守着寨栅滩头,休教有失。各人务要竭力同心,共聚大义。"再教收拾两边房屋,安顿了阮家老小,便教取出打劫得的生辰纲——金珠宝贝,并自家庄上过活的金银财帛,就当厅赏赐众小头目并众多小喽啰。当下椎牛宰马,祭祀天地神明,庆贺重新聚义。众头领饮酒至半夜方散。次日,又办筵宴庆会,一连吃了数日筵席。

晁盖与吴用等众头领计议,整点仓廒,修理寨栅,打造军器——枪、刀、弓、箭、衣甲、头盔——准备迎敌官军;安排大小船只,教演人兵水手上船厮杀,好做提备,不在话下。自此梁山泊十一位头领聚义,真乃是交情浑似股肱(大腿和胳膊。比喻十分亲近,密不可分。肱,gōng),义气如同骨肉。有诗为证:

古人交谊断黄金,心若同时谊亦深。

水浒请看忠义士,死生能守岁寒心。

因此,林冲见晁盖作事宽洪,疏财仗义,安顿各家老小在山,蓦然思念妻子在京师,存亡未保,遂将心腹备细诉与晁盖道:"小人自从上山之后,欲要搬取妻子上山来,因见王伦心术不定,难以过活,一向蹉跎(cuōtuó,虚度光阴)过了。流落东京,不知死活。"晁盖道:"贤弟既有宝眷(称人眷属的敬辞)在京,如何不去取来完聚? 你快写书,便教人下山去,星夜取上山来,多少是好。"林冲当下写了一封书,叫两个自身边心腹小喽啰下山去了。

不过两个月,小喽啰还寨说道:"直至东京城内殿帅府前,寻到张教头家,闻说娘子被高太尉威逼亲事,自缢身死,已故半载。张教头亦为忧疑,半月之前,染患身故。止剩得女使锦儿,已招赘(招女婿)丈夫在家过活。访问邻里,亦是如此说。打听得真实,回来报与头领。"林冲见说,潸然泪下(指眼泪不由自主地流下来。潸,shān,泪流的样子),自此杜绝了心中挂念。晁盖等见说了,怅然(失意,不高兴)嗟叹。

山寨中自此无话,每日只是操练人兵,准备抵敌官军。

忽一日,众头领正在聚义厅上商议事务,只见小喽啰报上山来说道:"济州府差拨军官,带领约有一千人马,乘驾大小船四五百只,现在石碣村湖荡里屯住,特来报知。"晁盖大惊,便请军师吴用商议道:"官军将至,如何迎敌? "吴用笑道:"不须兄长挂心,吴某自有措置(处置,安排)。自古道:'水来土掩,兵到将迎。'"随即唤阮氏三雄,附耳低言道:"如此如此。"又唤林冲、刘唐受计道:"你两个便这般这般。"再叫杜迁、宋万,也分付了。正是:西迎项羽三千阵,今日先施第一功。

且说济州府尹点差团练使(全名团练守捉使,负责地方武装的军事官职)黄安并本府捕盗官一员,带领一千余人,拘集本处船只,就石碣村湖荡调拨,分开船只作两路来取泊子。

且说团练使黄安带领人马上船,摇旗呐喊,杀奔金沙滩来。看看渐近滩头，只听得水面上呜呜咽咽吹将起来。黄安道："这不是画角(古管乐器。形如竹筒，头细尾大，以竹木或皮革等制成，因表面有彩绘，故称)之声？且把船来分作两路，去那芦花荡中湾住。"看时，只见水面上远远地三只船来。看那船时，每只船上只有五个人：四个人摇着双橹，船头上立着一个人，头带绛红巾，都一样身穿红罗绣袄，手里各拿着留客住(古兵器名。一种头端有倒钩的长枪)，三只船上人，都一般打扮。于内有人认得的，便对黄安说道："这三只船上三个人，一个是阮小二，一个是阮小五，一个是阮小七。"黄安道："你众人与我一齐并力向前，拿这三个人！"两边有四五十只船，一齐发着喊，杀奔前去。那三只船嗦哨了一声，一齐便回。黄团练把手内枪拈搭动(用手搓转，摆弄)，向前来叫道："只顾杀这贼，我自有重赏。"那三只船前面走，背后官军船上把箭射将去。那三阮去船舱里各拿起一片青狐皮来遮那箭矢。后面船只只顾赶。

　　赶不过二三里水港，黄安背后一只飞船，飞也似划来报道："且不要赶！我们那一条杀入去的船只，都被他杀下水里去，把船都夺去了。"黄安问道："怎的着了那厮的手！"小船上人答道："我们正行船时，只见远远地两只船来，每船上各有五个人。我们并力杀去赶他，赶不过三四里水面，四下里小港钻出七八只小船来。船上弩箭似飞蝗一般射将来，我们急把船回时，来到窄狭港口，只见岸上约有二三十人，两头牵一条大篾索(竹篾编的绳索)，横截在水面上。却待向前看索时，又被他岸上灰瓶、石子如雨点一般打将来。众官军只得弃了船只，下水逃命。我众人逃得出来，到旱路边看时，那岸上人马皆不见了，马也被他牵去了；看马的军人都杀死在水里。我们芦花荡边寻得这只小船儿，径来报与团练。"黄安听得说了，叫苦不迭，便把白旗招动，教众船不要去赶，且一发回来。

　　那众船才拨得转头，未曾行动，只见背后那三只船又引着十数只船，都只是这三五个人，把红旗摇着，口里吹着胡哨，飞也似赶来。黄安却待把船摆开迎敌时，只听得芦苇丛中炮响。黄安看时，说道:'黄泥冈上一伙贩枣子的客人,把蒙汗药麻翻了人,劫了生辰纲去。'我猜不是晁保正,却是兀谁(兀,前缀。犹言谁)!如今只捕了白胜,一问便知端的。这个经折儿,是我抄的副本。"

何涛听了大喜,随即引了兄弟何清,径到州衙里见了太守。府尹问道:"那公事有些下落么?"何涛禀道:"略有些消息了。"府尹叫进后堂来说,仔细问了来历。何清一一禀说了。

当下便差八个做公的,一同何涛、何清,连夜来到安乐村,叫了店主人做眼(打听消息,充当耳目),径奔到白胜家里,却是三更时分。叫店主人赚开门来打火,只听得白胜在床上做声(呻吟)。问他老婆时,却说道害热病,不曾得汗。从床上拖将起来,见白胜面色红白,就把索子绑了,喝道:"黄泥冈上做得好事!"白胜那里肯认。把那妇人捆了,也不肯招。众做公的绕屋寻赃,寻到床底下,见地面不平;众人掘开,不到三尺深。众多公人发声喊,白胜面如土色,就地下取出一包金银,随即把白胜头脸包了,带他老婆,扛抬赃物,都连夜赶回济州城里来。却好五更天明时分,把白胜押到厅前,便将索子捆了。问他主情造意(出谋划策的人),白胜抵赖,死不肯招晁保正等七人。连打三四顿,打的皮开肉绽,鲜血迸流。府尹喝道:"告的正主(主谋)招了赃物,捕人已知是郓城县东溪村晁保正了,你这厮如何赖得过!你快说那六人是谁,便不打你了。"白胜又捱了一歇,打熬不过,只得招道:"为首的是晁保正。他自同六人来纠合白胜与他挑酒,其实不认得那六人。"知府道:"这个不难。只拿住晁保正,那六人便有下落。"先取一面二十斤死枷枷了白胜;他的老婆也锁了,押去女牢里监收。

随即押一纸公文,就差何涛亲自带领二十个眼明手快的公人,径去郓城县投下,着落本县,立等要捉晁保正并不知姓名六个正贼。就带原解生辰纲的两个虞候,作眼(当证人)拿人。一同何观察领了一行人,去时不要大惊小怪,只恐怕走透了消息。星夜来到郓城县,先把一行公人并两个虞候,都藏在客店里,只带一两个跟着,来下公去早来。"三阮便下厅去，换了衣裳，跨了腰刀，拿了朴刀、榾叉、留客住，点起一百余人上厅来；别了头领，便下山，就金沙滩把船载过朱贵酒店里去了。

晁盖恐三阮担负不下，又使刘唐点起一百余人，教领了下山去接应；又分付道："只可善取金帛财物，切不可伤害客商性命。"刘唐去了。晁盖到三更，不见回报，又使杜迁、宋万引五十余人下山接应。

晁盖与吴用、公孙胜、林冲饮酒至天明，只见小喽罗报喜道："三阮头领得了二十余辆车子金银财物，并四五十匹驴骡头口。"晁盖又问道："不曾杀人么？"小喽罗答道："那许多客人，见我们来得头势猛了，都撇下车子、头口、行李，逃命去了，并不曾伤害他一个。"晁盖见说大喜："我等初到山寨，不可伤害于人。"取一锭白银，赏了小喽罗。便叫将了酒果下山来，直接到金沙滩上。见众头领尽把车辆扛上岸来，再叫撑船去载头口马匹，众头领大喜。把盏已毕，教人去请朱贵上山来筵宴。

晁盖等众头领，都上到山寨聚义厅上，簸箕掌（表示圆圈的形状。常用以形容围成一圈貌）栲栳圈（栲栳状的圆形。用柳条编成的盛物器具。亦称笆斗）坐定。叫小喽罗扛抬过许多财物在厅上，一包包打开，将彩帛衣服堆在一边，行货等物堆在一边，金银宝贝堆在正面。众头领看了打劫得许多财物，心中欢喜。便叫掌库（掌管仓库之人）的小头目，每样取一半，收贮在库，听候支用。这一半分做两分：厅上十一位头领均分一分；山上山下众人均分一分。把这新拿到的军健，脸上刺了字号，选壮浪（壮实、壮健）的分拨去各寨喂马砍柴，软弱的，各处看车切草。黄安锁在后寨监房内。

晁盖道："我等今日初到山寨，当初只指望逃灾避难，投托王伦帐下，为一小头目；多感林教头贤弟推让我为尊，不想连得了两场喜事：第一赢得官军，收得许多人马船只，捉了黄安；二乃又得了若干财物金银。此不是皆托众弟兄的才能？"众头领道："皆托得大哥哥的福荫，以此得采(发利市，幸而得成)。"

晁盖再与吴用道："俺们弟兄七人的性命，皆出于宋押司、朱都头两个。古人道：'知恩不报，非为人也！'今日富贵安乐，从何而来？早晚将些金银，可使人亲到郓城县走一遭，此是第一件要紧的事务。再有白胜陷在济州大牢里，我们必须要去救他出来。"吴用道："兄长不必忧心，小生自有刮划(筹划，安排)。宋押司是个仁义之人，紧地(必然)不望我们酬谢。然虽如此，礼不可缺，早晚待山寨粗安，必用一个兄弟自去。白胜的事，可教驀生人(陌生人)去那里使钱，买上嘱下，松宽他，便好脱身。我等且商量屯粮，造船，制办军器，安排寨栅、城垣(城墙。垣，yuán)，添造房屋，整顿衣袍、铠甲，打造枪、刀、弓、箭，防备迎敌官军。"晁盖道："既然如此，全仗军师妙策指教。"吴用当下调拨众头领，分派去办，不在话下。

且不说梁山泊自从晁盖上山，好生兴旺。却说济州府太守见黄安手下逃回的军人备说梁山泊杀死官军，生擒黄安一事；又说梁山泊好汉十分英雄了得，无人近傍得他，难以收捕；抑且(况且)水路难认，港汊多杂，以此不能取胜。府尹听了，只叫得苦，向太师府干办说道："何涛先折了许多人马，独自一个逃得性命回来，已被割了两个耳朵，自回家将息，至今不能痊；去的五百人，无一个回来；因此又差团练使黄安并本府捕盗官带领军兵前去追捉，亦皆失陷。黄安已被活捉上山，杀死官军，不知其数，又不能取胜，怎生是好！"太守肚里正怀着鬼胎，没个道理处。只见承局(宋代的低级军职，属殿前司)来报说："东门接官亭上，有新官到来，飞报到此。"

太守慌忙上马，来到东门外接官亭(迎接官员的凉亭，俗称接官亭)上，望见尘土起处，新官已到亭子前下马。府尹接上亭子，相见已了。那新官取出中书省(古代皇帝直属的中枢官署之名)更替文书来，度与府尹。太守看罢，随即和新官到州衙里，交割(交易双方银货两讫，结清手续)牌印、一应府库钱粮等项。当下安排筵席，管待新官。旧太守备说梁山泊贼盗浩大，杀死官军一节。说罢，新官面如土色，心中思忖(考虑。忖，cǔn)

道："蔡太师将这件勾当抬举我，却是此等地面，这般府分(府)。又没强兵猛将，如何收捕得这伙强人？倘或这厮们来城里借粮时，却怎生奈何？"旧官太守次日收拾了衣装行李，自回东京听罪，不在话下。

且说新官宗府尹到任之后，请将一员新调来镇守济州的军官来，当下商议招军买马，集草屯粮，招募悍勇民夫，智谋贤士，准备收捕梁山泊好汉。一面申呈中书省，转行牌(下发令牌或公文)仰附近州郡，并力剿捕；一面自行下文书所属州县，知会收剿，及仰属县，着令守御本境。这个都不在话下。

且说本州孔目(旧时官府衙门里的高级吏人。掌管狱讼、账目、遣发等事务)，差人赍一纸公文，行下所属郓城县，教守御本境，防备梁山泊贼人。郓城县知县看了公文，教宋江迭成文案，行下各乡村，一体守备。宋江见了公文，心内寻思道："晁盖等众人，不想做下这般大事，犯了大罪，劫了生辰纲，杀了做公的，伤了何观察，又损害了许多官军人马，又把黄安活捉上山。如此之罪，是灭九族的勾当。虽是被人逼迫，事非得已，于法度上却饶不得。倘有疏失，如之奈何？"自家一个心中纳闷。分付贴书后司(州县官衙中较低级的吏人，在押司手下负责书写、造帐等各种工作)张文远将此文书立成文案，行下各乡各保。张文远自理会文卷，宋江却信步走出县来。

走不过三二十步，只听得背后有人叫声："押司！"宋江转回头来看时，却是做媒的王婆，引着一个婆子，却与他说道："你有缘，做好事的押司来也！"宋江转身来问道："有甚么话说？"王婆拦住，指着阎婆对宋江说道："押司不知，这一家儿从东京来，不是这里人家。嫡亲(血统最为亲近。嫡，dí)三口儿，夫主阎公，有个女儿婆惜。他那阎公，平昔是个好唱的人，自小教得他那女儿婆惜，也会唱诸般耍令。年方一十八岁，颇有些颜色(姿色)。三口儿因来山东投奔一个官人不着，流落在此郓城县。不想这里的人，不喜风流宴乐，因此不能过活，在这县后一个僻净巷内权住。昨日他的家公因害时疫(得了一时流行的传染病)死了,这阎婆无钱津送(办理丧事),停尸在家没做道理处,央及老身做媒。我道:'这般时节,那里有这等恰好?'又没借换处,正在这里走头没路的,只见押司打从这里过,以此老身与这阎婆赶来,望押司可怜见他则个,作成(成全)一具棺材。"宋江道:"原来恁地。你两个跟我来,去巷口酒店里,借笔砚写个帖子,与你去县东陈三郎家,取具棺材。"宋江又问道:"你有结果(料理丧葬事项)使用么?"阎婆答道:"实不瞒押司说,棺材尚无,那讨使用?"宋江道:"我再与你银子十两,做使用钱。"阎婆道:"便是重生的父母,再长的爷娘,做驴做马,报答押司。"宋江道:"休要如此说。"随即取出一锭银子,递与阎婆,自回下处去了。

且说这婆子将了帖子,径来县东街陈三郎家,取了一具棺材,回家发送了当,兀自余剩下五六两银子,娘儿两个,把来盘缠,不在话下。

忽一朝,那阎婆因来谢宋江,见他下处,没有一个妇人家面,回来问间壁(隔壁)王婆道:"宋押司下处(住所;临时歇息的地方),不见一个妇人面,他曾有娘子也无?"王婆道:"只闻宋押司家里在宋家村住,却不曾见说他有娘子。在这县里做押司,只是客居。常常见他散施棺材药饵,极肯济人贫苦,敢怕是未有娘子。"阎婆道:"我这女儿长得好模样,又会唱曲儿,省得(懂得)诸般耍笑,从小儿在东京时,只去行院(妓院)人家串,那一个行院不爱他! 有几个上行首(即上厅行首。官妓班首的称谓。亦泛指名妓),要问我过房(指以别人的儿女为儿女,或认别人为义父母)几次,我不肯。只因我两口儿无人养老,因此不过房与他。不想今来倒苦了他。我前日去谢宋押司,见他下处没娘子,因此央你与我对宋押司说,他若要讨人时,我情愿把婆惜与他。我前日得你作成,亏了宋押司救济,无可报答他,与他做个亲眷来往。"

王婆听了这话,次日来见宋江,备细说了这件事。宋江初时不肯,怎当这婆子撮合山(媒人)的嘴撺掇(张罗,安排),宋江依允了。就在县西巷内,讨了一所楼房,置办些家火什物(家用器具),安顿了阎婆惜娘儿两个,在那里居住。没半月之间,打扮得阎婆惜满头珠翠,遍体绫罗。正是：

　　花容袅娜，玉质娉婷。鬓横一片乌云，眉扫半弯新月。金莲窄窄，湘裙微露不胜情；玉笋纤纤，翠袖半笼无限意。星眼浑如点漆，酥胸真似截肪(切开的脂肪。喻颜色和质地白润)。金屋美人离御苑，蕊珠仙子下尘寰(世间)。

宋江又过几日，连那婆子，也有若干头面衣服，端的养的婆惜丰衣足食。

　　初时宋江夜夜与婆惜一处歇卧，向后渐渐来得慢了。却是为何？原来宋江是个好汉，只爱学使枪棒，于女色上不十分要紧。这阎婆惜水也似后生(小辈，年轻人)，况兼十八九岁，正在妙龄之际，因此宋江不中那婆娘意。

　　一日，宋江不合(不应当)带后司贴书张文远来阎婆惜家吃酒。这张文远却是宋江的同房押司，那厮唤做小张三，生得眉清目秀，齿白唇红。平昔只爱去三瓦两舍，飘蓬浮荡(漂泊无定，行为轻浮放荡)，学得一身风流俊俏，更兼品竹调丝，无有不会。这婆惜是个酒色娼妓，一见张三，心里便喜，倒有意看上他。那张三见这婆惜有意，以目送情，等宋江起身净手，倒把言语来嘲惹张三。常言道："风不来，树不动；船不摇，水不浑。"那张三亦是个酒色之徒，这事如何不晓得。因见这婆娘眉来眼去，十分有情，便记在心里。向后宋江不在时，这张三便去那里，假意儿只做来寻宋江。那婆娘留住吃茶，言来语去，成了此事。谁想那婆娘自从和那张三两个搭识上了，打得火块一般热。亦且这张三又是个惯弄此事的，岂不闻古人有言："一不将，二不带。"只因宋江千不合，万不合，带这张三来他家里吃酒，以此看上了他。自古道："风流茶说合，酒是色媒人。"正犯着这条款。

　　阎婆惜自从和那小张三两个搭上，并无半点儿情分在这宋江身上。宋江但若来时，只把言语伤他，全不兜揽(招引，理会)他些个。这宋江是个好汉，不以这女色为念，因此半月十日，去走得一遭。那张三和这婆惜，如胶似漆，夜去明来，街坊上人也都知了，却有些风声吹在宋江耳朵里。宋江半信不信，自肚里寻思道："又不是我父母匹配的妻室，他若无心恋我，我没来由惹气做甚么？我只不上门便了。"自此有几个月不去。阎婆累使人来请，宋江只推事故不上门去。正是：

> 花娘有意随流水，义士无心恋落花。
> 婆爱钱财娘爱俏，一般行货两家茶。

话分两头。忽一日将晚，宋江从县里出来，去对过茶房里坐定吃茶。只见一个大汉，头带白范阳毡笠儿，身穿一领黑绿罗袄，下面腿绷护膝，八搭麻鞋，腰里跨着一口腰刀，背着一个大包，走得汗雨通流，气急喘促（喘气急），把脸别转着看那县里。宋江见了这个大汉走得蹊跷，慌忙起身赶出茶房来，跟着那汉走。约走了三二十步，那汉回过头来，看了宋江，却不认得。宋江见了这人，略有些面熟，"莫不是那里曾厮会（碰面，见过）来？"心中一时思量不起。那汉见宋江看了一回，也有些认得，立住了脚，定睛看那宋江，又不敢问。宋江寻思道："这个人好作怪！却怎地只顾看我？"宋江亦不敢问他。只见那汉去路边一个篦（bì）头铺里问道："大哥，前面那个押司是谁？"篦头待诏应道："这位是宋押司。"那汉提着朴刀，走到面前，唱个大喏，说道："押司认得小弟么？"宋江道："足下有些面善（面熟）。"那汉道："可借一步说话。"宋江便和那汉入一条僻净小巷。那汉道："这个酒店里好说话。"

两个上到酒楼，拣个僻净阁儿里坐下。那汉倚了朴刀，解下包裹，撇在桌子底下。那汉扑翻身便拜。宋江慌忙答礼道："不敢拜问足下高姓？"那人道："大恩人，如何忘了小弟？"宋江道："兄长是谁？真个有些面熟，小人失忘了。"那汉道："小弟便是晁保正庄上曾拜识尊颜，蒙恩救了性命的赤发鬼刘唐便是。"宋江听了大惊，说道："贤弟，你好大胆！早是没做公的看见，险些儿惹出事来！"刘唐道："感承大恩，不惧一死，特地来酬谢。"宋江道："晁保正弟兄们近日如何？兄弟，谁教你来？"刘唐道："晁头领哥哥再三拜上大恩人。得蒙救了性命,现今做了梁山泊主都头领(头目,首领)。吴学究做了军师,公孙胜同掌兵权。林冲一力维持,火并了王伦。山寨里原有杜迁、宋万、朱贵,和俺弟兄七个,共是十一个头领。现今山寨里聚集得七八百人,粮食不计其数。只想兄长大恩,无可报管,特使刘唐赍一封书并黄金一百两相谢押司,并朱、雷二都头。"刘唐打开包裹,取出书来,便递与宋江。宋江看罢,便拽起褶子前襟(上衣、袍子等前面的部分),摸出招文袋(古代一种挂在腰带上装文件或财物的小袋子)。打开包儿时,刘唐取出金子放在桌上。宋江把那封书,就取了一条金子和这书包了,插在招文袋内,放下衣襟,便道:"贤弟,将此金子依旧包了。"随即便唤量酒的打酒来,叫大块切一盘肉来,铺下些菜蔬果子之类,叫量酒人筛酒与刘唐吃。

看看天色晚了,刘唐吃了酒,把桌上金子包打开,要取出来。宋江慌忙拦住道:"贤弟,你听我说:你们七个弟兄初到山寨,正要金银使用;宋江家中颇有些过活(靠着生活的财产),且放在你山寨里,等宋江缺少盘缠时,却教兄弟宋清来取。今日非是宋江见外,于内已受了一条。朱仝那人,也有些家私,不用与他,我自与他说知人情便了。雷横这人,又不知我报与保正;况兼这人贪赌,倘或将些出去赌时,便惹出事来,不当稳便,金子切不可与他。贤弟,我不敢留你相请去家中住,倘或有人认得时,不是耍处。今夜月色必然明朗,你便可回山寨去,莫在此停搁。宋江再三申意众头领,不能前来庆贺,切乞恕罪。"刘唐道:"哥哥大恩,无可报答,特令小弟送些人情来与押司,微表孝顺之心。保正哥哥今做头领,学究军师号令非比旧日,小弟怎敢将回去?到山寨中必然受责。"宋江道:"既是号令严明,我便写一封回书,与你将去便了。"刘唐苦苦相央宋江收受,宋江那里肯接,随即取一幅纸来,借酒家笔砚,备细写了一封回书,与刘唐收在包内。

刘唐是个直性的人,见宋江如此推却,想是不肯受了,便将金子依前包了。看看天色晚来,刘唐道:"既然兄长有了回书,小弟连夜便去。"宋江道:"贤弟,不及相留,以心相照。"刘唐又下了四拜(四拜是

<u>古时相见礼。但这并非古代的常礼,而是谢罪的加拜之礼</u>)。**宋江教量酒人**(酒保、堂倌)
来道:"有此位官人留下白银一两在此,我明日却自来算。"刘唐背上
包裹,拿了朴刀,跟着宋江下楼来。离了酒楼,出到巷口,天色昏黄,
是八月半天气,月轮上来。宋江携住刘唐的手,分付道:"贤弟保重,
再不可来。此间做公的多,不是耍处。我更不远送,只此相别。"刘
唐见月色明朗,拽开脚步,望西路便走,连夜回梁山泊来。

再说宋江与刘唐别了,自慢慢行回下处来,一头走,一面肚里寻
思道:"早是没做公的看见,争些儿惹出一场大事来!"一头想:"那
晁盖倒去落了草,直如此大弄(放开手干,大规模地行动)。"

转不过两个弯,只听得背后有人叫一声:"押司,那里去来,好两
日不见面。"宋江回头看时,正是阎婆。不因这番,有分教,宋江小胆
翻为大胆,善心变做恶心。毕竟宋江怎地发付阎婆,且听下回分解。

# 第二十一回

## 虔婆醉打唐牛儿　宋江怒杀阎婆惜

话说宋江别了刘唐，乘着月色满街，信步自回下处来。却好的遇着阎婆，赶上前来叫道："押司，多日使人相请，好贵人，难见面！便是小贱人有些言语高低伤触(冒犯)了押司，也看得老身薄面，自教训他与押司陪话。今晚老身有缘，得见押司，同走一遭去。"宋江道："我今日县里事务忙，摆拨(撇开、摆脱)不开，改日却来。"阎婆道："这个使不得。我女儿在家里专望，押司胡乱温顾(犹温存)他便了。直恁地下得(舍得)！"宋江道："端的忙些个，明日准来。"阎婆道："我今晚要和你去。"便把宋江衣袖扯住了，发话道："是谁挑拨你？我娘儿两个下半世过活，都靠着押司。外人说的闲是闲非，都不要听他，押司自做个主张。我女儿但有差错，都在老身身上。押司胡乱去走一遭。"宋江道："你不要缠，我的事务分拨不开在这里。"阎婆道："押司便误了些公事，知县相公不到得(不至于)便责罚你。这回错过，后次难逢。押司只得和老身去走一遭，到家里自有告诉。"宋江是个快性的人，吃那婆子缠不过，便道："你放了手，我去便了。"阎婆道："押司不要跑了去，老人家赶不上。"宋江道："直恁地这等？"两个厮跟着来到门前，正是：

> 酒不醉人人自醉，花不迷人人自迷。
>
> 直饶今日能知悔，何不当初莫去为？

宋江立住了脚，阎婆把手一拦，说道："押司来到这里，终不成不入去了。"宋江进到里面凳子上坐了，那婆子是乖的，自古道："老虔婆(指不正派的老婆子。犹言贼婆娘,多含贬义。亦指鸨母)如何出得他手?"只怕宋江走去,便帮在身边坐了,叫道:"我儿,你心爱的三郎在这里!"那阎婆惜倒在床上,对着盏孤灯,正在没可寻思处,只等这小张三来。听得娘叫道"你的心爱的三郎在这里",那婆娘只道是张三郎,慌忙起来,把手掠一掠云鬓,口里喃喃的骂道:"这短命,等得我苦也! 老娘先打两个耳刮子(耳光。亦作"耳括子")着!"飞也似跑下楼来,就槅子(上半部装有格眼的落地长窗、门扇或类似的屏障物)眼里张时,堂前琉璃灯(用玻璃制作的油灯)却明亮,照见是宋江,那婆娘复翻身转又上楼去,依前倒在床上。

阎婆听得女儿脚步下楼来了,又听得再上楼去了。婆子又叫道:"我儿,你的三郎在这里,怎地倒走了去。"那婆惜在床上应道:"这屋里多远,他不会来。他又不瞎,如何自不上来,直等我来迎接他,没了当絮絮聒聒地。"阎婆道:"这贱人真个望不见押司来,气苦了。恁地说,也好教押司受他两句儿。"婆子笑道:"押司,我同你上楼去。"宋江听了那婆娘说这几句,心里自有五分不自在;被这婆子来扯,勉强只得上楼去。

原来是一间六椽楼屋(使用六椽桷搭建的楼房。椽,chuán,装于屋顶以支持屋顶盖材料的木杆)。前半间安一副春台、桌凳;后半间铺着卧房,贴里安一张三面棱花的床;两边都是栏干,上挂着一顶红罗幔帐;侧首放个衣架,搭着手巾;这边放着个洗手盆;一张金漆桌子上,放一个锡灯台;边厢两个杌子(小凳子。杌,wù);正面壁上挂一幅仕女;对床排着四把一字交椅。

宋江来到楼上,阎婆便拖入房里去。宋江便向杌子上朝着床边坐了。阎婆就床上拖起女儿来,说道:"押司在这里。我儿,你只是性气不好,把言语来伤触他,恼得押司不上门,闲时却在家里思量。我如今不容易请得他来,你却不起来陪句话儿,颠倒使性!"婆惜把手拓开(张开,打开),说那婆子:"你做甚么这般鸟乱! 我又不曾做了歹事! 他自不上门,教我怎地陪话(赔不是,赔礼道歉)!"

　　宋江听了,也不做声。婆子便推过一把交椅(坐具。腿交叉,有靠背,能折叠),在宋江肩下,便推他女儿过来,说道:"你且和三郎坐一坐。不陪话便罢,不要焦躁。你两个多时不见,也说一句有情的话儿。"那婆娘那里肯过来,便去宋江对面坐了。宋江低了头不做声。婆子看女儿时,也别转了脸。阎婆道:"没酒没浆,做甚么道场?老身有一瓶儿好酒在这里,买些果品来与押司陪话。我儿,你相陪押司坐地,不要怕羞,我便来也。"宋江自寻思道:"我吃这婆子钉住了,脱身不得。等他下楼去,我随后也走了。"那婆子瞧见宋江要走的意思,出得房门去,门上却有屈戌(门窗的环组、搭扣),便把房门拽上,将屈戌搭了。宋江暗忖道:"那虔婆倒先算了我。"

　　且说阎婆下楼来,先去灶前点起个灯,灶里现成烧着一锅脚汤(洗脚水),再凑上些柴头,拿了些碎银子,出巷口去买得些时新果品、鲜鱼、嫩鸡、肥鲊之类。归到家中,都把盘子盛了;取酒倾在盆里,舀半旋子(温酒时盛水的金属器具),在锅里烫热了,倾在酒壶里。收拾了数盆菜蔬,三只酒盏,三双箸,一桶盘托上楼来,放在春台上。开了房门,搬将入来,摆在桌子上。看宋江时,只低着头,看女儿时,也朝着别处。

　　阎婆道:"我儿起来把盏酒。"婆惜道:"你们自吃,我不耐烦!"婆子道:"我儿,爷娘手里从小儿惯了你性儿,别人面上须使不得。"婆惜道:"不把盏便怎地?终不成飞剑来取了我头!"那婆子倒笑起来,说道:"又是我的不是了。押司是个风流人物,不和你一般见识。你不把酒便罢,且回过脸来吃盏酒儿。"婆惜只不回过头来。那婆子自把酒来劝宋江,宋江勉意吃了一盏。婆子笑道:"押司莫要见责。闲话都打迭(即打叠。收拾)起,明日慢慢告诉。外人见押司在这里,多少干热(徒然眼红)的不怯气(不服气),胡言乱语,放屁辣臊(骂人的话。比喻胡言乱语),押司都不要听,且只顾吃酒。"筛了三盏在桌子上,说道:"我儿不要使小孩儿的性,胡乱吃一盏酒。"婆惜道:"没得只顾缠我!我饱了,吃不得。"阎婆道:"我儿,你也陪侍你的三郎吃盏酒使得。"婆惜一头听了,一面肚里寻思:"我只心在张三身上,兀谁耐烦相伴这

厮！若不把他灌得醉了，他必来缠我。"婆惜只得勉意拿起酒来，吃
了半盏。婆子笑道："我儿只是焦躁，且开怀吃两盏儿睡。押司也满
饮几杯。"宋江被他劝不过，连饮了三五杯。婆子也连连吃了几杯，
再下楼去烫酒。

那婆子见女儿不吃酒，心中不悦，才见女儿回心吃酒，欢喜道：
"若是今夜兜得他住，那人恼恨都忘了。且又和他缠几时，却再商
量。"婆子一头寻思，一面自在灶前吃了三大钟酒，觉得有些痒麻上
来，却又筛了一碗吃，旋了大半旋，倾在注子(古代酒壶。金属或瓷制成。可坐
入注碗中)里，爬上楼来，见那宋江低着头不做声，女儿也别转着脸弄裙
子。这婆子哈哈地笑道："你两个又不是泥塑的，做甚么都不做声？
押司，你不合是个男子汉，只得装些温柔，说些风话(指男女间戏谑挑逗的
话)儿耍。"宋江正没做道理处，口里只不做声，肚里好生进退不得。
阎婆惜自想道："你不来睬我，指望老娘一似闲常时来陪你话，相伴
你耍笑，我如今却不耍。"那婆子吃了许多酒，口里只管夹七带八嘈，
正在那里张家长，李家短，说白道绿。有诗为证：

> 只要孤老不出门，花言巧语弄精魂。
>
> 几多聪慧遭他陷，死后应须拔舌根。

却有郓城县一个卖糟腌(用酒或糟加盐腌制的食品)的唐二哥，叫做唐
牛儿，如常在街上只是帮闲，常常得宋江赍助他。但有些公事去告
宋江，也落得几贯钱使。宋江要用他时，死命向前。这一日晚正赌
钱输了，没做道理处，却去县前寻宋江，奔到下处寻不见。街坊都
道："唐二哥，你寻谁，这般忙？"唐牛儿道："我喉急(着急。也指因发急而
要赖皮)了，要寻孤老(商贩称主顾)，一地里不见他。"众人道："你的孤老
是谁？"唐牛儿道："便是县里宋押司。"众人道："我方才见他和阎婆
两个过去，一路走着。"唐牛儿道："是了。这阎婆惜贼贱虫(卑鄙下贱的
人)，他自和张三两个打得火块也似热，只瞒着宋押司一个。他敢也
知些风声，好几时不去了。今晚必然吃那老咬虫(骂人的话。称鸨母、虔婆
一类的女人。咬虫，指养汉的女人)假意儿缠了去。我正没钱使，喉急了，胡

四下里都是红旗摆满，慌了手脚。后面赶来的船上叫道："黄安留下了首级回去！"黄安把船尽力摇过芦苇岸边，却被两边小港里钻出四五十只小船来，船上弩箭如雨点射将来。黄安就箭林里夺路时，只剩得三四只小船了。黄安便跳过快船内，回头看时，只见后面的人，一个个都扑通的跳下水里去了。有和船被拖去的，大半都被杀死。

黄安驾着小快船，正走之间，只见芦花荡边一只船上立着刘唐，一挠钩搭住黄安的船，托地(霍地。一下子，很快)跳将来，只一把拦腰提住，喝道："不要挣扎！"别的军人能识水者，水里被箭射死。不敢下水的，就船里都活捉了。

黄安被刘唐扯到岸边，上了岸，远远地晁盖、公孙胜山边骑着马，挺着刀，引五六十人，三二十匹马，齐来接应。一行人生擒活捉得一二百人，夺的船只，尽数都收在山南水寨里安顿了。大小头领，一齐都到山寨。晁盖下了马，来到聚义厅上坐定。众头领各去了戎装军器，团团坐下，捉那黄安绑在将军柱上。取过金银缎匹，赏了小喽罗。点检共夺得六百余匹好马，这是林冲的功劳。东港是杜迁、宋万的功劳。西港是阮氏三雄的功劳。捉得黄安，是刘唐的功劳。

众头领大喜，杀牛宰马，山寨里筵会。自酝(自己酿制)的好酒，水泊里出的新鲜莲藕并鲜鱼，山南树上，自有时新的桃、杏、梅、李、枇杷(pípɑ，果木名。蔷薇科，常绿小乔木，叶长圆形，花白色，冬花夏熟)、山枣、柿、栗之类，自养的鸡、猪、鹅、鸭等品物，不必细说。众头领只顾庆赏。新到山寨，得获全胜，非同小可。有诗为证：

> 堪笑王伦妄自矜，庸才大任岂能胜！
> 一从火并归新主，会见梁山事业新。

正饮酒间，只见小喽罗报道："山下朱头领使人到寨。"晁盖唤来问有甚事。小喽罗道："朱头领探听得一起客商，有数十人结联一处，今晚必从旱路经过，特来报知。"晁盖道："正没金帛使用，谁领人去走一遭？"三阮道："我弟兄们去。"晁盖道："好兄弟，小心在意，速乱去那里寻几贯钱使，就帮两碗酒吃。"一径奔到阎婆门前，见里面灯明，门却不关。入到胡梯(扶梯，楼梯)边，听得阎婆在楼上呵呵地笑。唐牛儿捏脚捏手(形容轻手轻脚地走)，上到楼上，板壁缝里张时，见宋江和婆惜两个都低着头；那婆子坐在横头桌子边，口里七十三八十四只顾嘈。

唐牛儿闪将入来，看着阎婆和宋江、婆惜，唱了三个喏，立在边头。宋江寻思道："这厮来的最好。"把嘴望下一努。唐牛儿是个乖的人，便瞧科(看清，察觉)，看着宋江便说道："小人何处不寻过，原来却在这里吃酒耍，好吃得安稳！"宋江道："莫不是县里有甚么要紧事？"唐牛儿道："押司，你怎地忘了？便是早间那件公事，知县相公在厅上发作(发脾气)，着四五替公人来下处寻押司，一地里(四下里)又没寻处，相公焦躁做一片。押司便可动身。"宋江道："怎地要紧，只得去。"便起身要下楼，吃那婆子拦住道："押司不要使这科分(向人示意的动作，行为)。这唐牛儿捻泛(耍花样)过来，你这精贼也瞒老娘！正是'鲁班手里调大斧(在行家面前展示本领。喻不知深浅)'！这早晚知县自回衙去，和夫人吃酒取乐，有甚么事务得发作？你这般道儿，只好瞒魍魉(骗鬼。魍魉，wǎngliǎng，鬼怪)，老娘手里说不过去。"

唐牛儿便道："真个是知县相公紧等的勾当，我却不会说谎。"阎婆道："放你娘狗屁！老娘一双眼却是琉璃葫芦儿一般，却才见押司努嘴过来，叫你发科(指开始某种行动)，你倒不撺掇(cuānduo，从旁鼓动)押司来我屋里，颠倒打抹(示意，打发)他去。常言道：'杀人可恕，情理难容！'"这婆子跳起身来，便把那唐牛儿劈脖子只一叉，踉踉跄跄，直从房里叉下楼来。唐牛儿道："你做甚么便叉我？"婆子喝道："你不晓得破人买卖衣饭，如杀父母妻子，你高做声，便打你这贼乞丐！"唐牛儿钻将过来道："你打！"这婆子乘着酒兴，又开五指，去那唐牛儿脸上连打两掌，直撷出帘子外去。婆子便扯帘子，撒放门背后，却把两扇门关上，拿栓拴了，口里只顾骂。

那唐牛儿吃了这两掌，立在门前大叫道："贼老咬虫，不要慌！

我不看宋押司面皮,教你这屋里粉碎,教你双日不着单日着! 我不结果了你不姓唐!"拍着胸大骂了去。

婆子再到楼上,看着宋江道:"押司没事睬那乞丐做甚么? 那厮一地里去搪(混,骗)酒吃,只是搬是搬非。这等倒街卧巷的横死贼,也来上门上户欺负人!"宋江是个真实的人,吃这婆子一篇道着了真病,倒抽身不得。婆子道:"押司不要心里见责,老身只怎地知重得了。我儿和押司只吃这杯。我猜着你两个多时不见,一定要早睡,收拾了罢休。"婆子又劝宋江吃两杯,收拾杯盘下楼来,自去灶下去。

宋江在楼上,自肚里寻思说:"这婆子女儿和张三两个有事,我心里半信不信,眼里不曾见真实。待要去来,只道我村(愚蠢)。况且夜深了,我只得权(暂且)睡一睡,且看这婆娘怎地,今夜与我情分如何。"只见那婆子又上楼来说道:"夜深了,我叫押司两口儿早睡。"那婆娘应道:"不干你事,你自去睡。"婆子笑下楼来,口里道:"押司安置。今夜多欢,明日慢慢地起。"婆子下楼来,收拾了灶上,洗了脚手,吹灭灯,自去睡了。

却说宋江坐在杌子上,只指望那婆娘似比先时,先来偎倚陪话,胡乱又将就几时。谁想婆惜心里寻思道:"我只思量张三,吃他搅了,却似眼中钉一般。那厮倒直指望我一似先前时来下气,老娘如今却不要耍。只见说撑船就岸,几曾有撑岸就船。你不来睬我,老娘倒落得!"

看官听说,原来这色最是怕人。若是他有心恋你时,身上便有刀剑水火,也拦他不住,他也不怕。若是他无心恋你时,你便身坐在金银堆里,他也不睬你。常言道:"佳人有意村夫俏,红粉无心浪子村。"宋公明是个勇烈大丈夫,为女色的手段却不会。这阎婆惜被那张三小意儿百依百随,轻怜重惜,卖俏迎奸,引乱这婆娘的心,如何肯恋宋江? 当夜两个在灯下,坐着对面,都不做声,各自肚里踌躇,却似等泥干掇入庙。看看天色夜深,窗间月上,但见:

银河耿耿,玉漏迢迢。穿窗斜月映寒光,透户凉风吹夜气。

谯楼(城门上的瞭望楼)禁鼓(设在谯楼上报时的鼓),一更未尽一更催;别院寒砧(寒秋的捣衣声。砧,zhēn),千捣将残千捣起。画檐间叮当铁马,敲碎旅客孤怀;银台上闪烁清灯,偏照闺人长叹。贪淫妓女心如火,仗义英雄气似虹。

当下宋江坐在杌子上睃(suō,斜着眼看)那婆娘时,复地叹口气。约莫也是二更天气,那婆娘不脱衣裳,便上床去,自倚了绣枕,扭过身,朝里壁自睡了。宋江看了,寻思道:"可奈这贱人全不睬我些个,他自睡了。我今日吃这婆子言来语去,央了几杯酒,打熬(忍受)不得,夜深只得睡了罢。"把头上巾帻(头巾。帻,zé)除下,放在桌子上,脱下上盖衣裳,搭在衣架上。腰里解下鸾带(两端有排须的宽腰带),上有一把压衣刀和招文袋,却挂在床边栏干子上。脱去了丝鞋净袜,便上床去那婆娘脚后睡了。半个更次,听得婆惜在脚后冷笑。宋江心里气闷,如何睡得着。自古道:"欢娱嫌夜短,寂寞恨更长。"看看三更交半夜,酒却醒了。

捱到五更,宋江起来,面桶里冷水洗了脸,便穿了上盖衣裳,带了巾帻,口里骂道:"你这贼贱人好生无礼!"婆惜也不曾睡着,听得宋江骂时,扭过身来回道:"你不羞这脸。"宋江忍那口气,便下楼来。阎婆听得脚步响,便在床上说道:"押司且睡歇,等天明去。没来由起五更做甚?"宋江也不应,只顾来开门。婆子又道:"押司出去时,与我拽上门。"宋江出得门来,就拽上了。忍那口气没出处,一直要奔回下处来。却从县前过,见一碗灯明,看时,却是卖汤药(用滋补药材煮成的饮料)的王公来到县前赶早市。

那老儿见是宋江来,慌忙道:"押司如何今日出来得早?"宋江道:"便是夜来酒醉,错听更鼓。"王公道:"押司必然伤酒,且请一盏醒酒二陈汤。"宋江道:"最好。"就凳上坐了。那老子浓浓的奉一盏二陈汤(中医方剂名。为祛痰剂,具有燥湿化痰、理气和中之功效),递与宋江吃。宋江吃了,蓦然想起道:"时常吃他的汤药,不曾要我还钱。我旧时曾许他一具棺材,不曾与得他。想起昨日有那晁盖送来的金子,受了他一条在招文袋里,何不就与那老儿做棺材钱,教他欢喜。"宋江便道:"王公,我日前曾许你一具棺木钱,一向不曾把得与你。今日我有些金子在这里,把与你,你便可将去陈三郎家,买了一具棺材,放在家里。你百年归寿时,我却再与你些送终之资。"王公道:"恩主时常觑(qù,照顾)老汉,又蒙与终身寿具,老耄(老年人自称。犹老夫)今世不能报答,后世做驴做马报答押司。"宋江道:"休如此说。"便揭起背子前襟去取那招文袋时,吃了一惊道:"苦也!昨夜正忘在那贱人的床头栏干子上,我一时气起来,只顾走了,不曾系得在腰里。这几两金子值得甚么,须有晁盖寄来的那一封书,包着这金。我本欲在酒楼上刘唐前烧毁了,他回去说时,只道我不把他来为念。正要将到下处来烧,却被这阎婆缠将我去。昨晚要就灯下烧时,恐怕露在贱人眼里,因此不曾烧得。今早走得慌,不期忘了。我常时见这婆娘看些曲本(唱本,戏曲作品),颇识几字,若是被他拿了,倒是利害!"便起身道:"阿公休怪。不是我说谎,只道金子在招文袋里,不想出来得忙,忘了在家。我去取来与你。"王公道:"休要去取。明日慢慢的与老汉不迟。"宋江道:"阿公,你不知道,我还有一件物事,做一处放着,以此要去取。"宋江慌慌急急,奔回阎婆家里来。正是:

　　　　合是英雄有事来,天教遗失箧[①]中财。
　　　　已知着爱皆冤对,岂料酬恩是祸胎!

　　且说这阎婆惜听得宋江出门去了,爬将起来,口里自言自语道:"那厮搅了老娘一夜,睡不着。那厮含脸(板着面孔),只指望老娘陪气下情。我不信你,老娘自和张三过得好,谁耐烦睬你!你不上门来倒好!"口里说着,一头铺被,脱下上截祆儿,解了下面裙子,袒开胸前,脱下截衬衣。床面前灯却明亮,照见床栏干子上拖下条紫罗鸳带。婆惜见了,笑道:"黑三那厮乞嚯(吃喝。嚯,huò)不尽,忘了鸳带在这里,老娘且捉了,把来与张三系。"便用手去一提,提起招文袋和刀

---

①箧(qiè):小箱子。

子来。只觉袋里有些重，便把手抽开，望桌子上只一抖，正抖出那包金子和书来。这婆娘拿起来看时，灯下照见是黄黄的一条金子。婆惜笑道："天教我和张三买物事吃。这几日我见张三瘦了，我也正要买些东西和他将息。"将金子放下，却把那纸书展开来灯下看时，上面写着晁盖并许多事务。婆惜道："好呀！我只说'吊桶落在井里'，原来也有'井落在吊桶里'。我正要和张三两个做夫妻，单单只多你这厮，今日也撞在我手里！原来你和梁山泊强贼通同(串通)往来，送一百两金子与你。且不要慌，老娘慢慢地消遣(收拾)你。"就把这封书依原包了金子，还插在招文袋里。"不怕你教五圣(江南一带所奉的五郎神)来摄了去。"正在楼上自言自语，只听得楼下呀地门响。婆子问道："是谁？"宋江道："是我。"婆子道："我说早哩，押司却不信要去，原来早了又回来。且再和姐姐睡一睡，到天明去。"宋江也不回话，一径奔上楼来。

那婆娘听得是宋江回来，慌忙把鸾带、刀子、招文袋一发卷做一块，藏在被里；紧紧地靠了床里壁，只做齁齁假睡着。宋江撞到房里，径去床头栏干上取时，却不见了。宋江心内自慌，只得忍了昨夜的气，把手去摇那妇人道："你看我日前的面，还我招文袋。"那婆惜假睡着，只不应。宋江又摇道："你不要急躁，我自明日与你陪话。"婆惜道："老娘正睡哩，是谁搅我？"宋江道："你情知是我，假做甚么？"婆惜扭转身道："黑三，你说甚么？"宋江道："你还了我招文袋。"婆惜道："你在那里交付与我手里？却来问我讨。"宋江道："忘了在你脚后小栏干上。这里又没人来，只是你收得。"婆惜道："呸！你不见鬼来！"宋江道："夜来是我不是了，明日与你陪话。你只还了我罢，休要作耍。"婆惜道："谁和你作耍？我不曾收得！"宋江道："你先时不曾脱衣裳睡，如今盖着被子睡，一定是起来铺被时拿了。"

只见那婆惜柳眉踢竖(直立的样子。形容发怒的样子)，星眼圆睁，说道："老娘拿是拿了，只是不还你！你使官府的人便拿我去做贼断。"宋江道："我须不曾冤你做贼。"婆惜道："可知老娘不是贼哩！"宋江见这话,心里越慌,便说道:"我须不曾歹看承你娘儿两个,还了我罢!我要去干事。"婆惜道:"闲常也只嗔老娘和张三有事。他有些不如你处,也不该一刀的罪犯,不强似你和打劫贼通同。"宋江道:"好姐姐,不要叫,邻舍听得,不是耍处。"婆惜道:"你怕外人听得,你莫做不得! 这封书,老娘牢牢地收着。若要饶你时,只依我三件事便罢!"宋江道:"休说三件事,便是三十件事也依你。"婆惜道:"只怕依不得。"宋江道:"当行即行。敢问那三件事?"

阎婆惜道:"第一件,你可从今日便将原典(赎买,典当)我的文书来还我,再写一纸,任从我改嫁张三,并不敢再来争执的文书。"宋江道:"这个依得。"婆惜道:"第二件,我头上带的,我身上穿的,家里使用的,虽都是你办的,也委一纸文书,不许你日后来讨。"宋江道:"这个也依得。"阎婆惜又道:"只怕你第三件依不得。"宋江道:"我已两件都依你,缘何这件依不得?"婆惜道:"有那梁山泊晁盖送与你的一百两金子,快把来(拿过来)与我,我便饶你这一场天字第一号官司,还你这招文袋里的款状(指罪证)。"宋江道:"那两件倒都依得。这一百两金子,果然送来与我,我不肯受他的,依前教他把了回去。若端的有时,双手便送与你。"婆惜道:"可知哩! 常言道:'公人见钱,如蝇子(苍蝇)见血。'他使人送金子与你,你岂有推了转去的? 这话却似放屁! 做公人的,'那个猫儿不吃腥?''阎罗王面前,须没放回的鬼!'你待瞒谁! 便把这一百两金子与我,值得甚么! 你怕是贼赃时,快熔过了与我。"宋江道:"你也须知我是老实的人,不会说谎。你若不信,限我三日,我将家私变卖一百两金子与你。你还了我招文袋。"婆惜冷笑道:"你这黑三倒乖,把我一似小孩儿般捉弄。我便先还了你招文袋、这封书,歇三日却问你讨金子,正是'棺材出了,讨挽歌郎(牵引灵柩唱挽歌的人)钱'。我这里一手交钱,一手交货。你快把来两相交割。"宋江道:"果然不曾有这金子。"婆惜道:"明朝到公厅上,你也说不曾有这金子?"

宋江听了公厅两字,怒气直起,那里按纳(压制)得住,睁着眼道:

"你还也不还！"那妇人道："你恁地狠，我便还你不迭！"宋江道："你真个不还！"婆惜道："不还！再饶你一百个不还！若要还时，在郓城县还你！"宋江便来扯那婆惜盖的被。妇人身边却有这件物，倒不顾被，两手只紧紧地抱住胸前。宋江扯开被来，却见这鸾带头正在那妇人胸前拖下来。宋江道："原来却在这里！"一不做，二不休，两手便来夺。那婆娘那里肯放，宋江在床边舍命的夺，婆惜死也不放。宋江狠命只一拽，倒拽出那把压衣刀子在席上，宋江便抢在手里。那婆娘见宋江抢刀在手，叫："黑三郎杀人也！"只这一声，提起宋江这个念头来。那一肚皮气，正没出处。婆惜却叫第二声时，宋江左手早按住那婆娘，右手却早刀落，去那婆惜颡子(嗓子，喉咙。颡，sǎng)上只一勒，鲜血飞出。那妇人兀自吼哩。宋江怕他不死，再复一刀，那颗头伶伶仃仃(形容摇摆晃动的样子)，落在枕头上。但见：

　　手到处青春丧命，刀落时红粉亡身。七魄悠悠，已赴森罗殿上；三魂渺渺，应归枉死城中。紧闭星眸，直挺挺尸横席上；半开檀口(红艳的嘴唇。多形容女性嘴唇之美)，湿津津头落枕边。从来美兴一时休，此日娇容堪恋否。

宋江一时怒起，杀了阎婆惜，取过招文袋，抽出那封书来，便就残灯下烧了。系上鸾带，走下楼来。那婆子在下面睡，听他两口儿论口(斗嘴；争吵)，倒也不着在意里。只听得女儿叫一声："黑三郎杀人也！"正不知怎地，慌忙跳起来，穿了衣裳，奔上楼来，却好和宋江打个胸厮撞。阎婆问道："你两口儿做甚么闹？"宋江道："你女儿忒无礼，被我杀了！"婆子笑道："却是甚话？便是押司生的眼凶，又酒性不好，专要杀人？押司休取笑老身。"宋江道："你不信时，去房里看，我真个杀了。"婆子道："我不信。"推开房门看时，只见血泊里挺着尸首。婆子道："苦也！却是怎地好？"宋江道："我是烈汉！一世也不走，随你要怎地。"婆子道："这贱人果是不好，押司不错杀了，只是老身无人养赡。"宋江道："这个不妨，既是你如此说时，你却不用忧心。我颇有家计(家产，家财)，只教你丰衣足食便了，快活过半世。"阎婆道：

"怎地时却是好也,深谢押司。我女儿死在床上,怎地断送(发葬治丧)？"宋江道:"这个容易。我去陈三郎家买一具棺材与你。仵作行人入殓(将死者装入棺材。殓, liàn)时,我自分付他来。我再取十两银子与你结果。"婆子谢道:"押司只好趁天未明时讨具棺材盛了,邻舍街坊都不要见影。"宋江道:"也好。你取纸笔来,我写个票子与你去取。"阎婆道:"票子也不济事,须是押司自去取,便肯早早发来。"宋江道:"也说得是。"

两个下楼来。婆子去房里拿了锁钥,出到门前,把门锁了,带了钥匙。宋江与阎婆两个投县前来。此时天色尚早未明,县门却才开。那婆子约莫到县前左侧,把宋江一把结住,发喊叫道:"有杀人贼在这里!"吓得宋江慌做一团,连忙掩住口道:"不要叫。"那里掩得住。县前有几个做公的走将拢来看时,认得是宋江,便劝道:"婆子闭嘴!押司不是这般的人,有事只消得好说。"阎婆道:"他正是凶首,与我捉住,同到县里。"原来宋江为人最好,上下爱敬,满县人没一个不让他,因此做公的都不肯下手拿他,又不信这婆子说。有诗为证:

> 好人有难皆怜惜,奸恶无灾尽诧憎。
>
> 可见生平须自检,临时情义始堪凭。

正是那里没个解救,恰好唐牛儿托一盘子洗净的糟姜(一种姜的特殊做法)来县前赶趁(为牟利而奔走活动。多指商贩做生意、歌女卖唱及演戏杂耍等),正见这婆子结扭住宋江在那里叫冤屈。唐牛儿见是阎婆一把结扭住宋江,想起昨夜的一肚子鸟气来,便把盘子放在卖药的老王凳子上,钻将过来,喝道:"老贼虫,你做甚么结扭住押司?"婆子道:"唐二,你不要来打夺人去,要你偿命也!"唐牛儿大怒,那里听他说,把婆子手一拆,拆开了,不问事由,又开五指去阎婆脸上只一掌,打个满天星(眩晕)。那婆子昏撒了,只得放手。宋江得脱,往闹里(闹市里)一直走了。

婆子便一把去结扭住唐牛儿叫道:"宋押司杀了我的女儿,你却打夺去了。"唐牛儿慌道："我那里得知！"阎婆叫道："上下替我捉一捉杀人贼则个！不时，须要带累你们。"众做公的，只碍宋江面皮，不肯动手；拿唐牛儿时，须不耽搁。

　　众人向前，一个带住婆子，三四个拿住唐牛儿，把他横拖倒拽，直推进郓城县里来。正是祸福无门，惟人自召；披麻救火，惹焰烧身。毕竟唐牛儿被阎婆结住，怎地脱身，且听下回分解。

# 第二十二回

## 阎婆大闹郓城县　朱仝义释宋公明

　　话说当时众做公的拿住唐牛儿，解进县里来。知县听得有杀人的事，慌忙出来升厅。众做公的把这唐牛儿簇拥在厅前。知县看时，只见一个婆子跪在左边，一个汉子跪在右边。知县问道："甚么杀人公事？"婆子告道："老身姓阎。有个女儿唤做婆惜，典与宋押司做外宅(指男子养于别宅而与之同居之妇)。昨夜晚间，我女儿和宋江一处吃酒，这个唐牛儿一径来寻闹，叫骂出门，邻里尽知。今早宋江出去走了一遭，回来把我女儿杀了。老身结扭到县前，这唐二又把宋江打夺了去。告相公做主。"知县道："你这厮怎敢打夺了凶身？"唐牛儿告道："小人不知前后因依(原因，原委)。只因昨夜去寻宋江搪碗酒吃，被这阎婆叉小人出来。今早小人自出来卖糟姜，遇见阎婆结扭宋押司在县前。小人见了，不合去劝他，他便走了。却不知他杀死他女儿的缘由。"知县喝道："胡说！宋江是个君子诚实的人，如何肯造次杀人？这人命之事，必然在你身上！左右在那里？"便唤当厅公吏。

　　当下转上押司张文远来，见说阎婆告宋江杀了他女儿，"正是我的表子(指情妇)"。随即取了各人口词，就替阎婆写了状子，送了一宗案。便唤当地方仵作(官府中检验死伤的差役)、行人(小吏差役)并地厢(地方基层小官)、里正(负责掌管户口和纳税的基层官职)、邻佑(邻居)一干人等，来到阎婆家，开了门，取尸首登场检验了。身边放着行凶刀子一把。当日再三看验得，系是生前项上被刀勒死。众人登场了当，尸首把棺木盛了，寄放寺院里，将一干人带到县里。

　　知县却和宋江最好,有心要出脱他,只把唐牛儿来再三推问。唐牛儿供道:"小人并不知前后。"知县道:"你这厮如何隔夜去他家寻闹?一定你有干涉!"唐牛儿告道:"小人一时撞去搪<sub>(骗取,混)</sub>碗酒吃。"知县道:"胡说!打这厮!"左右两边狼虎一般公人把这唐牛儿一索捆翻了,打到三五十,前后语言一般。知县明知他不知情,一心要救宋江,只把他来勘问。且叫取一面枷来钉了,禁在牢里。那张文远上厅来禀道:"虽然如此,现有刀子是宋江的压衣刀,必须去拿宋江来对问,便有下落。"知县吃他三回五次来禀,遮掩不住,只得差人去宋江下处<sub>(住所,临时歇息的地方)</sub>捉拿。宋江已自在逃去了。只拿得几家邻人来回话:"凶身宋江在逃,不知去向。"张文远又禀道:"犯人宋江逃去,他父亲宋太公并兄弟宋清现在宋家村居住,可以勾追到官,责限比捕<sub>(限期捉拿在逃人犯)</sub>,跟寻宋江到官理问。"知县本不肯行移<sub>(签发公文)</sub>,只要朦胧<sub>(糊里糊涂)</sub>做在唐牛儿身上,日后自慢慢地出<sub>(开脱)</sub>他。怎当这张文远立主文案,唆使阎婆上厅,只管来告。知县情知阻当不住,只得押纸公文,差三两个做公的去宋家庄勾追宋太公并兄弟宋清。

　　公人领了公文,来到宋家村宋太公庄上。太公出来迎接,至草厅上坐定。公人将出文书,递与太公看了。宋太公道:"上下请坐,容老汉告禀:老汉祖代务农,守此田园过活。不孝之子宋江,自小忤逆<sub>(不孝顺)</sub>,不肯本分生理<sub>(生活)</sub>,要去做吏,百般说他不从。因此,老汉数年前,本县官长处告了他忤逆,出了他籍<sub>(脱离所属名籍)</sub>,不在老汉户内人数。他自在县里住居,老汉自和孩儿宋清在此荒村,守些田亩过活。他与老汉水米无交<sub>(双方毫无来往)</sub>,并无干涉。老汉也怕他做出事来,连累不便,因此在前官手里告了,执凭<sub>(凭证)</sub>文帖,在此存照<sub>(把文书保存起来以备查考)</sub>。老汉取来,教上下看。"众公人都是和宋江好的,明知道这个是预先开的门路,苦死不肯做冤家。众人回说道:"太公既有执凭,把将来我们看,抄去县里回话。"太公随即宰杀些鸡鹅,置酒管待了众人,赍发了十数两银子,取出执凭公文,教他众人抄了。众公人相辞了宋太公,自回县去回知县的话,说道:"宋太公

　　　　　　　　　　　— 241 —

三年前出了宋江的籍,告了执凭文帖,见有抄白(公文的抄本或副本)在此,难以勾捕。"知县又是要出脱宋江的,便道:"既有执凭公文,他又别无亲族,只可出一千贯赏钱,行移诸处,海捕(行文各地缉补逃犯)捉拿便了。"

那张三又挑唆阎婆去厅上披头散发来告道:"宋江实是宋清隐藏在家,不令出官。相公如何不与老身做主去拿宋江?"知县喝道:"他父亲已自三年前告了他忤逆在官,出了他籍,现有执凭公文存照,如何拿得他父亲兄弟来比捕?"阎婆告道:"相公,谁不知道他叫做孝义黑三郎?这执凭是个假的,只是相公做主则个!"知县道:"胡说!前官手里押的印信公文,如何是假的?"阎婆在厅下叫屈叫苦,哽哽咽咽地价哭告相公道:"人命大如天,若不肯与老身做主时,只得去州里告状。只是我女儿死得甚苦!"那张三又上厅来替他禀道:"相公不与他行移拿人时,这阎婆上司去告状,倒是利害。倘或来提问时,小吏难去回话。"知县情知有理,只得押了一纸公文,便差朱仝、雷横二都头,当厅发落:"你等可带多人,去宋家村宋大户庄上,搜捉犯人宋江来。"有诗为证:

> 不关心事总由他,路上何人怨折花?
>
> 为惜如花婆惜死,俏冤家做恶冤家。

朱、雷二都头领了公文,便来点起土兵四十余人,径奔宋家庄上来。宋太公得知,慌忙出来迎接。朱仝、雷横二人说道:"太公休怪我们。上司差遣,盖不由己。你的儿子押司现在何处?"宋太公道:"两位都头在上,我这逆子宋江,他和老汉并无干涉。前官手里,已告开了他,现告的执凭在此。已与宋江三年多各户另籍,不同老汉一家过活,亦不曾回庄上来。"朱仝道:"然虽如此,我们凭书请客,奉帖勾人(按照公文拘捕),难凭你说不在庄上。你等我们搜一搜看,好去回话。"便叫土兵三四十人,围了庄院。"我自把定前门,雷都头,你先入去搜。"雷横便入进里面,庄前庄后搜了一遍,出来对朱仝说道:"端的不在庄里。"朱仝道:"我只是放心不下,雷都头,你和众弟兄把了门,我亲自细细地搜一遍。"宋太公道:"老汉是识法度的人,如何敢藏在庄里？"朱仝道："这个是人命的公事，你却嗔怪我们不得。"太公道："都头尊便(请人方便行事的敬辞)，自细细地去搜。"朱仝道："雷都头，你监着太公在这里，休教他走动。"

朱仝自进庄里，把朴刀倚在壁边，把门来拴了。走入佛堂内去，把供床拖在一边，揭起那片地板来。板底下有条索头，将索子头只一拽，铜铃一声响，宋江从地窨子(地窖。窨，yìn)子里钻将出来。见了朱仝，吃那一惊。朱仝道："公明哥哥，休怪小弟今来捉你。闲常时和你最好，有的事都不相瞒。一日酒中，兄长曾说道：'我家佛座底下有个地窨子，上面放着三世佛，佛堂内有片地板盖着，上面设着供床。你有些紧急之事，可来这里躲避。'小弟那时听说，记在心里。今日本县知县，差我和雷横两个来时，没奈何，要瞒生人眼目。相公也有觑兄长之心，只是被张三和这婆子在厅上发言发语，道本县不做主时，定要在州里告状，因此上又差我两个来搜你庄上。我只怕雷横执着，不会周全人，倘或见了兄长，没个做圆活(通融)处。因此小弟赚他在庄前，一径自来和兄长说话。此地虽好，也不是安身之处，倘或有人知得，来这里搜着，如之奈何？"宋江道："我也自这般寻思。若不是贤兄如此周全，宋江定遭缧绁(léixiè，捆绑犯人的绳索。引申为牢狱)之厄。"朱仝道："休如此说。兄长却投何处去好？"宋江道："小可寻思有三个安身之处：一是沧州横海郡小旋风柴进庄上，二乃是青州清风寨小李广花荣处，三者是白虎山孔太公庄上。他有两个孩儿：长男叫做毛头星孔明，次子叫做独火星孔亮，多曾来县里相会。那三处在这里踌躇未定，不知投何处去好。"朱仝道："兄长可以作急寻思，当行即行。今晚便可动身，切勿迟延自误。"宋江道："上下官司之事，全望兄长维持，金帛使用，只顾来取。"朱仝道："这事放心，都在我身上。兄长只顾安排去路。"宋江谢了朱仝，再入地窨子去。

朱仝依旧把地板盖上，还将供床压了，开门拿朴刀，出来说道："真个没在庄里。"叫道："雷都头，我们只拿了宋太公去如何？"雷横见说要拿宋太公去，寻思："朱仝那人和宋江最好，他怎地颠倒要拿宋太公？这话一定是反说。他若再提起，我落得做人情。"

朱仝、雷横叫拢土兵，都入草堂上来。宋太公慌忙置酒管待众人。朱仝道："休要安排酒食。且请太公和四郎同到本县里走一遭。"雷横道："四郎如何不见？"宋太公道："老汉使他去近村打些农器，不在庄里。宋江那厮，自三年已前，把这逆子告出了户，现有一纸执凭公文在此存照。"朱仝道："如何说得过！我两个奉着知县台旨(官员的旨意)，叫拿你父子二人，自去县里回话。"雷横道："朱都头，你听我说：宋押司他犯罪过，其中必有缘故，也未便该死罪。既然太公已有执凭公文，系是印信官文书，又不是假的，我们看宋押司日前交往之面，权且担负他些个，只抄了执凭去回话便了。"朱仝寻思道："我自反说，要他不疑。"朱仝道："既然兄弟这般说了，我没来由做甚么恶人。"宋太公谢了道："深感二位都头相觑(照顾)。"随即排下酒食，犒(kào)赏众人。将出二十两银子，送与两位都头。朱仝、雷横坚执不受，把来散与众人——四十个土兵——分了。抄了一张执凭公文，相别了宋太公，离了宋家村。朱、雷二位都头自引了一行人回县去了。

县里知县正值升厅，见朱仝、雷横回来了，便问缘由。两个禀道："庄前庄后，四围村坊，搜遍了二次，其实没这个人。宋太公卧病在床，不能动止(行动)，早晚临危；宋清已自前月出外未回。因此只把执凭抄白在此。"知县道："既然如此……"一面申呈本府，一面动了一纸海捕文书，不在话下。县里有那一等和宋江好的相交之人，都替宋江去张三处说开。那张三也耐不过众人面皮，况且婆娘已死了，张三又平常亦受宋江好处，因此也只得罢了。朱仝自凑些钱物，把与阎婆，教不要去州里告状。这婆子也得了些钱物，没奈何，只得依允了。朱仝又将若干银两教人上州里去使用，文书不要驳将下来。又得知县一力主张，出一千贯赏钱，行移开了一个海捕文书，只把唐牛儿问做成个"故纵凶身在逃"，脊杖二十，刺配五百里外。干连(指牵连、关涉)的人，尽数保放宁家(释放回家)。这是后话。有诗为证：

　　一身狼狈为烟花，地窖藏身亦可拿。

临别叮咛好趋避，髯公端不愧朱家。

且说宋江，他是个庄农之家，如何有这地窨子？原来故宋时，为官容易，做吏最难。为甚的为官容易？皆因那时朝廷奸臣当道，谗佞专权，非亲不用，非财不取。为甚做吏最难？那时做押司的，但犯罪责，轻则刺配远恶军州，重则抄扎(查抄没收)家产，结果了残生性命，以此预先安排下这般去处躲身。又恐连累父母，教爹娘告了忤逆，出了籍册，各户另居，官给执凭公文存照，不相来往，却做家私在屋里。宋时多有这般算的。

且说宋江从地窨子出来，和父亲、兄弟商议："今番不是朱仝相觑，须吃官司，此恩不可忘报。如今我和兄弟两个，且去逃难。天可怜见，若遇宽恩大赦，那时回来，父子相见。父亲可使人暗暗地送些金银去与朱仝，央他上下使用，及资助阎婆些少，免得他上司去告扰(状告、搅扰)。"太公道："这事不用你忧心。你自和兄弟宋清在路小心，若到了彼处，那里使个得托的人寄封信来。"

当晚弟兄两个拴束包裹，到四更时分起来，洗漱罢，吃了早饭，两个打扮动身。宋江戴着白范阳毡笠儿，上穿白缎子衫，系一条梅红纵线绦，下面缠脚绷衬着多耳麻鞋。宋清做伴当打扮，背了包裹，都出草厅前，拜辞了父亲宋太公。三人洒泪不住。太公分付道："你两个前程万里，休得烦恼。"宋江、宋清却分付大小庄客，小心看家，早晚殷勤伏侍太公，休教饮食有缺。兄弟两个，各跨了一口腰刀，都拿了一条朴刀，径出离了宋家村。

两个取路登程，五里单牌，十里双牌，都不在话下。正遇着秋末冬初天气。但见：

柄柄芰荷枯，叶叶梧桐坠。

蛩吟腐草中，雁落平沙地。

细雨湿枫林，霜重寒天气。

不是路行人，怎谙秋滋味。

话说宋江弟兄两个行了数程，在路上思量道："我们却投奔兀谁的是？"宋清答道："我只闻江湖上人传说沧州横海郡柴大官人名字，说他是大周皇帝嫡派(指家族相传的正支)子孙，只不曾拜识，何不只去投奔他？人都说仗义疏财，专一结识天下好汉，救助遭配的人，是个现世的孟尝君(即田文，战国齐贵族，称薛公，号孟尝君。战国四公子之一，以善养士著称)。我两个只投奔他去。"宋江道："我也心里是这般思想。他虽和我常常书信来往，无缘分上不曾得会。"两个商量了，径望沧州路上来。途中免不得登山涉水，过府冲州。但凡客商在路，早晚安歇，有两件事免不得：吃癞碗(用脏碗。指吃食不洁)，睡死人床。

且把闲话提过，只说正话。宋江弟兄两个，不则一日，来到沧州界分，问人道："柴大官人庄在何处？"问了地名，一径投庄前来，便问庄客："柴大官人在庄上也不？"庄客答道："大官人在东庄上收租米，不在庄上。"宋江便问："此间到东庄有多少路？"庄客道："有四十余里。"宋江道："从何处落路(取道，离开大路而行)去？"庄客道："不敢动问二位官人高姓？"宋江道："我是郓城县宋江的便是。"庄客道："莫不是及时雨宋押司么？"宋江道："便是。"庄客道："大官人时常说大名，只怨怅(遗憾)不能相会。既是宋押司时，小人引去。"庄客慌忙便领了宋江、宋清，径投东庄来。没三个时辰，早来到东庄。宋江看时，端的好一所庄院，十分齐整。但见：

前迎阔港，后靠高峰。数千株槐柳成林，三五处厅堂待客。转屋角牛羊满地，打麦场鹅鸭成群。饮馔(饮食)豪华，赛过那孟尝食客；田园主管，不数他程郑(春秋晋大夫，荀氏别族)家僮(私家奴仆)。正是家有余粮鸡犬饱，户无差役子孙闲。

当下庄客便道："二位官人且在此亭上坐一坐，待小人去通报大官人出来相接。"宋江道："好。"自和宋清在山亭上倚了朴刀，解下腰刀，歇了包裹，坐在亭子上。那庄客入去不多时，只见那座中间庄门大开，柴大官人引着三五个伴当，慌忙跑将出来，亭子上与宋江相见。

柴大官人见了宋江，拜在地下，口称道："端的想杀柴进，天幸今日甚风吹得到此，大慰平生渴仰(渴盼仰慕)之念，多幸！多幸！"宋江也拜在地下答道："宋江疏顽(疏略愚顽)小吏，今日特来相投。"柴进扶起宋江来，口里说道："昨夜灯花(俗以灯花为吉兆)报，今早喜鹊噪，不想却是贵兄来。"满脸堆下笑来。宋江见柴进接得意重，心里甚喜，便唤兄弟宋清，也来相见了。柴进喝叫伴当收拾了宋押司行李，在后堂西轩下歇处。

柴进携住宋江的手，入到里面正厅上，分宾主坐定。柴进道："不敢动问，闻知兄长在郓城县勾当，如何得暇来到荒村敝处？"宋江答道："久闻大官人大名，如雷灌耳。虽然节次(逐次，逐一)收得华翰(对他人来信的美称)，只恨贱役无闲，不能够相会。今日宋江不才，做出一件没出豁(没出息)的事来，弟兄二人寻思，无处安身，想起大官人仗义疏财，特来投奔。"柴进听罢，笑道："兄长放心。遮莫(即使，假如)做下十恶大罪，既到敝庄，但不用忧心。不是柴进夸口，任他捕盗官军，不敢正眼儿觑着小庄。"宋江便把杀了阎婆惜的事，一一告诉了一遍。柴进笑将起来，说道："兄长放心，便杀了朝廷的命官，劫了府库的财物，柴进也敢藏在庄里。"说罢，便请宋江弟兄两个洗浴。随即将出两套衣服、巾帻、丝鞋、净袜，教宋江弟兄两个换了出浴的旧衣裳。两个洗了浴，都穿了新衣服。庄客自把宋江弟兄的旧衣裳送在歇宿处。柴进邀宋江去后堂深处，已安排下酒食了，便请宋江正面坐地，柴进对席。宋清有宋江在上，侧首坐了。

三人坐定，有十数个近上的庄客并几个主管，轮替着把盏，伏侍劝饮。柴进再三劝宋江弟兄宽怀饮几杯，宋江称谢不已。酒至半酣，三人各诉胸中朝夕相爱之念。看看天色晚了，点起灯烛。宋江辞道："酒止。"柴进那里肯放，直吃到初更(旧时每夜分为五个更次。晚七时至九时为"初更")左侧(犹左右)。宋江起身去净手。

柴进唤一个庄客，提碗灯笼，引领宋江东廊尽头处去净手。便道："我且躲杯酒。"大宽转(绕大弯)穿出前面廊下来，俄延(延缓，耽搁)走着，却转到东廊前面。宋江已有八分酒，脚步趄(qiè，倾侧，歪斜)了，只顾踏去。那廊下有一个大汉,因害疟(nüè)疾,当不住那寒冷,把一锨(xiān,铁锨)火在那里向。宋江仰着脸,只顾踏将去,正趾(cǐ,踩)在火锨柄上,把那火锨里炭火,都掀在那汉脸上。那汉吃了一惊,惊出一身汗来。那汉气将起来,把宋江劈胸揪住,大喝道:"你是甚么鸟人?敢来消遣我!"宋江也吃一惊。

正分说不得,那个提灯笼的庄客,慌忙叫道:"不得无礼!这位是大官人最相待的客官。"那汉道:"'客官','客官'!我初来时,也是'客官',也曾相待的厚。如今却听庄客搬口(搬弄是非),便疏慢了我,正是'人无千日好,花无百日红'。"却待要打宋江,那庄客撇了灯笼,便向前来劝。正劝不开,只见两三碗灯笼飞也似来。柴大官人亲赶到说:"我接不着押司,如何却在这里闹?"

那庄客便把趾了火锨的事说一遍。柴进笑道:"大汉,你不认的这位奢遮(了不起,出色)的押司?"那汉道:"奢遮,奢遮!他敢比不得郓城宋押司少些儿!"柴进大笑道:"大汉,你认得宋押司不?"那汉道:"我虽不曾认的,江湖上久闻他是个及时雨宋公明。且又仗义疏财,扶危济困,是个天下闻名的好汉。"柴进问道:"如何见的他是天下闻名的好汉?"那汉道:"却才说不了,他便是真大丈夫,有头有尾,有始有终。我如今只等病好时,便去投奔他。"柴进道:"你要见他么?"那汉道:"我可知要见他哩!"柴进道:"大汉,远便十万八千里,近便只在面前。"柴进指着宋江,便道:"此位便是及时雨宋公明。"那汉道:"真个也不是?"宋江道:"小可便是宋江。"那汉定睛看了看,纳头便拜,说道:"我不是梦里么?与兄长相见!"宋江道:"何故如此错爱?"那汉道:"却才甚是无礼,万望恕罪。有眼不识泰山!"跪在地下,那里肯起来。宋江慌忙扶住道:"足下高姓大名?"

柴进指着那汉,说出他姓名,叫甚讳字。有分教,山中猛虎,见时魄散魂离;林下强人,撞着心惊胆裂。正是说开星月无光彩,道破江山水倒流。毕竟柴大官人说出那汉还是何人,且听下回分解。

# 第二十三回

## 横海郡柴进留宾　景阳冈武松打虎

话说宋江因躲一杯酒,去净手了,转出廊下来,趷了火锨柄,引得那汉焦躁,跳将起来,就欲要打宋江。柴进赶将出来,偶叫起宋押司,因此露出姓名来。那大汉听得是宋江,跪在地下,那里肯起,说道:"小人'有眼不识泰山'!一时冒渎(冒犯,谦辞。渎,dú)兄长,望乞恕罪。"宋江扶起那汉,问道:"足下是谁?高姓大名?"柴进指着道:"这人是清河县(地名,东属于河北省邢台市)人氏,姓武,名松,排行第二,今在此间一年矣。"宋江道:"江湖上多闻说武二郎名字,不期今日却在这里相会,多幸,多幸!"

柴进道:"偶然豪杰相聚,实是难得。就请同做一席说话。"宋江大喜,携住武松的手,一同到后堂席上,便唤宋清与武松相见。柴进便邀武松坐地。宋江连忙让他一同在上面坐。武松那里肯坐,谦(谦让)了半晌,武松坐了第三位。柴进教再整杯盘来,劝三人痛饮。宋江在灯下看那武松时,果然是一条好汉。但见:

身躯凛凛,相貌堂堂。一双眼光射寒星,两弯眉浑如刷漆。胸脯横阔,有万夫难敌之威风;语话轩昂,吐千丈凌云之志气。心雄胆大,似撼天狮子下云端;骨健筋强,如摇地貔貅(píxiū,古书上说的一种凶猛的野兽)临座上。如同天上降魔主,真是人间太岁神。

当下宋江在灯下看了武松这表人物,心中甚喜,便问武松道:"二郎因何在此?"武松答道:"小弟在清河县,因酒后醉了,与本处机密(指古代县衙中管机密房的人)相争,一时间怒起,只一拳,打得那厮昏沉。小弟只道他死了,因此一径地逃来投奔大官人处,躲灾避难,今已一年有余。后来打听得那厮却不曾死,救得活了。今欲正要回乡去寻哥哥,不想染患疟疾,不能够动身回去。却才正发寒冷,在那廊下向火（烤火）,被兄长跐了锨柄,吃了那一惊,惊出一身冷汗,觉得这病好了。"宋江听了大喜。当夜饮至三更,酒罢,宋江就留武松在西轩下做一处安歇。次日起来,柴进安排席面,杀羊宰猪,管待宋江,不在话下。

过了数日,宋江将出些银两来与武松做衣裳。柴进知道,那里肯要他坏钱（坏钞。花费钱财,指请客、送礼、资助人等,是一种客气的说法）,自取出一箱缎匹绸绢,门下自有针工,便教做三人的称体衣裳。

说话的（说书人的自称）,柴进因何不喜武松?原来武松初来投奔柴进时,也一般接纳管待;次后在庄上,但吃醉了酒,性气刚,庄客有些顾管不到处,他便要下拳打他们。因此满庄里庄客,没一个道他好。众人只是嫌他,都去柴进面前告诉他许多不是处。柴进虽然不赶他,只是相待得他慢了。却得宋江每日带挈他一处,饮酒相陪,武松的前病都不发了。

相伴宋江住了十数日,武松思乡,要回清河县看望哥哥。柴进、宋江两个都留他再住几时,武松道:"小弟的哥哥多时不通信息,因此要去望他。"宋江道:"实是二郎要去,不敢苦留。如若得闲时,再来相会几时。"武松相谢了宋江。柴进取出些金银送与武松,武松谢道:"实是多多相扰了大官人。"武松缚了包裹,拴了哨棒要行,柴进又治酒食送路。武松穿了一领新纳红绸袄,戴着个白范阳毡笠儿,背上包裹,提了杆棒,相辞了便行。宋江道:"贤弟少等一等。"回到自己房内,取了些银两,赶出到庄门前来,说道:"我送兄弟一程。"宋江和兄弟宋清两个送武松。待他辞了柴大官人,宋江也道:"大官人,暂别了便来。"

三个离了柴进东庄,行了五七里路,武松作别道:"尊兄远了,请回。柴大官人必然专望（一心盼望）。"宋江道:"何妨再送几步。"路上说些闲话,不觉又过了三二里。武松挽住宋江说道:"尊兄不必远送。常言道:'送君千里,终须一别。'"宋江指着道:"容我再行几步。兀那官道上有个小酒店,我们吃三钟了作别。"三个来到酒店里,宋江上首坐了,武松倚了哨棒,下席坐了,宋清横头坐定。便叫酒保打酒来,且买些盘馔、果品、菜蔬之类,都搬来摆在桌子上。三人饮了几杯,看看红日平西,武松便道:"天色将晚,哥哥不弃武二时,就此受武二四拜,拜为义兄。"宋江大喜。武松纳头拜了四拜,宋江叫宋清身边取出一锭十两银子,送与武松。武松那里肯受,说道:"哥哥客中自用盘费。"宋江道:"贤弟不必多虑。你若推却,我便不认你做兄弟。"武松只得拜受了,收放缠袋里。宋江取些碎银子,还了酒钱。武松拿了哨棒,三个出酒店前来作别。武松堕泪,拜辞了自去。

宋江和宋清立在酒店门前,望武松不见了,方才转身回来。行不到五里路头,只见柴大官人骑着马,背后牵着两匹空马来接。宋江望见了大喜,一同上马回庄上来。下了马,请入后堂饮酒。宋江弟兄两个,自此只在柴大官人庄上。

话分两头。只说武松自与宋江分别之后,当晚投客店歇了。次日早起来打火,吃了饭,还了房钱,拴束包裹,提了哨棒,便走上路,寻思道:"江湖上只闻说及时雨宋公明,果然不虚。结识得这般弟兄,也不枉了!"

武松在路上行了几日,来到阳谷县(地名,隶属山东省聊城市)地面。此去离县治还远。当日响午时分,走得肚中饥渴,望见前面有一个酒店,挑着一面招旗(旧时店的招牌多为一旗幡,故称)在门前,上头写着五个字道:"三碗不过冈。"武松入到里面坐下,把哨棒倚了,叫道:"主人家,快把酒来吃。"只见店主人把三只碗,一双箸,一碟热菜,放在武松面前,满满筛一碗酒来。武松拿起碗,一饮而尽,叫道:"这酒好生有气力! 主人家,有饱肚的买些吃酒。"酒家道:"只有熟牛肉。"武松道:"好的,切二三斤来吃酒。"店家去里面切出二斤熟牛肉,做一大盘子,将来放在武松面前,随即再筛一碗酒。武松吃了道:"好酒! "

又筛下一碗。恰好吃了三碗酒，再也不来筛。武松敲着桌子叫道：
"主人家，怎的不来筛酒？"酒家道："客官要肉便添来。"武松道："我
也要酒，也再切些肉来。"酒家道："肉便切来添与客官吃，酒却不添
了。"武松道："却又作怪！"便问主人家道："你如何不肯卖酒与我
吃？"酒家道："客官，你须见我门前招旗上面明明写道：'三碗不过
冈。'"

　　武松道："怎地唤做'三碗不过冈'？"酒家道："俺家的酒虽是
村酒，却比老酒的滋味；但凡客人来我店中，吃了三碗的，便醉了，过
不得前面的山冈去，因此唤做'三碗不过冈'。若是过往客人到此，
只吃三碗，更不再问。"武松笑道："原来恁地。我却吃了三碗，如何
不醉？"酒家道："我这酒叫做透瓶香，又唤做出门倒。初入口时，醇
酦(酒味浓厚甘美。酦，nóng)好吃，少刻时便倒。"武松道："休要胡说！没
地(难道)不还你钱，再筛三碗来我吃！"酒家见武松全然不动，又筛三
碗。武松吃道："端的好酒！主人家，我吃一碗，还你一碗钱，只顾筛
来。"酒家道："客官休只管要饮，这酒端的要醉倒人，没药医。"武松
道："休得胡鸟说！便是你使蒙汗药在里面，我也有鼻子。"店家被他
发话(责备，责怪。多盛怒而言)不过，一连又筛了三碗。武松道："肉便再
把二斤来吃。"酒家又切了二斤熟牛肉，再筛了三碗酒。武松吃得口
滑，只顾要吃。去身边取出些碎银子，叫道："主人家，你且来看我银
子，还你酒肉钱够么？"酒家看了道："有余。还有些贴钱(我还的余款。
俗称找头)与你。"武松道："不要你贴钱。只将酒来筛。"酒家道："客官，
你要吃酒时，还有五六碗酒哩！只怕你吃不的了。"武松道："就有
五六碗多时，你尽数筛将来。"酒家道："你这条长汉，倘或醉倒了时，
怎扶的你住？"武松答道："要你扶的，不算好汉。"酒家那里肯将酒
来筛。武松焦躁道："我又不白吃你的！休要引老爷性发(脾气发作)，
通教你屋里粉碎！把你这鸟店子倒翻转来！"酒家道："这厮醉了，
休惹他。"再筛了六碗酒，与武松吃了。前后共吃了十五碗，绰了哨
棒，立起身来道："我却又不曾醉！"走出门前来笑道："却不说'三碗

不过冈’！”手提哨棒便走。

酒家赶出来叫道：“客官那里去！”武松立住了，问道：“叫我做甚么？我又不少你酒钱，唤我怎地？”酒家叫道：“我是好意。你且回来我家，看抄白(公文的抄本或副本)官司(官府)榜文(告示)。”武松道：“甚么榜文？”酒家道：“如今前面景阳冈上有只吊睛白额大虫，晚了出来伤人，坏了三二十条大汉性命。官司如今杖限猎户擒捉发落。冈子路口，多有榜文：可教往来客人，结伙成队，于巳、午、未(上午九点到下午三点)三个时辰过冈，其余寅、卯(夜里三点到早晨七点)、申、酉、戌、亥(下午三点到半夜十一点)六个时辰，不许过冈。更兼单身客人，务要等伴结伙而过。这早晚正是未末申初时分，我见你走都不问人，枉送了自家性命。不如就我此间歇了，等明日慢慢凑的三二十人，一齐好过冈子。”武松听了，笑道：“我是清河县人氏，这条景阳冈上，少也走过了一二十遭，几时见说有大虫？你休说这般鸟话来吓我。便有大虫，我也不怕！”酒家道：“我是好意救你，你不信时，进来看官司榜文。”武松道：“你鸟子声(骂人的词语。指人多嘴)！便真个有虎，老爷也不怕！你留我在家里歇，莫不半夜三更要谋我财，害我性命，却把鸟大虫唬吓我。”酒家道：“你看么！我是一片好心，反做恶意，倒落得你怎地！你不信我时，请尊便自行！”正是：

　　　前车倒了千千辆，后车过了亦如然。

　　　分明指与平川路，却把忠言当恶言。

那酒店里主人摇着头，自进店里去了。这武松提了哨棒，大着步，自过景阳冈来。约行了四五里路，来到冈子下，见一大树，刮去了皮，一片白，上写两行字。武松也颇识几字，抬头看时，上面写道：近因景阳冈大虫伤人，但有过往客商，可于巳、午、未三个时辰，结伙成队过冈，请勿自误。

武松看了，笑道：“这是酒家诡诈，惊吓那等客人，便去那厮家里宿歇。我却怕甚么鸟！”横拖着哨棒，便上冈子来。

那时已有申牌时分，这轮红日，厌厌地(微弱的样子)相傍下山。武

松乘着酒兴,只管走上冈子来。走不到半里多路,见一个败落的山
神庙。行到庙前,见这庙门上贴着一张印信榜文。武松住了脚读
时,上面写道:

> 阳谷县示:为景阳冈上,新有一只大虫,伤害人命。现今
> 杖限各乡里正并猎户人等行捕,未获。如有过往客商人等,可
> 于巳、午、未三个时辰,结伴过冈;其余时分及单身客人,不许过
> 冈,恐被伤害性命。各宜知悉。

武松读了印信榜文,方知端的有虎。欲待转身再回酒店里来,
寻思道:"我回去时,须吃他耻笑,不是好汉,难以转去。"存想了一
回,说道:"怕甚么鸟! 且只顾上去看怎地! "

武松正走,看看酒涌上来,便把毡笠儿背在脊梁上,将哨棒绾在
肋下,一步步上那冈子来。回头看这日色时,渐渐地坠下去了。此时
正是十月间天气,日短夜长,容易得晚。武松自言自说道:"那得甚么
大虫? 人自怕了,不敢上山。"武松走了一直(一程),酒力发作,焦热起
来。一只手提着哨棒,一只手把胸膛前袒开,踉踉跄跄,直奔过乱树
林来。见一块光挞挞(光秃秃。挞,tà)大青石,把那哨棒倚在一边,放翻
身体,却待要睡,只见发起一阵狂风来。古人有四句诗单道那风:

> 无形无影透人怀,四季能吹万物开。
>
> 就树撮将黄叶去,入山推出白云来。

原来但凡世上云生从龙,风生从虎。那一阵风过处,只听得乱
树背后扑地一声响,跳出一只吊睛白额大虫来。武松见了,叫声:
"呵呀!"从青石上翻将下来,便拿那条哨棒在手里,闪在青石边。

那个大虫又饥又渴,把两只爪在地下略按一按,和身望上一扑,
从半空里撺将下来。武松被那一惊,酒都做冷汗出了。说时迟,那
时快,武松见大虫扑来,只一闪,闪在大虫背后。那大虫背后看人最
难,便把前爪搭在地下,把腰胯一掀,掀将起来。武松只一躲,躲在
一边。大虫见掀他不着,吼一声,却似半天里起个霹雳,振得那山冈
也动,把这铁棒也似虎尾,倒竖起来只一剪。武松却又闪在一边。

原来那大虫拿人,只是一扑,一掀,一剪;三般提不着时,气性先自没了一半。

那大虫又剪不着,再吼了一声,一兜兜将回来。武松见那大虫复翻身回来,双手轮起哨棒,尽平生气力只一棒,从半空劈将下来。只听得一声响,簌簌地将那树连枝带叶劈脸打将下来。定睛看时,一棒劈不着大虫,原来打急了,正打在枯树上,把那条哨棒折做两截,只拿得一半在手里。

那大虫咆哮,性发起来,翻身又只一扑,扑将来。武松又只一跳,却退了十步远。那大虫恰好把两只前爪搭在武松面前。武松将半截棒丢在一边,两只手就势把大虫顶花皮肐搭地揪住,一按按将下来。那只大虫急要挣扎,被武松尽气力纳定,那里肯放半点儿松宽。武松把只脚望大虫面门(头的前部;脸)上、眼睛里,只顾乱踢。那大虫咆哮起来,把身底下爬起两堆黄泥,做了一个土坑。武松把那大虫嘴直按下黄泥坑里去。那大虫吃武松奈何得没了些气力。武松把左手紧紧地揪住顶花皮,偷出右手来,提起铁锤般大小拳头,尽平生之力,只顾打。打到五七十拳,那大虫眼里、口里、鼻子里、耳朵里,都迸出鲜血来。那武松尽平昔神威,仗胸中武艺,半歇儿把大虫打做一堆,却似挡着一个锦皮袋。有一篇古风单道景阳冈武松打虎:

> 景阳冈头风正狂,万里阴云霾日光。
>
> 触目晚霞挂林薮,侵人冷雾弥穹苍。
>
> 忽闻一声霹雳响,山腰飞出兽中王。
>
> 昂头踊跃逞牙爪,麋鹿之属皆奔忙。
>
> 清河壮士酒未醒,冈头独坐忙相迎。
>
> 上下寻人虎饥渴,一掀一扑何狰狞!
>
> 虎来扑人似山倒,人往迎虎如岩倾。
>
> 臂腕落时坠飞炮,爪牙爬处成泥坑。
>
> 拳头脚尖如雨点,淋漓两手猩红染。
>
> 腥风血雨满松林,散乱毛须坠山奄。

近看千钧势有余,远观八面威风敛。

身横野草锦斑销,紧闭双睛光不闪。

当下景阳冈上那只猛虎,被武松没顿饭之间,一顿拳脚,打得那大虫动弹不得,使得口里兀自气喘。武松放了手,来松树边寻那打折的棒橛(木棍子),拿在手里,只怕大虫不死,把棒橛又打了一回。那大虫气都没了。武松再寻思道:"我就地拖得这死大虫下冈子去。"就血泊里双手来提时,那里提得动。原来使尽了气力,手脚都苏软了,动掸不得。武松再来青石坐了半歇,寻思道:"天色看看黑了,倘或又跳出一只大虫来时,却怎地斗得他过? 且挣扎下冈子去,明早却来理会。"就石头边寻了毡笠儿,转过乱树林边,一步步捱下冈子来。

走不到半里多路,只见枯草丛中,钻出两只大虫来。武松道:"呵呀! 我今番罢了(死定了)! "只见那两个大虫,于黑影里直立起来。武松定睛看时,却是两个人,把虎皮缝做衣裳,紧紧拴在身上。那两个人手里各拿着一条五股叉,见了武松,吃一惊道:"你那人吃了忽律(hūlù,忽雷。鳄鱼的别称)心、豹子肝、狮子腿,胆倒包着身躯,如何敢独自一个,昏黑将夜,又没器械,走过冈子来? 不知你是人是鬼? "武松道:"你两个是甚么人? "那个人道:"我们是本处猎户。"武松道:"你们上岭来做甚么? "两个猎户失惊道:"你兀自不知哩! 如今景阳冈上有一只极大的大虫,夜夜出来伤人。只我们猎户,也折了七八个。过往客人,不记其数,都被这畜生吃了。本县知县着落当乡里正和我们猎户人等捕捉。那业畜(作恶的畜生)势大难近,谁敢向前! 我们为他,正不知吃了多少限棒,只捉他不得。今夜又该我们两个捕猎,和十数个乡夫在此,上上下下,放了窝弓药箭(猎人用以捕兽的敷有毒药的箭)等他。正在这里埋伏,却见你大剌剌地(举止随便,满不在乎的样子)从冈子上走将下来,我两个吃了一惊。你却正是甚人? 曾见大虫么? "武松道:"我是清河县人氏,姓武,排行第二。却才冈子上乱树林边,正撞见那大虫,被我一顿拳脚打死了。"两个猎户听得痴呆了,说道:"怕没这话? "武松道:"你不信时,只看我身上兀自有血迹。"两个道:"怎地打来?"武松把那打大虫的本事,再说了一遍。两个猎户听了,又惊又喜,叫拢那十个乡夫来。

只见这十个乡夫,都拿着钢叉、踏弩、刀、枪,随即拢来。武松问道:"他们众人,如何不随着你两个上山?"猎户道:"便是那畜生利害,他们如何敢上来?"一伙十数个人,都在面前。两个猎户把武松打杀大虫的事,说向众人,众人都不肯信。武松道:"你众人不信时,我和你去看便了。"众人身边都有火刀、火石,随即发出火来,点起五七个火把。众人都跟着武松,一同再上冈子来,看见那大虫做一堆儿死在那里。众人见了大喜,先叫一个去报知本县里正并该管上户。这里五七个乡夫,自把大虫缚了,抬下冈子来。

到得岭下,早有七八十人,都哄将来。先把死大虫抬在前面,将一乘兜轿抬了武松,径投本处一个上户家来。那上户、里正,都在庄前迎接。把这大虫扛到草厅上。却有本乡上户、本乡猎户三二十人,都来相探武松。众人问道:"壮士高姓大名?贵乡何处?"武松道:"小人是此间邻郡清河县人氏,姓武,名松,排行第二。因从沧州回乡来,昨晚在冈子那边酒店吃得大醉了,上冈子来,正撞见这畜生。"把那打虎的身分(指手段,本领)、拳脚,细说了一遍。众上户道:"真乃英雄好汉!"众猎户先把野味将来与武松把杯(端着酒杯。表示敬酒或喝酒)。武松因打大虫困乏了,要睡。大户便叫庄客打并客房,且教武松歇息。

到天明,上户先使人去县里报知,一面合具虎床,安排端正,迎送县里去。天明,武松起来洗漱罢,众多上户牵一腔羊,挑一担酒,都在厅前伺候。武松穿了衣裳,整顿巾帻,出到前面,与众人相见。众上户把盏说道:"被这个畜生,正不知害了多少人性命,连累猎户,吃了几顿限棒。今日幸得壮士来到,除了这个大害。第一,乡中人民有福;第二,客侣通行,实出壮士之赐!"武松谢道:"非小子之能,托赖众长上福荫。"众人都来作贺。吃了一早晨酒食,抬出大虫,放在虎床上。众乡村上户,都把缎匹花红来挂与武松。武松有些行李包裹,寄在庄上。一齐都出庄门前来。早有阳谷县知县相公使人来接武松。都相见了,叫四个庄客,将乘凉轿,来抬了武松。把那大虫扛在前面,挂着花红缎匹,迎到阳谷县里来。

那阳谷县人民,听得说一个壮士打死了景阳冈上大虫,迎喝将来,尽皆出来看,哄动了那个县治(官员办公地点)。武松在轿上看时,只见亚肩迭背(肩压肩,背挨背。形容人多拥挤),闹闹穰穰(闹嚷。穰,rǎng),屯街塞巷,都来看迎大虫。到县前衙门口,知县已在厅上专等。武松下了轿,扛着大虫,都到厅前,放在甬道上。知县看了武松这般模样,又见了这个老大锦毛大虫,心中自忖道:"不是这个汉,怎地打的这个猛虎!"便唤武松上厅来。武松去厅前声了喏,知县问道:"你那打虎的壮士,你却说怎生打了这个大虫?"武松就厅前将打虎的本事说了一遍,厅上厅下众多人等都惊的呆了。知县就厅上赐了几杯酒,将出上户凑的赏赐钱一千贯给与武松。武松禀道:"小人托赖相公的福荫,偶然侥幸打死了这个大虫,非小人之能,如何敢受赏赐?小人闻知这众猎户,因这个大虫受了相公责罚,何不就把这一千贯给散与众人去用?"知县道:"既是如此,任从壮士。"武松就把这赏钱在厅上散与众人猎户。

知县见他忠厚仁德,有心要抬举他,便道:"虽你原是清河县人氏,与我这阳谷县只在咫尺。我今日就参你在本县做个都头如何?"武松跪谢道:"若蒙恩相抬举,小人终身受赐。"知县随即唤押司立了文案,当日便参武松做了步兵都头。众上户都来与武松作贺庆喜,连连吃了三五日酒。武松自心中想道:"我本要回清河县去看望哥哥,谁想倒来做了阳谷县都头。"自此上官见爱,乡里闻名。

又过了三二日,那一日,武松走出县前来闲玩,只听得背后一个人叫声:"武都头,你今日发迹了,如何不看觑我则个?"武松回过头来看了,叫声:"阿呀!你如何却在这里?"

不是武松见了这个人,有分教,阳谷县里,尸横血染。直教钢刀响处人头滚,宝剑挥时热血流。毕竟叫唤武都头的正是甚人,且听下回分解。

# 第二十四回

## 王婆贪贿说风情　郓哥不忿闹茶肆

话说当日武都头回转身来，看见那人，扑翻身便拜。那人原来不是别人，正是武松的嫡亲(谓血统最为亲近。嫡, dí)哥哥武大郎。武松拜罢，说道："一年有余不见哥哥，如何却在这里？"武大道："二哥，你去了许多时，如何不寄封书来与我？我又怨你，又想你。"武松道："哥哥如何是怨我，想我？"武大道："我怨你时，当初你在清河县里，要便吃酒醉了，和人相打，时常吃官司，教我要便随衙听候，不曾有一个月净办(清净)，常教我受苦，这个便是怨你处。想你时，我近来取得一个老小(妻子)，清河县人，不怯气(不服气)都来相欺负，没人做主。你在家时，谁敢来放个屁？我如今在那里安身不得，只得搬来这里赁(lìn, 租赁、租用)房居住，因此便是想你处。"

看官听说：原来武大与武松，是一母所生两个。武松身长八尺，一貌堂堂，浑身上下，有千百斤气力，不怎地，如何打得那个猛虎？这武大郎，身不满五尺，面目丑陋，头脑可笑。清河县人见他生得短矮，起他一个诨名，叫做三寸丁谷树皮。

那清河县里有一个大户人家，有个使女，小名唤做潘金莲。年方二十余岁，颇有些颜色，因为那个大户要缠他，这女使只是去告主人婆，意下不肯依从。那个大户以此记恨于心，却倒赔些房奁(嫁妆。奁, lián)，不要武大一文钱，白白地嫁与他。自从武大娶得那妇人之后，清河县里有几个奸诈的浮浪子弟们，却来他家里薅恼(找麻烦、骚扰。薅, hāo)。原来这妇人，见武大身材短矮，人物猥獕(wěicuī, 丑陋而俗气)，不会风流。这婆娘倒诸般好，为头的爱偷汉子。有诗为证：

> 金莲容貌更堪题，笑蹙春山①八字眉。
>
> 若遇风流清子弟，等闲云雨②便偷期。

却说那潘金莲过门之后，武大是个懦弱依本分的人，被这一班人不时间（经常）在门前叫道："好一块羊肉，倒落在狗口里！"因此武大在清河县住不牢，搬来这阳谷县紫石街赁房居住，每日仍旧挑卖炊饼。

此日正在县前做买卖，当下见了武松。武大道："兄弟，我前日在街上听得人沸沸地说道：'景阳冈上一个打虎的壮士，姓武，县里知县参他做个都头。'我也八分猜道是你，原来今日才得撞见。我且不做买卖，一同和你家去。"武松道："哥哥家在那里？"武大用手指道："只在前面紫石街便是。"

武松替武大挑了担儿。武大引着武松，转弯抹角，一径望紫石街来。转过两个弯，来到一个茶坊间壁（隔壁），武大叫一声："大嫂开门。"只见芦帘起处，一个妇人出到帘子下应道："大哥，怎地半早便归？"武大道："你的叔叔在这里，且来厮见。"武大郎接了担儿入去，便出来道："二哥，入屋里来，和你嫂嫂相见。"武松揭起帘子，入进里面，与那妇人相见。武大说道："大嫂，原来景阳冈上打死大虫新充做都头的，正是我这兄弟。"那妇人叉手向前道："叔叔万福。"武松道："嫂嫂请坐。"武松当下推金山，倒玉柱，纳头便拜。那妇人向前扶住武松道："叔叔，折杀奴家（旧时女子自称）。"武松道："嫂嫂受礼。"那妇人道："奴家也听得说道：'有个打虎的好汉，迎到县前来。'奴家也正待要去看一看。不想去得迟了，赶不上，不曾看见，原来却是叔叔。且请叔叔到楼上去坐。"武松看那妇人时，但见：

> 眉似初春柳叶，常含着雨恨云愁；脸如三月桃花，暗藏着风情月意。纤腰袅娜，拘束的燕懒莺慵；檀口（红艳的嘴唇。多形容女性

---

① 春山：春日山色黛青。比喻妇人姣好的眉毛。　② 云雨：比喻男女欢会。

嘴唇之美)轻盈,勾引得蜂狂蝶乱。玉貌妖娆(妖媚多姿)花解语,芳容窈窕(yǎotiǎo,妖冶的样子)玉生香。

当下那妇人叫武大请武松上楼,主客席里坐地。三个人同到楼上坐了。那妇人看着武大道:"我陪侍着叔叔坐地,你去安排些酒食来,管待叔叔。"武大应道:"最好。二哥,你且坐一坐,我便来也。"武大下楼去了。

那妇人在楼上,看了武松这表人物,自心里寻思道:"武松与他是嫡亲一母兄弟,他又生的这般长大。我嫁得这等一个,也不枉了为人一世!你看我那三寸丁谷树皮,三分象人,七分似鬼,我直恁地晦气(倒霉)!据着武松,大虫也吃他打倒了,他必然好气力。说他又未曾婚娶,何不叫他搬来我家里住?不想这段因缘,却在这里!"那妇人脸上堆下笑来,问武松道:"叔叔,来这里几日了?"武松答道:"到此间十数日了。"妇人道:"叔叔在那里安歇?"武松道:"胡乱权在县衙里安歇。"那妇人道:"叔叔,恁地时,却不便当。"武松道:"独自一身,容易料理。早晚自有土兵伏侍。"妇人道:"那等人伏侍叔叔,怎地顾管得到,何不搬来一家里住?早晚要些汤水吃时,奴家亲自安排与叔叔吃,不强似这伙腌臜人。叔叔便吃口清汤,也放心得下。"武松道:"深谢嫂嫂。"那妇人道:"莫不别处有婶婶,可取来厮会也好。"武松道:"武二并不曾婚娶。"妇人又问道:"叔叔青春(指少年、青年人的年龄)多少?"武松道:"虚度二十五岁。"那妇人道:"长奴三岁。叔叔今番从那里来?"武松道:"在沧州住了一年有余,只想哥哥在清河县住,不想却搬在这里。"那妇人道:"一言难尽!自从嫁得你哥哥,吃他忒善了,被人欺负,清河县里住不得,搬来这里。若得叔叔这般雄壮,谁敢道个不字!"武松道:"家兄从来本分,不似武二撒泼(要赖刁蛮,无理取闹)。"那妇人笑道:"怎地这般颠倒说?常言道:'人无刚骨,安身不牢。'奴家平生快性(急性子),看不得这般三答不回头,四答和身转(形容懦弱、迟钝)的人。"武松道:"家兄却不到得惹事,要嫂嫂忧心。"

正在楼上说话未了，武大买了些酒肉果品归来，放在厨下，走上楼来叫道："大嫂，你下来安排。"那妇人应道："你看那不晓事的，叔叔在这里坐地，却教我撇了下来。"武松道："嫂嫂请自便。"那妇人道："何不去叫间壁王干娘安排便了？只是这般不见便(不知趣)。"

武大自去央了间壁王婆。安排端正了，都搬上楼来，摆在桌子上，无非是些鱼肉果菜之类，随即烫酒上来。武大叫妇人坐了主位，武松对席，武大打横。三个人坐下，武大筛酒在各人面前。那妇人拿起酒来道："叔叔休怪，没甚管待，请酒一杯。"武松道："感谢嫂嫂，休这般说。"武大只顾上下筛酒烫酒，那里来管别事。那妇人笑容可掬，满口儿叫："叔叔，怎地鱼和肉也不吃一块儿？"拣好的递将过来。武松是个直性的汉子，只把做亲嫂嫂相待。谁知那妇人是个使女出身，惯会小意儿(小殷勤)。武大又是个善弱的人，那里会管待人。

那妇人吃了几杯酒，一双眼只看着武松的身上。武松吃他看不过，只低下头，不恁么理会。当日吃了十数杯酒，武松便起身。武大道："二哥，再吃几杯了去。"武松道："只好恁地，却又来望哥哥。"都送下楼来。那妇人道："叔叔是必搬来家里住。若是叔叔不搬来时，教我两口儿也吃别人笑话，亲兄弟难比别人。大哥，你便打点一间房，请叔叔来家里过活，休教邻舍街坊道个不是。"武大道："大嫂说的是。二哥，你便搬来，也教我争口气。"武松道："既是哥哥、嫂嫂恁地说时，今晚有些行李，便取了来。"那妇人道："叔叔是必记心，奴这里专望。"那妇人情意十分殷勤，正是：

> 叔嫂通言礼禁严，手援须识是从权。
>
> 英雄只念连枝树，淫妇偏思并蒂莲。

武松别了哥嫂，离了紫石街，径投县里来。正值知县在厅上坐衙。武松上厅来禀道："武松有个亲兄，搬在紫石街居住；武松欲就家里宿歇，早晚衙门中听候使唤。不敢擅去，请恩相钧旨。"知县道："这是孝悌(孝顺父母，敬爱兄长)的勾当，我如何阻你？你可每日来县里伺候。"武松谢了，收拾行李铺盖。有那新制的衣服，并前者赏赐的物件,叫个土兵挑了,武松引到哥哥家里。那妇人见了,却比半夜里拾金宝的一般欢喜,堆下笑来。武大叫个木匠,就楼上整了一间房,铺下一张床,里面放一条桌子,安两个杌子,一个火炉。武松先把行李安顿了,分付土兵自回去,当晚就哥嫂家里歇卧。

次日早起,那妇人慌忙起来,烧洗面汤,舀漱口水。叫武松洗漱了口面,裹了巾帻,出门去县里画卯。那妇人道:"叔叔画了卯,早些个归来吃饭,休去别处吃。"武松道:"便来也。"径去县里画了卯,伺候了一早晨,回到家里。那妇人洗手剔甲(剪指甲),齐齐整整,安排下饭食,三口儿共桌儿吃。武松吃了饭,那妇人双手捧一盏茶,递与武松吃。武松道:"教嫂嫂生受(劳驾),武松寝食不安。县里拨一个土兵来使唤。"那妇人连声叫道:"叔叔却怎地这般见外? 自家的骨肉,又不伏侍了别人。便拨一个土兵来使用,这厮上锅上灶地不干净,奴眼里也看不得这等人。"武松道:"恁地时,却生受嫂嫂。"

话休絮烦。自从武松搬将家里来,取些银子与武大,教买饼馓(sǎn,馓子。环形油炸食品)茶果,请邻舍吃茶。众邻舍斗分子(每人出一份钱凑起来办一件事)来与武松人情,武大又安排了回席,都不在话下。

过了数日,武松取出一匹彩色缎子与嫂嫂做衣裳。那妇人笑嘻嘻道:"叔叔,如何使得! 既然叔叔把与奴家,不敢推辞,只得接了。"武松自此只在哥哥家里宿歇。武大依前上街挑卖炊饼。武松每日自去县里画卯,承应(接受办理)差使。不论归迟归早,那妇人顿羹顿饭,欢天喜地伏侍武松。武松倒过意不去。那妇人常把些言语来撩拨他,武松是个硬心直汉,却不见怪。

有话即长,无话即短。不觉过了一月有余,看看是十一月天气。连日朔风(北风)紧起,四下里彤(tóng,赤色)云密布,又早纷纷扬扬,飞下一天大雪来。怎见得好雪? 正是:

眼波飘瞥任风吹,柳絮沾泥若有私。

粉态轻狂迷世界,巫山云雨未为奇。

当日那雪,直下到一更天气,却似银铺世界,玉碾乾坤。次日,武松清早出去县里画卯,直到日中未归。武大被这妇人赶出去做买卖,央及间壁王婆买下些酒肉之类,去武松房里簇了一盆炭火,心里自想道:"我今日着实撩斗(挑逗)他一撩斗,不信他不动情。"那妇人独自一个冷冷清清立在帘儿下等着,只见武松踏着那乱琼碎玉(白雪)归来。那妇人揭起帘子,陪着笑脸迎接道:"叔叔寒冷。"武松道:"感谢嫂嫂忧念。"入得门来,便把毡笠儿除将下来。那妇人双手去接,武松道:"不劳嫂嫂生受。"自把雪来拂了,挂在壁上;解了腰里缠袋,脱了身上鹦哥绿纻丝衲袄(一种斜襟的夹袄或棉袄),入房里搭了。那妇人便道:"奴等一早起,叔叔怎地不归来吃早饭?"武松道:"便是县里一个相识请吃早饭。却才又有一个作杯(摆酒请客),我不奈烦,一直走到家来。"那妇人道:"恁地,叔叔向火。"武松道:"好。"便脱了油靴,换了一双袜子,穿了暖鞋,掇个杌子,自近火边坐地。

那妇人把前门上了拴,后门也关了,却搬些按酒、果品、菜蔬,入武松房里来,摆在桌子上。武松问道:"哥哥那里去未归?"妇人道:"你哥哥每日自出去做买卖,我和叔叔自饮三杯。"武松道:"一发等哥哥家来吃。"妇人道:"那里等的他来!等他不得!"说犹未了,早暖了一注子酒来。武松道:"嫂嫂坐地,等武二去烫酒正当。"妇人道:"叔叔,你自便。"那妇人也掇个杌子,近火边坐了。火头边桌儿上,摆着杯盘。那妇人拿盏酒,擎在手里,看着武松道:"叔叔满饮此杯。"武松接过手来,一饮而尽。那妇人又筛一杯酒来说道:"天色寒冷,叔叔饮个成双杯儿。"武松道:"嫂嫂自便。"接来又一饮而尽。武松却筛一杯酒,递与那妇人吃,妇人接过酒来吃了,却拿注子再斟酒来,放在武松面前。

那妇人将酥胸微露,云鬟(高耸的环形发髻。鬟,huán)半軃(duǒ,下垂),脸上堆着笑容说道:"我听得一个闲人说道,叔叔在县前东街上养着一个唱的,敢端的有这话么?"武松道:"嫂嫂休听外人胡说,武二从来不是这等人。"妇人道:"我不信,只怕叔叔口头不似心头。"武松道:"嫂嫂不信时,只问哥哥。"那妇人道:"他晓的甚么!晓的这等事时,不卖炊饼了。叔叔且请一杯。"连筛了三四杯酒饮了。那妇人也有三杯酒落肚,哄动春心,那里按纳得住,只管把闲话来说。武松也知了八九分,自家只把头来低了,却不来兜揽(招引,招揽)他。

那妇人起身去烫酒,武松自去房里拿起火箸(火筷子,用以夹炭或通火)簇火。那妇人暖了一注子酒来到房里,一只手拿着注子,一只手便去武松肩胛上只一捏,说道:"叔叔,只穿这些衣裳不冷?"武松已自有五分不快意,也不应他。那妇人见他不应,劈手便来夺火箸,口里道:"叔叔,你不会簇火,我与你拨火,只要一似火盆常热便好。"武松有八分焦躁,只不做声。那妇人欲心似火,不看武松焦躁,便放了火箸,却筛一盏酒来,自呷(xiā,吸饮,喝)了一口,剩了大半盏,看着武松道:"你若有心,吃我这半盏儿残酒。"武松劈手夺来,泼在地下,说道:"嫂嫂休要恁地不识羞耻!"把手只一推,争些儿把那妇人推一交(一个跟头。交,同"跤")。武松睁起眼来道:"武二是个顶天立地、噙齿戴发(形容男子汉的豪迈气概)男子汉,不是那等败坏风俗、没人伦的猪狗,嫂嫂休要这般不识廉耻,为此等的勾当。倘有些风吹草动,武二眼里认的是嫂嫂,拳头却不认的是嫂嫂!再来休要恁地!"那妇人通红了脸,便收拾了杯盘盏碟,口里说道:"我自作乐耍子,不值得便当真起来,好不识人敬重!"搬了家火,自向厨下去了。有诗为证:

> 酒作媒人色胆张,贪淫不顾坏纲常。
>
> 席间便欲求云雨,激得雷霆怒一场。

却说潘金莲勾搭武松不动,反被抢白一场。武松自在房里气忿忿地,天色却早,未牌时分,武大挑了担儿,归来推门,那妇人慌忙开门。武大进来,歇了担儿,随到厨下。见老婆双眼哭的红红的。武大道:"你和谁闹来?"那妇人道:"都是你不争气,教外人来欺负我。"武大道:"谁人敢来欺负你?"妇人道:"情知是有谁!争奈武二那厮,我见他大雪里归来,连忙安排酒请他吃。他见前后没人,便把言语来调戏我。"武大道:"我的兄弟不是这等人,从来老实。休要高做声,吃邻舍家笑话!"

武大撇了老婆，来到武松房里叫道："二哥，你不曾吃点心，我和你吃些个。"武松只不则声(不作声)。寻思了半晌，再脱了丝鞋，依旧穿上油膀靴，着了上盖，带上毡笠儿，一头系缠袋，一面出门。武大叫道："二哥那里去？"也不应，一直地只顾去了。

武大回到厨下来问老婆道："我叫他又不应，只顾望县前这条路走了去，正是不知怎地了。"那妇人骂道："糊突桶(糊涂虫)，有甚么难见处！那厮羞了，没脸儿见你，走了出去。我猜他已定叫个人来搬行李，不要在这里宿歇。"武大道："他搬了去，须吃别人笑话。"那妇人道："混沌魍魉(糊涂鬼。魍魉，wǎngliǎng)，他来调戏我，倒不吃别人笑。你要便自和他道话，我却做不的这样的人。你还了我一纸休书来，你自留他便了。"武大那里敢再开口。

正在家中两口儿絮聒，只见武松引了一个土兵，拿着条匾担，径来房里，收拾了行李，便出门去。武大赶出来叫道："二哥，做甚么便搬了去？"武松道："哥哥不要问，说起来，装你的幌子(令你难堪)。你只由我自去便了。"武大那里敢再问备细，由武松搬了去。那妇人在里面喃喃呐呐的骂道："却也好！人只道一个亲兄弟做都头，怎地养活了哥嫂，却不知反来嚼咬人！正是'花木瓜(华而不实)，空好看'。你搬了去，倒谢天地，且得冤家离眼前。"武大见老婆这等骂，正不知怎地，心中只是咄咄(duōduō，叹息)不乐，放他不下。

自从武松搬了去县衙里宿歇，武大自依然每日上街挑卖炊饼。本待要去县里寻兄弟说话，却被这婆娘千叮万嘱分付，教不要去兜揽他，因此武大不敢去寻武松。

捻指间，岁月如流，不觉雪晴，过了十数日。却说本县知县自到任已来，却得二年半多了。赚得好些金银，欲待要使人送上东京去，与亲眷处收贮使用，谋个升转。却怕路上被人劫了去，须得一个有本事的心腹人去便好。猛可想起武松来："须是此人可去。有这等英雄了得！"当日便唤武松到衙内商议道："我有一个亲戚，在东京城里住，欲要送一担礼物去，就捎封书问安则个。只恐途中不好行,须是得你这等英雄好汉方去得。你可休辞辛苦,与我去走一遭,回来我自重重赏你。"武松应道:"小人得蒙恩相抬举,安敢推故?既蒙差遣,只得便去。小人也自来不曾到东京,就那里观看光景一遭。相公明日打点端正了便行。"知县大喜,赏了三杯,不在话下。

且说武松领下知县言语,出县门来,到得下处,取了些银两,叫了个土兵,却上街来买了一瓶酒并鱼肉果品之类,一径投紫石街来,直到武大家里。武大恰好卖炊饼了回来,见武松在门前坐地,叫土兵去厨下安排。那妇人余情不断,见武松把将酒食来,心中自想道:"莫不这厮思量(想念;相思)我了,却又回来?那厮一定强不过我,且慢慢地相问他!"

那妇人便上楼去,重匀粉面,再整云鬟,换些艳色衣服穿了,来到门前迎接武松。那妇人拜道:"叔叔,不知怎地错见了?好几日并不上门,教奴心里没理会处。每日叫你哥哥来县里寻叔叔陪话,归来只说道:'没寻处。'今日且喜得叔叔家来,没事坏钱(破费)做甚么?"武松答道:"武二有句话,特来要和哥哥、嫂嫂说知则个。"那妇人道:"既是如此,楼上去坐地。"

三个人来到楼上客位里,武松让哥嫂上首坐了,武松掇个杌子,横头坐了。土兵搬将酒肉上楼来,摆在桌子上。武松劝哥哥、嫂嫂吃酒。那妇人只顾把眼来睃武松,武松只顾吃酒。酒至五巡,武松讨付劝杯,叫土兵筛了一杯酒,拿在手里,看着武大道:"大哥在上:今日武二蒙知县相公差往东京干事,明日便要起程,多是两个月,少是四五十日便回。有句话特来和你说知:你从来为人懦弱,我不在家,恐怕被外人来欺负。假如你每日卖十扇笼(一架蒸笼称一扇笼)炊饼,你从明日为始,只做五扇笼出去卖。每日迟出早归,不要和人吃酒。归到家里,便下了帘子,早闭上门,省了多少是非口舌。如若有人欺负你,不要和他争执,待我回来自和他理论。大哥依我时,满饮此杯。"武大接了酒道:"我兄弟见得是,我都依你说。"吃过了一杯酒。

武松再筛第二杯酒,对那妇人说道:"嫂嫂是个精细的人,不必用武松多说。我哥哥为人质朴,全靠嫂嫂做主看觑他。常言道:'表壮不如里壮。'嫂嫂把得家定,我哥哥烦恼做甚么?岂不闻古人言:'篱牢犬不入。'"那妇人听了这话,被武松说了这一篇,一点红从耳朵边起,紫涨了面皮,指着武大便骂道:"你这个腌臜混沌!有甚么言语,在外人处说来,欺负老娘!我是一个不戴头巾男子汉,叮叮当当响的婆娘!拳头上立得人,胳膊上走得马,人面上行的人,不是那等搠不出的鳖老婆。自从嫁了武大,真个蝼蚁也不敢入屋里来,有甚么篱笆不牢,犬儿钻得入来!你胡言乱语,一句句都要下落,丢下砖头瓦儿,一个个也要着地。"武松笑道:"若得嫂嫂这般做主最好。只要心口相应,却不要心头不似口头。既然如此,武二都记得嫂嫂说的话了,请饮过此杯。"那妇人推开酒盏,一直跑下楼来,走到半胡梯上发话道:"你既是聪明伶俐,却不道'长嫂为母'!我当初嫁武大时,曾不听得说有甚么阿叔,那里走得来!'是亲不是亲,便要做乔家公(假冒的家长)。'自是老娘晦气了,鸟撞着许多事!"哭下楼去了。有诗为证:

> 良言逆听即为仇,笑眼登时有泪流。
> 只是两行淫祸水,不因悲苦不因羞。

　　且说那妇人做出许多奸伪张致(诡诈虚假的样子)。那武大、武松弟兄两个吃了几杯,武松拜辞哥哥。武大道:"兄弟去了,早早回来,和你相见。"口里说,不觉眼中堕泪。武松见武大眼中垂泪,便说道:"哥哥便不做得买卖也罢,只在家里坐地。盘缠兄弟自送将来。"武大送武松下楼来,临出门,武松又道:"大哥,我的言语,休要忘了。"

　　武松带了土兵,自回县前来收拾。次日早起来,拴束了包裹,来见知县。那知县已自先差下一辆车儿,把箱笼都装载车子上。点两个精壮土兵,县衙里拨两个心腹伴当,都分付了。那四个跟了武松,就厅前拜辞了知县,曳扎起,提了朴刀,监押车子,一行五人离了阳谷县,取路望东京去了。

　　话分两头。只说武大郎自从武松说了去,整整的吃那婆娘骂了三四日。武大忍气吞声，由他自骂，心里只依着兄弟的言语，真个每日只做一半炊饼出去卖，未晚便归。一脚歇了担儿，便去除了帘子，关上大门，却来家里坐地。那妇人看了这般，心内焦躁，指着武大脸上骂道："混沌浊物，我倒不曾见日头在半天里，便把着丧门关了，也须吃别人道我家怎地禁鬼！听你那兄弟鸟嘴，也不怕别人笑耻。"武大道："由他们笑道说我家禁鬼。我的兄弟说的是好话，省了多少是非。"那妇人道："呸！浊物（俗物）！你是个男子汉，自不做主，却听别人调遣。"武大摇手道："由他。他说的话，是金子言语。"

自武松去了十数日，武大每日只是晏（yàn，晚）出早归；归到家里，便关了门。那妇人也和他闹了几场，向后闹惯了，不以为事。自此这妇人约莫到武大归时，先自去收了帘子，关上大门。武大见了，自心里也喜，寻思道："恁地时却好！"

又过了三二日，冬已将残，天色回阳微暖。当日武大将次归来，那妇人惯了，自先向门前来叉那帘子。也是合当有事，却好一个人从帘子边走过。自古道："没巧不成话。"这妇人正手里拿叉竿（带叉头的竿）不牢，失手滑将倒去，不端不正，却好打在那人头巾上。那人立住了脚，正待要发作，回过脸来看时，是个生的妖娆的妇人，先自酥了半边，那怒气直钻过爪洼国（古国名。因远在海外，迷迷茫茫，故多借指遥远虚无之处）去了，变作笑吟吟的脸儿。这妇人情知不是，叉手深深地道个万福，说道："奴家一时失手，官人休怪。"那人一头把手整头巾，一面把腰曲着地还礼道："不妨。娘子请尊便。"却被这间壁的王婆见了。那婆子正在茶局子里水帘底下看见了，笑道："兀谁教大官人打这屋檐边过？打得正好！"那人笑道："倒是小人不是。冲撞娘子，休怪。"那妇人答道："官人不要见责。"那人又笑着，大大地唱个肥喏（唱大喏。唱喏时打躬的幅度大，抱拳高拱、弯腰扬声，表示格外恭敬）道："小人不敢。"那一双眼，却只在这妇人身上，临动身，也回了七八遍头，自摇摇摆摆，踏着八字脚去了。这妇人自收了帘子叉竿归去，掩上大门，等武大归来。诗曰：

篱不牢时犬会钻,收帘对面好相看。

王婆莫负能勾引,须信叉竿是钓竿。

再说来人姓甚名谁?那里居住?原来只是阳谷县一个破落户财主,就县前开着个生药铺(是指卖简单加工而未精制的药物的店铺)。从小也是一个奸诈的人,使得些好拳棒;近来暴发迹,专在县里管些公事,与人放刁把滥(刁难敲诈,胡作非为),说事过钱(代为他人收受贿赂而从中获利),排陷官吏。因此,满县人都饶让(宽容退让)他些个。那人复姓西门,单讳一个庆字,排行第一,人都唤他做西门大郎。近来发迹有钱,人都称他做西门大官人。

不多时,只见那西门庆一转踅入(转入,迈进)王婆茶坊里来,便去里边水帘下坐了。王婆笑道:"大官人却才唱得好个大肥喏!"西门庆也笑道:"干娘,你且来,我问你,间壁这个雌儿(对青年妇女的轻薄称呼),是谁的老小(妻子)?"王婆道:"他是阎罗大王的妹子,五道将军(迷信传说中东岳的属神,掌管人的生死)的女儿,问他怎地?"西门庆道:"我和你说正话,休要取笑。"王婆道:"大官人怎么不认得?他老公便是每日在县前卖熟食的。"西门庆道:"莫非是卖枣糕徐三的老婆?"王婆摇手道:"不是。若是他的,正是一对儿。大官人再猜。"西门庆道:"可是银担子李二的老婆?"王婆摇头道:"不是,若是他的时,也倒是一双。"西门庆道:"倒敢是花胳膊陆小乙的妻子?"王婆大笑道:"不是,若他的时,也又是好一对儿。大官人再猜一猜。"西门庆道:"干娘,我其实猜不着。"王婆哈哈笑道:"好教大官人得知了笑一声。他的盖老(丈夫),便是街上卖炊饼的武大郎。"西门庆跌脚(跺脚)笑道:"莫不是人叫他三寸丁谷树皮的武大郎?"王婆道:"正是他。"西门庆听了,叫起苦来说道:"好块羊肉,怎地落在狗口里!"王婆道:"便是这般苦事。自古道:'骏马却驮痴汉走,美妻常伴拙夫眠(比喻夫妻双方不相称)。'月下老偏生要是这般配合!"西门庆道:"王干娘,我少你多少茶钱?"王婆道:"不多,由他歇些时却算。"西门庆又道:"你儿子跟谁出去?"王婆道:"说不得。跟一个客人淮上去,至今不归,又不知死活。"西门庆道："却不叫他跟我？"王婆笑道："若得大官人抬举他，十分之好。"西门庆道："等他归来，却再计较。"再说了几句闲话，相谢起身去了。约莫未及两个时辰，又蹍将来王婆店门口帘边坐地，朝着武大门前。

半歇，王婆出来道："大官人，吃个梅汤(即酸梅汤)？"西门庆道："最好多加些酸。"王婆做了一个梅汤，双手递与西门庆。西门庆慢慢地吃了，盏托放在桌子上。西门庆道："王干娘，你这梅汤做得好，有多少在屋里？"王婆笑道："老身做了一世媒，那讨一个在屋里？"西门庆道："我问你梅汤，你却说做媒，差了多少。"王婆道："老身只听的大官人问这媒做得好，老身只道说做媒。"西门庆道："干娘，你既是撮合山(旧指媒人)，也与我做头媒，说头好亲事，我自重重谢你。"王婆道："大官人，你宅上大娘子得知时，婆子这脸，怎吃得耳刮子？"西门庆道："我家大娘子最好，极是容得人。现今也讨几个身边人(侍妾)在家里，只是没一个中得我意的。你有这般好的，与我主张一个，便来说不妨。若是回头人(再嫁的妇女)也好，只要中得我意。"王婆道："前日有一个倒好，只怕大官人不要。"西门庆道："若好时，你与我说成了，我自谢你。"王婆道："一得十二分人物，只是年纪大些。"西门庆道："便差一两岁，也不打紧。真个几岁？"王婆道："那娘子戊寅生，属虎的，新年恰好九十三岁。"西门庆笑道："你看这风婆子(即疯婆子)，只要扯着风脸取笑。"西门庆笑了起身去。

看看天色晚了，王婆却才点上灯来，正要关门，只见西门庆又蹍将来，径去帘底下那座头上坐了，朝着武大门前只顾望。王婆道："大官人，吃个和合汤(古代新婚夫妇共喝的一种"泡茶"，用果仁、蜜饯之类的甜食调和烹制而成)如何？"西门庆道："最好。干娘放甜些。"王婆点一盏和合汤，递与西门庆吃。坐个一歇，起身道："干娘记了帐目，明日一发还钱。"王婆道："不妨，伏惟安置，来日早请过访。"西门庆又笑了去。当晚无事。

次日清早，王婆却才开门，把眼看门外时，只见这西门庆又在门前两头来往踅。王婆见了道："这个刷子(骂人的话。有傻瓜、嫖客等义)踅得紧！你看我着些甜糖抹在这厮鼻子上，只叫他舐不着。那厮会讨县里人便宜，且教他来老娘手里纳些败缺(即破费，指贡钱)。"原来这个开茶坊的王婆，也是不依本分的。端的这婆子：

开言欺陆贾(曾追随刘邦，能言善辩)，出口胜隋何(汉朝说客)。只鸾孤凤，霎时间交仕成双；寡妇鳏男(死了丈夫的女子、无妻的成年男子)，一席话搬唆捉对(调唆怂恿别人成双成对)。略施妙计，使阿罗汉抱住比丘尼；稍用机关，教李天王搂定鬼子母。甜言说诱，男如封涉(裴铏笔下的坐怀不乱之士)也生心；软语调和，女似麻姑(传说中的仙女)能动念。教唆(通过诱导唆使别人做坏事)得织女害相思，调弄得嫦娥寻配偶。

且说王婆却才开得门，正在茶局子里生炭，整理茶锅。张见西门庆从早晨在门前踅了几遭，一径奔入茶房里来，水帘底下，望着武大门前帘子里坐了看。王婆只做不看见，只顾在茶局里煽风炉子，不出来问茶。西门庆叫道："干娘，点两盏茶来。"王婆应道："大官人来了。连日少见，且请坐。"便浓浓的点两盏姜茶，将来放在桌子上。西门庆道："干娘相陪我吃个茶。"王婆哈哈笑道："我又不是影射的(想象中的人。小说中特指姘头)。"西门庆也笑了一回，问道："干娘，间壁卖甚么？"王婆道："他家卖拖蒸河漏子，热烫温和大辣酥。"西门庆笑道："你看这婆子只是风。"王婆笑道："我不风，他家自有亲老公。"西门庆道："干娘，和你说正经话，说他家如法做得好炊饼，我要问他做三五十个，不知出去在家？"王婆道："若要买炊饼，少间等他街上回了买，何消得上门上户？"西门庆道："干娘说的是。"吃了茶，坐了一回，起身道："干娘记了帐目。"王婆道："不妨事。老娘牢牢写在帐上。"西门庆笑了去。

王婆只在茶局子里张时，冷眼睃见西门庆又在门前踅过东去，又看一看；走过西来，又睃一睃；走了七八遍，径踅入茶坊里来。王婆道："大官人稀行，好几时不见面。"西门庆笑将起来，去身边摸出一两来银子,递与王婆,说道:"干娘权收了做茶钱。"婆子笑道:"何消得许多?"西门庆道:"只顾放着。"婆子暗暗地喜欢道:"来了,这刷子当败。"且把银子来藏了,便道:"老身看大官人有些渴,吃个宽煎叶儿茶如何?"西门庆道:"干娘如何便猜得着?"婆子道:"有甚么难猜。自古道:'入门休问荣枯事,观着容颜便得知(通过察言观色洞悉心事)。'老身异样跷蹊作怪(离奇,可疑)的事,都猜得着。"西门庆道:"我也有一件心上的事,干娘若猜的着时,输与你五两银子。"王婆笑道:"老娘也不消三智五猜,只一智便猜个十分。大官人,你把耳朵来。你这两日脚步紧,赶趁得频,一定是记挂着隔壁那个人。我这猜如何?"西门庆笑起来道:"干娘,你端的智赛隋何,机强陆贾!不瞒干娘说:我不知怎地吃他那日叉帘子时见了这一面,却似收了我三魂七魄的一般;只是没做个道理入脚处。不知你会弄手段么?"王婆哈哈的笑起来道:"老身不瞒大官人说:我家卖茶,叫做鬼打更(虚有形式,并无其实)。三年前六月初三下雪的那一日,卖了一个泡茶(宋、元、明人喝茶,往往把干果、蜜饯等沏在茶里,叫做泡茶),直到如今不发市(开市。谓做生意来了顾客),专一靠些杂趁养口。"

西门庆问道:"怎地叫做杂趁(指非正经的职业)?"王婆笑道:"老身为头是做媒,又会做牙婆(旧称以介绍人口买卖为业的妇女),也会抱腰(为人助产接生),也会收小(接生)的,也会说风情(说媒),也会做马泊六(做男女关系的牵线人)。"西门庆道:"干娘端的与我说得这件事成,便送十两银子与你做棺材本。"

王婆道:"大官人,你听我说:但凡捱光(偷情)的两个字最难,要五件事俱全,方才行得。第一件,潘安(晋代美男子潘岳)的貌;第二件,驴的大行货;第三件,要似邓通(西汉蜀郡人。因得文帝宠幸,官至上大夫,赐钱无数。又赐以蜀郡严道铜山,许自铸钱,后世遂以"邓通"为钱的代称)有钱;第四件,小,就要绵里针忍耐;第五件,要闲工夫。此五件,唤做潘、驴、邓、小、闲。五件俱全,此事便获着。"西门庆道:"实不瞒你说,这五件事我都有些。第一,我的面貌虽比不得潘安,也充得过;第二,我小时也曾养得好大龟;第三,我家里也颇有贯伯(<sub>贯百</sub>)钱财,虽不及邓通,也颇得过;第四,我最耐得,他便打我四百顿,休想我回他一拳;第五,我最有闲工夫,不然,如何来的恁频?干娘,你只作成我,完备了时,我自重重的谢你。"有诗为证:

> 西门浪子意猖狂,死下工夫戏女娘。
>
> 亏杀卖茶王老母,生教巫女就襄王。

西门庆意已在言表。王婆道:"大官人,虽然你说五件事都全,我知道还有一件事打搅,也多是札地(<sub>落实,解决</sub>)不得。"西门庆说:"你且道甚么一件事打搅?"王婆道:"大官人,休怪老身直言。但凡捱光最难,十分光明,使钱到九分九厘,也有难成就处。我知你从来悭吝(<sub>qiānlìn,爱惜财物</sub>),不肯胡乱便使钱。只这一件打搅。"西门庆道:"这个极容易医治,我只听你的言语便了。"

王婆道:"若是大官人肯使钱时,老身有一条计,便教大官人和这雌儿会一面。只不知官人肯依我么?"西门庆道:"不拣怎地,我都依你。干娘有甚妙计?"王婆笑道:"今日晚了,且回去。过半年三个月,却来商量。"西门庆便跪下道:"干娘休要撒科(<sub>说笑话</sub>),你作成我则个!"

王婆笑道:"大官人却又慌了。老身那条计,是个上着;虽然入不得武成王庙(<sub>姜子牙庙。武成王是太公望的封号</sub>),端的强似孙武子(<sub>春秋时期军事家</sub>)教女兵,十捉九着。大官人,我今日对你说,这个人原是清河县大户人家讨来的养女,却做得一手好针线。大官人,你便买一匹白绫,一匹蓝绸,一匹白绢,再用十两好绵,都把来与老身。我却走将过去,问他讨茶吃,却与这雌儿说道:'有个施主官人,与我一套送终衣料,特来借历头(<sub>历书</sub>),央及娘子与老身拣个好日,去请个裁缝来做。'他若见我这般说,不睬我时,此事便休了。他若说:'我替你做。'不要我叫裁缝时,这便有一分光了。我便请他家来做。他若说:'将来我家里做。'不肯过来,此事便休了。他若欢天喜地说:'我来做,就替你裁。'这光便有二分了。若是肯来我这里做时,却要安排些酒食点心请他。第一日,你也不要来。第二日,他若说不便,当时定要将家去做,此事便休了。他若依前肯过我家做时,这光便有三分了。这一日,你也不要来。到第三日晌午前后,你整整齐齐打扮了来,咳嗽为号。你便在门前说道:'怎地连日不见王干娘?'我便出来,请你入房里来。若是他见你入来,便起身跑了归去,难道我拖住他?此事便休了。他若见你入来,不动身时,这光便有四分了。坐下时,便对雌儿说道:'这个便是与我衣料的施主官人。亏煞(多亏)他!'我夸大官人许多好处,你便卖弄他的针线。若是他不来兜揽应答,此事便休了。他若口里应答说话时,这光便有五分了。我却说道:'难得这个娘子与我作成出手做。亏煞你两个施主:一个出钱的,一个出力的。不是老身路歧相央,难得这个娘子在这里,官人好做个主人,替老身与娘子浇手(以酒肴慰劳工作的人)。'你便取出银子来央我买。若是他抽身便走时,不成扯住他?此事便休了。他若是不动身时,事务易成,这光便有六分了。我却拿了银子,临出门对他道:'有劳娘子相待大官人坐一坐。'他若也起身走了家去时,我也难道阻当他?此事便休了。若是他不起身走动时,此事又好了,这光便有七分了。等我买得东西来,摆在桌子上,我便道:'娘子且收拾生活,吃一杯儿酒,难得这位官人坏钞。'他若不肯和你同桌吃时,走了回去,此事便休了。若是他只口里说要去,却不动身时,此事又好了,这光便有八分了。待他吃的酒浓时,正说得入港(投机,意气相投),我便推道没了酒,再叫你买,你便又央我去买。我只做去买酒,把门曳上,关你和他两个在里面。他若焦躁,跑了归去,此事便休了。他若由我曳上门,不焦躁时,这光便有九分了。只欠一分光了便完就。这一分倒难。大官人,你在房里,着几句甜净的话儿,说将入去。你却不可躁暴,便去动手动脚;打搅了事,那时我不管你。先假做把袖子在桌上拂落一双箸去,你只做去地下拾箸,将手去他脚上捏一捏,他若闹将起来,我自来搭救,此事也便休了,再也难得成。若是他不做声时,此是十分光了。他必然有意,这十分事做得成。这条计策如何？"

西门庆听罢，大喜道："虽然上不得凌烟阁(封建王朝为表彰功臣而建筑的绘有功臣图像的高阁)，端的好计！"王婆道："不要忘了许我的十两银子！"西门庆道："'但得一片橘皮吃，莫便忘了洞庭湖(吃水不忘挖井人)！'这条计几时可行？"王婆道："只在今晚，便有回报。我如今趁武大未归，走过去细细地说诱他。你却便使人将绫绸绢匹并绵子来。"西门庆道："得干娘完成得这件事，如何敢失信？"作别了王婆，便去市上绸绢铺里买了绫绸绢缎，并十两清水好绵。家里叫个伴当，取包袱包了，带了五两碎银，径送入茶坊里。王婆接了这物，分付伴当回去。诗曰：

> 岂是风流胜可争？迷魂阵里出奇兵。
>
> 安排十面捱光计，只取亡身入陷坑。

这王婆开了后门，走过武大家里来。那妇人接着请去楼上坐地。那王婆道："娘子怎地不过贫家吃茶？"那妇人道："便是这几日身体不快，懒走去的。"王婆道："娘子家里有历日(历书；日历)么？借与老身看一看，要选个裁衣日。"那妇人道："干娘裁甚么衣裳？"王婆道："便是老身十病九痛，怕有些山高水低，头先要制办些送终衣服，难得近处一个财主，见老身这般说，布施与我一套衣料，绫绸绢缎，又与若干好绵，放在家里一年有余，不能够做。今年觉道身体好生不济，又撞着如今闰月，趁这两日要做；又被那裁缝勒掯(刁难)，只推生活忙，不肯来做。老身说不得这等苦！"那妇人听了笑道："只怕奴家做得不中干娘意；若不嫌时，奴出手与干娘做如何？"那婆子听了这话，堆下笑来说道："若得娘子贵手做时，老身便死来也得好处去。久闻娘子好手针线，只是不敢来相央。"那妇人道："这个何妨。既是许了干娘，务要与干娘做了。将历头去叫人拣个黄道好日，奴便与你动手。"王婆道："若得娘子肯与老身做时，娘子是一点福星，何用选日？老身也前日央人看来，说道明日是个黄道好日。老身只道裁衣不用黄道日了，不记他。"那妇人道："归寿衣正要黄道日好，何用别选日？"王婆道："既是娘子肯作成老身时，大胆只是明日起动娘子到寒家则个。"那妇人道："干娘，不必。将过来做不得？"王婆道："便是老身也要看娘子做生活则个；又怕家里没人看门前。"那妇人道："既是干娘恁地说时，我明日饭后便来。"那婆子千恩万谢下楼去了。当晚回复了西门庆的话，约定后日准来。当夜无语。

次日清早，王婆收拾房里干净了，买了些线索，安排了些茶水，在家里等候。

且说武大吃了早饭，打当了担儿，自出去做道路。那妇人把帘儿挂了，从后门走过王婆家里来。那婆子欢喜无限，接入房里坐下，便浓浓地点道茶，撒上些出白松子、胡桃肉(核桃肉)，递与这妇人吃了。抹得桌子干净，便将出那绫绸绢缎来。妇人将尺量了长短，裁得完备，便缝起来。婆子看了，口里不住声价喝采道："好手段！老身也活了六七十岁，眼里真个不曾见这般好针线。"那妇人缝到日中，王婆便安排些酒食请他，下了一斤面，与那妇人吃了。再缝了一歇，将次晚来，便收拾起生活(用品、器物)，自归去。

恰好武大归来，挑着空担儿进门，那妇人曳开门，下了帘子。武大入屋里来，看见老婆面色微红，便问道："你那里吃酒来？"那妇人应道："便是间壁王干娘，央我做送终的衣裳，日中安排些点心请我。"武大道："阿呀！不要吃他的，我们也有央及他处。他便央你做得件把衣裳，你便自归来吃些点心，不值得搅恼他。你明日倘或再去做时，带了些钱在身边，也买些酒食与他回礼。常言道：'远亲不如近邻。'休要失了人情。他若是不肯要你还礼时，你便只是拿了家来，做去还他。"那妇人听了，当晚无话。有诗为证：

> 可奈虔婆设计深，大郎混沌不知因。
>
> 带钱买酒酬奸诈，却把婆娘白送人。

且说王婆子设计已定，赚潘金莲来家。次日饭后，武大自出去了，王婆便踅过来相请。去到他房里，取出生活，一面缝将起来。王婆自一边点茶来吃了，不在话下。看看日中，那妇人取出一贯钱付与王婆说道:"干娘,奴和你买杯酒吃。"王婆道:"阿呀! 那里有这个道理? 老身央及娘子在这里做生活,如何颠倒教娘子坏钱?"那妇人道:"却是拙夫分付奴来,若还干娘见外时,只是将了家去做还干娘。"那婆子听了,连声道:"大郎直恁地晓事。既然娘子这般说时,老身权且收下。"这婆子生怕打脱了这事,自又添钱去买些好酒好食、希奇果子来,殷勤相待。

看官听说,但凡世上妇人,由你十八分精细,被人小意儿过纵(奉承、哄诱),十个九个着了道儿。再说王婆安排了点心,请那妇人吃了酒食,再缝了一歇,看看晚来,千恩万谢归去了。

话休絮繁。第三日早饭后,王婆只张武大出去了,便走过后头来叫道:"娘子,老身大胆……"那妇人从楼上下来道:"奴却待来也。"两个厮见了,来到王婆房里坐下,取过生活来缝。那婆子随即点盏茶来,两个吃了。那妇人看看缝到晌午前后。

却说西门庆巴不到这一日,裹了顶新头巾,穿了一套整整齐齐衣服,带了三五两碎银子,径投这紫石街来。到得茶坊门首,便咳嗽道:"王干娘,连日如何不见?"那婆子瞧科(看出来、察觉),便应道:"兀谁叫老娘?"西门庆道:"是我。"那婆子赶出来,看了笑道:"我只道是谁,却原来是施主大官人。你来得正好,且请你入去看一看。"把西门庆袖子一拖,拖进房里,看着那妇人道:"这个便是那施主,与老身这衣料的官人。"西门庆见了那妇人,便唱个喏。那妇人慌忙放下生活,还了万福。

王婆却指着这妇人对西门庆道:"难得官人与老身缎匹,放了一年,不曾做得。如今又亏杀这位娘子出手与老身做成全了。真个是布机(织布机)也似好针线,又密又好,其实难得! 大官人,你且看一看。"西门庆把起来看了喝采,口里说道:"这位娘子怎地传得这手好生活,神仙一般的手段!"那妇人笑道:"官人休笑话!"

西门庆问王婆道:"干娘,不敢问,这位是谁家宅上娘子?"王婆道:"大官人,你猜。"西门庆道:"小人如何猜得着?"王婆吟吟的笑道："便是间壁的武大郎的娘子。前日叉竿打得不疼,大官人便忘了?"那妇人赤着脸便道："那日奴家偶然失手,官人休要记怀。"西门庆道："说那里话。"王婆便接口道："这位大官人一生和气,从来不会记恨,极是好人。"西门庆道："前日小人不认得,原来却是武大郎的娘子。小人只认的大郎一个养家经纪人,且是在街上做些买卖,大大小小,不曾恶了一个人。又会赚钱,又且好性格,真个难得这等人。"王婆道："可知哩。娘子自从嫁得这个大郎,但是有事,百依百随。"那妇人应道："拙夫是无用之人,官人休要笑话。"西门庆道："娘子差矣。古人道:'柔软是立身之本,刚强是惹祸之胎。'似娘子的大郎所为良善时,'万丈水无涓滴漏'。"王婆打着撺鼓儿(比喻从旁帮腔的话)道："说的是。"

西门庆奖了一回,便坐在妇人对面。王婆又道："娘子,你认的这个官人么?"那妇人道："奴不认的。"婆子道："这个大官人,是这本县一个财主,知县相公也和他来往,叫做西门大官人。万万贯钱财,开着个生药铺在县前。家里钱过北斗,米烂陈仓;赤的是金,白的是银,圆的是珠,光的是宝。也有犀牛头上角,亦有大象口中牙。"那婆子只顾夸奖西门庆,口里假嘈(夸大其词,胡说八道)。那妇人就低了头缝针线。西门庆得见潘金莲十分情思,恨不就做一处。王婆便去点两盏茶来,递一盏与西门庆,一盏递与这妇人,说道："娘子相待大官人则个。"吃罢茶,便觉有些眉目送情。王婆看着西门庆,把一只手在脸上摸。西门庆心里瞧科,已知有五分了。

王婆便道："大官人不来时,老身也不敢来宅上相请。一者缘法,二乃来得恰好。常言道:'一客不烦二主。'大官人便是出钱的,这位娘子便是出力的。不是老身路歧相烦,难得这位娘子在这里,官人好做个主人,替老身与娘子浇手。"西门庆道："小人也见不到,这里有银子在此。"便取出来,和帕子递与王婆,备办些酒食。那妇人便道："不消生受得。"口里说,却不动身。王婆将了银子便去,那妇人又不起身。婆子便出门,又道："有劳娘子相陪大官人坐一坐。"

那妇人道："干娘，免了。"却亦是不动身。也是因缘，却都有意了。西门庆这厮一双眼只看着那妇人。这婆娘一双眼也把来偷睃西门庆，见了这表人物，心中倒有五七分意了，又低着头自做生活(活计)。

不多时，王婆买了些现成的肥鹅、熟肉、细巧果子归来，尽把盘子盛了；果子菜蔬，尽都装了，搬来房里桌子上，看着那妇人道："娘子且收拾过生活，吃一杯儿酒。"那妇人道："干娘自便相待大官人，奴却不当。"依旧原不动身。那婆子道："正是专与娘子浇手，如何却说这话？"王婆将盘馔都摆在桌子上，三人坐定，把酒来斟。这西门庆拿起酒盏来说道："娘子，满饮此杯。"那妇人谢道："多感官人厚意。"王婆道："老身知得娘子洪饮，且请开怀吃两盏儿。"有诗为证：

> 从来男女不同筵，卖俏迎奸最可怜。
>
> 不记都头昔日语，犬儿今已到篱边。

又诗曰：

> 须知酒色本相连，饮食能成男女缘。
>
> 不必都头多嘱付，开篱日待犬来眠。

却说那妇人接酒在手，那西门庆拿起箸来道："干娘，替我劝娘子请些个。"那婆子拣好的递将过来，与那妇人吃。一连斟了三巡酒，那婆子便去烫酒来。

西门庆道："不敢动问娘子青春多少？"那妇人应道："奴家虚度二十三岁。"西门庆道："小人痴长五岁。"那妇人道："官人将天比地。"王婆便插口道："好个精细的娘子，不惟做得好针线，诸子百家皆通。"西门庆道："却是那里去讨？武大郎好生有福？"王婆便道："不是老身说是非，大官人宅里枉有许多，那里讨一个赶得上这娘子的！"西门庆道："便是这等一言难尽！只是小人命薄，不曾招得一个好的。"王婆道："大官人先头娘子须好。"西门庆道："休说！若是我先妻在时，却不怎地家无主，屋倒竖。如今枉自有三五七口人吃饭，都不管事。"那妇人问道："官人恁地时，殁(mò，死、去世)了大娘子得几年了？"西门庆道："说不得。小人先妻是微末(卑贱、低贱)出身，却倒百伶百俐，是件件都替的小人；如今不幸他殁了，已得三年，家里的事，都七颠八倒。为何小人只是走了出来？在家里时，便要怄气！"那婆子道："大官人休怪老身直言：你先头娘子也没有武大娘子这手针线。"西门庆道："便是小人先妻，也没此娘子这表人物。"那婆子笑道："官人，你养的外宅在东街上，如何不请老身去吃茶？"西门庆道："便是唱慢曲儿（南曲中缠绵徐缓的套曲，结构较长，节奏缓慢，适合抒情用）的张惜惜。我见他是路歧人（穿州过府浪迹江湖的艺人），不喜欢。"婆子又道："官人，你和李娇娇却长久。"西门庆道："这个人现今取在家里。若得他会当家时，自册正（把妾立为正妻）了他多时。"王婆道："若有这般中的官人意的，来宅上说没妨事么？"西门庆道："我的爹娘俱已没了，我自主张，谁敢道个'不'字！"王婆道："我自说耍，急切那里有中得官人意的？"西门庆道："做甚么了便没！只恨我夫妻缘分上薄，自不撞着。"

西门庆和这婆子，一递一句，说了一回。王婆便道："正好吃酒，却又没了。官人休怪老身差拨（派遣），再买一瓶儿酒来吃如何？"西门庆道："我手帕里有五两来碎银子，一发撒在你处，要吃时只顾取来，多的干娘便就收了。"那婆子谢了官人，起身睃这粉头（轻薄浮浪女子）时，一钟酒落肚，哄动春心，又自两个言来语去，都有意了，只低了头，却不起身。那婆子满脸堆下笑来说道："老身去取瓶儿酒来，与娘子再吃一杯儿。有劳娘子相待大官人坐一坐。注子里有酒没？便再筛两盏儿，和大官人吃。老身直去县前那家，有好酒买一瓶来，有好歇儿耽搁。"那妇人口里说道："不用了。"坐着却不动身。婆子出到房门前，便把索儿缚了房门，却来当路坐了，手里一头绩着绪（缉麻。把麻析成细缕捻接起来）。

且说西门庆自在房里，便斟酒来劝那妇人，却把袖子在桌上一拂，把那双箸拂落地下。也是缘法凑巧，那双箸正落在妇人脚边。西门庆连忙蹲身下去拾，只见那妇人尖尖的一双小脚儿，正跷在箸边。西门庆且不拾箸，便去那妇人绣花鞋儿上捏一把。那妇人便笑将起来,说道:"官人休要罗唣(开玩笑)！你真个要勾搭我？"西门庆便跪下道:"只是娘子作成小生。"那妇人便把西门庆搂将起来。当时两个就王婆房里,脱衣解带,共枕同欢。正似:

> 交颈鸳鸯戏水,并头鸾凤穿花。喜孜孜连理枝生,美甘甘同心带结。将朱唇紧贴,把粉面斜偎。罗袜高挑,肩膊上露一弯新月;金钗倒溜,枕头边堆一朵乌云。誓海盟山,搏弄得千般旖旎(温存柔媚);羞云怯雨,揉搓的万种妖娆。恰恰莺声,不离耳畔;津津甜唾,笑吐舌尖。杨柳腰脉脉春浓,樱桃口呀呀气喘。星眼朦胧,细细汗流香玉颗;酥胸荡漾,涓涓露滴牡丹心。直饶匹配眷姻偕,真实偷期滋味美。

当下二人云雨才罢,正欲各整衣襟,只见王婆推开房门入来,说道:"你两个做得好事！"西门庆和那妇人都吃了一惊。那婆子便道:"好呀,好呀！我请你来做衣裳,不曾叫你来偷汉子。武大得知,须连累我。不若我先去出首。"回身便走。那妇人扯住裙儿道:"干娘饶恕则个。"西门庆道:"干娘低声。"王婆笑道:"若要我饶恕,你们都要依我一件事。"那妇人便道:"休说一件,便是十件,奴也依干娘。"王婆道:"你从今日为始,瞒着武大,每日不要失约负了大官人,我便罢休。若是一日不来,我便对你武大说。"那妇人道:"只依着干娘便了。"王婆又道:"西门大官人,你自不用老身说得,这十分好事已都完了,所许之物,不可失信。你若负心,我也要对武大说。"西门庆道:"干娘放心,并不失信。"三人又吃几杯酒,已是下午的时分。那妇人便起身道:"武大那厮将归来,奴自回去。"便踅过后门归家,先去下了帘子,武大恰好进门。

且说王婆看着西门庆道:"好手段么？"西门庆道:"端的亏了干娘！我到家里,便取一锭银送来与你,所许之物,岂敢昧心。"王婆道:"'眼望旌节至,专等好消息。'不要叫老身'棺材出了讨挽歌郎钱'。"西门庆笑了去,不在话下。

那妇人自当日为始,每日踅过王婆家里来,和西门庆做一处,恩情似漆，心意如胶。自古道："好事不出门，恶事传千里。"不到半月之间，街坊邻舍，都知得了，只瞒着武大一个不知。有诗为证：

> 半晌风流有何益，一般滋味不须夸。
>
> 他时祸起萧墙内，悔杀今朝恋野花。

断章句，话分两头。且说本县有个小的，年方十五六岁，本身姓乔。因为做军在郓州（地名，今山东东平县）生养的，就取名叫做郓哥，家中止有一个老爹。那小厮生得乖觉，自来只靠县前这许多酒店里卖些时新果品，时常得西门庆赏发他些盘缠。其日，正寻得一篮儿雪梨，提着来绕街寻问西门庆。又有一等的多口人说道："郓哥，你若要寻他，我教你一处去寻。"郓哥道："聒噪阿叔，叫我去寻得他见，赚得三五十钱养活老爹也好。"那多口的道："西门庆他如今刮（旧指男女挑逗、勾搭）上了卖炊饼的武大老婆，每日只在紫石街上王婆茶房里坐地，这早晚多定正在那里。你小孩子家，只顾撞入去不妨。"

那郓哥得了这话，谢了阿叔指教。这小猴子提了篮儿，一直望紫石街走来，径奔入茶坊里去，却好正见王婆坐在小凳儿上绩绪。郓哥把篮儿放下，看着王婆道："干娘拜揖。"那婆子问道："郓哥，你来这里做甚么！"郓哥道："要寻大官人，赚三五十钱，养活老爹。"婆子道："甚么大官人？"郓哥道："干娘情知是那个，便只是他那个。"婆子道："便是大官人，也有个姓名？"郓哥道："便是两个字的。"婆子道："甚么两个字的？"郓哥道："干娘只是要作耍。我要和西门大官人说句话。"望里面便走。那婆子一把揪住道："小猴子，那里去？人家屋里，各有内外。"郓哥道："我去房里便寻出来。"王婆道："含鸟猢狲，我屋里那得甚么西门大官人！"郓哥道："干娘，不要独吃自呵，也把些汁水与我呷一呷，我有甚么不理会得！"婆子便骂道："你那小猢狲，理会得甚么！"郓哥道："你正是'马蹄刀木杓里切菜（消息不会泄露）'，水泄不漏，半点儿也没得落地。直要我说出来，只怕卖炊饼的哥哥发作。"

那婆子吃他这两句道着他真病，心中大怒，喝道："含鸟猢狲，也来老娘屋里放屁辣臊！"郓哥道："我是小猢狲，你是马泊六！"那婆子揪住郓哥，凿上两个栗暴(食指、中指弯曲敲击人头顶)。郓哥叫道："做甚么便打我！"婆子骂道："贼猢狲，高则声，大耳刮子打出你去！"郓哥道："老咬虫，没事得便打我！"这婆子一头叉，一头大栗暴凿，直打出街上去，雪梨篮儿也丢出去。那篮雪梨四分五落，滚了开去。这小猴子打那虔婆不过，一头骂，一头哭，一头走，一头街上拾梨儿，指着那王婆茶坊里骂道："老咬虫，我教你不要慌！我不去说与他，不做出来不信！"提了篮儿，径奔去寻这个人。

正是从前作过事，没兴一齐来(做过的坏事，倒霉时一起受报应)。直教掀翻狐兔窝中草，惊起鸳鸯沙上眠。毕竟这郓哥寻甚么人，且听下回分解。

# 第二十五回

## 王婆计啜西门庆　淫妇药鸩武大郎

话说当下郓哥被王婆打了这几下，心中没出气处，提了雪梨篮儿，一径奔来街上，直来寻武大郎。转了两条街，只见武大挑着炊饼担儿，正从那条街上来。郓哥见了，立住了脚，看着武大道："这几时不见你，怎么吃得肥了？"武大歇下担儿道："我只是这般模样，有甚么吃得肥处？"郓哥道："我前日要籴(dí，买)些麦稃，一地里没籴处，人都道你屋里有。"武大道："我屋里又不养鹅鸭，那里有这麦稃？"郓哥道："你说没麦稃，怎地栈(在棚里加料精养)得肥腁腁地，便颠倒提起你来，也不妨，煮你在锅里也没气。"武大道："含鸟猢狲，倒骂得我好！我的老婆又不偷汉子，我如何是鸭(骂人的话。犹言乌龟王八)？"郓哥道："你老婆不偷汉子，只偷子汉。"武大扯住郓哥道："还我主来(主，事主，指当事人。告诉我是谁)！"郓哥道："我笑你只会扯我，却不咬下他左边的(指男性生殖器)来。"武大道："好兄弟，你对我说是兀谁，我把十个炊饼送你。"郓哥说："炊饼不济事。你只做个小主人，请我吃三杯，我便说与你。"武大道："你会吃酒？跟我来。"

武大挑了担儿，引着郓哥，到一个小酒店里，歇了担儿；拿了几个炊饼，买了些肉，讨了一旋酒，请郓哥吃。那小厮又道："酒便不要添了，肉再切几块来。"武大道："好兄弟，你且说与我则个。"郓哥道："且不要慌，等我一发吃了，却说与你。你却不要气苦，我自帮你打捉。"武大看那猴子(指小童、孩童)吃了酒肉，道："你如今却说与我。"郓哥道："你要得知，把手来摸我头上肐膊。"武大道："却怎地来有这

— 285 —

肐膝？"郓哥道："我对你说：我今日将这一篮雪梨去寻西门大郎挂一小勾子，一地里没寻处。街上有人说道：'他在王婆茶房里，和武大娘子勾搭上了，每日只在那里行走。'我指望去赚三五十钱使，叵耐那王婆老猪狗不放我去房里寻他，大栗暴打我出来。我特地来寻你。我方才把两句话来激你，我不激你时，你须不来问我。"武大道："真个有这等事？"郓哥道："又来了！我道你是这般的鸟人，那厮两个落得快活，只等你出来，便在王婆房里做一处，你兀自问道真个也是假。"武大听罢道："兄弟，我实不瞒你说：那婆娘每日去王婆家里做衣裳，归来时便脸红，我自也有些疑忌。这话正是了！我如今寄了担儿，便去捉奸，如何？"郓哥道："你老大一个人，原来没些见识。那王婆老狗怎么利害怕人，你如何出得他手？他须三人也有个暗号，见你入来拿他，把你老婆藏过了。那西门庆须了得，打你这般二十来个。若捉他不着，干吃他一顿拳头。他又有钱有势，反告了一纸状子，你便用吃他一场官司，又没人做主，干结果了你。"武大道："兄弟，你都说得是。却怎地出得这口气？"郓哥道："我吃那老猪狗打了，也没出气处。我教你一着：你今日晚些归去，都不要发作，也不可露一些嘴脸，只做每日一般。明朝便少做些炊饼出来卖，我自在巷口等你。若是见西门庆入去时，我便来叫你。你便挑着担儿，只在左近(附近)等我，我便先去惹那老狗，必然来打我。我先将篮儿丢出街来，你却抢来。我便一头顶住那婆子，你便只顾奔入房里去，叫起屈来。此计如何？"武大道："既是如此，却是亏了兄弟。我有数贯钱，与你把去籴米，明日早早来紫石街巷口等我。"郓哥得了数贯钱、几个炊饼，自去了。

　　武大还了酒钱，挑了担儿，去卖了一遭归去。原来这妇人往常时只是骂武大，百般的欺负他，近日来也自知无礼，只得窝伴(陪伴、抚慰)他些个。诗曰：

> 泼性淫心讵肯回，聊将假意强相陪。
> 只因隔壁偷好汉，遂使身中怀鬼胎。

当晚武大挑了担儿归家,也只和每日一般,并不说起。那妇人道:"大哥,买盏酒吃?"武大道:"却才和一般经纪人买三碗吃了。"那妇人安排晚饭与武大吃了,当夜无话。

次日饭后,武大只做三两扇炊饼,安在担儿上。这妇人一心只想着西门庆,那里来理会武大做多做少。当日武大挑了担儿,自出去做买卖。这妇人巴不能勾他出去了,便趱过王婆房里来等西门庆。

且说武大挑着担儿,出到紫石街巷口,迎见郓哥提着篮儿在那里张望。武大道:"如何?"郓哥道:"早些个。你且去卖一遭了来。他七八分来了,你只在左近处伺候。"武大飞云也似去卖了一遭回来。郓哥道:"你只看我篮儿撇出来,你便奔入去。"武大自把担儿寄下,不在话下。

却说郓哥提着篮儿,走入茶坊里来,骂道:"老猪狗,你昨日做甚么便打我!"那婆子旧性不改,便跳起身来喝道:"你这小猢狲,老娘与你无干,你做甚么又来骂我!"郓哥道:"便骂你这马泊六,做牵头(为男女双方拉拢不正当关系)的老狗,直甚么屁!"那婆子大怒,揪住郓哥便打。郓哥叫一声:"你打我!"把篮儿丢出当街上来。那婆子却待揪他,被这小猴子叫声"你打"时,就把王婆腰里带个住,看着婆子小肚上,只一头撞将去,争些儿跌倒,却得壁子碍住不倒。那猴子死顶住在壁上。只见武大裸起衣裳,大踏步直抢入茶坊里来。

那婆子见了是武大来,急待要拦,当时却被这小猴子死命顶住,那里肯放。婆子只叫得:"武大来也!"那婆娘正在房里做手脚不迭,先奔来顶住了门,这西门庆便钻入床底下躲去。武大抢到房门边,用手推那房门时,那里推得开,口里只叫得:"做得好事!"那妇人顶住着门,慌做一团,口里便说道:"闲常时,只如鸟嘴卖弄杀好拳棒。急上场时,便没些用,见个纸虎,也吓一交。"那妇人这几句话,分明教西门庆来打武大,夺路了走。西门庆在床底下听了妇人这几句言语,提醒他这个念头,便钻出来说道:"娘子,不是我没本事,一时间没这智量。"便来拔开门,叫声:"不要打!"武大却待要揪他,被西门庆早飞起右脚。武大矮短,正踢中心窝里,扑地望后便倒了。西门庆见踢倒了武大,打闹里一直走了。郓哥见不是话头,撇了王婆撒开。街坊邻舍都知道西门庆了得,谁敢来多管?

　　王婆当时就地下扶起武大来,见他口里吐血,面皮蜡查(蜡提取后的渣子。色白或黄)也似黄了,便叫那妇人出来,舀碗水来,救得苏醒,两个上下肩掺着,便从后门扶归楼上去,安排他床上睡了。正是:

　　　三寸丁儿没干才,西门驴货甚雄哉!

　　　亲夫却教奸夫害,淫毒皆成一套来。

　　当夜无话。次日西门庆打听得没事,依前自来和这妇人做一处,只指望武大自死。

　　武大一病五日,不能勾起。更兼要汤不见,要水不见,每日叫那妇人不应。又见他浓妆艳抹了出去,归来时便面颜红色。武大几遍气得发昏,又没人来睬着。武大叫老婆来分付道:"你做的勾当,我亲手来捉着你奸,你倒挑拨奸夫踢了我心,至今求生不生,求死不死,你们却自去快活!我死自不妨,和你们争不得了!我的兄弟武二,你须得知他性格。倘或早晚归来,他肯干休?你若肯可怜我,早早伏侍我好了,他归来时,我都不提。你若不看觑我时,待他归来,却和你们说话。"

　　这妇人听了这话,也不回言,却趱过来,一五一十,都对王婆和西门庆说了。那西门庆听了这话,却拟提在冰窖子里,说道:"苦也!我须知景阳冈上打虎的武都头,他是清河县第一个好汉!我如今却和你眷恋日久,情孚意合,却不怎地理会。如今这等说时,正是怎地好?却是苦也!"王婆冷笑道:"我倒不曾见你是个把舵(把握船舵掌握航行方向。比喻控制大方向)的,我是趁船(搭乘船只)的,我倒不慌,你倒慌了手脚。"西门庆道:"我枉自做了男子汉,到这般去处,却摆布不开。你有甚么主见,遮藏(隐蔽、掩藏)我们则个。"

　　王婆道:"你们却要长做夫妻,短做夫妻?"西门庆道:"干娘,你且说如何是长做夫妻,短做夫妻?"王婆道:"若是短做夫妻,你们只就今日便分散。等武大将息好了起来,与他陪了话,武二归来,都没言语。待他再差使出去,却再来相约。这是短做夫妻。你们若要长做夫妻,每日同一处,不担惊受怕,我却有一条妙计,只是难教你。"西门庆道:"干娘周全了我们则个,只要长做夫妻。"王婆道:"这条计,用着件东西,别人家里都没,天生天化,大官人家里却有。"西门庆道:"便是要我的眼睛,也剜来与你。却是甚么东西?"

王婆道:"如今这捣子(鄙称。犹家伙,流氓,光棍之类)病得重,趁他狼狈里,便好下手。大官人家里取些砒霜来,却教大娘子自去赎一帖心疼的药来,把这砒霜(一种无机化合物,白色或灰色固体。剧毒。砒,pī)下在里面,把这矮子结果了。一把火烧得干干净净的,没了踪迹,便是武二回来,待敢怎地? 自古道:'嫂叔不通问。''初嫁从亲,再嫁由身。'阿叔如何管得? 暗地里来往半年一载,等待夫孝满日,大官人娶了家去,这个不是长远夫妻,谐老同欢? 此计如何?"西门庆道:"干娘此计甚妙。自古道:'欲求生快活,须下死工夫。'罢,罢,罢! 一不做,二不休!"王婆道:"可知好哩! 这是斩草除根,萌芽不发;若是斩草不除根,春来萌芽再发。官人便去取些砒霜来,我自教娘子下手。事了时,却要重重谢我。"西门庆道:"这个自然,不消你说。"有诗为证:

　　恋色迷花不肯休,机谋只望永绸缪。

　　谁知武二刀头毒,更比砒霜狠一筹。

且说西门庆去不多时,包了一包砒霜来,把与王婆收了。这婆子却看着那妇人道:"大娘子,我教你下药的法度(方法)。如今武大不对你说道教你看活他? 你便把些小意儿贴恋他。他若问你讨药吃时,便把这砒霜调在心疼药里。待他一觉身动,你便把药灌将下去,却便走了起身。他若毒药转时,必然肠胃迸裂,大叫一声,你却把被只一盖,都不要人听得。预先烧下一锅汤,煮着一条抹布。他若毒药发时,必然七窍内流血,口唇上有牙齿咬的痕迹。他若放了命(死了),便揭起被来,却将煮的抹布一揩,都没了血迹;便入在棺材里,扛出去烧了,有甚么鸟事?"那妇人道:"好却是好,只是奴手软了,临时安排不得尸首。"王婆道:"这个容易。你只敲壁子,我自过来相帮你。"西门庆道:"你们用心整理,明日五更来讨回报。"西门庆说罢,自去了。王婆把这砒霜用手捻为细末,把与那妇人将去藏了。

那妇人却趑将归来,到楼上看武大时,一丝没两气,看看待死,那妇人坐在床边假哭。武大道:"你做甚么来哭?"那妇人拭着眼泪说道:"我的一时间不是了,吃那厮局骗(谓设置圈套行骗)了。谁想却踢了你这脚!我问得一处好药。我要去赎来医你,又怕你疑忌了,不敢去取。"武大道:"你救得我活,无事了,一笔都勾,并不记怀;武二家来,亦不提起。快去赎药来救我则个!"那妇人拿了些铜钱,径来王婆家里坐地,却叫王婆去赎了药来;把到楼上,教武大看了,说道:"这帖心疼药,太医叫你半夜里吃。吃了倒头把一两床被发些汗,明日便起得来。"武大道:"却是好也。生受大嫂,今夜醒睡些个,半夜里调来我吃。"那妇人道:"你自放心睡,我自伏侍你。"

看看天色黑了,那妇人在房里点上碗灯,下面先烧了一大锅汤,拿了一片抹布,煮在汤里。听那更鼓时,却好正打三更。那妇人先把毒药倾在盏子里,却舀一碗白汤,把到楼上,叫声:"大哥,药在那里?"武大道:"在我席子底下枕头边,你快调来与我吃。"那妇人揭起席子,将那药抖在盏子里,把那药帖安了,将白汤冲在盏内,把头上银牌儿(银做的头饰)只一搅,调得匀了。左手扶起武大,右手把药便灌。武大呷了一口,说道:"大嫂,这药好难吃!"那妇人道:"只要他医治得病,管甚么难吃。"武大再呷第二口时,被这婆娘就势只一灌,一盏药都灌下喉咙去了。那妇人便放倒武大,慌忙跳下床来。武大哎了一声,说道:"大嫂,吃下这药去,肚里倒疼起来。苦呀!苦呀!倒当不得了!"这妇人便去脚后扯过两床被来,没头没脸只顾盖。武大叫道:"我也气闷。"那妇人道:"太医分付,教我与你发些汗,便好得快。"武大再要说时,这妇人怕他挣扎,便跳上床来,骑在武大身上,把手紧紧地按住被角,那里肯放些松宽。正似:

油煎肺腑，火燎肝肠。心窝里如雪刃相侵，满腹中似钢刀乱搅。浑身冰冷，七窍血流。牙关紧咬，三魂赴枉死城中；喉管枯干，七魄投望乡台上。地狱新添食毒鬼，阳间没了捉奸人。

那武大哎了两声，喘息了一回，肠胃迸断，呜呼哀哉，身体动不得了。

那妇人揭起被来，见了武大咬牙切齿，七窍流血，怕将起来，只得跳下床来，敲那壁子。王婆听得，走过后门头咳嗽。那妇人便下楼来，开了后门。王婆问道："了也未？"那妇人道："了便了了，只是我手脚软了，安排不得。"王婆道："有甚么难处，我帮你便了。"

那婆子便把衣袖卷起，舀了一桶汤，把抹布撇在里面，掇上楼来。卷过了被，先把武大嘴边唇上都抹了，却把七窍淤血痕迹拭净，便把衣裳盖在尸上。两个从楼上一步一掇，扛将下来，就楼下将扇旧门停了。与他梳了头，戴了巾帻，穿了衣裳，取双鞋袜与他穿了，将片白绢盖了脸，拣床干净被盖在死尸身上。却上楼来，收拾得干净了。王婆自转将归去。那婆娘却号号地假哭起养家人来。

看官听说：原来但凡世上妇人，哭有三样：有泪有声谓之哭，有泪无声谓之泣，无泪有声谓之号。当下那妇人干号了半夜。

次早五更，天色未晓，西门庆奔来讨信，王婆说了备细。西门庆取银子把与王婆，教买棺材津送（办理丧事），就叫那妇人商议。这婆娘过来和西门庆说道："我的武大今日已死，我只靠着你做主。"西门庆道："这个何须得你说。"王婆道："只有一件事最要紧，地坊上团头（宋代称地保为团头）何九叔，他是个精细的人，只怕他看出破绽，不肯殓。"西门庆道："这个不妨，我自分付他便了。他不肯违我的言语。"王婆道："大官人便用去分付他，不可迟误。"西门庆去了。

到天大明，王婆买了棺材，又买些香烛纸钱之类，归来与那妇人做羹饭，点起一盏随身灯。邻舍坊厢都来吊问。那妇人虚掩着粉脸假哭。众街坊问道："大郎因甚病患便死了？"那婆娘答道："因害心疼病症，一日日越重了，看看不能够好，不幸昨夜三更死了。"又哽哽咽咽假哭起来。众邻舍明知道此人死得不明,不敢死问他,只自人情劝道:"死自死了,活的自要过,娘子省烦恼。"那妇人只得假意儿谢了,众人各自散了。王婆取了棺材,去请团头何九叔。但是入殓用的,都买了;并家里一应物件,也都买了。就叫了两个和尚,晚些伴灵。多样时(许久),何九叔先拨几个火家来整顿。

且说何九叔到巳牌时分,慢慢地走出来,到紫石街巷口,迎见西门庆叫道:"九叔何往?"何九叔答道:"小人只在前面殓这卖炊饼的武大郎尸首。"西门庆道:"借一步说话则个。"何九叔跟着西门庆来到转角头一个小酒店里,坐下在阁儿内。西门庆道:"何九叔,请上坐。"何九叔道:"小人是何等之人,对官人一处坐地?"西门庆道:"九叔何故见外,且请坐。"二人坐定,叫取瓶好酒来。小二一面铺下菜蔬果品按酒之类,即便筛酒。

何九叔心中疑忌,想道:"这人从来不曾和我吃酒,今日这杯酒必有蹊跷。"两个吃了半个时辰,只见西门庆去袖子里摸出一锭十两银子,放在桌上,说道:"九叔休嫌轻微,明日别有酬谢。"何九叔叉手道:"小人无半点效力之处,如何敢受大官人见赐银两?若是大官人便有使令小人处,也不敢受。"西门庆道:"九叔休要见外,请收过了却说。"何九叔道:"大官人但说不妨,小人依听。"西门庆道:"别无甚事,少刻他家也有些辛苦钱。只是如今殓武大的尸首,凡百事周全,一床锦被遮盖则个,别无多言。"何九叔道:"是这些小事,有甚利害,如何敢受银两?"西门庆道:"九叔不收时,便是推却。"那何九叔自来惧怕西门庆是个刁徒,把持官府的人,只得受了。两个又吃了几杯,西门庆叫酒保来记了帐,明日来铺里支钱。两个下楼,一同出了店门。西门庆道:"九叔记心,不可泄漏。改日别有报效。"分付罢,一直去了。

何九叔心中疑忌,肚里寻思道:"这件事却又作怪!我自去殓武大郎尸首,他却怎地与我许多银子?这件事必定有蹊跷。"来到武大门前,只见那几个火家(伙计、伴当)在门首伺候,何九叔问道:"这武大是甚病死了？"火家答道："他家说害心疼病死了。"何九叔揭起帘子入来。王婆接着道："久等阿叔多时了。"何九叔应道："便是有些小事绊住了脚，来迟了一步。"只见武大老婆，穿着些素淡衣裳，从里面假哭出来。何九叔道："娘子省烦恼。可伤大郎归天去了！"那妇人虚掩着泪眼道："说不可尽！不想拙夫心疼症候，几日儿便休了，撇得奴好苦。"何九叔上上下下看得那婆娘的模样，口里自暗暗地道："我从来只听的说武大娘子，不曾认得他。原来武大却讨着这个老婆！西门庆这十两银子，有些来历。"

　　何九叔看着武大尸首，揭起千秋幡(旧时用以遮盖尸体的布幡)，扯开白绢，用五轮(佛教谓眼有血、风、气、水、肉五轮。因用以指眼睛)八宝犯着两点神水(眼内津液，也指瞳仁)眼。定睛看时，何九叔大叫一声，望后便倒，口里喷出血来。但见指甲青，唇口紫，面皮黄，眼无光，正是身如五鼓衔山月，命似三更油尽灯。毕竟何九叔性命如何，且听下回分解。

# 第二十六回

## 偷骨殖何九叔送丧　供人头武二郎设祭

话说当时何九叔跌倒在地下，众火家扶住。王婆便道："这是中了恶，快将水来！"喷了两口，何九叔渐渐地动转，有些苏醒。王婆道："且扶九叔回家去，却理会(再想方法)。"两个火家，使扇板门，一径抬何九叔到家里。大小接着，就在床上睡了。老婆哭道："笑欣欣出去，却怎地这般归来！闲时曾不知中恶(得暴病)。"坐在床边啼哭。

何九叔觑得火家都不在面前，踢那老婆道："你不要烦恼，我自没事。却才去武大家入殓，到得他巷口，迎见县前开药铺的西门庆，请我去吃了一席酒，把十两银子与我，说道：'所殓的尸首，凡事遮盖则个。'我到武大家，见他的老婆是个不良的人。我心里有八九分疑忌，到那里揭起千秋幡看时，见武大面皮紫黑，七窍内津津出血，唇口上微露齿痕，定是中毒身死。我本待声张起来，却怕他没人做主，恶了西门庆，却不是去撩蜂剔蝎(招惹恶人，自讨苦吃)？待要胡卢提(糊里糊涂，马里马虎)入了棺殓了，武大有个兄弟，便是前日景阳冈上打虎的武都头，他是个杀人不眨眼的男子。倘或早晚归来，此事必然要发。"老婆便道："我也听得前日有人说道：'后巷住的乔老儿子郓哥，去紫石街帮武大捉奸，闹了茶坊。'正是这件事。你却慢慢的访问(询问)他。如今这事有甚难处，只使火家自去殓了，就问他几时出丧。若是停丧(人死后，已敛而停灵不葬)在家，待武松归来出殡(移棺至墓葬地或殡仪馆舍)，这个便没甚么皂丝麻线(比喻是非混乱，纠缠不清)。若他便出去埋葬了，也不妨。若是他便要出去烧他时，必有跷蹊。你到临时，只做去送丧,张人眼错(亦作"眼剉"。谓一时没注意到),拿了两块骨头,和这十两银子收着,便是个老大证见。若他回来,不问时便罢,却不留了西门庆面皮,做一碗饭(留有余地)却不好。"

何九叔道:"家有贤妻,见得极明。"随即叫火家分付:"我中了恶,去不得,你们便自去殓了。就问他几时出丧,快来回报。得的钱帛,你们分了,都要停当(料理好,处置好)。若与我钱帛,不可要。"火家听了,自来武大家入殓,停丧安灵已罢,回报何九叔道:"他家大娘子说道:'只三日便出殡,去城外烧化。'"火家各自分钱散了。何九叔对老婆道:"你说的话正是了。我至期,只去偷骨殖(尸体经焚烧后遗留的骨灰和骨头)便了。"

且说王婆一力撺掇,那婆娘当夜伴灵,第二日请四僧念些经文,第三日早,众火家自来扛抬棺材,也有几家邻舍街坊相送。那妇人带上孝,一路上假哭养家人。来到城外化人场上,便叫举火烧化。只见何九叔手里提着一陌纸钱,来到场里,王婆和那妇人接见道:"九叔,且喜得贵体没事了。"何九叔道:"小人前日买了大郎一扇笼子母炊饼,不曾还得钱,特地把这陌纸来烧与大郎。"王婆道:"九叔如此志诚。"何九叔把纸钱烧了,就撺掇烧化棺材。王婆和那妇人谢道:"难得何九叔撺掇(帮助),回家一发相谢。"何九叔道:"小人到处只是出热(热心出力)。娘子和干娘自稳便,斋堂里去相待众邻舍街坊。小人自替你照顾。"使转了这妇人和那婆子,把火挟去拣两块骨头,拿去澈骨池内只一浸,看那骨头酥黑。何九叔收藏了,也来斋堂里和哄了一回。棺木过了,杀火,收拾骨殖,澈在池子里。众邻舍各自分散。那何九叔将骨头归到家中,把幅纸都写了年月日期,送丧的人名字,和这银子一处包了,做一个布袋儿盛着,放在房里。

再说那妇人归到家中,去橱子(上有空栏格子的门或窗)前面设个灵牌,上写"亡夫武大郎之位"。灵床子前点一盏琉璃灯,里面贴些经幡、钱垛、金银锭、采缯(彩色丝织品。缯,zēng)之属。每日却自和西门庆在楼上任意取乐,却不比先前在王婆房里,只是偷鸡盗狗之欢,如今家中

又没人碍眼,任意停眠整宿。自此西门庆整三五夜不归去,家中大小亦各不喜欢。原来这女色坑陷得人,有成时必须有败,有诗为证:

> 参透风流二字禅,好姻缘是恶姻缘。
>
> 山妻小妾家常饭,不害相思不损钱。

且说西门庆和那婆娘终朝取乐,任意歌饮,交得熟了,却不顾外人知道。这条街上远近人家,无有一人不知此事。却都惧怕西门庆那厮是个刁徒泼皮,谁肯来多管?

常言道:"乐极生悲,否极泰来(厄运终,好运至。否,pǐ)。"光阴迅速,前后又早四十余日。却说武松自从领了知县言语,监送车仗到东京亲戚处,投下了来书,交割了箱笼,街上闲行了几日,讨了回书,领一行人取路回阳谷县来。前后往回,恰好将及两个月。去时新春天气,回来三月初头。于路上只觉得神思不安,身心恍惚,赶回要见哥哥。且先去县里交纳了回书,知县见了大喜。看罢回书,已知金银宝物交得明白,赏了武松一锭大银,酒食管待,不必用说。

武松回到下处房里,换了衣服鞋袜,戴上个新头巾,锁上了房门,一径投紫石街来。两边众邻舍看见武松回了,都吃一惊,大家捏两把汗,暗暗地说道:"这番萧墙祸起(比喻内部发生祸乱。萧墙,古代官室内当门的小墙)了! 这个太岁归来,怎肯干休? 必然弄出事来!"

且说武松到门前,揭起帘子,探身入来,见了灵床子,写着"亡夫武大郎之位"七个字,呆了,睁开双眼道:"莫不是我眼花了?"叫声:"嫂嫂,武二归来!"那西门庆正和这婆娘在楼上取乐,听得武松叫一声,惊得屁滚尿流,一直奔后门,从王婆家走了。那妇人应道:"叔叔少坐,奴便来也。"原来这婆娘自从药死了武大,那里肯带孝,每日只是浓妆艳抹,和西门庆做一处取乐。听得武松叫声"武二归来了",慌忙去面盆里洗落了脂粉,拔去了首饰钗环,蓬松挽了个髻儿,脱去了红裙绣袄,旋穿上孝裙孝衫,便从楼上哽哽咽咽假哭下来。

武松道:"嫂嫂且住,休哭! 我哥哥几时死了? 得甚么症候(疾病)? 吃谁的药?"那妇人一头哭,一面说道:"你哥哥自从你转背(离开)一二十日,猛可的(突然的,猛然间的)害急心疼起来。病了八九日,求神问卜,甚么药不吃过,医治不得,死了。撇得我好苦!"隔壁王婆听得,生怕决撒(事机败露或被揭穿),即便走过来帮他支吾。武松又道:"我的哥哥从来不曾有这般病,如何心疼便死了?"王婆道:"都头却怎地这般说? '天有不测风云,人有暂时祸福。'谁保得长没事?"那妇人道:"亏杀了这个干娘。我又是个没脚蟹(没有脚的螃蟹。比喻无活动能力者),不是这个干娘,邻舍家谁肯来帮我!"武松道:"如今埋在那里?"妇人道:"我又独自一个,那里去寻坟地? 没奈何,留了三日,把出去烧化了。"武松道:"哥哥死得几日了?"妇人道:"再两日,便是断七(人死后,每隔七天做一次佛事,至第四十九天止)。"

　　武松沉吟了半晌,便出门去,径投县里来;开了锁,去房里换了一身素净衣服,便叫土兵打了一条麻绦(用麻线编织成的带子或绳子),系在腰里;身边藏了一把尖长柄短背厚刃薄的解腕刀,取了些银两带在身边。叫一个土兵锁上了房门,去县前买了些米面、椒料(芳香刺激的调料)等物,香烛(祭祀用的香和蜡烛)、冥纸(为鬼神或已殁之人焚化的纸钱),就晚到家敲门。那妇人开了门,武松叫土兵去安排羹饭。武松就灵床子(供奉神主的几筵)前,点起灯烛,铺设酒肴。到两个更次,安排得端正,武松扑翻身便拜道:"哥哥阴魂不远! 你在世时软弱,今日死后,不见分明。你若是负屈衔冤,被人害了,托梦与我,兄弟替你做主报仇。"把酒浇奠了,烧化冥用纸钱,便放声大哭。哭得那两边邻舍,无不凄惶(悲伤不安)。那妇人也在里面假哭。武松哭罢,将羹饭酒肴和土兵吃了,讨两条席子,叫土兵中门傍边睡。武松把条席子,就灵床子前睡。那妇人自上楼去,下了楼门自睡。

　　约莫将近三更时候,武松翻来复去睡不着,看那土兵时,齁齁的却似死人一般挺着。武松爬将起来,看了那灵床子前琉璃灯,半明半灭;侧耳听那更鼓时,正打三更三点。武松叹了一口气,坐在席子上,自言自语,口里说道:"我哥哥生时懦弱,死了却有甚分明。"说犹未了,只见灵床子下卷起一阵冷气来,真个是盘旋侵骨冷,凛烈透肌寒。昏昏暗暗,灵前灯火失光明;惨惨幽幽,壁上纸钱飞散乱。那阵冷气逼得武松毛发皆竖,定睛看时,只见个人从灵床底下钻将出来,叫声:"兄弟,我死得好苦!"武松看不仔细,却待向前来再问时,只见冷气散了,不见了人。武松一交颠翻在席子上坐地,寻思是梦非梦。回头看那土兵时,正睡着。武松想道:"哥哥这一死,必然不明。却才正要报我知道,又被我的神气冲散了他的魂魄。"放在心里不题,等天明却又理会。诗曰:

> 可怪人称三寸丁,生前混沌死精灵。
>
> 不因同气能相感,冤鬼何从夜现形?

天色渐明了,土兵起来烧汤,武松洗漱了。那妇人也下楼来,看着武松道:"叔叔夜来烦恼?"武松道:"嫂嫂,我哥哥端的甚么病死了?"那妇人道:"叔叔却怎地忘了? 夜来已对叔叔说了,害心疼病死了。"武松道:"却赎谁的药吃?"那妇人道:"现有药贴在这里。"武松道:"却是谁买棺材?"那妇人道:"央及隔壁王干娘去买。"武松道:"谁来扛抬出去?"那妇人道:"是本处团头何九叔。尽是他维持出去。"武松道:"原来恁地。且去县里画卯,却来。"便起身带了土兵,走到紫石街巷口,问土兵道:"你认得团头何九叔么?"土兵道:"都头恁地忘了? 前项(前些时候)他也曾来与都头作庆。他家只在狮子街巷内住。"武松道:"你引我去。"土兵引武松到何九叔门前,武松道:"你自先去。"土兵去了。武松却揭起帘子,叫声:"何九叔在家么?"这何九叔却才起来,听得是武松来寻,吓得手忙脚乱,头巾也戴不迭,急急取了银子和骨殖藏在身边,便出来迎接着:"都头几时回来?"武松道:"昨日方回到这里,有句话闲说则个,请挪尊步同往。"何九叔道:"小人便去,都头且请拜茶。"武松道:"不必,免赐(受人款待时的谦辞)。"

两个一同出到巷口酒店里坐下,叫量酒人打两角酒来。何九叔起身道:"小人不曾与都头接风,何故反扰?"武松道:"且坐。"何九叔心里已猜八九分。量酒人一面筛酒,武松更不开口,且只顾吃酒。

何九叔见他不做声,倒捏两把汗,却把些话来撩他。武松也不开言,并不把话来提起。酒已数杯,只见武松揭起衣裳,飕地掣(chè,抽)出把尖刀来,插在桌子上。量酒的都惊得呆了,那里肯近前。看何九叔面色青黄,不敢吐气。武松捋(luō)起双袖,握着尖刀,指何九叔道:"小子粗疏,还晓得'冤各有头,债各有主'。你休惊怕,只要实说,对我一一说知武大死的缘故,便不干涉(关涉、关系)你!我若伤了你,不是好汉!倘若有半句儿差,我这口刀立定教你身上添三四百个透明的窟窿!闲言不道,你只直说我哥哥死的尸首,是怎地模样?"武松道罢,一双手按住胳膝,两只眼睁得圆彪彪地(眼睛圆睁而带有怒色或凶相),看着何九叔。

　　何九叔便去袖子里取出一个袋儿,放在桌子上道:"都头息怒。这个袋儿便是一个大证见。"武松用手打开,看那袋儿里时,两块酥黑骨头,一锭十两银子,便问道:"怎地见得是老大证见?"何九叔道:"小人并然(全然、完全)不知前后因地,忽于正月二十二日在家,只见开茶坊的王婆来呼唤小人殓武大郎尸首。至日,行到紫石街巷口,迎见县前开生药铺的西门庆大郎,拦住邀小人同去酒店里吃了一瓶酒。西门庆取出这十两银子,付与小人,分付道:'所殓的尸首,凡百事遮盖。'小人从来得知道那人是个刁徒,不容小人不接。吃了酒食,收了这银子,小人去到大郎家里,揭起千秋幡,只见七窍内有瘀血,唇口上有齿痕,系是生前中毒的尸首。小人本待声张起来,只是又没苦主(命案中受害人的家属)。他的娘子已自道是害心疼病死了。因此小人不敢声言,自咬破舌尖,只做中了恶,扶归家来了。只是火家自去殓了尸首,不曾接受一文。第三日,听得扛出去烧化,小人买了一陌纸,去山头假做人情。使转了王婆并令嫂,暗拾了这两块骨头,包在家里。这骨殖酥黑,系是毒药身死的证见。这张纸上写着年月日时,并送丧人的姓名,便是小人口词了。都头详察。"武松道:"奸夫还是何人?"何九叔道:"却不知是谁。小人闲听得说来,有个卖梨儿的郓哥,那小厮曾和大郎去茶坊里捉奸。这条街上,谁人不知。都头要知备细，可问郓哥。"武松道："是。既然有这个人时，一同去走一遭。"武松收了刀，藏了骨头、银子，算还酒钱，便同何九叔望郓哥家里来。

却好走到他门前，只见那小猴子挽着个柳笼栲栳(kǎolǎo，用柳条编成，形状像斗的容器。也叫"笆斗")在手里，籴米归来。何九叔叫道："郓哥，你认得这位都头么？"郓哥道："解大虫来时，我便认得了。你两个寻我做甚么？"郓哥那小厮也瞧了八分，便说道："只是一件：我的老爹六十岁，没人养赡。我却难相伴你们吃官司耍。"武松道："好兄弟。"便去身边取五两来银子道："郓哥，你把去与老爹做盘缠，跟我来说话。"郓哥自心里想道："这五两银子，如何不盘缠得三五个月？便陪他吃官司也不妨。"将银子和米把与老儿，便跟了二人出巷口一个饭店楼上来。武松叫过卖造三分(三份)饭来，对郓哥道："兄弟，你虽年纪幼小，倒有养家孝顺之心，却才与你这些银子且做盘缠。我有用着你处。事务了毕时，我再与你十四五两银子做本钱。你可备细说与我：你怎地和我哥哥去茶坊里捉奸？"

郓哥道："我说与你，你却不要气苦。我从今年正月十三日，提得一篮儿雪梨。我去寻西门庆大郎挂一勾子，一地里(到处)没寻他处。问人时，说道：'他在紫石街王婆茶坊里，和卖炊饼的武大老婆做一处；如今刮上了他，每日只在那里。'我听得了这话，一径奔去寻他，叵耐王婆老猪狗，拦住不放我入房里去。吃我把话来侵他底子，那猪狗便打我一顿栗暴，直叉我出来，将我梨儿都倾在街上。我气苦了，去寻你大郎，说与他备细，他便要去捉奸。我道：'你不济事。西门庆那厮手脚了得，你若捉他不着，反吃他告了，倒不好。我明日和你约在巷口取齐(集合)，你便少做些炊饼出来。我若张见西门庆入茶坊里去时，我先入去，你便寄了担儿等着。只看我丢出篮儿来，你便抢入来捉奸。'我这日又提了一篮梨儿，径去茶坊里，被我骂那老猪狗。那婆子便来打我，吃我先把篮儿撤出街上，一头顶住那老狗在壁上。武大郎却抢去时，婆子要去拦截，却被我顶住了，只

叫得：'武大来也。'原来倒吃他两个顶住了门。大郎只在房门外声
张，却不提防西门庆那厮开了房门，奔出来，把大郎一脚踢倒了。我
见那妇人随后便出来，扶大郎不动，我慌忙也自走了。过得五七日，
说大郎死了。我却不知怎地死了。"武松问道："你这话是实了？你
却不要说谎。"郓哥道："便到官府，我也只是这般说。"武松道："说得
是，兄弟。"便讨饭来吃了，还了饭钱，三个人下楼来。何九叔道："小
人告退。"武松道："且随我来，正要你们与我证一证。"把两个一直带
到县厅上。

　　知县见了问道："都头告甚么？"武松告说："小人亲兄武大，被
西门庆与嫂通奸，下毒药谋杀性命。这两个便是证见，要相公做主
则个。"知县先问了何九叔并郓哥口词，当日与县吏商议。原来县吏
都是与西门庆有首尾(勾结，有某种关系)的，官人自不必说，因此官吏通
同计较道："这件事难以理问。"知县道："武松，你也是个本县都头，
不省得法度。自古道：'捉奸见双，捉贼见赃，杀人见伤。'你那哥哥
的尸首又没了，你又不曾捉得他奸；如今只凭这两个言语，便问他杀
人公事，莫非忒偏向么？你不可造次，须要自己寻思，当行即行。"武
松怀里去取出两块酥黑骨头、十两银子、一张纸，告道："复告相公：
这个须不是小人捏合出来的。"知县看了道："你且起来，待我从长商
议。可行时，便与你拿问。"何九叔、郓哥，都被武松留在房里。当日
西门庆得知，却使心腹人来县里许官吏银两。

　　次日早晨，武松在厅上告禀，催逼知县拿人。谁想这官人贪图
贿赂，回出骨殖并银子来，说道："武松，你休听外人挑拨你和西门庆
做对头。这件事不明白，难以对理。圣人云：'经目之事，犹恐未真；
背后之言，岂能全信？'不可一时造次。"狱吏便道："都头，但凡人命
之事，须要尸、伤、病、物、踪五件事全，方可推问得。"武松道："既然
相公不准所告，且却又理会。"收了银子和骨殖，再付与何九叔收了。
下厅来到自己房内，叫土兵安排饭食与何九叔同郓哥吃，留在房里：
"相等一等，我去便来也。"

　　又自带了三两个土兵，离了县衙，将了砚瓦、笔、墨，就买了三五张纸，藏在身边。就叫两个土兵，买了个猪首、一只鹅、一只鸡、一担酒和些果品之类，安排在家里。约莫也是巳牌时候，带了土兵来到家中。那妇人已知告状不准，放下心，不怕他，大着胆看他怎的。武松叫道："嫂嫂下来，有句话说。"那婆娘慢慢地行下楼来，问道："有甚么话说？"武松道："明日是亡兄断七，你前日恼了众邻舍街坊，我今日特地来把杯酒，替嫂嫂相谢众邻。"那妇人大剌剌地说道："谢他们怎地！"武松道："礼不可缺。"唤土兵先去灵床子前明晃晃地点起两枝蜡烛，焚起一炉香，列下一陌纸钱，把祭物去灵前摆了，堆盘满宴，铺下酒食果品之类。叫一个土兵，后面烫酒；两个土兵，门前安排桌凳；又有两个，前后把门。武松自分付定了，便叫："嫂嫂，来待客，我去请来。"

　　先请隔壁王婆。那婆子道："不消生受，教都头作谢。"武松道："多多相扰了干娘，自有个道理。先备一杯菜酒，休得推故。"那婆子取了招儿(招牌、广告)，收拾了门户，从后门走过来。武松道："嫂嫂坐主位，干娘对席。"婆子已知道西门庆回话了，放着心吃酒。两个都心里道："看他怎地！"武松又请这边下邻开银铺的姚二郎姚文卿。二郎道："小人忙些，不劳都头生受。"武松拖住便道："一杯淡酒，又不长久，便请到家。"那姚二郎只得随顺到来，便教去王婆肩下坐了。又去对门请两家，一家是开纸马铺的赵四郎赵仲铭。四郎道："小人买卖撒不得，不及陪奉。"武松道："如何使得！众高邻都在那里了。"不由他不来，被武松扯到家里道："老人家爷父一般，便请在嫂嫂肩下坐了。"又请对门那卖冷酒店的胡正卿。那人原是吏员出身，便瞧道有些尴尬，那里肯来；被武松不管他，拖了过来，却请去赵四郎肩下坐了。武松道："王婆，你隔壁是谁？"王婆道："他家是卖馉饳(gǔduò，面食，有馅)儿的张公。"却好正在屋里，见武松入来，吃了一惊道："都头，没甚话说？"武松道："家间多扰了街坊，相请吃杯淡酒。"那老儿道："哎呀！老子不曾有些礼数到都头家，却如何请老子吃酒？"武松道："不成微敬，便请到家。"老儿吃武松拖了过来，请去姚二郎肩下坐地。

说话的，为何先坐的不走了？原来都有土兵前后把着门，都似监禁的一般。

且说武松请到四家邻舍，并王婆和嫂嫂，共是六人。武松掇条凳子，却坐在横头，便叫土兵把前后门关了。那后面土兵，自来筛酒。武松唱个大喏，说道："众高邻：休怪小人粗卤，胡乱请些个。"众邻舍道："小人们都不曾与都头洗泥接风，如今倒来反扰。"武松笑道："不成意思，众高邻休得笑话则个。"土兵只顾筛酒。众人怀着鬼胎，正不知怎地。看看酒至三杯，那胡正卿便要起身，说道："小人忙些个。"武松叫道："去不得！既来到此，便忙也坐一坐。"那胡正卿心头十五个吊桶打水，七上八下，暗暗地寻思道："既是好意请我们吃酒，如何却这般相待，不许人动身？"只得坐下。武松道："再把酒来筛。"土兵斟到第四杯酒，前后共吃了七杯酒过，众人却似吃了吕太后一千个筵宴（吕后筵。事见《史记·吕太后本纪》，喻身逢凶险）。

只见武松喝叫土兵，且收拾过了杯盘，少间再吃。武松抹了桌子。众邻舍却待起身，武松把两只手只一拦道："正要说话。一干高邻在这里，中间高邻那位会写字？"姚二郎便道："此位胡正卿极写得好。"武松便唱个喏道："相烦则个。"便卷起双袖，去衣裳底下，飕地只一掣，掣出那口尖刀来。右手四指笼着刀靶（即刀把。靶，bǎ），大母指按住掩心（刀柄末端铆住刀心的部位），两只圆彪彪怪眼睁起道："诸位高邻在此，小人冤各有头，债各有主，只要众位做个证见。"

只见武松左手拿住嫂嫂，右手指定王婆，四家邻舍惊得目睁口呆，罔知所措（不知所措），都面面厮觑，不敢做声。武松道："高邻休怪，不必吃惊。武松虽是粗卤汉子，便死也不怕，还省得有冤报冤，有仇报仇，并不伤犯众位，只烦高邻做个证见。若有一位先走的，武松翻过脸来休怪，教他先吃我五七刀了去，武二便偿他命也不妨。"众邻舍俱目睁口呆，再不敢动。

武松看着王婆喝道："兀那老猪狗听着！我的哥哥这个性命都在你的身上，慢慢地却问你！"回过脸来，看着妇人骂道："你那淫妇听着！你把我的哥哥性命怎地谋害了，从实招了，我便饶你。"那妇人道："叔叔，你好没道理！你哥哥自害心疼病死了，干我甚事！"说犹未了，武松把刀胳查子插在桌子上，用左手揪住那妇人头髻，右手劈胸提住。把桌子一脚踢倒了，隔桌子把这妇人轻轻地提将过来，一交放翻在灵床面前，两脚踏住。右手拔起刀来，指定王婆道："老猪狗，你从实说！"那婆子要脱身，脱不得，只得道："不消都头发怒，老身自说便了。"

武松叫土兵取过纸、墨、笔、砚，排好在桌子上，把刀指着胡正卿道："相烦你与我听一句，写一句。"胡正卿肐膝抖着道："小，小人便写，写。"讨了些砚水，磨起墨来，胡正卿拿起笔，拂开纸道："王婆，你实说！"那婆子道："又不干我事，教说甚么？"武松道："老猪狗，我都知了，你赖那个去！你不说时，我先剐了这个淫妇，后杀你这老狗。"提起刀来，望那妇人脸上便搠两搠。那妇人慌忙叫道："叔叔，且饶我！你放我起来，我说便了。"武松一提，提起那婆娘，跪在灵床子前。武松喝一声："淫妇快说！"

那妇人惊得魂魄都没了，只得从实招说：将那时放帘子，因打着西门庆起，并做衣裳，入马(勾搭得手)通奸，一一地说。次后来怎生踢了武大，因何设计下药，王婆怎地教唆拨置，从头至尾，说了一遍。武松叫他说一句，却叫胡正卿写一句。王婆道："咬虫，你先招了，我如何赖得过，只苦了老身！"王婆也只得招认了。把这婆子口词，也叫胡正卿写了。从头至尾，都说在上面。叫他两个都点指画了字，就叫四家邻舍书了名，也画了字。叫土兵解搭膊来，背剪(双手在背后交叉着)绑了这老狗，卷了口词，藏在怀里。叫土兵取碗酒来，供养在灵床子前，拖过这妇人来，跪在灵前，喝那婆子也跪在灵前。武松道："哥哥灵魂不远，兄弟武二与你报仇雪恨！"叫土兵把纸钱点着。那妇人见头势不好，却待要叫，被武松脑揪倒来，两只脚踏住他两只胳膊,扯开胸脯衣裳;说时迟,那时快,把尖刀去胸前只一剜,口里衔着刀,双手去挖开胸脯,抠出心肝五脏,供养在灵前。肷查一刀,便割下那妇人头来,血流满地。四家邻舍,吃了一惊,都掩了脸,见他凶了,又不敢动,只得随顺他。武松叫土兵去楼上取下一床被来,把妇人头包了,揩了刀,插在鞘里,洗了手,唱个喏说道:"有劳高邻,甚是休怪。且请众位楼上少坐,待武二便来。"四家邻舍,都面面相看,不敢不依他,只得都上楼去坐了。武松分付土兵,也教押那婆子上楼去。关了楼门,着两个土兵在楼下看守。

武松包了妇人那颗头,一直奔西门庆生药铺前来,看着主管,唱个喏,问道:"大官人在么?"主管道:"却才出去。"武松道:"借一步闲说一句话。"那主管也有些认得武松,不敢不出来。武松一引引到侧首僻净巷内。武松翻过脸来道:"你要死,却是要活?"主管慌道:"都头在上,小人又不曾伤犯了都头。"武松道:"你要死,休说西门庆去向;你若要活,实对我说西门庆在那里。"主管道:"却才和一个相识去狮子桥下大酒楼上吃酒。"武松听了,转身便走。那主管惊得半晌,移脚不动,自去了。

且说武松径奔到狮子桥下酒楼前,便问酒保道:"西门庆大郎和甚人吃酒?"酒保道:"和一个一般的财主,在楼上边街阁儿里吃酒。"武松一直撞到楼上,去阁子前张(张望)时,窗眼里见西门庆坐着主位,对面一个坐着客席,两个唱的粉头(妓女)坐在两边。武松把那被包打开一抖,那颗人头血渌渌(鲜血淋漓的样子。渌,lù)的滚出来。武松左手提了人头,右手拔出尖刀,挑开帘子,钻将入来,把那妇人头望西门庆脸上掼(guàn,掷)将来。西门庆认得是武松,吃了一惊,叫声:"哎呀!"便跳起在凳子上去,一只脚跨上窗槛,要寻走路。见下面是街,跳不下去,心里正慌。说时迟,那时快,武松却用手略按一按,托地已跳在桌子上,把些盏儿、碟儿,都踢下来。两个唱的行院(妓院。借指妓女),惊得走不动。那个财主官人,慌了脚手,也惊倒了。西门庆见来得凶,便把手虚指一指,早飞起右脚来。武松只顾奔入去,见他脚起,略闪一闪,恰好那一脚正踢中武松右手,那口刀踢将起来,直落下街心里去了。西门庆见踢去了刀,心里便不怕他,右手虚照一照,左手一拳,照着武松心窝里打来。却被武松略躲个过,就势里从胁下钻入来,左手带住头,连肩胛只一提,右手早揝(zuó,抓,揪)住西门庆左脚,叫声:"下去!"那西门庆一者冤魂缠定,二乃天理难容,三来怎当武松勇力,只见头在下,脚在上,倒撞落在当街心里去了,跌得个发昏章第十一(昏头昏脑)。街上两边人,都吃了一惊。

武松伸手去凳子边提了淫妇的头,也钻出窗子外,涌身望下只一跳,跳在当街上,先抢了那口刀在手里。看这西门庆已自跌得半死,直挺挺在地下,只把眼来动。武松按住,只一刀,割下西门庆的头来。把两颗头相结做一处,提在手里,把着那口刀,一直奔回紫石街来。叫土兵开了门,将两颗人头供养在灵前;把那碗冷酒浇奠了,说道:"哥哥灵魂不远,早生天界!兄弟与你报仇,杀了奸夫和淫妇,今日就行烧化。"便叫土兵楼上请高邻下来,把那婆子押在前面。

武松拿着刀,提了两颗人头,再对四家邻舍道:"我还有一句话对你们四位高邻说则个。"那四家邻舍叉手拱立,尽道:"都头但说,我众人一听尊命。"武松说出这几句话来,有分教,景阳冈好汉,屈做囚徒;阳谷县都头,变作行者(指在寺院服杂役尚未剃发的出家者)。直教名标千古,声播万年。毕竟武松说出甚话来,且听下回分解。

# 第二十七回

## 母夜叉孟州道卖人肉　　武都头十字坡遇张青

话说当下武松对四家邻舍道："小人因与哥哥报仇雪恨，犯罪正当其理，虽死而不怨，却才甚是惊吓了高邻。小人此一去，存亡未保，死活不知，我哥哥灵床子就今烧化了。家中但有些一应物件，望烦四位高邻与小人变卖些钱来，作随衙(亦作"随牙"。随班)用度之资，听候使用。今去县里首告，休要管小人罪犯轻重，只替小人从实证一证。"随即取灵牌和纸钱烧化了。楼上有两个箱笼，取下来，打开看了，付与四邻收贮(收藏。贮，zhù)变卖。却押那婆子，提了两颗人头，径投县里来。

此时哄动了一个阳谷县，街上看的人，不计其数。知县听得人来报了，先自骇然，随即升厅。武松押那王婆在厅前跪下，行凶刀子和两颗人头放在阶下。武松跪在左边，婆子跪在中间，四家邻舍跪在右边。武松怀中取出胡正卿写的口词，从头至尾，告诉一遍。知县叫那令史(泛指官府中的胥吏)，先问了王婆口词，一般供说。四家邻舍，指证明白。又唤过何九叔、郓哥，都取了明白供状。唤当该仵作行人，委吏一员，把这一干人押到紫石街检验了妇人身尸，狮子桥下酒楼前，检验了西门庆身尸。明白填写尸单(写着尸体信息的表单)格目(项目)，回到县里，呈堂立案。知县叫取长枷，且把武松同这婆子枷了，收在监内；一干平人，寄监在门房里。

且说县官念武松是个义气烈汉，又想他上京去了这一遭，一心要周全他，又寻思他的好处，便唤该吏商议道："念武松那厮是个有义的汉子，把这人们招状从新做过，改作：'武松因祭献亡兄武大，有嫂不容祭祀，因而相争。妇人将灵床推倒。救护亡兄神主，与嫂斗殴，一时杀死。次后西门庆因与本妇通奸，前来强护，因而斗殴，互相不伏，扭打至狮子桥边，以致斗杀身死。'"读款状与武松听了，写一道申解公文，将这一干人犯，解本管东平府（宋代地名，府治即今山东东平县州城镇）申请发落。这阳谷县虽是个小县分，倒有仗义的人。有那上户之家，都资助武松银两，也有送酒食钱米与武松的。武松到下处，将行李寄顿土兵收了，将了十二三两银子，与了郓哥的老爹。武松管下的土兵，大半相送酒肉不迭。当下县吏领了公文，抱着文卷，并何九叔的银子、骨殖、招词、刀杖，带了一干人犯，上路望东平府来。

众人到得府前，看的人哄动了衙门口。且说府尹陈文昭听得报来，随即升厅。那官人：

> 平生正直，禀性贤明。幼曾雪案攻书（晋孙康，家贫好学，常映雪读书。后用为勤学苦读之典），长向金銮对策（应考的人在殿试中对答皇帝有关政治经济的策问）。户口增，钱粮办，黎民称德满街衢（通衢大道。衢，qú）；词讼减，盗贼休，父老赞歌喧市井。慷慨文章欺李杜（唐李白与杜甫的并称），贤良德政胜龚黄（汉循吏龚遂与黄霸的并称。亦泛指循吏）。

那陈府尹是个聪察的官，已知这件事了，便叫押过这一干人犯，就当厅先把阳谷县申文看了，又把各人供状、招款看过，将这一干人，一一审录一遍。把赃物并行凶刀杖封了，发与库子收领上库。将武松的长枷换了一面轻罪枷枷了，下在牢里；把这婆子换一面重囚枷钉了，禁在提事司监死囚牢里收了。唤过县吏，领了回文，发落何九叔、郓哥、四家邻舍："这六人且带回县去，宁家（回家）听候。本主西门庆妻子，留在本府羁管听候，等朝廷明降，方始结断。"那何九叔、郓哥、四家邻舍，县吏领了自回本县去了。武松下在牢里，自有几个土兵送饭。

且说陈府尹哀怜武松是个仗义的烈汉，时常差人看觑他，因此节级、牢子都不要他一文钱，倒把酒食与他吃。陈府尹把这招稿卷宗都改得轻了,申去省院,详审议罪。却使个心腹人,赍了一封紧要密书,星夜投京师来替他干办(办理、处理)。那刑部官有和陈文昭好的,把这件事直禀过了省院官(指宋代中央的枢密院及三省的官员),议下罪犯:"据王婆生情造意,哄诱通奸,唆使本妇下药毒死亲夫;又令本妇赶逐武松,不容祭祀亲兄,以致杀伤人命。唆令男女故失人伦,拟合凌迟(零割碎剐的一种酷刑。亦称"凌持")处死。据武松虽系报兄之仇,斗杀西门庆奸夫人命,亦则自首,难以释免。脊杖四十,刺配二千里外。奸夫淫妇,虽该重罪,已死勿论。其余一干人犯,释放宁家。文书到日,即便施行。"

　　东平府尹陈文昭看了来文,随即行移,拘到何九叔、郓哥并四家邻舍,和西门庆妻小一干人等,都到厅前听断。牢中取出武松,读了朝廷明降,开了长枷,脊杖四十;上下公人都看觑他,止有五七下着肉(切实地打在身上)。取一面七斤半铁叶团头护身枷钉了,脸上免不得刺了两行金印,迭配孟州牢城。其余一干众人,省谕(吩咐、通知)发落,各放宁家。大牢里取出王婆,当厅听命。读了朝廷明降,写了犯由牌(古代处决罪犯时,公布罪状的牌子或告示),画了伏状(承认罪状的供词),便把这婆子推上木驴(刑具。为装有轮轴的木架,载犯人示众并处死),四道长钉,三条绑索,东平府尹判了一个"剐"字,拥出长街。两声破鼓响,一棒碎锣鸣,犯由前引,混棍后催,两把尖刀举,一朵纸花摇,带去东平府市心里,吃了一剐。

　　话里只说武松带上行枷,看剐了王婆,有那原旧的上邻姚二郎,将变卖家私什物的银两交付与武松收受,作别自回去了。当厅押了文贴,着两个防送公人领了,解赴孟州交割。府尹发落已了。只说武松与两个防送公人上路,有那原跟的土兵付与了行李,亦回本县去了。

　　武松自和两个公人离了东平府,迤逦取路投孟州来。那两个公人知道武松是个好汉,一路只是小心去伏侍他,不敢轻慢他些个。武松见他两个小心,也不和他计较,包裹内有的是金银,但过村坊铺店,便买酒肉和他两个公人吃。

话休絮繁。武松自从三月初头杀了人,坐了两个月监房,如今来到孟州路上,正是六月前后,炎炎火日当天,烁石流金(高温熔化金石。形容天气酷热)之际,只得赶早凉而行。约莫也行了二十余日,来到一条大路,三个人已到岭上,却是巳牌时分(上午九时至十一时)。武松道:"你们且休坐了,赶下岭去,寻买些酒肉吃。"两个公人道:"也说得是。"三个人奔过岭来,只一望时,见远远地土坡下约有十数间草屋,傍着溪边柳树上挑出个酒帘儿。武松见了,把手指道:"兀那里不有个酒店!"三个人奔下岭来,山冈边见个樵夫,挑一担柴过来。武松叫道:"汉子,借问这里地名叫做甚么去处?"樵夫道:"这岭是孟州道。岭前面大树林边,便是有名的十字坡。"

武松问了,自和两个公人一直奔到十字坡边看时,为头一株大树,四五个人抱不交(抱不拢),上面都是枯藤缠着。看看抹过大树边,早望见一个酒店,门前窗槛边坐着一个妇人,露出绿纱衫儿来,头上黄烘烘的插着一头钗环,鬓边插着些野花。见武松同两个公人来到门前,那妇人便走起身来迎接。下面系一条鲜红生绢裙,搽一脸胭脂铅粉,敞开胸脯,露出桃红纱主腰(肚兜,女性内衣),上面一色金钮(交互而成的扣结)。见那妇人如何?

眉横杀气,眼露凶光。辘轴(汲水用辘轳,置于井上支架的横木)般蠢坌(笨重。坌,bèn)腰肢,棒锤似粗莽手脚。厚铺着一层腻粉,遮掩顽皮;浓搽就两晕胭脂,直侵乱发。金钏牢笼魔女臂,红衫照映夜叉精(佛经中一种形象丑恶的鬼,勇健暴恶,能食人)。

当时那妇人倚门迎接,说道:"客官,歇脚了去。本家有好酒、好肉,要点心时,好大馒头!"两个公人和武松入到里面,一副柏木桌凳座头上两个公人倚了棍棒,解下那缠袋,上下肩坐了。武松先把脊背上包裹解下来,放在桌子上,解了腰间搭膊,脱下布衫。两个公人道:"这里又没人看见,我们担些利害,且与你除了这枷,快活吃两碗酒。"便与武松揭开了封皮,除了枷来,放在桌子底下,都脱了上半截衣裳，搭在一边窗槛上。只见那妇人笑容可掬道："客官要打多少酒？"武松道："不要问多少，只顾烫来；肉便切三五斤来，一发算钱还你。"那妇人道："也有好大馒头（本有馅。现在北方称无馅的为馒头，有馅的为包子。吴语区有馅、无馅统称馒头）。"武松道："也把三二十个来做点心。"

那妇人嘻嘻地笑着入里面，托出一大桶酒来。放下三只大碗，三双箸，切出两盘肉来；一连筛了四五巡酒，去灶上取一笼馒头来，放在桌子上。两个公人拿起来便吃。

武松取一个拍开看了，叫道："酒家，这馒头是人肉的，是狗肉的？"那妇人嘻嘻笑道："客官休要取笑。清平世界，荡荡乾坤，那里有人肉的馒头，狗肉的滋味？我家馒头，积祖（许多代的祖先，即累世）是黄牛的。"武松道："我从来走江湖上，多听得人说道：'大树十字坡，客人谁敢那里过？肥的切做馒头馅，瘦的却把去填河。'"那妇人道："客官，那得这话？这是你自捏出来的。"武松道："我见这馒头馅肉有几根毛，一象人小便处的毛一般，以此疑忌。"武松又问道："娘子，你家丈夫却怎地不见？"那妇人道："我的丈夫出处做客未回。"武松道："怎地时，你独自一个须冷落。"那妇人笑着寻思道："这贼配军却不是作死，倒来戏弄老娘！正是'灯蛾扑火，惹焰烧身'。不是我来寻你，我且先对付那厮。"这妇人便道："客官，休要取笑。再吃几碗了，去后面树下乘凉，要歇便在我家安歇不妨。"

武松听了这话，自家肚里寻思道："这妇人不怀好意了。你看我且先要他。"武松又道："大娘子，你家这酒，好生淡薄。别有甚好的，请我们吃几碗。"那妇人道："有些十分香美的好酒，只是浑些。"武松道："最好。越浑越好吃。"那妇人心里暗喜，便去里面托出一旋浑色酒来。武松看了道："这个正是好生酒，只宜热吃最好。"那妇人道："还是这位客官省得，我烫来你尝看。"妇人自忖道："这个贼配军正是该死，倒要热吃。这药却是发作得快，那厮当是我手里行货。"烫得热了，把将过来筛做三碗，便道："客官，试尝这酒。"两个公人那里忍得饥渴，只顾拿起来吃了。武松便道："大娘子，我从来吃不得寡酒（不就菜肴而只是饮酒）。你再切些肉来，与我过口。"张得那妇人转身入去，却把这酒泼在僻暗处，口中虚把舌头来咂道："好酒，还是这酒冲得人动！"

那妇人那曾去切肉，只虚转一遭，便出来拍手叫道："倒也！倒也！"那两个公人，只见天旋地转，禁了口，望后扑地便倒。武松也把眼来虚闭紧了，扑地仰倒在凳边。那妇人笑道："着了！由你奸似鬼，吃了老娘的洗脚水。"便叫："小二、小三，快出来！"只见里面跳出两个蠢汉来，先把两个公人扛了进去。这妇人后来，桌上提了武松的包裹，并公人的缠袋（束腰的宽带。上有口）；捏一捏看，约莫里面是些金银。那妇人欢喜道："今日得这三头行货（东西，家伙），倒有好两日馒头卖，又得这若干东西。"把包裹缠袋提了入去，却出来看。这两个汉子扛抬武松，那里扛得动？直挺挺在地下，却似有千百斤重的。那妇人看了，见这两个蠢汉拖扯不动，喝在一边说道："你这鸟男女，只会吃饭吃酒，全没些用，直要老娘亲自动手。这个鸟大汉，却也会戏弄老娘。这等肥胖，好做黄牛肉卖。那两个瘦蛮子，只好做水牛肉卖。扛进去，先开剥这厮。"那妇人一头说，一面先脱去了绿纱衫儿，解下了红绢裙子，赤膊着便来把武松轻轻提将起来。武松就势抱住那妇人，把两只手一拘拘将拢来，当胸前搂住，却把两只腿望那妇人下半截只一挟，压在妇人身上，那妇人杀猪也似叫将起来。那两个汉子急待向前，被武松大喝一声，惊的呆了。那妇人被按压在地上，只叫道："好汉饶我！"那里敢挣扎，正是：

> 麻翻打虎人，馒头要发酵。
>
> 谁知真英雄，却会恶取笑。
>
> 牛肉卖不成，反做杀猪叫！

只见门前一人挑一担柴，歇在门首，望见武松按倒那妇人在地上，那人大踏步跑将进来叫道："好汉息怒！且饶恕了，小人自有话说。"

武松跳将起来，把左脚踏住妇人，提着双拳，看那人时，头带青纱凹面巾，身穿白布衫，下面腿绷护膝，八搭麻鞋，腰系着缠袋。生得三拳骨叉脸儿，微有几根髭髯，年近三十五六。看着武松，叉手不离方寸(两手在胸前相交，表示恭敬)，说道："愿闻好汉大名。"武松道："我行不更名，坐不改姓，都头武松的便是！"那人道："莫不是景阳冈打虎的武都头？"武松回道："然也。"那人纳头便拜道："闻名久矣，今日幸得拜识。"武松道："你莫非是这妇人的丈夫？"那人道："是小人的浑家，'有眼不识泰山'，不知怎地触犯了都头。可看小人薄面，望乞恕罪。"正是：

> 自古嗔拳输笑面，从来礼数服奸邪。
> 只因义勇真男子，降伏凶顽母夜叉。

　　武松见他如此小心，慌忙放起妇人来，便问："我看你夫妻两个，也不是等闲的人，愿求姓名。"那人便叫妇人穿了衣裳，快近前来拜了都头。武松道："却才冲撞，阿嫂休怪。"那妇人便道："有眼不识好人。一时不是，望伯伯恕罪。且请去里面坐地。"武松又问道："你夫妻二位高姓大名，如何知我姓名？"那人道："小人姓张，名青，原是此间光明寺种菜园子。为因一时间争些小事性起，把这光明寺僧行杀了，放把火烧做白地(空地)。后来也没对头，官司也不来问，小人只在此大树坡下剪径(拦路打劫)。忽一日，有个老儿挑担子过来，小人欺负他老，抢出来和他厮并，斗了二十余合，被那老儿一匾担打翻。原来那老儿年纪小时，专一剪径；因见小人手脚活，便带小人归去到城里，教了许多本事，又把这个女儿招赘小人做个女婿。城里怎地住得？只得依旧来此间盖些草屋，卖酒为生。实是只等客商过往，有那入眼的，便把些蒙汗药与他吃了便死。将大块好肉，切做黄牛肉卖；零碎小肉，做馅子包馒头。小人每日也挑些去村里卖，如此度日。小人因好结识江湖上好汉，人都叫小人做菜园子张青。俺这浑家姓孙，全学得他父亲本事，人都唤他做母夜叉孙二娘。小人却才回来，听得浑家叫唤，谁想得遇都头。小人多曾分付浑家道：三等人不可坏他：第一，是云游僧道，他又不曾受用过分了，又是出家的人。

则恁地也争些儿坏了一个惊天动地的人,原是延安府老种经略相公帐前提辖,姓鲁,名达,为因三拳打死了一个镇关西,逃走上五台山,落发为僧,因他脊梁上有花绣,江湖上都呼他做花和尚鲁智深。使一条浑铁禅杖,重六十来斤,也从这里经过。浑家见他生得肥胖,酒里下了些蒙汗药,扛入在作坊里,正要动手开剥,小人恰好归来。见他那条禅杖非俗,却慌忙把解药救起来,结拜为兄。打听得他近日占了二龙山宝珠寺,和一个甚么青面兽杨志,霸在那方落草。小人几番收得他相招的书信,只是不能够去。"武松道:"这两个,我也在江湖上多闻他名。"张青道:"只可惜了一个头陀(指行脚乞食的僧人),长七八尺一条大汉,也把来麻坏了。小人归得迟了些个,已把他卸下四足。如今只留得一个箍头的铁界尺(铁制的戒箍,僧人用以束额),一领皂直裰(黑色僧袍。裰,duō),一张度牒在此。别的都不打紧,有两件物最难得:一件是一百单八颗人顶骨做成的数珠,一件是两把雪花镔铁(精铁。镔,bīn)打成的戒刀。想这个头陀也自杀人不少。直到如今,那刀要便半夜里啸响。小人只恨道不曾救得这个人,心里常常忆念他。又分付浑家道:第二等是江湖上行院妓女之人,他们是冲州撞府,逢场作戏,陪了多少小心得来的钱物,若还结果了他,那厮们你我相传,去戏台上说得我等江湖上好汉不英雄。又分付浑家道:第三等是各处犯罪流配的人,中间多有好汉在里头,切不可坏他。不想浑家不依小人的言语,今日又冲撞了都头,幸喜小人归得早些。却是如何了起这片心?"母夜叉孙二娘道:"本是不肯下手。一者见伯伯(泛称与丈夫同辈的男子)包裹沉重,二乃怪伯伯说起风话,因此一时起意。"武松道:"我是斩头沥血(匡扶正义而不顾生死)的人,何肯戏弄良人!我见阿嫂瞧得我包裹紧,先疑忌了,因此特地说些风话,漏(诱骗)你下手。那碗酒我已泼了,假做中毒,你果然来提我。一时拿住,甚是冲撞了嫂子,休怪!"

张青大笑起来,便请武松直到后面客席里坐定。武松道:"兄长,你且放出那两个公人则个。"张青便引武松到人肉作坊里,看时,见壁上绷着几张人皮，梁上吊着五七条人腿；见那两个公人，一颠一倒挺着在剥人凳上。武松道："大哥，你且救起他两个来。"张青道："请问都头：今得何罪？配到何处去？"武松把杀西门庆并嫂的缘由，一一说了一遍。张青夫妻两个称赞不已，便对武松说道："小人有句话说，未知都头如何？"武松道："大哥但说不妨。"

　　张青不慌不忙，对武松说出那几句话来，有分教，武松大闹了孟州城，哄动了安平寨。直教打翻拽象拖牛汉，撷倒擒龙捉虎人。毕竟张青对武松说出甚言语来，且听下回分解。

# 第二十八回

## 武松威镇安平寨　施恩义夺快活林

话说当下张青对武松说道:"不是小人心歹,比及都头去牢城营里受苦,不若就这里把两个公人做翻,且只在小人家里过几时。若是都头肯去落草时,小人亲自送至二龙山宝珠寺,与鲁智深相聚入伙如何?"武松道:"最是兄长好心,顾盼小弟。只是一件却使不得:武松平生只要打天下硬汉,这两个公人,于我分上只是小心,一路上服侍我来。我若害了他,天理也不容我。你若敬爱我时便与我救起他两个来,不可害他。"张青道:"都头既然如此仗义,小人便救醒了。"

当下张青叫火家便从剥人凳(杀人用的凳子)上揉起两个公人来。孙二娘便调一碗解药来,张青扯住耳朵,灌将下去。没半个时辰,两个公人如梦中睡觉的一般爬将起来,看了武松说道:"我们却如何醉在这里? 这家怎么好酒! 我们又吃不多,便怎地醉了! 记着他家,回来再问他买吃。"武松笑将起来,张青、孙二娘也笑,两个公人正不知怎地。那两个火家,自去宰杀鸡鹅,煮得熟了,整顿杯盘端正。

张青教摆在后面葡萄架下,放了桌凳坐头(座位)。张青便邀武松并两个公人到后园内。

武松便让两个公人上面坐了,张青、武松在下面朝上坐了,孙二娘坐在横头(正面两侧的位置,或长方形物体较短两侧的位置)。两个汉子轮番斟酒,来往搬摆盘馔。张青劝武松饮酒。至晚,取出那两口戒刀来,叫武松看了。果是镔铁打的,非一日之功。两个又说些江湖上好汉

— 316 —

的勾当,却是杀人放火的事。武松又说:"山东及时雨宋公明仗义疏财,如此豪杰,如今也为事逃在柴大官人庄上。"两个公人听得,惊得呆了,只是下拜。武松道:"难得你两个送我到这里了,终不成有害你之心? 我等江湖上好汉们说话,你休要吃惊,我们并不肯害为善的人。你只顾吃酒,明日到孟州时,自有相谢。"当晚就张青家里歇了。

次日,武松要行,张青那里肯放,一连留住,管待了三日。武松因此感激张青夫妻两个厚意。论年齿(年纪,年龄)张青却长武松五年,因此武松结拜张青为兄。武松再辞了要行,张青又置酒送路;取出行李、包裹、缠袋,交还了;又送十来两银子与武松,把二三两零碎银子赏发两个公人。武松就把这十两银子一发与了两个公人。再带上行枷,依旧贴了封皮。张青和孙二娘送出门前,武松作别了,自和公人投孟州来。诗曰:

　　　　结义情如兄弟亲,劝言落草尚逡巡。

　　　　　须知愤杀奸淫者,不作违条犯法人。

未及晌午,早来到城里。直至州衙,当厅投下了东平府文牒。州尹看了,收了武松,自押了回文,与两个公人回去,不在话下。随即却把武松帖发本处牢城营来。当日武松来到牢城营前,看见一座牌额,上书三个大字,写着道:"安平寨"。公人带武松到单身房里,公人自去下文书,讨了收管,不必得说。

武松自到单身房里,早有十数个一般的囚徒来看武松,说道:"好汉,你新到这里,包裹里若有人情的书信,并使用的银两,取在手头,少刻差拨到来,便可送与他。若吃杀威棒时,也打得轻。若没人情送与他时,端的狼狈! 我和你是一般犯罪的人,特地报你知道。岂不闻'兔死狐悲,物伤其类'(兔子死了,狐狸感到悲伤。比喻因同伙的失败或死亡而感到悲伤)? 我们只怕你初来不省得,通你得知。"武松道:"感谢你们众位指教我。小人身边略有些东西。若是他好问我讨时,便送些与他;若是硬问我要时,一文也没。"众囚徒道:"好汉,休说这话,古人道:'不怕官,只怕管。''在人矮檐下,怎敢不低头!'只是小心便好。"说犹未了,只见一个道:"差拨官人来了。"众人都自散了。

武松解了包裹,坐在单身房里,只见那个人走将入来,问道:"那个是新到囚徒?"武松道:"小人便是。"差拨道:"你也是安眉带眼(有眉有眼。比喻具有面目和见识)的人,直须要我开口说。你是景阳冈打虎的好汉,阳谷县做都头,只道你晓事,如何这等不达时务!你敢来我这里,猫儿也不吃你打了!"武松道:"你倒来发话,指望老爷送人情与你,半文也没。我精拳头有一双相送!金银有些,留了自买酒吃,看你怎地奈何我?没地里倒把我发回阳谷县去不成!"那差拨大怒去了。

又有众囚徒走拢来说道:"好汉,你和他强(jiàng,固执,强硬不屈)了,少间苦也!他如今去和管营相公说了,必然害你性命!"武松道:"不怕!随他怎么奈何我,文来文对,武来武对!"正在那里说言未了,只见三四个人来单身房里叫唤新到囚人武松。武松应道:"老爷在这里又不走了,大呼小喝做甚么!"那来的人把武松一带,带到点视厅前,那管营相公正在厅上坐。五六个军汉押武松在当面,管营喝叫除了行枷,说道:"你那囚徒,省得太祖武德皇帝旧制,但凡初到配军,须打一百杀威棒。那兜拕(背驮。拕,tuō)的,背将起来。"武松道:"都不要你众人闹动,要打便打,也不要兜拕。我若是躲闪一棒的,不是好汉,从先打过的都不算,从新再打起。我若叫一声,也不是好男子!"两边看的人都笑道:"这痴汉弄死,且看他如何熬!"武松又道:"要打便打毒些,不要人情棒儿,打我不快活。"两下众人都笑起来。

那军汉拿起棍来,却待下手,只见管营相公身边立着一个人:六尺以上身材,二十四五年纪,白净面皮,三柳髭须;额头上缚着白手帕,身上穿着一领青纱上盖,把一条白绢搭膊络着手。那人便去管营相公耳朵边略说了几句话。只见管营道:"新到囚徒武松,你路上途中曾害甚病来?"武松道:"我于路不曾害,酒也吃得,肉也吃得,饭也吃得,路也走得。"管营道:"这厮是途中得病到这里,我看他面皮才好,且寄下他这顿杀威棒。"两边行杖的军汉低低对武松道:"你快说病。这是相公将就你,你快只推曾害便了。"武松道:"不曾害,不曾害,打了倒干净!我不要留这一顿寄库棒<sub></sub>(暂且记下的该打的棒子),寄下倒是钩肠债(比喻常挂心头的烦恼事),几时得了!"两边看的人都笑。管营也笑道:"想是这汉子多管害热病了,不曾得汗,故出狂言。不要听他,且把去禁在单身房里。"

三四个军人引武松依前送在单身房里。众囚徒都来问道:"你莫不有甚好相识书信与管营么?"武松道:"并不曾有。"众囚徒道:"若没时,寄下这顿棒,不是好意,晚间必然来结果你!"武松道:"他还是怎地来结果我?"众囚徒道:"他到晚把两碗干黄仓米饭和些臭鲞鱼(剖开晾干的鱼。鲞,xiǎng)来,与你吃了,趁饱带你去土牢里去,把索子捆翻着,一床干稿荐(用稻草编成的垫褥)把你卷了,塞住了你七窍,颠倒竖在壁边,不消半个更次,便结果了你性命。这个唤做盆吊(一种宋、元时的酷刑)。"武松道:"再有怎地安排我?"众人道:"再有一样,也是把你来捆了,却把一个布袋盛一袋黄沙,将来压在你身上;也不消一个更次,便是死的。这个唤土布袋。"武松又问道:"还有甚么法度害我?"众人道:"只是这两件怕人些,其余的也不打紧。"

众人说犹未了,只见一个军人托着一个盒子入来,问道:"那个是新配来的武都头?"武松答道:"我便是。甚么话说?"那人答道:"管营叫送点心在这里。"武松来看时,一大旋酒,一盘肉,一盘子面,又是一大碗汁。武松寻思道:"敢是把这些点心与我吃了,却来对付我?我且落得吃了,却又理会。"武松把那旋酒来一饮而尽,把肉和面都吃尽了。那人收拾家火回去了。武松坐在房里寻思,自己冷笑道:"看他怎地来对付我!"看看天色晚来,只见头先那个人又顶一个盒子入来,武松问道:"你又来怎地?"那人道:"叫送晚饭在这里。"摆下几盘菜蔬,又是一大旋酒,一大盘煎肉,一碗鱼羹,一大碗饭。武松见了,暗暗自忖道:"吃了这顿饭食,必然来结果我。且由他,便死也做个饱鬼。落得吃了,却再计较。"那人等武松吃了,收拾碗碟回去了。不多时,那个人又和一个汉子两个来:一个提着浴桶,一个提一个大桶汤来,看着武松道:"请都头洗浴。"武松想道:"不要等我洗浴了来下手? 我也不怕他,且落得洗一洗。"那两个汉子安排倾下汤,武松跳在浴桶里面洗了一回,随即送过浴裙手巾,教武松拭了,穿了衣裳。一个自把残汤倾了,提了浴桶去。一个便把藤簟(藤条做的席子。簟,diàn)、纱帐,将来挂起;铺了藤簟,放个凉枕,叫了安置,也回去了。

武松把门关上,拴了,自在里面思想道:"这个是甚么意思? 随他便了,且看如何。"放倒头,便自睡了,一夜无事。

天明起来,才开得房门,只见夜来那个人,提着桶洗面汤进来,教武松洗了面,又取漱口水漱了口;又带个篦头待诏来,替武松篦了头(用篦子梳头),绾个髻子,裹了巾帻。又是一个人,将个盒子入来,取出菜蔬下饭,一大碗肉汤,一大碗饭。武松想道:"由你走道儿,我且落得吃了。"武松吃罢饭,便是一盏茶。却才茶罢,只见送饭的那个人来请道:"这里不好安歇,请都头去那壁房里安歇,搬茶搬饭却便当。"武松道:"这番来了! 我且跟他去,看如何! "一个便来收拾行李被卧,一个引着武松,离了单身房里,来到前面一个去处。推开房门来,里面干干净净的床帐,两边都是新安排的桌凳什物。武松来到房里看了,存想道:"我只道送我入土牢里去,却如何来到这般去处? 比单身房好生齐整! "

　　鸡鸣狗盗君休笑,曾向函关出孟尝。
　　今日配军为上客,孟州赢得姓名扬。

武松坐到日中,那个人又将一个提盒子入来,手里提着一注子酒。将到房中,打开看时,摆下四般果子,一只熟鸡,又有许多蒸卷儿。那人便把熟鸡来撕了,将注子里好酒筛下,请都头吃。武松心里忖道:"毕竟是何如? "到晚又是许多下饭;又请武松洗浴了,乘凉歇息。武松自思道:"众囚徒也是这般说,我也这般想,却是怎地这般请我？"到第三日，依前又是如此送饭送酒。

　　武松那日早饭罢，行出寨里来闲走，只见一般的囚徒都在那里，担水的，劈柴的，做杂工的，却在晴日头里晒着。正是五六月炎天，那里去躲这热。武松却背叉着手，问道："你们却如何在这日头里做工？"众囚徒都笑起来，回说道："好汉，你自不知，我们拨在这里做生活时，便是人间天上了！如何敢指望嫌热坐地？还别有那没人情的，将去锁在大牢里，求生不得生，求死不得死，大铁链锁着，也要过哩！"武松听罢，去天王堂前后转了一遭，见纸炉边一个青石墩，有个关眼(物体上可以穿系的孔)，是缚竿脚(绑竿子)的，好块大石。武松就石上坐了一会，便回房里来，坐地了自存想，只见那个人又搬酒和肉来。

　　话休絮烦。武松自到那房里，住了数日，每日好酒好食，搬来请武松吃，并不见害他的意。武松心里正委决不下。当日晌午，那人又搬将酒食来，武松忍耐不住，按定盒子问那人道："你是谁家伴当？怎地只顾将酒食来请我？"那人答道："小人前日已禀都头说了，小人是管营相公家里体己人(心腹人)。"武松道："我且问你：每日送的酒食，正是谁教你将来请我？吃了怎地？"那人道："是管营相公家里的小管营教送与都头吃。"武松道："我是个囚徒犯罪的人，又不曾有半点好处到管营相公处，他如何送东西与我吃？"那人道："小人如何省得？小管营吩咐道，教小人且送半年三个月却说话。"武松道："却又作怪！终不成将息得我肥胖了，却来结果我。这个鸟闷葫芦(谓难猜透而使人纳闷的话或事)，教我如何猜得破？这酒食不明，我如何吃得安稳？你只说与我：你那小管营是甚么样人？在那里曾和我相会？我便吃他的酒食。"那个人道："便是前日都头初来时，厅上立的那个白手帕包头，络着右手那人便是小管营。"武松道："莫不是穿青纱上盖立在管营相公身边的那个人？"那人道："正是老管营相公儿子。"武松道："我待吃杀威棒时，敢是他说，救了我是么？"那人道："正是。小管营对他父亲说了，因此不打都头。"武松道："却又跷蹊! 我自是清河县人氏,他自是孟州人,自来素不相识,如何这般看觑我,必有个缘故。我且问你,那小管营姓甚名谁?"那人道:"姓施,名恩,使得好拳棒,人都叫他做金眼彪施恩。"武松听了,道:"想他必是个好男子,你且去请他出来,和我相见了,这酒食便可吃你的。你若不请他出来和我厮见时,我半点儿也不吃。"那人道:"小管营吩咐小人道,休要说知备细,教小人待半年三个月方才说知相见。"武松道:"休要胡说! 你只去请小管营出来,和我相会了便罢。"那人害怕,那里肯去。武松焦躁起来,那人只得去里面说知。

多时,只见施恩从里面跑将出来,看着武松便拜。武松慌忙答礼,说道:"小人是个治下的囚徒,自来未曾拜识尊颜。前日又蒙救了一顿大棒,今又蒙每日好酒好食相待,甚是不当;又没半点儿差遣,正是无功受禄,寝食不安。"施恩答道:"小人久闻兄长大名,如雷灌耳,只恨云程(遥远的路程)阻隔,不能够相见。今日幸得兄长到此,正要拜识威颜;只恨无物款待,因此怀羞,不敢相见。"武松问道:"却才听得伴当所说,且教武松过半年三个月,却有话说。正是小管营要与小人说甚么?"施恩道:"村仆(旧指粗俗的仆人)不省得事,脱口便对兄长说知道,却如何造次说得?"武松道:"管营恁地时,却是秀才耍(比喻状貌斯文)! 倒教武松憋破肚皮,闷了怎地过得? 你且说正是要我怎地?"施恩道:"既是村仆说出了,小弟只得告诉。因为兄长是个大丈夫,真男子,有件事欲要相央,除是兄长便行得;只是兄长远路到此,力气有亏,未经完足;且请将息半年三五个月,待兄长气力完足,那时却对兄长说知备细。"武松听了,呵呵大笑道:"管营听禀,我去年害了三个月疟疾,景阳冈上酒醉里打翻了一只大虫,也只三拳两脚,便自打死了,何况今日!"施恩道:"而今且未可说。且等兄长再将养几时,待贵体完完备备,那时方敢告诉。"武松道:"只是道我没气力了。既是如此说时,我昨日看见天王堂前那个石墩,约有多少斤重?"施恩道:"敢怕有四五百斤重。"武松道:"我且和你去看一看,武松不知拔得动也不。"施恩道:"请吃罢酒了同去。"武松道:"且去了回来吃未迟。"

　　两个来到天王堂前,众囚徒见武松和小管营同来,都躬身唱喏。武松把石墩略摇一摇,大笑道:"小人真个娇惰(疲惫无力的样子)了,那里拔得动。"施恩道:"三五百斤石头,如何轻视得他!"武松笑道:"小管营,也信真个拿不起?你众人且躲开,看武松拿一拿。"武松便把上半截衣裳脱下来,拴在腰里,把那个石墩只一抱,轻轻地抱将起来。双手把石墩只一撇,扑地打下地里一尺来深。众囚徒见了,尽皆骇然。武松再把右手去地里一提,提将起来,望空只一掷,掷起去离地一丈来高;武松双手只一接,接来轻轻地放在原旧安处。回过身来,看着施恩并众囚徒,武松面上不红,心头不跳,口里不喘。施恩近前抱住武松便拜道:"兄长非凡人也!真天神!"众囚徒一齐都拜道:"真神人也!"诗曰:

　　　　神力惊人心胆寒,皆因义勇气弥漫。

　　　　掀天揭地英雄手,拔石应宜似弄丸。

　　施恩便请武松到私宅堂上请坐了。武松道:"小管营今番须用说知,有甚事使令我去?"施恩道:"且请少坐,待家尊出来相见了时,却得相烦告诉。"武松道:"你要教人干事,不要这等儿女象(即"儿女像",像小儿女般扭捏、害羞的样子。比喻小家子气,缺乏大丈夫的气魄),颠倒恁地,不是干事的人了。便是一刀一割的勾当,武松也替你去干!若是有些谄佞(chǎnnìng,用花言巧语谄媚)的,非为人也!"那施恩叉手不离方寸,才说出这件事来。有分教,武松显出那杀人的手段,重施这打虎的威风。正是双拳起处云雷吼,飞脚来时风雨惊。毕竟施恩对武松说出甚事来,且听下回分解。

# 第二十九回

## 施恩重霸孟州道　武松醉打蒋门神

话说当时施恩向前说道:"兄长请坐,待小弟备细告诉衷曲(衷肠、心事)之事。"武松道:"小管营,不要文文诌诌(形容人言谈、举止文雅),只拣紧要的话直说来。"施恩道:"小弟自幼从江湖上师父学得些小枪棒在身,孟州一境起小弟一个诨名(绰号),叫做金眼彪(biāo,小老虎)。小弟此间东门外有一座市井(买卖商品的场所),地名唤做快活林;但是山东、河北客商们都来那里做买卖;有百十处大客店,三二十处赌坊兑坊(当铺)。往常时,小弟一者倚仗随身本事,二者捉着营里有八九十个拚命囚徒,去那里开着一个酒肉店,都分与众店家和赌钱兑坊里。但有过路妓女之人到那里来时,先要来参见小弟,然后许他去趁食(谋饭吃、谋生)。那许多去处,每朝每日都有闲钱;月终也有三二百两银子寻觅,如此赚钱。近来被这本营内张团练新从东路州来,带一个人到此。那厮姓蒋名忠,有九尺来长身材,因此江湖上起他一个诨名,叫做蒋门神。那厮不特长大,原来有一身好本事,使得好枪棒,拽拳飞脚,相扑为最。自夸大言道:'三年上泰岳争交,不曾有对,普天之下,没我一般的了!'因此来夺小弟的道路。小弟不肯让他,吃那厮一顿拳脚打了,两个月起不得床。前日兄长来时,兀自包着头,兜着手,直到如今,疮痕未消。本待要起人去和他厮打,他却有张团练(由群众组织的自卫团体)那一班儿正军。若是闹将起来,和营中先自折理,有这一点无穷之恨,不能报得。久闻兄长是个大丈夫,怎地得兄长与小弟出得这口无穷之怨气,死而瞑目!只恐兄长远路辛苦,气未完，力未足；因此且教将息半年三月，等贵体气完力足，方请商议。不期村仆脱口，失言说了，小弟当以实告。"

武松听罢，呵呵大笑，便问道："那蒋门神还是几颗头，几条臂膊？"施恩道："也只是一颗头，两条臂膊，如何有多？"武松笑道："我只道他三头六臂，有那吒（Nézhā，佛教护法神名）的本事，我便怕他。原来只是一颗头，两条臂膊！既然没那吒的模样，却如何怕他？"施恩道："只是小弟力薄艺疏，便敌他不过。"武松道："我却不是说嘴，凭着我胸中本事，平生只是打天下硬汉，不明道德的人。既是恁地说了，如今却在这里做甚么？有酒时，拿了去路上吃。我如今便和你去，看我把这厮和大虫一般结果他。拳头重时打死了，我自偿命。"施恩道："兄长少坐。待家尊（称自己的父亲）出来相见了，当行即行，未敢造次。等明日先使人去那里探听一遭，若是本人在家时，后日便去；若是那厮不在家时，却再理会。空自去打草惊蛇，倒吃他做了手脚，却是不好。"武松焦躁道："小管营，你可知着他打了！原来不是男子汉做事！去便去，等甚么今日明日！要去便走，怕他准备！"

正在那里劝不住，只见屏风背后转出老管营来，叫道："义士，老汉听你多时也。今日幸得相见义士一面，愚男（对人谦称己子）如拨云见日一般。且请到后堂少叙片时。"武松跟了到里面。老管营道："义士且请坐。"武松道："小人是个囚徒，如何敢对相公坐地？"老管营道："义士休如此说。愚男万幸，得遇足下，何故谦让？"武松听罢，唱个无礼喏（行礼的一种方式。一边作揖，一边口说"无礼"，表示客气），相对便坐了。施恩却立在面前。武松道："小管营如何却立地？"施恩道："家尊在上相陪，兄长请自尊便。"武松道："恁地时，小人却不自在。"老管营道："既是义士如此，这里又无外人。"便叫施恩也坐了。仆从搬出酒肴、果品、盘馔之类，老管营亲自与武松把盏，说道："义士如此英雄，谁不钦敬。愚男原在快活林中做些买卖，非为贪财好利，实是壮观孟州，增添豪侠气象；不期今被蒋门神倚势豪强，公然夺了这个去处。非义士英雄，不能报仇雪恨。义士不弃愚男，满饮此杯，受愚男四拜,拜为长兄,以表恭敬之心。"武松答道:"小人有何才学,如何敢受小管营之礼?枉自折了武松的草料(自谦之词。谦称自己无能力或无福分)!"当下饮过酒,施恩纳头便拜了四拜。武松连忙答礼,结为兄弟。当日武松欢喜饮酒,吃得大醉,便叫人扶去房中安歇,不在话下。

次日,施恩父子商议道:"武松昨夜痛醉,必然中酒,今日如何敢叫他去?且推道使人探听来,其人不在家里,延捱一日,却再理会。"当日施恩来见武松,说道:"今日且未可去:小弟已使人探知这厮不在家里。明日饭后,却请兄长去。"武松道:"明日去时不打紧,今日又气我一日。"早饭罢,吃了茶,施恩与武松来营前闲走了一遭。回来到客房里,说些枪法,较量些拳棒。看看晌午,邀武松到家里,只具数杯酒相待,下饭按酒,不记其数。武松正要吃酒,见他只把按酒添来相劝,心中不快意。吃了晌午饭,起身别了,回到客房里坐地。只见那两个仆人又来伏侍武松洗浴。武松问道:"你家小管营今日如何只将肉食出来请我,却不多将些酒出来与我吃,是甚意故?"仆人答道:"不敢瞒都头说,今早老管营和小管营议论,今日本是要央都头去,怕都头夜来酒多,恐今日中酒,怕误了正事,因此不敢将酒出来。明日正要央都头去干正事。"武松道:"怎地时,道我醉了,误了你大事?"仆人道:"正是这般计较。"

当夜武松巴不得天明,早起来洗漱罢,头上裹了一顶万字头巾,身上穿了一领土色布衫,腰里系条红绢搭膊,下面腿绷护膝,八搭麻鞋。讨了一个小膏药,贴了脸上金印。施恩早来请去家里吃早饭。武松吃了茶饭罢,施恩便道:"后槽有马,备来骑去。"武松道:"我又不脚小,骑那马怎地?只要依我一件事。"施恩道:"哥哥但说不妨,小弟如何敢道不依?"武松道:"我和你出得城去,只要还我无三不过望(即望子。店铺前悬挂的招帘。一般多指酒旗)。"施恩道:"兄长,如何是无三不过望?小弟不省其意。"武松笑道:"我说与你,你要打蒋门神时,出得城去,但遇着一个酒店,便请我吃三碗酒,若无三碗时,便不过望子去。这个唤做无三不过望。"施恩听了，想道："这快活林离东门去，有十四五里田地，算来卖酒的人家，也有十二三家，若要每户吃三碗时，恰好有三十五六碗酒，才到得那里。恐哥哥醉了，如何使得？"武松大笑道："你怕我醉了没本事，我却是没酒没本事。带一分酒，便有一分本事，五分酒，五分本事。我若吃了十分酒，这气力不知从何而来。若不是酒醉后了胆大，景阳冈上如何打得这只大虫？那时节我须烂醉了，好下手，又有力，又有势。"施恩道："却不知哥哥是怎地。家下有的是好酒，只恐哥哥醉了失事，因此夜来不敢将酒出来请哥哥深饮。既是哥哥酒后愈有本事时，怎地先教两个仆人，自将了家里的好酒、果品、肴馔，去前路等候，却和哥哥慢慢地饮将去。"武松道："怎么却才中我意！去打蒋门神，教我也有些胆量。没酒时，如何使得手段出来？还你今朝打倒那厮，教众人大笑一场！"施恩当时打点了，叫两个仆人先挑食箩酒担，拿了些铜钱去了。老管营又暗暗地选拣了一二十条壮健大汉，慢慢的随后来接应，都分付下了。

且说施恩和武松两个，离了安平寨，出得孟州东门外来。行过得三五百步，只见官道旁边，早望见一座酒肆，望子挑出在檐前；那两个挑食担的仆人，已先在那里等候。施恩邀武松到里面坐下，仆人已先安下肴馔，将酒来筛。武松道："不要小盏儿吃。大碗筛来，只斟三碗。"仆人排下大碗，将酒便斟。武松也不谦让，连吃了三碗便起身。仆人慌忙收拾了器皿，奔前去了。武松笑道："却才去肚里发一发，我们去休。"两个便离了这坐酒肆，出得店来。此时正是七月间天气，炎暑未消，金风乍起。两个解开衣襟，又行不得一里多路，来到一处，不村不郭，却早又望见一个酒旗儿高挑出在树林里。来到林木丛中看时，却是一座卖村醪(村酒，浊酒。醪，láo)小酒店。但见：

古道村坊，傍溪酒店。杨柳阴森门外，荷华旖旎(yǐnǐ，多盛美好的样子)池中，飘飘酒旆舞金风，短短芦帘遮酷日。磁盆架上，白泠泠满贮村醪；瓦瓮灶前，香喷喷初蒸社酝。未必开樽(zūn，酒器)

香十里,也应隔壁醉三家。

当时施恩、武松来到村坊酒肆门前,施恩立住了脚问道:"此间是个村醪酒店,哥哥饮么?"武松道:"遮莫(不论、不管)酸咸苦涩,是酒还须饮三碗。若是无三,不过帘便了。"两个入来坐下,仆人排了果品按酒。武松连吃了三碗,便起身走。仆人急急收了家火什物,赶前去了。两个出得店门来,又行不到一二里,路上又见个酒店。武松入来,又吃了三碗便走。

话休絮繁。武松、施恩两个一处走着,但遇酒店,便入去吃三碗。约莫也吃过十来处好酒肆,施恩看武松时,不十分醉。武松问施恩道:"此去快活林还有多少路?"施恩道:"没多了,你在前面远远地望见那个林子便是。"武松道:"既是到了,你且在别处等我,我自去寻他。"施恩道:"这话最好,小弟自有安身去处。望兄长在意,切不可轻敌。"武松道:"这个却不妨,你只要叫仆人送我。前面再有酒店时,我还要吃。"施恩叫仆人仍旧送武松。施恩自去了。

武松又行不到三四里路,再吃过十来碗酒。此时已有午牌时分(上午十一点到下午一点为午时。亦泛指中午前后),天色正热,却有些微风。武松酒却涌上来,把布衫摊开。虽然带着五七分酒,却装做十分醉的,前颠后偃(身体前后俯仰晃动,站立不稳的样子),东倒西歪。来到林子前,那仆人用手指道:"只前头丁字路口,便是蒋门神酒店。"武松道:"既是到了,你自去躲得远着。等我打倒了,你们却来。"

武松抢过林子背后,见一个金刚来大汉,披着一领白布衫,撒开一把交椅,拿着蝇拂子(驱蝇除尘的用具。也称拂尘。多以马尾制成),坐在绿槐树下乘凉。武松看那人时,生得如何,但见:

> 形容丑恶,相貌粗疏。一身紫肉横铺,几道青筋暴起。黄髯斜卷,唇边几阵风生;怪眼圆睁,眉下一双星闪。真是神荼郁垒(上古传说能制伏恶鬼的两位神人,后世遂以为门神,画像丑怪凶狠)象,却非立地顶天人。

这武松假醉佯颠,斜着眼看了一看,心中自忖道:"这个大汉,一定是蒋门神了。"直抢过去。

又行不到三五十步,早见丁字路口一个大酒店,檐前立着望竿(悬挂酒旆的旗竿),上面挂着一个酒望子,写着四个大字道:"河阳风月。"转过来看时,门前一带绿油栏杆,插着两把销金旗,每把上五个金字,写道:"醉里乾坤大,壶中日月长。"一壁厢肉案、砧头(切菜的砧板。砧,zhēn)、操刀的家生(器具),一壁厢蒸作馒头烧柴的厨灶。去里面一字儿摆着三只大酒缸,半截埋在地里,缸里面各有大半缸酒。正中间装列着柜身子,里面坐着一个年纪小的妇人,正是蒋门神初来孟州新娶的妾,原是西瓦子(西边娱乐场所)里唱说诸般宫调(应指诸宫调。北宋一种讲唱文学,始创为泽州艺人孔三传)的顶老(指妓女、歌伎)。那妇人生得如何?

　　眉横翠岫,眼露秋波。樱桃口浅晕微红,春笋手轻舒嫩玉。冠儿小明铺鱼鱽(鱼头骨。可饰冠),掩映乌云;衫袖窄巧染榴花,薄笼瑞雪。金钗插凤,宝钏围龙。尽教崔护(唐代诗人)去寻浆,疑是文君(西汉卓文君)重卖酒。

武松看了,瞅着醉眼,径奔入酒店里来,便去柜身相对一付座头上坐了。把双手按着桌子上,不转眼看那妇人。那妇人瞧见,回转头看了别处。

武松看那店里时,也有五七个当撑(值班)的酒保。武松却敲着桌子叫道:"卖酒的主人家在那里?"一个当头的酒保过来,看着武松道:"客人要打多少酒?"武松道:"打两角酒。先把些来尝看。"那酒保去柜上叫那妇人舀两角酒下来,倾放桶里,烫一碗过来道:"客人尝酒。"武松拿起来闻一闻,摇着头道:"不好,不好,换将来!"

酒保见他醉了,将来柜上道:"娘子,胡乱换些与他。"那妇人接来,倾了那酒,又舀些上等酒下来。酒保将去,又烫一碗过来。武松提起来呷(xiā,小口喝)了一口,叫道:"这酒也不好,快换来,便饶你!"酒保忍气吞声,拿了酒去柜边道:"娘子,胡乱再换些好的与他,休和他一般见识。这客人醉了,只要寻闹相似,便换些上好的与他罢。"那妇人又舀了一等上色的好酒来与酒保,酒保把桶儿放在面前,又烫一碗过来。武松吃了道:"这酒略有些意思。"问道:"过卖(旧称饭馆、茶馆、酒店中的店员),你那主人家姓甚么?"酒保答道:"姓蒋。"武松道:"却如何不姓李?"那妇人听了道:"这厮那里吃醉了,来这里讨野火(找麻烦。多用于针对寻衅、耍无赖者)么!"酒保道:"眼见得是个外乡蛮子,不省得了,休听他放屁!"武松问道:"你说甚么?"酒保道:"我们自说话,客人,你休管,自吃酒。"

武松道:"过卖,叫你柜上那妇人下来,相伴我吃酒。"酒保喝道:"休胡说!这是主人家娘子。"武松道:"便是主人家娘子,待怎地?相伴我吃酒也不打紧!"那妇人大怒,便骂道:"杀才(该杀的。骂人之词)!该死的贼!"推开柜身子,却待奔出来。

武松早把土色布衫脱下,上半截揣在怀里,便把那桶酒只一泼,泼在地上,抢入柜身子里,却好接着那妇人。武松手硬,那里挣扎得。被武松一手接住腰胯,一手把冠儿捏做粉碎,揪住云髻,隔柜身子提将出来,望浑酒缸里只一丢。听得"扑通"的一声,可怜这妇人,正被直丢在大酒缸里。武松托地(突然)从柜身前踏将出来。

有几个当撑的酒保,手脚活些个的,都抢来奔武松。武松手到,轻轻地只一提,提一个过来,两手揪住,也望大酒缸里只一丢,桩在里面;又一个酒保奔来,提着头只一掠,也丢在酒缸里;再有两个来的酒保,一拳一脚,却被武松打倒了。先头三个人,在三只酒缸里,那里挣扎得起。后面两个人,在地下爬不动。这几个火家(伙计)捣子(鄙称。犹家伙、流氓、光棍之类),打得屁滚尿流,乖的走了一个。武松道:"那厮必然去报蒋门神来,我就接将去,大路上打倒他好看,教众人笑一笑。"武松大踏步赶将出来。

那个捣子径奔去报了蒋门神。蒋门神见说,吃了一惊,踢翻了交椅,丢去蝇拂子,便钻将来。武松却好迎着,正在大阔路上撞见。蒋门神虽然长大,近因酒色所迷,淘虚了身子,先自吃了那一惊,奔将来,那步不曾停住,怎地及得武松虎一般似健的人,又有心来算他。

　　蒋门神见了武松，心里先欺他醉，只顾赶将入来。说时迟，那时快，武松先把两个拳头去蒋门神脸上虚影一影，忽地转身便走。蒋门神大怒，抢将来，被武松一飞脚踢起，踢中蒋门神小腹上，双手按了，便蹲下去。武松一趯(xué, 折回，旋转)，趯将过来，那只右脚早踢起，直飞在蒋门神额角上，踢着正中，望后便倒。武松追入一步，踏住胸脯，提起这醋钵儿大小拳头，望蒋门神脸上便打。原来说过的打蒋门神扑手(招式)：先把拳头虚影一影，便转身，却先飞起左脚，踢中了，便转过身来，再飞起右脚。这一扑，有名唤做玉环步，鸳鸯脚。这是武松平生的真才实学，非同小可。打的蒋门神在地下叫饶。武松喝道："若要我饶你性命，只要依我三件事。"蒋门神在地下叫道："好汉饶我！休说三件，便是三百件，我也依得！"

　　武松指定蒋门神，说出那三件事来。有分教，改头换面来寻主，剪发齐眉去杀人。毕竟武松说出那三件事来，且听下回分解。

# 第 三 十 回

## 施恩三入死囚牢　武松大闹飞云浦

　　话说当时武松踏住蒋门神在地下道："若要我饶你性命,只依我三件事便罢!"蒋门神便道："好汉但说,蒋忠都依。"武松道："第一件,要你便离了快活林,将一应家火什物,随即交还原主金眼彪施恩。谁教你强夺他的?"蒋门神慌忙应道："依得,依得。"武松道："第二件,我如今饶了你起来,你便去央请快活林为头为脑的英雄豪杰,都来与施恩陪话。"蒋门神道："小人也依得。"武松道："第三件,你从今日交割还了,便要你离了这快活林,连夜回乡去,不许你在孟州住! 在这里不回去时,我见一遍,打你一遍,我见十遍,打十遍;轻则打你半死,重则结果了你命。你依得么?"蒋门神听了,要挣扎性命,连声应道："依得,依得,蒋忠都依。"武松就地下提起蒋门神来,看时,打得脸青嘴肿,脖子歪在半边,额角头流出鲜血来。武松指着蒋门神说道："休言你这厮鸟蠢汉(莽撞粗鲁的男子)! 景阳冈上那只大虫也只三拳两脚,我兀自打死了! 量你这个,值得甚的! 快交割还他! 但迟了些个,再是一顿,便一发结果了你这厮!"蒋门神此时方才知是武松,只得喏喏连声告饶。

　　正说之间,只见施恩早到,带领着三二十个悍勇军健,都来相帮;却见武松赢了蒋门神,不胜之喜,团团拥定武松。武松指着蒋门神道："本主已自在这里了。你一面便搬,一面快去请人来陪话。"蒋门神答道："好汉,且请去店里坐地。"

　　武松带一行人都到店里看时,满地都是酒浆。这两个鸟男女,正在缸里扶墙摸壁挣扎。那妇人方才从缸里爬得出来,头脸都吃磕破了,下半截淋淋漓漓都拖着酒浆。那几个火家酒保,走得不见影了。

武松与众人入到店里坐下,喝道:"你等快收拾起身!"一面安排车子,收拾行李,先送那妇人去了;一面叫不着伤的酒保,去镇上请十数个为头的豪杰,都来店里,替蒋门神与施恩陪话。尽把好酒开了,有的是按酒(下酒用的肉菜),都摆列了桌面,请众人坐地。武松叫施恩在蒋门神上首坐定。各人面前放只大碗,叫把酒只顾筛来。酒至数碗,武松开话道:"众位高邻都在这里,小人武松自从阳谷县杀了人,配在这里,便听得人说道:'快活林这座酒店,原是小施管营造的屋宇等项买卖,被这蒋门神倚势豪强公然夺了,白白地占了他的衣饭。'你众人休猜道是我的主人,他和我并无干涉。我从来只要打天下这等不明道德的人。我若路见不平,真乃拔刀相助,我便死也不怕。今日我本待把蒋门神这厮一顿拳脚打死,就除了一害。我看你众高邻面上,权寄下这厮一条性命。只今晚便叫他投外府去。若不离了此间,再撞见我时,景阳冈上大虫便是模样。"众人才知道他是景阳冈上打虎的武都头,都起身替蒋门神陪话道:"好汉息怒。教他便搬了去,奉还本主。"那蒋门神吃他一吓,那里敢再做声。施恩便点了家火什物,交割了店肆(商店)。蒋门神羞惭满面,相谢了众人,自唤了一辆车儿,就装了行李,起身去了,不在话下。

且说武松邀众高邻,直吃得尽醉方休。至晚,众人散了,武松一觉,直睡到次日辰牌(上午七时至九时)方醒。

却说施老管营听得儿子施恩重霸得快活林酒店,自骑了马,直来店里,相谢武松,连日在店内饮酒作贺。快活林一境之人,都知武松了得,那一个不来拜见武松。自此重整店面,开张酒肆,老管营自回安平寨理事。施恩使人打听蒋门神带了老小,不知去向。这里只顾自做买卖,且不去理他,就留武松在店里居住。自此施恩的买卖,比往常加增三五分利息,各店里并各赌坊兑坊,加利倍送闲钱来与

施恩。施恩得武松争了这口气,把武松似爷娘一般敬重。施恩似此重霸得孟州道快活林,不在话下。正是:

　　　　夺人道路人还夺,义气多时利亦多。

　　　　快活林中重快活,恶人自有恶人磨。

　　荏苒光阴,早过了一月之上。炎威(夏日暑热)渐退,玉露生凉,金风去暑,已及深秋。有话即长,无话即短。当日施恩正和武松在店里闲坐说话,论些拳棒枪法,只见店门前两三个军汉,牵着一匹马,来店里寻问主人道:"那个是打虎的武都头?"施恩却认得是孟州守御兵马都监张蒙方衙内亲随人。施恩便向前问道:"你等寻武都头则甚(干什么)?"那军汉说道:"奉都监相公钧旨:闻知武都头是个好男子,特地差我们将马来取他,相公有钧帖在此。"施恩看了,寻思道:"这张都监是我父亲的上司官,属他调遣;今者武松又是配来的囚徒,亦属他管下,只得教他去。"施恩便对武松道:"兄长,这几位郎中,是张都监相公处差来取你。他既着人牵马来,哥哥心下如何?"武松是个刚直的人,不知委曲,便道:"他既是取我,只得走一遭,看他有甚话说。"随即换了衣裳巾帻,带了个小伴当,上了马,一同众人投孟州城里来。

　　到得张都监宅前下了马,跟着那军汉,直到厅前参见那张都监。那张蒙方在厅上,见了武松来,大喜道:"教进前来相见。"武松到厅下,拜了张都监,叉手立在侧边。张都监便对武松道:"我闻知你是个大丈夫,男子汉,英雄无敌,敢与人同死同生。我帐前现缺恁地一个人,不知你肯与我做亲随体己人么?"武松跪下称谢道:"小人是个牢城营内囚徒。若蒙恩相抬举,小人当以执鞭随镫,伏侍恩相。"张都监大喜,便叫取果盒酒出来。张都监亲自赐了酒,叫武松吃的大醉。就前厅廊下,收拾一间耳房,与武松安歇。次日,又差人去施恩处取了行李来,只在张都监家宿歇。早晚都监相公不住地唤武松进后堂与酒与食,放他穿房入户,把做亲人一般看待;又叫裁缝与武松彻里彻外做秋衣。武松见了,也自欢喜,心内寻思道:"难得这个都监相公一力要抬举我。自从到这里住了，寸步不离，又没工夫去快活林与施恩说话。虽是他频频使人来相看我，多管是不能勾入宅里来。”

武松自从在张都监宅里，相公见爱。但是人有些公事来央浼(měi)他的，武松对都监相公说了，无有不依。外人俱送些金银、财帛、缎匹等件。武松买个柳藤箱子，把这送的东西都锁在里面，不在话下。

时光迅速，却早又是八月中秋。怎见得中秋好景，但见：

> 玉露泠泠(línglíng，清凉)，金风(秋风)淅淅(风声)。井畔梧桐落叶，池中菡萏(hàndàn，荷花)成房。新雁声悲，寒蛩(深秋的蟋蟀)韵急。舞风杨柳半摧残，带雨芙蓉逞娇艳。秋色平分催节序，月轮端正照山河。

当时张都监向后堂深处鸳鸯楼下安排筵宴，庆赏中秋，叫唤武松到里面饮酒。武松见夫人宅眷都在席上，吃了一杯，便待转身出来。张都监唤住武松问道：“你那里去？”武松答道：“恩相在上，夫人宅眷在此饮宴，小人理合回避。”张都监大笑道：“差了，我敬你是个义士，特地请将你来一处饮酒，如自家一般，何故却要回避？”便教坐了。武松道：“小人是个囚徒，如何敢与恩相坐地？”张都监道：“义士，你如何见外？此间又无外人，便坐不妨。”武松三回五次，谦让告辞，张都监那里肯放，定要武松一处坐地。武松只得唱个无礼喏，远远地斜着身坐下。张都监着丫嬛、养娘(婢女)斟酒相劝。一杯两盏，看看饮过五七杯酒，张都监叫抬上果桌饮酒，又进了一两套食，次说些闲话，问了些枪法。张都监道：“大丈夫饮酒，何用小杯！”叫取大银赏钟(赐酒用的杯子)斟酒与义士吃。连珠箭劝了武松几钟。看看月明光彩，照入东窗。武松吃的半醉，却都忘了礼数，只顾痛饮。张都监叫唤一个心爱的养娘，叫做玉兰，出来唱曲。那玉兰生得如何，但见：

> 脸如莲萼，唇似樱桃。两弯眉画远山青，一对眼明秋水润。

纤腰袅娜,绿罗裙掩映金莲;素体馨香,绛纱袖轻笼玉笋(喻女子手指)。凤钗斜插笼云髻,象板高擎立玳筵(谓豪华、珍贵的宴席)。

那张都监指着玉兰道:"这里别无外人,只有我心腹之人武都头在此。你可唱个中秋对月时景的曲儿,教我们听则个。"玉兰执着象板(象牙拍板。打击乐器),向前各道个万福,顿开喉咙,唱一只东坡学士(苏轼,字子瞻,号东坡居士)中秋《水调歌》,唱道是:

> 明月几时有,把酒问青天:不知天上宫阙,今夕是何年?
> 我欲乘风归去,只恐琼楼玉宇,高处不胜寒。起舞弄清影,何似在人间。高卷珠帘,低绮户,照无眠。不应有恨,何事常向别时圆?人有悲欢离合,月有阴晴圆缺,此事古难全。但愿人长久,千里共婵娟(形容月色明媚)。

这玉兰唱罢,放下象板,又各道了一个万福,立在一边。张都监又道:"玉兰,你可把一巡酒。"这玉兰应了,便拿了一副劝盘(劝酒时用来放酒杯的盘子),丫嬛斟酒,先递了相公,次劝了夫人,第三便劝武松饮酒。张都监叫斟满着。武松那里敢抬头,起身远远地接过酒来,唱了相公、夫人两个大喏,拿起酒来,一饮而尽,便还了盏子。张都监指着玉兰对武松道:"此女颇有些聪明伶俐,善知音律,极能针指(做针线活儿)。如你不嫌低微,数日之间,择了良时,将来与你做个妻室。"武松起身再拜道:"量小人何者之人,怎敢望恩相宅眷为妻?枉自折武松的草料(自谦之词。谦称自己无能力或无福分)。"张都监笑道:"我既出了此言,必要与你。你休推故阻,我必不负约。"当时一连又饮了十数杯酒。约莫酒涌上来,恐怕失了礼节,便起身拜谢了相公、夫人,出到前厅廊下房门前。开了门,觉道酒食在腹,未能便睡,去房里脱了衣裳,除了巾帻,拿条哨棒来厅心里,月明下使几回棒,打了几个轮头(一种使弄枪棒的套数);仰面看天时,约莫三更时分。

武松进到房里,却待脱衣去睡,只听得后堂里一片声叫起有贼来,武松听得道:"都监相公如此爱我,他后堂内里有贼,我如何不去救护。"武松献勤,提了一条哨棒,径抢入后堂里来。只见那个唱的玉兰,慌慌张张走出来指道:"一个贼奔入后花园里去了!"武松听得这话,提着哨棒,大踏步直赶入花园里去寻时,一周遭不见。复翻身却奔出来,不提防黑影里撇出一条松凳,把武松一交绊翻,走出七八个军汉,叫一声:"捉贼!"就地下把武松一条麻索绑了。

武松急叫道:"是我!"那众军汉那里容他分说。只见堂里灯烛荧煌,张都监坐在厅上,一片声叫道:"拿将来!"众军汉把武松一步一棍,打到厅前。武松叫道:"我不是贼,是武松。"张都监看了大怒,变了面皮,喝骂道:"你这个贼配军,本是个强盗,贼心贼肝的人。我倒要抬举你一力成人,不曾亏负了你半点儿,却才教你一处吃酒,同席坐地,我指望要抬举,与你个官,你如何却做这等的勾当?"武松大叫道:"相公,非干我事!我来捉贼,如何倒把我捉了做贼?武松是个顶天立地的好汉,不做这般的事。"张都监喝道:"你这厮休赖!且把他押去他房里,搜看有无赃物。"众军汉把武松押着,径到他房里,打开他那柳藤箱子看时,上面都是些衣服,下面却是些银酒器皿,约有一二百两赃物。武松见了,也自目睁口呆,只叫得屈。

众军汉把箱子抬出厅前,张都监看了大骂道:"贼配军,如此无礼,赃物正在你箱子里搜出来,如何赖得过!常言道:'众生好度人难度!'原来你这厮外貌象人,倒有这等贼心贼肝。既然赃证明白,没话说了。"连夜便把赃物封了,且叫送去机密房里监收,天明却和这厮说话。武松大叫冤屈,那里肯容他分说,众军汉扛了赃物,将武松送到机密房里收管了。张都监连夜使人去对知府说了,押司孔目<sub>(旧时掌管文书档案的小官)</sub>上下都使用了钱。

次日天明,知府方才坐厅,左右缉捕观察把武松押至当厅,赃物都扛在厅上。张都监家心腹人赍着张都监被盗的文书,呈上知府看了。那知府喝令左右把武松一索捆翻。牢子节级将一束问事狱具<sub>(刑具)</sub>放在面前。武松却待开口分说,知府喝道:"这厮原是远流配军,如何不做贼,一定是一时见财起意。既是赃证明白,休听这厮胡说,只顾与我加力打!"那牢子狱卒拿起批头竹片<sub>(用竹片制成的刑</sub>

具),雨点地打下来。武松情知不是话头,只得屈招做:"本月十五日,一时见本官衙内许多银酒器皿,因而起意,至夜乘势窃取入己。"与了招状。知府道:"这厮正是见财起意,不必说了,且取枷来钉了监下。"牢子将过长枷,把武松枷了,押下死囚牢里监禁了。诗曰:

都监贪污实可嗟,出妻献婢售奸邪。

如何太守心堪买,也把平人当贼拿。

且说武松下到大牢里,寻思道:"叵耐张都监那厮,安排这般圈套坑陷我。我若能够挣得性命出去时,却又理会。"牢子狱卒把武松押在大牢里,将他一双脚昼夜匣着(夹着,锁着);又把木钮(木制手铐)钉住双手,那里容他些松宽。

话里却说施恩,已有人报知此事,慌忙入城来和父亲商议。老管营道:"眼见得是张团练替蒋门神报仇,买嘱张都监,却设出这条计策陷害武松。必然是他着人去上下都使了钱,受了人情贿赂,众人以此不由他分说,必然要害他性命。我如今寻思起来,他须不该死罪。只是买求两院押牢节级便好,可以存他性命。在外却又别作商议。"施恩道:"现今当牢节级姓康的,和孩儿最过得好。只得去求浼他如何?"老管营道:"他是为你吃官司,你不去救他,更待何时?"

施恩将了一二百两银子,径投康节级,却在牢未回。施恩教他家着人去牢里说知。不多时,康节级归来与施恩相见。施恩把上件事一一告诉了一遍。康节级答道:"不瞒兄长说:此一件事,皆是张都监和张团练两个,同姓结义做兄弟。现今蒋门神躲在张团练家里,却央张团练买嘱这张都监,商量设出这条计来,一应上下之人,都是蒋门神用贿赂,我们都接了他钱。厅上知府一力与他作主,定要结果武松性命,只有当案一个叶孔目不肯,因此不敢害他。这人忠直仗义,不肯要害平人,以此武松还不吃亏。今听施兄所说了,牢中之事,尽是我自维持;如今便去宽他,今后不教他吃半点儿苦。你却快央人去,只嘱叶孔目,要求他早断出去,便可救得他性命。"施恩取一百两银子与康节级。康节级那里肯受,再三推辞,方才收了。

施恩相别出门来,径回营里,又寻一个和叶孔目知契(知心的朋友)的人,送一百两银子与他,只求早早紧急决断。那叶孔目已知武松是个好汉,亦自有心周全他,已把那文案做得活着;只被这知府受了张都监贿赂嘱托,不肯从轻勘来。武松窃取人财,又不是死罪,因此互相延挨,只是牢里谋他性命。今来又得了这一百两银子,亦知是屈陷武松,却把这文案都改得轻了,尽出豁了武松,只待限满决断。有诗为证:

> 赃吏纷纷据要津,公然白日受黄金。
>
> 西厅孔目心如水,不把真心作贼心。

且说施恩于次日安排了许多酒馔,甚是齐备,来央康节级引领,直进大牢里看视武松,见面送饭。此时武松已自得康节级看觑,将这刑禁都放宽了。施恩又取三二十两银子,分俵(按份儿或按人分发。俵,biào)与众小牢子。取酒食叫武松吃了,施恩附耳低言道:"这场官司,明明是都监替蒋门神报仇,陷害哥哥。你且宽心,不要忧念。我已央人和叶孔目说通了,甚有周全你的好意。且待限满断决你出去,却再理会。"此时武松得松宽了,已有越狱之心;听得施恩说罢,却放了那片心。施恩在牢里安慰了武松,归到营中。过了两日,施恩再备些酒食钱财,又央康节级引领入牢里,与武松说话。相见了,将酒食管待。又分俵了些零碎银子与众人做酒钱。回归家来,又央浼人上下去使用,催趱(督促。趱,zǎn)打点文书。过得数日,施恩再备了酒肉,做了几件衣裳,再央康节级维持,相引将来牢里,请众人吃酒,买求看觑武松,叫他更换了些衣服,吃了酒食。出入情熟,一连数日,施恩来了大牢里三次。却不提防被张团练家心腹人见了,回去报知。

那张团练便去对张都监说了其事。张都监却再使人送金帛来与知府,就说与此事。那知府是个赃官,接受了贿赂,便差人常常下牢里来闻看。但见闲人,便要拿问。施恩得知了,那里敢再去看觑。武松却自得康节级和众牢子自照管他。施恩自此早晚只去得康节级家里讨信,得知长短,都不在话下。

看看前后将及两月。有这当案叶孔目一力主张,知府处早晚说开就里。那知府方才知道张都监接受了蒋门神若干银子,通同张团练,设计排陷武松,自心里想道:"你倒赚了银两,教我与你害人!"因此心都懒了,不来管看。

捱到六十日限满,牢中取出武松,当厅开了枷。当案叶孔目读了招状,就拟下罪名,脊杖二十,刺配恩州牢城,原盗赃物,给还本主。张都监只得着家人当官领了赃物。当厅把武松断了二十脊杖,刺了金印,取一面七斤半铁叶盘头枷钉了,押一纸公文,差两个壮健公人,防送武松,限了时日要起身。那两个公人,领了牒文,押解了武松出孟州衙门便行。原来武松吃断棒之时,却得老管营使钱通了,叶孔目又看觑他,知府亦知他被陷害,不十分来打重,因此断得棒轻。

武松忍着那口气,带上行枷,出得城来,两个公人监在后面。约行得一里多路,只见官道旁边酒店里钻出施恩来,看着武松道:"小弟在此专等。"武松看施恩时,又包着头,络着手臂。武松问道:"我好几时不见你,如何又做恁地模样?"施恩答道:"实不相瞒哥哥说:小弟自从牢里三番相见之后,知府得知了,不时差人下来牢里点闸(检查、点查),那张都监又差人在牢门口左右两边巡看着,因此小弟不能勾再进大牢里看望兄长,只到得康节级家里讨信。半月之前,小弟正在快活林中店里,只见蒋门神那厮又领着一伙军汉到来厮打。小弟被他又痛打一顿,也要小弟央浼人陪话,却被他仍复夺了店面,依旧交还了许多家火什物。小弟在家将息未起,今日听得哥哥断配恩州,特有两件绵衣,送与哥哥路上穿着。煮得两只熟鹅在此,请哥哥吃了两块去。"

施恩便邀两个公人,请他入酒肆,那两个公人那里肯进酒店里去,便发言发语道:"武松这厮,他是个贼汉,不争我们吃你的酒食,明日官府上须惹口舌。你若怕打,快走开去。"施恩见不是话头,便取十来两银子,送与他两个公人。那厮两个,那里肯接,恼忿忿地,只要催促武松上路。

施恩讨两碗酒,叫武松吃了,把一个包裹拴在武松腰里,把这两只熟鹅挂在武松行枷上。施恩附耳低言道:"包裹里有两件绵衣,一帕子散碎银子,路上好做盘缠;也有两只八搭麻鞋(用麻编织、有耳绊可用带系在脚上的一种鞋,适合于行远路)在里面。只是要路上仔细提防,这两个贼男女,不怀好意。"武松点头道:"不须分付,我已省得了。再着两个来,也不惧他。你自回去将息。且请放心,我自有措置。"施恩拜辞了武松,哭着去了,不在话下。

武松和两个公人上路,行不到数里之上,两个公人悄悄地商议道:"不见那两个来。"武松听了,自暗暗地寻思,冷笑道:"没你娘鸟兴,那厮倒来扑复(扑击)老爷!"武松右手却吃钉住在行枷上,左手却散着。武松就枷上取下那熟鹅来,只顾自吃,也不睬那两个公人。又行了四五里路,再把这只熟鹅除来,右手扯着,把左手撕来,只顾自吃。行不过五里路,把这两只熟鹅都吃尽了。约莫离城也有八九里多路,只见前面路边,先有两个人,提着朴刀,各跨口腰刀先在那里等候。见了公人监押武松到来,便帮着一路走。武松又见这两个公人,与那两个提朴刀的挤眉弄眼,打些暗号。武松早睃见(斜着眼看见。睃,suō),自瞧了八分尴尬(行为、态度不正常),只安在肚里,却且只做不见。

又走不数里多路,只见前面来到一处济济荡荡鱼浦(水边捕鱼之地),四面都是野港阔河。五个人行至浦边一条阔板桥,一座牌楼上有牌额写着道"飞云浦"三字。武松见了,假意问道:"这里地名唤做甚么去处?"两个公人应道:"你又不眼瞎,须见桥边牌额上写道'飞云浦'。"武松站住道:"我要净手则个。"那两个提朴刀的走近一步,却被武松叫声:"下去!"一飞脚早踢中,翻筋斗踢下水去了。这一个急待转身,武松右脚早起,扑通地也踢下水里去。那两个公人慌了,望桥下便走。武松喝一声:"那里去!"把枷只一扭,折做两半个,赶将下桥来。那两个先自惊倒了一个。武松奔上前去,望那一个走的后心上,只一拳打翻,就水边拿起朴刀来,赶上去,搠上几朴刀,死在地下,却转身回来,把那个惊倒的也搠几刀。

这两个踢下水去的,才挣得起,正待要走,武松追着,又砍倒一个,赶入一步,劈头揪住一个喝道:"你这厮实说,我便饶你性命!"那人道:"小人两个是蒋门神徒弟。今被师父和张团练定计,使小人两个来相帮防送公人,一处来害好汉。"武松道:"你师父蒋门神今在何处?"那人道:"小人临来时,和张团练都在张都监家里后堂鸳鸯楼上吃酒,专等小人回报。"武松道:"原来恁地,却饶你不得。"手起刀落,也把这人杀了;解下他腰刀来,拣好的带了一把;将两个尸首都撺在浦里。又怕那两个不死,提起朴刀,每人身上又搠了几刀;立在桥上看了一会,思量道:"虽然杀了四个贼男女(骂人的话,指奸诈狡猾的男女),不杀得张都监、张团练、蒋门神,如何出得这口恨气!"提着朴刀,踌躇了半晌,一个念头,竟奔回孟州城里来。

不因这番,有分教,武松杀几个贪夫,出一口怨气。定教画堂深处尸横地,红烛光中血满楼。毕竟武松再回孟州城来怎地结果,且听下回分解。

# 第三十一回

## 张都监血溅鸳鸯楼　武行者夜走蜈蚣岭

话说张都监听信这张团练说诱嘱托，替蒋门神报仇，要害武松性命，谁想四个人倒都被武松搠杀在飞云浦了。当时武松立于桥上，寻思了半晌，踌躇起来，怨恨冲天："不杀得张都监，如何出得这口恨气！"便去死尸身边解下腰刀，选好的取把将来跨了，拣条好朴刀提着，再径回孟州城里来。进得城中，早是黄昏时候，只见家家闭户，处处关门。但见：

> 十字街荧煌灯火，九曜(yào)寺香霭钟声。一轮明月挂青天，几点疏星明碧汉。六军营内，呜呜画角频吹；五鼓楼头，点点铜壶(古代铜制壶形的计时器)正滴。两两佳人归绣幕，双双士子掩书帏。

当下武松入得城来，径踅去张都监后花园墙外，却是一个马院。武松就在马院边伏着，听得那后槽(马夫)却在衙里，未曾出来。正看之间，只见呀地角门(正门两侧的小门)开，后槽提着个灯笼出来，里面便关了角门。武松却躲在黑影里，听那更鼓时，早打一更四点。那后槽上了草料，挂起灯笼，铺开被卧，脱了衣裳，上床便睡。武松却来门边挨那门响，后槽喝道："老爷方才睡，你要偷我衣裳，也早些哩！"武松把朴刀倚在门边，却掣出腰刀在手里，又呀呀地推门。那后槽那里忍得住，便从床上赤条条地跳将起来，拿了搅草棍，拔了栓；却待开门，被武松就势推开去，抢入来，把这后槽擗头(即"劈头"，迎头，当头)揪住。却待要叫，灯影下见明晃晃地一把刀在手里，先自惊得八分软了，口里只叫得一声："饶命！"武松道："你认得我么？"后槽

---

听得声音,方才知是武松,便叫道:"哥哥,不干我事,你饶了我罢!"武松道:"你只实说,张都监如今在那里?"后槽道:"今日和张团练、蒋门神他三个吃了一日酒。如今兀自在鸳鸯楼上吃哩。"武松道:"这话是实么?"后槽道:"小人说谎,就害疔疮(恶性小疮。疔,dīng)。"武松道:"怎地却饶你不得!"手起一刀,把这后槽杀了。一脚踢过尸首,把刀插入鞘里,就烛影下,去腰里解下施恩送来的绵衣,将出来,脱了身上旧衣裳,把那两件新衣穿了;拴缚得紧凑,把腰刀和鞘跨在腰里,却把后槽一床单被包了散碎银两,入在缠袋里,却把来挂在门边。又将两扇门立在墙边,先去吹灭了灯火。却闪将出来,拿了朴刀,从门上一步步爬上墙来。

此时却有些月光明亮。武松从墙头上一跳,却跳在墙里,便先来开了角门,掇过了门扇,复翻身入来,虚掩上角门。栓都提过了。武松却望灯明处来,看时,正是厨房里。只见两个丫嬛,正在那汤罐边埋怨说道:"伏侍了一日,兀自不肯去睡,只是要茶吃。那两个客人也不识羞耻,噇(chuáng,胡吃海喝)得这等醉了,也兀自不肯下楼去歇息,只说个不了。"那两个女使,正口里喃喃讷讷地怨怅。武松却倚了朴刀,掣出腰里那口带血刀来。把门一推,呀地推开门,抢入来,先把一个女使鬏角儿(梳在鬏头顶两旁或脑后的发髻。鬏,zhuā)揪住,一刀杀了。那一个却待要走,两只脚一似钉住了的,再要叫时,口里又似哑了的,端的是惊得呆了。休道是两个丫嬛,便是说话的见了,也惊得口里半舌不展(舌头僵硬,说不出话来)。武松手起一刀,也杀了。却把这两个尸首,拖放灶前,去了厨下灯火,趁着那窗外月光,一步步挨入堂里来。

武松原在衙里出入的人,已都认得路数。径踅到鸳鸯楼胡梯边来,捏脚捏手,摸上楼来。此时亲随的人都伏事得厌烦,远远地躲去了。只听得那张都监、张团练、蒋门神三个说话。武松在胡梯口听,只听得蒋门神口里称赞不了,只说:"亏了相公与小人报了冤仇,再当重重的报答恩相。"这张都监道:"不是看我兄弟张团练面上,谁肯干这等的事！你虽费用了些钱财，却也安排得那厮好。这早晚多是在那里下手，那厮敢是死了，只教在飞云浦结果他。待那四人明早回来，便见分晓。"张团练道："这四个对付他一个，有甚么不了？再有几个性命，也没了。"蒋门神道："小人也分付徒弟来：只教就那里下手，结果了，快来回报。"正是：

　　　　暗室从来不可欺，古今奸恶尽诛夷。

　　　　金风未动蝉先噪，暗送无常死不知。

　　武松听了，心头那把无明业火高三千丈，冲破了青天。右手持刀，左手叉开五指，抢入楼中，只见三五枝画烛荧煌，一两处月光射入，楼上甚是明朗。面前酒器，皆不曾收。蒋门神坐在交椅上，见是武松，吃了一惊，把这心肝五脏都提在九霄云外。说时迟，那时快，蒋门神急要挣扎时，武松早落一刀，劈脸剁着，和那交椅都砍翻了。武松便转身回过刀来，那张都监方才伸得脚动，被武松当时一刀，齐耳根连脖子砍着，扑地倒在楼板上。两个都在挣命(为活命而挣扎)。这张团练终是个武官出身，虽然酒醉，还有些气力。见剁翻了两个，料道走不迭，便提起一把交椅抢将来。武松早接个住，就势只一推。休说张团练酒后，便清醒白醒时也近不得武松神力，扑地望后便倒了。武松赶入去，一刀先剁下头来。蒋门神有力，挣得起来。武松左脚早起，翻筋斗踢一脚，按住也割了头。转身来，把张都监也割了头。见桌子上有酒有肉，武松拿起酒钟子一饮而尽；连吃了三四钟，便去死尸身上割下一片衣襟来，蘸着血，去白粉壁上大写下八字道：杀人者打虎武松也。把桌子上器皿踏匾了，揣几件在怀里。却待(刚要)下楼，只听得楼下夫人声音叫道："楼上官人们都醉了，快着两个上去搀扶！"说犹未了，早有两个人上楼来。

　　武松却闪在胡梯边，看时，却是两个自家亲随人，便是前日拿捉武松的。武松在黑处让他过去，却拦住去路。两个入进楼中，见三个尸首横在血泊里，惊得面面厮觑，做声不得，正如"分开八片顶阳骨(顶骨，头盖骨)，倾下半桶冰雪水"。急待回身，武松随在背后，手起刀落,早剁翻了一个。那一个便跪下讨饶,武松道:"却饶你不得!"揪住也砍了头。杀得血溅画楼,尸横灯影。武松道:"一不做,二不休,杀了一百个,也只是这一死。"提了刀下楼来。夫人问道:"楼上怎地大惊小怪?"武松抢到房前,夫人见条大汉入来,兀自问道:"是谁?"武松的刀早飞起,劈面门剁着,倒在房前声唤。武松按住,将去割时,刀切头不入。武松心疑,就月光下看那刀时,已自都砍缺了。武松道:"可知割不下头来!"便抽身去后门外去拿取朴刀,丢了缺刀(缺口的刀),复翻身再入楼下来。只见灯明,前番那个唱曲儿的养娘玉兰,引着两个小的,把灯照见夫人被杀死在地下,方才叫得一声:"苦也!"武松握着朴刀,向玉兰心窝里搠着。两个小的,亦被武松搠死,一朴刀一个结果了。走出中堂,把栓拴了前门,又入来,寻着两三个妇女,也都搠死了在房里。

武松道:"我方才心满意足,走了罢休!"撇了刀鞘,提了朴刀,出到角门外来,马院里除下缠袋来,把怀里踏匾的银酒器都装在里面,拴在腰里,拽开脚步,倒提朴刀便走。到城边,寻思道:"若等开门,须吃拿了,不如连夜越城走。"便从城边踏上城来。这孟州城是个小去处,那土城苦不甚高,就女墙(城墙上呈凹凸形的小墙)边望下,先把朴刀虚按一按,刀尖在上,棒梢向下,托地只一跳,把棒一拄,立在濠堑(háoqiàn,壕沟)边。月明之下,看水时,只有一二尺深。此时正是十月半天气,各处水泉皆涸。武松就濠堑边脱了鞋袜,解下腿絣护膝,抓扎起衣服,从这城壕里走过对岸。却想起施恩送来的包裹里有双八搭麻鞋,取出来穿在脚上。听城里更点时,已打四更三点。武松道:"这口鸟气,今日方才出得松臊(松散,空闲)。'梁园虽好,不是久恋之家',只可撒开。"提了朴刀,投东小路便走。诗曰:

只图路上开刀,还喜楼中饮酒。

一人害却多人,杀心惨于杀手。

不然冤鬼相缠,安得抽身便走。

走了一五更,天色朦朦胧胧,尚未明亮。武松一夜辛苦,身体困倦;棒疮发了又疼,那里熬得过。望见一座树林里,一个小小古庙,武松奔入里面,把朴刀倚了,解下包裹来做了枕头,扑翻身便睡。却待合眼,只见庙外边探入两把挠钩(一种长柄顶端安有铁钩的用具),把武松搭住。两个人便抢入来,将武松按定,一条绳索绑了。那四个男女道:"这鸟汉子却肥,好送与大哥去。"武松那里挣扎得脱,被这四个人夺了包裹朴刀,却似牵羊的一般,脚不点地,拖到村里来。

这四个男女,于路上自言自说道:"看这汉子一身血迹,却是那里来?莫不做贼着了手来?"武松只不做声,由他们自说。行不到三五里路,早到一所草屋内,把武松推将进去。侧首一个小门里面,尚点着碗灯,四个男女将武松剥了衣裳,绑在亭柱上。武松看时,见灶边梁上挂着两条人腿。武松自肚里寻思道:"却撞在横死神手里,死得没了分晓。早知如此时,不若去孟州府里首告(自首)了,便吃一刀一剐,却也留得一个清名于世。"正是:

　　杀尽奸邪恨始平,英雄逃难不逃名。

　　千秋意气生无愧,七尺身躯死不轻。

那四个男女提着那包裹,口里叫道:"大哥,大嫂,快起来!我们张得一头好行货在这里了。"只听得前面应道:"我来也!你们不要动手,我自来开剥。"没一盏茶时,只见两个人入屋后来。武松看时,前面一个妇人,背后一个大汉。两个定睛看了武松,那妇人便道:"这个不是叔叔武都头!"那大汉道:"快解了我兄弟!"武松看时,那大汉不是别人,却正是菜园子张青,这妇人便是母夜叉孙二娘。这四个男女吃了一惊,便把索子解了,将衣服与武松穿了。头巾已自扯碎,且拿个毡笠子与他戴上。原来这张青十字坡店面作坊,却有几处,所以武松不认得。张青即便请出前面客席里,叙礼罢。张青大惊,连忙问道:"贤弟如何恁地模样?"

武松答道:"一言难尽!自从与你相别之后,到得牢城营里,得蒙施管营儿子,唤做金眼彪施恩,一见如故,每日好酒好肉管顾我。为是他有一座酒肉店,在城东快活林内,甚是趁钱(赚钱);却被一个张团练带来的蒋门神那厮倚势豪强,公然白白地夺了。施恩如此告诉,我却路见不平,醉打了蒋门神,复夺了快活林,施恩以此敬重我。后被张团练买嘱张都监,定了计谋,取我做亲随,设智陷害,替蒋门神报仇。八月十五日夜,只推有贼,赚我到里面,却把银酒器皿,预先放在我箱笼内,拿我解送孟州府里,强扭做贼打招了,监在牢里。却得施恩上下使钱透了,不曾受害。又得当案叶孔目仗义疏财,不肯陷害平人。又得当牢一个康节级,与施恩最好。两个一力维持,待限满脊杖,转配恩州。昨夜出得城来,叵耐张都监设计,教蒋门神使两个徒弟和防送公人相帮,就路上要结果我。到得飞云浦僻静去处,正欲要动手,先被我两脚,把两个徒弟踢下水里去。赶上这两个鸟公人,也是一朴刀一个搠死了,都撇在水里。思量这口气怎地出得,因此再回孟州城里去。一更四点,进去马院里,先杀了一个养马的后槽;爬入墙内,去就厨房里杀了两个丫嬛;直上鸳鸯楼上,把张都监、张团练、蒋门神三个都杀了;又砍了两个亲随。下楼来,又把他老婆、儿女、养媳都戳死了。连夜逃走,跳城出来。走了一五更路,一时困倦,棒疮发了又疼,因行不得,投一小庙里权歇一歇,却被这四个绑缚起来。”

　　那四个捣子(鄙称。犹家伙,流氓、光棍之类),便拜在地下道:“我们四个都是张大哥的火家。因为连日赌钱输了,去林子里寻些买卖。却见哥哥从小路来,身上淋淋漓漓,都是血迹,却在土地庙里歇,我四个不知是甚人。早是张大哥这几时分付道:‘只要捉活的。’因此我们只拿挠钩套索出去,不分付时,也坏了大哥性命。正是‘有眼不识泰山’,一时误犯着哥哥,恕罪则个!”张青夫妻两个笑道:“我们因有挂心,这几时只要他们拿活的行货。他这四个如何省的我心里事。若是我这兄弟不困乏时,不说你这四个男女,更有四十个也近他不得。”那四个捣子只顾磕头。武松唤起他来道:“既然他们没钱去赌,我赏你些。”便把包裹打开,取十两银子,把与四人将去分。那四个捣子拜谢武松。张青看了,也取三二两银子赏与他们,四个自去分了。

张青道:"贤弟不知我心!从你去后,我只怕你有些失支脱节,或早或晚回来,因此上分付这几个男女,但凡拿得行货,只要活的。那厮们慢仗(动作缓慢,慢吞吞)些的趁活捉了,敌他不过的,必致杀害;以此不教他们将刀仗出去,只与他挠钩套索。方才听得说,我便心疑,连忙分付,等我自来看,谁想果是贤弟!"孙二娘道:"只听得叔叔打了蒋门神,又是醉了赢他,那一个来往人不吃惊!有在快活林做买卖的客商,常说到这里,却不知向后的事。叔叔困倦,且请去客房里将息,却再理会。"张青引武松去客房里睡了。两口儿自去厨下安排些佳肴美馔酒食,管待武松。不移时,整治齐备,专等武松起来相叙。有诗为证:

> 金宝昏迷刀剑醒,天高帝远总无灵。
>
> 如何廊庙多凶曜,偏是江湖有救星。

却说孟州城里张都监衙内,也有躲得过的,直到五更才敢出来。众人叫起里面亲随,外面当直的军牢,都来看视,声张起来,街坊邻舍,谁敢出来?捱到天明时分,却来孟州府里告状。知府听说罢大惊,火速差人下来,检点了杀死人数,行凶人出没去处,填画了图样格目,回府里禀复知府道:"先从马院里入来,就杀了养马的后槽一人,有脱下旧衣二件。次到厨房里灶下,杀死两个丫嬛,后门边遗下行凶缺刀一把。楼上杀死张都监一员并亲随二人。外有请到客官张团练与蒋门神二人。白粉壁上,衣襟蘸血大写八字道:'杀人者打虎武松也。'楼下搠死夫人一口,在外搠死玉兰并奶娘二口,儿女三口。共计杀死男女一十五名,掳掠去金银酒器六件。"知府看罢,便差人把住孟州四门;点起军兵并缉捕人员,城中坊厢(古代城市区划,城中曰坊,近城曰厢,因以"坊厢"泛指市街)里正,逐一排门搜捉凶人武松。

次日,飞云浦地里保正人等告称:"杀死四人在浦内,见有杀人血痕在飞云浦桥下,尸首俱在水中。"知府接了状子,当差本县县尉下来,一面着人打捞起四个尸首,都检验了。两个是本府公人,两个自有苦主<u>(指命案中受害人的家属)</u>,各备棺木盛殓了尸首,尽来告状,催促捉拿凶首偿命。城里闭门三日,家至户到,逐一挨查,五家一连,十家一保,那里不去搜寻。知府押了文书,委官下该管地面,各乡、各保、各都、各村,尽要排家搜捉,缉捕凶首。写了武松乡贯、年甲、貌相、模样,画影图形,出三千贯信赏钱。如有人知得武松下落,赴州告报,随文给赏;如有人藏匿犯人在家宿食者,事发到官,与犯人同罪。遍行邻近州府,一同缉捕。

　　且说武松在张青家里,将息了三五日,打听得事务篾刺一般紧急,纷纷攘攘有做公人出城来各乡村缉捕。张青知得,只得对武松说道:"二哥,不是我怕事,不留你久住,如今官司搜捕得紧急,排门挨户,只恐明日有些疏失,必须怨恨我夫妻两个。我却寻个好安身去处与你,在先也曾对你说来,只不知你终心肯去也不?"武松道:"我这几日也曾寻思:想这事必然要发,如何在此安得身牢?止有一个哥哥,又被嫂嫂不仁害了;甫能来到这里,又被人如此陷害。祖家亲戚都没了。今日若得哥哥有这好去处叫武松去,我如何不肯去?只不知是那里地面?"张青道:"是青州管下一座二龙山宝珠寺。花和尚鲁智深和一个青面兽好汉杨志在那里打家劫舍,霸着一方落草。青州官军捕盗,不敢正眼觑他。贤弟只除那里去安身,方才免得。若投别处去,终久要吃拿了。他那里常常有书来取我入伙,我只为恋土难移,不曾去的。我写一封书,备细说二哥的本事,于我面上,如何不着你入伙。"武松道:"大哥也说的是。我也有心,恨时辰未到,缘法不能凑巧。今日既是杀了人,事发了没潜身处,此为最妙。大哥,你便写书与我去,只今日便行。"

　　张青随即取幅纸来,备细写了一封书,把与武松,安排酒食送路。只见母夜叉孙二娘指着张青说道:"你如何便只这等叫叔叔去,前面定吃人捉了。"武松道:"阿嫂,你且说我怎地去不得?如何便吃人捉了?"孙二娘道:"阿叔,如今官司遍处都有了文书,出三千贯信赏钱,画影图形,明写乡贯年甲,到处张挂。阿叔脸上现今明明地两行金印,走到前路,须赖不过。"张青道:"脸上贴了两个膏药便了。"孙二娘笑道:"天下只有你乖,你说这痴话,这个如何瞒得过做公的?我却有个道理,只怕叔叔依不得。"武松道:"我既要逃灾避难,如何依不得?"孙二娘大笑道:"我说出来,阿叔却不要嗔怪。"武松道:"阿嫂但说的便依。"孙二娘道:"二年前,有个头陀打从这里过,吃我放翻了,把来做了几日馒头馅。却留得他一个铁界箍(铁制的戒箍,僧人用以束额),一身衣服,一领皂布直裰,一条杂色短穗绦,一本度牒,一串一百单八颗人顶骨数珠,一个沙鱼皮鞘子,插着两把雪花镔铁打成的戒刀。这刀时常半夜里鸣啸的响,叔叔前番也曾看见。今既要逃难,只除非把头发剪了,做个行者,须遮得额上金印。又且得这本度牒做护身符,年甲貌相,又和叔叔相等,却不是前缘前世?阿叔便应了他名字前路去,谁敢来盘问?这件事好么?"张青拍手道:"二娘说得是,我倒忘了这一着。"正是:

> 缉捕急如星火,颠危好似风波。
>
> 若要免除灾祸,且须做个头陀。

张青道:"二哥,你心里如何?"武松道:"这个也使得,只恐我不像出家人模样。"张青道:"我且与你扮一扮看。"孙二娘去房中取出包裹来,打开将出许多衣裳,教武松里外穿了。武松自看道:"却一似与我身上做的。"着了皂直裰,系了绦,把毡笠儿除下来,解开头发,折迭起来,将界箍儿箍起,挂着数珠。张青、孙二娘看了,两个喝采道:"却不是前生注定!"武松讨面镜子照了,也自哈哈大笑起来。张青道:"二哥为何大笑?"武松道:"我照了自也好笑,我也做得个行者。大哥,便与我剪了头发。"张青拿起剪刀,替武松把前后头发都剪了。诗曰:

> 打虎从来有李忠,武松绰号尚悬空。
>
> 幸有夜叉能说法,顿教行者显神通。

武松见事务看看紧急,便收拾包裹要行。张青又道:"二哥,你听我说,不是我要便宜,你把那张都监家里的酒器留下在这里,我换些零碎银两与你路上去做盘缠,万无一失。"武松道:"大哥见的分明。"尽把出来与了张青,换了一包散碎金银,都拴在缠袋内,系在腰里。武松饱吃了一顿酒饭,拜辞了张青夫妻二人,腰里跨了这两口戒刀,当晚都收拾了。孙二娘取出这本度牒,就与他缝个锦袋盛了,教武松挂在贴肉胸前。武松拜谢了他夫妻两个。临行,张青又分付道:"二哥于路小心在意,凡事不可托大(大意)。酒要少吃,休要与人争闹,也做些出家人行径。诸事不可躁性,省得被人看破了。如到了二龙山,便可写封回信寄来。我夫妻两个在这里也不是长久之计。敢怕随后收拾家私,也来山上入伙。二哥保重保重,千万拜上鲁、杨二头领。"

武松辞了出门,插起双袖,摇摆着便行。张青夫妻看了,喝采道:"果然好个行者!"但见:

> 前面发掩映齐眉,后面发参差际颈。皂直裰好似乌云遮体,杂色绦如同花蟒(mǎng)缠身。额上界箍儿灿烂,依稀火眼金睛;身间布衲袄斑斓,仿佛铜筋铁骨。戒刀两口,擎来杀气横秋;顶骨百颗,念处悲风满路。啖(dàn,吃)人罗刹须拱手,护法金刚也皱眉。

当晚武行者辞了张青夫妻二人,离了大树十字坡,便落路走。此时是十月间天气,日正短,转眼便晚了。约行不到五十里,早望见一座高岭。武行者趁着月明,一步步上岭来,料道只是初更天色。武行者立在岭头上看时,见月从东边上来,照得岭上草木光辉。

正看之间,只听得前面林子里有人笑声,武行者道:"又来作怪!这般一条净荡荡高岭,有甚么人笑语?"走过林子那边去打一看,只见松树林中,傍山一座坟庵,约有十数间草屋,推开着两扇小窗,一个先生,搂着一个妇人,在那窗前看月戏笑。武行者看了,怒从心上起,恶向胆边生,便想道:"这是山间林下,出家人却做这等勾当!"便去腰里掣出那两口烂银也似戒刀来,在月光下看了道:"刀却是好,到我手里不曾发市(比喻得到施展本领的机会),且把这个鸟先生试刀。"手腕上悬了一把，再将这把插放鞘内，把两只直裰袖结起在背上，竟来到庵前敲门。那先生听得，便把后窗关上。

　　武行者拿起块石头便去打门。只见呀地侧首门开，走出一个道童来，喝道："你是甚人，如何敢半夜三更，大惊小怪，敲门打户做甚么？"武行者睁圆怪眼，大喝一声："先把这鸟童祭刀！"说犹未了，手起处，铮地一声响，道童的头落在一边，倒在地下。只见庵里那个先生大叫道："谁敢杀我道童！"托地跳将出来。那先生手轮着两口宝剑，竟奔武行者。武松大笑道："我的本事，不要箱儿里去取，正是挠着我的痒处。"便去鞘里，再拔了那口戒刀，轮起双戒刀来迎那先生。两个就月明之下，一来一往，一去一回，两口剑寒光闪闪，双戒刀冷气森森。斗了良久，浑如飞凤迎鸾；战不多时，好似角鹰拿兔。

　　两个斗了十数合，只听得山岭旁边一声响亮，两个里倒了一个。但见寒光影里人头落，杀气丛中血雨喷。毕竟两个里厮杀，倒了一个的是谁，且听下回分解。

# 第三十二回

## 武行者醉打孔亮　锦毛虎义释宋江

　　当时两个斗了十数合，那先生被武行者卖个破绽，让那先生两口剑斫将入来，被武行者转过身来，看得亲切，只一戒刀，那先生的头滚落在一边，尸首倒在石上。武行者大叫："庵里婆娘出来，我不杀你，只问你个缘故。"只见庵里走出那个妇人来，倒地便拜。武行者道："你休拜我。你且说，这里是甚么去处？那先生却是你的甚么人？"那妇人哭着道："奴是这岭下张太公家女儿，这庵是奴家祖上坟庵(设于墓地的庙庵)。这先生不知是那里人，来我家里投宿，言说善习阴阳，能识风水。我家爹娘不合留他在庄上，因请他来这里坟上观看地理(山川土地的环境形势)，被他说诱，又留他住了几日。那厮一日见了奴家，便不肯去了。住了三两个月，把奴家爹娘哥嫂都害了性命，却把奴家强骗在此坟庵里住。这个道童，也是别处掳掠来的。这岭唤做蜈蚣岭。这先生见这条岭好风水，以此他便自号飞天蜈蚣王道人。"武行者道："你还有亲眷么？"那妇人道："亲戚自有几家，都是庄农之人，谁敢和他争论？"武行者道："这厮有些财帛么？"妇人道："他也积蓄得一二百两金银。"武行者道："有时，你快去收拾。我便要放火烧庵也。"那妇人问道："师父，你要酒肉吃么？"武行者道："有时，将来请我。"那妇人道："请师父进庵里去吃。"武行者道："怕别有人暗算我么？"那妇人道："奴有几颗头，敢赚得师父？"武行者随那妇人入到庵里，见小窗边桌子上摆着酒肉。武行者讨大碗吃了一回。那妇人收拾得金银财帛已了，武行者便就里面放起火来。那妇人捧着一包金银,献与武行者,乞性命。武行者道:"我不要你的,你自将去养身(维持生活)。快走!快走!"那妇人拜谢了,自下岭去。武行者把那两个尸首都撺在火里烧了。插了戒刀,连夜自过岭来,迤逦取路,望着青州地面来。

又行了十数日,但遇村坊道店,市镇乡城,果然都有榜文张挂在彼处,捕获武松。到处虽有榜文,武松已自做了行者,于路却没人盘诘(盘问。诘,jié)他。时遇十一月间,天色好生严寒。当日武行者一路上买酒买肉吃,只是敌不过寒威。上得一条土冈,早望见前面有一座高山,生得十分险峻。武行者下土冈子来,走得三五里路,早见一个酒店。门前一道清溪,屋后都是颠石乱山。看那酒店时,却是个村落小酒肆。但见:

> 门迎溪涧,山映茅茨(茅草盖的屋顶。亦指茅屋)。疏篱畔梅开玉蕊,小窗前松偃苍龙(苍松弯曲若龙形)。乌皮桌椅,尽列着瓦钵磁瓯(ōu,杯、碗等饮具);黄土墙垣,都画着酒仙诗客。一条青帘舞寒风,两句诗词招过客。端的是走骠骑闻香须住马,使风帆知味也停舟。

武行者过得那土冈子来,径奔入那村酒店里坐下,便叫道:"店主人家,先打两角酒来。肉便买些来吃。"店主人应道:"实不瞒师父说:酒却有些茅柴白酒,肉却都卖没了。"武行者道:"且把酒来挡寒。"店主人便去打两角酒,大碗价筛来,教武行者吃,将一碟熟菜,与他过口。片时间,吃尽了两角酒,又叫再打两角酒来,店主人又打了两角酒,大碗筛来。武行者只顾吃。比及(等到)过冈子时,先有三五分酒了,一发吃过这四角酒,又被朔风一吹,酒却涌上。武松却大呼小叫道:"主人家,你真个没东西卖?你便自家吃的肉食也回些与我吃了,一发还你银子。"店主人笑道:"也不曾见这个出家人,酒和肉只顾要吃,却那里去取?师父,你也只好罢休。"武行者道:"我又不白吃你的,如何不卖与我?"店主人道:"我和你说过,只有这些白酒,那得别的东西卖?"正在店里论口(斗嘴,争吵),只见外面走入一

条大汉,引着三四个人人店里来。武行者看那大汉时,但见:

> 顶上头巾鱼尾赤,身上战袍鸭头绿。脚穿一对踢土靴,腰系数尺红搭膊。面圆耳大,唇阔口方。长七尺以上身材,有二十四五年纪。相貌堂堂强壮士,未侵女色少年郎。

那条大汉引着众人人进店里,主人笑容可掬迎接着:"大郎请坐。"那汉道:"我分付你的,安排也未?"店主人答道:"鸡与肉都已煮熟了,只等大郎来。"那汉道:"我那青花瓮酒在那里?"店主人道:"有在这里。"那汉引了众人,便向武行者对席上头坐了;那同来的三四人,却坐在肩下(肩旁。指肩旁的座位)。店主人却捧出一樽青花瓮酒来,开了泥头(旧时固封陶制酒罈的泥土,可防止酒味散失),倾在一个大白盘里。武行者偷眼看时,却是一瓮窨(yìn,窨藏,深藏)下的好酒,被风吹过酒的香味来。武行者闻了那酒香味,喉咙痒将起来,恨不得钻过来抢吃。只见店主人又去厨下,把盘子托出一对熟鸡、一大盘精肉来,放在那汉面前,便摆了菜蔬,用杓子舀酒去烫。武行者看了自己面前,只是一碟儿熟菜,不由的不气。正是眼饱肚中饥,武行者酒又发作,恨不得一拳打碎了那桌子,大叫道:"主人家,你来!你这厮好欺负客人!"店主人连忙来问道:"师父,休要焦躁。要酒便好说。"武行者睁着双眼喝道:"你这厮好不晓道理!这青花瓮酒和鸡肉之类,如何不卖与我?我也一般还你银子。"店主人道:"青花瓮酒和鸡肉,都是那大郎家里自将来的,只借我店里坐地吃酒。"武行者心中要吃,那里听他分说,一片声喝道:"放屁!放屁!"店主人道:"也不曾见你这个出家人,恁地蛮法(蛮横无理)!"武行者喝道:"怎地是老爷蛮法?我白吃你的!"那店主人道:"我倒不曾见出家人自称老爷。"武行者听了,跳起身来,又开五指望店主人脸上只一掌,把那店主人打个踉跄,直撞过那边去。

那对席的大汉见了大怒。看那店主人时,打得半边脸都肿了,半日挣扎不起。那大汉跳起身来,指定武松道:"你这个鸟头陀,好不依本分!却怎地便动手动脚?却不道:'出家人勿起嗔心。'"武行者道:"我自打他,干你甚事!"那大汉怒道:"我好意劝你,你这鸟头陀敢把言语伤我?"武行者听得大怒,便把桌子推开,走出来喝道:"你那厮说谁?"那大汉笑道:"你这鸟头陀,要和我厮打,正是来太岁头上动土!"那大汉便点手(招手)叫道:"你这贼行者,出来和你说话!"武行者喝道:"你道我怕你,不敢打你?"一抢抢到门边,那大汉便闪出门外去。武行者赶到门外,那大汉见武松长壮,那里敢轻敌,便做个门户(武术用语。犹架势)等着他。武行者抢入去,接住那汉手。那大汉却待用力跌武松,怎禁得他千百斤神力,就手一扯,扯入怀来,只一拨,拨将去,恰似放翻小孩子的一般,那里做得半分手脚。那三四个村汉看了,手颤脚麻,那里敢上前来。武行者踏住那大汉,提起拳头来,只打实落处,打了二三十拳,就地下提起来,望门外溪里只一丢。那三四个村汉叫声苦,不知高低,都下溪里来救起那大汉,自攒扶着投南去了。这店主人吃了这一掌,打得麻了,动弹不得,自入屋后去躲避了。

武行者道:"好呀!你们都去了,老爷却吃酒肉!"把个碗去白盆内舀那酒来,只顾吃。桌子上那对鸡,一盘子肉,都未曾吃动。武行者且不用箸,双手扯来任意吃。没半个时辰,把这酒肉和鸡都吃个八分。武行者醉饱了,把直裰袖结在背上,便出店门,沿溪而走。却被那北风卷将起来,武行者捉脚不住,一路上抢将来。离那酒店,走不得四五里路,旁边土墙里,走出一只黄狗,看着武松叫。武行者看时,一只大黄狗赶着吠。武行者大醉,正要寻事,恨那只狗赶着他只管吠,便将左手鞘里掣出一口戒刀来,大踏步赶。那只黄狗绕着溪岸叫。武行者一刀斫将去,却斫个空,使得力猛,头重脚轻,翻筋斗倒撞下溪里去,却起不来。冬月天道,溪水正涸,虽是只有一二尺深浅的水,却寒冷的当不得。爬起来,淋淋的一身水,却见那口戒刀,浸在溪里。武行者便低头去捞那刀时,扑地又落下去了,只在那溪水里滚。

岸上侧首(旁边)墙边转出一伙人来,当先一个大汉,头戴毡笠子,身穿鹅黄纻丝衲袄,手里拿着一条哨棒,背后十数个人跟着,都拿木杷白棍。数内一个指道:"这溪里的贼行者,便是打了小哥哥的。如今小哥哥寻不见大哥哥,自引了二三十个庄客,径奔酒店里捉他去了。他却来到这里。"说犹未了,只见远远地那个吃打的汉子,换了一身衣服,手里提着一条朴刀,背后引着三二十个庄客,都是有名的汉子。怎见的,正是叫做:

> 长王三,矮李四。急三千,慢八百。笆上粪,屎里蛆(qū,蝇类幼虫)。米中虫,饭内屁。鸟上刺,沙小生。木伴哥,牛筋等。

这一二十个尽是为头的庄客,余者皆是村中捣子。都拖枪拽棒,跟着那个大汉,吹风胡哨来寻武松。赶到墙边见了,指着武松,对那穿鹅黄袄子的大汉道:"这个贼头陀,正是打兄弟的。"那个大汉道:"且捉这厮,去庄里细细拷打。"那汉喝声:"下手!"三四十人一发上。可怜武松醉了,挣扎不得,急要爬起来,被众人一齐下手,横拖倒拽,捉上溪来。转过侧首墙边一所大庄院,两下都是高墙粉壁,垂柳乔松,围绕着墙院。众人把武松推抢入去,剥了衣裳,夺了戒刀、包裹,揪过来绑在大柳树上,教取一束藤条来,细细的打那厮。

却才打得三五下,只见庄里走出一个人来问道:"你兄弟两个,又打甚么人?"只见这两个大汉叉手道:"师父听禀:兄弟今日和邻庄三四个相识,去前面小路店里吃三杯酒,叵耐这个贼行者倒来寻闹,把兄弟痛打了一顿,又将来掼在水里,头脸都磕破了,险些冻死,却得相识救了回来。归家换了衣服,带了人,再去寻他。那厮把我酒肉都吃了,却大醉倒在门前溪里;因此捉拿在这里,细细的拷打。看起这贼头陀来,也不是出家人,脸上现刺着两个金印,这贼却把头发披下来遮了,必是个避罪在逃的囚徒。问出那厮根原,解送官司理论。"这个吃打伤的大汉道:"问他做甚么!这秃贼打得我一身伤损,不着一两个月将息不起。不如把这秃贼一顿打死了,一把火烧了罢,才与我消得这口恨气。"说罢,拿起藤条,恰待(刚要,正准备)又打,只见出来的那人说道:"贤弟且休打,待我看他一看,这人也像是一个好汉。"

此时武行者心中已自酒醒了,理会得,只把眼来闭了,由他打,只不做声。那个人先去背上看了杖疮,便道:"作怪,这模样想是决断不多时的疤痕。"转过面前看了,便将手把武松头发揪起来,定睛看了,叫道:"这个不是我兄弟武二郎!"武行者方才闪开双眼,看了那人道:"你不是我哥哥!"那人喝叫:"快与我解下来,这是我的兄弟。"那穿鹅黄袄子的并吃打的尽皆吃惊,连忙问道:"这个行者如何却是师父的兄弟?"那人便道:"他便是我时常和你们说的那景阳冈上打虎的武松。我也不知他如今怎地做了行者。"那弟兄两个听了,慌忙解下武松来,便讨几件干衣服与他穿了,便扶入草堂里来。武松便要下拜,那个人惊喜相半,扶住武松道:"兄弟酒还未醒,且坐一坐说话。"武松见了那人,欢喜上来,酒早醒了五分。讨些汤水洗漱了,吃些醒酒之物,便来拜了那人,相叙旧话。

那人不是别人,正是郓城县人氏,姓宋,名江,表字公明。武行者道:"只想哥哥在柴大官人庄上,却如何来在这里? 兄弟莫不是和哥哥梦中相会么?"宋江道:"我自从和你在柴大官人庄上分别之后,我却在那里住得半年。不知家中如何,恐父亲烦恼,先发付兄弟宋清归去。后却收拾得家中书信说道:'官司一事,全得朱、雷二都头气力,已自家中无事,只要缉捕正身;因此已动了个海捕文书,各处追获。'这事已自慢了。却有这里孔太公屡次使人去庄上问信。后见宋清回家,说道宋江在柴大官人庄上,因此,特地使人直来柴大官人庄上取我在这里。此间便是白虎山。这庄便是孔太公庄上。恰才和兄弟相打的,便是孔太公小儿子,因他性急,好与人厮闹(争执吵闹),到处叫他做独火星孔亮。这个穿鹅黄袄子的,便是孔太公大儿子,人都叫他做毛头星孔明。因他两个好习枪棒,却是我点拨他些个,以此叫我做师父。我在此间住半年了。我如今正欲要上清风寨走一遭,这两日方欲起身。我在柴大官人庄上时,只听得人传说道兄弟在景阳冈上打了大虫,又听知你在阳谷县做了都头,又闻斗杀了西门庆。向后不知你配到何处去。兄弟如何做了行者？"

武松答道："小弟自从柴大官人庄上别了哥哥，去到得景阳冈上打了大虫，送去阳谷县，知县就抬举我做了都头。后因嫂嫂不仁，与西门庆通奸，药死了我先兄武大；被武松把两个都杀了，自首告到本县，转发东平府。后得陈府尹一力救济，断配孟州。"至十字坡，怎生遇见张青、孙二娘；到孟州，怎地会施恩，怎地打了蒋门神，如何杀了张都监一十五口，又逃在张青家；母夜叉孙二娘教我做了头陀行者的缘故；过蜈蚣岭试刀，杀了王道人；至村店吃酒，醉打了孔兄。把自家的事，从头备细告诉了宋江一遍。

孔明、孔亮两个听了大惊，扑翻身便拜。武松慌忙答礼道："却才甚是冲撞，休怪，休怪！"孔明、孔亮道："我弟兄两个'有眼不识泰山'，万望恕罪！"武行者道："既然二位相觑武松时，却是与我烘焙（用火烘干）度牒、书信，并行李衣服，不可失落了那两口戒刀，这串数珠。"孔明道："这个不须足下挂心，小弟已自着人收拾去了，整顿端正拜还。"武行者拜谢了。宋江请出孔太公，都相见了。孔太公置酒设席管待，不在话下。

当晚宋江邀武松同榻，叙说一年有余的事，宋江心内喜悦。武松次日天明起来，都洗漱罢，出到中堂相会，吃早饭。孔明自在那里相陪。孔亮揾着痛疼，也来管待。孔太公便叫杀羊宰猪，安排筵宴。是日，村中有几家街坊亲戚，都来相探。又有几个门下人（权贵之家供使唤的人），亦来谒见（拜见地位或辈分高的人）。宋江心中大喜。当日筵宴散了，宋江问武松道："二哥，今欲往何处安身？"武松道："昨夜已对哥哥说了：菜园子张青写书与我，着兄弟投二龙山宝珠寺花和尚鲁智深那里入伙。他也随后便上山来。"宋江道："也好。我不瞒你说，我家近日有书来，说道清风寨知寨小李广花荣，他知道我杀了阎婆惜，每每寄书来与我，千万教我去寨里住几时。此间又离清风寨不远，我这两日正待要起身去。因见天气阴晴不定，未曾起程。早晚要去那里走一遭，不若和你同往如何？"武松道："哥哥，怕不是好情分，带携兄弟投那里去住几时。只是武松做下的罪犯至重,遇赦不宥(遇到可以赦免的过错,却不予以宽恕),因此发心(立下心愿),只是投二龙山落草避难。亦且我又做了头陀,难以和哥哥同往。路上被人设疑,倘或有些决撒(事机败露或被揭穿)了,须连累了哥哥。便是哥哥与兄弟同死同生,也须累及了花荣山寨不好。只是由兄弟投二龙山去了罢。天可怜见,异日不死,受了招安(统治者劝说反抗者投降归顺),那时却来寻访哥哥未迟。"宋江道:"兄弟既有此心归顺朝廷,皇天必佑。若如此行,不敢苦劝,你只相陪我住几日了去。"

自此,两个在孔太公庄上,一住过了十日之上,宋江与武松要行,孔太公父子那里肯放。又留住了三五日,宋江坚执要行,孔太公只得安排筵席送行。管待一日了,次日将出新做的一套行者衣服,皂布直裰,并带来的度牒、书信、界箍、数珠、戒刀、金银之类,交还武松。又各送银五十两,权为路费。宋江推却不受,孔太公父子那里肯,只顾将来拴缚在包裹里。宋江整顿了衣服器械;武松依前穿了行者的衣裳,带上铁界箍,挂了人顶骨数珠,跨了两口戒刀,收拾了包裹,拴在腰里。宋江提了朴刀,悬口腰刀,带上毡笠子,辞别了孔太公。孔明、孔亮叫庄客背了行李,弟兄二人直送了二十余里路,拜辞了宋江、武行者两个。宋江自把包裹背了,说道:"不须庄客远送,我自和武兄弟去。"孔明、孔亮相别,自和庄客归家,不在话下。

只说宋江和武松两个,在路上行着,于路说些闲话,走到晚,歇了一宵。次日早起,打伙又行。两个吃罢饭,又走了四五十里,却来到一市镇上,地名唤做瑞龙镇,却是个三岔路口。宋江借问那里人道:"小人们欲投二龙山、清风镇上,不知从那条路去?"那镇上人答道:"这两处不是一条路去了。这里要投二龙山去,只是投西落路(取道,离开大路而行);若要投清风镇去,须用投东落路,过了清风山便是。"宋江听了备细(详情),便道:"兄弟,我和你今日分手,就这里吃三杯相别。"词寄《浣溪沙》,单题别意:

握手临期话别难,山林景物正阑珊(凋残),壮怀寂寞客囊(客中的钱袋。喻指所带钱财)殚(尽,竭尽)。　　旅次(旅途中寄身处)愁来魂欲断,邮亭宿处铗空弹(英雄无用武之地。铗,jiá),独怜长夜苦漫漫。

武行者道:"我送哥哥一程,方却回来。"宋江道:"不须如此。自古道:'送君千里,终有一别。'兄弟,你只顾自己前程万里,早早的到了彼处。入伙之后,少戒酒性。如得朝廷招安,你便可撺掇鲁智深、杨志投降了。日后但是去边上,一刀一枪,博得个封妻荫子,久后青史上留一个好名,也不枉了为人一世。我自百无一能,虽有忠心,不能得进步。兄弟,你如此英雄,决定做得大事业,可以记心。听愚兄之言,图个日后相见。"武行者听了,酒店上饮了数杯,还了酒钱。二人出得店来,行到市镇梢头,三岔路口,武行者下了四拜。宋江洒泪,不忍分别,又分付武松道:"兄弟,休忘了我的言语,少戒酒性。保重,保重!"武行者自投西去了。

看官牢记话头,武行者自来二龙山投鲁智深、杨志入伙了,不在话下。

且说宋江自别了武松,转身望东,投清风山路上来,于路只忆武行者。又自行了几日,却早远远的望见清风山。看那山时,但见:

> 八面嵯峨(cuó é,山高峻的样子),四围险峻。古怪乔松盘鹤盖,杈桠(chàyā,参差交错)老树挂藤萝。瀑布飞流,寒气逼人毛发冷;绿阴散下,清光射目梦魂惊。涧水时听,樵人斧响;峰峦特起,山鸟声哀。麇鹿成群,穿荆棘往来跳跃;狐狸结队,寻野食前后呼号。若非佛祖修行处,定是强人打劫场。

宋江看见前面那座高山,生得古怪,树木稠密,心中欢喜,观之不足,贪走了几程,不曾问的宿头。看看天色晚了,宋江心内惊慌,肚里寻思道:"若是夏月天道,胡乱在林子里歇一夜;却恨又是仲冬天气,风霜正冽,夜间寒冷,难以打熬。倘或走出一个毒虫虎豹来时,如何抵当? 却不害了性命!"只顾望东小路里撞将去。约莫走了也是一更时分,心里越慌,看不见地下,蹁(xǐ,同"蹝")了一条绊脚索(为绊翻行人而敷设的绳索)。树林里铜铃响,走出十四五个伏路小喽罗来,发声喊，把宋江捉翻，一条麻索缚了，夺了朴刀、包裹，吹起火把，将宋江解上山来。宋江只得叫苦，却早押到山寨里。

宋江在火光下看时，四下里都是木栅，当中一座草厅，厅上放着三把虎皮交椅，后面有百十间草房。小喽罗把宋江捆做粽子相似，将来绑在将军柱（大堂前面两边的大柱子。亦泛指大的柱子）上，有几个在厅上的小喽罗说道："大王方才睡，且不要去报。等大王酒醒时，却请起来，剖这牛子心肝做醒酒汤（可以醒酒的羹汤），我们大家吃块新鲜肉。"宋江被绑在将军柱上，心里寻思道："我的造物（运气，福份），只如此偃蹇（yǎnjiǎn，困顿，失志），只为杀了一个烟花妇人，变出得如此之苦。谁想这把骨头却断送在这里！"只见小喽罗点起灯烛荧煌。宋江已自冻得身体麻木了，动弹不得，只把眼来四下里张望，低了头叹气。

约有二三更天气，只见厅背后走出三五个小喽罗来叫道："大王起来了。"便去把厅上灯烛剔得明亮。宋江偷眼看时，只见那个出来的大王，头上绾着鹅梨角儿（一种发髻。顶端似梨柄，下部似梨身，故名），一条红绢帕裹着，身上披着一领枣红纻（zhù）丝衲袄，便来坐在当中虎皮交椅上。看那大王时，生得如何？但见：

赤发黄须双眼圆，臂长腰阔气冲天。

江湖称作锦毛虎，好汉原来却姓燕。

那个好汉，祖贯山东莱州（地名，位于山东省东北部）人氏，姓燕，名顺，绰号锦毛虎。原是贩羊马客人出身，因为消折（亏损、损失）了本钱，流落在绿林（指聚集山林反抗政府的组织。绿，lù）丛内打劫。那燕顺酒醒起来，坐在中间交椅上，问道："孩儿们那里拿得这个牛子（畜生）？"小喽罗答道："孩儿们正在后山伏路，只听得树林里铜铃响。原来这个牛子独自个背些包裹，撞了绳索，一交绊翻，因此拿得来，献与大王做醒酒汤。"燕顺道："正好！快去与我请得二位大王来同吃。"小喽罗去不多时，只见厅侧两边走上两个好汉来。左边一个，五短身材，一双光眼。怎生打扮？但见：

天青衲袄锦绣补，形貌峥嵘性粗卤。

贪财好色最强梁，放火杀人王矮虎。

这个好汉，祖贯两淮人氏，姓王，名英，为他五短身材，江湖上叫他做矮脚虎。原是车家（车夫，赶车的人）出身，为因半路里见财起意，就势劫了客人，事发到官，越狱走了，上清风山，和燕顺占住此山，打家劫舍。右边这个，生的白净面皮，三牙掩口髭须；瘦长膀阔，清秀模样，也裹着顶绛红头巾。怎地结束？但见：

衲袄销金油绿，狼腰紧系征裙。

山寨红巾好汉，江湖白面郎君。

这个好汉，祖贯浙西苏州人氏，姓郑，双名天寿，为他生得白净俊俏，人都号他做白面郎君。原是打银（打造银器）为生，因他自小好习枪棒，流落在江湖上，因来清风山过，撞着王矮虎，和他斗了五六十合，不分胜败。因此燕顺见他好手段，留在山上，坐了第三把交椅。

当下三个头领坐下。王矮虎便道："孩儿们，正好做醒酒汤。快动手，取下这牛子心肝来，造三分醒酒酸辣汤来。"只见一个小喽罗掇一大铜盆水来，放在宋江面前；又一个小喽罗卷起袖子，手中明晃晃拿着一把剜心尖刀。那个掇水的小喽罗便把双手泼起水来，浇那宋江心窝里。原来但凡人心，都是热血裹着，把这冷水泼散了热血，取出心肝来时，便脆了好吃。那小喽罗把水直泼到宋江脸上，宋江叹口气道："可惜宋江死在这里！"

燕顺亲耳听得"宋江"两字，便喝住小喽罗道："且不要泼水。"燕顺问道："他那厮说甚么'宋江'？"小喽罗答道："这厮口里说道：'可惜宋江死在这里'。"燕顺便起身来问道："兀那汉子，你认得宋江？"宋江道："只我便是宋江。"燕顺走近跟前，又问道："你是那里的宋江？"宋江答道："我是济州郓城县做押司的宋江。"燕顺道："你莫不是山东及时雨宋公明，杀了阎婆惜，逃出在江湖上的宋江么？"宋江道："你怎得知？我正是宋三郎。"燕顺听罢，吃了一惊，便夺过小喽罗手内尖刀，把麻索都割断了；便把自身上披的枣红纻丝衲袄脱下来，裹在宋江身上，抱在中间虎皮交椅上，唤起王矮虎、郑天寿快下来。三人纳头便拜。

宋江滚下来答礼，问道："三位壮士何故不杀小人，反行重礼？此意如何？"亦拜在地。那三个好汉一齐跪下。燕顺道："小弟只要把尖刀剜了自己的眼睛，原来不识好人。一时间见不到处，少问个缘由，争些儿坏了义士。若非天幸，使令仁兄自说出大名来，我等如何得知仔细！小弟在江湖上绿林丛中，走了十数年，闻得贤兄仗义疏财，济困扶危的大名，只恨缘分浅薄，不能拜识尊颜。今日天使相会，真乃称心满意。"宋江答道："量宋江有何德能，教足下如此挂心错爱。"燕顺道："仁兄礼贤下士，结纳豪杰，名闻寰海，谁不钦敬！梁山泊近来如此兴旺，四海皆闻。曾有人说道，尽出仁兄之赐。不知仁兄独自何来？今却到此？"宋江把救晁盖一节，杀阎婆惜一节，却投柴进同孔太公许多时，并今次要往清风寨寻小李广花荣，这几件事，一一备细说了。三个头领大喜，随即取套衣服与宋江穿了。一面叫杀羊宰马，连夜筵席，当夜直吃到五更，叫小喽罗伏侍宋江歇了。次日辰牌起来，诉说路上许多事务，又说武松如此英雄了得。三个头领跌脚(以足顿地，跺足)懊恨道："我们无缘，若得他来这里，十分是好，却恨他投那里去了。"

话休絮繁。宋江自到清风山，住了五七日，每日好酒好食管待，不在话下。

时当腊月初旬，山东人年例(年年如此的常例)，腊日(泛指农历十二月的时候)上坟。只见小喽罗山下报上来说道："大路上有一乘轿子，七八个人跟着，挑着两个盒子，去坟头化纸。"王矮虎是个好色之徒，见报了，想此轿子必是个妇人，点起三五十小喽罗，便要下山。宋江、燕顺那里拦当得住。绰了枪马，敲一棒铜锣，下山去了。宋江、燕顺、郑天寿三人，自在寨中饮酒。

那王矮虎去了约有三两个时辰，远探小喽罗报将来，说道："王头领直赶到半路里，七八个军汉都走了，拿得轿子里抬着的一个妇人。只有一个银香盒，别无物件财物。"燕顺问道："那妇人如今抬到那里？"小喽啰道："王头领已自抬在山后房中去了。"燕顺大笑。宋江道："原来王英兄弟要贪女色，不是好汉的勾当。"燕顺道："这个兄弟诸般都肯向前，只是有这些毛病。"宋江道："二位和我同去劝他。"

燕顺、郑天寿便引了宋江，直来到后山王矮虎房中，推开房门，只见王矮虎正搂住那妇人求欢。见了三位入来，慌忙推开那妇人，请三位坐。宋江看那妇人时，但见：

> 身穿缟素，腰系孝裙。不施脂粉，自然体态妖娆；懒染铅华
> （化妆用的铅粉），生定天姿秀丽。云含春黛（形容女子的眉毛），恰如西子
> （西施。越国美女）颦眉（皱眉。颦，pín）；雨滴秋波，浑似骊姬（晋献公宠妃。
> 骊，lí）垂涕。

宋江看见那妇人，便问道："娘子，你是谁家宅眷？这般时节，出来闲走，有甚么要紧？"那妇人含羞向前，深深地道了三个万福，便答道："侍儿（女子谦称自己）是清风寨知寨的浑家。为因母亲弃世，今得小祥（古时父母丧后周年的祭名），特来坟前化纸。那里敢无事出来闲走？告大王垂救性命！"宋江听罢，吃了一惊，肚里寻思道："我正来投奔花知寨，莫不是花荣之妻？我如何不救？"宋江问道："你丈夫花知寨，如何不同你出来上坟？"那妇人道："告大王，侍儿不是花知寨的浑家。"宋江道："你恰才说是清风寨知寨的恭人。"那妇人道："大王不知，这清风寨如今有两个知寨，一文一武。武官便是知寨花荣，文官便是侍儿的丈夫，知寨刘高。"

宋江寻思道："他丈夫既是和花荣同僚，我不救时，明日到那里须不好看。"宋江便对王矮虎说道："小人有句话说，不知你肯依么？"王英道："哥哥有话，但说不妨。"宋江道："但凡好汉犯了'溜骨髓（贪淫、好色）'三个字的，好生惹人耻笑。我看这娘子来，是个朝廷命官的恭人。怎生看在下薄面，并江湖上'大义'两字，放他下山回去，教他夫妻完聚如何？"王英道："哥哥听禀：王英自来没个押寨夫人做伴，况兼如今世上，都是那大头巾（指官僚）弄得歹了，哥哥管他则甚？胡乱容小弟这些个。"宋江便跪一跪道："贤弟若要押寨夫人时，

日后宋江拣一个停当好的，在下纳财进礼，娶一个伏侍贤弟。只是这个娘子，是小人友人同僚正官之妻，怎地做个人情，放了他则个。"燕顺、郑天寿一齐扶住宋江道："哥哥且请起来，这个容易。"宋江又谢道："恁的时，重承不阻。"

燕顺见宋江坚意要救这妇人，因此不顾王矮虎肯与不肯，喝令轿夫抬了去。那妇人听了这话，插烛也似拜谢宋江，一口一声叫道："谢大王！"宋江道："恭人你休谢我，我不是山寨里大王，我自是郓城县客人。"那妇人拜谢了下山，两个轿夫也得了性命，抬着那妇人下山来，飞也似走，只恨爷娘少生了两只脚。这王矮虎又羞又闷，只不做声，被宋江拖出前厅劝道："兄弟，你不要焦躁。宋江日后好歹要与兄弟完娶一个，教你欢喜便了。小人并不失信。"燕顺、郑天寿都笑起来。王矮虎一时被宋江以礼义缚了，虽不满意，敢怒而不敢言，只得陪笑。自同宋江在山寨中吃筵席，不在话下。

且说清风寨军人，一时间被掳了恭人去，只得回来，到寨里报与刘知寨，说道："恭人被清风山强人掳去了。"刘高听了大怒，喝骂去的军人不了事，如何撇了恭人，大棍打那去的军汉。众人分说道："我们只有五七个，他那里三四十人，如何与他敌得！"刘高喝道："胡说！你们若不去夺得恭人回来时，我都把你们下在牢里问罪。"那几个军人吃逼不过，没奈何，只得央浼本寨内军健七八十人，各执枪棒，用意来夺。不想来到半路，正撞见两个轿夫，抬得恭人飞也似来了。

众军汉接见恭人问道："怎地能够下山？"那妇人道："那厮捉我到山寨里，见我说道是刘知寨的夫人，唬得那厮慌忙拜我，便叫轿夫送我下山来。"众军汉道："恭人可怜见我们，只对相公说：我们打夺得恭人回来，权救我众人这顿打。"那妇人道："我自有道理说便了。"众军汉拜谢了，簇拥着轿子便行。众人见轿夫走得快，便说道："你两个闲常在镇上抬轿时，只是鹅行鸭步（走路时像鹅和鸭子似的，形容行动迟缓），如今却怎地这等走的快？"那两个轿夫应道："本是走不动，却被背后老大栗暴打将来。"众人笑道:"你莫不见鬼,背后那得人?"轿夫方才敢回头,看了道:"哎也!是我走的慌了,脚后跟直打着脑杓子。"众人都笑。簇着轿子,回到寨中。刘知寨见了大喜,便问恭人道:"你得谁人救了你回来?"那妇人道:"便是那厮们掳我去,不从奸骗(奸污)。正要杀我,见我说是知寨的恭人,不敢下手,慌忙拜我,却得这许多人来抢夺得我回来。"刘高听了这话,便叫取十瓶酒,一口猪,赏了众人,不在话下。

且说宋江自救了那妇人下山,又在山寨中住了五七日,思量要来投奔花知寨,当时作别要下山。三个头领苦留不住,做了送路筵席钱行,各送些金宝与宋江,打缚在包裹里。当日宋江早起来,洗漱罢,吃了早饭,拴束了行李,作别了三位头领下山。那三个好汉将了酒果肴馔,直送到山下二十余里官道旁边,把酒分别。三人不舍,叮嘱道:"哥哥去清风寨回来,是必再到山寨相会几时。"宋江背上包裹,提了朴刀,说道:"再得相见。"唱个大喏,分手去了。

若是说话的同时生,并肩长,拦腰抱住,把臂拖回。宋公明只因要来投奔花知寨,险些儿死无葬身之地。正是遭逢坎坷皆天数,际会风云岂偶然。毕竟宋江来寻花知寨,撞着甚人,且听下回分解。

# 第三十三回

## 宋江夜看小鳌山　花荣大闹清风寨

话说这清风山离青州不远,只隔得百里来路。这清风寨却在青州三岔路口,地名清风镇。因为这三岔路上,通三处恶山,因此特设这清风寨在这清风镇上。那里也有三五千人家,却离这清风山只有一站多路,当日三位头领自上山去了。

只说宋公明独自一个,背着些包裹,迤逦(yǐlǐ,缓行的样子)来到清风镇上,便借问花知寨住处。那镇上人答道:"这清风寨衙门,在镇市中间。南边有个小寨,是文官刘知寨住宅;北边那个小寨,正是武官花知寨住宅。"宋江听罢,谢了那人,便投北寨来。到得门首,见有几个把门军汉,问了姓名,入去通报。只见寨里走出那个少年的军官来,拖住宋江便拜。那人生得如何? 但见:

> 齿白唇红双眼俊,两眉入鬓常清,细腰宽膀似猿形。能骑乖劣马(不驯服的马),爱放海东青(一种凶猛而珍贵的鸟。属雕类)。百步穿杨神臂健,弓开秋月分明,雕翎箭发逆寒星。人称小李广,将种是花荣。

出来的年少将军不是别人,正是清风寨武知寨小李广花荣。那花荣怎生打扮,但见:

> 身上战袍金翠绣,腰间玉带嵌山犀。
>
> 渗青巾帻双环小,文武花靴抹绿低。

花荣见宋江拜罢,喝叫军汉接了包裹、朴刀、腰刀,扶住宋江,直到正厅上,便请宋江当中凉床上坐了。花荣又纳头拜了四拜,起身道:"自从别了兄长之后,屈指又早五六年矣,常常念想。听得兄长杀了一个泼烟花(贱骂娼妓的话),官司行文书各处追捕。小弟闻得,如坐针毡,连连写了十数封书去贵庄问信,不知曾到也不? 今日天赐,幸得哥哥到此,相见一面,大慰平生。"说罢又拜。宋江扶住道:"贤弟休只顾讲礼。请坐了,听在下告诉。"花荣斜坐着。宋江把杀阎婆惜一事,和投奔柴大官人,并孔太公庄上遇见武松,清风山上被捉,遇燕顺等事,细细地都说了一遍。花荣听罢,答道:"兄长如此多磨难,今日幸得仁兄到此,且住数年,却又理会。"宋江道:"若非兄弟宋清寄书来孔太公庄上时,在下也特地要来贤弟这里走一遭。"花荣便请宋江去后堂里坐,唤出浑家崔氏,来拜伯伯。拜罢,花荣又叫妹子出来拜了哥哥。便请宋江更换衣裳鞋袜,香汤沐浴,在后堂安排筵席洗尘。

当日筵宴上,宋江把救了刘知寨恭人的事,备细对花荣说了一遍。花荣听罢,皱了双眉说道:"兄长没来由,救那妇人做甚么? 正好教灭这厮的口!"宋江道:"却又作怪! 我听得说是清风寨知寨的恭人,因此把做贤弟同僚面上,特地不顾王矮虎相怪,一力要救他下山。你却如何恁的说?"花荣道:"兄长不知,不是小弟说口,这清风寨是青州紧要去处,若还是小弟独自在这里守把时,远近强人,怎敢把青州搅得粉碎! 近日除将这个穷酸饿醋(对迂腐穷书生的讥称)来做个正知寨,这厮又是文官,又没本事,自从到任,把此乡间些少上户诈骗,乱行法度,无所不为。小弟是个武官副知寨,每每被这厮怄气,恨不得杀了这滥污(龌龊,卑污)贼禽兽! 兄长却如何救了这厮的妇人? 打紧(实在)这婆娘极不贤,只是调拨他丈夫行不仁的事,残害良民,贪图贿赂,正好叫那贱人受些玷辱。兄长错救了这等不才的人。"宋江听了,便劝道:"贤弟差矣! 自古道:'冤仇可解不可结。'他和你是同僚官,虽有些过失,你可隐恶而扬善。贤弟休如此浅见。"花荣道:"兄长见得极明。来日公廨(官署。廨,xiè)内见刘知寨时,与他说过救了他老小之事。"宋江道:"贤弟若如此,也显你的好处。"花荣夫妻几口儿，朝暮臻臻至至，献酒供食，伏侍宋江。当晚安排床帐，在后堂轩下请宋江安歇。次日，又备酒食筵宴管待。

话休絮烦。宋江自到花荣寨里，吃了四五日酒。花荣手下有几个体己人，一日换一个，拨些碎银子在他身边，每日教相陪宋江去清风镇街上，观看市井喧哗，村落宫观寺院，闲走乐情。自那日为始，这体己人相陪着闲走，邀宋江去市井上闲玩。那清风镇上也有几座小勾栏(宋元时杂剧和各种技艺演出的场所)，并茶坊酒肆，自不必说得。当日宋江与这体己人在小勾栏里闲看了一回，又去近村寺院道家宫观游赏一回，请去市镇上酒肆中饮酒。临起身时，那体己人取银两还酒钱。宋江那里肯要他还钱，却自取碎银还了。宋江归来，又不对花荣说。那个同饮的人欢喜，又落得银子，又得身闲，自此每日拨一个相陪，和宋江去闲走。每日又只是宋江使钱，自从到寨里，无一个不敬爱他的。宋江在花荣寨里，住了将及一月有余，看看腊尽春回，又早元宵节近。

且说这清风寨镇上居民商量放灯(指农历正月元宵节燃点花灯供民游赏的风俗)一事，准备庆赏元宵。科敛(凑集或搜刮钱财)钱物，去土地大王庙前扎缚起一座小鳌山，上面结彩悬花，张挂五六百碗花灯。土地大王庙内，逞赛诸般社火。家家门前，扎起灯棚，赛悬灯火。市镇上，诸行百艺都有。虽然比不得京师，只此也是人间天上。

当下宋江在寨里和花荣饮酒，正值元宵。是日晴明得好，花荣到巳牌前后，上马去公廨内点起数百个军士，教晚间去市镇上弹压(镇压；制服)。又点差许多军汉，分头去四下里守把栅门。未牌时分回寨来，邀宋江吃点心。宋江对花荣说道："听闻此间市镇上今晚点放花灯，我欲去看看。"花荣答道："小弟本欲陪侍兄长，奈缘我职役在身，不能勾闲步同往。今夜兄长自与家间二三人去看灯，早早的便回。小弟在家专待家宴三杯，以庆佳节。"宋江道："最好。"却早天色向夜，东边推出那轮明月上来。正是：

　　　　玉漏铜壶且莫催，星桥火树彻明开。

鳌山高耸青云上，何处游人不看来！

当晚，宋江和花荣家亲随体己人两三个跟随着缓步徐行。到这清风镇上看灯时，只见家家门前搭起灯棚，悬挂花灯，灯上画着许多故事，也有剪彩飞白牡丹花灯，并芙蓉荷花异样灯火。四五个人，手厮挽着，来到大王庙前，看那小鳌山时，但见：

> 山石穿双龙戏水，云霞映独鹤朝天。金莲灯，玉梅灯，晃一片琉璃；荷花灯，芙蓉灯，散千团锦绣。银蛾斗彩，双双随绣带香球；雪柳争辉，缕缕拂华幡翠幰。村歌社鼓，花灯影里竞喧阗(喧哗。阗，tián)；织妇蚕奴，画烛光中同赏玩。虽无佳丽风流曲，尽贺丰登大有年。

当下宋江等四人在鳌山前看了一回，迤逦投南走。不过五七百步，只见前面灯烛荧煌，一伙人围住在一个大墙院门首热闹。锣声响处，众人喝采。宋江看时，却是一伙舞"鲍老(古代戏剧中的角色，多戴面具，用其滑稽表演逗人取乐)"的。宋江矮矬，人背后看不见。那相陪的体己人却认的社火队里，便教分开众人，让宋江看。那跳鲍老的身躯扭得村村势势(笨拙的样子)的，宋江看了，呵呵大笑。

只见这墙院里面，却是刘知寨夫妻两口儿和几个婆娘在里面看。听得宋江笑声，那刘知寨的老婆于灯下却认的宋江，便指与丈夫道："兀那个黑矮汉子，便是前日清风山抢掳下我的贼头。"刘知寨听了，吃一惊，便唤亲随六七人，叫捉那个笑的黑汉子。宋江听得，回身便走。走不过十余家，众军汉赶上，把宋江捉住，拿了来，恰似皂雕(一种黑色大型猛禽)追紫燕，正如猛虎啖羊羔。拿到寨里，用四条麻索绑了，押至厅前。那三个体己人，见捉了宋江去，自跑回来报与花荣知道。

且说刘知寨坐在厅上，叫解过那厮来，众人把宋江簇拥在厅前跪下。刘知寨喝道："你这厮是清风山打劫强贼，如何敢擅自来看灯！今被擒获，有何理说？"宋江告道："小人自是郓城县客人张三，与花知寨是故友。来此间多日了，从不曾在清风山打劫。"刘知寨老婆却从屏风背后转将出来，喝道："你这厮兀自赖哩！你记得教我叫你做大王时？"宋江告道："恭人差矣。那时小人不对恭人说来：'小人自是郓城县客人，亦被掳掠在此间，不能够下山去。'"刘知寨道："你既是客人，被掳劫在那里，今日如何能够下山来，却到我这里看灯？"那妇人便说道："你这厮在山上时，大落落的坐在中间交椅上，由我叫大王，那里睬人！"宋江道："恭人，全不记我一力救你下山，如何今日倒把我强扭做贼！"那妇人听了大怒，指着宋江骂道："这等赖皮赖骨，不打如何肯招！"刘知寨道："说得是。"喝叫取过批头来打那厮。一连打了两料（量词，宗、番），打得宋红皮开肉绽，鲜血迸流。便叫把铁锁锁了，明日合个囚车，把郓城虎张三解上州里去。

却说相陪宋江的体己人慌忙奔回来报知花荣。花荣听罢大惊，连忙写一封书，差两个能干亲随人，去刘知寨处取。亲随人赍了书，急忙到刘知寨门前。把门军士入去报复道："花知寨差人在门前下书。"刘高叫唤至当厅。那亲随人将书呈上，刘高拆开封皮读道：

> 花荣拜上僚兄相公座前：所有薄亲刘丈，近日从济州来，因看灯火，误犯尊威，万乞情恕放免，自当造谢。草字不恭，烦乞照察不宣。

刘高看了大怒，把书扯的粉碎，大骂道："花荣这厮无礼！你是朝廷命官，如何却与强贼通同，也来瞒我。这贼已招是郓城县张三，你却如何写道是刘丈？俺须不是你侮弄的。你写他姓刘，是和我同姓，怎的我便放了他！"喝令左右把下书人推将出去。那亲随人被赶出寨门，急急归来，禀复花荣知道。花荣听了，只叫得："苦了哥哥！快备我的马来！"

花荣披挂，拴束了弓箭，绰枪上马，带了三五十名军汉，都拖枪拽棒，直奔到刘高寨里来。把门军人见了，那里敢拦当？见花荣头势不好，尽皆吃惊，都四散走了。花荣抢到厅前下了马，手中拿着枪，那三五十人，都摆在厅前。花荣口里叫道："请刘知寨说话。"刘高听得，惊的魂飞魄散，惧怕花荣是个武官，那里敢出来相见。花荣见刘高不出来,立了一回,喝叫左右去两边耳房里搜人。那三五十军汉一齐去搜时,早从廊下耳房里寻见宋江,被麻索高吊起在梁上,又使铁索锁着,两腿打得肉绽。几个军汉便把绳索割断,铁锁打开,救出宋江。花荣便叫军士先送回家里去。花荣上了马,绰枪在手,口里发话道:"刘知寨,你便是个正知寨,待怎的奈何了花荣!谁家没个亲眷!你却甚么意思?我的一个表兄,直拿在家里,强扭做贼。好欺负人,明日和你说话。"花荣带了众人,自回到寨里来看视宋江。

却说刘知寨见花荣救了人去,急忙点起一二百人,也叫来花荣寨夺人。那二百人内,新有两个教头。为首的教头,虽然了得些枪刀,终不及花荣武艺,不敢不从刘高,只得引了众人,奔花荣寨里来。把门军士入去报知花荣。此时天色未甚明亮,那二百来人拥在门首,谁敢先入去,都惧怕花荣了得。看看天大明了,却见两扇大门不关,只见花知寨在正厅上坐着,左手拿着弓,右手挽着箭。众人都拥在门前,花荣竖起弓,大喝道:"你这军士们,不知冤各有头,债各有主。刘高差你来,休要替他出色(犹卖力)。你那两个新参教头,还未见花知寨的武艺,今日先教你众人看花知寨弓箭,然后你那厮们要替刘高出色,不怕的入来。看我先射大门上左边门神的骨朵头(古代兵器,用铁或硬木制成。一头装柄,一头长圆形,上面装有铁刺)!"搭上箭,拽满弓,只一箭,喝声:"着!"正射中门神骨朵头。众人看了,都吃一惊。花荣又取第二枝箭,大叫道:"你们众人,再看我这第二枝箭,要射右边门神的头盔上朱缨(串珠的璎珞,常作冠组、头饰)。"飕的又一箭,不偏不斜,正中缨头上。那两枝箭却射定在两扇门上。花荣再取第三枝箭,喝道:"你众人看我第三枝箭,要射你那队里穿白的教头心窝。"那人叫声:"哎呀!"便转身先走。众人发声喊,一齐都走了。

花荣且叫闭上寨门,却来后堂看觑宋江。花荣说道:"小弟误了哥哥,受此之苦。"宋江答道:"我却不妨,只恐刘高那厮不肯和你干休。我们也要计较个长便(谓长久方便之计)。"花荣道:"小弟舍着弃了这道官诰(古代朝廷封赠职官的诰命),和那厮理会。"宋江道:"不想那妇人将恩作怨，教丈夫打我这一顿。我本待自说出真名姓来，却又怕阎婆惜事发，因此只说郓城客人张三。叵耐刘高无礼，要把我做郓城虎张三，解上州去，合个囚车盛我。要做清风山贼首时，顷刻便是一刀一剐。不得贤弟自来力救，便有铜唇铁舌，也和他分辩不得。"花荣道："小弟寻思，只想他是读书人，须念同姓之亲，因此写了'刘丈'，不想他直恁没些人情。如今既已救了来家，且却又理会。"宋江道："贤弟差矣。既然仗你豪势救了人来，凡事要三思。自古道：'吃饭防噎，行路防跌。'他被你公然夺了人来，急使人来抢，又被你一吓，尽都散了，我想他如何肯干罢，必然要和你动文书。今晚我先走上清风山去躲避，你明日却好和他白赖，终久只是文武不和相殴的官司。我若再被他拿出去时，你便和他分说不过。"花荣道："小弟只是一勇之夫，却无兄长的高明远见。只恐兄长伤重了，走不动。"宋江道："不妨。事急难以耽搁，我自捱到山下便了。"当日敷贴了膏药，吃了些酒肉，把包裹都寄在花荣处。黄昏时分，便使两个军汉，送出栅外去了。宋江自连夜捱去，不在话下。

　　再说刘知寨见军士一个个都散回寨里来，说道："花知寨十分英勇了得，谁敢去近前当他弓箭！"两个教头道："着他一箭时，射个透明窟窿，却是都去不得。"刘高那厮终是个文官，意思深狠，有些算计。当下刘高寻思起来："想他这一夺去，必然连夜放他上清风山去了，明日却来和我白赖。便争竞到上司，也只是文武不和斗殴之事，我却如何奈何的他？我今夜差二三十军汉，去五里路头等候。倘若天幸捉着时，将来悄悄的关在家里，却暗地使人连夜去州里报知军官下来取，就和花荣一发拿了，都害了他性命。那时我独自霸着这清风寨，省得受那厮们的气。"当晚点了二十余人，各执枪棒，连夜去了。约莫有二更时候，去的军汉背剪绑得宋江到来。刘知寨见了，大喜道："不出吾之所料。且与我因在后院里，休教一个人得知。"连夜便写了实封申状，差两个心腹之人，星夜来青州府飞报。

　　次日，花荣只道宋江上清风山去了，坐视在家，心里自道："我且看他怎的！"竟不来睬着。刘高也只做不知，两下都不说着。

且说这青州府知府正值升厅公座。那知府复姓慕容，双名彦达，是今上徽宗天子慕容贵妃之兄。倚托妹子的势，要在青州横行，残害良民，欺罔僚友，无所不为。正欲回衙早饭，只见左右公人接上刘知寨申状，飞报贼情公事。知府接来，看了刘高的文书，吃了一惊，便道："花荣是个功臣之子，如何结连清风山强贼？这罪犯非小，未委虚的。"便教唤那本州兵马都监来到厅上，分付他去。

原来那个都监姓黄，名信。为他本身武艺高强，威镇青州，因此称他为镇三山。那青州地面，所管下有三座恶山：第一便是清风山，第二便是二龙山，第三便是桃花山。这三处都是强人草寇出没的去处。黄信却自夸要捉尽三山人马，因此唤做镇三山。这兵马都监黄信上厅来，领了知府的言语，出来点起五十个壮健军汉，披挂了衣甲，马上擎着那口丧门剑，连夜便下清风寨来，径到刘高寨前下马。刘知寨出来接着，请到后堂，叙礼罢。一面安排酒食管待，一面犒赏军士。后面取出宋江来，教黄信看了。黄信道："这个不必问了。连夜合个囚车，把这厮盛在里面。"头上抹了红绢，插了一个纸旗，上写着"清风山贼首郓城虎张三"。宋江那里敢分辩，只得由他们安排。黄信再问刘高道："你拿得张三时，花荣知也不知？"刘高道："小官夜来二更拿了他，悄悄的藏在家里，花荣只道去了，安坐在家。"黄信道："既是恁的，却容易。明早安排一副羊酒(羊和酒。亦泛指赏赐或馈赠的物品)，去大寨里公厅上摆着，却教四下里埋伏下三五十人预备着。我却自去花荣家请得他来，只推道：'慕容知府听得你文武不和，因此特差我来置酒劝谕。'赚到公厅，只看我掷盏为号，就下手拿住了，一同解上州里去。此计如何？"刘高喝采道："还是相公高见，此计大妙。却似'瓮中捉鳖(要捕捉的对象已在掌握之中)，手到拿来'。"

当夜定了计策，次日天晓，先去大寨左右两边帐幕里预先埋伏了军士，厅上虚设着酒食筵宴。早饭前后，黄信上了马，只带三两个从人，来到花荣寨前。军人入去传报，花荣问道："来做甚么？"军汉答道:"只听得教报道黄都监特来相探。"花荣听罢,便出来迎接。黄信下马,花荣请至厅上,叙礼罢,便问道:"都监相公有何公干到此?"黄信道:"下官蒙知府呼唤,发落道,为是你清风寨内文武官僚不和,未知为甚缘由,知府诚恐二位因私仇而误公事,特差黄某赍到羊酒前来,与你二位讲和。已安排在大寨公厅上,便请足下上马同往。"花荣笑道:"花荣如何敢欺罔刘高,他又是个正知寨。只是他累累要寻花荣的过失,不想惊动知府,有劳都监下临草寨,花荣将何以报?"黄信附耳低言道:"知府只为足下一人。倘有些刀兵动时,他是文官,做得何用?你只依着我行。"花荣道:"深谢都监过爱。"黄信便邀花荣同出门首上马。花荣道:"且请都监少叙三杯了去。"黄信道:"待说开了,畅饮何妨。"花荣只得叫备马。

当时两个并马而行,直来到大寨,下了马,黄信携着花荣的手,同上公厅来,只见刘高已自先在公厅上。三个人都相见了。黄信叫取酒来,从人已自先把花荣的马牵将出去,闭了寨门。花荣不知是计,只想黄信是一般武官,必无歹意。黄信擎一盏酒来,先劝刘高道:"知府为因听得你文武二官同僚不和,好生忧心,今日特委黄信到来与你二公陪话。烦望只以报答朝廷为重,再后有事,和同商议。"刘高答道:"量刘高不才,颇识些理法,直教知府恩相如此挂心。我二人也无甚言语争执,此是外人妄传。"黄信大笑道:"妙哉!"刘高饮过酒,黄信又斟第二杯酒,来劝花荣道:"虽然是刘知寨如此说了,想必是闲人妄传,故是如此,且请饮一杯。"花荣接过酒吃了。刘高拿副台盏(有托的杯子),斟一盏酒,回劝黄信道:"动劳都监相公降临敝地,满饮此杯。"黄信接过酒来,拿在手里,把眼四下一看,有十数个军汉簇上厅来。黄信把酒盏望地下一掷,只听得后堂一声喊起,两边帐幕里走出三五十个壮健军汉,一发上,把花荣拿倒在厅前。黄信喝道:"绑了!"

花荣一片声叫道:"我得何罪?"黄信大笑,喝道:"你兀自敢叫哩!你结连清风山强贼一同背反朝廷,当得何罪!我念你往日面皮,不去惊动拿你家老小。"花荣叫道:"也须有个证见。"黄信道:"还你一个证见,教你看真赃真贼,我不屈你。左右,与我推将来。"无移时,一辆囚车,一个纸旗儿,一条红抹额,从外面推将入来。花荣看时,却是宋江。目睁口呆,面面厮觑(互相对视而不知所措。形容惊惧或诧异的样子),做声不得。黄信喝道:"这须不干我事,现有告人刘高在此。"花荣道:"不妨,不妨,这是我的亲眷。他自是郓城县人,你要强扭他做贼,到上司自有分辩处。"黄信道:"你既然如此说时,我只解你上州里,你自去分辩。"便叫刘知寨点起一百寨兵防送。花荣便对黄信说道:"都监赚我来,虽然捉了我,便到朝廷,和他还有分辩。可看我和都监一般武职官面,休去我衣服,容我坐在囚车里。"黄信道:"这一件容易,便依着你。就叫刘知寨一同去州里折辩明白,休要枉害人性命。"

当时黄信与刘高都上了马,监押着两辆囚车,并带三五十军士,一百寨兵,簇拥着车子,取路奔青州府来。有分教,火焰堆里,送数百间屋宇人家;刀斧丛中,杀一二千残生性命。正是生事事生君莫恕,害人人害汝休嗔。毕竟解宋江投青州来,怎地脱身,且听下回分解。

# 第三十四回

## 镇三山大闹青州道 霹雳火夜走瓦砾场

话说那黄信上马,手中横着这口丧门剑。刘知寨也骑着马,身上披挂些戎衣,手中拿一把叉。那一百四五十军汉寨兵,各执着缨枪棍棒,腰下都带短刀利剑。两下鼓,一声锣,解宋江和花荣望青州来。

众人都离了清风寨,行不过三四十里路头,前面见一座大林子。正来到那山嘴边,前头寨兵指道:"林子里有人窥望。"都立住了脚。黄信在马上问道:"为甚不行?"军汉答道:"前面林子里有人窥看。"黄信喝道:"休睬他,只顾走!"

看看渐近林子前,只听得当当的二三十面大锣一齐响起来。那寨兵人等都慌了手脚,只待要走。黄信喝道:"且住,都与我摆开。"叫道:"刘知寨,你压着囚车。"刘高在马上答应不得,只口里念道:"救苦救难天尊。"便许下十万卷经,三百座寺,救一救。惊的脸如成精的东瓜,青一回,黄一回。

这黄信是个武官,终有些胆量,便拍马向前看时,只见林子四边齐齐的分过三五百个小喽罗来,一个个身长力壮,都是面恶眼凶,头裹红巾,身穿衲袄,腰悬利剑,手执长枪,早把一行人围住。林子中跳出三个好汉来,一个穿青,一个穿绿,一个穿红。都戴着一顶销金(嵌金色线)万字头巾,各挎一口腰刀,又使一把朴刀,当住去路。中间是锦毛虎燕顺,上首是矮脚虎王英,下首是白面郎君郑天寿。三个好汉大喝道:"来往的到此当住脚,留下三千两买路黄金,任从过去。"黄信在马上大喝道:"你那厮们不得无礼,镇三山在此!"三个好汉睁着眼,大喝道:"你便是镇万山也要三千两买路黄金!没时,不放你过去。"黄信说道:"我是上司取公事的都监,有甚么买路钱与你?"那三个好汉笑道:"莫说你是上司一个都监,便是赵官家(宋朝皇帝)驾过,也要三千贯买路钱。若是没有,且把公事人(罪犯)当在这里,待你取钱来赎。"黄信大怒,骂道:"强贼,怎敢如此无礼!"喝叫左右擂鼓鸣锣。黄信拍马舞剑,直奔燕顺。三个好汉一齐挺起朴刀,来战黄信。

黄信见三个好汉都来并他,奋力在马上斗了十合,怎地当得他三个住?亦且刘高是个文官,又向前不得,见了这般势头,只待要走。黄信怕吃他三个拿了,坏了名声,只得一骑马,扑喇喇跑回旧路,三个头领,挺着朴刀赶将来。黄信那里顾得众人,独自飞马奔回清风镇去了。众军见黄信回马时,已自发声喊,撇了囚车,都四散走了。

只剩得刘高,见势头不好,慌忙勒转马头,连打三鞭;那马正待跑时,被那小喽罗拽起绊马索,早把刘高的马掀翻,倒撞下来。众小喽罗一发向前,拿了刘高,抢了囚车,打开车辆,花荣已把自己的囚车掀开了,便跳出来,将这缚索都挣断了,却打碎那个囚车,救出宋江来。自有那几个小喽罗,已自反剪(反绑双手)了刘高,又向前去抢得他骑的马,亦有三匹驾车的马,却剥了刘高的衣服与宋江穿了,把马先送上山去。这三个好汉,一同花荣并小喽罗,把刘高赤条条的绑了押回山寨来。

原来这三位好汉,为因不知宋江消息,差几个能干的小喽罗下山,直来清风镇上探听,闻人说道:"都监黄信掷盏为号,拿了花知寨并宋江,陷车囚了,解投青州来。"因此报与三个好汉得知,带了人马,大宽转(绕大弯)兜出大路来,预先截住去路,小路里亦差人伺候。因此救了两个,拿得刘高,都回山寨里来。

当晚上的山时,已是二更时分,都到聚义厅上相会。请宋江、花荣当中坐定,三个好汉对席相陪,一面且备酒食管待。燕顺分付,叫孩儿们各自都去吃酒。花荣在厅上称谢三个好汉,说道:"花荣与哥哥皆得三位壮士救了性命,报了冤仇,此恩难报。只是花荣还有妻小妹子在清风寨中,必然被黄信擒捉,却是怎生救得?"燕顺道:"知寨放心,料应黄信不敢便拿恭人。若拿时,也须从这条路里经过。我明日弟兄三个下山,去取恭人和令妹还知寨。"便差小喽罗下山,先去探听。花荣谢道:"深感壮士大恩。"宋江便道:"且与我拿过刘高那厮来。"燕顺便道:"把他绑在将军柱上,割腹取心,与哥哥庆喜。"花荣道:"我亲自下手割这厮。"

宋江骂道:"你这厮,我与你往日无冤,近日无仇,你如何听信那不贤的妇人害我!今日擒来,有何理说?"花荣道:"哥哥问他则甚?"把刀去刘高心窝里只一剜,那颗心献在宋江面前。小喽罗自把尸首拖在一边。宋江道:"今日虽杀了这厮滥污(犹龌龊,卑污)匹夫,只有那个淫妇,不曾杀得,出那口大气。"王矮虎便道:"哥哥放心,我明日自下山去拿那妇人,今番还我受用。"众皆大笑。当夜饮酒罢,各自歇息。

次日起来,商议打清风寨一事。燕顺道:"昨日孩儿们走得辛苦了,今日歇他一日,明日早下山去也未迟。"宋江道:"也见得是,正要将息人强马壮,不在促忙(急促、匆忙)。"

不说山寨整点军马起程,且说都监黄信一骑马奔回清风镇上大寨内,便点寨兵人马,紧守四边栅门。黄信写了申状(指上行公文、呈文),叫两个教军头目,飞马报与慕容知府。知府听得飞报军情紧急公务,连夜升厅,看了黄信申状:反了花荣,结连清风山强盗,时刻清风寨不保,事在告急,早遣良将保守地方。知府看了大惊,便差人去请青州指挥司总管本州兵马秦统制,急来商议军情重事。

那人原是山后开州人氏,姓秦,讳个明字,因他性格急躁,声若雷霆,以此人都呼他做霹雳火秦明。祖是军官出身,使一条狼牙棒,有万夫不当之勇。那人听得知府请唤,径到府里来见知府,各施礼罢。那慕容知府将出那黄信的飞报申状来,教秦统制看了,秦明大怒道:"红头子(指头裹红巾的农民起义军)敢如此无礼!不须公祖忧心,不才(谦称"我")便起军马,不拿了这贼,誓不再见公祖(旧日士绅对巡抚、按察司、道台、知府等本地长官的称谓)!"慕容知府道:"将军若是迟慢,恐这厮们去打清风寨。"秦明答道:"此事如何敢迟误?只今连夜便去点起人马,来日早行。"知府大喜,忙叫安排酒肉干粮,先去城外等候赏军。秦明见说反了花荣,怒忿忿地上马,奔到指挥司里,便点起一百马军、四百步军,先叫出城去取齐,摆布了起身。

却说慕容知府先在城外寺院里蒸下馒头,摆了大碗,烫下酒,每一个人三碗酒,两个馒头,一斤熟肉。方才备办得了,却望见军马出城,看那军马时,摆得整齐。但见:

> 烈烈旌旗似火,森森戈戟(戈和戟。泛指兵器。戟,jǐ)如麻。阵分八卦摆长蛇,委实神惊鬼怕。枪见绿沉紫焰,旗飘绣带红霞。马蹄来往乱交加。乾坤生杀气,成败属谁家。

当日清早,秦明摆布军马,出城取齐,引军红旗上大书"兵马总管秦统制",领兵起行。慕容知府看见秦明全副披挂了出城来,果是英雄无比。但见:

> 盔上红缨飘烈焰,锦袍血染猩猩,连环锁甲砌金星。云根靴抹绿,龟背铠堆银。坐下马如同獬豸(xièzhì,传说中的异兽。一角,能辨曲直,见人相斗,则以角触邪恶无理者),狼牙棒密嵌铜钉,怒时两目便圆睁。性如霹雳火,虎将是秦明。

当下霹雳火秦明在马上出城来,见慕容知府在城外赏军,慌忙叫军汉接了军器,下马来和知府相见。施礼罢,知府把了盏,将些言语嘱付总管道:"善觑方便,早奏凯歌。"赏军已罢,放起信炮,秦明辞了知府,飞身上马,摆开队伍,催趱军兵,大刀阔斧,径奔清风寨来。原来这清风镇却在青州东南上,从正南取清风山较近,可早到山北小路。

却说清风山寨里这小喽罗们探知备细,报上山来。山寨里众好汉正待要打清风寨去,只听的报道:"秦明引兵马到来。"都面面厮觑,俱各骇然。花荣便道:"你众位俱不要慌。自古兵临告急,必须死敌,教小喽罗饱吃了酒饭,只依着我行。先须力敌,后用智取,如此如此，好么？"宋江道："好计！正是如此行。"当日宋江、花荣先定了计策，便叫小喽罗各自去准备。花荣自选了一骑好马，一副衣甲，弓箭铁枪，都收拾了等候。

再说秦明领兵来到清风山下，离山十里下了寨栅。次日五更造饭，军士吃罢，放起一个信炮，直奔清风山来，拣空阔去处摆开人马，发起擂鼓。只听见山上锣声震天响，飞下一彪人马出来。秦明勒住马，横着狼牙棒，睁着眼看时，却见众小喽罗簇拥着小李广花荣下山来。到得山坡前，一声锣响，列成阵势，花荣在马上擎着铁枪，朝秦明声个喏。秦明大喝道："花荣，你祖代是将门之子，朝廷命官，教你做个知寨，掌握一境地方，食禄于国，有何亏你处？却去结连贼寇，反背朝廷。我今特来捉你，会事的下马受缚，免得腥手污脚。"花荣陪着笑道："总管容复听禀：量花荣如何肯反背朝廷？实被刘高这厮无中生有，官报私仇，逼迫得花荣有家难奔，有国难投，权且躲避在此，望总管详察救解。"秦明道："你兀自不下马受缚，更待何时？划地(却，反而。划，chǎn)花言巧语，煽惑军心。"喝叫左右两边擂鼓。秦明轮动狼牙棒，直奔花荣。花荣大笑道："秦明，你这厮原来不识好人饶让。我念你是个上司官，你道俺真个怕你！"便纵马挺枪，来战秦明。两个就清风山下厮杀，真乃是棋逢敌手难藏幸，将遇良材好用功。这两个将军比试，但见：

一对南山猛虎，两条北海苍龙。龙怒时头角峥嵘，虎斗处爪牙狞恶。爪牙狞恶，似银钩不离锦毛团；头角峥嵘，如铜叶振摇金色树。翻翻复复，点钢枪没半米放闲；往往来来，狼牙棒有千般解数。狼牙棒当头劈下，离顶门只隔分毫；点钢枪用力刺来，望心坎微争半指。使点钢枪的壮士，威风上逼斗牛寒；舞狼牙棒的将军，怒气起如云电发。一个是扶持社稷(社，土神，稷，jì，谷神。社稷，代指国家)天蓬将，一个是整顿江山黑煞神。

当下秦明和花荣两个交手，斗到四五十合，不分胜败。花荣连斗了许多合，卖个破绽，拨回马望山下小路便走。秦明大怒，赶将来。花荣把枪去了事环(武将马鞍上捆兵器的铜铁环)上带住,把马勒个定,左手拈起弓,右手拔箭,拽满弓,扭过身躯,望秦明盔顶上只一箭,正中盔上,射落斗来大那颗红缨,却似报个信与他。秦明吃了一惊,不敢向前追赶,霍地拨回马,恰待赶杀,众小喽罗一哄地都上山去了。花荣自从别路,也转上山寨去了。

秦明见他都走散了,心中越怒道:"叵耐这草寇无礼!"喝叫鸣锣擂鼓,取路上山。众军齐声呐喊,步军先上山来。转过三两个山头,只见上面擂木(古代作战时从高处推下的大木)、炮石、灰瓶(古代战具。一种装有石灰的瓶,用以临阵击敌,使敌不能张目)、金汁,从险峻处打将下来。向前的退步不迭,早打倒三五十个,只得再退下山来。

秦明是个性急的人,心头火起,那里按纳得住,带领军马,绕山下来,寻路上山。寻到午牌时分,只见西山边锣响,树林丛中闪出一对红旗军来。秦明引了人马,赶将去时,锣也不响,红旗都不见了。秦明看那路时,又没正路,都只是几条砍柴的小路,却把乱树折木,交叉当了路口,又不能上去得。正待差军汉开路,只见军汉来报道:"东山边锣响,一阵红旗军出来。"秦明引了人马,飞也似奔过东山边来,看时,锣也不鸣,红旗也不见了。秦明纵马去四下里寻路时,都是乱树折木,断塞了砍柴的路径。只见探事的又来报道:"西边山上锣又响,红旗军又出来了。"秦明拍马再奔来西山边看时,又不见一个人,红旗也没了。秦明是个急性的人,恨不得把牙齿都咬碎了。正在西山边气忿忿的,又听得东山边锣声震地价响,急带了人马,又赶过来东山边看时,又不见有一个贼汉,红旗都不见了。

秦明气满胸脯,又要赶军汉上山寻路,只听得西山边又发起喊来。秦明怒气冲天,大驱兵马,投西山边来,山上山下看时,并不见一个人。秦明喝叫军汉,两边寻路上山。数内有一个军人禀说道:"这里都不是正路,只除非东南上有一条大路,可以上去。若是只在这里寻路上去时,惟恐有失。"秦明听了,便道:"既有那条大路时,连夜赶将去。"便驱一行军马奔东南角上来。

看看天色晚了，又走得人困马乏；巴得到那山下时，正欲下寨造饭，只见山上火把乱起，锣鼓乱鸣。秦明转怒，引领四五十马军跑上山来。只见山上树林内乱箭射将下来，又射伤了些军士，秦明只得回马下山，且教军士只顾造饭。恰才举得火着，只见山上有八九十把火光，呼风唿哨下来。秦明急待引军赶时，火把一齐都灭了。当夜虽有月光，亦被阴云笼罩，不甚明朗。秦明怒不可当，便叫军士点起火把，烧那树木，只听得山嘴上鼓笛之声。秦明纵马上来看时，见山顶上点着十余个火把，照见花荣陪侍着宋江在上面饮酒。秦明看了，心中没出气处，勒着马，在山下大骂。花荣回言道："秦统制，你不必焦躁，且回去将息着，我明日和你并个你死我活的输赢便罢。"秦明大叫道："反贼，你便下来，我如今和你并个三百合，却再做理会。"花荣笑道："秦总管，你今日劳困了，我便赢得你，也不为强。你且回去，明日却来。"秦明越怒，只管在山下骂，本待寻路上山，却又怕花荣的弓箭，因此只在山坡下骂。

正叫骂之间，只听得本部下军马发起喊来。秦明急回到山下看时，只见这边山上火炮火箭，一齐烧将下来。背后二三十个小喽罗做一群，把弓弩在黑影里射人。众军马发喊，一齐都拥过那边山侧深坑里去躲。此时已有三更时分，众军马正躲得弩箭时，只叫得苦，上溜头滚下水来，一行人马却都在溪里，各自挣扎性命。爬得上岸的，尽被小喽罗挠钩搭住，活捉上山去了；爬不上岸的，尽淹死在溪里。

且说秦明此时怒气冲天，脑门粉碎，却见一条小路在侧边。秦明把马一拨，抢上山来。走不到三五十步，和人连马撷下陷坑里去。两边埋伏下五十个挠钩手，把秦明搭将起来，剥了浑身战袄、衣甲、头盔、军器，拿条绳索绑了，把马也救起来，都解上清风山来。

原来这般圈套，都是花荣和宋江的计策。先使小喽罗或在东，或在西，引诱的秦明人困马乏，策立不定。预先又把这土布袋填住两溪的水，等候夜深，却把人马逼赶溪里去，上面却放下水来。那急流的水都结果了军马。你道秦明带出的五百人马，一大半淹死在水中,都送了性命;生擒活捉得一百五七十人,夺了七八十匹好马,不曾逃得一个回去。次后陷马坑里活捉了秦明。

当下一行小喽罗捉秦明到山寨里,早是天明时候。五位好汉坐在聚义厅上,小喽罗缚绑秦明解在厅前。花荣见了,连忙跳离交椅,接下厅来,亲自解了绳索,扶上厅来,纳头拜在地下。秦明慌忙答礼,便道:"我是被擒之人,由你们碎尸而死,何故却来拜我?"花荣跪下道:"小喽罗不识尊卑,误有冒渎,切乞恕罪。"随即便取衣服与秦明穿了。秦明问花荣道:"这位为头的好汉,却是甚人?"花荣道:"这位是花荣的哥哥,郓城县宋押司宋江的便是。这三位是山寨之主:燕顺、王英、郑天寿。"秦明道:"这三位我自晓得。这宋押司莫不是唤做山东及时雨宋公明么?"宋江答道:"小人便是。"秦明连忙下拜道:"闻名久矣,不想今日得会义士!"宋江慌忙答礼不迭。秦明见宋江腿脚不便,问道:"兄长如何贵足不便?"宋江却把自离郓城县起头,直至刘知寨拷打的事故,从头对秦明说了一遍。秦明只把头来摇道:"若听一面之词,误了多少缘故。容秦明回州去对慕容知府说知此事。"燕顺相留且住数日,随即便叫杀牛宰马,安排筵席饮宴。拿上山的军汉,都藏在山后房里,也与他酒食管待。

秦明吃了数杯,起身道:"众位壮士,既是你们的好情分,不杀秦明,还了我盔甲、马匹、军器,回州去。"燕顺道:"总管差矣。你既是引了青州五百兵马都没了,如何回得州去?慕容知府如何不见你罪责?不如权在荒山草寨住几时。本不堪歇马,权就此间落草,论秤分金银,整套穿衣服,不强似受那大头巾的气?"秦明听罢,便下厅道:"秦明生是大宋人,死是大宋鬼。朝廷教我做到兵马总管,兼受统制使官职,又不曾亏了秦明,我如何肯做强人,背反朝廷?你们众位要杀时便杀了我,休想我随顺你们。"花荣赶下厅来拖住道:"秦兄长息怒,听小弟一言,我也是朝廷命官之子,无可奈何,被逼迫的如此。总管既是不肯落草,如何相逼得你随顺?只且请少坐,席终了时,小弟讨衣甲、头盔、鞍马、军器还兄长去。"秦明那里肯坐。花荣又劝道："总管夜来劳神费力了一日一夜,人也尚自当不得,那匹马如何不喂得他饱了去?"秦明听了,肚内寻思,也说得是。再上厅来,坐了饮酒。那五位好汉轮番把盏,陪话劝酒。秦明一则软困,二乃吃众好汉劝不过,开怀吃得醉了,扶入帐房睡了。这里众人自去行事,不在话下。

且说秦明一觉直睡到次日辰牌方醒,跳将起来,洗漱罢,便要下山。众好汉都来相留道："总管,且吃早饭动身,送下山去。"秦明性急的人,便要下山。众人慌忙安排些酒食管待了;取出头盔、衣甲,与秦明披挂了,牵过那匹马来并狼牙棒,先叫人在山下伺候,五位好汉都送秦明下山来,相别了,交还马匹军器。

秦明上了马,拿着狼牙棒,趁天色大明离了清风山,取路飞奔青州来。到得十里路头,恰好巳牌前后,远远地望见烟尘乱起,并无一个人来往。秦明见了,心中自有八分疑忌,到得城外看时,原来旧有数百人家,却都被火烧做白地,一片瓦砾场上,横七竖八,杀死的男子妇人,不计其数。秦明看了大惊,打那匹马在瓦砾场上,跑到城边大叫开门时,只见门边吊桥高拽起了,都摆列着军士旌旗,擂木炮石。秦明勒着马大叫:"城上放下吊桥,度我入城。"城上早有人看见是秦明,便擂起鼓来,呐着喊。秦明叫道:"我是秦总管,如何不放我入城?"只见慕容知府立在城上女墙边大喝道:"反贼,你如何不识羞耻!昨夜引人马来打城子,把许多好百姓杀了,又把许多房屋烧了,今日兀自又来赚哄城门。朝廷须不曾亏负了你,你这厮倒如何行此不仁!已自差人奏闻朝廷去了。早晚拿住你时,把你这厮碎尸万段。"秦明大叫道:"公祖差矣。秦明因折了人马,又被这厮们捉了上山去,方才得脱,昨夜何曾来打城子?"知府喝道:"我如何不认的你这厮的马匹、衣甲、军器、头盔,城上众人明明地见你指拨红头子杀人放火,你如何赖得过?便做你输了被擒,如何五百军人没一个逃得回来报信?你如今指望赚开城门取老小,你的妻子,今早已都杀了。你若不信,与你头看。"军士把枪将秦明妻子首级挑起在枪上,教秦明看。秦明是个性急的人,看了浑家首级,气破胸脯,分说不得,只叫得苦屈。城上弩箭如雨点般射将下来,秦明只得回避,看见遍野处火焰,尚兀自未灭。

秦明回马在瓦砾场上,恨不得寻个死处,肚里寻思了半晌,纵马再回旧路。行不得十来里,只见林子里转出一伙人马来,当先五匹马上五个好汉,不是别人,宋江、花荣、燕顺、王英、郑天寿,随从一二百小喽罗。宋江在马上欠身道:"总管何不回青州?独自一骑投何处去?"秦明见问,怒气道:"不知是那个天不盖,地不载(罪大恶极),该剐的贼,装做我去打了城子,坏了百姓人家房屋,杀害良民,倒结果了我一家老小,闪得我如今上天无路,入地无门,我若寻见那人时,直打碎这条狼牙棒便罢!"宋江便道:"总管息怒,既然没了夫人,不妨,小人自当与总管做媒。我有个好见识,请总管回去,这里难说。且请到山寨里告禀,一同便往。"

秦明只得随顺,再回清风山来。于路无话,早到山亭前下马,众人一齐都进山寨内,小喽罗已安排酒果肴馔(菜蔬)在聚义厅上,五个好汉,邀请秦明上厅,都让他中间坐定。五个好汉齐齐跪下,秦明连忙答礼,也跪在地。宋江开话道:"总管休怪,昨日因留总管在山,坚意不肯,却是宋江定出这条计来,叫小卒似总管模样的,却穿了足下的衣甲、头盔,骑着那马,横着狼牙棒,直奔青州城下,点拨红头子杀人,燕顺、王矮虎带领五十余人助战,只做总管去家中取老小。因此杀人放火,先绝了总管归路的念头。今日众人特地请罪。"秦明见说了,怒气于心,欲待要和宋江等厮并,却又自肚里寻思。一则是上界星辰契合,二乃被他们软困(软禁),以礼待之,三则又怕斗他们不过。因此只得纳了这口气,便说道:"你们弟兄虽是好意,要留秦明,只是害得我忒毒些个,断送了我妻小一家人口。"宋江答道:"不恁地时,兄长如何肯死心塌地?若是没了嫂嫂夫人,宋江恰知得花知寨有一妹,甚是贤慧,宋江情愿主婚,陪备财礼,与总管为室如何?"秦明见众人如此相敬相爱,方才放心归顺。

众人都让宋江在居中坐了，秦明上首，花荣肩下，三位好汉依次而坐，大吹大擂饮酒，商议打清风寨一事。秦明道："这事容易，不须众弟兄费心。黄信那人，亦是治下；二者是秦明教他的武艺；三乃和我过的最好。明日我便先去叫开栅门，一席话，说他入伙投降，就取了花知寨宝眷，拿了刘高的泼妇，与仁兄报仇雪恨，作进见之礼如何？"宋江大喜道："若得总管如此慨然相许，却是多幸多幸！"当日筵席散了，各自歇息。次日早起来，吃了早饭，都各各披挂了。秦明上马，先下山来，拿了狼牙棒，飞奔清风镇来。

却说黄信自到清风镇上，发放镇上军民，点起寨兵，晓夜提防，牢守栅门，又不敢出战，累累使人探听，不见青州调兵策应。当日只听得报道："栅外有秦统制独自一骑马到来，叫开栅门。"黄信听了，便上马飞奔门边看时，果是一人一骑，又无伴当（随从的差役）。黄信便叫开栅门，放下吊桥，迎接秦总管入来，直到大寨公厅前下马，请上厅来。叙礼罢，黄信便问道："总管缘何单骑到此？"秦明当下先说了损折军马等情，后说："山东及时雨宋公明疏财仗义，结识天下好汉，谁不钦敬他？如今现在清风山上，我今次也在山寨入了伙。你又无老小，何不听我言语，也去山寨入伙，免受那文官的气。"黄信答道："既然恩官在彼，黄信安敢不从？只是不曾听得说有宋公明在山上，今次却说及时雨宋公明，自何而来？"秦明笑道："便是你前日解去的郓城虎张三便是，他怕说出真名姓，惹起自己的官司，以此只认说是张三。"黄信听了，跌脚（以足顿地，跺足）道："若是小弟得知是宋公明时，路上也自放了他。一时见不到处，只听了刘高一面之词，险不坏了他性命。"

秦明、黄信两个正在公廨（官署。廨，xiè）内商量起身，只见寨兵报道："有两路军马，鸣锣擂鼓，杀奔镇上来。"秦明、黄信听得，都上了马，前来迎敌。军马到得栅门边望时，只见尘土蔽日，杀气遮天，两路军兵投镇上，四条好汉下山来。毕竟秦明、黄信怎地迎敌，且听下回分解。

# 第三十五回

## 石将军村店寄书　小李广梁山射雁

　　当下秦明和黄信两个到栅门外看时,望见两路来的军马,却好都到。一路是宋江、花荣,一路是燕顺、王矮虎,各带一百五十余人。黄信便叫寨兵放下吊桥,大开寨门,迎接两路人马都到镇上。宋江早传下号令:休要害一个百姓,休伤一个寨兵。叫先打入南寨,把刘高一家老小尽都杀了。王矮虎自先夺了那个妇人。小喽罗尽把应有家私、金银、财物、宝货之资都装上车子。再有马匹牛羊,尽数牵了。花荣自到家中,将应有的财物等项,装载上车,搬取妻小、妹子。内有清风镇上人数,都发还了。众多好汉收拾已了,一行人马离了清风镇,都回到山寨里来。

　　车辆人马都到山寨,郑天寿迎接向聚义厅上相会。黄信与众好汉讲礼罢,坐于花荣肩下。宋江叫把花荣老小安顿一所歇处,将刘高财物分赏与众小喽罗。王矮虎拿得那妇人,将去藏在自己房内。燕顺便问道:"刘高的妻,今在何处?"王矮虎答道:"今番须与小弟做个押寨夫人。"燕顺道:"与却与你;且唤他出来,我有一句话说。"宋江便道:"我正要问他。"王矮虎便唤到厅前,那婆娘哭着告饶。宋江喝道:"你这泼妇,我好意救你下山,念你是个命官的恭人,你如何反将冤报?今日擒来,有何理说?"燕顺跳起身来便道:"这等淫妇,问他则其?"拔出腰刀,一刀挥为两段。王矮虎见砍了这妇人,心中大怒,夺过一把朴刀,便要和燕顺交并,宋江等起身来劝住。宋江便道:"燕顺杀了这妇人也是。兄弟,你看我这等一力救了他下山,教他夫妻团圆完聚,尚兀自转过脸来,叫丈夫害我。贤弟,你留在身边,久后有损无益。宋江日后别娶一个好的,教贤弟满意。"燕顺道:"兄弟便是这等寻思,不杀了,要他无用,久后必被他害了。"王矮虎被众人劝了,默默无言。燕顺喝叫小喽罗打扫过尸首血迹,且排筵席庆贺。

次日,宋江和黄信主婚,燕顺、王矮虎、郑天寿做媒说合,要花荣把妹子嫁与秦明,一应礼物,都是宋江和燕顺出备。吃了三五日筵席。

自成亲之后,又过了五七日,小喽罗探得事情,上山来报道:"打听得青州慕容知府申将文书,去中书省奏说,反了花荣、秦明、黄信,要起大军来征剿,扫荡清风山。"众好汉听罢,商量道:"此间小寨,不是久恋之地。倘或大军到来,四面围住,如何迎敌?"宋江道:"小可有一计,不知中得诸位心否?"当下众好汉都道:"愿闻良策。"宋江道:"自这南方有个去处,地名唤做梁山泊,方圆八百余里,中间宛子城、蓼儿洼,晁天王聚集着三五千军马,把住着水泊,官兵捕盗,不敢正眼觑他。我等何不收拾起人马,去那里入伙?"秦明道:"既然有这个去处,却是十分好。只是没人引进,他如何肯便纳我们?"宋江大笑,却把这打劫生辰纲金银一事,直说到"刘唐寄书,将金子谢我,因此上杀了阎婆惜,逃去在江湖上"。秦明听了大喜道:"恁地,兄长正是他那里大恩人。事不宜迟,可以收拾起快去。"

只就当日商量定了,便打并(收拾,清理)起十数辆车子,把老小并金银财物、衣服、行李等件,都装载车子上,共有三二百匹好马。小喽罗们有不愿去的,赍发他些银两,任从他下山去投别主;有愿去的,编入队里,就和秦明带来的军汉,通有三五百人。宋江教分作三起下山,只做去收捕梁山泊的官军。山上都收拾的停当,装上车子,放起火来,把山寨烧作光地,分为三队下山。宋江便与花荣引着四五十人,三五十骑马,簇拥着五七辆车子,老小队仗先行;秦明、黄信引领八九十匹马,和这应用车子,作第二起;后面便是燕顺、王矮虎、郑天寿三个，引着四五十匹马。一二百人离了清风山，取路投梁山泊来。于路中见了这许多军马，旗号上又明明写着收捕草寇官军，因此无人敢来阻当。在路行五七日，离得青州远了。

且说宋江、花荣两个骑马在前头，背后车辆载着老小，与后面人马只隔着二十来里远近。前面到一个去处，地名唤对影山，两边两座高山，一般形势，中间却是一条大阔驿路。两个在马上正行之间，只听得前山里锣鸣鼓响。花荣便道："前面必有强人。"把枪带住，取弓箭来整顿得端正，再插放飞鱼袋内，一面叫骑马的军士，催趱后面两起军马上来，且把车辆人马扎住了。宋江和花荣两个引了二十余骑军马，向前探路。

至前面半里多路，早见一簇人马，约有一百余人，前面簇拥着一个年少的壮士。怎生打扮？但见：

头上三叉冠，金圈玉钿(玉制的花朵形首饰。钿，diàn)；身上百花袍，织锦团花。甲披千道火龙鳞，带束一条红玛瑙。骑一匹胭脂抹就如龙马，使一条朱红画杆方天戟。背后小校，尽是红衣红甲。

那个壮士，横戟立马，在山坡前大叫道："今日我和你比试，分个胜败，见个输赢。"只见对过山冈子背后早拥出一队人马来，也有百十余人，前面也拥着一个穿白年少的壮士。怎生模样？但见：

头上三叉冠，顶一团瑞雪；身上镔铁甲，披千点寒霜。素罗袍光射太阳，银花带色欺明月。坐下骑一匹征宛玉兽，手中轮一枝寒戟银绞。背后小校，都是白衣白甲。

这个壮士，手中也使一枝方天画戟。这边都是素白旗号，那壁都是绛红旗号。只见两边红白旗摇，震地花腔鼓擂。那两个壮士更不打话，各挺手中画戟，纵坐下马，两个就中间大阔路上交锋，比试胜败。花荣和宋江见了，勒住马看时，果然是一对好厮杀。但见：

旗仗盘旋，战衣飘飏(飘动飞扬。飏，yáng)。绛霞影里，卷几片拂地飞云；白雪光中，滚数团燎原烈火。故园冬暮，山茶和梅蕊争辉;上苑春浓,李粉共桃脂斗彩。这个按南方丙丁火,似焰摩天上走丹炉;那个按西方庚辛金,如泰华峰头翻玉井。宋无忌<u>(火仙)</u>忿怒,骑火骡子奔走霜林;冯夷<u>(河伯,水神。冯,píng)</u>神生嗔,跨玉狻猊<u>(suānní,形似狮)</u>纵横花界。

两个壮士各使方天画戟,斗到三十余合,不分胜败。花荣和宋江两个在马上看了喝采。花荣一步步趱马<u>(赶马,催促马向前行。趱,zǎn)</u>向前看时,只见那两个壮士斗到深间里。这两枝戟上,一枝是金钱豹子尾,一枝是金钱五色幡,却搅做一团,上面绒绦结住了,那里分拆得开。花荣在马上看见了,便把马带住,左手去飞鱼袋<u>(一种装弓箭的袋子)</u>内取弓,右手向走兽壶<u>(一种装剑的容器)</u>中拔箭,搭上箭,曳满弓,觑着豹尾绒绦较亲处,飕<u>(sōu)</u>的一箭,恰好正把绒绦射断。只见两枝画戟分开做两下,那二百余人一齐喝声采。

那两个壮士便不斗,都纵马跑来,直到宋江、花荣马前,就马上欠身声喏,都道:“愿求神箭将军大名。”花荣在马上答道:“我这个义兄,乃是郓城县押司、山东及时雨宋公明。我便是清风镇知寨小李广花荣。”那两个壮士听罢,扎住了戟,便下马推金山,倒玉柱,都拜道:“闻名久矣。”宋江、花荣慌忙下马,扶起那两位壮士道:“且请问二位壮士高姓大名?”那个穿红的说道:“小人姓吕,名方,祖贯潭州人氏,平昔爱学吕布为人,因此习学这枝方天画戟,人都唤小人做小温侯吕方。因贩生药到山东,消折<u>(消耗)</u>了本钱,不能勾还乡,权且占住这对影山打家劫舍。近日走这个壮士来,要夺吕方的山寨,和他各分一山,他又不肯,因此每日下山厮杀。不想原来缘法注定,今日得遇尊颜。”宋江又问这穿白的壮士高姓,那人答道:“小人姓郭,名盛,祖贯西川嘉陵人氏,因贩水银货卖,黄河里遭风翻了船,回乡不得。原在嘉陵学得本处兵马张提辖的方天戟,向后使得精熟,人都称小人做赛仁贵郭盛。江湖上听得说对影山有个使戟的占住了山头,打家劫舍,因此一径来比并戟法。连连战了十数日,不分胜败。不期今日得遇二公,天与之幸。”

宋江把上件事都告诉了,便道:"既幸相遇,就与二位劝和如何?"两个壮士大喜,都依允了。诗曰:

> 铜链劝刀犹易事,箭锋劝戟更希奇。
>
> 须知豪杰同心处,利断坚金不用疑。

后队人马已都到了,一个个都引着相见了。吕方先请上山,杀牛宰马筵会。次日,却是郭盛置酒设席筵宴。宋江就说他两个撞筹入伙(凑钱入伙),凑队上梁山泊去,投奔晁盖聚义。那两个欢天喜地,都依允了。便将两山人马点起,收拾了财物,待要起身,宋江便道:"且住,非是如此去。假如我这里有三五百人马投梁山泊去,他那里亦有探细的人,在四下里探听,倘或只道我们真是来收捕他,不是要处。等我和燕顺先去报知了,你们随后却来,还作三起而行。"花荣、秦明道:"兄长高见,正是如此计较,陆续进程。兄长先行半日,我等催督人马,随后起身来。"

且不说对影山人马陆续登程,只说宋江和燕顺各骑了马,带领随行十数人,先投梁山泊来。在路上行了两日,当日行到晌午时分,正走之间,只见官道旁边一个大酒店。宋江看了道:"孩儿们走得困乏,都叫买些酒吃了过去。"当时宋江和燕顺下了马,入酒店里来;叫孩儿们松了马肚带,都入酒店里坐。

宋江和燕顺先入店里来看时,只有三副大座头(旧时茶楼酒馆等处桌椅配套的座位),小座头不多几副。只见一副大座头上先有一个在那里占了。宋江看那人时,怎生打扮?但见:

> 裹一顶猪嘴头巾,脑后两个太原府金不换纽丝铜环。上穿一领皂袖衫,腰系一条白搭膊。下面腿绷护膝,八答麻鞋。桌子边倚着短棒,横头上放着个衣包。

那人生得八尺来长,淡黄骨查脸(形容人的颧骨很高且脸形尖削),一双鲜眼,没根髭髯(zīrán,胡须)。宋江便叫酒保过来说道:"我的伴当人多,我两个借你里面坐一坐,你叫那个客人移换那副大座头与我伴当们坐地吃些酒。"酒保应道:"小人理会得。"宋江与燕顺里面坐了,先叫酒保："打酒来,大碗先与伴当一人三碗,有肉便买些来与他众人吃,却来我这里斟酒。"酒保又见伴当们都立满在垆(lú,古时酒店里安放酒瓮的炉形土台子)边,酒保却去看着那个公人模样的客人道："有劳上下,挪借这副大座头与里面两个官人的伴当坐一坐。"那汉嗔怪呼他做上下,便焦躁道："也有个先来后到。甚么官人的伴当要换座头!老爷不换!"燕顺听了,对宋江道："你看他无礼么!"宋江道："由他便了,你也和他一般见识!"却把燕顺按住了。

只见那汉转头看了宋江、燕顺冷笑。酒保又陪小心道："上下,周全小人的买卖,换一换有何妨。"那汉大怒,拍着桌子道："你这鸟男女好不识人,欺负老爷独自一个,要换座头。便是赵官家,老爷也鳖鸟不换。高则声,大脖子拳不认得你。"酒保道："小人又不曾说甚么!"那汉喝道："量你这厮敢说甚么!"燕顺听了,那里忍耐得住,便说道："兀那汉子,你也鸟强,不换便罢,没可得鸟吓他。"那汉便跳起来,绰了短棒在手里,便应道："我自骂他,要你多管!老爷天下只让得两个人,其余的都把来做脚底下的泥。"燕顺焦躁,便提起板凳,却待要打将去。

宋江因见那人出语不俗,横身在里面劝解："且都不要闹。我且请问你:你天下只让的那两个人?"那汉道："我说与你,惊得你呆了。"宋江道："愿闻那两个好汉大名。"那汉道："一个是沧州横海郡柴世宗的孙子,唤做小旋风柴进柴大官人。"宋江暗暗地点头,又问道："那一个是谁?"那汉道："这一个又奢遮,是郓城县押司山东及时雨呼保义宋公明。"宋江看了燕顺暗笑,燕顺早把板凳放下了。那汉又道："老爷只除了这两个,便是大宋皇帝,也不怕他。"宋江道："你且住,我问你:你既说起这两个人,我却都认得。你在那里与他两个厮会?"那汉道："你既认得,我不说谎,三年前在柴大官人庄上住了四个月有余,只不曾见得宋公明。"宋江道："你便要认黑三郎么?"那汉道："我如今正要去寻他。"宋江问道："谁教你寻他?"那汉道："他的亲兄弟铁扇子宋清教我寄家书去寻他。"

宋江听了大喜,向前拖住道:"'有缘千里来相会,无缘对面不相逢',只我便是黑三郎宋江。"那汉相了一面,便拜道:"天幸(天赐之幸,侥幸)使令小弟得遇哥哥,争些儿错过,空去孔太公那里走一遭。"宋江便把那汉拖入里面问道:"家中近日没甚事?"那汉道:"哥哥听禀:小人姓石,名勇,原是大名府人氏,日常只靠放赌为生。本乡起小人一个异名,唤做石将军。为因赌博上一拳打死了个人,逃走在柴大官人庄上。多听得往来江湖上人说哥哥大名,因此特去郓城县投奔哥哥,却又听得说道为事出外,因见四郎,听得小人说起柴大官人来,却说哥哥在白虎山孔太公庄上。因小弟要拜识哥哥,四郎特写这封家书,与小人寄来孔太公上。如寻见哥哥时,可叫兄长作急回来。"宋江见说,心中疑惑,便问道:"你到我庄上住了几日?曾见我父亲么?"石勇道:"小人在彼只住的一夜,便来了,不曾得见太公。"宋江把上梁山泊一节都对石勇说了。石勇道:"小人自离了柴大官人庄上,江湖中只闻得哥哥大名,疏财仗义,济困扶危。如今哥哥既去那里入伙,是必携带。"宋江道:"这不必你说,何争你一个人!且来和燕顺厮见。"叫酒保且来这里斟酒三杯。酒罢,石勇便去包裹内取出家书,慌忙递与宋江。

宋江接来看时,封皮逆封着(书函的外皮倒封着。旧俗以信的封筒倒封表示凶信),又没"平安"二字。宋江心内越是疑惑,连忙扯开封皮,从头读至一半,后面写道:

> 父亲于今年正月初头因病身故,现今停丧在家,专等哥哥来家迁葬。千万,千万,切不可误! 宋清泣血奉书。

宋江读罢,叫声苦,不知高低,自把胸脯捶将起来,自骂道:"不孝逆子,做下非为,老父身亡,不能尽人子之道,畜生何异!"自把头去壁上磕撞,大哭起来。燕顺、石勇抱住。宋江哭得昏迷,半晌方才苏醒。燕顺、石勇两个劝道:"哥哥且省烦恼。"宋江便分付燕顺道:"不是我寡情薄意,其实只有这个老父记挂,今已没了,只得星夜赶归去,教兄弟们自上山则个。"燕顺劝道:"哥哥,太公既已没了,便到家时，也不得见了。世上人无有不死的父母，且请宽心，引我们弟兄去了。那时小弟却陪侍哥哥归去奔丧，未为晚矣。自古道：'蛇无头而不行。'若无仁兄去时，他那里如何肯收留我们？"宋江道："若等我送你们上山去时，误了我多少日期，却是使不得。我只写一封备细书札，都说在内，就带了石勇一发入伙，等他们一处上山。我如今不知便罢；既是天教我知了，正是度日如年，烧眉之急。我马也不要，从人也不带一个，连夜自赶回家。"燕顺、石勇那里留得住。

宋江问酒保借笔砚，讨了一幅纸，一头哭着，一面写书，再三叮咛在上面。写了，封皮不粘，交与燕顺收了。讨石勇的八答麻鞋穿上，取了些银两，藏放在身边，跨了一口腰刀，就拿了石勇的短棒，酒食都不肯沾唇，便出门要走。燕顺道："哥哥也等秦总管、花知寨都来相见一面了，去也未迟。"宋江道："我不等了，我的书去，并无阻滞。石家贤弟，自说备细。可为我上复众兄弟们，可怜见宋江奔丧之急，休怪则个。"宋江恨不得一步跨到家中，飞也似独自一个去了。

且说燕顺同石勇只就那店里吃了些酒食、点心，还了酒钱，却教石勇骑了宋江的马，带了从人，只离酒店三五里路，寻个大客店歇了等候。次日辰牌时分，全伙都到。燕顺、石勇接着，备细说宋江哥哥奔丧去了。众人都埋怨燕顺道："你如何不留他一留？"石勇分说道："他闻得父亲没了，恨不得自也寻死，如何肯停脚，巴不得飞到家里。写了一封备细书札在此，教我们只顾去，他那里看了书，并无阻滞。"花荣与秦明看了书，与众人商议道："事在途中，进退两难：回又不得，散了又不成。只顾且去，还把书来封了，都到山上，看那里不容，却别作道理。"九个好汉并作一伙，带了三五百人马，渐近梁山泊，来寻大路上山。

一行人马正在芦苇中过，只见水面上锣鼓振响。众人看时，漫山遍野，都是杂彩旗幡，水泊中棹（zhào，划船）出两只快船来。当先一只船上，摆着三五十个小喽罗，船头上中间坐着一个头领，乃是豹子头林冲。背后那只哨船上，也是三五十个小喽罗，船头上也坐着一个头领,乃是赤发鬼刘唐。前面林冲在船上喝问道:"汝等是甚么人?那里的官军?敢来收捕我们?教你人人皆死,个个不留,你也须知俺梁山泊的大名!"花荣、秦明等都下马,立在岸边答应道:"我等众人非是官军,有山东及时雨宋公明哥哥书札在此,特来相投大寨入伙。"林冲听了道:"既有宋公明兄长的书札,且请过前面,到朱贵酒店里,先请书来看了,却来相请厮会。"船上把青旗只一招,芦苇里棹出一只小船,内有三个渔人,一个看船,两个上岸来说道:"你们众位将军都跟我来。"水面上见两只哨船,一只船上把白旗招动,铜锣响处,两只哨船一齐去了。一行众人看了,都惊呆了,说道:"端的此处,官军谁敢侵傍(侵凌冒犯)?我等山寨如何及得?"

众人跟着两个渔人,从大宽转直到旱地忽律朱贵酒店里。朱贵见说了,迎接众人,都相见了。便叫放翻两头黄牛,散了分例酒食,讨书札看了。先向水亭上放一枝响箭,射过对岸芦苇中,早摇过一只快船来。朱贵便唤小喽罗分付罢,叫把书先赍上山去报知,一面店里杀宰猪羊,管待九个好汉,把军马屯住在四散歇了。

第二日辰牌时分,只见军师吴学究自来朱贵酒店里迎接众人,一个个都相见了。叙礼罢,动问备细,早有二三十只大白棹船(有桨的船)来接。吴用、朱贵邀请九位好汉下船,老小车辆,人马行李,亦各自都搬在各船上,前望金沙滩来。上得岸,松树径里,众多好汉随着晁头领,全副鼓乐来接。晁盖为头,与九个好汉相见了,迎上关来。各自乘马坐轿,直到聚义厅上,一对对讲礼罢。左边一带(一排)交椅上,却是晁盖、吴用、公孙胜、林冲、刘唐、阮小二、阮小五、阮小七、杜迁、宋万、朱贵、白胜;那时白日鼠白胜,数月之前,已从济州大牢里越狱逃走,到梁山上入伙,皆是吴学究使人去用度(支出的费用),救得白胜脱身。右边一带交椅上,却是花荣、秦明、黄信、燕顺、王英、郑天寿、吕方、郭盛、石勇。列两行坐下,中间焚起一炉香来,各设了誓。当日大吹大擂,杀牛宰马筵宴。一面叫新到火伴厅下参拜了,自和小头目管待筵席。收拾了后山房舍,教搬老小家眷都安顿了。秦明、花荣在席上称赞宋公明许多好处,清风山报冤相杀一事,众头领听了大喜。后说吕方、郭盛两个比试戟法,花荣一箭射断绒绦,分开画戟。晁盖听罢,意思不信,口里含糊应道:"直如此射得亲切(准确),改日却看比箭。"

当日酒至半酣,食供数品,众头领都道:"且去山前闲玩一回,再来赴席。"当下众头领相谦相让,下阶闲步乐情,观看山景。行至寨前第三关上,只听得空中数行宾鸿(大雁)嘹亮。花荣寻思道:"晁盖却才意思不信我射断绒绦,何不今日就此施逞些手段,教他们众人看,日后敬伏我。"把眼一观,随行人伴数内却有带弓箭的,花荣便问他讨过一张弓来。在手看时,却是一张泥金鹊画细弓,正中花荣意。急取过一枝好箭,便对晁盖道:"恰才兄长见说花荣射断绒绦,众头领似有不信之意,远远的有一行雁来,花荣未敢夸口,这枝箭要射雁行内第三只雁的头上。射不中时,众头领休笑。"花荣搭上箭,曳满弓,觑得亲切,望空中只一箭射去。但见:

> 鹊画弓弯满月,雕翎箭逆飞星。挽手既强,离弦甚疾。雁排空如张皮鹄(靶子。鹄,hú),人发矢似展胶竿。影落云中,声在草内。天汉雁行惊折断,英雄雁序喜相联。

当下花荣一箭,果然正中雁行内第三只,直坠落山坡下。急叫军士取来看时,那枝箭正穿在雁头上。晁盖和众头领看了,尽皆骇然,都称花荣做神臂将军。吴学究称赞道:"休言将军比小李广,便是养由基(楚国名将,善射。有"百步穿杨"之典)也不及神手,真乃是山寨有幸!"自此梁山泊无一个不钦敬花荣。众头领再回厅上筵会,到晚各自歇息。

次日,山寨中再备筵席,议定坐次。本是秦明才及花荣,因为花荣是秦明大舅,众人推让花荣在林冲肩下,坐了第五位,秦明坐第六位,刘唐坐第七位,黄信坐第八位,三阮之下,便是燕顺、王矮虎、吕方、郭盛、郑天寿、石勇、杜迁、宋万、朱贵、白胜,一行共是二十一个头领坐定。庆贺筵宴已毕。山寨中添造大船、屋宇、车辆、什物,打造枪刀、军器、铠甲、头盔,整顿旌旗、袍袄、弓弩、箭矢,准备抵敌官军,不在话下。

却说宋江自离了村店,连夜赶归。当日申牌时候(下午三时至五时),奔到本乡村口张社长酒店里暂歇一歇。那张社长却和宋江家来往得好。张社长见了宋江容颜不乐,眼泪暗流,张社长动问道:"押司有年半来不到家中,今日且喜归来,如何尊颜有些烦恼,心中为甚不乐? 且喜官事已遇赦了,必是减罪了。"宋江答道:"老叔自说得是。家中官事且靠后,只有一个生身老父殁了,如何不烦恼? "张社长大笑道:"押司真个也是作耍? 令尊太公却才在我这里吃酒了回去,只有半个时辰来去,如何却说这话? "宋江道:"老叔休要取笑小侄。"便取出家书教张社长看了。"兄弟宋清明明写道父亲于今年正月初头殁了,专等我归来奔丧。"张社长看罢,说道:"呸,那里这般事! 只午时前后和东村王太公在我这里吃酒了去,我如何肯说谎? "宋江听了,心中疑影,没做道理处。寻思了半晌,只等天晚,别了社长,便奔归家。

入得庄门看时,没些动静。庄客见了宋江,都来参拜,宋江便问道:"我父亲和四郎有么? "庄客道:"太公每日望得押司眼穿,今得归来,却是欢喜。方才和东村里王社长在村口张社长店里吃酒了回来,睡在里面房内。"宋江听了大惊,撇了短棒,径入草堂上来,只见宋清迎着哥哥便拜。宋江见了兄弟不戴孝,心中十分大怒,便指着宋清骂道:"你这忤逆畜生,是何道理! 父亲见今在堂,如何却写书来戏弄我? 教我两三遍自寻死处,一哭一个昏迷。你做这等不孝之子! "

宋清却待分说,只见屏风背后转出宋太公来叫道:"我儿不要焦躁,这个不干你兄弟之事。是我每日思量,要见你一面,因此教四郎只写道我殁了,你便归得快。我又听得人说,白虎山地面多有强人,又怕你一时被人捵掇,落草去了,做个不忠不孝的人。为此急急寄书去,唤你归家。又得柴大官人那里来的石勇,寄书去与你。这件事尽都是我主意,不干四郎之事,你休埋怨他。我恰才在张社长店里回来,听得是你归来了。"

宋江听罢,纳头便拜太公,忧喜相伴。宋江又问父亲道:"不知近日官司如何? 已经赦宥,必然减罪。适间张社长也这般说了。"宋太公道:"你兄弟宋清未回之先,多有朱仝、雷横的气力,向后只动了一个海捕文书,再也不曾来勾扰(勾取、骚扰)。我如今为何唤你归来,近闻朝廷册立皇太子,已降下一道赦书,应有民间犯了大罪,尽减一等科断(论处),俱已行开各处施行。便是发露(揭发泄露)到官,也只该个徒流之罪,不到得害了性命。且由他,却又别作道理。"宋江又问道:"朱、雷二都头曾来庄上么? "宋清说道:"我前日听得说来,这两个都差出去了。朱仝差往东京去,雷横不知差到那里去了。如今县里却是新添两个姓赵的勾摄(谓处理公务)公事。"宋太公道:"我儿远路风尘,且去房里将息几时。"合家欢喜,不在话下。

天色看看将晚,玉兔(月亮)东生,约有一更时分,庄上人都睡了,只听得前后门发喊起来,看时,四下里都是火把,团团围住宋家庄,一片声叫道:"不要走了宋江! "

太公听了,连声叫苦。不因此起,有分教,大江岸上,聚集好汉英雄;闹市丛中,来显忠肝义胆。毕竟宋公明在庄上怎地脱身,且听下回分解。

# 第三十六回

## 梁山泊吴用举戴宗　揭阳岭宋江逢李俊

话说当时宋太公掇个梯子上墙来看时,只见火把丛中约有一百余人,当头两个,便是郓城县新参的都头,却是弟兄两个:一个叫做赵能,一个叫做赵得。两个便叫道:"宋太公,你若是晓事的,便把儿子宋江献将出来,我们自将就他;若是不教他出官时,和你这老子一发捉了去。"宋太公道:"宋江几时回来?"赵能道:"你便休胡说! 有人在村口见他从张社长家店里吃了酒归来,亦有人跟到这里。你如何赖得过?"宋江在梯子边说道:"父亲,你和他论甚口! 孩儿便挺身出官也不妨。县里府上都有相识,况已经赦宥的事了,必当减罪。求告这厮们做甚么? 赵家那厮是个刁徒,如今暴得(突然间)做个都头,知道甚么义理! 他又和孩儿没人情,空自求他。"宋太公哭道:"是我苦了孩儿。"宋江道:"父亲休烦恼,官司见了,倒是有幸;明日孩儿躲在江湖上,撞了一班儿杀人放火的弟兄们,打在网里,如何能够见父亲面? 便断配在他州外府,也须有程限,日后归来,也得早晚伏侍父亲终身。"宋太公道:"既是孩儿恁的说时,我自来上下使用,买个好去处。"

宋江便上梯来叫道:"你们且不要闹。我的罪犯,今已赦宥,定是不死。且请二位都头进敝庄少叙三杯,明日一同见官。"赵能道:"你休使见识(用计谋,使手段),赚我入来。"宋江道:"我如何连累父亲、兄弟? 你们只顾进家里来。"

宋江便下梯子来开了庄门,请两个都头到庄里堂上坐下,连夜杀鸡宰鹅，置酒相待。那一百土兵人等，都与酒食管待，送些钱物之类。取二十两花银，把来送与两位都头做好看钱（指求人照顾或饶恕而送与的钱财）。正是：

> 都头见钱便好，无钱恶眼相看。
> 因此钱名好看，只钱无法无官。

当夜两个都头在宋江庄上歇了。次早五更，同到县前等待。天明解到县里来时，知县才出升堂。见都头赵能、赵得押解宋江出官，知县时文彬见了大喜，责令宋江供状。当下宋江一笔供招：不合于前年秋间典赡（谓买妾并赡养其家）到阎婆惜为妾，为因不良，一时恃酒争论斗殴，致被误杀身死，一向避罪在逃。今蒙缉捕到官，取勘前情，所供甘服罪无词。

知县看罢，且叫收禁牢里监候。满县人见说拿得宋江，谁不爱惜他，都替他去知县处告说讨饶，备说宋江平日的好处。知县自心里也有八分开豁（开脱并宽免）他，当时依准了供状，免上长枷手杻（即手铐、械手的刑具），只散禁在牢里。宋太公自来买上告下，使用钱帛。那时阎婆已自身故了半年，没了苦主；这张三又没了粉头，不来做甚冤家。县里迭成文案，待六十日限满，结解上济州听断。本州府尹看了申解情由，赦前恩宥之事，已成减罪，把宋江脊杖二十，刺配江州牢城。本州官吏亦有认得宋江的，更兼他又有钱帛使用，名唤做断杖刺配，又无苦主执证，众人维持下来，都不甚深重。当厅带上行枷，押了一道牒文，差两个防送（押送）公人，无非是张千、李万。

当下两个公人领了公文，监押宋江到州衙前。宋江的父亲宋太公同兄弟宋清都在那里等候，置酒管待两个公人，赍发了些银两。教宋江换了衣服，打拴了包裹，穿上麻鞋。宋太公唤宋江到僻静处叮嘱道："我知江州是个好地面，鱼米之乡，特地使钱买将那里去。你可宽心守耐（坚持忍耐），我自使四郎来望你，盘缠有便人常常寄来。你如今此去，正从梁山泊过，倘或他们下山来劫夺你入伙，切不可依随他，教人骂做不忠不孝。此一节，牢记于心。孩儿路上慢慢地去，天可怜见,早得回来,父子团圆,兄弟完聚。"宋江洒泪拜辞了父亲,兄弟宋清送一程路。宋江临别时嘱付兄弟道:"我此去不要你们忧心。只有父亲年纪高大,我又累被官司缠扰,背井离乡而去。兄弟,你早晚只在家侍奉,休要为我到江州(今江西省九江市)来,弃撇父亲,无人看顾。我自江湖上相识多,见的那一个不相助,盘缠自有对付处。天若见怜,有一日归来也!"宋清洒泪拜辞了,自回家中去侍奉父亲宋太公,不在话下。

只说宋江和两个公人上路,那张千、李万已得了宋江银两,又因他是个好汉,因此于路上只是伏侍宋江。三个人上路行了一日,到晚投客店安歇了,打火做些饭吃,又买些酒肉请两个公人。宋江对他说道:"实不瞒你两个说,我们今日此去,正从梁山泊边过。山寨上有几个好汉,闻我的名字,怕他下山来夺我,枉惊了你们。我和你两个明日早起些,只拣小路里过去,宁可多走几里不妨。"两个公人道:"押司,你不说,俺们如何得知?我们自认得小路过去,定不得撞着他们。"当夜计议定了。

次日起个五更来打火。两个公人和宋江离了客店,只从小路里走。约莫也走了三十里路,只见前面山坡背后转出一伙人来。宋江看了,只叫得苦。来的不是别人,为头的好汉,正是赤发鬼刘唐,将领着三五十人,便来杀那两个公人。这张千、李万唬做一堆儿,跪在地下。宋江叫道:"兄弟,你要杀谁?"刘唐道:"哥哥,不杀了这两个男女,等甚么?"宋江道:"不要你污了手,把刀来我杀便了。"两个人只叫得苦:"今番倒不好了。"刘唐把刀递与宋江。诗曰:

> 有罪当官不肯逃,逢人救解愈坚牢。
>
> 存心厚处生机巧,不杀公人却借刀。

宋江接过,问刘唐道:"你杀公人何意?"刘唐说道:"奉山上哥哥将令,特使人打听得哥哥吃官司,直要来郓城县劫牢,却知道哥哥不曾在牢里,不曾受苦。今番打听得断配江州,只怕路上错了路道,教大小头领分付去四路等候,迎接哥哥,便请上山。这两个公人不杀了如何？"宋江道："这个不是你们弟兄抬举宋江，倒要陷我于不忠不孝之地。若是如此来挟我，只是逼宋江性命，我自不如死了。"把刀望喉下自刎。刘唐慌忙攀住胳膊道："哥哥，且慢慢地商量。"就手里夺了刀。宋江道："你弟兄们若是可怜见宋江时，容我去江州牢城听候限满回来，那时却待与你们相会。"刘唐道："哥哥这话，小弟不敢主张。前面大路上有军师吴学究同花知寨在那里专等，迎迓哥哥。容小弟着小校请来商议。"宋江道："我只是这句话，由你们怎地商量。"

小喽罗去报不多时，只见吴用、花荣两骑马在前，后面数十骑马跟着，飞到面前。下马叙礼罢，花荣便道："如何不与兄长开了枷？"宋江道："贤弟是甚么话！此是国家法度，如何敢擅动！"吴学究笑道："我知兄长的意了。这个容易，只不留兄长在山寨便了。晁头领多时不曾得与仁兄相会，今次也正要和兄长说几句心腹的话，略请到山寨少叙片时，便送登程。"宋江听了道："只有先生便知道宋江的意。"扶起两个公人来，宋江道："要他两个放心，宁可我死，不可害他。"两个公人道："全靠押司救命。"

一行人都离了大路，来到芦苇岸边，已有船只在彼。当时载过山前大路，却把山轿（山行乘坐的轿子）教人抬了，直到断金亭上歇了。叫小喽罗四下里去请众头领都来聚会，迎接上山，到聚义厅上相见。晁盖说道："自从郓城救了性命，兄弟们到此，无日不想大恩。前者又蒙引荐诸位豪杰上山，光辉草寨，恩报无门。"宋江答道："小可自从别后，杀死淫妇，逃在江湖上，去了年半。本欲上山相探兄长一面，偶然村店里遇得石勇，捎寄家书，只说父亲弃世。不想却是父亲恐怕宋江随众好汉入伙去了，因此诈写书来唤我回家。虽然明吃官司，多得上下之人看觑，不曾重伤。今配江州，亦是好处。适蒙呼唤，不敢不至。今来既见了尊颜，奈我限期相逼，不敢久住，只此告辞。"晁盖道："直如此忙！且请少坐。"两个中间坐了，宋江便叫两个公人只在交椅后坐了，与他寸步不离。

　　晁盖叫许多头领都来参拜了宋江，分两行坐下，小头目一面斟酒。先是晁盖把盏了，向后军师吴学究、公孙胜起，至白胜把盏下来。酒至数巡，宋江起身相谢道："足见弟兄们相爱之情。宋江是个得罪囚人，不敢久停，只此告辞。"晁盖道："仁兄直如此见怪！虽然贤兄不肯要坏两个公人，多与他些金银，发付他回去，只说我梁山泊抢掳了去，不道得治罪于他。"宋江道："兄这话休题。这等不是抬举宋江，明明的是苦我。家中上有老父在堂，宋江不曾孝敬得一日，如何敢违了他的教训，负累了他？前者一时乘兴，与众位来相投，天幸使令石勇在村店里撞见在下，指引回家。父亲说出这个缘故，情愿教小可明吃了官司，急断配出来，又频频嘱付。临行之时，又千叮万嘱，教我休为快乐，苦害家中，免累老父怆惶惊恐。因此父亲明明训教宋江，小可不争随顺了，便是上逆天理，下违父教，做了不忠不孝的人，在世虽皆生何益？如不肯放宋江下山，情愿只就众位手里乞死。"说罢，泪如雨下，便拜倒在地。晁盖、吴用、公孙胜一齐扶起。众人道："既是哥哥坚意欲往江州，今日且请宽心住一日，明日早送下山。"三回五次留得宋江就山寨里吃了一日酒。教去了枷，也不肯除，只和两个公人同起同坐。

　　当晚住了一夜，次日早起来，坚心要行。吴学究道："兄长听禀：吴用有个至爱相识，现在江州充做两院押牢节级，姓戴，名宗，本处人称为戴院长。为他有道术，一日能行八百里，人都唤他做神行太保。此人十分仗义疏财。夜来小生修下一封书在此，与兄长去，到彼时可和本人做个相识。但有甚事，可教众兄弟知道。"众头领挽留不住，安排筵宴送行，取出一盘金银，送与宋江；又将二十两银子送与两个公人。就与宋江挑了包裹，都送下山来，一个个都作别了。吴学究和花荣直送过渡，到大路二十里外。众头领回上山去。

　　只说宋江自和两个防送公人取路投江州来。那个公人见了山寨里许多人马，众头领一个个都拜宋江，又得他那里若干银两，一路上只是小心伏侍宋江。三个人在路约行了半月之上，早来到一个去处,望见前面一座高岭。两个公人说道:"好了! 过得这条揭阳岭,便是浔阳江,到江州却是水路,相去不远。"宋江道:"天色暄暖(温暖),趁早走过岭去,寻个宿头。"公人道:"押司说得是。"三个人厮赶着奔过岭来。

行了半日,巴过岭头,早看见岭脚边一个酒店,背靠颠崖,门临怪树,前后都是草房。去那树荫之下,挑出一个酒旆(酒旗。旆,pèi)儿来。宋江见了,心中欢喜,便与公人道:"我们肚里正饥渴哩! 原来这岭上有个酒店,我们且买碗酒吃再走。"

三个人入酒店来,两个公人把行李歇了,将水火棍靠在壁上。宋江让他两个公人上首坐定,宋江下首坐了。半个时辰,不见一个人出来,宋江叫道:"怎地不见有主人家?"只听得里面应道:"来也! 来也!"侧首屋下,走出一个大汉,怎生模样:

> 赤色虬须乱撒,红丝虎眼睁圆。
>
> 揭岭杀人魔祟,酆都催命判官。

那人出来,头上一顶破头巾,身穿一领布背心,露着两臂,下面围一条布手巾,看着宋江三个人唱个喏道:"客人,打多少酒?"宋江道:"我们走得肚饥,你这里有甚么肉卖?"那人道:"只有熟牛肉和浑白酒。"宋江道:"最好。你先切二斤熟牛肉来,打一角酒来。"那人道:"客人休怪说,我这里岭上卖酒,只是先交了钱,方才吃酒。"宋江道:"倒是先还了钱吃酒,我也喜欢。等我先取银子与你。"宋江便去打开包裹,取出些碎银子。那人立在侧边偷眼睃着,见他包裹沉重,有些油水,心内自有八分欢喜。接了宋江的银子,便去里面舀一桶酒,切一盘牛肉出来,放下三只大碗,三双箸(zhù,筷子),一面筛酒(斟酒)。

三个人一头吃,一面口里说道:"如今江湖上歹人,多有万千好汉着了道儿的。酒肉里下了蒙汗药,麻翻了,劫了财物,人肉把来做馒头馅子。我只是不信,那里有这话!"那卖酒的人笑道:"你三个说了,不要吃,我这酒和肉里面都有了麻药。"宋江笑道:"这个大哥瞧见我们说着麻药,便来取笑。"两个公人道:"大哥,热吃一碗也好。"那人道:"你们要热吃,我便将去烫来。"那人烫热了,将来筛做三碗。正是饥渴之中,酒肉到口,如何不吃?三人各吃了一碗下去,只见两个公人瞪了双眼,口角边流下涎水(唾液、口水)来,你揪我扯,望后便倒。宋江跳起来道:"你两个怎地吃的一碗,便恁醉了?"向前来扶他,不觉自家也头晕眼花,扑地倒了,光着眼,都面面厮觑,麻木了,动弹不得。酒店里那人道:"惭愧!好几日没买卖,今日天送这三头行货(东西、家伙)来与我。"先把宋江倒拖了入去山岩边人肉作房里,放在剥人凳上;又来把这两个公人也拖了入去。那人再来,却把包裹行李都提在后屋内。解开看时,都是金银,那人自道:"我开了许多年酒店,不曾遇着这等一个囚徒。量这等一个罪人,怎地有许多财物?却不是从天降下,赐与我的!"那人看罢包裹,却再包了,且去门前,望几个火家归来开剥。

立在门前看了一回,不见一个男女归来,只见岭下这边三个人奔上岭来。那人却认得,慌忙迎接道:"大哥,那里去来?"那三个内一个大汉应道:"我们特地上岭来接一个人,料道是来的程途日期了。我每日出来,只在岭下等候,不见到,正不知在那里耽搁了。"那人道:"大哥却是等谁?"那大汉道:"等个奢遮的好男子。"那人问道:"甚么奢遮的好男子?"那大汉答道:"你敢也闻他的大名,便是济州郓城县宋押司宋江。"那人道:"莫不是江湖上说的山东及时雨宋公明?"那大汉道:"正是此人。"那人又问道:"他却因甚打这里过?"那大汉道:"我本不知。近日有个相识从济州来,说道:'郓城县宋押司宋江,不知为甚么事发在济州府,断配江州牢城。'我料想他必从这里过来,别处又无路。他在郓城县时,我尚且要去和他厮会,今次正从这里经过,如何不结识他?因此在岭下连日等候,接了他四五日,并不见有一个囚徒过来。我今日同这两个兄弟信步踱上山岭,来你这里买碗酒吃,就望你一望。近日你店里买卖如何?"那人道:"不瞒大哥说,这几个月里好生没买卖,今日谢天地,捉得三个行货，又有些东西。"那大汉慌忙问道："三个甚样人？"那人道："两个公人和一个罪人。"那汉失惊道："这囚徒莫不是黑矮肥胖的人？"那人应道："真个不十分长大，面貌紫棠色。"那大汉连忙问道："不曾动手么？"那人答道："方才拖进作房去，等火家未回，不曾开剥。"那大汉道："等我认他一认。"

当下四个人进山岩边人肉作房里，只见剥人凳上挺着宋江和两个公人，颠倒头放在地下。那大汉看见宋江，却又不认得；相他脸上金印，又不分晓，没可寻思处。猛想起道："且取公人的包裹来，我看他公文便知。"那人道："说得是。"便去房里取过公人的包裹打开，见了一锭大银，上有若干散碎银两，解开文书袋来，看了差批（官差的批文），众人只叫得："惭愧！"那大汉便道："天使令我今日上岭来，早是不曾动手，争些儿误了我哥哥性命。"正是：

冤仇还报难回避，机会遭逢莫远图。

踏破铁鞋无觅处，得来全不费工夫。

那大汉便叫那人："快讨解药来，先救起我哥哥。"那人也慌了，连忙调了解药，便和那大汉去作房里，先开了枷，扶将起来，把这解药灌将下去。四个人将宋江扛出前面客位里，那大汉扶住着，渐渐醒来，光着眼，看了众人立在面前，又不认得，只见那大汉教两个兄弟扶住了宋江，纳头便拜。宋江问道："是谁？我不是梦中么？"只见卖酒的那人也拜。宋江答礼道："两位大哥请起。这里正是那里？不敢动问二位高姓？"那大汉道："小弟姓李，名俊，祖贯庐州人氏，专在扬子江中撑船艄公（操舵驾驶船的人，也泛指以撑船为业的人）为生，能识水性，人都呼小弟做混江龙李俊便是。这个卖酒的，是此间揭阳岭人，只靠做私商道路，人尽呼他做催命判官李立。这两个兄弟，是此间浔阳江边人，专贩私盐来这里货卖，却是投奔李俊家安身。大江中伏得水，驾得船，是弟兄两个，一个唤做出洞蛟童威，一个叫做翻江蜃（shèn，蛤蜊）童猛。"两个也拜了宋江四拜。宋江问道："却才麻翻了宋江，如何却知我姓名？"李俊道："小弟有个相识，近日做买卖从济州回来,说起哥哥大名,为事发在江州牢城。李俊往常思念,只要去贵县拜识哥哥,只为缘分浅薄,不能够去。今闻仁兄来江州,必从这里经过,小弟连连在岭下等接仁兄五七日了,不见来。今日无心,天幸使令李俊同两个弟兄上岭来,就买杯酒吃,遇见李立,说将起来。因此小弟大惊,慌忙去作房里看了,却又不认得哥哥。猛可思量起来,取讨公文看了,才知道是哥哥。不敢拜问仁兄,闻知在郓城县做押司,不知为何事配来江州?"宋江把这杀了阎婆惜,直至石勇村店寄书,回家事发,今次配来江州,备细说了一遍,四人称叹不已。

李立道:"哥哥何不只在此间住了,休上江州牢城去受苦。"宋江答道:"梁山泊苦死相留,我尚兀自不肯住,恐怕连累家中老父。此间如何住得?"李俊道:"哥哥义士,必不肯胡行,你快救起那两个公人来。"李立连忙叫了火家,已都归来了,便把公人扛出前面客位里来,把解药灌将下去,救得两个公人起来,面面厮觑道:"我们想是行路辛苦,怎地容易得醉!"众人听了都笑。

当晚李立置酒管待众人,在家里过了一夜。次日,又安排酒食管待,送出包裹,还了宋江并两个公人。当时相别了,宋江自和李俊、童威、童猛、两个公人下岭来,径到李俊家歇下。置备酒食,殷勤相待,结拜宋江为兄,留住家里过了数日。宋江要行,李俊留不住,取些银两赍发(赠予)两个公人。宋江再带上行枷,收拾了包裹行李,辞别李俊、童猛、童威,离了揭阳岭下,取路望江州来。

三个人行了半日,早是未牌时分,行到一个去处,只见人烟辏集(密集。辏,còu),井市喧哗。正来到市镇上,只见那里一伙人围住着看。宋江分开人丛,挨入去看时,却原来是一个使枪棒卖膏药的。宋江和两个公人立住了脚,看他使了一回枪棒。那教头放下了手中枪棒,又使了一回拳,宋江喝采道:"好枪棒拳脚!"那人却拿起一个盘子来,口里开呵道:"小人远来的人,投贵地特来就事,虽无惊人的本事,全靠恩官(对顾客的尊称)作成(成全、照顾),远处夸称,近方卖弄,如要筋重膏药,当下取赎。如不用膏药,可烦赐些银两铜钱赍发,休教空过(亏待,简慢)了。"那教头把盘子掠了一遭,没一个出钱与他。那汉又道:"看官高抬贵手。"又掠了一遭,众人都白着眼看,又没一个出钱赏他。宋江见他惶恐,掠了两遭,没人出钱,便叫公人取出五两银子来。宋江叫道:"教头,我是个犯罪的人,没甚与你。这五两白银,权表薄意,休嫌轻微!"那汉子得了这五两白银,托在手里,便收呵道:"恁地一个有名的揭阳镇上,没一个晓事的好汉,抬举咱家!难得这位恩官,本身现自为事在官,又是过往此间,颠倒赍发五两白银。正是:'当年却笑郑元和,只向青楼买笑歌。惯使不论家豪富,风流不在着衣多。'这五两银子强似别的五十两。自家拜揖,愿求恩官高姓大名,使小人天下传扬。"宋江答道:"教师,量这些东西,值得几多,不须致谢。"

正说之间,只见人丛里一条大汉,分开人众,抢近前来,大喝道:"兀那厮是甚么鸟汉?那里来的囚徒?敢来灭俺揭阳镇上威风!"搦(nuò,握)着双拳来打宋江。不因此起相争,有分教,浔阳江上,聚数筹搅海苍龙的好汉;梁山泊中,添一伙爬山猛虎的英雄。毕竟那汉为甚么要打宋江,且听下回分解。

# 第三十七回

## 没遮拦追赶及时雨　船火儿大闹浔阳江

　　话说当下宋江不合将五两银子赍发了那个教师，只见这揭阳镇上众人丛中钻过这条大汉，睁着眼喝道："这厮那里学得这些鸟枪棒，来俺这揭阳镇上逞强，我已分付了众人休睬他，你这厮如何卖弄有钱，把银子赏他，灭俺揭阳镇上的威风！"宋江应道："我自赏他银两，却干你甚事？"那大汉揪住宋江喝道："你这贼配军敢回我话！"宋江道："做甚么不敢回你话？"那大汉提起双拳，劈脸打来，宋江躲个过。那大汉又赶入一步来，宋江却待要和他放对(两人对打)，只见那个使枪棒的教头从人背后赶将来，一只手揪住那大汉头巾，一只手提住腰胯，望那大汉肋骨上只一兜，跟跄一交，颠翻在地。那大汉却待挣扎起来，又被这教头只一脚踢翻了。两个公人劝住教头，那大汉从地下爬将起来，看了宋江和教头说道："使得使不得，叫你两个不要慌。"一直望南去了。

　　宋江且请问："教头高姓？何处人氏？"教头答道："小人祖贯河南洛阳人氏，姓薛，名永，祖父是老种经略相公帐前军官，为因恶了同僚，不得升用。子孙靠使枪棒卖药度日，江湖上但呼小人病大虫薛永。不敢拜问恩官高姓大名？"宋江道："小可姓宋，名江，祖贯郓城县人氏。"薛永道："莫非山东及时雨宋公明么？"宋江道："小可便是。何足道哉！"薛永听罢，便拜道："闻名不如见面，见面胜似闻名。"宋江连忙扶住道："少叙三杯如何？"薛永道："好！正要拜识尊颜，小人无门得遇兄长。"慌忙收拾起枪棒和药囊，同宋江便往邻近酒肆内去吃酒。只见酒家说道："酒肉自有，只是不敢卖与你们吃。"宋江问道："缘何不卖与我们吃？"酒家道："却才和你们厮打的大汉，已使人分付了：若是卖与你们吃时，把我这店子都打得粉碎。我这里却是不敢恶他。这人是此间揭阳镇上一霸，谁敢不听他说？"宋江道："既然恁地，我们去休，那厮必然要来寻闹。"薛永道："小人也去店里算了房钱还他，一两日间，也来江州相会。兄长先行。"宋江又取一二十两银子与了薛永，辞别了自去。

宋江只得自和两个公人也离了酒店，又自去一处吃酒，那店家说道："小郎已自都分付了，我们如何敢卖与你们吃？你枉走，甘自费力，不济事。"宋江和两个公人都则声不得。连连走了几家，都是一般话说。三个来到市梢尽头，见了几家打火小客店，正待要去投宿，却被他那里不肯相容。宋江问时，都道："他已着小郎连连分付去了，不许安着你们三个。"当下宋江见不是话头，三个便拽开脚步望大路上走着，看见一轮红日低坠，天色昏暗。但见：

> 暮烟迷远岫，寒雾锁长空。群星拱皓月争辉，绿水共青山斗碧。疏林古寺，数声钟韵悠扬；小浦渔舟，几点残灯明灭。枝上子规（杜鹃鸟的别名）啼夜月，园中粉蝶宿花丛。

宋江和两个公人见天色晚了，心里越慌。三个商量道："没来由看使枪棒，恶了这厮！如今闪得前不巴村，后不着店，却是投那里去宿是好？"只见远远地小路上望见隔林深处射出灯光来。宋江见了道："兀那里灯光明处，必有人家，遮莫（不论，不管）怎地陪个小心，借宿一夜，明日早行。"公人看了道："这灯光处又不在正路上。"宋江道："没奈何。虽然不在正路上，明日多行三二里，却打甚么不紧？"三个人当时落路来，行不到二里多路，林子背后闪出一座大庄院来。

宋江和两个公人来到庄院前敲门，庄客听得，出来开门道："你是甚人？黄昏半夜来敲门打户！"宋江陪着小心答道："小人是个犯罪配送江州的人，今日错过了宿头，无处安歇，欲求贵庄借宿一宵，来早依例拜纳房金（房钱）。"庄客道："既是恁地，你且在这里少待，等我入去报知庄主太公,可容即歇。"庄客入去通报了,复翻身出来说道:"太公相请。"宋江和两个公人到里面草堂上参见了庄主太公。太公分付,教庄客领去门房里安歇,就与他们些晚饭吃。庄客听了,引去门首草房下,点起一碗灯,教三个歇定了;取三分饭食、羹(gēng)汤、菜蔬,教他三个吃了。庄客收了碗碟,自入里面去。两个公人道:"押司,这里又无外人,一发除了行枷,快活睡一夜,明日早行。"宋江道:"说得是。"当时去了行枷,和两个公人去房外净手,看见星光满天,又见打麦场边屋后是一条村僻小路,宋江看在眼里。三个净了手,入进房里,关上门去睡。宋江和两个公人说道:"也难得这个庄主太公留俺们歇这一夜。"正说间,听得庄里有人点火把来打麦场上,一到处照看。宋江在门缝里张时,见是太公引着三个庄客,把火一到处照看。宋江对公人道:"这太公和我父亲一般,件件都要自来照管。这早晚也未曾去睡,一地里(到处)亲自点看。"

正说之间,只听得外面有人叫开庄门,庄客连忙来开了门,放入五七个人来,为头的手里拿着朴刀,背后的都拿着稻叉棍棒。火把光下,宋江张看时,"那个提朴刀的,正是在揭阳镇上要打我们的那汉"。宋江又听得那太公问道:"小郎,你那里去来? 和甚人厮打? 日晚了,拖枪拽棒!"那大汉道:"阿爹不知,哥哥在家么?"太公道:"你哥哥吃得醉了,去睡在后面亭子上。"那汉道:"我自去叫他起来,我和他赶人。"太公道:"你又和谁合口(口角,吵嘴),叫起哥哥来时,他却不肯干休。你且对我说这缘故。"那汉道:"阿爹你不知,今日镇上一个使枪棒卖药的汉子,叵耐那厮不先来见我弟兄两个,便去镇上撒科卖药,教使枪棒,被我都分付了镇上的人,分文不要与他赏钱,不知那里走一个囚徒来,那厮做好汉出尖,把五两银子赏他,灭俺揭阳镇上威风。我正要打那厮,堪恨那卖药的脑揪(揪住后脑勺的头发或头巾的后部)翻我,打了一顿,又踢了我一脚,至今腰里还疼。我已教人四下里分付了酒店客店,不许着这厮们吃酒安歇,先教那厮三个今夜没存身处。随后吃我叫了赌房里一伙人,赶将去客店里,拿得那卖药的来,尽气力打了一顿,如今把来吊在都头家里。明日送去江边,捆做一块,抛在江里,出那口鸟气。却只赶这两个公人押的囚徒不着,前面又没客店,竟不知投那里去宿了。我如今叫起哥哥来,分投赶去,捉拿这厮。"太公道:"我儿休恁地短命相。他自有银子赏那卖药的,却干你甚事?你去打他做甚么?可知道着他打了,也不曾伤重。快依我口便罢,休教哥哥得知。你吃人打了,他肯干罢?又是去害人性命。你依我说,且去房里睡了。半夜三更,莫去敲门打户,激恼村坊。你也积些阴德。"那汉不顾太公说,拿着朴刀,径入庄内去了。太公随后也赶入去。

宋江听罢,对公人说道:"这般不巧的事,怎生是好?却又撞在他家投宿,我们只宜走了好。倘或这厮得知,必然吃他害了性命。便是太公不说,庄客如何敢瞒?"两个公人都道:"说的是,事不宜迟,及早快走。"宋江道:"我们休从大路出去,掇开(挖开。掇,duō)屋后一堵壁子出去罢。"两个公人挑了包裹,宋江自提了行枷,便从房里挖开屋后一堵壁子,三个人便趁星月之下,望林木深处小路上只顾走。正是慌不择路,走了一个更次(夜间一更的时间,约两小时),望见前面满目芦花,一派大江,滔滔浪滚,正来到浔阳江边。有诗为证:

> 撞入天罗地网来,宋江时寨实堪哀。
>
> 才离黑煞凶神难,又遇丧门白虎灾。

只听得背后喊叫,火把乱明,吹风胡哨赶将来。宋江只叫得苦道:"上苍救一救则个!"三人躲在芦苇丛中,望后面时,那火把渐近,三人心里越慌,脚高步低在芦苇里撞,前面一看,不到天尽头,早到地尽处。定目一观,看见大江拦截,侧边又是一条阔港。宋江仰天叹道:"早知如此的苦,权且在梁山泊也罢。谁想直断送在这里!"

宋江正在危急之际,只见芦苇丛中悄悄地忽然摇出一只船来。宋江见了,便叫:"梢公,且把船来救我们三个,俺与你几两银子。"那梢公在船上问道:"你三个是甚么人?却走在这里来?"宋江道:"背后有强人打劫我们，一昧地撞在这里。你快把船来渡我们，我多与你些银两。"那梢公听得多与银两，把船便放拢来。三个连忙跳上船去，一个公人便把包裹丢下舱里，一个公人便将水火棍抻开了船。那梢公一头搭上橹，一面听着包裹落舱，有些好响声，心里暗喜欢。把橹一摇，那只小船早荡在江心里去。

岸上那伙赶来的人早赶到滩头，有十数个火把，为头两个大汉各挺着一条朴刀，随后有二十余人，各执枪棒，口里叫道："你那梢公，快摇船拢来！"宋江和两个公人做一块儿伏在船舱里，说道："梢公，却是不要拢船，我们自多与你些银子相谢。"那梢公点头，只不应岸上的人，把船望上水咿咿哑哑的摇将去。那岸上这伙人大喝道："你那梢公，不摇拢船来，教你都死！"那梢公冷笑几声，也不应。岸上那伙人又叫道："你是那个梢公？直恁大胆，不摇拢来！"那梢公冷笑应道："老爷叫做张梢公，你不要咬我鸟。"岸上火把丛中那个长汉说道："原来是张大哥，你见我弟兄两个么？"那梢公应道："我又不瞎，做甚么不见你？"那长汉道："你既见我时，且摇拢来和你说话。"那梢公道："有话明朝来说，趁船的要去得紧。"那长汉道："我弟兄两个正要捉这趁船的三个人。"那梢公道："趁船的三个都是我家亲眷，衣食父母，请他归去吃碗板刀面子来。"那长汉道："你且摇拢来和你商量。"那梢公又道："我的衣饭倒摇拢来把与你，倒乐意。"那长汉道："张大哥，不是这般说，我弟兄只要捉这囚徒，你且拢来。"那梢公一头摇橹，一面说道："我自好几日接得这个主顾，却是不摇拢来，倒吃你接了去。你两个只得休怪，改日相见。"宋江不晓得梢公话里藏阉(话里藏着哑谜儿)，在船舱里悄悄的和两个公人说："也难得这个梢公救了我们三个性命。又与他分说，不要忘了他恩德。却不是幸得这只船来渡了我们。"

却说那梢公摇开船去，离得江岸远了，三个人在舱里望岸上时，火把也自去芦苇中明亮。宋江道："惭愧！正是'好人相逢，恶人远离'。且得脱了这场灾难。"只见那梢公摇着橹，口里唱起湖州歌来。

唱道：

> 老爷生长在江边，不怕官司不怕天。
>
> 昨夜华光来趁我，临行夺下一金砖。

宋江和两个公人听了这首歌，都酥软了。宋江又想道："他是唱耍(说笑、玩笑)。"三个正在那里议论未了，只见那梢公放下橹，说道："你这个撮(cuō)鸟，两个公人，平日最会诈害做私商的人，今日却撞在老爷手里！你三个却是要吃板刀面？却是要吃馄饨？"宋江道："家长(船家)休要取笑！怎地唤做板刀面？怎地是馄饨？"那梢公睁着眼道："老爷和你要甚鸟！若还要吃板刀面时，俺有一把泼风也似快刀在这艎板(船的甲板。艎，huáng)底下，我不消三刀五刀，我只一刀一个，都剁你三个人下水去。你若要吃馄饨时，你三个快脱了衣裳，都赤条条地跳下江里自死。"宋江听罢，扯定两个公人说道："却是苦也！正是'福无双至，祸不单行'。"那梢公喝道："你三个好好商量，快回我话。"宋江答道："梢公不知，我们也是没奈何犯下了罪，迭配江州的人。你如何可怜见饶了我三个！"那梢公喝道："你说甚么闲话！饶你三个！我半个也不饶你。老爷唤做有名的狗脸张爷爷，来也不认得爹，去也不认得娘。你便都闭了鸟嘴，快下水里去！"宋江又求告道："我们都把包裹内金银、财帛、衣服等项尽数与你，只饶了我三人性命。"那梢公便去艎板底下摸出那把明晃晃板刀来，大喝道："你三个要怎地？"宋江仰天叹道："为因我不敬天地，不孝父母，犯下罪责，连累了你两个。"那两个公人也扯着宋江道："押司，罢，罢！我们三个一处死休。"那梢公又喝道："你三个好好快脱了衣裳，跳下江去。跳便跳，不跳时，老爷便剁下水里去。"

宋江和那两个公人抱做一块，恰待要跳水，只见江面上咿咿哑哑橹声响，宋江探头看时，一只快船飞也似从上水头摇将下来。船上有三个人，一条大汉手里横着托叉，立在船头上。梢头两个后生，摇着两把快橹，星光之下，早到面前。那船头上横叉的大汉便喝道："前面是甚么梢公，敢在当港(渡口)行事？船里货物，见者有分。"这船梢公回头看了,慌忙应道:"原来却是李大哥,我只道是谁来。大哥又去做买卖,只是不曾带挈兄弟。"大汉道:"张家兄弟,你在这里又弄这一手!船里甚么行货?有些油水么?"梢公答道:"教你得知好笑。我这几日没道路,又赌输了,没一文,正在沙滩上闷坐,岸上一伙人赶着三头行货来我船里。却是乌两个公人,解一个黑矮囚徒,正不知是那里人。他说道迭配江州来的,却又项上不带行枷。赶来的岸上一伙人,却是镇上穆家哥儿两个,定要讨他。我见有些油水吃,我不还他。"船上那大汉道:"咄!莫不是我哥哥宋公明?"宋江听得声音厮熟(互相熟识),便舱里叫道:"船上好汉是谁?救宋江则个!"那大汉失惊道:"真个是我哥哥,早不做出来(作声)。"宋江钻出船上来看时,星光明亮,那立在船头上的大汉,不是别人,正是:

> 家住浔阳江浦上,最称豪杰英雄。眉浓眼大面皮红,髭须垂铁线,语话若铜钟。凛凛身躯长八尺,能挥利剑霜锋,冲波跃浪立奇功。庐州生李俊,绰号混江龙。

那船头上立的大汉,正是混江龙李俊。背后船梢上两个摇橹的,一个是出洞蛟童威,一个是翻江蜃童猛。

这李俊听得是宋公明,便跳过船来,口里叫苦道:"哥哥惊恐。若是小弟来得迟了些个,误了仁兄性命。今日天使李俊在家坐立不安,棹船出来江里,赶些私盐,不想又遇着哥哥在此受难!"那梢公呆了半晌,做声不得,方才问道:"李大哥,这黑汉便是山东及时雨宋公明么?"李俊道:"可知是哩!"那梢公便拜道:"我那爷,你何不早通个大名,省得着我做出歹事来,争些儿伤了仁兄。"宋江问李俊道:"这个好汉是谁?高姓何名?"李俊道:"哥哥不知,这个好汉却是小弟结义的兄弟,原是小孤山下人氏,姓张,名横,绰号船火儿,专在此浔阳江做这件稳善(罪恶的讳称)的道路。"宋江和两个公人都笑起来。

当时两只船并着摇奔滩边来,缆了船,舱里扶宋江并两个公人上岸。李俊又与张横说道:"兄弟,我常和你说,天下义士,只除非山东及时雨郓城宋押司,今日你可仔细认看。"张横敲开火石,点起灯来，照着宋江，扑翻身，又在沙滩上拜道："望哥哥恕兄弟罪过！"宋江看那张横时，但见：

> 七尺身躯三角眼，黄髯赤发红睛，浔阳江上有声名。冲波如水怪，跃浪似飞鲸，恶水狂风都不惧，蛟龙见处魂惊。天差列宿害生灵。小孤山下住，船火号张横。

张横拜罢问道："义士哥哥为何事配来此间？"李俊便把宋江犯罪的事说了，今来迭配江州。张横听了说道："好教哥哥得知，小弟一母所生的亲弟兄两个，长的便是小弟，我有个兄弟，却又了得。浑身雪练(雪白的绢帛)也似一身白肉，没得四五十里水面，水底下伏得七日七夜，水里行一似一根白条，更兼一身好武艺。因此人起他一个异名，唤做浪里白跳张顺。当初我弟兄两个，只在扬子江边做一件依本分的道路。"宋江道："愿闻则个。"张横道："我弟兄两个，但赌输了时，我便先驾一只船渡在江边净处做私渡。有那一等客人贪省贯百钱的，又要快，便来下我船。等船里都坐满了，却教兄弟张顺也扮做单身客人，背着一个大包也来趁船。我把船摇到半江里，歇了橹，抛了钉(抛锚)，插一把板刀，却讨船钱，本合五百足钱一个人，我便定要他三贯。却先问兄弟讨起，教他假意不肯还我，我便把他来起手(动手)，一手揪住他头，一手提定腰胯，扑通地撺(扔)下江里，排头儿(从头儿)定要三贯。一个个都惊得呆了，把出来不迭。都敛得足了，却送他到僻净处上岸。我那兄弟自从水底下走过对岸，等没了人，却与兄弟分钱去赌。那时我两个只靠这件道路过日。"宋江道："可知江边多有主顾来寻你私渡！"李俊等都笑起来。张横又道："如今我弟兄两个都改了业，我便只在这浔阳江里做些私商(为盗行劫)。兄弟张顺，他却如今自在江州做卖鱼牙子(旧时居于买卖双方之间，从中撮合，以获取佣金的人)。如今哥哥去时，小弟寄一封书去，只是不识字，写不得。"李俊道："我们去村里央个门馆先生来写。"留下童威、童猛看船。三个人跟了李俊，张横提了灯，投村里来。

走不过半里路，看见火把还在岸上明亮。张横说道："他弟兄两个还未归去。"李俊道:"你说兀谁弟兄两个?"张横道:"便是镇上那穆家哥儿两个。"李俊道:"一发叫他两个来拜见哥哥。"宋江连忙说道:"使不得,他两个赶着要捉我。"李俊道:"仁兄放心,他弟兄不知是哥哥。他亦是我们一路人。"李俊用手一招,胡哨了一声,只见火把人伴都飞奔将来。看见李俊、张横都恭奉着宋江做一处说话,那弟兄二人大惊道:"二位大哥如何与这三人厮熟?"李俊大笑道:"你道他是兀谁?"那二人道:"便是不认得。只见他在镇上出银两赏那使枪棒的,灭俺镇上威风,正待要捉他。"李俊道:"他便是我日常和你们说的山东及时雨郓城宋押司公明哥哥,你两个还不快拜?"那弟兄两个撇了朴刀,扑翻身便拜道:"闻名久矣,不期今日方得相会。却才甚是冒渎(冒犯。渎,dú),犯伤了哥哥,望乞怜悯恕罪。"宋江扶起二位道:"壮士,愿求大名。"李俊便道:"这弟兄两个富户是此间人,姓穆,名弘,绰号没遮拦,兄弟穆春,唤做小遮拦,是揭阳镇上一霸。我这里有三霸,哥哥不知,一发说与哥哥知道。揭阳岭上岭下,便是小弟和李立一霸;揭阳镇上,是他弟兄两个一霸;浔阳江边做私商的,却是张横、张顺两个一霸。以此谓之三霸。"宋江答道:"我们如何省得?既然都是自家弟兄情分,望乞放还了薛永。"穆弘笑道:"便是使枪棒的那厮?哥哥放心,随即便教兄弟穆春去取来还哥哥。我们且请仁兄到敝庄伏礼请罪。"李俊说道:"最好,最好!便到你庄上去。"穆弘叫庄客着两个去看了船只,就请童威、童猛一同都到庄上去相会。一面又着人去庄上报知,置办酒食,杀羊宰猪,整理筵宴。

一行众人等了童威、童猛,一同取路投庄上来。却好五更天气,都到庄里,请出穆太公来相见了,就草堂上分宾主坐下。宋江看那穆弘时,端的好表人物。但见:

> 面似银盆身似玉,头圆眼细眉单,威风凛凛逼人寒。灵官离斗府,佑圣下天关。武艺高强心胆大,阵前不肯空还,攻城野战夺旗幡。穆弘真壮士,人号没遮拦。

宋江与穆太公对坐。说话未久,天色明朗,穆春已取到病大虫薛永进来，一处相会了。穆弘安排筵席，管待宋江等众位饮宴。当日众人在席上，所说各自经过的许多事务。至晚都留在庄上歇宿。次日，宋江要行，穆弘那里肯放，把众人都留庄上，陪侍宋江去镇上闲玩，观看揭阳市村景致。

又住了三日，宋江怕违了限次（限期），坚意要行。穆弘并众人苦留不住，当日做个送路筵席。次日早起来，宋江作别穆太公并众位好汉，临行分付薛永，且在穆弘处住几时，却来江州，再得相会。穆弘道："哥哥但请放心，我这里自看顾他。"取出一盘金银，送与宋江，又赍发两个公人些银两。临动身，张横在穆弘庄上央人修了一封家书，央宋江付与张顺，当时宋江收放包裹内了。一行人都送到浔阳江边。穆弘叫只船来，取过先头行李下船。众人都在江边，安排行枷，取酒食上船钱行，当下众人洒泪而别。李俊、张横、穆弘、穆春、薛永、童威、童猛一行人，各自回家，不在话下。

只说宋江自和两个公人下船投江州来。这梢公非比前番，拽起一帆风篷，早送到江州上岸。宋江依前带上行枷，两个公人取出文书，挑了行李，直至江州府前来，正值府尹升厅。原来那江州知府，姓蔡，双名得章，是当朝蔡太师蔡京的第九个儿子，因此江州人叫他做蔡九知府。那人为官贪滥，作事骄奢。为这江州是个钱粮浩大的去处，抑且（况且）人广物盈，因此太师特地教他来做个知府。

当时两个公人当厅下了公文，押宋江投厅下。蔡九知府看见宋江一表非俗，便问道："你为何枷上没了本州的封皮？"两个公人告道："于路上春雨淋漓，却被水湿坏了。"知府道："快写个帖来，便送下城外牢城营里去，本府自差公人押解下去。"这两个公人就送宋江到牢城营内交割。当时江州府公人赍了文帖，监押宋江并同公人出州衙，前来酒店里买酒吃。宋江取三两来银子，与了江州府公人，当讨了收管（旧时押解犯人交验后给予的证明文书），将宋江押送单身房（单间牢房）里听候。那公人先去对管营差拨处替宋江说了方便，交割，讨了收管，自回江州府去了。这两个公人也交还了宋江包裹行李，千酬万谢,相辞了入城来。两个自说道:"我们虽是吃了惊恐,却赚得许多银两。"自到州衙府里伺候,讨了回文,两个取路往济州去了。

话里只说宋江又自央浼(恳求,请求。浼,měi)人情,差拨到单身房里,送了十两银子与他;管营处又自加倍送十两并人事(指赠送的礼品);营里管事的人,并使唤的军健等,都送些银两与他们买茶吃。因此无一个不欢喜宋江。少刻引到点视厅前,除了行枷参见。管营为得了贿赂,在厅上说道:"这个新配到犯人宋江听着:先朝太祖武德皇帝圣旨事例,但凡新入流配的人,须先吃一百杀威棒,左右与我捉去背起来。"宋江告道:"小人于路感冒风寒时症,至今未曾痊可。"管营道:"这汉端的似有病的,不见他面黄肌瘦,有些病症。且与他权寄下这顿棒。此人既是县吏出身,着他本营抄事房(专事抄写的胥吏办公的地点)做个抄事。"就时立了文案,便教发去抄事。宋江谢了,去单身房取了行李,到抄事房安顿了。

众囚徒见宋江有面目(指面子、脸面),都买酒来与他庆贺。次日,宋江置备酒食,与众人回礼。不时间,又请差拨牌头递杯,管营处常常送礼物与他。宋江身边有的是金银财帛,自落的结识他们。住了半月之间,满营里没一个不欢喜他。

自古道:"世情看冷暖,人面逐高低。"宋江一日与差拨在抄事房吃酒,那差拨说与宋江道:"贤兄,我前日和你说的那个节级常例人情,如何多日不使人送去与他?今已一旬之上了。他明日下来时,须不好看。"宋江道:"这个不妨。那人要钱,不与他。若是差拨哥哥但要时,只顾问宋江取不妨。那节级要时,一文也没。等他下来,宋江自有话说。"差拨道:"押司,那人好生利害,更兼手脚了得。倘或有些言语高低,吃了他些羞辱,却道我不与你通知。"宋江道:"兄长由他,但请放心,小可自有措置。敢是送些与他,也不见得。他有个不敢要我的,也不见得。"正恁的说未了,只见牌头来报道:"节级下在这里了,正在厅上大发作,骂道:'新到配军,如何不送得常例钱来与我!'"差拨道:"我说是么,那人自来,连我们都怪。"宋江笑道:

"差拨哥哥休罪，不及陪侍，改日再得作杯。小可且去和他说话。"差拨也起身道："我们不要见他。"宋江别了差拨，离了抄事房，自来点视厅上，见这节级。

不是宋江来和这人厮见，有分教，江州城里，翻为虎窟狼窝；十字街头，变作尸山血海。直教撞破天罗(天网)归水浒，掀开地网上梁山，毕竟宋江来与这个节级怎么相见，且听下回分解。

# 第三十八回

## 及时雨会神行太保　黑旋风斗浪里白跳

话说当时宋江别了差拨，出抄事房来，到点视厅上看时，见那节级掇条凳子坐在厅前，高声喝道："那个是新配到囚徒？"牌头指着宋江道："这个便是。"那节级便骂道："你这黑矮杀才(骂人的话。犹言该杀的)，倚仗谁的势要，不送常例钱来与我？"宋江道："'人情人情，在人情愿。'你如何逼取人财？好小哉(下等)相！"两边看的人听了，倒捏两把汗。那人大怒，喝骂："贼配军安敢如此无礼！颠倒说我小哉！那兜驮的，与我背起来，且打这厮一百讯棍(即讯杖。古代刑具。拷问囚犯的棍棒)。"两边营里众人都是和宋江好的，见说要打他，一哄都走了，只剩得那节级和宋江。那人见众人都散了，肚里越怒，拿起讯棍，便奔来打宋江。宋江说道："节级，你要打我，我得何罪？"那人大喝道："你这贼配军是我手里行货，轻咳嗽便是罪过。"宋江道："你便寻我过失，也不到得该死。"那人怒道："你说不该死，我要结果你也不难，只似打杀一个苍蝇。"宋江冷笑道："我因不送得常例钱便该死时，结识梁山泊吴学究的，却该怎地？"那人听了这话，慌忙丢了手中讯棍，便问道："你说甚么？"宋江又答道："自说那结识军师吴学究的，你问我怎的？"那人慌了手脚，拖住宋江问道："你正是谁？那里得这话来？"宋江笑道："小可便是山东郓城县宋江。"那人听了大惊，连忙作揖说道："原来兄长正是及时雨宋公明。"宋江道："何足挂齿！"那人便道："兄长，此间不是说话处，未敢下拜。同往城里叙怀，请兄长便行。"宋江道："好，节级少待，容宋江锁了房门便来。"

宋江慌忙到房里取了吴用的书,自带了银两,出来锁上房门,分付牌头看管。便和那人离了牢城营内,奔入江州城里来,去一个临街酒肆中楼上坐下。那人问道:"兄长何处见吴学究来?"宋江怀中取出书来,递与那人。那人拆开封皮,从头读了,藏在袖内,起身望着宋江便拜。宋江慌忙答礼道:"适间言语冲撞,休怪,休怪!"那人道:"小弟只听得说有个姓宋的发下牢城营里来。往常时,但是发来的配军,常例送银五两,今番已经十数日,不见送来,今日是个闲暇日头,因此下来取讨(索取),不想却是仁兄。恰才在营内甚是言语冒渎了哥哥,万望恕罪!"宋江道:"差拨亦曾常对小可说起大名。宋江有心要拜识尊颜,又不知足下住处,亦无因入城,特地只等尊兄下来,要与足下相会一面,以此耽误日久。不是为这五两银子不舍得送来,只想尊兄必是自来,故意延挨(拖延)。今日幸得相见,以慰平生之愿。"

说话的,那人是谁?便是吴学究所荐的江州两院押牢节级戴院长戴宗。那时故宋时金陵一路节级,都称呼"家长";湖南一路节级,都称呼做"院长"。原来这戴院长有一等惊人的道术,但出路时,赍书飞报紧急军情事,把两个甲马(迷信者所画的神符)拴在两只腿上,作起神行法来,一日能行五百里;把四个甲马拴在腿上,便一日能行八百里。因此人都称做神行太保戴宗。有《临江仙》为证:

　　　　面阔唇方神眼突,瘦长清秀人材,皂纱巾畔翠花开。黄旗书令字,红串映宣牌。　　　健足欲追千里马,罗衫常惹尘埃,神行太保术奇哉。程途八百里,朝去暮还来。

当下戴院长与宋公明说罢了来情去意,戴宗、宋江俱各大喜。两个坐在阁子里,叫那卖酒的过来安排酒果、肴馔(饭菜)、菜蔬来,就酒楼上两个饮酒。宋江诉说一路上遇见许多好汉,众人相会的事务,戴宗也倾心吐胆,把和这吴学究相交来往的事,告诉了一遍。

两个正说到心腹相爱之处,才饮得两三杯酒,只听楼下喧闹起来。过卖连忙走入阁子来,对戴宗说道:"这个人只除非是院长说得他下，没奈何，烦院长去解拆(劝解)则个。"戴宗问道："在楼下作闹的是谁？"过卖道："便是时常同院长走的那个唤做铁牛李大哥，在底下寻主人家借钱。"戴宗笑道："又是这厮在下面无礼，我只道是甚么人。兄长少坐，我去叫了这厮上来。"

戴宗便起身下去。不多时，引着一个黑凛凛大汉上楼来。宋江看见，吃了一惊，便问道："院长，这大哥是谁？"戴宗道："这个是小弟身边牢里一个小牢子(狱卒)，姓李，名逵(kuí)，祖贯是沂州沂水县百丈村人氏。本身一个异名，唤做黑旋风李逵。他乡中都叫他做李铁牛。因为打死了人，逃走出来，虽遇赦宥，流落在此江州，不曾还乡。为他酒性不好，多人惧他。能使两把板斧，及会拳棍，现今在此牢里勾当。"有诗为证：

> 家住沂州翠岭东，杀人放火恣行凶。
>
> 不搽煤墨浑身黑，似着朱砂两眼红。
>
> 闲向溪边磨巨斧，闷来岩畔斫乔松。
>
> 力如牛猛坚如铁，撼地摇天黑旋风。

李逵看着宋江问戴宗道："哥哥，这黑汉子是谁？"戴宗对宋江笑道："押司，你看这厮怎么粗卤，全不识些体面。"李逵便道："我问大哥：怎地是粗卤？"戴宗道："兄弟，你便请问这位官人是谁便好，你倒却说'这黑汉子是谁'，这不是粗卤，却是甚么？我且与你说知，这位仁兄，便是闲常你要去投奔他的义士哥哥。"李逵道："莫不是山东及时雨黑宋江？"戴宗喝道："咄(duō，呵斥声)！你这厮敢如此犯上，直言叫唤，全不识些高低，兀自不快下拜等几时？"李逵道："若真个是宋公明，我便下拜；若是闲人，我却拜甚鸟！节级哥哥，不要瞒我拜了，你却笑我。"宋江便道："我正是山东黑宋江。"李逵拍手叫道："我那爷，你何不早说些个，也教铁牛欢喜。"扑翻身躯便拜。宋江连忙答礼，说道："壮士大哥请坐。"戴宗道："兄弟，你便来我身边坐了吃酒。"李逵道："不耐烦小盏吃，换个大碗来筛。"宋江便问道："却才大哥为何在楼下发怒？"李逵道："我有一锭大银，解(大额的金钱兑散成小额的)了十两小银使用了。却问这主人家挪借十两银子去赎那大银出来，便还他，自要些使用。叵耐这鸟主人不肯借与我，却待要和那厮放对，打得他家粉碎，却被大哥叫了我上来。"宋江道："只用十两银子去取，再要利钱么？"李逵道："利钱已有在这里了，只要十两本钱去讨。"宋江听罢，便去身边取出一个十两银子把与李逵，说道："大哥，你将去赎来用度。"戴宗要阻当时，宋江已把出来了。李逵接得银子，便道："却是好也！两位哥哥只在这里等我一等，赎了银子便来送还，就和宋哥哥去城外吃碗酒。"宋江道："且坐一坐，吃几碗了去。"李逵道："我去了便来。"推开帘子，下楼去了。

戴宗道："兄长休借这银与他便好。却才小弟正欲要阻，兄长已把在他手里了。"宋江道："却是为何？"戴宗道："这厮虽是耿直，只是贪酒好赌。他却几时有一锭大银解了，兄长吃他赚漏(骗取)了这个银去。他慌忙出门，必是去赌。若还赢得时，便有的送来还哥哥；若是输了时，那里讨这十两银来还兄长？戴宗面上须不好看。"宋江笑道："院长尊兄何必见外，量这些银两，何足挂齿，由他去赌输了罢。我看这人倒是个忠直汉子。"戴宗道："这厮本事自有，只是心粗胆大不好。在江州牢里，但吃醉了时，却不奈何(收拾)罪人，只要打一般强的牢子。我也被他连累得苦。专一路见不平，好打强汉，以此江州满城人都怕他。"诗曰：

　　　贿赂①公行法枉施，罪人多受不平亏。
　　　以强凌弱真堪恨，天使拳头付李逵。

宋江道："俺们再饮两杯，却去城外闲玩一遭。"戴宗道："小弟也正忘了和兄长去看江景则个。"宋江道："小可也要看江州的景致，如此最好。"

且不说两个再饮酒，只说李逵得了这个银子，寻思道："难得宋江哥哥，又不曾和我深交，便借我十两银子，果然仗义疏财，名不虚

────────────
① 贿赂(huìlù)：用财物收买人。

传。如今来到这里，却恨我这几日赌输了，没一文做好汉请他。如今得他这十两银子，且将去赌一赌，倘或赢得几贯钱来，请他一请也好看。"当时李逵慌忙跑出城外小张乙赌房里来，便去场上将这十两银子撒在地下，叫道："把头钱(一种博具。共用钱六枚。博者掷下去，看正面和背面的多少，决定胜负)过来我博。"那小张乙得知李逵从来赌直，便道："大哥且歇这一博，下来便是你博。"李逵道："我要先赌这一博。"小张乙道："你便傍猜也好。"李逵道："我不傍猜，只要博这一博，五两银子做一注。"有那一般赌的，却待要博，被李逵擘手夺过头钱来，便叫道："我博兀谁？"小张乙道："便博我五两银子。"李逵叫一声，肐膊地博一个叉。小张乙便拿了银子过来，李逵叫道："我的银子是十两。"小张乙道："你再博我五两，便还了你这锭银子。"李逵又拿起头钱，叫声："快(全是背面)！"肐膊的又博个叉(全是正面)。小张乙笑道："我叫你休抢头钱，且歇一博，不听我口，如今一连博上两个叉。"李逵道："我这银子是别人的。"小张乙道："遮莫是谁的，也不济事了，你既输了，却说甚么？"李逵道："没奈何，且借我一借，明日便送来还你。"小张乙道："说甚么闲话？自古赌钱场上无父子。你明明地输了，如何倒来革争(争吵)？"李逵把布衫拽起在前面，口里喝道："你们还我也不还？"小张乙道："李大哥，你闲常最赌的直，今日如何恁么没出豁(没出息)？"李逵也不答应他，便就地下掳了银子，又抢了别人赌的十来两银子，都搂在布衫兜里。睁起双眼，就道："老爷闲常赌直，今日权且不直一遍。"小张乙急待向前夺时，被李逵一指一交。十二三个赌博的一齐上，要夺那银子，被李逵指东打西，指南打北。李逵把这伙人打得没地躲处，便出到门前，把门的问道："大郎那里去？"那伙人随后赶将出来，都只在门前叫道："李大哥，你恁地没道理，都抢了我们众人的银子去！"只在门前叫喊，没一个敢近前来讨。诗曰：

世人无事不蹩帐，直道只用在赌上。

李逵不直亦不妨，又为赌贼作榜样。

　　李逵正走之时，听得背后一人赶上来，扳住肩臂喝道："你这厮如何却抢掳别人财物？"李逵口里应道："干你鸟事！"回过脸来看时，却是戴宗，背后立着宋江。李逵见了，惶恐满面，便道："哥哥休怪，铁牛闲常只是赌直，今日不想输了哥哥的银子，又没得些钱来相请哥哥，喉急（着急。也指因发急而耍赖皮）了，时下做出这些不直来。"宋江听了，大笑道："贤弟但要银子使用，只顾来问我讨。今日既是明明地输与他了，快把来还他。"李逵只得从布衫兜里取出来，都递在宋江手里。宋江便叫过小张乙前来，都付与他。小张乙接过来说道："二位官人在上，小人只拿了自己的，这十两原银，虽是李大哥两博输与小人，如今小人情愿不要他的，省的记了冤仇。"宋江道："你只顾将去，不要记怀。"小张乙那里肯。宋江便道："他不曾打伤了你们么？"小张乙道："讨头的（指聚赌抽头的），拾钱的，和那把门的，都被他打倒在里面。"宋江道："既是恁的，就与他众人做将息钱，兄弟自不敢来了，我自着他去。"小张乙收了银子，拜谢了回去。

　　宋江道："我们和李大哥吃三杯去。"戴宗道："前面靠江有那琵琶亭酒馆，是唐朝白乐天（白居易。唐代诗人）古迹。我们去亭上酌三杯，就观江景则个。"宋江道："可于城中买些肴馔之物将去。"戴宗道："不用，如今那亭上有人在里面卖酒。"宋江道："恁地时却好。"当时三人便望琵琶亭上来。到得亭子上看时，一边靠着浔阳江，一边是店主人家房屋。琵琶亭上有十数付座头，戴宗便拣一付干净座头，让宋江坐了头位，戴宗坐在对席，肩下便是李逵。三个坐定，便叫酒保铺下菜蔬、果品、海鲜、按酒之类。酒保取过两樽玉壶春酒——此是江州有名的上色好酒——开了泥头。宋江纵目观看那江时，端的是景致非常。但见：

　　　　云外遥山耸翠，江边远水翻银。隐隐沙汀，飞起几行鸥鹭；悠悠小蒲，撑回数只渔舟。翻翻雪浪拍长空，拂拂凉风吹水面。紫霄峰上接穹苍，琵琶亭半临江岸。四围空阔，八面玲珑。栏干影浸玻璃，窗外光浮玉璧。昔日乐天声价重，当年司马泪痕多(白居易《琵琶行》："座中泣下谁最多,江州司马青衫湿。"喻失意也)。

当时三人坐下,李逵便道:"酒把大碗来筛,不耐烦小盏价吃。"戴宗喝道:"兄弟好村(粗俗),你不要做声,只顾吃酒便了。"宋江分付酒保道:"我两个面前放两只盏子,这位大哥面前放个大碗。"酒保应了,下去取只碗来,放在李逵面前,一面筛酒,一面铺下肴馔。李逵笑道:"真个好个宋哥哥,人说不差了,便知做兄弟的性格。结拜得这位哥哥,也不枉了。"酒保斟酒,连筛了五七遍。宋江因见了这两人,心中欢喜,吃了几杯,忽然心里想要鱼辣汤吃,便问戴宗道:"这里有好鲜鱼么?"戴宗笑道:"兄长,你不见满江都是渔船,此间正是鱼米之乡,如何没有鲜鱼?"宋江道:"得些辣鱼汤醒酒最好。"戴宗便唤酒保,教造三分加辣点红白鱼汤来。顷刻造了汤来,宋江看见道:"美食不如美器,虽是个酒肆之中,端的好整齐器皿。"拿起箸来,相劝戴宗、李逵吃,自也吃了些鱼,呷了几口汤汁。李逵也不使箸,便把手去碗里捞起鱼来,和骨头都嚼吃了。宋江看见,忍笑不住,呷了两口汁,便放下箸不吃了。戴宗道:"兄长,一定这鱼腌了,不中仁兄吃。"宋江道:"便是不才酒后,只爱口鲜鱼汤吃,这个鱼真是不甚好。"戴宗应道:"便是小弟也吃不得,是腌的,不中吃。"李逵嚼了自碗里鱼,便道:"两位哥哥都不吃,我替你们吃了。"便伸手去宋江碗里捞将过来吃了,又去戴宗碗里也捞过来吃了,滴滴点点淋一桌子汁水。

宋江见李逵把三碗鱼汤和骨头都嚼吃了,便叫酒保来分付道:"我这大哥想是肚饥,你可去大块肉切二斤来与他吃,少刻一发算钱还你。"酒保道:"小人这里只卖羊肉,却没牛肉,要肥羊尽有。"李逵听了,便把鱼汁劈脸泼将去,淋那酒保一身。戴宗喝道:"你又做甚么!"李逵应道:"叵耐这厮无礼,欺负我只吃牛肉,不卖羊肉与我吃。"酒保道:"小人问一声,也不多话。"宋江道:"你去只顾切来,我自还钱。"酒保忍气吞声去切了二斤羊肉,做一盘将来放在桌子上。李逵见了,也不谦让,大把价揸来只顾吃,拈指间把这二斤羊肉都吃了。宋江看了道:"壮哉,真好汉也!"李逵道:"这宋大哥便知我的鸟意,吃肉不强似吃鱼。"戴宗叫酒保来问道:"却才鱼汤,家生甚是整齐,鱼却腌了,不中吃。别有甚好鲜鱼时,另造些辣汤来,与我这位官人醒酒。"酒保答道:"不敢瞒院长说,这鱼端的是昨夜的。今日的活鱼还在船内,等鱼牙主人不来,未曾敢卖动,因此未有好鲜鱼。"李逵跳起来道:"我自去讨两尾活鱼来与哥哥吃。"戴宗道:"你休去,只央酒保去回几尾来便了。"李逵道:"船上打鱼的,不敢不与我,值得甚么!"戴宗拦当不住,李逵一直去了。戴宗对宋江说道:"兄长休怪小弟引这等人来相会,全没些个体面,羞辱杀人!"宋江道:"他生性是恁的,如何教他改得? 我倒敬他真实不假。"两个自在琵琶亭上笑语说话取乐。诗曰:

> 溢江烟景出尘寰,江上峰峦拥髻鬟[①]。
> 明月琵琶人不见,黄芦苦竹暮潮还。

却说李逵走到江边看时,见那渔船一字排着,约有八九十只,都缆系在绿杨树下。船上渔人,有斜枕着船艄睡的,有在船头上结网的,也有在水里洗浴的。此时正是五月半天气,一轮红日,将及沉西,不见主人来开舱卖鱼。李逵走到船边,喝一声道:"你们船上活鱼把两尾来与我。"那渔人应道:"我们等不见渔牙(旧时为渔人、渔贩买卖双方说合交易、从中取得佣金的商行)主人来,不敢开舱。你看,那行贩都在岸上坐地。"李逵道:"等甚么鸟主人! 先把两尾鱼来与我。"那渔人又答道:"纸也未曾烧,如何敢开舱? 那里先拿鱼与你?"李逵见他众人不肯拿鱼,便跳上一只船去,渔人那里拦当得住。李逵不省得船上的事,只顾便把竹笆篾一拔,渔人在岸上只叫得:"罢了!"李逵伸手去艎板底下一绞摸时,那里有一个鱼在里面。原来那大江里渔船,船尾开半截大孔,放江水出入,养着活鱼,却把竹笆篾拦住,以此船舱里活水往来,养放活鱼,因此江州有好鲜鱼。这李逵不省得,倒先

---

① 髻鬟(jíhuán):古时妇女发式。将头发环曲束于顶。

把竹笆篓提起了，将那一舱活鱼都走了。李逵又跳过那边船上去拔那竹篓，那七八十渔人都奔上船，把竹篙（撑船的长竹竿。篙，gāo）来打李逵。李逵大怒，焦躁起来，便脱下布衫，里面单系着一条棋子布手巾儿，见那乱竹篙打来，两只手一驾，早抢了五六条在手里，一似扭葱般都扭断了。渔人看见，尽吃一惊，却都去解了缆，把船撑开去了。李逵忿怒，赤条条地拿两截折竹篙，上岸来赶打行贩，都乱纷纷地挑了担走。

正热闹里，只见一个人从小路里走出来，众人看见叫道："主人来了，这黑大汉在此抢鱼，都赶散了渔船。"那人道："甚么黑大汉，敢如此无礼！"众人把手指道："那厮兀自在岸边寻人厮打。"那人抢将过去，喝道："你这厮吃了豹子心、大虫胆，也不敢来搅乱老爷的道路！"李逵看那人时，六尺五六身材，三十二三年纪，三柳（量词。束，络）掩口黑髯，头上裹顶青纱万字巾，掩映着穿心红一点髻儿，上穿一领白布衫，腰系一条绢搭膊，下面青白裹脚，多耳麻鞋，手里提条行秤。那人正来卖鱼，见了李逵在那里横七竖八打人，便把秤递与行贩接了，赶上前来大喝道："你这厮要打谁？"李逵也不回话，轮过竹篙，却望那人便打。那人抢入去，早夺了竹篙。李逵便一把揪住那人头发，那人便奔他下三面，要跌李逵。怎敌得李逵水牛般气力，直推将开去，不能够拢身（接近）。那人便望肋下擢（zhuó，戳，捅）得几拳，李逵那里着在意里。那人又飞起脚来踢，被李逵直把头按将下去，提起铁锤般大小拳头，去那人脊梁上擂鼓也似打。那人怎生挣扎？李逵正打哩，一个人在背后劈腰抱住，一个人便来帮住手，喝道："使不得，使不得！"李逵回头看时，却是宋江、戴宗。李逵便放了手，那人略得脱身，一道烟走了。

戴宗埋怨李逵道："我教你休来讨鱼，又在这里和人厮打。倘或一拳打死了人，你不去偿命坐牢？"李逵应道："你怕我连累你，我自打死了一个，我自去承当。"宋江便道："兄弟休要论口，拿了布衫，且去吃酒。"李逵向那柳树根头拾起布衫，搭在胳膊上，跟了宋江、戴宗便走。

行不得十数步，只听的背后有人叫骂道："黑杀才今番来和你见个输赢。"李逵回转头来看时，便是那人，脱得赤条条地，匾扎(折叠捆束)起一条水裈儿，露出一身雪练也似白肉，头上除了巾帻，显出那个穿心一点红俏髭儿来，在江边独自一个把竹篙撑着一只渔船赶将来，口里大骂道："千刀万剐的黑杀才，老爷怕你的，不算好汉！走的，不是好男子！"李逵听了大怒，吼了一声，撒了布衫，抢转身来，那人便把船略拢来，凑在岸边，一手把竹篙点定了船，口里大骂着。李逵也骂道："好汉便上岸来。"那人把竹篙去李逵腿上便搠，撩拨得李逵火起，托地跳在船上。说时迟，那时快，那人只要诱得李逵上船，便把竹篙望岸边一点，双脚一蹬，那只渔船一似狂风飘败叶，箭也似投江心里去了。李逵虽然也识得水，却不甚高，当时慌了手脚。那个人也不叫骂，撒了竹篙，叫声："你来，今番和你定要见个输赢。"便把李逵胳膊拿住，口里说道："且不和你厮打，先教你吃些水。"两只脚把船只一晃，船底朝天，英雄落水，两个好汉扑通地都翻筋斗撞下江里去。

宋江、戴宗急赶至岸边，那只船已翻在江里，两个只在岸上叫苦。江岸边早拥上三五百人，在柳阴树下看，都道："这黑大汉今番却着道儿，便挣扎得性命，也吃了一肚皮水。"宋江、戴宗在岸边看时，只见江面开处，那人把李逵提将起来，又淹将下去，两个正在江心里面清波碧浪中间，一个显浑身黑肉，一个露遍体霜肤。两个打做一团，绞做一块，江岸上那三五百人没一个不喝采。但见：

　　一个是沂水县成精异物，一个是小孤山作怪妖魔。这个是酥团结就肌肤，那个如炭屑凑成皮肉。一个是马灵官白蛇托化，一个是赵元帅黑虎投胎。这个似万万锤打就银人，那个如千千火炼成铁汉。一个是五台山银牙白象，一个是九曲河铁甲老龙。这个如布漆罗汉显神通，那个似玉碾金刚施勇猛。一个盘旋良久，汗流遍体迸真珠；一个揪扯多时，水浸浑身倾墨汁。

那个学华光教主,向碧波深处显形骸;这个像黑煞天神,在雪浪堆中呈面目。正是玉龙搅暗天边日,黑鬼掀开水底天。

当时宋江、戴宗看见李逵被那人在水里揪住,浸得眼白,又提起来,又纳下去,何止淹了数十遭,正是:

舟行陆地力能为,拳到江心无可施。

真是黑风吹白浪,铁牛儿作水牛儿。

宋江见李逵吃亏,便叫戴宗央人去救。戴宗问众人道:"这白大汉是谁?"有认得的说道:"这个好汉便是本处卖鱼主人,唤做张顺。"宋江听得,猛省道:"莫不是绰号浪里白跳的张顺?"众人道:"正是,正是。"宋江对戴宗说道:"我有他哥哥张横的家书在营里。"戴宗听了,便向岸边高声叫道:"张二哥不要动手,有你令兄张横家书在此。这黑大汉是俺们兄弟,你且饶了他,上岸来说话。"张顺在江心里见是戴宗叫他,却也时常认得,便放了李逵,赴到岸边,爬上岸来,看着戴宗唱个喏道:"院长休怪小人无礼。"戴宗道:"足下可看我面,且去救了我这兄弟上来,却教你相会一个人。"张顺再跳下水里,赴将开去,李逵正在江里探头探脑,假挣扎赴水。张顺早赴到分际,带住了李逵一只手,自把两条腿踏着水浪,如行平地,那水浸不过他肚皮,淹着脐下,摆了一只手,直托李逵上岸来,江边看的人个个喝采。宋江看得呆了。半晌,张顺、李逵都到岸上。李逵喘做一团,口里只吐白水。戴宗道:"且都请你们到琵琶亭上说话。"张顺讨了布衫穿着,李逵也穿了布衫,四个人再到琵琶亭上来。

戴宗便对张顺道:"二哥,你认得我么?"张顺道:"小人自识得院长,只是无缘,不曾拜会。"戴宗指着李逵问张顺道:"足下日常曾认得他么?今日倒冲撞了你。"张顺道:"小人如何不认的李大哥?只是不曾交手。"李逵道:"你也淹得我够了。"张顺道:"你也打得我好了。"戴宗道:"你两个今番却做个至交的弟兄。常言道:'不打不成相识。'"李逵道:"你路上休撞着我。"张顺道:"我只在水里等你便了。"四人都笑起来,大家唱个无礼喏。

　　戴宗指着宋江对张顺道："二哥,你曾认得这位兄长么?"张顺看了道："小人却不认得,这里亦不曾见。"李逵跳起身来道："这哥哥便是黑宋江。"张顺道："莫非是山东及时雨郓城宋押司?"戴宗道："正是公明哥哥。"张顺纳头便拜道："久闻大名,不想今日得会,多听的江湖上来往的人说兄长清德,扶危济困,仗义疏财。"宋江答道："量小可何足道哉! 前日来时,揭阳岭下混江龙李俊家里住了几日。后在浔阳江上,因穆弘相会,得遇令兄张横,修了一封家书,寄来与足下,放在营内,不曾带得来。今日便和戴院长并李大哥来这里琵琶亭吃三杯,就观江景。宋江偶然酒后思量些鲜鱼汤醒酒,怎当的他定要来讨鱼,我两个阻他不住。只听得江岸上发喊热闹,叫酒保看时,说道是黑大汉和人厮打,我两个急急走来劝解,不想却与壮士相会。今日宋江一朝得遇三位豪杰,岂非天幸! 且请同坐,菜酌三杯。"再唤酒保重整杯盘,再备肴馔。张顺道："既然哥哥要好鲜鱼吃,兄弟去取几尾来。"宋江道："最好。"李逵道："我和你去讨。"戴宗喝道："又来了,你还吃的水不快活。"张顺笑将起来,绾(wǎn,同"挽")了李逵手说道："我今番和你去讨鱼,看别人怎地! "正是:

　　　　上殿相争似虎,落水斗亦如龙。

　　　　果然不失和气,斯为草泽英雄。

　　两个下琵琶亭来,到得江边,张顺略哨一声,只见江上渔船都撑拢来到岸边。张顺问道："那个船里有金色鲤鱼?"只见这个应道："我船上来。"那个应道："我船里有。"一霎时却凑拢十数尾金色鲤鱼来。张顺选了四尾大的,把柳条穿了,先教李逵将来亭上整理。张顺自点了行贩,分付小牙子(旧时牙行中的伙计)去把秤卖鱼。张顺却自来琵琶亭上陪侍宋江。宋江谢道："何须许多,但赐一尾,也十分够了。"张顺答道："些小微物,何足挂齿! 兄长食不了时,将回行馆(出行在外的临时居所)做下饭。"两个序齿(按年龄排定次序),李逵年长,坐了第三位,张顺坐第四位。再叫酒保讨两樽玉壶春上色酒来,并些海鲜、按酒、果品之类。张顺分付酒保,把一尾鱼做辣汤,用酒蒸一尾,叫酒保切鲙(把鱼、肉切成薄片。鲙，kuài)。

　　四人饮酒中间，各叙胸中之事，正说得入耳，只见一个女娘，年方二八，穿一身纱衣，来到跟前，深深的道了四个万福，顿开喉音便唱。李逵正待要卖弄胸中许多豪杰的事务，却被他唱起来一搅，三个且都听唱，打断了他的话头。李逵怒从心起，跳起身来，把两个指头去那女娘子额上一点，那女子大叫一声，蓦然倒地。

　　众人近前看时，只见那女娘桃腮似土，檀口(红艳的嘴唇。多形容女性嘴唇之美)无言。那酒店主人一发向前拦住四人，要去经官告理。正是怜香惜玉无情绪，煮鹤焚琴(比喻糟蹋好东西)惹是非。毕竟宋江等四人在酒店里怎地脱身，且听下回分解。

# 第三十九回

## 浔阳楼宋江吟反诗　梁山泊戴宗传假信

话说当下李逵把指头搁倒了那女娘，酒店主人拦住说道："四位官人如何是好？"主人心慌，便叫酒保过卖都向前来救他，就地下把水喷噀（谓将水等含于口中向外喷散。噀，xùn），看看苏醒，扶将起来。看时，额角上抹脱了一片油皮（皮肤的表层），因此那女子晕昏倒了，救得醒来，千好万好。他的爹娘听得说是黑旋风，先是惊得呆了半晌，那里敢说一言。看那女子，已自说得话了，娘母取个手帕，自与他包了头，收拾了钗环。宋江问道："你姓甚么？那里人家？"那老妇人道："不瞒官人说，老身夫妻两口儿，姓宋，原是京师人。只有这个女儿，小字玉莲，他爹自教得他几个曲儿，胡乱叫他来这琵琶亭上卖唱养口。为他性急，不看头势，不管官人说话，只顾便唱。今日这哥哥失手，伤了女儿些个，终不成经官动词（牵进诉讼之中，打官司），连累官人。"宋江见他说得本分，便道："你着甚人跟我到营里，我与你二十两银子，将息女儿，日后嫁个良人（好人），免在这里卖唱。"那夫妻两口儿便拜谢道："怎敢指望许多！"宋江道："我说一句是一句，并不会说谎。你便叫你老儿自跟我去讨与他。"那夫妻二人拜谢道："深感官人救济。"戴宗埋怨李逵道："你这厮要便与人合口（争吵），又教哥哥坏了许多银子。"李逵道："只指头略擦得一擦，他自倒了，不曾见这般鸟女子恁地娇嫩。你便在我脸上打一百拳，也不妨。"宋江等众人都笑起来。

张顺便叫酒保去说，这席酒钱我自还他。酒保听得道："不妨，不妨! 只顾去。"宋江那里肯, 便道: "兄弟, 我劝二位来吃酒, 倒要你还钱! "张顺苦死要还, 说道: "难得哥哥会面, 仁兄在山东时, 小弟哥儿两个也兀自要来投奔哥哥, 今日天幸得识尊颜, 权表薄意, 非足为礼。"戴宗道: "公明兄长, 既然是张二哥相敬之心, 只得曲允(敬辞。俯允、应允)。"宋江道: "既然兄弟还了, 改日却另置杯复礼。"张顺大喜, 就将了两尾鲤鱼, 和戴宗、李逵带了这个宋老儿, 都送宋江离了琵琶亭, 来到营里, 五个人都进抄事房里坐下。宋江先取两锭小银二十两, 与了宋老儿。那老儿拜谢了去, 不在话下。天色已晚, 张顺送了鱼, 宋江取出张横书, 付与张顺, 相别去了。宋江又取出五十两一锭大银对李逵道: "兄弟, 你将去使用。"戴宗、李逵也自作别, 赶入城去了。

只说宋江把一尾鱼送与管营, 留一尾自吃。宋江因见鱼鲜, 贪爱爽口, 多吃了些, 至夜四更, 肚里绞肠刮肚价疼。天明时, 一连泻了二十来遭, 昏晕倒了, 睡在房中。宋江为人最好, 营里众人都来煮粥烧汤, 看觑伏侍他。次日, 张顺因见宋江爱鱼吃, 又将得好金色大鲤鱼两尾送来, 就谢宋江寄书之义。却见宋江破腹(腹泻, 拉肚子), 泻倒在床, 众囚徒都在房里看视。张顺见了, 要请医人调治。宋江道: "自贪口腹, 吃了些鲜鱼, 坏了肚腹, 你只与我赎一贴止泻六和汤来吃便好了。"叫张顺把这两尾鱼一尾送与王管营, 一尾送与赵差拨。张顺送了鱼, 就赎了一贴六和汤药来与宋江了, 自回去不在话下。营内自有众人煎药伏侍。次日, 戴宗、李逵备了酒肉, 径来抄事房看望宋江。只见宋江暴病才可, 吃不得酒肉, 两个自在房面前吃了, 直至日晚, 相别去了。亦不在话下。

只说宋江自在营中将息了五七日, 觉得身体没事, 病症已痊, 思量要入城中去寻戴宗。又过了一日, 不见他一个来。次日早膳罢, 辰牌前后, 揣了些银子, 锁上房门, 离了营里。信步出街来, 径走入城, 去州衙前左边寻问戴院长家。有人说道: "他又无老小, 只在城隍庙间壁观音庵里歇。"宋江听了, 寻访直到那里, 已自锁了门出去了。却又来寻问黑旋风李逵时，多人说道："他是个没头神(比喻没有根脚，到处乱撞的人)，又无家室，只在牢里安身。没地里(居无定所)的巡检，东边歇两日，西边歪几时，正不知他那里是住处。"宋江又寻问卖鱼牙子张顺时，亦有人说道："他自在城外村里住，便自卖鱼时，也只在城外江边，只除非讨赊钱入城来。"

宋江听罢，又寻出城来，直要问到那里。独自一个闷闷不已，信步再出城外来，看见那一派江景非常，观之不足。正行到一座酒楼前过，仰面看时，旁边竖着一根望竿，悬挂着一个青布酒旆子，上写道："浔阳江正库"。雕檐外一面牌额，上有苏东坡大书"浔阳楼"三字。宋江看了，便道："我在郓城县时，只听得说江州好座浔阳楼，原来却在这里。我虽独自一个在此，不可错过，何不且上楼去自己看玩一遭？"宋江来到楼前看时，只见门边朱红华表，柱上两面白粉牌，各有五个大字，写道："世间无比酒，天下有名楼。"宋江便上楼来，去靠江占一座阁子里坐了。凭阑(身倚栏杆)举目看时，端的好座酒楼。但见：

雕檐映日，画栋飞云。碧阑干低接轩窗，翠帘幕高悬户牖(门窗。牖，yǒu)。消磨醉眼，倚青天万迭云山；勾惹吟魂，翻瑞雪一江烟水。白苹渡口，时闻渔父鸣榔；红蓼(多生水边，花淡红。蓼，liǎo)滩头，每见钓翁击楫。楼畔绿槐啼野鸟，门前翠柳系花骢(即五花马。唐人喜将骏马鬃毛修剪成瓣以为饰，分成五瓣，称"五花马")。

宋江看罢，喝采不已。酒保上楼来问道："官人还是要待客，只是自消遣？"宋江道："要待两位客人，未见来。你且先取一樽好酒，果品、肉食只顾卖来，鱼便不要。"酒保听了，便下楼去。少时，一托盘把上楼来，一樽蓝桥风月美酒，摆下菜蔬时新果品按酒，列几般肥羊、嫩鸡、酿鹅、精肉，尽使朱红盘碟。宋江看了，心中暗喜，自夸道："这般整齐肴馔，济楚器皿，端的是好个江州。我虽是犯罪远流到此，却也看了些真山真水。我那里虽有几座名山古迹，却无此等景致。"独自一个，一杯两盏，倚阑畅饮，不觉沉醉，猛然蓦上心来，思想道："我生在山东,长在郓城,学吏出身,结识了多少江湖好汉,虽留得一个虚名,目今三旬之上,名又不成,功又不就,倒被文了双颊,配来在这里。我家乡中老父和兄弟,如何得相见？"不觉酒涌上来,潸然(落泪的样子。潸,shān)泪下,临风触目,感恨伤怀。忽然做了一首《西江月》词,便唤酒保索借笔砚来。起身观玩,见白粉壁上多有先人题咏,宋江寻思道："何不就书于此？倘若他日身荣,再来经过,重睹一番,以记岁月,想今日之苦。"乘着酒兴,磨得墨浓,蘸得笔饱,去那白粉壁上挥毫便写道:

自幼曾攻经史,长成亦有权谋。恰如猛虎卧荒丘,潜伏爪牙忍受。　　不幸刺文双颊,那堪配在江州。他年若得报冤仇,血染浔阳江口。

宋江写罢,自看了大喜大笑,一面又饮了数杯酒,不觉欢喜。自狂荡起来,手舞足蹈,又拿起笔来,去那《西江月》后再写下四句诗,道是:

心在山东身在吴,飘蓬江海谩嗟吁。

他时若遂凌云志,敢笑黄巢不丈夫!

宋江写罢诗,又去后面大书五字道："郓城宋江作。"写罢,掷笔在桌上,又自歌了一回。再饮过数杯酒,不觉沉醉,力不胜酒,便唤酒保计算了,取些银子算还,多的都赏了酒保,拂袖下楼来。踉踉跄跄,取路回营里来。开了房门,便倒在床上,一觉直睡到五更。酒醒时,全然不记得昨日在浔阳江楼上题诗一节。当时害酒,自在房里睡卧,不在话下。

且说这江州对岸,另有个城子唤做无为军,却是个野去处。城中有个在闲通判,姓黄,双名文炳。这人虽读经书,却是阿谀谄佞(ēyúchǎnnìng,花言巧语奉承别人)之徒,心地偏窄,只要嫉贤妒能,胜如己者害之,不如己者弄之,专在乡里害人。闻知这蔡九知府是当朝蔡太师儿子,每每来浸润(亲热、讨好)他,时常过江来谒访知府,指望他引荐出职,再欲做官。

也是宋江命运合当受苦,撞了这个对头。当日这黄文炳在私家闲坐,无可消遣,带了两个仆人,买了些时新礼物,自家一只快船渡过江来,径去府里探望蔡九知府。恰恨撞着府里公宴,不敢进去。却再回船,正好那只船仆人已缆在浔阳楼下。黄文炳因见天气暄热(炎热),且去楼上闲玩一回。信步入酒店里来看了一遭,转到酒楼上,凭栏消遣,观见壁上题咏甚多,也有做得好的,亦有歪谈乱道的。黄文炳看了冷笑。正看到宋江题《西江月》词并所吟四句诗,大惊道:"这个不是反诗?谁写在此?"后面却书道"郓城宋江作"五个大字。黄文炳再读道:"自幼曾攻经史,长成亦有权谋。"冷笑道:"这人自负不浅。"又读道:"恰如猛虎卧荒丘,潜伏爪牙忍受。"黄文炳道:"那厮也是个不依本分的人。"又读:"不幸刺文双颊,那堪配在江州。"黄文炳道:"也不是个高尚其志的人,看来只是个配军。"又读道:"他年若得报冤仇,血染浔阳江口。"黄文炳道:"这厮报仇兀谁?却要在此生事!量你是个配军,做得甚用!"又读诗道:"心在山东身在吴,飘蓬江海谩嗟吁(伤感长叹)。"黄文炳道:"这两句兀自可恕。"又读道:"他时若遂凌云志,敢笑黄巢不丈夫!"黄文炳摇着头道:"这厮无礼,他却要赛过黄巢,不谋反待怎地?"再看了"郓城宋江作",黄文炳道:"我也多曾闻这个名字,那人多管是个小吏。"便唤酒保来问道:"作这两篇诗词,端的是何人题下在此?"酒保道:"夜来一个人独自吃了一瓶酒,醉后疏狂(豪放,不受拘束),写在这里。"黄文炳道:"约莫甚么样人?"酒保道:"面颊上有两行金印,多管是牢城营内人。生得黑矮肥胖。"黄文炳道:"是了。"就借笔砚取幅纸来抄了,藏在身边,分付酒保休要刮去了。黄文炳下楼,自去船中歇了一夜。

次日饭后,仆人挑了盒仗(盛放礼盒的担子),一径又到府前,正值知府退堂在衙内,使人入去报复。多样时,蔡九知府遣人出来,邀请在后堂。蔡九知府却出来与黄文炳叙罢寒温已毕,送了礼物,分宾坐下。黄文炳禀说道:"文炳夜来渡江到府拜望,闻知公宴,不敢擅入,今日重复拜见恩相。"蔡九知府道:"通判乃是心腹之交,径入来同坐何妨！下官有失迎迓。"左右执事人献茶。茶罢，黄文炳道："相公在上，不敢拜问，不知近日尊府太师恩相曾使人来否？"知府道："前日才有书来。"黄文炳道："不敢动问，京师近日有何新闻？"知府道："家尊写来书上分付道：近日太史院司天监奏道，夜观天象，罡星照临吴、楚，敢有作耗(作乱，叛乱)之人，随即体察剿除。更兼街市小儿谣言四句道：'耗国因家木，刀兵点水工。纵横三十六，播乱在山东。'因此嘱付下官，紧守地方。"黄文炳寻思了半晌，笑道："恩相，事非偶然也！"黄文炳袖中取出所抄之诗，呈与知府道："不想却在此处。"蔡九知府看了道："这是个反诗，通判那里得来？"黄文炳道："小生夜来不敢进府，回至江边，无可消遣，却去浔阳楼上避热闲玩，观看前人吟咏，只见白粉壁上新题下这篇。"知府道："却是何等样人写下？"

黄文炳回道："相公，上面明题着姓名，道是'郓城宋江作'。"知府道："这宋江却是甚么人？"黄文炳道："他分明写着'不幸刺文双颊，那堪配在江州'。眼见得只是个配军，牢城营犯罪的囚徒。"知府道："量这个配军，做得甚么！"黄文炳道："相公不可小觑了他。恰才相公所言尊府恩相家书说小儿谣言，正应在本人身上。"知府道："何以见得？"黄文炳道："'耗国因家木'，耗散国家钱粮的人，必是'家'头着个'木'字，明明是个'宋'字；第二句'刀兵点水工'，兴起刀兵之人，水边着个'工'字，明是个'江'字。这个人姓宋，名江，又作下反诗，明是天数，万民有福。"知府又问道："何谓'纵横三十六，播乱在山东'？"黄文炳答道："或是六六之年，或是六六之数；'播乱在山东'，今郓城县正是山东地方。这四句谣言已都应了。"知府又道："不知此间有这个人么？"黄文炳回道："小生夜来问那酒保时，说道这人只是前日写下了去。这个不难，只取牢城营文册一查，便见有无。"知府道："通判高见极明。"便唤从人叫库子取过牢城营里文册簿来看。当时从人于库内取至文册，蔡九知府亲自检看，见后面果有五月间新配到囚徒一名'郓城县宋江'。黄文炳看了道："正是应谣言的人，非同小可。如是迟缓，诚恐走透了消息，可急差人捕获，下在牢里,却再商议。"知府道:"言之极当。"随即升厅,叫唤两院押牢节级过来。厅下戴宗声喏。知府道:"你与我带了做公的人,快下牢城营里,捉拿浔阳楼吟反诗的犯人郓城县宋江来,不可时刻违误。"

　　戴宗听罢,吃了一惊,心里只叫得苦。随即出府来,点了众节级牢子,都叫各去家里取了各人器械,"来我下处间壁城隍庙里取齐"。戴宗分付了众人,各自归家去,戴宗却自作起神行法,先来到牢城营里,径入抄事房。推开门看时,宋江正在房里,见是戴宗入来,慌忙迎接,便道:"我前日入城来,那里不寻遍。因贤弟不在,独自无聊,自去浔阳楼上饮了一瓶酒。这两日迷迷不好,正在这里害酒(病酒。因饮酒过量而感觉不适)。"戴宗道:"哥哥,你前日却写下甚言语在楼上?"宋江道:"醉后狂言,谁个记得。"戴宗道:"却才知府唤我当厅发落,叫多带从人,'拿捉浔阳楼上题反诗的犯人郓城县宋江正身赴官'。兄弟吃了一惊,先去稳住众做公的在城隍庙等候。如今我特来先报知哥哥,却是怎地好? 如何解救?"宋江听罢,搔头不知痒处,只叫得苦:"我今番必是死也。"戴宗道:"我教仁兄一着解手(解决事情的办法),未知如何? 如今小弟不敢耽搁,回去便和人来捉你。你可披乱了头发,把尿屎泼在地上,就倒在里面,诈作风魔(发疯,癫狂)。我和众人来时,你便口里胡言乱语,只做失心风(神经错乱,精神失常)便好。我自去替你回复知府。"宋江道:"感谢贤弟指教,万望维持则个。"

　　戴宗慌忙别了宋江,回到城里,径来城隍庙,唤了众做公的,一直奔入牢城营里来,假意喝问:"那个是新配来的宋江?"牌头引众人到抄事房里,只见宋江披散头发,倒在尿屎坑里滚,见了戴宗和做公的人来,便说道:"你们是甚么鸟人?"戴宗假意大喝一声:"捉拿这厮!"宋江白着眼,却乱打将来,口里乱道:"我是玉皇大帝的女婿。丈人教我领十万天兵来杀你江州人,阎罗大王做先锋,五道将军做合后,与我一颗金印,重八百余斤,杀你这般鸟人。"众做公的道:"原来是个失心风的汉子,我们拿他去何用?"戴宗道:"说得是。我们且去回话,要拿时再来。"

众人跟了戴宗回到州衙里，蔡九知府在厅上专等回报。戴宗和众做公的在厅下回复知府道："原来这宋江是个失心风的人。尿屎秽污全不顾，口里胡言乱语，浑身臭粪不可当，因此不敢拿来。"蔡九知府正待要问缘故时，黄文炳早在屏风背后转将出来，对知府道："休信这话。本人作的诗词，写的笔迹，不是有风症的人，其中有诈。好歹只顾拿来，便走不动，扛也扛将来。"蔡九知府道："通判说得是。"便发落戴宗："你们不拣怎地，只与我拿得来。"

戴宗领了钧旨，只叫得苦。再将带了众人下牢城营里来，对宋江道："仁兄，事不谐(不顺利，不成功)矣。兄长只得去走一遭。"便把一个大竹箩，扛了宋江，直抬到江州府里，当厅歇下。知府道："拿过这厮来。"众做公的把宋江押于阶下。宋江那里肯跪，睁着眼，见了蔡九知府道："你是甚么鸟人，敢来问我！我是玉皇大帝的女婿。丈人教我引十万天兵杀你江州人，阎罗大王做先锋，五道将军做合后，有一颗金印，重八百余斤。你也快躲了我，不时，教你们都死。"

蔡九知府看了，没做理会处。黄文炳又对知府道："且唤本营差拨并牌头来问，这人来时有风，近日却才风？若是来时风，便是真症候；若是近日才风，必是诈风。"知府道："言之极当。"便差人唤到管营、差拨，问他两个时，那里敢隐瞒，只得直说道："这人来时不见有风病，敢只是近日举发此症。"知府听了，大怒。唤过牢子狱卒，把宋江捆翻，一连打上五十下，打得宋江一佛出世，二佛涅槃(比喻死去活来。槃，pán)，皮开肉绽，鲜血淋漓。戴宗看了，只叫得苦，又没做道理救他处。宋江初时也胡言乱语，次后吃拷打不过，只得招道："自不合一时酒后，误写反诗，别无主意。"蔡九知府即取了招状，将一面二十五斤死囚枷枷了，推放大牢里收禁。宋江吃打得两腿走不动，当厅钉了，直押赴死囚牢里来。却得戴宗一力维持，分付了众小牢子，都教好觑此人。戴宗自安排饭食，供给宋江，不在话下。

再说蔡九知府退厅，邀请黄文炳到后堂称谢道："若非通判高明远见，下官险些儿被这厮瞒过了。"黄文炳又道："相公在上，此事也不宜迟。只好急急修一封书,便差人星夜上京师,报与尊府恩相知道,显得相公干了这件国家大事。就一发禀道:'若要活的,便着一辆陷车解上京;如不要活的,恐防路途走失,就于本处斩首号令,以除大害。'便是今上得知必喜。"蔡九知府道:"通判所言有理,见得极明。下官即目(目前;现在)也要使人回家送礼物去。书上就荐通判之功,使家尊面奏天子,早早升授富贵城池,去享荣华。"黄文炳拜谢道:"小生终身皆依托门下,自当衔环背鞍之报。"黄文炳就撺掇蔡九知府写了家书,印上图书(图章)。黄文炳问道:"相公差那个心腹人去?"知府道:"本州自有个两院节级,唤做戴宗,会使神行法,一日能行八百里路程,只来早便差此人径往京师,只消旬日,可以往回。"黄文炳道:"若得如此之快,最好,最好!"蔡九知府就后堂置酒,管待了黄文炳,次日相辞知府,自回无为军去了。

且说蔡九知府安排两个信笼,打点了金珠宝贝玩好之物,上面都贴了封皮。次日早晨,唤过戴宗到后堂嘱付道:"我有这般礼物,一封家书,要送上东京太师府里去,庆贺我父亲六月十五日生辰。日期将近,只有你能干去得。你休辞辛苦,可与我星夜去走一遭,讨了回书便转来,我自重重的赏你。你的程途,都在我心上。我已料着你神行的日期,专等你回报。切不可沿途耽搁,有误事情。"

戴宗听了,不敢不依,只得领了家书、信笼,便拜辞了知府,挑回下处安顿了,却来牢里对宋江说道:"哥哥放心,知府差我上京师去,只旬日之间便回。就太师府里使些见识,解救哥哥的事。每日饭食,我自分付在李逵身上,委着他安排送来,不教有缺。仁兄且宽心守耐几日。"宋江道:"望烦贤弟救宋江一命则个。"戴宗叫过李逵,当面分付道:"你哥哥误题了反诗,在这里吃官司,未知如何。我如今又吃差往东京去,早晚便回。哥哥饭食,朝暮全靠着你看觑他则个。"李逵应道:"吟了反诗,打甚么鸟紧!万千谋反的,倒做了大官。你自放心东京去,牢里谁敢奈何他!好便好,不好,我使老大斧头砍他娘。"戴宗临行又嘱付道:"兄弟小心,不要贪酒,失误了哥哥饭食。

休得出去噇醉了,饿着哥哥。"李逵道:"哥哥,你自放心去。若是这等疑忌时,兄弟从今日就断了酒,待你回来却开。早晚只在牢里伏侍宋江哥哥,有何不可!"戴宗听了,大喜道:"兄弟若得如此发心,坚意守看哥哥更好。"当日作别自去。李逵真个不吃酒,早晚只在牢里伏侍宋江,寸步不离。

不说李逵自看觑宋江,且说戴宗回到下处,换了腿绷、护膝、八搭麻鞋,穿上杏黄衫,整了搭膊,腰里插了宣牌,换了巾帻,便袋里藏了书信盘缠,挑上两个信笼,出到城外。身边取出四个甲马,去两只腿上,每只各拴两个,口里念起神行法咒语来。怎见得神行法效验:

仿佛浑如驾雾,依稀好似腾云。如飞两脚荡红尘,越岭登山去紧。 顷刻才离乡镇,片时又过州城。金钱甲马果通神,千里如同眼近。

当日戴宗离了江州,一日行到晚,投客店安歇,解下甲马,取数陌(量词。祭奠所烧的纸钱,约相当于"叠")金纸烧送了。过了一宿,次日早起来,吃了酒食,离了客店,又拴上四个甲马,挑起信笼(封口加盖印信的箱笼),放开脚步便行。端的是耳边风雨之声,脚不点地。路上略吃些素饭、素酒、点心又走。看看日暮,戴宗早歇了,又投客店宿歇一夜。次日起个五更,赶早凉行,拴上甲马,挑上信笼又走。约行过了三二百里,已是巳牌时分,不见一个干净酒店。此时正是六月初旬天气,蒸得汗雨淋漓,满身蒸湿,又怕中了暑气。正饥渴之际,早望见前面树林侧首一座傍水临湖酒肆,戴宗拈指间走到跟前。看时,干干净净有二十付座头,尽是红油桌凳,一带都是槛窗。戴宗挑着信笼入到里面,拣一付稳便座头,歇下信笼,解下腰里搭膊,脱下杏黄衫,喷口水晾在窗栏上。戴宗坐下,只见个酒保来问道:"上下,打几角酒? 要甚么肉食下酒,或猪、羊、牛肉?"戴宗道:"酒便不要多,与我做口饭来吃。"酒保又道:"我这里卖酒卖饭,又有馒头粉汤。"戴宗道:"我却不吃荤腥,有甚么素汤下饭?"酒保道:"加料麻辣燠(āo,同"熬")豆腐如何?"戴宗道:"最好,最好!"酒保去不多时,燠一碗豆腐,放两碟菜蔬,连筛三大碗酒来。戴宗正饥又渴,一上把酒和豆腐都吃了。却待讨饭吃,只见天旋地转,头晕眼花,就凳边便倒。酒保叫道:"倒了!"只见店里走出一个人来,怎生模样? 但见:

> 臂阔腿长腰细,待客一团和气。
>
> 梁山作眼英雄,旱地忽律朱贵。

当下朱贵从里面出来,说道:"且把信笼将入去,先搜那厮身边,有甚东西。"便有两个火家去他身上搜看,只见便袋里搜出一个纸包,包着一封书,取过来,递与朱头领。朱贵扯开,却是一封家书,见封皮上面写道:"平安家信,百拜奉上父亲大人膝下,男蔡德章谨封。"朱贵便拆开,从头看去,见上面写道:"现今拿得应谣言题反诗山东宋江监收在牢一节,听候施行。"朱贵看罢,惊得呆了,半晌则声不得。

火家正把戴宗扛起来,背入杀人作房里去开剥,只见凳头边溜下搭膊,上挂着朱红绿漆宣牌(由朝廷授给,以证明官职身份的铜牌)。朱贵拿起来看时,上面雕着银字便是:"江州两院押牢节级戴宗。"朱贵看了道:"且不要动手,我常听的军师说这江州有个神行太保戴宗,是他至爱相识。莫非正是此人? 如何倒送书去害宋江? 这一段事,却又天幸撞在我手里。"叫火家:"且与我把解药救醒他来,问个虚实缘由。"

当时火家把水调了解药,扶起来,灌将下去。须臾之间,只见戴宗舒眉展眼,便爬起来。却见朱贵拆开家书在手里看,戴宗便喝道:"你是甚人? 好大胆,却把蒙汗药麻翻了我! 如今又把太师府书信擅开拆,毁了封皮,却该甚罪?"朱贵笑道:"这封鸟书打甚不紧! 休说拆开了太师府书札,俺这里兀自要和大宋皇帝做个对头的。"戴宗听了大惊,便问道:"好汉,你却是谁? 愿求大名。"朱贵答道:"俺这里行不更名,坐不改姓,梁山泊好汉旱地忽律朱贵的便是。"戴宗道:"既然是梁山泊头领时,定然认得吴学究先生。"朱贵道:"吴学究是俺大寨里军师,执掌兵权。足下如何认得他?"戴宗道:"他和小可至爱相识。"朱贵道:"兄长莫非是军师常说的江州神行太保戴院长么？"戴宗道："小可便是。"朱贵又问道："前者宋公明断配江州，经过山寨，吴军师曾寄一封书与足下，如今却缘何倒去害宋三郎性命？"戴宗道："宋公明和我又是至爱兄弟，他如今为吟了反诗，救他不得。我如今正要往京师寻门路救他，如何肯害他性命？"朱贵道："你不信，请看蔡九知府的来书。"戴宗看了，自吃一惊，却把吴学究初寄的书，与宋公明相会的话，并宋江在浔阳楼醉后误题反诗一事，备细说了一遍。朱贵道："既然如此，请院长亲到山寨里与众头领商议良策，可救宋公明性命。"朱贵慌忙叫备分例酒食管待了戴宗，便向水亭上，觑着对港，放了一枝号箭。响箭到处，早有小喽罗摇过船来。

朱贵便同戴宗带了信笼下船，到金沙滩上岸，引至大寨。吴用见报，连忙下关迎接。见了戴宗，叙礼道："间别久矣！今日甚风吹得到此？且请到大寨里来，与众头领相见了。"朱贵说起戴宗来的缘故，如今宋公明现监在彼。晁盖听得，慌忙请戴院长坐地，备问宋三郎吃官司为甚么事起。戴宗却把宋江吟反诗的事，一一说了。晁盖听罢大惊，便要起请众头领点了人马，下山去打江州，救取宋三郎上山。吴用谏道："哥哥不可造次。江州离此间路远，军马去时，诚恐因而惹祸。打草惊蛇，倒送宋公明性命。此一件事，不可力敌，只可智取。吴用不才，略施小计，只在戴院长身上，定要救宋三郎性命。"晁盖道："愿闻军师妙计。"吴学究道："如今蔡九知府却差院长送书上东京去讨太师回报，只这封书上将计就计，写一封假回书教院长回去。书上只说，'教把犯人宋江切不可施行，便须密切差的当人员解赴东京，问了详细，定行处决示众，断绝童谣'。等他解来此间经过，我这里自差人下山夺了。此计如何？"晁盖道："倘若不从这里过时，却不误了大事！"公孙胜便道："这个何难。我们自着人去远近探听，遮莫从那里过，务要等着，好歹夺了。只怕不能勾他解来。"

晁盖道："好却是好，只是没人会写蔡京笔迹。"吴学究道："吴用已思量心里了。如今天下盛行四家字体，是苏东坡(苏轼，字子瞻，号东坡居士。北宋文学家、书法家)、黄鲁直(黄庭坚，字鲁直，号山谷道人。北宋文学家、书法家)、米元章(米芾，北宋书法家、画家)、蔡京(字元长，北宋权相之一、书法家)四家字体。——苏、黄、米、蔡，宋朝'四绝'。小生曾和济州城里一个秀才做相识。那人姓萧，名让。因他会写诸家字体，人都唤他做圣手书生，又会使枪弄棒，舞剑轮刀。吴用知他写得蔡京笔迹，不若央及戴院长就到他家赚道:'泰安州岳庙里要写道碑文，先送五十两银子在此，作安家之资。'便要他来。随后却使人赚了他老小上山，就教本人入伙，如何?"晁盖道:"书有他写，便好了，也须要使个图书印记。"吴学究又道:"小生再有个相识，亦思量在肚里了。这人也是中原一绝，现在济州城里居住。本身姓金，双名大坚，开得好石碑文，剔得好图书、玉石、印记，亦会枪棒厮打。因为他雕得好玉石，人都称他做玉臂匠。也把五十两银去，就赚他来镌(juān，刻)碑文。到半路上，却也如此行便了。这两个人，山寨里亦有用他处。"晁盖道:"妙哉!"当日且安排筵席，管待戴宗，就晚歇了。

　　次日早饭罢，烦请戴院长打扮做太保模样，将了一二百两银子，拴上甲马，便下山;把船渡过金沙滩上岸，拽开脚步，奔到济州来。没两个时辰，早到城里，寻问圣手书生萧让住处，有人指道:"只在州衙东首文庙前居住。"戴宗径到门首，咳嗽一声，问道:"萧先生有么?"只见一个秀才从里面出来。见了戴宗，却不认得，便问道:"太保何处?有甚见教?"戴宗施礼罢，说道:"小可是泰安州岳庙里打供(供养，照应)太保，今为本庙重修五岳楼，本州上户要刻道碑文，特地教小可赍白银五十两，作安家之资，请秀才便挪尊步，同到庙里作文则个。选定了日期，不可迟滞。"萧让道:"小生只会作文及书丹(古时刻碑，先用朱笔在石上写所要刻的文字，称"书丹"。后泛指书写碑志)，别无甚用。如要立碑，还用刊字匠作。"戴宗道:"小可再有五十两白银，就要请玉臂匠金大坚刻石。拣定了好日，万望指引，寻了同行。"

　　萧让得了五十两银子，便和戴宗同来寻请金大坚。正行过文庙，只见萧让把手指道:"前面那个来的，便是玉臂匠金大坚。"当下萧让唤住金大坚，教与戴宗相见，且说泰安州岳庙里重修五岳楼，众上户要立道碑文碣石之事,这太保特地各赍五十两银子,来请我和你两个去。金大坚见了银子,心中欢喜。两个邀请戴宗就酒肆中市沽三杯,置些蔬食,管待了。戴宗就付与金大坚五十两银子,作安家之资,又说道:"阴阳人(旧指以星相、占卜、相宅、相墓、圆梦等为业的人)已拣定了日期,请二位今日便烦动身。"萧让道:"天气暄热,今日便动身,也行不多路,前面赶不上宿头。只是来日起个五更,挨门出去。"金大坚道:"正是如此说。"两个都约定了来早起身,各自归家收拾动用。萧让留戴宗在家宿歇。

次日五更,金大坚持了包裹行头,来和萧让、戴宗三人同行。离了济州城里,行不过十里多路,戴宗道:"二位先生慢来,不敢催逼,小可先去报知众上户来接二位。"拽开步数,争先去了。

这两个背着些包裹,自慢慢而行。看看走到未牌时候,约莫也走过了七八十里路,只见前面一声胡哨响,山城坡下跳出一伙好汉,约有四五十人。当头一个好汉,正是那清风山王矮虎,大喝一声道:"你两个是甚么人? 那里去? 孩儿们拿这厮取心来吃酒。"萧让告道:"小人两个是上泰安州刻石镌文的,又没一分财赋,止有几件衣服。"王矮虎喝道:"俺不要你财赋衣服,只要你两个聪明人的心肝做下酒。"萧让和金大坚焦躁,倚仗各人胸中本事,便挺着杆棒,径奔王矮虎。王矮虎也挺朴刀来斗两个。三人各使手中器械,约战了五七合,王矮虎转身便走。两个却待去赶,听得山上锣声又响,左边走出云里金刚宋万,右边走出摸着天杜迁,背后却是白面郎君郑天寿。各带三十余人,一发上,把萧让、金大坚横拖倒拽,捉投林子里来。

四筹好汉道:"你两个放心,我们奉着晁天王的将令,特来请你二位上山入伙。"萧让道:"山寨里要我们何用? 我两个手无缚鸡之力,只好吃饭。"杜迁道:"吴军师一来与你相识,二乃知你两个武艺本事,特使戴宗来宅上相请。"萧让、金大坚都面面厮觑,做声不得。当时都到旱地忽律朱贵酒店里,相待了分例酒食,连夜唤船,便送上山来。到得大寨,晁盖、吴用并头领众人都相见了,一面安排筵席相待，且说修蔡京回书一事，"因请二位上山入伙，共聚大义"。两个听了，都扯住吴学究道："我们在此趋待(侍奉)不妨，只恨各家都有老小在彼，明日官司知道，必然坏了。"吴用道："二位贤弟不必忧心，天明时便有分晓。"当夜只顾吃酒歇了。

次日天明，只见小喽罗报道："都到了。"吴学究道："请二位贤弟亲自去接宝眷。"萧让、金大坚听得，半信半不信。两个下至半山，只见数乘轿子抬着两家老小上山来。两个惊得呆了，问其备细。老小说道："你昨日出门之后，只见这一行人将着轿子来，说家长只在城外客店里中了暑风，快叫取老小来看救。出得城时，不容我们下轿，直抬到这里。"两家都一般说。萧让听了，与金大坚两个闭口无言，只得死心塌地，再回山寨入伙。

安顿了两家老小。吴学究却请出来，与萧让商议写蔡京字体回书，去救宋公明。金大坚便道："从来雕得蔡京的诸样图书名讳字号。"当时两个动手完成，安排了回书，备了筵席，便送戴宗起程，分付了备细书意。戴宗辞了众头领，相别下山，小喽罗已把船只渡过金沙滩，送至朱贵酒店里。戴宗取四个甲马，拴在腿上，作别朱贵，拽开脚步，登程去了。

且说吴用送了戴宗过渡，自同众头领再回大寨筵席。正饮酒间，只见吴学究叫声苦，不知高低。众头领问道："军师何故叫苦？"吴用便道："你众人不知，是我这封书，倒送了戴宗和宋公明性命也。"众头领大惊，连忙问道："军师书上却是怎地差错？"吴学究道："是我一时只顾其前，不顾其后，书中有个老大脱卯(榫头离开卯眼。喻事物脱节或失误)。"萧让便道："小生写的字体和蔡太师字体一般，语句又不曾差了。请问军师，不知那一处脱卯？"金大坚又道："小生雕的图书，说无纤毫差错，怎地见得有脱卯处？"

吴学究迭两个指头，说出这个差错脱卯处。有分教，众好汉大闹江州城，鼎沸白龙庙。直教弓弩丛中逃性命，刀枪林里救英雄。毕竟军师吴学究说出怎生脱卯来，且听下回分解。

# 第 四 十 回

## 梁山泊好汉劫法场　白龙庙英雄小聚义

话说当时晁盖并众人听了,请问军师道:"这封书如何有脱卯处?"吴用说道:"早间戴院长将去的回书,是我一时不仔细,见不到处。才使的那个图书(图章),不是玉箸篆文(书体之一种,即小篆。秦丞相李斯所创)'翰林蔡京'四字?只是这个图书,便是教戴宗吃官司。"金大坚便道:"小弟每每见蔡太师书缄(书信)并他的文章,都是这样图书,今次雕得无纤毫差错,如何有破绽?"吴学究道:"你众位不知,如今江州蔡九知府是蔡太师儿子,如何父写书与儿子,却使个讳字(名一般用作谦称、卑称。蔡京,名京,字元长,故图章使用"翰林蔡京"为误)图书,因此差了。是我见不到处。此人到江州,必被盘诘(查问、盘问),问出实情,却是利害。"晁盖道:"快使人去赶唤他回来,别写如何?"吴学究道:"如何赶得上?他作起神行法来,这早晚已走过五百里了。只是事不宜迟,我们只得恁地,可救他两个。"晁盖道:"怎生去救?用何良策?"吴学究便向前与晁盖耳边说道:"这般这般,如此如此。主将便可暗传下号令,与众人知道,只是如此动身,休要误了日期。"众多好汉得了将令,各各拴束行头,连夜下山,望江州来,不在话下。

说话的如何不说计策出?管教下面便见。且说戴宗扣(方言。有计算、计划的意思)着日期,回到江州,当厅下了回书。蔡九知府见了戴宗如期回来,好生欢喜,先取酒来赏了三钟,亲自接了回书,便道:"你曾见我太师么?"戴宗禀道:"小人只住得一夜便回了,不曾得见恩相。"知府拆开封皮,看见前面说信笼内许多物件都收了。背后说妖人宋江，今上自要他看，可令牢固陷车(古代押解犯人的囚车)，盛载密切，差的当(合适，稳妥)人员，连夜解上京师，沿途休教走失。书尾说黄文炳早晚奏过天子，必然自有除授(授官)。蔡九知府看了，喜不自胜，叫取一锭二十五两花银赏了戴宗。一面分付教合陷车，商量差人解发(起解发送)起身。戴宗谢了，自回下处，买了些酒肉，来牢里看觑宋江，不在话下。

　　且说蔡九知府催并(催促)合成陷车。过得一二日，正要起程，只见门子来报道："无为军黄通判特来相探。"蔡九知府叫请至后堂相见。又送些礼物、时新酒果。知府谢道："累承(多次受到)厚意，何以克当(能承当，敢当)。"黄文炳道："村野微物，何足挂齿。"知府道："恭喜早晚必有荣除(荣受官职。除，授受官职)之庆。"黄文炳道："公相何以知之？"知府道："昨日下书人已回，妖人宋江，教解京师。通判只在早晚奏过今上，升擢(提拔晋升。擢，zhuó)高任。家尊回书，备说此事。"黄文炳道："既是恁地，深感恩相主荐。那个人下书，真乃神行人也。"知府道："通判如不信时，就教观看家书，显得下官不谬。"黄文炳道："小生只恐家书不敢擅看。如若相托，求借一观。"知府便道："通判乃心腹之交，看有何妨。"便令从人取过家书，递与黄文炳看。

　　黄文炳接书在手，从头至尾读了一遍；卷过来，看了封皮，又见图书新鲜。黄文炳摇着头道："这封书不是真的。"知府道："通判错矣。此是家尊亲手笔迹，真正字体，如何不是真的？"黄文炳道："公相容复，往常家书来时，曾有这个图书么？"知府道："往常来的家书，却不曾有这个图书，只是随手写的。今番一定是图书匣在手边，就便印了这个图书在封皮上。"黄文炳道："相公休怪小生多言，这封书被人瞒过了相公。方今天下盛行苏、黄、米、蔡四家(指苏轼、黄庭坚、米芾、蔡京)字体，谁不习学得？况兼这个图书是令尊恩相做翰林学士时使出来，法帖(临摹书法的范本)文字上多有人曾见。如今升转太师丞相，如何肯把翰林图书使出来？更兼亦是父寄书与子，须不当用讳字图书。令尊太师恩相，是个识穷天下、高明远见的人，安肯造次(轻率，随便)错用？相公不信小生之言，可细细盘问下书人，曾见府里谁来。若说不对，便是假书。休怪小生多说，因蒙错爱至厚，方敢僭言(越分妄言。亦用为谦辞)。"蔡九知府听了，说道："这事不难，此人自来不曾到东京，一盘问便显虚实。"

知府留住黄文炳在屏风背后坐地，随即升厅，叫唤戴宗有委用的事。当下做公(衙门的差役)的领了钧旨(对上级命令的尊称)，四散去寻。有诗为证：

> 反诗假信事相牵，为与梁山盗结连。
>
> 不是黄蜂针痛处，蔡龟虽大总徒然。

且说戴宗自回到江州，先去牢里见了宋江，附耳低言，将前事说了，宋江心中暗喜。次日，又有人请去酌杯，戴宗正在酒肆中吃酒，只见做公的四下来寻。当时把戴宗唤到厅上，蔡九知府问道："前日有劳你走了一遭，真个办事，不曾重重赏你。"戴宗答道："小人是承奉恩相差使的人，如何敢怠慢？"知府道："我正连日事忙，未曾问得你个仔细。你前日与我去京师，那座门入去？"戴宗道："小人到东京时，那日天色晚了，不知唤做甚么门。"知府又道："我家府里门前，谁接着你？留你在那里歇？"戴宗道："小人到府前寻见一个门子，接了书入去。少刻，门子出来，交收了信笼(封口加盖印信的箱笼)，着小人自去寻客店里歇了。次日早五更去府门前伺候时，只见那门子回书出来。小人怕误了日期，那里敢再问备细，慌忙一径来了。"知府再问道："你见我府里那个门子，却是多少年纪？或是黑瘦，也白净肥胖？长大，也是矮小？有须的，也是无须的？"戴宗道："小人到府里时，天色黑了。次早回时，又是五更时候，天色昏暗。不十分看得仔细，只觉不怎么长，中等身材，敢是有些髭须。"

知府大怒，喝一声："拿下厅去！"旁边走过十数个狱卒牢子，将戴宗拖翻在当面。戴宗告道："小人无罪。"知府喝道："你这厮该死！我府里老门子王公已死了数年，如今只是个小王看门，如何却道他年纪大，有髭髯？况兼门子小王不能够入府堂里去，但有各处来的书信缄帖(柬帖)，必须经由府堂里张干办，方才去见李都管，然后达知里面，才收礼物。便要回书，也须得伺候三日。我这两笼东西，如何没个心腹的人出来问你个常便(确切,确实)备细(详细情况)，就胡乱收了。我昨日一时间仓卒(匆忙急迫)，被你这厮瞒过了。你如今只好好招说这封书那里得来！"戴宗道："小人一时心慌，要赶程途，因此不曾看得分晓。"蔡九知府喝道："胡说！这贼骨头，不打如何肯招？左右与我加力打这厮！"狱卒牢子情知不好，觑不得面皮，把戴宗捆翻，打得皮开肉绽，鲜血迸流。戴宗捱不过拷打，只得招道："端的(的确,确实)这封书是假的。"知府道："你这厮怎地得这封假书来？"戴宗告道："小人路经梁山泊过，走出那一伙强人来，把小人劫了，绑缚上山，要割腹剖心。去小人身上搜出书信看了，把信笼都夺了，却饶了小人。情知回乡不得，只要山中乞死，他那里却写这封书与小人，回来脱身。一时怕见罪责，小人瞒了恩相。"知府道："是便是了，中间还有些胡说，眼见得你和梁山泊贼人通同造意(串通谋划)，谋了我信笼物件，却如何说这话？再打那厮！"

戴宗由他拷讯，只不肯招和梁山泊通情(传递消息或情况)。蔡九知府再把戴宗拷讯了一回，语言前后相同，说道："不必问了。取具大枷枷了，下在牢里。"却退厅来称谢黄文炳道："若非通判高见，下官险些儿误了大事。"黄文炳又道："眼见得这人也结连梁山泊，通同造意，谋叛为党，若不祛除(驱除,除去)，必为后患。"知府道："便把这两个问成了招状，立了文案，押去市曹(市内商业集中之处)斩首，然后写表申朝。"黄文炳道："相公高见极明。似此，一者朝廷见喜，知道相公干这件大功；二者免得梁山泊草寇来劫牢。"知府道："通判高见甚远，下官自当动文书，亲自保举通判。"当日管待了黄文炳，送出府门，自回无为军去了。

次日，蔡九知府升厅，便叫当案孔目来分付道："快教迭了文案，把这宋江、戴宗的供状招款(罪犯招认的事项)粘连了。一面写下犯由牌，教来日押赴市曹，斩首施行。自古谋逆之人，决不待时，斩了宋江、戴宗,免致后患。"当案却是黄孔目,本人与戴宗颇好,却无缘便救他,只替他叫得苦。当日禀道:"明日是个国家忌日,后日又是七月十五日中元之节,皆不可行刑。大后日亦是国家景命(大命,也就是宋朝开国之日)。直至五日后,方可施行。"

一者天幸救济宋江,二乃梁山泊好汉未至。蔡九知府听罢,依准黄孔目之言。直待第六日早晨,先差人去十字路口,打扫了法场,饭后点起土兵和刀仗剑子,约有五百余人,都在大牢门前伺候。已牌时候,狱官禀了知府,亲自来做监斩官。黄孔目只得把犯由牌呈堂,当厅判了两个斩字,便将片芦席贴起来。江州府众多节级牢子虽然和戴宗、宋江过得好,却没做道理救得他,众人只替他两个叫苦。当时打扮已了,就大牢里把宋江、戴宗两个匾扎(折叠捆扎)起,又将胶水刷了头发,绾个鹅梨角儿,各插上一朵红绫子纸花;驱至青面圣者神案前,各与了一碗长休饭、永别酒。吃罢,辞了神案,漏转(调转)身来,搭上利子(古代刑具,即木驴)。六七十个狱卒早把宋江在前,戴宗在后,推拥出牢门前来。宋江和戴宗两个面面厮觑,各做声不得。宋江只把脚来跌。戴宗低了头只叹气。江州府看的人,真乃压肩叠背,何止一二千人。但见:

愁云荏苒(rěnrǎn,形容愁苦连绵不绝的样子),怨气氛氲(fēnyūn,很盛的样子)。头上日色无光,四下悲风乱吼。缨枪对对,数声鼓响丧三魂;棍棒森森(形容繁密),几下锣鸣催七魄。犯由牌高贴,人言此去几时回;白纸花双摇,都道这番难再活。长休饭,嗓内难吞;永别酒,口中怎咽!狰狞剑子仗钢刀,丑恶押牢持法器。皂纛旗(用黑色丝织物制成的军中大旗。纛,dào)下,几多魑魅跟随;十字街头,无限强魂(厉鬼)等候。监斩官忙施号令,仵作子准备扛尸。

刽子叫起"恶杀都来"(刽子手行刑前的叫喊声),将宋江和戴宗前推后拥,押到市曹十字路口,团团枪棒围住,把宋江面南背北,将戴宗面北背南,两个纳坐下,只等午时三刻,监斩官到来开刀。那众人仰面看那犯由牌上写道:

江州府犯人一名宋江,故吟反诗,妄造妖言,结连梁山泊强寇,通同造反,律斩(依法斩决)。犯人一名戴宗,与宋江暗递私书,勾结梁山泊强寇,通同(串通,勾结)谋叛,律斩。监斩官江州府知府蔡某。

那知府勒住马,只等报来。

只见法场东边一伙弄蛇的丐者,强要挨入(挤入)法场里看,众土兵赶打不退。正相闹间,只见法场西边一伙使枪棒卖药的,也强挨将入来。土兵喝道:"你那伙人好不晓事,这是那里,强挨入来要看。"那伙使枪棒的说道:"你倒鸟村,我们冲州撞府,那里不曾去,到处看出人(到刑场杀人)。便是京师天子杀人,也放人看。你这小去处,砍得两个人,闹动了世界,我们便挨入来看一看。打甚么鸟紧!"正和土兵闹将起来,监斩官喝道:"且赶退去,休放过来。"闹犹未了,只见法场南边一伙挑担的脚夫,又要挨将入来,土兵喝道:"这里出入,你挑那里去?"那伙人说道:"我们挑东西送与知府相公去的,你们如何敢阻当(阻止)我?"土兵道:"便是相公衙里人,也只得去别处过一过。"那伙人就歇了担子,都掣了匾担,立在人丛里看。只见法场北边一伙客商,推两辆车子过来,定要挨入法场上来。土兵喝道:"你那伙人那里去?"客人应道:"我们要赶路程,可放我等过去。"土兵道:"这里出人,如何肯放你?你要赶路程,从别路过去。"那伙客人笑道:"你倒说的好。俺们便是京师来的人,不认得你这里鸟路,只是从这大路走。"土兵那里肯放,那伙客人齐齐地挨定了不动,四下里吵闹不住,这蔡九知府见禁治(禁止,整顿)不得,又见这伙客人都盘在车子上立定了看。

没多时,法场中间人分开处,一个报,报道一声:"午时三刻!"监斩官便道:"斩讫(qì,完毕)报来。"两势下(两排)刀棒刽子便去开枷,行刑之人执定法刀在手。说时迟,一个个要见分明;那时快,闹攘攘一齐发作。只见那伙客人在车子上听得"斩"字,数内一个客人便向怀中取出一面小锣儿,立在车子上当当地敲得两三声,四下里一齐动

手。有诗为证:

> 闲来乘兴入江楼,渺渺烟波接素秋①。
>
> 呼酒谩浇千古恨,吟诗欲泻百重愁。
>
> 赝书②不遂英雄志,失脚翻成狴犴③囚。
>
> 搔动梁山诸义士,一齐云拥闹江州。

又见十字路口茶坊楼上一个虎形黑大汉,脱得赤条条的,两只手握两把板斧,大吼一声,却似半天起个霹雳,从半空中跳将下来。手起斧落,早砍翻了两个行刑的刽子,便望监斩官马前砍将来。众土兵急待把枪去搠(shuò,戳、刺)时,那里拦当得住,众人且簇拥蔡九知府逃命去了。

只见东边那伙弄蛇的丐者,身边都掣出尖刀,看着土兵便杀;西边那伙使枪棒的,大发喊声,只顾乱杀将来,一派杀倒土兵狱卒;南边那伙挑担的脚夫,轮起匾担,横七竖八,都打翻了土兵和那看的人;北边那伙客人,都跳下车来,推过车子,拦住了人。两个客商钻将入来,一个背了宋江,一个背了戴宗。其余的人,也有取出弓箭来射的,也有取出石子来打的,也有取出标枪来标的。原来扮客商的这伙,便是晁盖、花荣、黄信、吕方、郭盛;那伙扮使枪棒的,便是燕顺、刘唐、杜迁、宋万;扮挑担的,便是朱贵、王矮虎、郑天寿、石勇;那伙扮丐者的,便是阮小二、阮小五、阮小七、白胜。这一行梁山泊共是十七个头领到来,带领小喽罗一百余人,四下里杀将起来。

只见那人丛里那个黑大汉,轮两把板斧,一味地砍将来,晁盖等却不认得,只见他第一个出力,杀人最多。晁盖猛省(突然想到)起来:戴宗曾说一个黑旋风李逵,和宋三郎最好,是个莽撞之人。晁盖便叫道:"前面那好汉,莫不是黑旋风?"那汉那里肯应,火杂杂(十分有力的样子)地轮着大斧,只顾砍。晁盖便叫背宋江、戴宗的两个小喽罗,只顾跟着那黑大汉走。当下去十字街口,不问军官百姓,杀得尸

---

①素秋:秋季。古代五行之说,秋属金,其色白,故称素秋。　②赝(yàn)书:伪造的书信或文件。　③狴犴(bì'àn):指牢狱。

横遍野,血流成渠,推倒倾翻的,不计其数。众头领撇了车轮担仗,一行人尽跟了黑大汉,直杀出城来。背后花荣、黄信、吕方、郭盛,四张弓箭,飞蝗般望后射来。那江州军民百姓,谁敢近前。这黑大汉直杀到江边来,身上血溅满身,兀自在江边杀人。晁盖便挺朴刀叫道:"不干百姓事,休只管伤人!"那汉那里来听叫唤,一斧一个,排头儿砍将去。约莫离城沿江上也走了五七里路,前面望见尽是滔滔一派(一条支流;一条水流)大江,却无了旱路。

　　晁盖看见,只叫得苦。那黑大汉方才叫道:"不要慌,且把哥哥背来庙里。"众人都来看时,靠江边一所大庙,两扇门紧紧闭着。黑大汉两斧砍开,便抢入来。晁盖众人看时,两边都是老桧苍松,林木遮映,前面牌额上四个金书大字,写道:"白龙神庙"。小喽罗把宋江、戴宗背到庙里歇下,宋江方才敢开眼,见了晁盖等众人,哭道:"哥哥,莫不是梦中相会?"晁盖便劝道:"恩兄不肯在山,致有今日之苦。这个出力杀人的黑大汉是谁?"宋江道:"这个便是叫做黑旋风李逵。他几番就要大牢里放了我,却是我怕走不脱,不肯依他。"晁盖道:"却是难得这个人出力最多,又不怕刀斧箭矢。"花荣便叫:"且将衣服与俺二位兄长穿了。"

　　正相聚间,只见李逵提着双斧,从廊下走出来。宋江便叫住道:"兄弟那里去?"李逵应道:"寻那庙祝(庙宇里管香火的人),一发杀了,叵耐那厮不来接我们,倒把鸟庙门闭上了。我指望拿他来祭门,却寻那厮不见。"宋江道:"你且来,先和我哥哥头领相见。"李逵听了,丢了双斧,望着晁盖跪了一跪,说道:"大哥休怪铁牛粗卤。"与众人都相见了,却认得朱贵是同乡人,两个大家欢喜。花荣便道:"哥哥,你教众人只顾跟着李大哥走,如今来到这里,前面又是大江拦截住,断头路(前面被截断的不能通行的路)了,却又没一口船接应,倘或城中官军赶杀出来,却怎生迎敌?将何接济?"李逵便道:"不要慌,我与你们再杀入城去,和那个鸟蔡九知府一发都砍了便走。"戴宗此时方才苏醒,便叫道:"兄弟,使不得莽性,城里有五七千军马,若杀入去,必然有失。"阮小七便道:"远望隔江,那里有数只船在岸边,我兄弟三个赴水(游泳)过去,夺那几只船过来载众人如何?"晁盖道:"此计是最上着(下棋时的妙着,高着。比喻上策,妙计)。"

当时阮家三弟兄都脱剥了衣服,各人插把尖刀,便钻入水里去。约莫赴开得半里之际,只见江面上溜头流下三只棹船,吹风胡哨(吹口哨。多用作招呼同伴的暗号),飞也似摇将来。众人看时,见那船上各有十数个人,都手里拿着军器,众人却慌将起来。宋江听得说了,便道:"我命里这般合苦也。"奔出庙前看时,只见当头那只船上坐着一条大汉,倒提一把明晃晃五股叉,头上挽个空心红,一点髭儿,下面拽起条白绢水裤,口里吹着胡哨。宋江看时,不是别人,正是:

> 东去长江万里,内中一个雄夫。面如傅粉(形容男子美貌)体如酥,履水如同平土。胆大能探禹穴(相传为夏禹的葬地),心雄欲摘骊珠(宝珠。传说出自骊龙颔下,故名)。翻波跳浪性如鱼,张顺名传千古。

当时张顺在船头上看见喝道:"你那伙是甚么人?敢在白龙庙里聚众?"宋江挺身出庙前说道:"兄弟救我。"张顺等见是宋江,大叫道:"好了!"那三只棹船飞也似摇到岸边,三阮看见,也赴过来。一行众人都上岸来到庙前。宋江看见张顺自引十数个壮汉在那只船头上。张横引着穆弘、穆春、薛永,带十数个庄客在一船上。第三只船上,李俊引着李立、童威、童猛,也带十数个卖盐火家(伙计),都各执枪棒上岸来。张顺见了宋江,喜从天降,便拜道:"自从哥哥吃官司,兄弟坐立不安,又无路可救。近日又听得拿了戴院长。李大哥又不见面。我只得去寻了我哥哥,引到穆太公庄上,叫了许多相识。今日我们正要杀入江州,要劫牢救哥哥,不想仁兄已有好汉们救出,来到这里。不敢拜问,这伙豪杰,莫非是梁山泊义士晁天王么?"宋江指着上首立的道:"这个便是晁盖哥哥,你等众位都来庙里叙礼(以礼相见)则个。"张顺等九人,晁盖等十七人,宋江、戴宗、李逵,共是二十九人,都入白龙庙聚会。这个唤做白龙庙小聚会。

当下二十九筹(位)好汉,各各讲礼已罢,只见小喽罗慌慌忙忙入庙来报道："江州城里鸣锣擂鼓,整顿军马,出城来追赶。远远望见旗幡蔽日,刀剑如麻,前面都是带甲马军,后面尽是擎枪兵将,大刀阔斧,杀奔白龙庙路上来。"

李逵听了,大叫一声:"杀将去!"提了双斧,便出庙门,晁盖叫道:"一不做,二不休,众好汉相助着晁某,直杀尽江州军马,方才回梁山泊去。"众英雄齐声应道:"愿依尊命。"

一百四五十人一齐呐喊,杀奔江州岸上来。有分教,血染波红,尸如山积。直教跳浪苍龙喷毒火,爬山猛虎吼天风。毕竟晁盖等众好汉怎地脱身,且听下回分解。

# 第四十一回

## 宋江智取无为军　张顺活捉黄文炳

　　话说江州城外白龙庙中,梁山泊好汉劫了法场,救得宋江、戴宗。正是晁盖、花荣、黄信、吕方、郭盛、刘唐、燕顺、杜迁、宋万、朱贵、王矮虎、郑天寿、石勇、阮小二、阮小五、阮小七、白胜,共是一十七人,领带着八九十个悍勇壮健小喽罗。浔阳江上来接应的好汉张顺、张横、李俊、李立、穆弘、穆春、童威、童猛、薛永九筹好汉,也带四十余人,都是江面上做私商的火家,撑驾三只大船,前来接应。城里黑旋风李逵引众人杀至浔阳江边。两路救应,通共有一百四五十人,都在白龙庙里聚义。只听得小喽罗报道:"江州城里军兵擂鼓,摇旗鸣锣,发喊追赶到来。"

　　那黑旋风李逵听得,大吼了一声,提两把板斧,先出庙门。众好汉呐声喊,都挺手中军器,齐出庙来迎敌。刘唐、朱贵先把宋江、戴宗护送上船;李俊同张顺、三阮整顿船只。就江边看时,见城里出来的官军约有五七千马军,当先都是顶盔衣甲,全副弓箭,手里都使长枪,背后步军簇拥,摇旗呐喊,杀奔前来。这里李逵当先,轮着板斧,赤条条地飞奔砍将入去,背后便是花荣、黄信、吕方、郭盛四将拥护。花荣见前面的军马都扎住了枪,只怕李逵着伤,偷手取弓箭出来,搭上箭,拽满弓,望着为头领的一个马军飕地一箭,只见翻筋斗射下马去。那一伙马军,吃了一惊,各自奔命,拨转马头便走,倒把步军先冲倒了一半。这里众多好汉们一齐冲突将去,杀得那官军尸横野烂,血染江红(田野上遍布尸体,大江水染成红色),直杀到江州城下。城上策

— 462 —

应官军早把擂木炮石打将下来。官军慌忙入城,关上城门。

众多好汉拖转黑旋风,回到白龙庙前下船。晁盖整点众人完备,都叫分头下船,开江(船只启碇开航)便走。却值顺风,拽起风帆,三只大船载了许多人马头领,却投穆太公庄上来。一帆顺风,早到岸边埠头(码头。埠,bù)。一行众人,都上岸来。穆弘邀请众好汉到庄内堂上,穆太公出来迎接,宋江等众人都相见了。太公道:"众头领连夜劳神,具请客房中安歇,将息贵体。"各人且去房里暂歇将养,整理衣服器械。当日穆弘叫庄客宰了一头黄牛,杀了十数个猪、羊、鸡、鹅、鱼、鸭,珍肴异馔(指丰盛的饭菜。馔,zhuàn),排下筵席,管待众头领。饮酒中间,说起许多情节。晁盖道:"若非是二哥众位把船相救,我等皆被陷于缧绁(léixiè,捆绑犯人的绳索。引申为牢狱)。"穆太公道:"你等如何却打从那条路上来?"李逵道:"我自只拣人多处杀将去,他们自要跟我来,我又不曾叫他。"众人听了,都大笑。宋江起身与众人道:"小人宋江,若无众好汉相救时,和戴院长皆死于非命。今日之恩,深于沧海,如何报答得众位?只恨黄文炳那厮搜根剔齿(寻根究底,细微处也不放过),几番唆毒(指搬弄是非。唆,suō),要害我们。这冤仇如何不报?怎地启请众位好汉,再做个天大人情,去打了无为军,杀得黄文炳那厮,也与宋江消了这口无穷之恨。那时回去如何?"晁盖道:"我们众人偷营劫寨,只可使一遍,如何再行得?似此奸贼已有提备(准备),不若且回山寨去,聚起大队人马,一发和学究、公孙二先生,并林冲、秦明,都来报仇,也未为晚。"宋江道:"若是回山去了,再不能够得来。一者山遥路远,二乃江州必然申开明文,各处谨守。不要痴想,只是趁这个机会,便好下手,不要等他做了准备。"花荣道:"哥哥见得是。虽然如此,只是无人识得路境,不知他地理如何。先得个人去那里城中探听虚实,也要看无为军出没的路径去处,就要认黄文炳那贼的住处了,然后方好下手。"薛永便起身说道:"小弟多在江湖上行,此处无为军最熟,我去探听一遭如何?"宋江道:"若得贤弟去走一遭最好。"薛永当日别了众人自去了。

只说宋江自和众头领在穆弘庄上商议要打无为军一事,整顿军器枪刀,安排弓弩箭矢,打点大小船只等项,提备已了。只见薛永去了两日,带将一个人回到庄上来,拜见宋江。宋江便问道:"兄弟,这位壮士是谁?"薛永答道:"这人姓侯,名健,祖居洪都(江西南昌)人氏。做得第一手裁缝,端的是飞针走线(形容针线活儿非常娴熟)。更兼惯习枪棒,曾拜薛永为师。人见他黑瘦轻捷,因此唤他做通臂猿。现在这无为军城里黄文炳家做生活。小弟因见了,就请在此。"宋江大喜,便教同坐商议。那人也是一座地煞星之数,自然义气相投。

宋江便问江州消息,无为军路径如何,薛永说道:"如今蔡九知府计点官军、百姓被杀死有五百余人;带伤中箭者,不计其数。现今差人星夜申奏朝廷去了。城门日中后便关,出入的好生盘问得紧。原来哥哥被害一事,倒不干蔡九知府事,都是黄文炳那厮三回五次,点拨(挑拨)知府,教害二位。如今见劫了法场,城中甚慌,晓夜提备。小弟又去无为军打听,正撞见侯健这个兄弟出来吃饭,因是得知备细。"宋江道:"侯兄何以知之?"侯健道:"小人自幼只爱习学枪棒,多得薛师父指教,因此不敢忘恩。近日黄通判特取小人来他家做衣服,因出来遇见师父,提起仁兄大名,说起此一节事来。小人要结识仁兄,特来报知备细。这黄文炳有个嫡亲哥哥,唤做黄文烨(yè),与这文炳是一母所生二子。这黄文烨平生只是行善事,修桥补路,塑佛斋僧,扶危济困,救拔贫苦,那无为军城中,都叫他黄佛子。这黄文炳虽是罢闲通判,心里只要害人,惯行歹事,无为军都叫他做黄蜂刺。他弟兄两个分开做两处住,只在一条巷内出入,靠北门里便是他家。黄文炳贴着城住,黄文烨近着大街。小人在他那里做生活,却听得黄通判回家来说这件事:'蔡九知府已被瞒过了,却是我点拨他,教知府先斩了,然后奏去。'黄文烨听得说时,只在背后骂说道:'又做这等短命促掐(方言。指阴毒刁奸)的事。于你无干,何故定要害他?倘或有天理之时,报应只在目前,却不是反招其祸。'这两日听得劫了法场,好生吃惊。昨夜去江州探望蔡九知府,与他计较,尚兀自(仍然)未回来。"宋江道："黄文炳隔着他哥哥家多少路？"侯健道："原是一家分开的，如今只隔着中间一个菜园。"宋江道："黄文炳家多少人口？有几房头(家族支脉)？"侯健道："男子妇人通有四五十口。"宋江道："天教我报仇，特地送这个人来。虽是如此，全靠众弟兄维持。"众人齐声应道："当以死向前，正要驱除这等赃滥奸恶之人，与哥哥报仇雪恨。"宋江又道："只恨黄文炳那贼一个，却与无为军百姓无干。他兄既然仁德，亦不可害他，休教天下人骂我等不仁。众弟兄去时，不可分毫侵害百姓。今去那里，我有一计，只望众人扶助扶助。"众头领齐声道："专听哥哥指教。"

宋江道："有烦穆太公对付八九十个叉袋，又要百十束芦柴，用着五只大船，两只小船。央及(恳请)张顺、李俊驾两只小船，在江面上与他如此行。五只大船上，用着张横、三阮、童威和识水的人护船。此计方可。"穆弘道："此间芦苇、油柴、布袋都有，我庄上的人都会使水驾船，便请哥哥行事。"宋江道："却用侯家兄弟引着薛永并白胜，先去无为军城中藏了。来日三更二点为期，且听门外放起带铃鹁鸽(鸽子的一种。鹁，bó)，便教白胜上城策应。先插一条白绢号带，近黄文炳家，便是上城去处。再又教石勇、杜迁扮做丐者，去城门边左近埋伏，只看火为号，便要下手杀把门军士。李俊、张顺只在江面上往来巡绰(巡察，警戒)，等候策应。"

宋江分拨已定。薛永、白胜、侯健先自去了。随后再是石勇、杜迁扮做丐者，身边各藏了短刀暗器，也去了。这里自一面扛抬沙土布袋和芦苇、油柴，上船装载。众好汉至期各各拴束了，身上都准备了器械，船仓里埋伏军汉，众头领分拨下船。晁盖、宋江、花荣在童威船上；燕顺、王矮虎、郑天寿在张横船上；戴宗、刘唐、黄信在阮小二船上；吕方、郭盛、李立在阮小五船上；穆弘、穆春、李逵在阮小七船上。只留下朱贵、宋万在穆太公庄，看理(探听)江州城里消息。先使童猛棹(船桨。此作动词，划船)一只打渔快船，前去探路。小喽罗并军健都伏在仓里，大家庄客、水手，撑驾船只，当夜密地(暗地里)望无为军

来。此时正是七月尽天气,夜凉风静,月白江清,水影山光,上下一碧。昔日参廖子(宋代诗僧道潜的别号)有首诗题这江景,道是:

> 洪涛滚滚烟波杳,月淡风清九江晓。
>
> 欲从舟子问如何,但觉庐山眼中小。

　　是夜初更前后,大小船只都到无为江岸边,拣那有芦苇深处,一字儿(一排)缆定了船只,只见童猛回船来报道:"城里并无些动静。"宋江便叫手下众人,把这沙土布袋和芦苇干柴都搬上岸,望城边来。听那更鼓时,正打二更。宋江叫小喽罗各各拖了沙土布袋并芦柴,就城边堆垛了。众好汉各挺手中军器,只留张横、三阮、两童守船接应,其余头领都奔城边来。望城上时,约离北门有半里之路,宋江便叫放起带铃鹁鸽。只见城上一条竹竿,缚着白号带,风飘起来。宋江见了,便叫军士就这城边堆起沙土布袋,分付军汉,一面挑担芦苇、油柴上城。只见白胜已在那里接应等候,把手指与众军汉道:"只那条巷便是黄文炳住处。"宋江问白胜道:"薛永、侯健在那里?"白胜道:"他两个潜入黄文炳家里去了,只等哥哥到来。"宋江又问道:"你曾见石勇、杜迁么?"白胜道:"他两个在城门边左近伺候。"宋江听罢,引了众好汉下城来,径到黄文炳门前。只见侯健闪在房檐下,宋江唤来,附耳低言道:"你去将菜园门开了,放他军士把芦苇、油柴堆放里面,可教薛永寻把火来点着,却去敲黄文炳门道:'间壁大官人家失火,有箱笼什物(各种器具物品。什,shí)搬来寄顿(寄存)。'敲得门开,我自有摆布。"

　　宋江教众好汉分几个把住两头。侯健先去开了菜园门,军汉把芦柴搬来,堆在里面。侯健就讨了火种,递与薛永,将来点着。侯健便闪出来,却去敲门叫道:"间壁(隔壁)大官人家失火,有箱笼搬来寄顿,快开门则个。"里面听得,便起来看时,望见隔壁火起,连忙开门出来。晁盖、宋江等呐声喊,杀将入去。众好汉亦各动手,见一个,杀一个,见两个,杀一双,把黄文炳一门内外大小四五十口,尽皆杀了,不留一人,只不见了文炳一个。众好汉把他从前酷害良民积攒

下许多家私金银,收拾俱尽。大哨一声,众多好汉都扛了箱笼家财,
却奔城上来。

　　且说石勇、杜迁见火起,各掣出尖刀,便杀把门军人,又见前街
邻舍拿了水桶梯子,都来救火。石勇、杜迁大喝道:"你那百姓,休得
向前。我们是梁山泊好汉数千在此,来杀黄文炳一门良贱,与宋江、
戴宗报仇,不干你百姓事。你们快回家躲避了,休得出来闲管事。"
众邻舍还有不信的,立住了脚看,只见黑旋风李逵轮起两把板斧,着
地卷将来,众邻舍方才呐声喊,抬了梯子水桶,一哄都走了。这边后
巷也有几个守门军汉,带了些人,拖了麻搭(在长杆顶端绑扎散麻蘸泥水用以
灭火的工具)火钩,都奔来救火。早被花荣张起弓,当头一箭,射翻了一
个,大喝道:"要死的,便来救火。"那伙军汉一齐都退去了。只见薛
永拿着火把,便就黄文炳家里前后点着,乱乱杂杂火起。看那火时,
但见:

　　　黑云匝地(遍地),红焰飞天。砗律律(形容急骤猛烈的样子)走万
　　道金蛇,焰腾腾散千团火块。狂风相助,雕梁画栋片时休。炎
　　焰涨空,大厦高堂弹指(捻弹手指作声。佛家多以喻时间短暂)没。这不是
　　火,却是文炳心头恶,触恼丙丁神(因五行中丙丁属火,代指火神);害人
　　施毒焰,惹火自烧身。

　　当时石勇、杜迁已杀倒把门军士,李逵砍断铁锁,大开了城门,
一半人从城上出去,一半人从城门下出去。张横、三阮、两童都来接
应,合做一处,扛抬财物上船。无为军已知江州被梁山泊好汉劫了
法场,杀死无数的人,如何敢出来追赶,只得回避了。这宋江一行众
好汉只恨拿不着黄文炳,都上了船去,摇开了,自投穆弘庄上来,不
在话下。

　　却说江州城里望见无为军火起,蒸天价红(满天地红),满城中讲
动,只得报知本府。这黄文炳正在府里议事,听得报说了,慌忙来禀
知府道:"敝乡失火,急欲回家看觑(照料)。"蔡九知府听得,忙叫开城
门,差一只官船相送。黄文炳谢了知府,随即出来,带了从人,慌速

(急速)下船，摇开江面，望无为军来。看见火势猛烈，映得江面上都红，艄公(撑船为业的人。艄，shāo)说道："这火只是北门里火。"黄文炳见说了，心里越慌。

看看摇到江心里，只见一只小船从江面上摇过去了，不多时，又是一只小船摇将过来，却不径过，望着官船直撞将来。从人喝道："甚么船，敢如此直撞来！"只见那小船上一个大汉跳起来，手里拿着挠钩，口里应道："去江州报失火的船。"黄文炳便钻出来问道："那里失火？"那大汉道："北门里黄通判家，被梁山泊好汉杀了一家人口，劫了家私(家财)，如今正烧着哩！"黄文炳失口叫声苦，不知高低。那汉听了，一挠钩搭住了船，便跳过来。黄文炳是个乖觉(机警灵敏)的人，早瞧了八分，便奔船艄后走，望江里踊身便跳。忽见江面上一只船，水底下早钻过一个人，把黄文炳劈腰抱住，拦头揪起，扯上船来。船上那个大汉早来接应，便把麻索绑了。水底下活捉了黄文炳的，便是浪里白跳张顺，船上把挠钩的，便是混江龙李俊。两个好汉立在船上，那摇官船的艄公只顾下拜。李俊说道："我不杀你们，只要捉黄文炳这厮，你们自回去说与蔡九知府那贼驴知道，俺梁山泊好汉们权寄下他那颗驴头，早晚便要来取。"艄公战抖抖的道："小人去说。"李俊、张顺拿了黄文炳过自己的小船上，放那官船去了。

两个好汉棹了两只快船，径奔穆弘庄上，早摇到岸边，望见一行头领，都在岸上等候，搬运箱笼上岸。见说拿得黄文炳，宋江不胜之喜。众好汉一齐心中大喜，说："正要此人见面。"李俊、张顺早把黄文炳带上岸来，众人看了，监押着，离了江岸，到穆太公庄上来。朱贵、宋万接着众人，入到庄里草厅上坐下。

宋江把黄文炳剥了湿衣服，绑在柳树上，请众头领团团坐定。宋江叫取一壶酒来，与众人把盏。上自晁盖，下至白胜，共是三十位好汉，都把遍了。宋江大骂黄文炳："你这厮，我与你往日无冤，近日无仇，你如何只要害我，三回五次教唆蔡九知府杀我两个。你既读圣贤之书，如何要做这等毒害的事？我又不与你有杀父之仇，你如何定要谋我？你哥哥黄文烨，与你这厮一母所生，他怎怎般修善，久闻你那城中都称他做黄佛子，我昨夜分毫不曾侵犯他。你这厮在乡中只是害人，交结权势，浸润(讨好)官长，欺压良善，我知道无为军人民都叫你做黄蜂刺。我今日且替你拔了这个刺。"黄文炳告道："小人已知过失，只求早死。"晁盖喝道："你那贼驴，怕你不死！你这厮早知今日，悔不当初。"宋江便问道："那个兄弟替我下手？"只见黑旋风李逵跳起身来说道："我与哥哥动手割这厮。我看他肥胖了，倒好烧吃。"晁盖道："说得是，教取把尖刀来，就讨盆炭火来，细细地割这厮烧来下酒，与我贤弟消这怨气。"李逵拿起尖刀，看着黄文炳笑道："你这厮在蔡九知府后堂且会说黄道黑(比喻对人对事任意评论)，拨置(挑拨)害人，无中生有撺掇(煽动，怂恿)他。今日你要快死，老爷却要你慢死。"便把尖刀先从腿上割起，拣好的就当面炭火上炙(用火烤)来下酒。割一块，炙一块，无片时，割了黄文炳，李逵方才把刀割开胸膛，取出心肝，把来与众头领做醒酒汤。众多好汉看割了黄文炳，都来草堂上与宋江贺喜。有诗为证：

　　　　文炳趋炎巧计乖，却将忠义苦挤排。

　　　　奸谋未遂身先死，难免剜心①炙肉灾。

　　只见宋江先跪在地下，众头领慌忙都跪下，齐道："哥哥有甚事，但说不妨，兄弟们敢不听？"宋江便道："小可不才，自小学吏。初世为人，便要结识天下好汉。奈缘力薄才疏，不能接待，以遂平生之愿。自从刺配江州，多感晁头领并众豪杰苦苦相留，宋江因见父亲严训，不曾肯住。正是天赐机会，于路直至浔阳江上，又遭际(遇到)许多豪杰。不想小可不才，一时间酒后狂言，险累了戴院长性命。感谢众位豪杰不避凶险，来虎穴龙潭，力救残生，又蒙协助，报了冤仇。如此犯下大罪，闹了两座州城，必然申奏去了。今日不由宋江不上梁山泊投托哥哥去，未知众位意下若何？如是相从者，只今收拾便

────────────

①剜(kū)心：挖出心脏。

行。如不愿去的，一听尊命。只恐事发，反遭负累，烦可寻思。"说言未绝，李逵跳将起来，便叫道："都去，都去！但有不去的，吃我一鸟斧，砍做两截便罢！"宋江道："你这般粗卤说话！全在各人弟兄们心肯意肯，方可同去。"众人议论道："如今杀死了许多官军人马，闹了两处州郡，他如何不申奏朝廷？必然起军马来擒获。今若不随哥哥去，同死同生，却投那里去？"

宋江大喜，谢了众人。当日先叫朱贵和宋万前回山寨里去报知，次后分作五起(五路)进程：头一起，便是晁盖、宋江、花荣、戴宗、李逵；第二起，便是刘唐、杜迁、石勇、薛永、侯健；第三起，便是李俊、李立、吕方、郭盛、童威、童猛；第四起，便是黄信、张顺、张横、阮家三弟兄；第五起，便是燕顺、王矮虎、穆弘、穆春、郑天寿、白胜。五起二十八个头领，带了一千人等，将这所得黄文炳家财各各分开，装载上车子。穆弘带了太公并家小人等，将应有家财金宝装载车上。庄客数内有不愿去的，都赍发(资助，打发。赍，jī)他些银两，自投别主去；佣工有愿去的，一同便往。前四起陆续去了，已自行动。穆弘收拾庄内已了，放起十数个火把，烧了庄院，撇下了田地，自投梁山泊来。

且不说五起人马登程，节次(逐次，依次)进发，只隔二十里而行。先说第一起晁盖、宋江、花荣、戴宗、李逵五骑马，带着车仗人伴，在路行了三日，前面来到一个去处，地名唤做黄门山。宋江在马上与晁盖说道："这座山生得形势怪恶，莫不有大伙在内？可着人催趱(催促。趱，zǎn)后面人马上来，一同过去。"说犹未了，只见前面山嘴上锣鸣鼓响。宋江道："我说么！且不要走动，等后面人马到来，好和他厮杀。"花荣便拈弓搭箭在手，晁盖、戴宗各执朴刀，李逵拿着双斧，拥护着宋江，一齐趱马向前。只见山坡边闪出三五百个小喽罗，当先簇拥出四筹(量词，个)好汉，各挺军器在手，高声喝道："你等大闹了江州，劫掠了无为军，杀害了许多官军百姓，待回梁山泊去？我四个等你多时。会事的(懂事的，识趣的)只留下宋江，都饶了你们性命。"

宋江听得，便挺身出去，跪在地下，说道："小可宋江被人陷害，冤屈无伸,今得四方豪杰救了性命,小可不知在何处触犯了四位英雄,万望高抬贵手,饶恕残生。"那四筹好汉见了宋江跪在前面,都慌忙滚鞍下马,撇了军器,飞奔前来,拜倒在地下,说道:"俺弟兄四个只闻山东及时雨宋公明大名,想杀也不能够见面。俺听知哥哥在江州为事吃官司,我弟兄商议定了,正要来劫牢,只是不得个实信。前日使小喽罗直到江州来打听,回来说道:'已有多少好汉闹了江州,劫了法场,救出往揭阳镇去了。后又烧了无为军,劫掠黄通判家。'料想哥哥必从这里来。节次使人路中来探望,犹恐未真,故反作此一番诘问。冲撞哥哥,万勿见罪。今日幸见仁兄,小寨里略备薄酒粗食,权当接风。请众好汉同到敝寨盘桓(逗留)片时。"

宋江大喜,扶起四位好汉,逐一请问大名。为头的那人姓欧,名鹏,祖贯是黄州人氏。守把大江军户,因恶了本官,逃走在江湖上绿林中,熬(闯荡)出这个名字,唤做摩云金翅。第二个好汉姓蒋,名敬,祖贯是湖南潭州人氏。原是落科举子出身,科举不第,弃文就武,颇有谋略,精通书算,积万累千,纤毫不差,亦能刺枪使棒,布阵排兵,因此人都唤他做神算子。第三个好汉姓马,名麟,祖贯是南京建康人氏。原是小番子(缉捕罪犯的差役)闲汉出身,吹得双铁笛,使得好大滚刀,百十人近他不得,因此人都唤他做铁笛仙。第四个好汉姓陶,名宗旺,祖贯是光州人氏。庄家田户出身,惯使一把铁锹,有的是气力,亦能使枪轮刀,因此人都唤做九尾龟。怎见得四个好汉英雄(英勇),有《西江月》为证:

> 力壮身强无赛比,行时捷似飞腾,摩云金翅是欧鹏,首位黄山排定。幼恨毛锥(毛笔的别称。因其形如锥,束毛而成,故名。此处借指科场)失利,长从韬略搜精,如神算法善行兵,文武全才蒋敬。　铁笛一声山裂,铜刀两口神惊,马麟形貌更狰狞,厮杀场中超乘。宗旺力如猛虎,铁锹到处无情,神龟九尾喻多能,都是英雄头领。

这四筹好汉接住宋江,小喽罗早捧过果盒,一大壶酒,两大盘肉,托过来把盏。先递晁盖、宋江,次递花荣、戴宗、李逵,与众人都相见了,一面递酒。没两个时辰,第二起头领又到了,一个个尽都相见。把盏已遍,邀请众位上山。两起十位头领先来到黄门山寨内,那四筹好汉便叫椎牛(击杀牛。椎, chuí)宰马管待。却教小喽罗陆续下山,接请后面那三起十八位头领上山来筵宴。未及半日,三起好汉已都来到了,尽在聚义厅上筵席相会。宋江饮酒中间,在席上开话道:“今次宋江投奔了哥哥晁天王,上梁山泊去,一同聚义,未知四位好汉肯弃了此处,同往梁山泊大寨相聚否?”四个好汉齐答道:“若蒙二位义士不弃贫贱,情愿执鞭坠镫(服侍别人乘骑,多表示倾心追随)。”宋江、晁盖大喜,便说道:“既是四位肯从大义,便请收拾起程。”众多头领俱各欢喜。在山寨住了一日,过了一夜。次日,宋江、晁盖仍旧做头一起,下山进发先去;次后依例而行,只隔着二十里远近。四筹好汉收拾起财帛金银等项,带领了小喽罗三五百人,便烧毁了寨栅,随作第六起登程。宋江又合得这四个好汉,心中甚喜,于路在马上对晁盖说道:“小弟来江湖上走了这几遭,虽是受了些惊恐,却也结识得这许多好汉。今日同哥哥上山去,这回只得死心塌地,与哥哥同死同生。”一路上说着闲话,不觉早来到朱贵酒店里了。

且说四个守山寨的头领吴用、公孙胜、林冲、秦明和两个新来的萧让、金大坚已得朱贵、宋万先回报知,每日差小头目棹船出来酒店里迎接,一起起都到金沙滩上岸,擂鼓吹笛,众好汉们都乘马轿,迎上寨来。到得关下,军师吴学究等六人把了接风酒,都到聚义厅上,焚起一炉好香。晁盖便请宋江为山寨之主,坐第一把交椅。宋江那里肯,便道:“哥哥差矣!感蒙众位不避刀斧,救拔宋江性命,哥哥原是山寨之主,如何却让不才?若要坚执如此相让,宋江情愿就(马上)死。”晁盖道:“贤弟如何这般说!当初若不是贤弟担那血海(形容事情的后果严重或关系重大)般干系,救得我等七人性命上山,如何有今日之众?你正是山寨之恩主。你不坐,谁坐?”宋江道:“仁兄,论年齿,兄长也大十岁,宋江若坐了,岂不自羞。”再三推晁盖坐了第一位,宋江坐了第二位,吴学究坐了第三位,公孙胜坐了第四位。宋江道:"休分功劳高下,梁山泊一行旧头领去左边主位上坐,新到头领去右边客位上坐,待日后出力多寡,那时另行定夺。"众人齐道:"哥哥言之极当。"左边一带,是林冲、刘唐、阮小二、阮小五、阮小七、杜迁、宋万、朱贵、白胜;右边一带,论年甲次序,互相推让,花荣、秦明、黄信、戴宗、李逵、李俊、穆弘、张横、张顺、燕顺、吕方、郭盛、萧让、王矮虎、薛永、金大坚、穆春、李立、欧鹏、蒋敬、童威、童猛、马麟、石勇、侯健、郑天寿、陶宗旺,共是四十位头领坐下。大吹大擂,且吃庆喜筵席。

宋江说起江州蔡九知府捏造谣言一事,说与众人:"叵耐黄文炳那厮,事又不干他己,却在知府面前胡言乱道,解说道:'耗国因家木',耗散国家钱粮的人,必是家头着个'木'字,不是个'宋'字?'刀兵点水工',兴动刀兵之人,必是三点水着个'工'字,不是个'江'字?这个正应宋江身上。那后两句道:'纵横三十六,播乱在山东。'合主宋江造反在山东。以此拿了小可。不期戴院长又传了假书,以此黄文炳那厮撺掇知府,只要先斩后奏。若非众好汉救了,焉得到此!"李逵跳将起来道:"好哥哥,正应着天上的言语。虽然吃了他些苦,黄文炳那贼也吃我割得快活。放着我们有许多军马,便造反,怕怎地?晁盖哥哥便做了大皇帝,宋江哥哥便做了小皇帝,吴先生做个丞相,公孙道士便做个国师,我们都做个将军,杀去东京,夺了鸟位,在那里快活,却不好?不强似这个鸟水泊里?"戴宗连忙喝道:"铁牛,你这厮胡说!你今日既到这里,不可使你那在江州性儿,须要听两位头领哥哥的言语号令,亦不许你胡言乱语,多嘴多舌。再如此多言插口,先割了你这颗头来为令,以警后人。"李逵道:"阿哎!若割了我这颗头,几时再长的一个出来。我只吃酒便了。"众多好汉都笑。

宋江又题起拒敌官军一事,说道:"那时小可初闻这个消息,好不惊恐,不期今日轮到宋江身上。"吴用道:"兄长当初若依了弟兄之言,只住山上快活,不到江州,不省了多少事?这都是天数注定如此。"宋江道："黄安那厮，如今在那里？"晁盖道："那厮住不够两三个月，便病死了。"宋江嗟叹不已。当日饮酒，各各尽欢。晁盖先叫安顿穆太公一家老小。叫取过黄文炳的家财，赏劳了众多出力的小喽罗。取出原将来的信笼，交还戴院长收用。戴宗那里肯要，定教收放库内，公支使用。晁盖叫众多小喽罗参拜了新头领李俊等，都参见了。连日山寨里杀牛宰马，作庆贺筵席，不在话下。

再说晁盖教向山前山后各拨定房屋居住，山寨里再起造房舍，修理城垣。至第三日，酒席上宋江起身对众头领说道："宋江还有一件大事，正要禀众弟兄：小可今欲下山一遭，乞假数日，未知众位肯否？"晁盖便问道："贤弟今欲要往何处，干甚么大事？"

宋江不慌不忙，说出这个去处。有分教，枪刀林里，再逃一遍残生；山岭边旁，传授千年勋业（功业）。正是只因玄女（天上神女，曾授黄帝兵法，以制服蚩尤。亦称九天玄女，为道教所奉之神）书三卷，留得清风史数篇。毕竟宋公明要往何处去走一遭，且听下回分解。

# 第四十二回

## 还道村受三卷天书　宋公明遇九天玄女

话说当下宋江在筵上对众好汉道："小可宋江自蒙救护上山，到此连日饮宴，甚是快乐，不知老父在家，正是何如。即目(目前)江州申奏京师，必然行移(签发公文)济州，着落郓城县追捉家属，比捕(限期捉拿在逃犯人)正犯，恐老父存亡不保。宋江想念，欲往家中搬取老父上山，以绝挂念，不知众弟兄还肯容否？"晁盖道："贤弟，这件是人伦中大事，不成我和你受用快乐，倒教家中老父吃苦，如何不依贤弟？只是众兄弟们连日辛苦，寨中人马未定，再停两日，点起山寨人马，一径去取了来。"宋江道："仁兄，再过几日不妨。只恐江州行文到济州追捉家属，以此事不宜迟。今也不须点多人去，只宋江潜地自去，和兄弟宋清搬取老父连夜上山来。那时乡中神不知，鬼不觉。若还多带了人伴去，必然惊吓乡里，反招不便。"晁盖道："贤弟路中倘有疏失，无人可救。"宋江道："若为父亲，死而不怨。"当日苦留不住，宋江坚执要行，便取个毡笠(毡制的笠帽)带了，提条短棒，腰带利刃，便下山去。众头领送过金沙滩自回。

且说宋江过了渡，到朱贵酒店里上岸，出大路投郓城县来。路上少不得饥餐渴饮，夜住晓行。一日奔宋家村晚了，到不得，且投客店歇了。次日趱行(快行，赶路。趱，zǎn)到宋家村时却早，且在林子里伏了，等待到晚，却投庄上来敲后门。庄里听得，只见宋清出来开门。见了哥哥，吃那一惊。慌忙道："哥哥，你回家来怎地？"宋江道："我特来家取父亲和你。"宋清道："哥哥，你在江州做了的事，如今这里都知道了。本县差下这两个赵都头，每日来勾取，管定了我们，不得转动。只等江州文书到来，便要捉我们父子二人，下在牢里监禁，听候拿你。日里夜间，一二百土兵巡绰。你不宜迟，快去梁山泊请下众头领来，救父亲并兄弟。"

宋江听了，惊得一身冷汗。不敢进门，转身便走，奔梁山泊路上来。是夜月色朦胧，路不分明，宋江只顾拣僻静小路去处走。约莫也走了一个更次，只听得背后有人发喊起来。宋江回头听时，只隔一二里路，看见一簇火把照亮，只听得叫道："宋江休走！"宋江一头走，一面肚里寻思："不听晁盖之言，果有今日之祸，皇天可怜，垂救(垂怜救助)宋江则个(语气助词。表委婉、商量或解释的语气)。"远远望见一个去处，只顾走。少间风扫薄云，现出那轮明月，宋江方才认得仔细，叫声苦，不知高低。看了那个去处，有名唤做还道村。原来团团都是高山峻岭，山下一遭洞水，中间单单只一条路。入来这村，左来右去走，只是这条路，更没第二条路。宋江认的这个村口，欲待回身，却被背后赶来的人已把住了路口，火把照耀如同白日。宋江只得奔入村里来，寻路躲避。抹过一座林子，早看见一所古庙。但见：

墙垣颓损，殿宇倾斜。两廊画壁长苍苔，满地花砖生碧草。门前小鬼，折臂膊不显狰狞；殿上判官，无幞头(古代男子用的头巾。幞，fú)不成礼数。供床上蜘蛛结网，香炉内蝼蚁营窠。狐狸常睡纸炉中，蝙蝠不离神帐里。

宋江只得推开庙门，乘着月光，入进庙里来，寻个躲避处。前殿后殿，相了一回，安不得身，心里越慌。只听得外面有人道："都管只走在这庙里！"宋江听得时，是赵能声音。急没躲处，见这殿上一所神厨，宋江揭起帐幔，望里面探身便钻入神厨里。安了短棒，做一堆儿伏在厨内，气也不敢喘。只听的外面拿着火把，照将入来。

宋江在神厨里偷眼看时，赵能、赵得引着四五十人，拿着火把，各到处照，看看照上殿来。宋江道："我今番走了死路，望阴灵庇护则个，神明庇佑。"一个个都走过了，没人看着神厨里。宋江道："却不是天幸！"只见赵得将火把来神厨内照一照,宋江道:"我这番端的受缚。"赵得一只手将朴刀杆挑起神帐,上下把火只一照,火烟冲将起来,冲下一片黑尘来,正落在赵得眼里,眯了眼。便将火把丢在地下,一脚踏灭了。走出殿门外来,对土兵们道:"这厮不在庙里。别又无路,却走向那里去了？"众土兵道:"多应这厮走入村中树林里去了。这里不怕他走脱。这个村唤做还道村,只有这条路出入,里面虽有高山林木,却无路上的去。都头只把住村口,他便会插翅飞上天去,也走不脱了。待天明,村里去细细搜捉。"赵得道:"也是。"引了土兵下殿去了。

宋江道:"却不是神明护佑！若还得了性命,必当重修庙宇,再建祠堂,阴灵保佑则个。"说犹未了,只听的有几个土兵在于庙门前叫道:"都头,在这里了。"赵能、赵得和众人一伙抢入来。宋江道:"却不又是晦气,这遭必被擒捉。"赵能到庙前问道:"在那里？"土兵道:"都头,你来看庙门上两个尘手迹,一定是却才推开庙门,闪在里面去了。"赵能道:"说的是,再仔细搜一搜看。"

这伙人再入庙里来搜看,宋江道:"我命运这般蹇拙<sub>（艰难困拙,不顺利。蹇, jiǎn）</sub>,今番必是休了。"那伙人去殿前殿后搜遍,只不曾翻过砖来。众人又搜了一回,火把看看照上殿来。赵能道:"多是只在神厨里,却才兄弟看不仔细,我自照一照看。"一个土兵拿着火把,赵能一手揭起帐幔,五七个人伸头来看。不看万事俱休,才看一看,只见神厨里卷起一阵恶风,将那火把都吹灭了。黑腾腾罩了庙宇,对面不见。赵能道:"却又作怪。平地里卷起这阵恶风来,想是神明在里面,定嗔怪我们只管来照,因此起这阵恶风显应。我们且去罢休。只守住村口,待天明再来寻。"赵得道:"只是神厨里不曾看得仔细,再把枪去搠一搠。"赵能道:"也是。"两个却待向前,只听的殿后又卷起一阵怪风,吹的飞沙走石,滚将下来,摇的那殿宇吸吸<sub>（摇动的样子）</sub>地动。罩下一阵黑云,布合了上下,冷气侵人,毛发竖起。赵能情知不好,叫了赵得道:"兄弟快走,神明不乐。"众人一哄都奔下殿来,望庙门外跑走,有几个攧翻(摔倒。攧,diān)了的,也有闪朒(扭伤。朒,nù)腿的,爬得起来,奔命走出庙门。只听得庙里有人叫:"饶恕我们!"赵能再入来看时,两三个土兵跌倒在龙墀(法坛,道场。墀,chí,台阶上面的空地)里,被树根钩住了衣服,死也挣不脱,手里丢了朴刀,扯着衣裳叫饶。宋江在神厨里听了,忍不住笑。

赵能把土兵衣服解脱了,领出庙门去。有几个在前面的土兵说道:"我说这神道最灵,你们只管在里面缠障(搅扰),引的小鬼发作起来。我们只去守住了村口等他,须不吃他飞了去。"赵能、赵得道:"说得是。只消村口四下里守定。"众人都望村口去了。

只说宋江在神厨里口称惭愧道:"虽不被这厮们拿了,却怎能够出村口去?"正在厨内寻思,百般无计,只听的后面廊下有人出来。宋江道:"却又是苦也!早是不钻出去。"只见两个青衣童子,径到厨边举口(张口)道:"小童奉娘娘法旨,请星主说话。"宋江那里敢做声答应。外面童子又道:"娘娘有请,星主可行。"宋江也不敢答应。外面童子又道:"宋星主休得迟疑,娘娘久等。"宋江听的莺声燕语,不是男子之音,便从神柜底下钻将出来,看时,却是两个青衣女童侍立在床边。宋江吃了一惊,却是两个泥神。只听的外面又说道:"宋星主,娘娘有请。"宋江分开帐幔,钻将出来,只见是两个青衣螺髻女童,齐齐躬身,各打个稽首(道士举一手向人行礼)。宋江看那女童时,但见:

> 朱颜绿发,皓齿明眸。飘飘不染尘埃,耿耿(超凡之貌)天仙风韵。螺蛳髻(螺壳状的发髻。蛳,sī)山峰堆拥,凤头鞋(鞋头绣有凤凰图饰的一种花鞋)莲瓣轻盈。领抹深青,一色织成银缕;带飞真紫,双环结就金霞。依稀阆苑(阆风之苑,传说中仙人的住处)董双成(神话中西王母侍女名),仿佛蓬莱花鸟使。

当下宋江问道:"二位仙童自何而来?"青衣道:"奉娘娘法旨,有请星主赴宫。"宋江道:"仙童差矣。我自姓宋,名江,不是甚么星主。"青衣道:"如何差了?请星主便行,娘娘久等。"宋江道:"甚么娘娘？亦不曾拜识，如何敢去？"青衣道："星主到彼便知，不必询问。"
宋江道："娘娘在何处？"青衣道："只在后面宫中。"

青衣前引便行，宋江随后跟下殿来。转过后殿侧首一座子墙角
门，青衣道："宋星主从此间进来。"宋江跟入角门来看时，星月满天，
香风拂拂，四下里都是茂林修竹。宋江寻思道："原来这庙后又有这
个去处。早知如此，却不来这里躲避，不受那许多惊恐。"宋江行着，
觉道香坞两行夹种着大松树，都是合抱不交的，中间平坦一条龟背
大街。宋江看了，暗暗寻思道："我倒不想古庙后有这般好路径。"跟
着青衣，行不过一里来路，听得潺潺(轻缓的流水声)的涧水响。看前面
时，一座青石桥，两边都是朱栏杆，岸上栽种奇花、异草、苍松、茂竹、
翠柳、夭桃(鲜艳的桃花)，桥下翻银滚雪般的水，流从石洞里去。过的桥
基看时，两行奇树，中间一座大朱红棂星门(原指孔庙外门。后指门形如窗棂。
棂，líng)。宋江入的棂星门看时，抬头见一所宫殿。但见：

> 金钉朱户，碧瓦雕檐。飞龙盘柱戏明珠，双凤帏屏明晓日。
> 红泥墙壁，纷纷御柳间宫花；翠霭楼台，淡淡祥光笼瑞影。窗横
> 龟背(一种架在壁上安放食物的横板)，香风冉冉透黄纱；帘卷虾须(帘子的
> 别称)，皓月团团悬紫绮。若非天上神仙府，定是人间帝主家。

宋江见了，寻思道："我生居郓城县，不曾听的说有这个去处。"
心中惊恐，不敢动脚。青衣催促请星主行。一引，引入门内，有个龙
墀，两廊下尽是朱红亭柱，都挂着绣帘。正中一所大殿，殿上灯烛荧
煌。青衣从龙墀内一步步引到月台上，听得殿上阶前又有几个青衣
道："娘娘有请星主进来。"宋江到大殿上，不觉肌肤战栗，毛发倒竖。
下面都是龙凤砖阶。青衣入帘内奏道："请至宋星主在阶前。"宋江
到帘前御阶之下，躬身再拜，俯伏在地，口称："臣乃下浊庶民，不识
圣上，伏望天慈，俯赐怜悯。"御帘内传旨，教请星主坐。宋江那里敢
抬头。教四个青衣扶上锦墩坐，宋江只得勉强坐下。殿上喝声卷
帘，数个青衣早把珠帘卷起，搭在金钩上。娘娘问道："星主别来无
恙？"宋江起身再拜道："臣乃庶民，不敢面觑圣容。"娘娘道："星主

既然至此，不必多礼。"宋江恰才敢抬头舒眼，看见殿上金碧交辉，点
着龙灯凤烛；两边都是青衣女童，持笏(hù，朝见皇帝所执的手板)捧圭(guī，玉
制礼器。长方形，上尖下方)，执旌擎扇侍从；正中七宝九龙床上，坐着那个
娘娘。宋江看时，但见：

> 头绾九龙飞凤髻，身穿金缕绛绡(红色薄纱)衣。蓝田玉带曳
> 长裙，白玉圭璋(古代贵重的玉制礼器)擎彩袖。脸如莲萼，天然眉目
> 映云环；唇似樱桃，自在规模端雪体。正大仙容描不就，威严形
> 象画难成。

那娘娘口中说道："请星主到此。"命童子献酒。两下青衣女童，
执着奇花宝瓶，捧酒过来，斟在玉杯内。一个为首的女童执玉杯递
酒，来劝宋江。宋江起身，不敢推辞，接过玉杯，朝娘娘跪饮了一杯。
宋江觉道这酒馨香馥郁(形容香气很浓)，如醍醐灌顶(比喻清凉舒适。醍醐，
tíhú)，甘露洒心。又是一个青衣，捧过一盘仙枣，上劝宋江。宋江战
战兢兢，怕失了体面，尖着指头，拿了一枚，就而食之，怀核在手。青
衣又斟过一杯酒来劝宋江，宋江又一饮而尽。娘娘法旨："教再劝一
杯。"青衣再斟一杯酒过来劝宋江，宋江又饮了。仙女托过仙枣，又
食了两枚。共饮过三杯仙酒，三枚仙枣。宋江便觉道春色微醺(稍有
醉意)，又怕酒后醉失体面，再拜道："臣不胜酒量，望乞娘娘免赐。"殿
上法旨道："既是星主不能饮酒，可止。教取那三卷天书赐与星主。"
青衣去屏风背后，玉盘中托出黄罗袱子，包着三卷天书，度与宋江。
宋江看时，可长五寸，阔三寸，厚三寸，不敢开看，再拜祗受(恭敬地领
受)，藏于袖中。娘娘法旨道："宋星主，传汝三卷天书，汝可替天行
道，为主全忠仗义，为臣辅国安民，去邪归正。他日功成果满，作为
上卿。吾有四句天言，汝当记取，终身佩受，勿忘勿泄。"宋江再拜：
"愿受天言，臣不敢轻泄于世人。"娘娘法旨道：

> 遇宿重重喜，逢高不是凶。
> 外夷及内寇，几处见奇功。

宋江听毕，再拜谨受。娘娘法旨道："玉帝因为星主魔心未断，

道行未完,暂罚下方,不久重登紫府,切不可分毫懈怠! 若是他日罪下酆都(阴曹地府。酆,fēng),吾亦不能救汝。此三卷之书,可以善观熟视,只可与天机星同观,其他皆不可见。功成之后,便可焚之,勿留在世。所嘱之言,汝当记取。目今天凡相隔,难以久留,汝当速回。”便令童子急送星主回去,“他日琼楼金阙,再当重会。”

宋江便谢了娘娘,跟随青衣女童下得殿庭来,出得櫺星门,送至石桥边,青衣道:“恰才星主受惊,不是娘娘护佑,已被擒拿。天明时,自然脱离了此难。星主看石桥下水里二龙相戏。”宋江凭栏看时,果见二龙戏水。二青衣望下一推,宋江大叫一声,却撞在神厨(安置神像的立柜。由神龛及其下面的柜子组成)内,觉来乃是南柯一梦(淳于棼曾梦至槐安国,娶公主,封南柯太守,显赫一时。后率师出征战败,遭国王疑忌,被遣归。醒后,在庭前槐树下掘得蚁穴,即梦中之槐安国。后因以指梦境)。

宋江爬将起来看时,月影正午,料是三更时分。宋江把袖子里摸时,手内枣核三个,袖里帕子包着天书。摸将出来看时,果是三卷天书,又只觉口里酒香。宋江想道:“这一梦真乃奇异,似梦非梦。若把做梦来,如何有这天书在袖子里,口中又酒香,枣核在手里,说与我的言语,都记得,不曾忘了一句? 不把做梦来,我自分明在神厨里,一交撤将入来。有甚难见处? 想是此间神圣最灵,显化如此。只是不知是何神明? ”揭起帐幔看时,九龙椅上坐着一个妙面娘娘,正和梦中一般。宋江寻思道:“这娘娘呼我做星主,想我前生非等闲人也。这三卷天书,必然有用。分付我的四句天言,不曾忘了。青衣女童道:‘天明时自然脱离此村之厄。’如今天色渐明,我却出去。”

便探手去厨里摸了短棒,把衣服拂拭了,一步步走下殿来。便从左廊下转出庙前,仰面看时,旧牌额上刻着四个金字道:“玄女之庙。”宋江以手加额称谢道:“惭愧! 原来是九天玄女娘娘传受与我三卷天书,又救了我的性命。如若能够再见天日之面,必当来此重修庙宇,再建殿庭。伏望圣慈俯垂护佑。”称谢已毕,只得望着村口悄悄出来。

离庙未远，只听得前面远远地喊声连天。宋江寻思道："又不济了。立住了脚，且未可出去。我若到他面前，定吃他拿了。不如且在这里路旁树背后躲一躲。"却才闪得入树背后去，只见数个土兵急急走得喘做一堆，把刀枪拄着，一步步撺将入来，口里声声都只叫道："神圣救命则个。"宋江在树背后看了，寻思道："却又作怪。他们把着村口，等我出来拿我，却又怎地抢入来？"再看时，赵能也抢入来，口里叫道："我们都是死也！"宋江道："那厮如何恁地慌？"却见背后一条大汉追将入来。那大汉上半截不着一丝，露出鬼怪般肉，手里拿着两把夹钢板斧，口里喝道："含鸟（骂人的话。鸟，同"屌"）休走！"远观不睹，近看分明，正是黑旋风李逵。宋江想道："莫非是梦里么？"不敢走出去。赵能正走到庙前，被松树根只一绊，一交撺在地下。李逵赶上，就势一脚踏住脊背，手起大斧，却待要砍，背后又是两筹好汉赶上来，把毡笠儿掀在脊梁上，各挺一条朴刀，上首的是欧鹏，下首的是陶宗旺。李逵见他两个赶来，恐怕争功，坏了义气，就手把赵能一斧，砍做两半，连胸脯都砍开了，跳将起来，把土兵赶杀，四散走了。宋江兀自不敢便走出来。背后只见又赶上三筹好汉，也杀将来。前面赤发鬼刘唐，第二石将军石勇，第三催命判官李立。这六筹好汉说道："这厮们都杀散了，只寻不见哥哥，却怎生是好？"石勇叫道："兀那（指示代词。那，那个）松树背后一个人立在那里！"宋江方才敢挺身出来，说道："感谢众兄弟们又来救我性命，将何以报大恩？"六筹好汉见了宋江，大喜道："哥哥有了！快去报与晁头领得知。"石勇、李立分头去了。

宋江问刘唐道："你们如何得知，来这里救我？"刘唐答道："哥哥前脚下得山来，晁头领与吴军师放心不下，便叫戴院长随即下来探听哥哥下落。晁头领又自己放心不下，再着我等众人前来接应，只恐哥哥有些疏失。半路里撞见戴宗道：'两个贼驴追赶捕捉哥哥。'晁头领大怒，分付戴宗去山寨，只教留下吴军师、公孙胜、阮家三兄弟、吕方、郭盛、朱贵、白胜看守寨栅，其余兄弟，都叫来此间寻觅哥哥。听得人说道：'赶宋江入还道村去了。'村口守把的这厮们，尽数杀了，不留一个，只有这几个奔进村里来。随即李大哥追来，我等都赶入来，不想哥哥在这里。"说犹未了，石勇引将晁盖、花荣、秦明、黄信、薛永、蒋敬、马麟到来，李立引将李俊、穆弘、张横、张顺、穆春、侯健、萧让、金大坚一行，众多好汉都相见了。宋江作谢众位头领。

晁盖道："我叫贤弟不须亲自下山，不听愚兄之言，险些儿又做出来。"宋江道："小可兄弟，只为父亲这一事悬肠挂肚，坐卧不安，不由宋江不来取。"晁盖道："好教贤弟欢喜，令尊并令弟家眷，我先叫戴宗引杜迁、宋万、王矮虎、郑天寿、童威、童猛送去，已到山寨中了。"宋江听罢，大喜，拜谢晁盖道："得仁兄如此施恩，宋江死亦无怨！"

晁盖、宋江俱各欢喜，与众头领各各上马，离了还道村口。宋江在马上以手加额，望空顶礼，称谢神明庇佑之功，容日专当拜还心愿。有古风一篇，单道宋江忠义得天之助：

> 昏朝气运将颠覆，四海英雄起微族①。
> 流光垂象在山东，天罡上应三十六。
> 瑞气盘旋绕郓城，此乡生降宋公明。
> 幼年涉猎诸经史，长来为吏惜人情。
> 仁义礼智信皆备，兼受九天玄女经。
> 豪杰交游满天下，逢凶化吉天生成。
> 他年直上梁山泊，替天行道动天兵。

且说一行人马离了还道村，径回梁山泊来。吴学究领了守山头领，直到金沙滩，都来迎接着，到得大寨聚义厅上，众好汉都相见了。宋江急问道："老父何在？"晁盖便叫请宋太公出来。不多时，铁扇子宋清策（驱赶骡马役畜的鞭棒。引申为扶持,架起）着一乘山轿（山行乘坐的轿子。

---

① 微族:卑微的家族。

用椅子捆在杠上做成），抬着宋太公到来，众人扶策下轿上厅来。宋江见了，喜从天降，笑逐颜开。宋江再拜道："老父惊恐，宋江做了不孝之子，负累了父亲吃惊受怕。"宋太公道："叵耐赵能那厮弟兄两个，每日拨人来守定了我们，只待江州公文到来，便要捉取我父子二人，解送官司。听得你在庄后敲门，此时已有八九个土兵在前面草厅上，续后不见了，不知怎地赶出去了。到三更时候，又有二百余人把庄门开了，将我搭扶上轿抬了，教你兄弟四郎收拾了箱笼，放火烧了庄院。那时不由我问个缘由，径来到这里。"宋江道："今日父子团圆相见，皆赖众兄弟之力也。"叫兄弟宋清拜谢了众头领。晁盖众人都来参拜宋太公已毕，一面杀牛宰马，且做庆喜筵席，作贺宋公明父子团圆。当日尽醉方散，次日又排筵席贺喜，大小头领尽皆欢喜。

第三日，晁盖又体己（私下）备个筵席，庆贺宋江父子完聚。忽然感动公孙胜一个念头，思忆老母在蓟（jì）州，离家日久，未知如何。众人饮酒之时，只见公孙胜起身对众头领说道："感蒙众位豪杰相带贫道许多时，恩同骨肉。只是小道自从跟着晁头领到山，逐日宴乐，一向不曾还乡看视老母。亦恐我真人本师悬望（盼望，挂念），欲待回乡省视（察看，探望）一遭。暂别众头领三五个月，再回来相见，以满小道之愿，免致老母挂念悬望。"晁盖道："向日已闻先生所言，令堂在北方无人侍奉，今既如此说时，难以阻当，只是不忍分别。虽然要行，再待来日相送。"公孙胜谢了。当日尽醉方散，各自归房安歇。次日早，就关下排了筵席，与公孙胜饯行（设酒送行）。

且说公孙胜依旧做云游道士打扮了，腰裹腰包、肚包，背上雌雄宝剑，肩胛（肩部。胛，jiǎ）上挂着棕笠（棕片做的斗笠），手中拿把鳖壳扇（形如鳖壳的扇子。一般用鹅毛编制。为道士随身用具），便下山来。众头领接住，就关下筵席，各各把盏送别。饯行已遍，晁盖道："一清先生，此去难留，却不可失信。本是不容先生去，只是老尊堂（对他人母亲的敬称）在上，不敢阻当。百日之外，专望鹤驾（仙人的车驾）降临，切不可爽约。"公孙胜道："重蒙列位头领看待许久，小道岂敢失信！回家参过本师真人，安顿了老母,便回山寨。"宋江道:"先生何不将带几个人去,一发就搬取老尊堂上山,早晚也得侍奉。"公孙胜道:"老母平生只爱清幽,吃不得惊唬(惊吓),因此不敢取来。家中自有田产山庄,老母自能料理。小道只去省视一遭,便来再得聚义。"宋江道:"既然如此,专听尊命。只望早早降临为幸!"晁盖取出一盘黄白之资相送,公孙胜道:"不消许多,但只够盘缠足矣。"晁盖定教收了一半,打拴在腰包里,打个稽首,别了众人,过金沙滩便行,望蓟州去了。

　　众头领席散,却待上山,只见黑旋风李逵就关下放声大哭起来。宋江连忙问道:"兄弟,你如何烦恼?"李逵哭道:"干鸟气么!这个也去取爷,那个也去望娘,偏铁牛是土掘坑里钻出来的。"晁盖便问道:"你如今待要怎地?"李逵道:"我只有一个老娘在家里。我的哥哥又在别人家做长工,如何养得我娘快乐?我要去取他来这里快乐几时也好。"晁盖道:"兄弟说的是。我差几个人同你去,取了上山来,也是十分好事。"宋江便道:"使不得。李家兄弟生性不好,回乡去必然有失。若是教人和他去,亦是不好。况且他性如烈火,到路上必有冲撞。他又在江州杀了许多人,那个不认得他是黑旋风?这几时,官司如何不行移文书到那里了,必然原籍追捕。你又形貌凶恶,倘有疏失,路程遥远,如何得知?你且过几时,打听得平静了去取未迟。"李逵焦躁,叫道:"哥哥,你也是个不平心(用心不公平)的人。你的爷,便要取上山来快活,我的娘,由他在村里受苦。兀的不是气破了铁牛的肚子!"宋江道:"兄弟,你不要焦躁。既是要去取娘,只依我三件事,便放你去。"李逵道:"你且说那三件事?"宋江点两个指头,说出这三件事来。有分教,李逵施为撼地摇天手,来斗巴山跳涧虫。毕竟宋江对李逵说出那三件事来,且听下回分解。

# 第四十三回

## 假李逵剪径劫单人　黑旋风沂岭杀四虎

　　话说李逵道:"哥哥,你且说那三件事?"宋江道:"你要去沂州沂水县搬取母亲,第一件,径回,不可吃酒。第二件,因你性急,谁肯和你同去? 你只自悄悄地取了娘便来。第三件,你使的那两把板斧,休要带去,路上小心在意,早去早回。"李逵道:"这三件事,有甚么依不得! 哥哥放心,我只今日便行,我也不住了。"当下李逵拽扎(捆扎)得爽利,只跨一口腰刀,提条朴刀,带了一锭大银,三五个小银子,吃了几杯酒,唱个大喏,别了众人,便下山来,过金沙滩去了。

　　晁盖、宋江与众头领送行已罢,回到大寨里聚义厅上坐定。宋江放心不下,对众人说道:"李逵这个兄弟,此去必然有失。不知众兄弟们,谁是他乡中人? 可与他那里探听个消息。"杜迁便道:"只有朱贵原是沂州沂水县人,与他是乡里(同乡)。"宋江听罢,说道:"我却忘了。前日在白龙庙聚会时,李逵已自认得朱贵是同乡人。"宋江便着人去请朱贵。小喽罗飞报下山来,直至店里,请的朱贵到来。宋江道:"今有李逵兄弟前往家乡搬取老母。因他酒性不好,为此不肯差人与他同去,诚恐路上有失。我们难得知道。今知贤弟是他乡中人,你可去他那里探听走一遭。"朱贵答道:"小弟是沂州沂水县人,现在一个兄弟唤做朱富,在本县西门外开着个酒店。这李逵他是本县百丈村董店东住。有个哥哥,唤做李达,专与人家做长工。这李逵自小凶顽,因打死了人,逃走在江湖上,一向不曾回归。如今着小弟去那里探听也不妨,只怕店里无人看管。小弟也多时不曾还乡,亦就要回家探望兄弟一遭。"宋江道："这个看店，不必你忧心，我自教侯健、石勇替你暂管几时。"朱贵领了这言语，相辞了众头领下山来。便走到店里，收拾包裹，交割铺面与石勇、侯健，自奔沂州去了。

这里宋江与晁盖在寨中，每日筵席，饮酒快乐，与吴学究看习天书。不在话下。

且说李逵独自一个离了梁山泊，取路来到沂水县界。于路，李逵端的不吃酒，因此不惹事，无有话说。行至沂水县西门外，见一簇人围着榜看，李逵也立人丛中，听得读道："榜上第一名正贼宋江，系郓城县人；第二名从贼戴宗，系江州两院押狱；第三名从贼李逵，系沂州沂水县人。"李逵在背后听了，正待指手画脚，没做奈何处，只见一个人抢向前来，拦腰抱住，叫道："张大哥，你在这里做甚么？"李逵扭过身看时，认得是旱地忽律朱贵。李逵问道："你如何也来这里？"朱贵道："你且跟我来说话。"

两个一同来西门外近村一个酒店内，直入到后面一间静房中坐了。朱贵指着李逵道："你好大胆！那榜上明明写着赏一万贯钱捉宋江，五千钱捉戴宗，三千钱捉李逵，你却如何立在那里看榜？倘或被眼疾手快的拿了送官，如之奈何？宋公明哥哥只怕你惹事，不肯教人和你同来，又怕你到这里做出怪来，续后特使我赶来探听你的消息。我迟下山来一日，又先到你一日，你如何今日才到这里？"李逵道："便是哥哥分付，教我不要吃酒，以此路上走得慢了。你如何认得这个酒店里？你是这里人，家在那里住？"朱贵道："这个酒店，便是我兄弟朱富家里。我原是此间人，因在江湖上做客(外出经商)，消折了本钱，就于梁山泊落草(入山林与官府为敌)。今次方回。"又叫兄弟朱富来与李逵相见了。朱富置酒管待李逵。李逵道："哥哥分付，教我不要吃酒，今日我已到乡里了，便吃两碗儿，打甚么鸟紧！"朱贵不敢阻当他，由他吃。

当夜直吃到四更时分，安排些饭食，李逵吃了，趁五更晓星残月，霞光明朗，便投村里去。朱贵分付道："休从小路去，只从大朴树转湾,投东大路,一直往百丈村去,便是董店东。快取了母亲来,和你早回山寨去。"李逵道:"我自从小路去,却不近? 大路走,谁耐烦!"朱贵道:"小路走,多大虫,又有乘势夺包裹的剪径贼人。"李逵应道:"我却怕甚鸟!"戴上毡笠儿,提了朴刀,跨了腰刀,别了朱贵、朱富,便出门投百丈村来。

约行了数十里,天色渐渐微明,去那露草之中,赶出一只白兔儿来,望前路去了。李逵赶了一直,笑道:"那畜生倒引了我一程路。"有诗为证:

> 山径崎岖静复深,西风黄叶满疏林。
> 偶因逐兔过前界,不记仓忙行路心。

正走之间,只见前面有五十来株大树丛杂,时值新秋,叶儿正红。李逵来到树林边厢,只见转过一条大汉,喝道:"是会的(懂事的,识趣的)留下买路钱,免得夺了包裹。"李逵看那人时,戴一顶红绢抓髻儿(头巾两边扎成角儿。髻,jiǎo)头巾,穿一领粗布衲袄(补缀过的上衣),手里拿着两把板斧,把黑墨搽在脸上。李逵见了,大喝一声:"你这厮是甚么鸟人? 敢在这里剪径!"那汉道:"若问我名字,吓碎你心胆,老爷叫做黑旋风。你留下买路钱并包裹,便饶了你性命,容你过去。"李逵大笑道:"没你娘鸟兴! 你这厮是甚么人? 那里来的? 也学老爷名目,在这里胡行。"李逵挺起手中朴刀来奔那汉,那汉那里抵当得住,却待要走,早被李逵腿股上一朴刀,搠翻在地,一脚踏住胸脯,喝道:"认得老爷么?"那汉在地下叫道:"爷爷,饶恁孩儿性命!"李逵道:"我正是江湖上的好汉黑旋风李逵,便是你这厮辱莫(辱没)老爷名字。"那汉道:"小人虽然姓李,不是真的黑旋风。为是爷爷江湖上有名目,提起好汉大名,神鬼也怕,因此小人盗学爷爷名目,胡乱在此剪径。但有孤单客人经过,听得说了黑旋风三个字,便撇了行李,逃奔了去,以此得这些利息(收入),实不敢害人。小人自己的贱名叫做李鬼,只在这前村住。"李逵道:"叵耐这厮无礼,却在这里夺人的包裹行李,坏我的名目,学我使两把板斧,且教他先吃我一斧。"劈手夺过一把斧来便砍。李鬼慌忙叫道："爷爷杀我一个,便是杀我两个。"李逵听得,住了手问道："怎的杀你一个,便是杀你两个?"李鬼道："小人本不敢剪径,家中因有个九十岁的老母,无人养赡,因此小人单题爷爷大名唬吓人,夺些单身的包裹,养赡老母。其实并不曾敢害了一个人。如今爷爷杀了小人,家中老母必是饿杀。"李逵虽是个杀人不眨眼的魔君,听的说了这话,自肚里寻思道："我特地归家来取娘,却倒杀了一个养娘的人,天地也不佑我。罢,罢!我饶了你这厮性命。"放将起来,李鬼手提着斧,纳头(低头)便拜。李逵道："只我便是真黑旋风,你从今已后,休要坏了俺的名目。"李鬼道："小人今番得了性命,自回家改业,再不敢倚着爷爷名目,在这里剪径。"李逵道："你有孝顺之心,我与你十两银子做本钱,便去改业。"李逵便取出一锭银子把与李鬼,拜谢去了。李逵自笑道："这厮却撞在我手里。既然他是个孝顺的人,必去改业,我若杀了他,也不合天理。我也自去休。"拿了朴刀,一步步投山僻小路而来。诗曰:

　　李逵迎母却逢伤,李鬼何曾为养娘。

　　可见世间忠孝处,事情言语贵参详。

　　走到巳牌时分,看看肚里又饥又渴,四下里都是山径小路,不见有一个酒店饭店。正走之间,只见远远在山凹里露出两间草屋。李逵见了,奔到那人家里来,只见后面走出一个妇人来,髽髻(zhuājì,梳在头顶两旁或脑后的发髻)鬓边插一簇野花,搽一脸胭脂铅粉。李逵放下朴刀道："嫂子,我是过路客人,肚中饥饿,寻不着酒食店,我与你一贯足钱,央你回些酒饭吃。"那妇人见了李逵这般模样,不敢说没,只得答道："酒便没买处,饭便做些与客人吃了去。"李逵道："也罢。只多做些个,正肚中饥出鸟来。"那妇人道："做一升米不少么?"李逵道:"做三升米饭来吃。"那妇人向厨中烧起火来,便去溪边淘了米,将来做饭。

　　李逵却转过屋后山边来净手,只见一个汉子撇手撇脚从山后归来。李逵转过屋后听时,那妇人正要上山讨菜,开后门见了,便问道:"大哥,那里闪脱了腿?"那汉子应道:"大嫂,我险些儿和你不厮见了,你道我晦鸟气么?指望出去等个单身的过,整整等了半个月,不曾发市(遇到夺取的对象)。甫能(刚刚能)今日抹着一个,你道是谁?原来正是那真黑旋风。却恨撞着那驴鸟,我如何敌得他过?倒吃他一朴刀,搠翻在地,定要杀我,吃我假意叫道:'你杀我一个,却害了我两个。'他便问我缘故,我便告道:'家中有个九十岁的老娘,无人养赡,定是饿死。'那驴鸟真个信我,饶了我性命,又与我一个银子做本钱,教我改了业养娘。我恐怕他省悟了。赶将来,且离了那林子里僻静处睡了一回,从后山走回家来。"那妇人道:"休要高声。却才一个黑大汉来家中,教我做饭,莫不正是他。如今在门前坐地,你去张一张看。若是他时,你去寻些麻药来,放在菜内,教那厮吃了,麻翻在地。我和你却对付了他,谋得他些金银,搬往县里住,去做些买卖,却不强似在这里剪径!"

李逵已听得了,便道:"叵耐这厮,我倒与了他一个银子,又饶了性命,他倒又要害我。这个正是情理难容。"一转踅到(折身转到。踅,xué)后门边。这李鬼恰待出门,被李逵劈脊揪住,那妇人慌忙自望前门走了。李逵捉住李鬼,按翻在地,身边掣出腰刀,早割下头来。拿着刀,却奔前门寻那妇人时,正不知走那里去了。再入屋内来,去房中搜看,只见有两个竹笼,盛些旧衣裳,底下搜得些碎银两并几件钗环,李逵都拿了。又去李鬼身边搜了那锭小银子,都打缚在包裹里。却去锅里看时,三升米饭早熟了,只没菜蔬下饭。李逵盛饭来吃了一回,看看自笑道:"好痴汉,放着好肉在面前,却不会吃。"拔出腰刀,便去李鬼腿上割下两块肉来,把些水洗净了,灶里抓些炭火来便烧。一面烧,一面吃,吃得饱了,把李鬼的尸首拖放屋下,放了把火,提了朴刀,自投山路里去了。

比及(等到)赶到董店东时,日已平西。径奔到家中,推开门,入进里面,只听得娘在床上问道:"是谁人来?"李逵看时,见娘双眼都盲了,坐在床上念佛。李逵道:"娘,铁牛来家了。"娘道:"我儿,你去了许多时,这几年正在那里安身?你的大哥,只是在人家做长工,止博得些饭食吃,养娘全不济事。我时常思量你,眼泪流干,因此瞎了双目。你一向正是如何?"李逵寻思道:"我若说在梁山泊落草,娘定不肯去,我只假说便了。"李逵应道:"铁牛如今做了官,上路特来取娘。"娘道:"怎地<sub>(如此,这样。怎,nèn)</sub>却好也!只是你怎生和我去得?"李逵道:"铁牛背娘到前路,却觅一辆车儿载去。"娘道:"你等大哥来,却商议。"李逵道:"等做甚?我自和你去便了。"恰待要行,只见李达提了一罐子饭来。

入得门,李逵见了,便拜道:"哥哥,多年不见。"李达骂道:"你这厮归来则甚?又来负累<sub>(连累)</sub>人。"娘便道:"铁牛如今做了官,特地家来取我。"李达道:"娘呀!休信他放屁。当初他打杀了人,教我披枷带锁,受了万千的苦。如今又听得他和梁山泊贼人通同<sub>(串通,勾结)</sub>,劫了法场,闹了江州,现在梁山泊做了强盗。前日江州行移公文<sub>(官署签发的通知事项的文件)</sub>到来,着落原籍追捕正身,却要捉我到官比捕<sub>(限期捉拿在逃人犯,违期受责罚)</sub>。又得财主替我官司分理<sub>(分说,分辩)</sub>,说他兄弟已自十来年不知去向,亦不曾回家,莫不是同名同姓的人冒供乡贯<sub>(籍贯)</sub>?又替我上下使钱,因此不吃官司杖限<sub>(官府要下属限期完成某事、逾期则予以杖罚的公文)</sub>追要<sub>(追拿,追捕)</sub>。现今出榜赏三千钱捉他。你这厮不死,却走家来胡说乱道!"李逵道:"哥哥不要焦躁,一发和你同上山去快活,多少是好。"李达大怒,本待要打李逵,却又敌他不过,把饭罐撇在地下,一直去了。

李逵道:"他这一去,必然报人来捉我,却是脱不得身,不如及早走罢。我大哥从来不曾见这大银,我且留下一锭五十两的大银子,放在床上。大哥归来见了,必然不赶来。"李逵便解下腰包,取一锭大银,放在床上,叫道:"娘,我自背你去休。"娘道:"你背我那里去?"李逵道:"你休问我,只顾去快活便了。我自背你去不妨。"李逵当下背了娘,提了朴刀,出门望小路里便走。

却说李达奔来财主家报了,领着十来个庄客,飞也似赶到家里看时,不见了老娘,只见床上留下一锭大银子。李达见了这锭大银,心中忖道(想道。忖, cǔn):"铁牛留下银子,背娘去那里藏了。必是梁山泊有人和他来,我若赶去,倒吃他坏了性命。想他背娘,必去山寨里快活。"众人不见了李逵,都没做理会处。李达却对众庄客说道:"这铁牛背娘去,不知往那条路去了,这里小路甚杂,怎地去赶他?"众庄客见李达没理会处,俄延(延缓,耽搁)了半晌,也各自回去了,不在话下。

这里只说李逵怕李达领人赶来,背着娘只望乱山深处僻静小路而走。看看天色晚了,但见:

> 暮烟横远岫(远处的峰峦。岫, xiù),宿雾锁奇峰。慈鸦(乌鸦的一种)撩乱投林,百鸟喧呼傍树。行行雁阵,坠长空飞入芦花;点点萤光,明野径偏依腐草。卷起金风(秋风)飘败叶,吹来霜气布深山。

当下李逵背娘到岭下,天色已晚了。娘双眼不明,不知早晚。李逵却自认得这条岭,唤做沂岭。过那边去,方才有人家。娘儿两个,趁着星明月朗,一步步捱上岭来。娘在背上说道:"我儿,那里讨口水来我吃也好。"李逵道:"老娘,且待过岭去,借了人家安歇了,做些饭吃。"娘道:"我日中吃了些干饭,口渴的当不得。"李逵道:"我喉咙里也烟发火出。你且等我背你到岭上,寻水与你吃。"娘道:"我儿,端的渴杀我也!救我一救!"李逵道:"我也困倦的要不得。"李逵看看捱得到岭上,松树边一块大青石上把娘放下。插了朴刀在侧边,分付娘道:"耐心坐一坐,我去寻水来你吃。"李逵听得溪涧里水响,闻声寻将去,盘过了两三处山脚,到得那涧边看时,一溪好水。怎见得?有诗为证:

> 穿崖透壑不辞劳,远望方知出处高。
> 溪涧岂能留得住,终归大海作波涛。

李逵来到溪边,捧起水来自吃了几口,寻思道:"怎生能够得这水去把与娘吃?"立起身来,东观西望,远远地山顶上见个庵儿。李逵道:"好了。"攀藤揽葛,上到庵前,推开门看时,却是个泗州大圣祠

堂。面前有个石香炉。李逵用手去掇,原来却是和座子凿成的。李
逵拔了一回,那里拔得动。一时性起来,连那座子掇出,前面石阶上
一磕,把那香炉磕将下来。拿了再到溪边,将这香炉水里浸了,拔起
乱草,洗得干净。挽了半香炉水,双手擎来。再寻旧路,夹七夹八走
上岭来。

　　到得松树里边,石头上不见了娘,只见朴刀插在那里。李逵叫
娘吃水,杳无踪迹(一点踪迹都没有,不知去向),叫了几声不应。李逵心慌,
丢了香炉,定住眼四下里看时,并不见娘。走不到三十余步,只见草
地上一团血迹。李逵见了,心里越疑惑,趁着那血迹寻将去。寻到
一处大洞口,只见两个小虎儿在那里舐一条人腿。正是:

　　　　假黑旋风真捣鬼,生时欺心死烧腿。

　　　　谁知娘腿亦遭伤,饿虎饿人皆为嘴。

　　李逵心里忖道:"我从梁山泊归来,特为老娘来取他,千辛万苦,
背到这里,却把来与你吃了。那鸟大虫拖着这条人腿,不是我娘的
是谁的?"心头火起,赤黄须竖立起来,将手中朴刀挺起来,搠那两
个小虎。这小大虫被搠得慌,也张牙舞爪钻向前来,被李逵手起,先
搠死了一个。那一个望洞里便钻了入去,李逵赶到洞里,也搠死了。
李逵却钻入那大虫洞内,伏在里面张外面时,只见那母大虫张牙舞
爪望窝里来。李逵道:"正是你这业畜(作恶的畜生)吃了我娘。"放下朴
刀,胯边掣出腰刀。那母大虫到洞口,先把尾去窝里一剪,便把后半
截身躯坐将入去。李逵在窝内看得仔细,把刀朝母大虫尾底下尽平
生气力舍命一戳,正中那母大虫粪门(肛门)。李逵使得力重,和那刀
靶,也直送入肚里去了。那母大虫吼了一声,就洞口带着刀,跳过涧
边去了。李逵却拿了朴刀,就洞里赶将出来。那老虎负疼(忍痛),直
抢下山石岩下去了。李逵恰待要赶,只见就树边卷起一阵狂风,吹
得败叶树木如雨一般打将下来。自古道:"云生从龙,风生从虎。"那
一阵风起处,星月光辉之下,大吼了一声,忽地跳出一只吊睛白额虎
来。那大虫望李逵势猛一扑,那李逵不慌不忙,趁着那大虫的势力,

手起一刀,正中那大虫额下。那大虫不曾再展再扑,一者护那疼痛,二者伤着他那气管。那大虫退不够五七步,只听得响一声,如倒半壁山,登时间死在岩下。

那李逵一时间杀了子母四虎,还又到虎窝边,将着刀复看了一遍,只恐还有大虫,已无有踪迹。李逵也困乏了,走向泗州大圣庙里,睡到天明。次日早晨,李逵却来收拾亲娘的两腿及剩的骨殖(遗骨,尸骨),把布衫包裹了,直到泗州大圣庵后掘土坑葬了。李逵大哭了一场,有诗为证:

> 沂岭西风九月秋,雌雄虎子聚林丘。
> 因将老母残躯啖①,致使英雄血泪流。
> 猛挤一身探虎穴,立诛②四虎报冤仇。
> 泗州庙后亲埋葬,千古传名李铁牛。

这李逵肚里又饥又渴,不免收拾包裹,拿了朴刀,寻路慢慢的走过岭来。只见五七个猎户都在那里收窝弓弩箭,见了李逵一身血污,行将下岭来,众猎户吃了一惊,问道:"你这客人莫非是山神土地,如何敢独自过岭来?"李逵见问,自肚里寻思道:"如今沂水县出榜,赏三千贯钱捉我,我如何敢说实话?只谎说罢。"答道:"我是客人。昨夜和娘过岭来,因我娘要水吃,我去岭下取水,被那大虫把我娘拖去吃了。我直寻到虎窝里,先杀了两个小虎,后杀了两个大虎,泗州大圣庙里睡到天明,方才下来。"众猎户齐叫道:"不信你一个人如何杀得四个虎?便是李存孝(五代名将,勇猛过人)和子路(孔子弟子,以勇著称)也只打得一个。这两个小虎且不打紧,那两个大虎非同小可。我们为这两个畜生,不知都吃了几顿棍棒。这条沂岭自从有了这窝虎在上面,整三五个月,没人敢行。我们不信,敢是你哄我?"李逵道:"我又不是此间人,没来由哄你做甚么?你们不信,我和你上岭去寻讨与你。就带些人去扛了下来。"众猎户道:"若端的有时,我们自重

①啖(dàn):吃。 ②诛(zhū):诛杀。

重的谢你。却是好也！"

　　众猎户打起胡哨来,一霎时聚起三五十人,都拿了挠钩枪棒,跟着李逵,再上岭来。此时天大明朗。都到那山顶上,远远望见窝边果然杀死两个小虎,一个在窝内,一个在外面;一只母大虫死在山岩边,一只雄虎死在泗州大圣庙前。

　　众猎户见了杀死四个大虫,尽皆欢喜。便把索子抓缚起来,众人扛抬下岭,就邀李逵同去请赏。一面先使人报知里正上户,都来迎接着。抬到一个大户人家,唤做曹太公庄上。那人原是闲吏,专一在乡放刁把滥(刁难敲诈,胡作非为)。近来暴有几贯浮财(不固定的资产),只是为人行短(行为卑鄙。这里指做恶事)。当时曹太公亲自接来相见了,邀请李逵到草堂上坐定,动问那杀虎的缘由。李逵却把夜来同娘到岭上要水吃,因此杀死大虫的话,说了一遍。众人都呆了。曹太公动问壮士高姓名讳,李逵答道:"我姓张,无名,只唤做张大胆。"诗曰:

　　　　人言只有假李逵,从来再无李逵假。

　　　　如何李四冒张三,谁假谁真皆作耍。

　　曹太公道:"真乃是大胆壮士,不忒地胆大,如何杀的四个大虫!"一壁厢叫安排酒食管待,不在话下。

　　且说当村里得知沂岭上杀了四个大虫,抬在曹太公家,讲动了村坊道店,哄的前村后村,山僻人家,大男幼女,成群拽队,都来看虎;入见曹太公相待着打虎的壮士,在厅上吃酒。数中却有李鬼的老婆,逃在前村爹娘家里,随着众人也来看虎,却认得李逵的模样,慌忙来家对爹娘说道:"这个杀虎的黑大汉,便是杀我老公,烧了我屋的。他正是梁山泊黑旋风李逵。"爹娘听了,连忙来报知里正(里长。古时乡官)。里正听了道:"他既是黑旋风时,正是岭后百丈村打死了人的李逵,逃走在江州,又做出事来,行移到本县原籍追捉。如今官司出三千贯赏钱拿他。他却走在这里!"暗地使人去请得曹太公到来商议。曹太公推道更衣(大小便的婉辞),急急的到里正家里。正说这个杀虎的壮士,便是岭后百丈村里的黑旋风李逵,现今官司着落拿他。

曹太公道:"你们要打听得仔细。倘不是时,倒惹得不好,若真个是时,却不妨。要拿他时也容易,只怕不是他时却难。"里正道:"现有李鬼的老婆认得他。曾来李鬼家做饭吃,杀了李鬼。"曹太公道:"既是如此,我们且只顾置酒请他,却问他:'今番杀了大虫,还是要去县请功,只是要村里讨赏?'若还他不肯去县里请功时,便是黑旋风了。着人轮换把盏,灌得醉了,缚在这里。却去报知本县,差都头来取去,万无一失。"有诗为证:

> 常言芥投针孔<sup>①</sup>,窄路每遇冤家。
>
> 李鬼鬼魂不散,旋风风色非佳。
>
> 打虎功思县赏,杀人身被官拿。
>
> 试看螳螂黄雀,劝君得意休夸。

众人道:"说得是。"里正与众人商量定了。曹太公回家来款住(留住)李逵,一面且置酒来相待,便道:"适间(方才)抛撇(离开),请勿见怪。且请壮士解下腰间包裹,放下朴刀,宽松坐一坐。"李逵道:"好,好!我的腰刀已搠在雌虎肚里了,只有刀鞘在这里。若是开剥时,可讨来还我。"曹太公道:"壮士放心,我这里有的是好刀,相送一把与壮士悬带。"李逵解了腰刀、尖刀并缠袋、包裹,都递与庄客收贮,便把朴刀倚在壁边。曹太公叫取大盘肉、大壶酒来。众多大户并里正、猎户人等,轮番把盏,大碗大钟,只顾劝李逵。曹太公又请问道:"不知壮士要将这虎解官请功,只是在这里讨些赏发!"李逵道:"我是过往客人,忙些个,偶然杀了这窝猛虎,不须去县里请功。只此有些赏发(资助,打发)便罢;若无,我也去了。"曹太公道:"如何敢轻慢了壮士?少刻村中敛取盘缠相送。我这里自解虎到县里去。"李逵道:"布衫先借一领与我换了上盖(外衣)。"曹太公道:"有,有。"当时便取一领细青布衲袄,就与李逵换了身上的血污衣裳。只见门前鼓响笛鸣,都将酒来,与李逵把盏作庆,一杯冷,一杯热。李逵不知是计,只

---

①芥投针孔:用草穿过针孔。比喻冤家路窄。

顾开怀畅饮，全不记宋江分付的言语。不两个时辰，把李逵灌得酩酊大醉(形容醉得厉害。酩酊，míngdǐng)，立脚不住。众人扶到后堂空屋下，放翻在一条板凳上，就取两条绳子，连板凳绑住了。便叫里正带人，飞也似去县里报知。就引李鬼老婆去做原告，补了一纸状子。

此时哄动了沂水县里，知县听得大惊，连忙升厅问道："黑旋风拿住在那里？这是谋叛的人，不可走了。"原告人并猎户答应道："现缚在本乡曹大户家。为是无人禁得他，诚恐有失，路上走了，不敢解来。"知县随即叫唤本县都头去取来。就厅前转过一个都头来声喏，那人是谁？有诗为证：

　　　　面阔眉浓须鬓赤，双睛碧绿似番人。

　　　　沂水县中青眼虎，豪杰都头是李云。

当下知县唤李云上厅来，分付道："沂岭下曹大户庄上拿住黑旋风李逵，你可多带人去，密地解来，休要哄动村坊，被他走(逃脱)了。"李都头领了台旨，下厅来，点起三十个老郎土兵，各带了器械，便奔沂岭村中来。

这沂水县是个小去处，如何掩饰得过？此时街市上讲动了，说道："拿着了闹江州的黑旋风，如今差李都头去拿来。"朱贵在东庄门外朱富家听了这个消息，慌忙来后面对兄弟朱富说道："这黑厮又做出来了，如何解救？宋公明特为他，诚恐有失，差我来打听消息。如今他吃拿了，我若不救得他时，怎的回寨去见哥哥？似此怎生是好？"朱富道："大哥且不要慌。这李都头一身好本事，有三五十人近他不得，我和你只两个同心合意，如何敢近傍(接近、靠近)他？只可智取，不可力敌。李云日常时最是爱我，常常教我使些器械，我却有个道理对他，只是在这里安不得身了。今晚煮了三二十斤肉，将十数瓶酒，把肉大块切了，却将些蒙汗药拌在里面。我两个五更带数个火家挑着，去半路里僻静处等候他解来时，只做与他把酒贺喜，将众人都麻翻了，却放李逵如何？"朱贵道："此计大妙。事不宜迟，可以整顿，及早便去。"朱富道："只是李云不会吃酒，便麻翻了，终久醒得快。还有件事：倘或日后得知，须在此安身不得。"朱贵道："兄弟，你在这里卖酒，也不济事。不如带领老小，跟我上山，一发入了伙，论秤分金银，换套穿衣服，却不快活？今夜便叫两个火家觅了一辆车儿，先送妻子和细软行李起身，约在十里牌等候，都去上山。我如今包裹内带得一包蒙汗药在这里，李云不会吃酒时，肉里多糁(sǎn，掺杂、混合)些，逼着他多吃些，也麻倒了，救得李逵同上山去，有何不可。"朱富道："哥哥说得是。"便叫人去觅下了一辆车儿，打拴了三五个包箱，捎在车儿上，家中粗物都弃了。叫浑家和儿女上了车子，分付两个火家，跟着车子，只顾先去。

且说朱贵、朱富当夜煮熟了肉，切做大块，将药来拌了，连酒装做两担，带了二三十个空碗。又有若干菜蔬，也把药来拌了。恐有不吃肉的，也教他着手。两担酒肉，两个火家各挑一担。弟兄两个，自提了些果盒之类，四更前后，直接将来僻静山路口坐等。到天明，远远地只听得敲着锣响，朱贵接到路口。

且说那三十来个土兵自村里吃了半夜酒，四更前后，把李逵背剪绑了，解将来。后面李都头坐在马上，看看来到面前，朱富便向前拦住，叫道："师父且喜，小弟将来接力。"桶内舀一壶酒来，斟一大钟，上劝李云。朱贵托着肉来，火家捧过果盒。李云见了，慌忙下马，跳向前来，说道："贤弟，何劳如此远接。"朱富道："聊表徒弟孝顺之心。"李云接过酒来，到口不吃。朱富跪下道："小弟已知师父不饮酒。今日这个喜酒，也饮半盏儿。"李云推却不过，略呷了两口。朱富便道："师父不饮酒，须请些肉。"李云道："夜间已饱，吃不得了。"朱富道："师父行了许多路，肚里也饥了。虽不中吃，胡乱请些，也免小弟之羞。"拣两块好的，递将过来。李云见他如此殷勤，只得勉意吃了两块。朱富把酒来劝上户、里正，并猎户人等，都劝了三钟。朱贵便叫土兵、庄客众人都来吃酒。这伙男女那里顾个冷热、好吃不好吃，酒肉到口，只顾吃，正如这风卷残云，落花流水，一齐上来，抢着吃了。李逵光(瞠，睁大)着眼，看了朱贵兄弟两个，已知用计，故意道："你们也请我吃些。"朱贵喝道："你是歹人，有何酒肉与你吃，这般杀才（骂人的话。犹言该杀的），快闭了口。"

李云看着土兵，喝道叫走，只见一个个都面面厮觑（相视无言。形容因紧张或惊惧而束手无策之状），走动不得，口颤脚麻，都跌倒了。李云急叫："中了计了。"恰待向前，不觉自家也头重脚轻，晕倒了，软做一堆，睡在地下。当时朱贵、朱富各夺了一条朴刀，喝声："孩儿们休走！"两个挺起朴刀，来赶这伙不曾吃酒肉的庄客，并那看的人。走得快的走了，走得迟的，就搠死在地。李逵大叫一声，把那绑缚的麻绳都挣断了，便夺过一条朴刀来杀李云。朱富慌忙拦住叫道："不要害他。他是我的师父，为人最好，你只顾先走。"李逵应道："不杀得曹太公老驴，如何出得这口气！"李逵赶上，手起一朴刀，先搠死曹太公并李鬼的老婆，续后里正也杀了。性起来，把猎户排头儿一味价（不管不顾，一直）搠将去，那三十来个土兵都被搠死了。这看的人和众庄客只恨爹娘少生两只脚，都望深村野路逃命去了。

李逵还只顾寻人要杀，朱贵喝道："不干看的人事，休只管伤人。"慌忙拦住，李逵方才住了手，就土兵身上剥了两件衣服穿上。三个人提着朴刀，便要从小路里走。朱富道："不好，却是我送了师父性命。他醒时，如何见的知县，必然赶来。你两个先行，我等他一等。我想他日前教我的恩义，且是为人忠直，等他赶来，就请他一发上山入伙，也是我的恩义，免得教回县去吃苦。"朱贵道："兄弟，你也见的是，我便先去跟了车子行，留李逵在路旁帮你等他。只有李云那厮吃的药少，没一个时辰便醒。若是他不赶来时，你们两个休执迷等他。"朱富道："这是自然了。"当下朱贵前行去了。

只说朱富和李逵坐在路旁边等候，果然不到一个时辰，只见李云挺着一条朴刀，飞也似赶来，大叫道："强贼休走！"李逵见他来的凶，跳起身，挺着朴刀来斗李云，恐伤朱富。正是有分教，梁山泊内添双虎，聚义厅前庆四人。毕竟黑旋风斗青眼虎，二人胜败如何，且听下回分解。

# 第四十四回

## 锦豹子小径逢戴宗　病关索[1]长街遇石秀

话说当时李逵挺着朴刀来斗李云，两个就官路旁边斗了五七合，不分胜败。朱富便把朴刀去中间隔开，叫道："且不要斗，都听我说。"二人都住了手。朱富道："师父听说，小弟多蒙错爱，指教枪棒，非不感恩。只是我哥哥朱贵现在梁山泊做了头领，今奉及时雨宋公明将令，着他来照管李大哥。不争(如果)被你拿了解官(解送官府)，教我哥哥如何回去见得宋公明？因此做下这场手段(计划)。却才李大哥乘势要坏师父，却是小弟不肯容他下手，只杀了这些土兵。我们本待去得远了，猜道师父回去不得，必来赶我。小弟又想师父日常恩念，特地在此相等。师父，你是个精细的人，有甚不省得？如今杀害了许多人性命，又走了黑旋风，你怎生回去见得知县？你若回去时，定吃官司，又无人来相救。不如今日和我们一同上山，投奔宋公明入了伙。未知尊意若何？"李云寻思了半晌，便道："贤弟，只怕他那里不肯收留我。"朱富笑道："师父，你如何不知山东及时雨大名，专一招贤纳士，结识天下好汉？"李云听了，叹口气道："闪得(害得)我有家难奔，有国难投，只喜得我又无妻小，不怕吃官司拿了，只得随你们去休。"李逵便笑道："我哥哥，你何不早说？"便和李云剪拂(江湖隐语。谓行下拜礼。参见本书第五回："原来强人下拜，不说此二字，为军中不利，只唤做剪拂。此乃吉利的字样。")了。这李云不曾娶老小，亦无家当，当下三人合作一

---

① 病关索：意谓赛关索。病，使动用法，使……害怕。关索，相传为关羽第三子。

处,来赶车子,半路上朱贵接见了大喜。四筹好汉跟了车仗便行,于路无话。

看看相近梁山泊路上,又迎着马麟、郑天寿,都相见了,说道:"晁、宋二头领又差我两个下山来探听你消息。今既见了,我两个先去回报。"当下二人先上山来报知。

次日,四筹好汉带了朱富家眷,都至梁山泊大寨聚义厅来。朱贵向前,先引李云拜见晁、宋二头领,相见众好汉。说道:"此人是沂水县都头,姓李,名云,绰号青眼虎。"次后朱贵引朱富参拜众位说道:"这是舍弟朱富,绰号笑面虎。"都相见了。李逵拜了宋江,给还了两把板斧,诉说取娘至沂岭,被虎吃了,因此杀了四虎。又说假李逵剪径被杀一事。众人大笑。晁、宋二人笑道:"被你杀了四个猛虎,今日山寨里又添得两个活虎,正宜作庆。"众多好汉大喜,便教杀羊宰马,做筵席庆贺。两个新到头领,晁盖便叫去左边白胜上首坐定。

吴用道:"近来山寨十分兴旺,感得四方豪杰望风而来,皆是晁、宋二兄之德,亦众弟兄之福也。然是如此,还请朱贵仍复掌管山东酒店,替回石勇、侯健。朱富老小,另拨一所房舍住居。目今山寨事业大了,非同旧日,可再设三处酒馆,专一探听吉凶事情,往来义士上山。如若朝廷调遣官兵捕盗,可以报知如何进兵,好做准备。西山地面广阔,可令童威、童猛弟兄带领十数个火伴那里开店;令李立带十数个火家去山南边那里开店;令石勇也带十来个伴当去北山那里开店。仍复都要设立水亭号箭,接应船只,但有缓急军情,飞捷(火速)报来。山前设置三座大关,专令杜迁总行守把。但有一应委差,不许调遣,早晚不得擅离。又令陶宗旺把总(总管)监工,掘港汊(河道的分支。汊,chà),修水路,开河道,整理宛子城垣,修筑山前大路。他原是庄户出身,修理久惯。令蒋敬掌管库藏仓廒(粮仓。廒,áo),支出纳入,积万累千,书算帐目。令萧让设置寨中寨外,山上山下,三关把隘,许多行移关防文约,大小头领号数。烦令金大坚刊造雕刻,一应兵符(调兵遣将用的一种凭证)、印信(公私印章的总称)、牌面(官吏、使节的一种身分凭证,其状扁薄如牌)等项。令侯健管造衣袍铠甲五方旗号等件。令李云监造梁山泊一应房舍、厅堂。令马麟监管修造大小战船。令宋万、白胜去金沙滩下寨。令王矮虎、郑天寿去鸭嘴滩下寨。令穆春、朱富管收山寨钱粮,吕方、郭盛于聚义厅两边耳房(正房或厢房两侧连着的小房间)安歇。令宋清专管筵宴。"都分拨已定,筵席了三日,不在话下。

梁山泊自此无事,每日只是操练人马,教演武艺。水寨里头领都教习驾船、赴水、船上厮杀,亦不在话下。

忽一日,宋江与晁盖、吴学究并众人闲话道:"我等弟兄众位今日都共聚大义,只有公孙一清不见回还。我想他回蓟州探母参师,期约百日便回,今经日久,不知信息,莫非昧信(失信)不来。可烦戴宗兄弟与我去走一遭,探听他虚实下落,如何不来。"戴宗愿往。宋江大喜,说道:"只有贤弟去得快,旬日便知信息。"当日戴宗别了众人,次早打扮做承局(宋代的低级军职,属殿前司),下山去了。正是:

> 虽为走卒,不占军班。一生常作异乡人,两腿欠他行路债。监司出入,皂花藤杖挂宣牌(证明官职身份的凭证);帅府行军,黄色绢旗书令字。家居千里,日不移时;紧急军情,时不过刻。早向山东餐黍米,晚来魏府吃鹅梨。

且说戴宗自离了梁山泊,取路望蓟州来。把四个甲马(画的神符)拴在腿上,作起神行法来,于路只吃些素茶素食。在路行了三日,来到沂水县界,只闻人说道:"前日走了黑旋风,伤了好多人,连累了都头李云不知去向,至今无获处。"戴宗听了冷笑。

当日正行之次,只见远远地转过一个人来,手里提着一根浑铁笔管枪。那人看见戴宗走得快,便立住了脚叫一声:"神行太保!"戴宗听得,回过脸来定睛看时,见山坡下小径边立着一个大汉,生得头圆耳大,鼻直口方,眉秀目疏,腰细膀阔。戴宗连忙回转身来问道:"壮士素不曾拜识,如何呼唤贱名?"那汉慌忙答道:"足下果是神行太保!"撇了枪,便拜倒在地。戴宗连忙扶住答礼,问道:"足下高姓大名？"那汉道："小弟姓杨，名林，祖贯彰德府人氏，多在绿林丛中安身，江湖上都叫小弟做锦豹子杨林。数月之前，路上酒肆里遇见公孙胜先生，同在店中吃酒相会，备说梁山泊晁、宋二公招贤纳士，如此义气，写下一封书，教小弟自来投大寨入伙，只是不敢轻易擅进。公孙先生又说：'李家道口旧有朱贵开酒店在彼，招引上山入伙的人。山寨中亦有一个招贤飞报头领，唤做神行太保戴院长，日行八百里路。'今见兄长行步非常，因此唤一声看，不想果是仁兄。正是天幸(天赐之幸，侥幸)，无心得遇。"戴宗道："小可(自称，谦称)特为公孙胜先生回蓟州去，杳无音信，今奉晁、宋二公将令，差遣来蓟州探听消息，寻取公孙胜还寨，不期却遇足下。"杨林道："小弟虽是彰德府人，这蓟州管下地方州郡都走遍了。倘若不弃，就随侍兄长同去走一遭。"戴宗道："若得足下作伴，实是万幸。寻得公孙先生见了，一同回梁山泊去未迟。"杨林见说了，大喜，就邀住戴宗，结拜为兄。

戴宗收了甲马，两个缓缓而行，到晚就投村店歇了。杨林置酒请戴宗，戴宗道："我使神行法，不敢食荤。"两个只买些素馔相待。过了一夜，次日早起，打火(生火，烧火)吃了早饭，收拾动身。杨林便问道："兄长使神行法走路，小弟如何走得上？只怕同行不得！"戴宗笑道："我的神行法也带得人同走。我把两个甲马拴在你腿上，作起法来，也和我一般走得快，要行便行，要住(停)便住。不然，你如何赶得我走？"杨林道："只恐小弟是凡胎浊骨，比不得兄长神体。"戴宗道："不妨，我这法，诸人都带得。作用了时，和我一般行。只是我自吃素，并无妨碍。"当时取两个甲马，替杨林缚在腿上。戴宗也只缚了两个，作用了神行法，吹口气在上面。两个轻轻地走了去，要紧要慢，都随着戴宗行。两个于路闲说些江湖上的事，虽只见缓缓而行，正不知走了多少路。

两个行到巳牌时分，前面来到一个去处，四围都是高山，中间一条驿路(驿站连通之路)。杨林却自认得，便对戴宗说道："哥哥，此间地名唤做饮马川，前面兀那高山里常常有大伙在内，近日不知如何。

因为山势秀丽,水绕峰环,以此唤做饮马川。"两个正来到山边时,只听得忽地一声锣响,战鼓乱鸣,走出一二百小喽啰,拦住去路。当先拥着两筹好汉,各挺一条朴刀,大喝道:"行人须住脚。你两个是甚么鸟人?那里去的?会事的快把买路钱来,饶你两个性命!"杨林笑道:"哥哥,你看我结果那呆鸟。"拈着笔管枪抢将入去。那两个好汉见他来得凶,走近前来看了,上首的那个便叫道:"且不要动手,兀的(代词,这)不是杨林哥哥么!"杨林见了,却才认得。上首那个大汉提着军器向前剪拂了,便唤下首这个长汉都来施礼罢。杨林请过戴宗说道:"兄长且来和这两个弟兄相见。"戴宗问道:"这两个壮士是谁?如何认得贤弟?"杨林便道:"这个认得小弟的好汉,他原是盖天军襄阳府人氏,姓邓,名飞。为他双睛红赤,江湖上人都唤他做火眼狻猊(suānní,狮子)。能使一条铁链,人皆近他不得。多曾合伙,一别五年,不曾见面,谁想今日却在这里相遇着!"邓飞便问道:"杨林哥哥,这位兄长是谁,必不是等闲人也。"杨林道:"我这仁兄,是梁山泊好汉中神行太保戴宗的便是。"邓飞听了道:"莫不是江州的戴院长,能行八百里路程的?"戴宗答道:"小可便是。"那两个头领慌忙剪拂道:"平日只听得说大名,不想今日在此拜识尊颜!"戴宗看那邓飞时,生得如何?有诗为证:

> 原是襄阳闲扑汉,江湖飘荡不思归。
>
> 多餐人肉双睛赤,火眼狻猊是邓飞。

当下二位壮士施礼罢。戴宗又问道:"这位好汉高姓大名?"邓飞道:"我这兄弟,姓孟,名康,祖贯是真定州人氏,善造大小船只。原因押送花石纲,要造大船,嗔怪(恼怒)这提调官催并责罚他,把本官一时杀了,弃家逃走在江湖上绿林中安身,已得年久。因他长大白净,人都见他一身好肉体,起他一个绰号,叫他做玉幡竿(系幡的杆。幡,fān,旗帜)孟康。"戴宗见说大喜。看那孟康怎生模样?有诗为证:

　　　　能攀强弩冲头阵,善造艨艟①越大江。

　　　　真州妙手楼船匠,白玉幡竿是孟康。

　　当时戴宗见了二人,心中甚喜。四筹好汉说话间,杨林问道:"二位兄弟在此聚义几时了?"邓飞道:"不瞒兄长说,也有一年多了。只半载前在这直西地面上遇着一个哥哥,姓裴(péi),名宣,祖贯是京兆府人氏,原是本府六案(在州、县仿吏、户、礼、兵、刑、工六部设六个办事机构)孔目(官府衙门里的高级吏人。掌管狱讼、帐目、遣发等事务)出身,极好刀笔,为人忠直聪明,分毫不肯苟且,本处人都称他铁面孔目。亦会拈枪使棒,舞剑轮刀,智勇足备。为因朝廷除将一员贪滥知府到来,把他寻事刺配沙门岛,从我这里经过,被我们杀了防送公人,救了他在此安身,聚集得三二百人。这裴宣极使得好双剑,让他年长,现在山寨中为主。烦请二位义士同往小寨,相会片时。"便叫小喽罗牵过马来,请戴宗、杨林都上了马,四骑马望山寨来。行不多时,早到寨前,下了马,裴宣已有人报知,连忙出寨,降阶(走下台阶,以示恭敬)而接。戴宗、杨林看裴宣时,果然好表人物,生得面白肥胖,四平八稳,心中暗喜。有诗为证:

　　　　问事时巧智心灵,落笔处神号鬼哭。

　　　　心平恕毫发无私,称裴宣铁面孔目。

　　当下裴宣邀请二位义士到聚义厅上,俱各讲礼罢,谦让戴宗正面坐了,次是裴宣、杨林、邓飞、孟康,五筹好汉,宾主相待,坐定筵宴。当日大吹大擂饮酒。

　　看官听说,这也都是地煞星之数,时节到来,天幸自然义聚相逢,有诗为证:

　　　　豪杰遭逢信有因,连环钩锁共相寻。

　　　　汉廷将相由屠钓②,莫怪梁山错用心。

　　当下众人饮酒中间,戴宗在筵上说起晁、宋二头领招贤纳士,结

_____

①艨艟(méngchōng):古代巨型战船。　②屠钓:宰牲口和钓鱼。旧指操贱业者。

识天下四方豪杰,待人接物,一团和气,仗义疏财,许多好处。众头领同心协力,八百里梁山泊如此雄壮,中间宛子城、蓼儿洼,四下里都是茫茫烟水,更有许多兵马,何愁官兵来到。只管把言语说他三个。裴宣回道:"小弟寨中也有三百来人马,财赋亦有十余辆车子,粮食草料不算,倘若仁兄不弃微贱时,引荐于大寨入伙,愿听号令效力,未知尊意若何?"戴宗大喜道:"晁、宋二公待人接物,并无异心。更得诸公相助,如锦上添花,若果有此心,可便收拾下行李,待小可和杨林去蓟州见了公孙胜先生回来,那时一同扮做官军,星夜前往。"众人大喜。酒至半酣,移去后山断金亭上,看那饮马川景致吃酒,端的好个饮马川。但见:

> 一望茫茫野水,周回(周围,环绕)隐隐青山。几多老树映残霞,数片彩云飘远岫。荒田寂寞,应无稚子看牛;古渡凄凉,那得奚人(北方少数民族)饮马。只好强人安寨栅,偏宜好汉展旌旗。

戴宗看了这饮马川一派山景,喝采道:"好山好水,真乃秀丽,你等二位如何来得到此?"邓飞道:"原是几个不成材小厮们在这里屯扎,后被我两个来夺了这个去处。"众皆大笑。五筹好汉吃得大醉。裴宣起身舞剑助酒,戴宗称赞不已。至晚,各自回寨内安歇。

次日,戴宗定要和杨林下山,三位好汉苦留不住,相送到山下作别,自回寨里收拾行装,整理动身,不在话下。

且说戴宗和杨林离了饮马川山寨,在路晓行夜住,早来到蓟州城外,投个客店安歇了。杨林便道:"哥哥,我想公孙胜先生是个出家人,必是山间林下村落中住,不在城里。"戴宗道:"说得是。"当时二人先去城外,到处询问公孙胜先生下落消息,并无一个人晓得他。住了一日,次早起来,又去远近村坊街市访问人时,亦无一个认得。两个又回店中歇了。第三日,戴宗道:"敢怕(或许,恐怕)城中有人认得他。"当日和杨林却入蓟州城里来寻他。两个寻问老成人(年高有德的人)时,都道:"不认得,敢不是城中人。只怕是外县名山大刹居住。"

杨林正行到一个大街,只见远远地一派鼓乐,迎将一个人来。

戴宗、杨林立在街上看时，前面两个小牢子(狱卒)，一个驮着许多礼物花红，一个捧着若干缎子彩缯(彩色绢帛。缯，zēng)之物；后面青罗伞(青罗制成的伞盖)下，罩着一个押狱刽子。那人生得好表人物，露出蓝靛(深蓝色。靛，diàn)般一身花绣(以针在人体臂胸等部刺成各种花纹，然后以青墨涂之。又名札青、刺青)，两眉入鬓，凤眼朝天，淡黄面皮，细细有几根髭髯。那人祖贯是河南人氏，姓杨，名雄，因跟一个叔伯哥哥来蓟州做知府，一向流落在此。续后一个新任知府却认得他，因此就参他做两院押狱，兼充市曹(市内商业集中之处。古代常于此处决人犯)行刑刽子。因为他一身好武艺，面貌微黄，以此人都称他做病关索杨雄。有一首《临江仙》词，单道着杨雄好处：

> 两臂雕青镌嫩玉，头巾环眼嵌玲珑。鬓边爱插翠芙蓉。背心书剑字，衫串染猩红。　　问事厅前逞手段，行刑刀利如风。微黄面色细眉浓。人称病关索，好汉是杨雄。

当时杨雄在中间走着，背后一个小牢子擎着鬼头靶法刀。原来才去市心(指街市中心地区)里决刑了回来，众相识与他挂红贺喜，送回家去，正从戴宗、杨林面前迎将过来，一簇(表数量。用于聚集之物或人)人在路口拦住了把盏。只见侧首小路里又撞出七八个军汉来，为头的一个，叫做踢杀羊张保。这汉是蓟州守御城池的军，带着这几个，都是城里城外时常讨闲钱使的破落户汉子，官司累次奈何他不改，为见杨雄原是外乡人来蓟州，却有人惧怕他，因此不怯气(不服气)。当日正见他赏赐得许多缎匹，带了这几个没头神(比喻没有根脚，到处乱撞的人)，吃得半醉，却好赶来要惹他。又见众人拦住他在路口把盏，那张保拨开众人，钻过面前叫道："节级(地方狱吏)拜揖。"杨雄道："大哥来吃酒。"张保道："我不要吃酒，我特来问你借百十贯钱使用。"杨雄道："虽是我认得大哥，不曾钱财相交，如何问我借钱？"张保道："你今日诈得百姓许多财物，如何不借我些？"杨雄应道："这都是别人与我做好看的，怎么是诈得百姓的？你来放刁，我与你军卫有司(官吏。古代设官分职，各有专司，故称)，各无统属。"张保不应，便叫众人向前一哄，先把花红缎子都抢了去。杨雄叫道："这厮们无礼。"却待向前打那抢物事的人，被张保劈胸带住，背后又是两个来拖住了手，那几个都动起手来，小牢子们各自回避了。杨雄被张保并两个军汉逼住了，施展不得，只得忍气，解拆不开。

正闹中间，只见一条大汉挑着一担柴来，看见众人逼住杨雄，动弹不得。那大汉看了，路见不平，便放下柴担，分开众人，前来劝道："你们因甚打这节级？"那张保睁起眼来喝道："你这打脊饿不死冻不杀的乞丐，敢来多管！"那大汉大怒，焦躁起来，将张保劈头只一提，一交撷翻在地。那几个帮闲的见了，却待要来动手，早被那大汉一拳一个，都打的东倒西歪。杨雄方才脱得身，把出本事来施展动，一对拳头穿梭相似，那几个破落户都打翻在地。张保见不是头(情势不佳)，爬将起来，一直走了。杨雄忿怒，大踏步赶将去。张保跟着抢包袱的走，杨雄在后面追着，赶转小巷去了。那大汉兀自不歇手，在路口寻人厮打。戴宗、杨林看了，暗暗地喝采道："端的是好汉，此乃'路见不平，拔刀相助'，真壮士也！"正是：

匣里龙泉①争欲出，只因世有不平人。

旁观能辨非和是，相助安知疏与亲。

当时戴宗、杨林便向前邀住劝道："好汉看我二人薄面，且罢休了。"两个把他扶劝到一个巷内。杨林替他挑了柴担。戴宗挽住那汉手，邀入酒店里来。杨林放下柴担，同到阁儿里面。那大汉叉手道："感蒙二位大哥解救了小人之祸。"戴宗道："我弟兄两个也是外乡人，因见壮士仗义之事，只恐一时拳手太重，误伤人命，特地做这个出场(结局,收场)，请壮士酌三杯，到此相会结义则个。"那大汉道："多得二位仁兄解拆小人这场，却又蒙赐酒相待，实是不当。"杨林便道："'四海之内，皆兄弟也'，有何伤乎？且请坐。"戴宗相让，那汉那里肯僭上(越分冒用尊者的器物、仪制)。戴宗、杨林一带坐了，那汉坐于对

①龙泉：宝剑名，即龙渊。

席。叫过酒保,杨林身边取出一两银子来把与酒保道:"不必来问,但有下饭,只顾买来与我们吃了,一发总算。"酒保接了银子去,一面铺下菜蔬、果品、按酒(下酒物)之类。

三人饮过数杯,戴宗问道:"壮士高姓大名? 贵乡何处?"那汉答道:"小人姓石,名秀,祖贯是金陵建康(今江苏南京)府人氏。自小学得些枪棒在身,一生执意,路见不平,但要去相助,人都呼小弟作'拚命三郎'。因随叔父来外乡贩羊马卖,不想叔父半途亡故,消折(因使用或受损失、受挫折而逐渐减少下来。多指财物、精神、兵马等的消耗)了本钱,还乡不得,流落在此蓟州卖柴度日。既蒙拜识,当以实告。"戴宗道:"小可两个因来此间干事,得遇壮士如此豪杰,流落在此卖柴,怎能勾发迹? 不若挺身江湖上去,做个下半世快乐也好。"石秀道:"小人只会使些枪棒,别无甚本事,如何能勾发达快乐?"戴宗道:"这般时节认不得真,一者朝廷不明,二乃奸臣闭塞。小可一个薄识(对别人谦称自己的朋友),因一口气去投奔了梁山泊宋公明入伙,如今论秤分金银,换套穿衣服,只等朝廷招安了,早晚都做个官人。"石秀叹口气道:"小人便要去,也无门路可进。"戴宗道:"壮士若肯去时,小可当以相荐。"石秀道:"小人不敢拜问二位官人贵姓?"戴宗道:"小可姓戴名宗,兄弟姓杨名林。"石秀道:"江湖上听的说个江州神行太保,莫非正是足下?"戴宗道:"小可便是。"叫杨林身边包袱内取一锭十两银子,送与石秀做本钱。石秀不敢受,再三谦让,方才收了。才知道他是梁山泊神行太保。正欲诉说些心腹之话,投托入伙,只听得外面有人寻问入来。三个看时,却是杨雄带领着二十余人,都是做公的,赶入酒店里来。戴宗、杨林见人多,吃了一惊,乘闹哄里两个慌忙走了。

石秀起身迎住道:"节级那里去来?"杨雄便道:"大哥,何处不寻你,却在这里饮酒。我一时被那厮封住了手,施展不得,多蒙足下气力,救了我这场便宜(事端)。一时间只顾赶了那厮去,夺他包袱,却撇了足下。这伙兄弟听得我厮打,都来相助,依还(依旧)夺得抢去的花红缎匹回来，只寻足下不见。却才有人说道：'两个客人，劝他去酒店里吃酒。'因此才知得，特地寻将来。"石秀道："却才是两个外乡客人，邀在这里酌三杯，说些闲话，不知节级呼唤。"杨雄大喜，便问道："足下高姓大名？贵乡何处？因何在此？"石秀答道："小人姓石，名秀，祖贯是金陵建康府人氏。平生性直，路见不平，便要去舍命相护，以此都唤小人做'拼命三郎'。因随叔父来此地贩卖羊马，不期叔父半途亡故，消折了本钱，流落在此蓟州卖柴度日。"杨雄看石秀时，好个壮士，生得上下相等。有首《西江月》词，单道着石秀好处。但见：

> 身似山中猛虎，性如火上浇油。心雄胆大有机谋，到处逢人搭救。　全仗一条杆棒，只凭两个拳头。掀天声价满皇州，拼命三郎石秀。

当下杨雄又问石秀道："却才和足下一处饮酒的客人何处去了？"石秀道："他两个见节级带人进来，只道相闹，以此去了。"杨雄道："恁地时，先唤酒保取两瓮酒来，大碗叫众人一家三碗，吃了去，明日却得来相会。"众人都吃了酒，自去散了。

杨雄便道："石秀三郎，你休见外。想你此间必无亲眷，我今日就结义你做个弟兄如何？"石秀见说大喜，便说道："不敢动问节级贵庚（动问中青年人年龄的敬语）？"杨雄道："我今年二十九岁。"石秀道："小弟今年二十八岁，就请节级坐，受小弟拜为哥哥。"石秀拜了四拜。杨雄大喜，便叫酒保安排饮馔酒果来，"我和兄弟今日吃个尽醉方休"。

正饮酒之间，只见杨雄的丈人潘公带领了五七个人，直寻到酒店里来。杨雄见了，起身道："泰山（岳父的别称）来做甚么？"潘公道："我听得你和人厮打，特地寻将来。"杨雄道："多谢这个兄弟救护了我，打得张保那厮见影也害怕。我如今就认义了石家兄弟做我兄弟。"潘公叫："好，好，且叫这几个弟兄吃碗酒了去。"杨雄便叫酒保讨酒来，每人三碗吃了去。便叫潘公中间坐了，杨雄对席上首，石秀下首。三人坐下，酒保自来斟酒。潘公见了石秀这等英雄长大，心中甚喜，便说道："我女婿得你做个兄弟相帮，也不枉了公门中出入，谁敢欺负他！"又问道："叔叔原曾做甚买卖道路(行业，职业)？"石秀道："先父原是操刀屠户。"潘公道："叔叔曾省得杀牲口的勾当么？"石秀笑道："自小吃屠家饭，如何不省得宰杀牲口？"潘公道："老汉原是屠户出身，只因年老做不得了。止有这个女婿，他又自一身入官府差遣，因此撇下这行衣饭(手艺，职业)。"三人酒至半酣，计算酒钱，石秀将这担柴也都准折(抵消，抵折)了。

三人取路回来，杨雄入得门，便叫："大嫂，快来与这叔叔相见。"只见布帘里面应道："大哥，你有甚叔叔？"杨雄道："你且休问，先出来相见。"布帘起处，走出那个妇人来。原来那妇人是七月七日生的，因此小字唤做巧云，先嫁了一个吏员，是蓟州人，唤做王押司，两年前身故了。方才晚嫁得杨雄，未及一年夫妻。石秀见那妇人出来，慌忙向前施礼道："嫂嫂请坐。"石秀便拜，那妇人道："奴家年轻，如何敢受礼？"杨雄道："这个是我今日新认义的兄弟，你是嫂嫂，可受半礼。"当下石秀推金山，倒玉柱，拜了四拜。那妇人还了两礼，请入来里面坐地。收拾一间空房，教叔叔安歇。

话休絮烦。次日，杨雄自出去应当官府，分付家中道："安排石秀衣服巾帻。"客店内有些行李包裹，都教去取来杨雄家里安放了。

却说戴宗、杨林自酒店里看见那伙做公的入来寻访石秀，闹哄里两个自走了，回到城外客店中歇了。次日，又去寻问公孙胜两日，绝无人认得，又不知他下落住处，两个商量了且回去。当日收拾了行李，便起身离了蓟州，自投饮马川来，和裴宣、邓飞、孟康一行人马，扮作官军，星夜望梁山泊来。戴宗要见他功劳，又纠合得许多人马上山，山上自做庆贺筵席，不在话下。

再说有杨雄的丈人潘公，自和石秀商量，要开屠宰作坊。潘公道："我家后门头是一条断路小巷，又有一间空房在后面，那里井水又便，可做作坊。就教叔叔做房安歇在里面，又好照管。"石秀见了也喜:"端的便益(方便、便利)。"潘公再寻了个旧时识熟(熟识)副手,"只央叔叔掌管帐目"。石秀应承了,叫了副手,便把大青大绿妆点起肉案子、水盆、砧头(切鱼肉等用的垫板。砧,zhēn),打磨了许多刀杖,整顿了肉案,打并了作坊、猪圈,起上十数个肥猪,选个吉日,开张肉铺。众邻舍亲戚都来挂红贺喜,吃了一两日酒。杨雄一家,得石秀开了店,都欢喜。自此无话。一向潘公、石秀自做买卖。不觉光阴迅速,又早过了两个月有余。时值秋残冬到,石秀里里外外,身上都换了新衣穿着。

石秀一日早起五更,出外县买猪,三日了方回家来,只见铺店不开。却到家里看时,肉店砧头也都收过了,刀杖(刀与杖。屠宰用具)家火亦藏过了。石秀是个精细的人,看在肚里便省得了,自心中忖道:"常言:'人无千日好,花无百日红。'哥哥自出外去当官,不管家事,必然嫂嫂见我做了这些衣裳,一定背后有说话;又见我两日不回,必有人搬口弄舌,想是疑心,不做买卖。我休等他言语出来,我自先辞了回乡去休。自古道:'那得长远心的人?'"石秀已把猪赶在圈里,却在房中换了脚手(换鞋、衣服、手套等),收拾了包裹行李,细细写了一本清帐,从后面入来。潘公已安排下些素酒食,请石秀坐定吃酒。潘公道:"叔叔远出劳心,自赶猪来辛苦。"石秀道:"礼当。丈丈(对尊长敬称)且收过了这本明白帐目,若上面有半点私心,天地诛灭。"潘公道:"叔叔何故出此言?并不曾有个甚事。"石秀道:"小人离乡五七年了,今欲要回家去走一遭,特地交还帐目。今晚辞了哥哥,明早便行。"潘公听了,大笑起来道:"叔叔差矣。你且住,听老汉说。"

那老子言无数句,话不一席。有分教,报恩壮士提三尺(剑),破戒沙门丧九泉。毕竟潘公说出甚言语来,且听下回分解。

# 第四十五回

## 杨雄醉骂潘巧云　石秀智杀裴如海

话说石秀回来，见收过店面，便要辞别出门。潘公说道："叔叔且住，老汉已知叔叔的意了。叔叔两夜不曾回家，今日回来，见收拾过了家火什物，叔叔一定心里只道是不开店了，因此要去。休说恁地好买卖，便不开店时，也养叔叔在家。不瞒叔叔说，我这小女先嫁得本府一个王押司，不幸没了。今得二周年，做些功果(功德。指念佛，诵经，斋醮等)与他，因此歇了这两日买卖。明日请下报恩寺僧人来做功德，就要央叔叔管待则个。老汉年纪高大，熬不得夜，因此一发和叔叔说知。"石秀道："既然丈丈恁地说时，小人再纳定性(安定心神。纳，按下)过几时。"潘公道："叔叔今后并不要疑心，只顾随分(照样，依旧)且过。"当时吃了几杯酒，并些素食，收过了杯盘。

只见道人挑将经担(盛放佛事用物的担子)到来，铺设坛场，摆放佛像、供器、鼓钹、钟磬、香花、灯烛。厨下一面安排斋食。杨雄到申牌时分，回家走一遭，分付石秀道："贤弟，我今夜却限当牢(值班看守监牢)，不得前来，凡事央你支持则个。"石秀道："哥哥放心自去，晚间兄弟替你料理。"杨雄去了，石秀自在门前照管。没多时，只见一个年纪小的和尚揭起帘子入来。石秀看那和尚时，端的整齐(端正)。但见：

一个青旋旋(乌黑而圆貌)光头新剃，把麝香(雄麝脐部香腺中的分泌物。干燥后呈颗粒状或块状，做香料或药用。麝，shè)松子匀搭；一领黄烘烘直裰(指僧袍。裰，duō)初缝，使沉速栴檀(梵文"栴檀那"的省称。即檀香。栴，zhān)香染。山根鞋履，是福州染到深青；九缕丝绦，系西地买来真紫。光溜溜一双贼眼,只睃趁(注目搜寻、看。睃,suō)施主娇娘;美甘甘满口甜言,专说诱丧家少妇。

那和尚入到里面,深深地与石秀打个问讯。石秀答礼道:"师父少坐。"随背后一个道人,挑两个盒子入来。石秀便叫:"丈丈,有个师父在这里。"潘公听得,从里面出来。那和尚便道:"干爷如何一向不到敝寺。"老子道:"便是开了这些店面,却没工夫出来。"那和尚便道:"押司周年,无甚罕物(少见之物)相送,些少挂面,几包京枣。"老子道:"阿也,甚么道理,教师父坏钞(花费钱财,指请客、送礼、资助人等,是一种客气的说法)!"教:"叔叔收过了。"石秀自搬入去,叫点茶出来,门前请和尚吃。

只见那妇人从楼上下来,不敢十分穿重孝,只是淡妆轻抹,便问:"叔叔,谁送物事(东西、物品)来?"石秀道:"一个和尚,叫丈丈做干爷的送来。"那妇人便笑道:"是师兄海阇黎(高僧,也泛指僧人、和尚。阇,shé)裴如海,一个老实的和尚。他便是裴家绒线铺里小官人,出家在报恩寺中。因他师父是家里门徒,结拜我父做干爷;长奴两岁,因此上叫他做师兄。他法名叫做海公。叔叔,晚间你只听他请佛念经,有这般好声音。"石秀道:"原来恁地。"自肚里已有些瞧科(看清、察觉)。

那妇人便下楼来见和尚,石秀却背叉着手,随后跟出来,布帘里张看。只见那妇人出到外面,那和尚便起身向前来,合掌深深的打个问讯(僧尼等向人合掌致敬)。那妇人便道:"甚么道理,教师兄坏钞!"和尚道:"贤妹,些少(些许)薄礼微物,不足挂齿。"那妇人道:"师兄何故这般说?出家人的物事,怎的消受得?"和尚道:"敝寺新造水陆堂(举行水陆道场的斋堂。僧尼举行仪式以超度亡灵,故称),也要来请贤妹随喜(佛教语。谓欢喜之意随瞻拜佛像而生。因用以称游逛寺院),只恐节级见怪。"那妇人道:"家下拙夫却不恁地计较,老母死时,也曾许下血盆(《目连正教血盆经》,生前诵此经,可消灾受福)愿心,早晚也要到上刹相烦还了。"和尚道:"这是自家的事,如何恁地说?但是分付如海的事,小僧便去办来。"那妇人道:"师兄,多与我娘念几卷经便好。"只见里面娅嬛(yāhuan,婢女)捧茶出来,那妇人拿起一盏茶来,把帕子去茶钟口边抹一抹,双手递与和尚。那和尚一头接茶,两只眼涎瞪瞪(贪馋的样子)的只顾看那妇人身上,这妇人也嘻嘻的笑着看这和尚。人道色胆如天,却不防石秀在布帘里张见。石秀自肚里暗忖道:"'莫信直中直,须防仁不仁(莫信表面上的正直,要防备心存不良)。'我几番见那婆娘常常的只顾对我说些风话(指男女间戏谑挑逗的话),我只以亲嫂嫂一般相待,原来这婆娘倒不是个良人(指身家清白的人)。莫教撞在石秀手里,敢替杨雄做个出场(了结),也不见的。"石秀此时已有三分在意了,便揭起布帘,走将出来。那贼秃放下茶盏,便道:"大郎请坐。"这妇人便插口道:"这个叔叔,便是拙夫新认义的兄弟。"那和尚虚心冷气(假装殷勤),动问道:"大郎贵乡何处?高姓大名?"石秀道:"我姓石,名秀,金陵人氏。因为只好闲管,替人出力,以此叫做'拚命三郎'。我是个粗卤汉子,礼数不到,和尚休怪!"裴如海道:"不敢,不敢。小僧去接众僧来赴道场。"相别出门去了。那妇人道:"师兄早来些个。"那和尚应道:"便来了。"妇人送了和尚出门,自入里面来了。石秀却在门前低了头,只顾寻思。

　　看官听说,原来但凡世上的人,惟有和尚色情最紧,为何说这句话?且如俗人出家人,都是一般父精母血所生,缘何见得和尚家色情最紧?惟有和尚家第一闲。一日三餐,吃了檀越施主(佛道对布施者的敬称)的好斋好供,住了那高堂大殿僧房,又无俗事所烦,房里好床好铺睡着,没得寻思,只是想着此一件事。假如譬喻说一个财主家,虽然十相俱足,一日有多少闲事恼心,夜间又被钱物挂念,到三更二更才睡,总有娇妻美妾,同床共枕,那得情趣。又有那一等小百姓们,一日价辛辛苦苦挣扎,早晨巴不到晚,起的是五更,睡的是半夜。到晚来,未上床,先去摸一摸米瓮看,到底没颗米,明日又无钱,总然(纵然)妻子有些颜色,也无些甚么意兴。因此上输与这和尚们一心闲静,专一理会这等勾当。那时古人评论到此去处,说这和尚们真个利害,因此苏东坡学士(苏轼,号东坡,曾为翰林学士)道:"不秃不毒,不毒不

秃;转秃转毒,转毒转秃。"和尚们还有四句言语,道是:

> 一个字便是僧,两个字是和尚,
>
> 三个字鬼乐官①,四字色中饿鬼。

且说这石秀自在门前寻思了半响,又且去支持管待。不多时,只见行者先来点烛烧香。少刻,海阇黎引领众僧却来赴道场,潘公、石秀接着,相待茶汤已罢。打动鼓钹,歌咏赞扬。只见海阇黎同一个一般年纪小的和尚做阇黎,播动铃杵(僧、道手持的响器),发牒请佛,献斋赞供,诸大护法监坛主盟,"追荐亡夫王押司早生天界"。只见那妇人乔素梳妆(故意素装以显妖媚),来到法坛上,执着手炉,拈香礼佛。那海阇黎越逞精神,摇着铃杵,念动真言。这一堂和尚见了杨雄老婆这等模样,都七颠八倒(失去常态)起来。但见:

> 班首轻狂,念佛号不知颠倒;阇黎没乱(沉迷,迷乱),诵真言岂顾高低。烧香行者,推倒花瓶;秉烛头陀,错拿香盒。宣名表白,大宋国称做大唐;忏罪沙弥,王押司念为押禁。动钹的望空便撒,打钹的落地不知。敲铙子的软做一团,击响磬的酥做一块。满堂喧哄,绕席纵横。藏主(负责管理藏经楼的执事)心忙,击鼓错敲了徒弟手;维那(佛寺中管理僧众事务的人)眼乱,磬槌打破了老僧头。十年苦行一时休,万个金刚降不住。

那众僧都在法坛上看见了这妇人,自不觉都手之舞之,足之蹈之,一时间愚迷了佛性禅心,拴不定心猿意马(指流荡散乱难以控制的心神),以此上德行高僧世间难得。石秀却在侧边看了,也自冷笑道:"似此有甚功德,正谓之作福不如避罪。"少间,证盟(将死者姓名焚烧以告上天的仪式)已了,请众和尚就里面吃斋。海阇黎却在众僧背后,转过头来,看着那妇人嘻嘻的笑。那婆娘也掩着口笑。两个都眉来眼去,以目送情。石秀都看在眼里,自有五分来不快意。众僧都坐了吃斋,先饮了几杯素酒,搬出斋来,都下了衬钱(施舍给僧道的钱物)。潘公道:"众师

---

①鬼乐官:旧指和尚。

父饱斋则个。"少刻,众僧斋罢,都起身行食去了。转过一遭,再入道场。石秀心中好生不快意,只推肚疼,自去睡在板壁后了。

那妇人一点情动,那里顾的防备人看见,便自去支持众僧,又打了一回鼓钹动事,把些茶食果品煎点。海阇黎着众僧用心看经,请天王拜忏(超度亡灵),设浴召亡,参礼三宝(佛教语。指佛、法、僧)。追荐到三更时分,众僧困倦,这海阇黎越逞精神,高声看诵。那妇人在布帘下看了,便教娅嬛请海和尚说话。那贼秃慌忙来到妇人面前。这婆娘扯住和尚袖子说道:"师兄明日来取功德钱时,就对爹爹说血盆愿心一事,不要忘了。"和尚道:"小僧记得。只说要还愿,也还了好。"和尚又道:"你家这个叔叔好生利害。"妇人应道:"这个睬他则甚! 又不是亲骨肉。"海阇黎道:"恁地小僧却才放心。我只道是节级的至亲兄弟。"两个又戏笑了一回。那和尚自出去判斛(向饿鬼施食。斛,hú)送亡(招来亡灵后祭毕送之使去)。不想石秀却在板壁后假睡,正张得着,都看在肚里了。当夜五更道场满散(做佛事或道场期满谢神的一种仪式),送佛化纸已了,众僧作谢回去,那妇人自上楼去睡了。石秀却自寻思了,气道:"哥哥恁的豪杰,却恨撞了这个淫妇。"忍了一肚皮鸟气,自去作坊里睡了。

次日,杨雄回家,俱各不提。饭后杨雄又出去了。只见海阇黎又换了一套整整齐齐的僧衣,径到潘公家来。那妇人听得是和尚来了,慌忙下楼,出来接着,邀入里面坐地,便叫点茶来。那妇人谢道:"夜来多教师兄劳神,功德钱未曾拜纳。"海阇黎道:"不足挂齿。小僧夜来所说血盆忏愿心这一事,特禀知贤妹。要还时,小僧寺里现在念经,只要都疏一道就是。"那妇人道:"好,好。"便叫娅嬛请父亲出来商量。潘公便出来谢道:"老汉打熬不得,夜来甚是有失陪侍。不想石叔叔又肚疼倒了,无人管待,却是休怪,休怪。"那和尚道:"干爷正当自在。"那妇人便道:"我要替娘还了血盆忏旧愿,师兄说道,明日寺中做好事,就附答(方言。附带,顺便)还了。先教师兄去寺里念经,我和你明日饭罢去寺里,只要证明忏疏,也是了当一头事。"潘公道:"也好,明日只怕买卖紧,柜上无人。"那妇人道:"放着石叔叔在家照管,却怕怎的?"潘公道:"我儿出口为愿,明日只得要去。"那妇人就取些银子做功果钱,与和尚去,"有劳师兄,莫责轻微,明日准来上刹讨素面吃"。海阇黎道:"谨候拈香。"收了银子,便起身谢道:"多承布施,小僧将去分俵(分施,分给。俵,biào)众僧,来日专等贤妹来证盟。"那妇人直送和尚到门外去了。石秀自在作坊里安歇,起来宰猪赶趁(为牟利而奔走活动。多指商贩做生意)。诗曰:

> 古来佛殿有奇逢,偷约欢期情倍浓。
>
> 也学裴航勤玉杵①,巧云移处鹊桥通。

却说杨雄当晚回来安歇,妇人待他吃了晚饭,洗了脚手,却教潘公对杨雄说道:"我的阿婆临死时,孩儿许下血盆经忏愿心在这报恩寺中,我明日和孩儿去那里证盟酬了便回,说与你知道。"杨雄道:"大嫂,你便自说与我何妨。"那妇人道:"我对你说,又怕你嗔怪,因此不敢与你说。"当晚无话,各自歇了。

次日五更,杨雄起来,自去画卯(指吏胥差役按时赴官署签到)承应官府。石秀起来,自理会做买卖。只见那妇人起来,浓妆艳饰,打扮得十分济楚(整齐鲜明),包了香盒,买了纸烛,讨了一乘轿子。石秀自一早晨顾买卖,也不来管他。饭罢,把娅嬛迎儿也打扮了。已牌时候,潘公换了一身衣裳,来对石秀道:"小弟相烦叔叔照管门前,老汉和拙女同去还些愿心便回。"石秀笑道:"小人自当照管;丈丈但照管嫂嫂,多烧些好香早早来。"石秀自肚里已知了。

且说潘公和迎儿跟着轿子一径望报恩寺里来。古人有篇偈子(即偈颂。佛经中的唱颂词。也多指释家隽永的诗作)说得好,道是:

> 朝看释伽经,暮念华严咒。
>
> 种瓜还得瓜,种豆还得豆。
>
> 经咒本慈悲,冤结如何救?

---

① 裴航勤玉杵:裴航曾以玉杵臼为聘礼,娶云英仙去。后因以玉杵指求婚之聘礼。

照见本来心，方便多竟究。

心地若无私，何用求天佑？

地狱与天堂，作者还自受。

这篇言语，古人留下，单说善恶报应，如影随形，既修六度(六到彼岸。"度"指使人由生死之此岸度到涅槃之彼岸的六种法门：布施、持戒、忍辱、精进、禅定、智慧)万缘(世间一切因缘)，当守三归(指皈依佛、法、僧三宝。即以佛为师，以法为药，以僧为友)五戒(戒杀生、戒偷盗、戒淫泆、戒妄言、戒饮酒)。叵耐缁流(僧徒。因僧人多穿黑衣而得名。缁，zī)之辈，专为狗彘(狗和猪。比喻品行恶劣。彘，zhì)之行，辱莫前修，遗谤后世。

却说海阇黎这贼秃，单为这妇人结拜潘公做干爷，只吃杨雄阻滞碍眼，因此不能够上手。自从和这妇人结识起，只是眉来眼去送情，未见真实的事。因这一夜道场里，才见他十分有意。期日约定了。那贼秃磨枪备剑，整顿精神，先在山门下伺候，看见轿子到来，喜不自胜，向前迎接。潘公道："甚是有劳和尚。"那妇人下轿来谢道："多多有劳师兄。"海阇黎道："不敢，不敢！小僧已和众僧都在水陆堂上，从五更起来诵经，到如今未曾住歇，只等贤妹来证盟(将死者姓名写在纸上并焚烧以告上天的一种迷信仪式)，却是多有功德。"把这妇人和老子引到水陆堂上，已自先安排下花果香烛之类，有十数个僧人在彼看经，那妇人都道了万福，参礼了三宝。海阇黎引到地藏菩萨面前证盟忏悔。通罢疏头(向鬼神祈祷的祝文)，便化了纸，请众僧自去吃斋，着徒弟陪侍。

海和尚却请："干爷和贤妹去小僧房里拜茶。"一邀把这妇人引到僧房里深处，预先都准备下了，叫声："师哥拿茶来。"只见两个侍者捧出茶来，白雪锭器(指银器)盏内，朱红托子，绝细好茶。吃罢放下盏子，"请贤妹里面坐一坐"。又引到一个小小阁儿里，琴光黑漆春台(神台。拜神祭祖所用)，排几幅名人书画，小桌儿上焚一炉妙香。潘公和女儿一台坐了，和尚对席，迎儿立在侧边。那妇人道："师兄端的是好个出家人去处，清幽静乐。"海阇黎道："妹子休笑话，怎生比得贵宅上。"潘公道："生受(麻烦)了师兄一日,我们回去。"那和尚那里肯,便道："难得干爷在此,又不是外人,今日斋食已是贤妹做施主,如何不吃箸(一箸,少许。客套语)面了去? 师哥快搬来!"说言未了,却早托两盘进来,都是日常里藏下的希奇果子,异样菜蔬,并诸般素馔之物,摆满春台(饭桌)。那妇人便道："师兄何必治酒(置办酒食),反来打搅。"和尚笑道："不成礼数,微表薄情而已。"师哥将酒来斟在杯中。和尚道："干爷多时不来,试尝这酒。"老儿饮罢道："好酒,端的味重。"和尚道："前日一个施主家传得此法,做了三五石米,明日送几瓶来与令婿吃。"老儿道："甚么道理(哪里使得)?"和尚又劝道："无物相酬贤妹娘子,胡乱告饮(请饮)一杯。"两个小师哥儿轮番筛酒(斟酒),迎儿也吃劝了几杯。那妇人道："酒住,吃不去了。"和尚道："难得贤妹到此,再告饮几杯。"潘公叫轿夫入来,各人与他一杯酒吃。和尚道："干爷不必记挂,小僧都分付了。已着道人邀在外面,自有坐处吃酒。干爷放心,且请开怀自饮几杯。"原来这贼秃为这个妇人,特地对付下这等有力气的好酒,潘公吃央(被别人劝请)不过,多吃了两杯,当不住醉了。和尚道："且扶干爷去床上睡一睡。"和尚叫两个师哥只一扶,把这老儿揿在一个冷净房里去睡了。

这里和尚自劝道："娘子开怀再饮几杯。"那妇人一者有心,二乃酒入情怀,自古道："酒乱性,色迷人。"那妇人三杯酒落肚,便觉有些朦朦胧胧上来,口里嘈(cáo,喧闹)道："师兄,你只顾央我吃酒做甚么?"和尚扯着口嘻嘻的笑道："只是敬重娘子。"那妇人道："我吃不得了。"和尚道："请娘子去小僧房里看佛牙(相传释迦牟尼圆寂火化后,只有牙齿完整无损,佛教徒奉为珍宝,予以供奉,称佛牙)。"那妇人便道："我正要看佛牙则个。"这和尚把那妇人一引,引到一处楼上,却是海阇黎的卧房,铺设得十分整齐。那妇人看了,先自五分欢喜,便道："你端的好个卧房,干干净净。"和尚笑道："只是少一个娘子。"那妇人也笑道："你便讨一个不得?"和尚道："那里得这般施主。"妇人道："你且教我看佛牙则个。"和尚道："你叫迎儿下去了,我便取出来。"那妇人道："迎儿,你且下去看老爷醒也未。"迎儿自下的楼来去看潘公,和尚把楼门关上。那妇人道:"师兄,你关我在这里怎的?"这贼秃淫心荡漾,向前捧住那妇人,说道:"我把娘子十分爱慕,我为你下了两年心路(心思)。今日难得娘子到此,这个机会作成(成全,照顾)小僧则个!"那妇人又道:"我的老公不是好惹的,你却要骗我。倘若他得知,却不饶你。"和尚跪下道:"只是娘子可怜见小僧则个!"那妇人张着手,说道:"和尚家倒会缠人,我老大耳刮子打你!"和尚嘻嘻的笑着说道:"任从娘子打,只怕娘子闪了手。"那妇人淫心也动,便搂起和尚道:"我终不成真个打你。"和尚便抱住这妇人,向床前卸衣解带,共枕欢娱。正是:

　　不顾如来法教,难遵佛祖遗言。一个色胆歪斜,管甚丈夫利害;一个淫心荡漾,从他长老埋冤。这个气喘声嘶,却似牛齁(hōu,熟睡时的鼻息声)柳影;那一个言娇语涩,浑如莺啭花间。一个耳边诉雨意云情,一个枕上说山盟海誓,阇黎房里,翻为快活道场;报恩寺中,反作极乐世界。可惜菩提甘露水,一朝倾在巧云中。

从古及今,先人留下两句言语,单道这和尚家是铁里蛀虫,凡俗人家岂可惹他。自古说这秃子道:

　　色中饿鬼兽中猱①,弄假成真说祖风。
　　此物只宜林下看,岂堪引入画堂②中。

当时两个云雨才罢,那和尚搂住这妇人,说道:"你既有心于我,我身死而无怨。只是今日虽然亏你作成了我,只得一霎时的恩爱快活,久后必然害杀小僧。"那妇人便道:"你且不要慌,我已寻思一条计较。我的老公,一个月倒有二十来日当牢上宿,我自买了迎儿,教他每日在后门里伺候。若是夜晚老公不在家时,便掇(撤取)一个香桌儿出来,烧夜香为号,你便放心入来。若怕五更睡着了,不知省觉,

――――――――
　　①猱:动物名,即金丝猴。　②画堂:泛指华丽的堂舍。

却那里寻得一个报晓的头陀，买他来后门头大敲木鱼，高声叫佛，便好出去。若买得这等一个时，一者得他外面策望（策应，守望），二乃不叫你失了晓。"和尚听了这话大喜道："妙哉！你只顾如此行，我这里自有个头陀胡道人，我自分付他来策望便了。"那妇人道："我不敢留恋长久，恐这厮们疑忌，我快回去是得，你只不要误约。"那妇人连忙再整云鬓，重匀粉面，开了楼门，便下楼来，教迎儿叫起潘公，慌忙便出僧房来。轿夫吃了酒面，已在寺门前伺候。海阇黎直送那妇人出山门外，那妇人作别了上轿，自和潘公、迎儿归家，不在话下。

　　却说这海阇黎自来寻报晓头陀。本房原有个胡道人，在寺后退居里小庵中过活，诸人都叫他做胡头陀。每日只是起五更来敲木鱼报晓，劝人念佛，天明时收掠斋饭。海和尚唤他来房中，安排三杯好酒相待了他，又取些银子送与胡道。胡道起身说道："弟子无功，怎敢受禄？屡承师父的恩惠。"海阇黎道："我自看你是个志诚的人。我早晚出些钱，贴买道度牒，剃你为僧。这些银子，权且将去，买些衣服穿着。"原来这海阇黎日常时只是教师哥不时送些午斋与胡道吃，已下又带挈（带领，提携）他去念经，得些斋衬钱。胡道感恩不浅，尚未报他，"今日又与我银两，必有用我处，何必等他开口？"胡道便道："师父有事，若用小道处，即当向前。"海阇黎道："胡道，你既如此好心，有件事不瞒你，所有（有个）潘公的女儿要和我来往，约定后门口摆设香桌儿在外时，便是教我来。我也难去那里踅，若得你先去看探有无，我才好去。又要烦你五更起来叫人念佛时，可就来那里后门头看没人，便把木鱼大敲报晓，高声叫佛，我便好出来。"胡道便道："这个有何难哉！"当时应允了。

　　其日先来潘公后门首讨斋饭，只见迎儿出来说道："你这道人，如何不来前门讨斋饭，却在后门里来？"那胡道便念起佛来。里面这妇人听得了，已自瞧科，便出来后门问道："你这道人，莫不是五更报晓的头陀？"胡道应道："小道便是五更报晓的头陀，教人省睡（从睡梦中醒来），晚间宜烧些香，教人积福。"那妇人听了大喜，便叫迎儿去楼上取一串铜钱来布施他。这头陀张得(趁着)迎儿转身,便对那妇人说道:"小道便是海阇黎心腹之人,特地使我前来探路。"那妇人道:"我已知道了。今夜晚间,你可来看,如有香桌儿在外,你可便报与他则个。"胡道把头来点着。迎儿就将铜钱来,与胡道去了。那妇人来到楼上,却把心腹之事对迎儿说了。自古道:"人家女使,谓之奴才。"但得须些小便宜,如何不随顺了,天大之事,也都做了。因此人家妇人女使,可用而不可信,却又少他不得。有诗为证:

> 送暖偷寒起祸胎,坏家端的是奴才。
>
> 请看当日红娘事,却把莺莺哄出来。

　　却说杨雄此日正该当牢(值班看牢狱),未到晚,先来取了铺盖去,自监里上宿(值夜)。这迎儿得了些小意儿(小便宜),巴不到晚,自去安排了香桌儿,黄昏时掇在后门外,那妇人却闪在傍边伺候。初更左侧,一个人戴顶头巾,闪将入来,迎儿问道:"是谁?"那人也不答应,便除下头巾,露出光顶来。这妇人在侧边见是海和尚,轻轻地骂一声:"贼秃,倒好见识(主意,计策)。"两个斯搂斯抱着上楼去了。迎儿自来掇过了香桌儿,关上了后门,也自去睡了。他两个当夜如胶似漆,如糖似蜜,如酥似髓,如鱼似水,快活淫戏了一夜。自古道:"莫说欢娱嫌夜短,只要金鸡报晓迟。"两个正好睡哩,只听得咯咯地木鱼响,高声念佛,和尚和妇人梦中惊觉。海阇黎披衣起来道:"我去也,今晚再相会。"那妇人道:"今后但有香桌儿在后门外,你便不可负约。如无香桌儿在后门,你便切不可来。"和尚下床,依前戴上头巾,迎儿开了后门,放他去了。自此为始,但是杨雄出去当牢上宿,那和尚便来家中。只有这个老儿,未晚先自要睡,迎儿这个丫头,已自做一路了,只要瞒着石秀一个。两个一似被摄了魂魄的一般。这和尚只待头陀报了,便离寺来。那妇人专得迎儿做脚(传递消息,做帮手),放他出入,因此快活偷养和尚戏耍。自此往来,将近一月有余。这和尚也来了十数遍。

　　且说这石秀每日收拾了店时,自在坊里歇宿,常有这件事挂心,每日委决不下,却又不曾见这和尚往来。每日五更睡觉,不时跳将起来,料度(估计,思量)这件事。只听得报晓头陀直来巷里敲木鱼,高声叫佛。石秀是个乖觉的人,早瞧了八分,冷地里思量道:"这条巷是条死巷,如何有这头陀连日来这里敲木鱼叫佛?事有可疑。"当是十一月中旬之日,五更时分,石秀正睡不着,只听得木鱼敲响,头陀直敲入巷里来,到后门口高声叫道:"普度众生,救苦救难,诸佛菩萨!"石秀听得叫的蹊跷(奇怪,可疑),便跳将起来,去门缝里张时,只见一个人戴顶头巾从黑影里闪将出来,和头陀去了,随后便是迎儿来关门。石秀见了,自说道:"哥哥如此豪杰,却恨讨了这个淫妇,倒被这婆娘瞒过了,做成这等勾当。"巴得天明,把猪出去门前挑了,卖个早市。饭罢,讨了一遭赊钱(所欠的货款),日中前后,径到州衙前来寻杨雄。

却好行至州桥边,正迎见杨雄。杨雄便问道:"兄弟,那里去来?"石秀道:"因讨赊钱,就来寻哥哥。"杨雄道:"我常为官事忙,并不曾和兄弟快活吃三杯,且来这里坐一坐。"杨雄把这石秀引到州桥下一个酒楼上,拣一处僻净阁儿里两个坐下,叫酒保取瓶好酒来,安排盘馔、海鲜、案酒。二人饮过三杯,杨雄见石秀只低了头寻思。杨雄是个性急的人,便问道:"兄弟心中有些不乐,莫不家里有甚言语伤触你处?"石秀道:"家中也无有甚话。兄弟感承哥哥把做亲骨肉一般看待,有句话敢说么?"杨雄道:"兄弟何故今日见外?有的话但说不妨。"石秀道:"哥哥每日出来,只顾承当(担当)官府,却不知背后之事。这个嫂嫂不是良人,兄弟已看在眼里多遍了,且未敢说。今日见得仔细,忍不住来寻哥哥,直言休怪。"杨雄道:"我自无背后眼,你且说是谁?"石秀道:"前者家里做道场,请那个贼秃海阇黎来,嫂嫂便和他眉来眼去,兄弟都看见。第三日又去寺里还血盆忏愿心,两个都带酒归来。我近日只听得一个头陀直来巷内敲木鱼叫佛,那厮敲得作怪。今日五更被我起来张时,看见果然是这贼秃,戴顶头巾,从家里出去。似这等淫妇,要他何用?"杨雄听了大怒道:

"这贱人怎敢如此！"石秀道："哥哥且息怒。今晚都不要提，只和每日一般；明日只推做上宿，三更后却再来敲门，那厮必然从后门先走，兄弟一把拿来，从哥哥发落。"杨雄道："兄弟见得是。"石秀又分付道："哥哥今晚且不可胡发说话。"杨雄道："我明日约你便是。"两个再饮了几杯，算还了酒钱，一同下楼来，出得酒肆(酒店)，各散了。

　　只见四五个虞候(官僚雇佣的侍从)叫杨雄道："那里不寻节级(低级武职官员)？知府相公在花园里坐地，教寻节级来和我们使棒，快走，快走。"杨雄便分付石秀道："本官唤我，只得去应答，兄弟，你先回家去。"石秀当下自归家里来，收拾了店面，自去作坊里歇息。

　　且说杨雄被知府唤去到后花园中，使了几回棒，知府看了大喜，叫取酒来，一连赏了十大赏钟。杨雄吃了，都各散了，众人又请杨雄去吃酒。至晚，吃得大醉，扶将归来。诗曰：

　　　　曾闻酒色气相连，浪子酣寻花柳眠。
　　　　只有英雄心里事，醉中触愤不能蠲①。

　　那妇人见丈夫醉了，谢了众人，却自和迎儿搀上楼梯去，明晃晃地点着灯烛。杨雄坐在床上，迎儿去脱鞴(wēng)鞋，妇人与他除头巾，解巾帻。杨雄看了那妇人，一时蓦上心来。自古道："醉是醒时言。"指着那妇人骂道："你这贱人贼妮子，好歹是我结果了你！"那妇人吃了一惊，不敢回话，且伏侍杨雄睡了。杨雄一头上床睡，一头口里恨恨的骂道："你这贱人，腌臢(āza，肮脏)泼妇，那厮敢大虫口里倒涎(比喻触犯强者，做冒险的事。涎，xián，唾液)。我手里不到得轻轻地放了你。"那妇人那里敢喘气，直待杨雄睡着。

　　看看到五更。杨雄酒醒了，讨水吃。那妇人便起舀碗水，递与杨雄吃了。桌上残灯尚明。杨雄吃了水，便问道："大嫂，你夜来不曾脱衣裳睡？"那妇人道："你吃得烂醉了，只怕你要吐，那里敢脱衣裳，只在脚后倒了一夜。"杨雄道："我不曾说甚言语？"那妇人道：

---

① 蠲(juān)：消除。

"你往常酒性好,但吃醉了便睡,我夜来只有些儿放不下。"杨雄又问道:"石秀兄弟这几日不曾和他快活吃得三杯,你家里也自安排些请他。"那妇人也不应,自坐在踏床上,眼泪汪汪,口里叹气。杨雄又说道:"大嫂,我夜来醉了,又不曾恼你,做甚么了烦恼?"那妇人掩着泪眼只不应。杨雄连问了几声,那妇人掩着脸假哭。杨雄就踏床上扯起那妇人在床上,务要问他为何烦恼。那妇人一头哭,一面口里说道:"我爹娘当初把我嫁王押司,只指望一竹竿打到底(一直到底。比喻夫妻白首偕老),谁想半路相抛!今日嫁得你十分豪杰,却又是好汉,谁想你不与我做主!"杨雄道:"又作怪,谁敢欺负你,我不做主?"那妇人道:"我本待不说,却又怕你着他道儿(中计,上当);欲待说来,又怕你忍气。"杨雄听了,便道:"你且说怎么地来。"那妇人道:"我说与你,你不要气苦。自从你认义了这个石秀家来,初时也好,向后看看(估量时间之词。渐渐,眼看着)放出刺来。见你不归时,时常看了我说道:'哥哥今日又不来,嫂嫂自睡也好冷落。'我只不睬他,不是一日了。这个且休说。昨日早晨,我在厨房洗脖项,这厮从后走出来,看见没人,从背后伸只手来摸我胸前道:'嫂嫂,你有孕也无?'被我打脱了手。本待要声张起来,又怕邻舍得知笑话,装你的望子(即幌子。比喻进行某些活动所凭借的名义);巴得你归来,却又滥泥也似醉了,又不敢说。我恨不得吃了他,你兀自来问石秀兄弟怎的!"正是:

> 淫妇从来多巧言,丈夫耳软易为昏。
>
> 自今石秀前门出,好放阇黎进后门。

杨雄听了,心中火起,便骂道:"'画龙画虎难画骨,知人知面不知心(很难了解一个人的内心)。'这厮倒来我面前又说海阇黎许多事,说得个没巴鼻(没来由,没根据)。眼见得那厮慌了,便先来说破,使个见识。"口里恨恨地道:"他又不是我亲兄弟,赶了出去便罢。"杨雄到天明,下楼来对潘公说道:"宰了的牲口,腌了罢,从今日便休要做买卖。"一霎时,把柜子和肉案都拆了。

石秀天明正将了肉出来门前开店,只见肉案并柜子都拆翻了。

石秀是个乖觉(机灵)的人，如何不省得，笑道："是了。因杨雄醉后出言，走透(泄漏)了消息，倒吃这婆娘使个见识，撺定是反说我无礼。他教丈夫收了肉店，我若便和他分辩，教杨雄出丑。我且退一步了，却别作计较。"石秀便去作坊里收拾了包裹。杨雄怕他羞耻，也自去了。石秀提了包裹，跨了解腕尖刀，来辞潘公道："小人在宅上打搅了许多时，今日哥哥既是收了铺面，小人告回，帐目已自明明白白，并无分文来去(犹上下、左右，表示概数)。如有毫厘昧心，天诛地灭。"潘公被女婿分付了，也不敢留他。有诗为证：

> 枕边言易听，背后眼难开。
>
> 直道驱将去，奸邪漏进来。

石秀相辞了，却只在近巷内寻个客店安歇，赁了一间房住下。石秀却自寻思道："杨雄与我结义，我若不明白得此事，枉送了他的性命。他虽一时听信了这妇人说，心中怪我，我也分别(辨白)不得，务要与他明白了此一事。我如今且去探听他几时当牢上宿，起个四更，便见分晓。"在店里住了两日，却去杨雄门前探听。当晚只见小牢子取了铺盖出去，石秀道："今晚必然当牢，我且做些工夫看便了。"

当晚回店里，睡到四更起来，跨了这口防身解腕尖刀，悄悄地开了店门，径迳到杨雄后门头巷内，伏在黑影里张时，却好交五更时候，只见那个头陀挟着木鱼，来巷口探头探脑。石秀一闪，闪在头陀背后，一只手扯住头陀，一只手把刀去脖子上搁着，低声喝道："你不要挣扎。若高则声，便杀了你。你只好好实说，海和尚叫你来怎地？"那头陀道："好汉，你饶我便说。"石秀道："你快说，我不杀你。"头陀道："海阇黎和潘公女儿有染，每夜来往，教我只看后门头有香桌儿为号，唤他入钹(娼家隐语称入门、出门为"入跋""出跋"。跋，改作"钹"，意谓与和尚有关)；五更里却教我来敲木鱼叫佛，唤他出钹。"石秀道："他如今在那里？"头陀道："他还在他家里睡着。我如今敲得木鱼响，他便出来。"石秀道："你且借衣服木鱼与我。"头陀身上剥了衣服，夺了木鱼。头陀把衣服正脱下来，被石秀将刀就颈上一勒，杀倒在地。头陀已死了,石秀却穿上直裰、护膝,一边插了尖刀,把木鱼直敲入巷里来。海阇黎在床上,却好听得木鱼咯咯地响,连忙起来,披衣下楼。迎儿先来开门,和尚随后从后门里闪将出来。石秀兀自把木鱼敲响,那和尚悄悄喝道:"只顾敲甚么!"石秀也不应他,让他走到巷口,一交放翻,按住喝道:"不要高则声!高声便杀了你。只等我剥了衣服便罢。"海阇黎知道是石秀,那里敢挣扎则声。被石秀都剥了衣裳,赤条条不着一丝,悄悄去屈膝边拔出刀来,三四刀搠死了。却把刀来放在头陀身边,将了两个衣服,卷做一捆包了,再回客店里,轻轻地开了门进去,悄悄地关上了自去睡,不在话下。

却说本处城中一个卖糕粥的王公,其日早挑着担糕粥,点着个灯笼,一个小猴子跟着出来赶早市。正来到死尸边过,却被绊一交,把那老子(老头儿)一担糕粥倾泼(指液体从容器中倒翻出来)在地下。只见小猴子叫道:"苦也!一个和尚醉倒在这里。"老子摸得起来,摸了两手血迹,叫声苦,不知高低(底细)。

几家邻舍听得,都开了门出来,把火照时,只见遍地都是血粥,两个尸首躺在地上。众邻舍一把拖住老子,要去官司陈告。正是祸从天降,灾向地生。毕竟王公怎地脱身,且听下回分解。

# 第四十六回

## 病关索大闹翠屏山　拼命三火烧祝家庄

话说当下众邻舍结住(揪住,扭住)王公,直到蓟州府里首告。知府却才升厅,一行人跪下告道:"这老子挑着一担糕粥,泼翻在地下,看时,却有两个死尸在地下:一个是和尚,一个是头陀,俱各身上无一丝,头陀身边有刀一把。"老子告道:"老汉每日常卖糕糜(即糕粥。糜,粥之稠者为糜)营生,只是五更出来赶趁(赶做,抓紧时机做生意)。今朝起得早了些个,和这铁头猴子只顾走,不看下面,一交绊翻,碗碟都打碎了。只见两个死尸血渌渌的在地上,一时失惊,叫起来,倒被邻舍扯住到官。望相公明镜,可怜见辨察。"知府随即取了供词,行下公文,委当方里甲,带了仵作(旧时官府中检验死伤的差役)公人(衙门里的差役),押了邻舍、王公一干人等,下来检验尸首,明白回报。众人登场看检已了,回州禀复知府:"被杀死僧人系是报恩寺阇黎裴如海,旁边头陀,系是寺后胡道。和尚不穿一丝,身上三四道搠伤致命方死。胡道身边见有凶刀一把,只见项上有勒死痕伤一道,想是胡道掣刀搠死和尚,惧罪自行勒死。"知府叫拘本寺僧鞫问(审讯。鞫,jū)缘故,俱各不知情由,知府也没个决断。当案孔目禀道:"眼见得这和尚裸形赤体,必是和那头陀干甚不公不法的事,互相杀死,不干王公之事。邻舍都教召保(取保,找保人)听候,尸首着仰本寺住持即备棺木盛殓,放在别处,立个互相杀死的文书便了。"知府道:"也说得是。"随即发落了一干人等,不在话下。

蓟州城里有些好事的子弟,做成一调儿,道是:

> 叵耐秃囚无状,做事直恁狂荡,暗约娇娥,要为夫妇,永同

鸳帐。怎奈贯恶满盈,玷辱诸多和尚。血泊内横尸里巷,今日
赤条条甚么模样。立雪齐腰(禅宗二祖慧可为求其师达摩广度众生而彻夜站
立大雪中,积雪过膝),投岩喂虎(相传释迦牟尼为救虎子而舍身为虎所食),全不
想祖师经上。目莲救母生天(目莲,释迦牟尼十大弟子之一。以神通之力亲
往饿鬼道,救母脱离苦难),这贼秃为婆娘身丧。

后来蓟州城里书会们备知了这件事,拿起笔来,又做了这只《临
江仙》词,教唱道:

淫行沙门招杀报,暗中不爽分毫。头陀尸首亦蹊跷,一丝
真不挂,立地吃屠刀。　　大和尚此时精血丧,小和尚昨夜风
骚。空门里刎颈见相交(友谊深挚,可以共生死的朋友),挤死争同穴,残
生送两条。

这件事,满城都讲动了。那妇人也惊得呆了,自不敢说,只是肚
里暗暗地叫苦。

杨雄在蓟州府里,有人告道杀死和尚、头陀,心里早瞧了七八
分,寻思:"此一事,准是石秀做出来的。我前日一时间错怪了他,我
今日闲些,且去寻他,问他个真实。"正走过州桥前来,只听得背后有
人叫道:"哥哥,那里去?"杨雄回过头来,见是石秀,便道:"兄弟,我
正没寻你处。"石秀道:"哥哥且来我下处,和你说话。"把杨雄引到客
店里小房内,说道:"哥哥,兄弟不说谎么?"杨雄道:"兄弟,你休怪
我。是我一时愚蠢,不是了。酒后失言,反被那婆娘瞒过了,怪兄弟
相闹不得。我今特来寻贤弟,负荆请罪(背着荆条向对方请罪。表示向人认
错赔罪)。"石秀道:"哥哥,兄弟虽是个不才(没有才能)小人,却是顶天立
地的好汉,如何肯做这等之事?怕哥哥日后中了奸计,因此来寻哥
哥,有表记(证物)教哥哥看。"将过和尚、头陀的衣裳:"尽剥在此。"杨
雄看了,心头火起,便道:"兄弟休怪。我今夜碎割了这贱人,出这口
恶气。"石秀笑道:"你又来了。你既是公门(官署、衙门)中勾当的人,如
何不知法度?你又不曾拿得他真奸,如何杀得人?倘或是小弟胡说
时,却不错杀了人。"杨雄道:"似此怎生罢休得?"石秀道:"哥哥只

依着兄弟的言语,教你做个好男子。"杨雄道:"贤弟,你怎地教我做个好男子?"石秀道:"此间东门外有一座翠屏山,好生僻静。哥哥到明日,只说道:我多时不曾烧香,我今来和大嫂同去。把那妇人赚(诓骗)将出来,就带了迎儿同到山上。小弟先在那里等候着,当头对面,把这是非都对得明白了,哥哥那时写与一纸休书,弃了这妇人,却不是上着?"杨雄道:"兄弟,何必说得,你身上清洁,我已知了,都是那妇人谎说(说假话)。"石秀道:"不然,我也要哥哥知道他往来真实的事。"杨雄道:"既然兄弟如此高见,必然不差,我明日准定和那贱人来,你却休要误了。"石秀道:"小弟不来时,所言俱是虚谬(虚假荒谬)。"

杨雄当下别了石秀,离了客店,且去府里办事;至晚回来,并不提起,亦不说甚,只和每日一般。次日天明起来,对那妇人说道:"我昨夜梦见神人叫我,说有旧愿不曾还得。向日许下东门外岳庙里那炷香愿,未曾还得。今日我闲些,要去还了,须和你同去。"那妇人道:"你便自去还了罢,要我去何用?"杨雄道:"这愿心却是当初说亲时许下的,必须要和你同去。"那妇人道:"既是恁地,我们早吃些素饭,烧汤(热水)沐浴了去。"杨雄道:"我去买香纸,雇轿子。你便洗浴了,梳头插带了等我,就叫迎儿也去走一遭。"

杨雄又来客店里,相约石秀:"饭罢便来,兄弟休误。"石秀道:"哥哥,你若抬得来时,只教在半山里下了轿。你三个步行上来,我自在上面一个僻处等你,不要带闲人上来。"杨雄约了石秀,买了纸烛,归来吃了早饭。那妇人不知此事,只顾打扮的齐齐整整,迎儿也插带了,轿夫扛轿子,早在门前伺候。杨雄道:"泰山看家,我和大嫂烧香了便回。"潘公道:"多烧香,早去早回。"

那妇人上了轿子,迎儿跟着,杨雄也随在后面。出得东门来,杨雄低低分付轿夫道:"与我抬上翠屏山去,我自多还你些轿钱。"不到两个时辰,早来到翠屏山上。原来这座翠屏山,却在蓟州东门外二十里,都是人家的乱坟,上面一望,尽是青草白杨,并无庵舍寺院。当下杨雄把那妇人抬到半山,叫轿夫歇下轿子,拔去葱管,搭起轿帘,叫那妇人出轿来。妇人问道："却怎地来这山里？"杨雄道："你只顾且上去。轿夫只在这里等候，不要来，少刻一发打发你酒钱。"轿夫道："这个不妨，小人自只在此间伺候便了。"杨雄引着那妇人并迎儿三个人上了四五层山坡，只见石秀坐在上面。那妇人道："香纸如何不将来？"杨雄道："我自先使人将上去了。"把妇人一引，引到一处古墓里，石秀便把包裹、腰刀、杆棒，都放在树根前，来道："嫂嫂拜揖。"那妇人连忙应道："叔叔怎地也在这里？"一头说，一面肚里吃了一惊。石秀道："在此专等多时。"杨雄道："你前日对我说道：叔叔多遍把言语调戏你，又将手摸着你胸前，问你有孕也无。今日这里无人，你两个对的明白。"那妇人道："哎呀，过了的事，只顾说甚么？"石秀睁着眼来道："嫂嫂，你怎么说？这须不是闲话，正要哥哥面前对个明白。"那妇人道："叔叔，你没事自把鬏儿提做甚么？"石秀道："嫂嫂，你休要硬净(强行争辩)，教你看个证见。"便去包裹里，取出海阇黎并头陀的衣服来，撒放地下道："你认得么？"那妇人看了，飞红了脸，无言可对。石秀飕地掣出腰刀，便与杨雄说道："此事只问迎儿，便知端的(始末，底细)。"

　　杨雄便揪过那丫头跪在面前，喝道："你这小贱人，快好好实说，怎地在和尚房里入奸，怎生约会把香桌儿为号，如何教头陀来敲木鱼。实对我说，饶你这条性命，但瞒了一句，先把你剁做肉泥。"迎儿叫道："官人，不干我事，不要杀我，我说与你。"却把僧房中吃酒，上楼看佛牙，赶他下楼来看潘公酒醒说起，"两个背地里约下，第三日教头陀来化斋饭，叫我取铜钱布施与他。娘子和他约定，但是官人当牢上宿，要我掇香桌儿放在后门外，便是暗号。头陀来看了，却去报知和尚。当晚海阇黎扮做俗人，带顶头巾入来，五更里只听那头陀来敲木鱼响，高声念佛为号，叫我开后门放他出去。但是和尚来时，瞒我不得，只得对我说了。娘子许我一副钏镯(臂镯)，一套衣裳，我只得随顺了。似此往来，通有数十遭，后来便吃杀了。又与我几件首饰，教我对官人说石叔叔把言语调戏一节。这个我眼里不曾见，因此不敢说。只此是实，并无虚谬"。

　　迎儿说罢，石秀便道："哥哥得知么？这般言语，须不是兄弟教他如此说。请哥哥却问嫂嫂备细缘由。"杨雄揪过那妇人来，喝道："贼贱人，丫头已都招了，便你一些儿休赖，再把实情对我说了，饶了这贱人一条性命。"那妇人说道："我的不是了。你看我旧日夫妻之面，饶恕了我这一遍。"石秀道："哥哥含糊不得，须要问嫂嫂一个明白备细缘由。"杨雄喝道："贱人，你快说！"那妇人只得把偷和尚的事，从做道场夜里说起，直至往来，一一都说了。石秀道："你却怎地对哥哥倒说我来调戏你？"那妇人道："前日他醉了骂我，我见他骂得跷蹊，我只猜是叔叔看见破绽，说与他。到五更里，又提起来问叔叔如何，我却把这段话来支吾(用含混闪烁的话搪塞)，实是叔叔并不曾恁地。"石秀道："今日三面说得明白了，任从哥哥心下如何措置(处置，安排)。"杨雄道："兄弟，你与我拔了这贱人的头面(首饰，头部装饰品)，剥了衣裳，我亲自伏侍(对付，整治)他。"石秀便把那妇人头面首饰衣服都剥了，杨雄割两条裙带来，亲自用手把妇人绑在树上。石秀也把迎儿的首饰都去了，递过刀来说道："哥哥，这个小贱人，留他做甚么？一发斩草除根。"杨雄应道："果然，兄弟把刀来，我自动手。"迎儿见头势不好，却待要叫，杨雄手起一刀，挥作两段。那妇人在树上叫道："叔叔劝一劝。"石秀道："嫂嫂，哥哥自来伏侍你。"杨雄向前，把刀先挖出舌头，一刀便割了，且教那妇人叫不的。杨雄却指着骂道："你这贼贱人，我一时间误听不明，险些被你瞒过了。一者坏了我兄弟情分，二乃久后必然被你害了性命。不如我今日先下手为强。我想你这婆娘心肝五脏怎地生着，我且看一看。"一刀从心窝里直割到小肚子下，取出心肝五脏，挂在松树上。杨雄又将这妇人七事件(指人体的头、胸、腹和四肢)分开了，却将头面衣服都拴在包裹里了。杨雄道："兄弟，你且来，和你商量一个长便(长久方便之计)。如今一个奸夫，一个淫妇，都已杀了，只是我和你投那里去安身？"石秀道："兄弟已寻思下了，自有个所在，请哥哥便行，不可耽迟。"杨雄道："却是那里去？"石秀道："哥哥杀了人，兄弟又杀人，不去投梁山泊入伙，却投那里去？"杨雄道："且住。我和你又不曾认得他那里一个人，如何便肯收录我们？"石秀道："哥哥差矣。如今天下江湖上皆闻山东及时雨宋公明招贤纳士，结识天下好汉，谁不知道？放着我和你一身好武艺，愁甚不收留！"杨雄道："凡事先难后易，免得后患，我却不合(不应当,不该)是公人，只恐他疑心，不肯安着(安放、安置)我们。"石秀笑道："他不是押司出身？我教哥哥一发放心。前者哥哥认义兄弟那一日，先在酒店里和我吃酒的那两个人，一个是梁山泊神行太保戴宗，一个是锦豹子杨林。他与兄弟十两一锭银子，尚兀自在包里，因此可去投托他。"杨雄道："既有这条门路，我去收拾了些盘缠便走。"石秀道："哥哥，你也这般搭缠(纠缠)。倘或入城事发拿住，如何脱身？放着包裹里现有若干钗钏首饰，兄弟又有些银两，再有三五个人，也勾用了，何须又去取讨。惹起是非来，如何解救？这事少时便发，不可迟滞，我们只好望山后走。"

石秀便背上包裹，拿了杆棒，杨雄插了腰刀在身边，提了朴刀，却待要离古墓，只见松树后走出一个人来叫道："清平世界，荡荡乾坤，把人割了，却去投奔梁山泊入伙。我听得多时了。"杨雄、石秀看时，那人纳头便拜。杨雄却认得这人，姓时，名迁，祖贯是高唐州人氏，流落在此；只一地里做些飞檐走壁、跳篱骗马的勾当。曾在蓟州府里吃官司，却是杨雄救了他，人都叫做鼓上蚤。有诗为证：

> 骨软身躯健，眉浓眼目鲜。
>
> 形容如怪族，行走似飞仙。
>
> 夜静穿墙过，更深绕屋悬。
>
> 偷营高手客，鼓上蚤时迁。

当时杨雄便问时迁："你如何在这里？"时迁道："节级哥哥听禀：小人近日没甚道路，在这山里掘些古坟，觅两分东西。因见哥哥在此行事，不敢出来冲撞。却听说去投梁山泊入伙，小人如今在此，只做得些偷鸡盗狗的勾当，几时是了，跟随的二位哥哥上山去，却不好？未知尊意肯带挈小人么？"石秀道："既是好汉中人物，他那里如今招纳壮士，那争(差)你一个。若如此说时，我们一同去。"时迁道："小人却认得小路去。"当下引了杨雄、石秀，三个人自取小路下后山，投梁山泊去了。

却说这两个轿夫在半山里等到红日平西，不见三个下来，分付了，又不敢上去。挨不过了，不免信步寻上山来，只见一群老鸦成团打块在古墓上。两个轿夫上去看时，原来却是老鸦夺那肚肠吃，以此聒噪。轿夫看了，吃那一惊，慌忙回家报与潘公，一同去蓟州府里首告(出面告发)。知府随即差委一员县尉，带了仵作行人，来翠屏山检验尸首已了，回复知府，禀道："检得一口妇人潘巧云，割在松树边，使女迎儿，杀死在古墓下。坟边遗下一堆妇人与和尚、头陀衣服。"知府听了，想起前日海和尚、头陀的事，备细询问潘公。那老子把这僧房酒醉一节，和这石秀出去的缘由，细说了一遍。知府道："眼见得这妇人与和尚通奸，那女使、头陀做脚。想石秀那厮路见不平，杀死头陀、和尚。杨雄这厮，今日杀了妇人、女使无疑，定是如此。只拿得杨雄、石秀，便知端的。"当即行移文书，出给赏钱，捕获杨雄、石秀。其余轿夫人等，各放回听候。潘公自去买棺木，将尸首殡葬，不在话下。

再说杨雄、石秀、时迁离了蓟州地面，在路夜宿晓行，不则一日，行到郓州地面；过得香林洼，早望见一座高山，不觉天色渐渐晚了。看见前面一所靠溪客店，三个人行到门首看时，但见：

前临官道，后傍大溪。数百株垂柳当门，一两树梅花傍屋。荆榛(泛指丛生灌木)篱落(用竹、苇或树枝等编成的栅栏)，周回绕定茅茨(茅屋)；芦苇帘栊(窗帘和窗棂。也泛指门窗的帘子)，前后遮藏土炕。右壁厢一行，书写"庭幽暮接五湖宾"；左势下七字，题道"户敞朝迎三岛客"。虽居野店荒村外，亦有高车驷马(指显贵者所乘的车)来。

当日黄昏时候，店小二却待关门，只见这三个撞将入来。小二问道："客人来路远，以此晚了。"时迁道："我们今日走了一百里以上路程，因此到得晚了。"小二哥放他三个入来安歇，问道："客人不曾打火(旅途中休息做饭)么？"时迁道："我们自理会。"小二道："今日没客歇,灶上有两只锅干净,客人自用不妨。"时迁问道:"店里有酒肉卖么?"小二道:"今日早起有些肉,都被近村人家买了去,只剩得一瓮酒在这里,并无下饭。"时迁道:"也罢,先借五升米来做饭,却理会。"小二哥取出米来与时迁,就淘了,做起一锅饭来。石秀自在房中安顿行李。杨雄取出一只钗儿,把与店小二,先回(交易,买进)他这瓮酒来吃,明日一发算账。小二哥收了钗儿,便去里面掇出那瓮酒来开了,将一碟儿熟菜放在桌子上。时迁先提一桶汤来,叫杨雄、石秀洗了脚手,一面筛酒来,就来请小二哥一处坐地吃酒,放下四只大碗,斟下酒来吃。

石秀看见店中檐下插着十数把好朴刀,问小二哥道:"你家店里怎的有这军器?"小二哥应道:"都是主人家留在这里。"石秀道:"你家主人是甚么样人?"小二道:"客人,你是江湖上走的人,如何不知我这里的名字?前面那座高山,便唤做独龙山。山前有一座凛巍巍冈子,便唤做独龙冈,上面便是主人家住宅。这里方圆三十里,却唤做祝家庄。庄主太公祝朝奉有三个儿子,称为祝氏三杰。庄前庄后,有五七百人家,都是佃户,各家分下两把朴刀与他。这里唤作祝家店。常有数十个家人来店里上宿,以此分下朴刀在这里。"石秀道:"他分军器在店里何用?"小二道:"此间离梁山泊不远,只恐他那里贼人来借粮,因此准备下。"石秀道:"与你些银两,回与我一把朴刀用如何?"小二哥道:"这个却使不得,器械上都编着字号。我小人吃不得主人家的棍棒。我这主人法度不轻。"石秀笑道:"我自取笑你,你却便慌。且只顾吃酒。"小二道:"小人吃不得了,先去歇了,客人自便宽饮(劝酒辞。表示请人多喝些酒)几杯。"小二哥去了。

杨雄、石秀又自吃了一回酒,只见时迁道:"哥哥要肉吃么?"杨雄道:"店小二说没了肉卖,你又那里得来?"时迁嘻嘻的笑着,去灶上提出一只老大公鸡来。杨雄问道:"那里得这鸡来?"时迁道:"兄弟却才去后面净手,见这只鸡在笼里,寻思没甚与哥哥吃酒,被我悄悄把去溪边杀了。提桶汤去后面,就那里挦(xián,拔取)得干净,煮得熟了,把来与二位哥哥吃。"杨雄道："你这厮还是这等贼手贼脚。"石秀笑道："还不改本行。"三个笑了一回，把这鸡来手撕开吃了，一面盛饭来吃。

只见那店小二略睡一睡，放心不下，爬将起来，前后去照管；只见厨桌上有些鸡毛和鸡骨头，却去灶上看时，半锅肥汁。小二慌忙去后面笼里看时，不见了鸡，连忙出来问道："客人，你们好不达道理，如何偷了我店里报晓的鸡吃？"时迁道："见鬼了耶耶！我自路上买得这只鸡来吃，何曾见你的鸡！"小二道："我店里的鸡，却那里去了？"时迁道："敢被野猫拖了，黄猩子(黄鼬)吃了，鹞鹰(雀鹰。鹞，yào)扑了去，我却怎地得知！"小二道："我的鸡才在笼里，不是你偷了是谁？"石秀道："不要争，直几钱，赔了你便罢。"店小二道："我的是报晓鸡，店内少他不得，你便赔我十两银子也不济，只要还我鸡。"石秀大怒道："你诈哄谁？老爷不赔你，便怎地？"店小二笑道："客人，你们休要在这里讨野火吃！只我店里不比别处客店，拿你到庄上，便做梁山泊贼寇解了去。"石秀听了，大骂道："便是梁山泊好汉，你怎么拿了我去请赏！"杨雄也怒道："好意还你些钱，不赔你，怎地拿我去！"小二叫一声："有贼！"只见店里赤条条地走出三五个大汉来，径奔杨雄、石秀来，被石秀手起，一拳一个都打翻了。小二哥正待要叫，被时迁一掌，打肿了脸，作声不得。这几个大汉都从后门走了。

杨雄道："兄弟，这厮们一定去报人来，我们快吃了饭走了罢。"三个当下吃饱了，把包裹分开腰了，穿上麻鞋，跨了腰刀，各人去枪架上拣了一条好朴刀。石秀道："左右(反正，横竖)只是左右，不可放过了他。"便去灶前寻了把草，灶里点个火，望里面四下焌着。看那草房被风一煽，刮刮杂杂火起来。那火顷刻间天也似般大。三个拽开脚步，望大路便走。正是：

　　　　只为偷儿攘①一鸡，从教杰士竞追麂②。
　　　　梁山水泊兴波浪，祝氏山庄化作泥。

---

①攘(rǎng)：盗窃，窃取。　②麂(ní)：幼鹿。

三个人行了两个更次，只见前面后面火把不计其数，约有一二百人，发着喊，赶将来。石秀道："且不要慌，我们且拣小路走。"杨雄道："且住。一个来，杀一个，两个来，杀一双。待天色明朗却走。"说犹未了，四下里合拢来。杨雄当先，石秀在后，时迁在中，三个挺着朴刀，来战庄客。那伙人初时不知，轮着枪棒赶来。杨雄手起朴刀，早戳翻了五七个。前面的便走，后面的急待要退，石秀赶入去，又戳翻了六七人。四下里庄客见说杀伤了十数人，都是要性命的，思量不是头，都退了去。三个得一步，赶一步。正走之间，喊声又起，枯草里舒出两把挠钩（一种长柄顶端安有铁钩的用具），正把时迁一挠钩搭住，拖入草窝去了。石秀急转身来救时迁，背后又舒出两把挠钩来，却得杨雄眼快，便把朴刀一拨，两把挠钩拨开去了，将朴刀望草里便戳，发声喊，都走了。两个见捉了时迁，怕深入重地，亦无心恋战，顾不得时迁了，只四下里寻路走罢。见远远的火把乱明，小路上又无丛林树木，照得有路便走，一直望东边去了。众庄客四下里赶不着，自救了带伤的人去，将时迁背剪绑了，押送祝家庄来。

且说杨雄、石秀走到天明，望见一座村落酒店，石秀道："哥哥，前头酒肆里买碗酒饭吃了去，就问路程。"两个便入村店里来，倚了朴刀，对面坐下，叫酒保取些酒来，就做些饭吃。酒保一面铺下菜蔬、案酒，烫将酒来。方欲待吃，只见外面一个大汉奔走入来，生得阔脸方腮，眼鲜耳大，貌丑形粗，穿一领茶褐绸衫，戴一顶万字头巾（万字巾下阔上狭，形同万字，故名），系一条白绢搭膊（一种用较宽的绸、布做成的束衣腰巾），下面穿一双油膀靴，叫道："大官人教你们挑担来庄上纳（上缴）。"店主人连忙应道："装了担，少刻便送到庄上。"那人分付了，便转身，又说道："快挑来。"却待出门，正从杨雄、石秀面前过。杨雄却认得他，便叫一声："小郎，你如何却在这里？不看我一看？"那人回转头来，看了一看，却也认得，便叫道："恩人如何来到这里？"望着杨雄便拜。

不是杨雄撞见了这个人，有分教，三庄盟誓成虚谬，众虎咆哮起祸殃。毕竟杨雄、石秀遇见的那人是谁，且听下回分解。

# 第四十七回

## 扑天雕双修生死书　宋公明一打祝家庄

话说当时杨雄扶起那人来，叫与石秀相见。石秀便问道："这位兄长是谁？"杨雄道："这个兄弟，姓杜，名兴，祖贯是中山府人氏，因为他面颜生得粗莽，以此人都叫他做鬼脸儿。上年间做买卖，来到蓟州，因一口气上打死了同伙的客人，吃官司监在蓟州府里。杨雄见他说起拳棒都省得(记得，晓得，明白)，一力维持救了他。不想今日在此相会。"杜兴便问道："恩人，为何公事来到这里？"杨雄附耳低言道："我在蓟州杀了人命，欲要投梁山泊去入伙。昨晚在祝家店投宿，因同一个来的火伴时迁，偷了他店里报晓鸡吃，一时与店小二闹将起来，性起把他店屋放火都烧了。我三个连夜逃走，不提防背后赶来。我弟兄两个搦翻了他几个，不想乱草中间，舒出两把挠钩，把时迁搭了去。我两个乱撞到此，正要问路，不想遇见贤弟。"杜兴道："恩人不要慌，我叫放时迁还你。"杨雄道："贤弟少坐，同饮一杯。"

三人坐下，当下饮酒，杜兴便道："小弟自从离了蓟州，多得恩人的恩惠，来到这里。感承此间一个大官人见爱，收录(接纳，收容)小弟在家中做个主管。每日拨万论千，尽托付与杜兴身上，甚是信任，以此不想回乡去。"杨雄道："此间大官人是谁？"杜兴道："此间独龙冈前面，有三座山冈，列着三个村坊。中间是祝家庄，西边是扈(hù)家庄，东边是李家庄。这三处庄上，三村里算来，总有一二万军马人家。惟有祝家庄最豪杰，为头家长唤做祝朝奉，有三个儿子，名为祝氏三杰。长子祝龙，次子祝虎，三子祝彪。又有一个教师，唤做铁棒栾廷玉,此人有万夫不当之勇(万人不能抵御。形容极其勇健)。庄上自有一二千了得的庄客。西边那个扈家庄,庄主扈太公,有个儿子,唤做飞天虎扈成,也十分了得;惟有一个女儿最英雄,名唤一丈青扈三娘,使两口日月双刀,马上如法(越发,更是)了得。这里东村庄上,却是杜兴的主人,姓李,名应,能使一条浑铁点钢枪,背藏飞刀五口,百步取人,神出鬼没。这三村结下生死誓愿,同心共意,但有吉凶,递相救应。惟恐梁山泊好汉过来借粮,因此三村准备下抵敌他。如今小弟引二位到庄上,见了李大官人,求书去搭救时迁。"杨雄又问道:"你那李大官人,莫不是江湖上唤扑天雕的李应?"杜兴道:"正是他。"石秀道:"江湖上只听得说独龙冈有个扑天雕李应是好汉,却原来在这里。多闻他真个了得,是好男子,我们去走一遭。"杨雄便唤酒保计算酒钱。杜兴那里肯要他还,便自招了酒钱。

三个离了村店,便引杨雄、石秀来到李家庄上。杨雄看时,真个好大庄院,外面周回一遭阔港,粉墙傍岸,有数百株合抱不交的大柳树,门外一座吊桥,接着庄门。入得门来,到厅前,两边有二十余座枪架,明晃晃的都插满军器。杜兴道:"两位哥哥在此少等,待小弟入去报知,请大官人出来相见。"杜兴入去,不多时,只见李应从里面出来。杨雄、石秀看时,果然好表人物,有《临江仙》词为证:

鹘眼鹰睛(形容目光明快、灵活。鹘,hú)头似虎,燕颔猿臂狼腰(形容勇武)。疏财仗义结英豪。爱骑雪白马,喜着绛红袍。　　背上飞刀藏五把,点钢枪斜嵌银条。性刚谁敢犯分毫。李应真壮士,名号扑天雕。

当时李应出到厅前,杜兴引杨雄、石秀上厅拜见。李应连忙答礼,便教上厅请坐,杨雄、石秀再三谦让,方才坐了。李应便教取酒来且相待。杨雄、石秀两个再拜道:"望乞大官人致书与祝家庄,来救时迁性命,生死不敢有忘。"李应教请门馆先生来商议,修了一封书缄,填写名讳,使个图书印记(图章),便差一个副主管赍(jī,带,送)了,备一匹快马,星火去祝家庄取这个人来。

那副主管领了东人（东家，主人）书札，上马去了，杨雄、石秀拜谢罢。李应道："二位壮士放心，小人书去，便当放来。"杨雄、石秀又谢了。李应道："且请去后堂，少叙三杯等待。"两个随进里面，就具早膳相待。饭罢，吃了茶，李应问些枪法，见杨雄、石秀说的有理，心中甚喜。

巳牌时分，那个副主管回来，李应唤到后堂问道："去取的这人在那里？"主管答道："小人亲见朝奉（对士人的尊称），下了书，倒有放还之心。后来走出祝氏三杰，反焦躁起来，书也不回，人也不放，定要解上州去。"李应失惊道："他和我三家村里结生死之交，书到便当依允，如何恁地起来？必是你说得不好，以致如此。杜主管，你须自去走一遭，亲见祝朝奉，说个仔细缘由。"杜兴道："小人愿去，只求东人亲笔书缄，到那里方才肯放。"李应道："说得是。"急取一幅花笺纸来，李应亲自写了书札，封皮面上使一个讳字图书，把与杜兴接了。后槽牵过一匹快马，备上鞍辔（鞍子和驾驭牲口的嚼子、缰绳。辔，pèi），拿了鞭子，便出庄门，上马加鞭，奔祝家庄去了。李应道："二位放心，我这封亲笔书去，少刻定当放还。"杨雄、石秀深谢了，留在后堂饮酒等待。

看看天色待晚，不见杜兴回来，李应心中疑惑。再教人去接，只见庄客报道："杜主管回来了。"李应问道："几个人回来？"庄客道："只是主管独自一个跑马回来。"李应摇着头道："却又作怪。往常这厮不是这等兜搭（难对付，多心眼），今日缘何恁地？"杨雄、石秀都跟出前厅来看时，只见杜兴下了马，入得庄门，见他模样，气得紫涨了面皮，龇牙露嘴（露出牙，张开嘴。形容凶狠难看的样子），半晌说不的话。有诗为证：

面貌天生本异常，怒时古怪更难当。

三分不象人模样，一似酆都①焦面王②。

李应出到厅前，连忙问道："你且言备细缘故，怎么地来。"杜兴

---

① 酆（fēng）都：指传说中的阴曹地府。　②焦面王：指传说中的阎王、鬼王。以其面色似焦炭故称。

气定了，方才道："小人赍了东人书札，到他那里第三重门下，却好遇见祝龙、祝虎、祝彪弟兄三个坐在那里。小人声了三个喏，祝彪喝道：'你又来做甚么？'小人躬身禀道：'东人有书在此拜上。'祝彪那厮变了脸，骂道：'你那主人怎地不晓人事！早晌(早上,上午)使个泼男女来这里下书，要讨那个梁山泊贼人时迁。如今我正要解上州里去，又来怎地？'小人说道：'这个时迁不是梁山泊伙内人数，他自是蓟州来的客人。今投见敝庄东人，不想误烧了官人店屋，明日东人自当依旧盖还，万望俯看薄面，高抬贵手，宽恕宽恕。'祝家三个都叫道：'不还，不还！'小人又道：'官人请看东人亲笔书札在此。'祝彪那厮接过书去，也不拆开来看，就手扯的粉碎，喝叫把小人直叉出庄门。祝彪、祝虎发话道：'休要惹老爷性发(脾气发作)，把你那李应捉来，也做梁山泊强寇解了去。'小人本不敢尽言，实被那三个畜生无礼，把东人百般秽骂(恶毒咒骂)，便喝叫庄客来拿小人，被小人飞马走了。于路上气死小人，叵耐那厮枉与他许多年结生死之交，今日全无些仁义。"诗曰：

> 徒闻似漆与如胶，利害场中忍便抛。
>
> 平日若无真义气，临时休说死生交。

李应听罢，心头那把无明业火(指怒火)高举三千丈，按纳不下，大呼："庄客，快备我那马来！"杨雄、石秀谏道："大官人息怒，休为小人们坏了贵处义气。"李应那里肯听，便去房中披上一副黄金锁子甲(一种铠甲。其甲五环相衔，一环受镞，诸环拱护，故箭不能入。泛指制作精细的铠甲)，前后兽面掩心，穿一领大红袍，背胯边插着飞刀五把，拿了点钢枪，戴上凤翅盔，出到庄前，点起三百悍勇庄客。杜兴也披一副甲，持把枪上马，带领二十余骑马军。杨雄、石秀也抓扎起，挺着朴刀，跟着李应的马，径奔祝家庄来。

日渐衔山时分，早到独龙冈前，便将人马排开。原来祝家庄又盖得好，占着这座独龙山冈，四下一遭阔港。那庄正造在冈上，有三层城墙，都是顽石垒砌的，约高二丈。前后两座庄门，两条吊桥。墙里四边,都盖窝铺(临时支搭的营寨或棚子),四下里遍插着枪刀军器,门楼上排着战鼓铜锣。李应勒马,在庄前大叫:"祝家三子,怎敢毁谤老爷!"只见庄门开处,拥出五六十骑马来,当先一骑似火炭赤的马上,坐着祝朝奉第三子祝彪。怎生装束?

　　头戴缕金荷叶盔,身穿锁子梅花甲。腰悬锦袋弓和箭,手执纯钢刀与枪。马额下垂照地红缨,人面上生撞天杀气。

　　李应见了祝彪,指着大骂道:"你这厮口边奶腥未退,头上胎发犹存,你爷与我结生死之交,誓愿同心共意,保护村坊。你家但有事情,要取人时,早来早放,要取物件,无有不奉。我今一个平人,二次修书来讨,你如何扯了我的书札,耻辱我名,是何道理?"祝彪道:"俺家虽和你结生死之交,誓愿同心协意,共捉梁山泊反贼,扫清山寨,你如何却结连反贼,意在谋叛?"李应喝道:"你说他是梁山泊甚人?你这厮却冤平人做贼,当得何罪?"祝彪道:"贼人时迁已自招了,你休要在这里胡说乱道,遮掩不过。你去便去,不去时,连你捉了,也做贼人解送!"

　　李应大怒,拍坐下马,挺手中枪,便奔祝彪。祝彪纵马去战李应。两个就独龙冈前,一来一往,一上一下,斗了十七八合,祝彪战李应不过,拨回马便走。李应纵马赶将去,祝彪把枪横担在马上,左手拈弓,右手取箭,搭上箭,拽满弓,觑得较亲(准,真切),背翻身一箭。李应急躲时,臂上早着。李应翻筋斗,坠下马来,祝彪便勒转马来抢人。杨雄、石秀见了,大喝一声,拈两条朴刀,直奔祝彪马前杀将来。祝彪抵当不住,急勒回马便走,早被杨雄一朴刀,戳在马后股上。那马负疼(忍痛),壁直立起来,险些儿把祝彪掀在马下,却得随从马上的人,都搭上箭射将来。杨雄、石秀见了,自思又无衣甲遮身,只得退回不赶。杜兴也自把李应救起上马,先去了。杨雄、石秀跟了众庄客也走了。祝家庄人马赶了二三里路,见天色晚来,也自回去了。

　　杜兴扶着李应,回到庄前,下了马,同入后堂坐。众宅眷都出来看视,拔了箭矢,伏侍卸下衣甲,便把金疮药敷了疮口,连夜在后堂商议。杨雄、石秀与杜兴说道:"既是大官人被那厮无礼,又中了箭,时迁亦不能够出来,都是我等连累大官人了。我弟兄两个,只得上梁山泊去,恳告晁、宋二公并众头领,来与大官人报仇,就救时迁。"因辞谢了李应。李应道:"非是我不用心,实出无奈。两位壮士,只得休怪。"叫杜兴取些金银相赠,杨雄、石秀那里肯受。李应道:"江湖之上,二位不必推却。"两个方才收受,拜辞了李应。杜兴送出村口,指与大路。杜兴作别了,自回李家庄,不在话下。

且说杨雄、石秀取路投梁山泊来,早望见远远一处新造的酒店,那酒旗儿直挑出来。两个入到店里,买些酒吃,就问路程。这酒店却是梁山泊新添设做眼(打听消息,充当耳目)的酒店,正是石勇掌管。两个一面吃酒,一头动问酒保上梁山泊路程。石勇见他两个非常,便来答应道:"你两位客人从那里来? 要问上山去怎地?"杨雄道:"我们从蓟州来。"石勇猛可想起道:"莫非足下(下称上或同辈相称的敬辞)是石秀么?"杨雄道:"我乃是杨雄,这个兄弟是石秀。大哥如何得知石秀名?"石勇慌忙道:"小子不认得。前者戴宗哥哥到蓟州回来,多曾称说兄长。闻名久矣,今得上山,且喜(可喜、幸喜),且喜。"三个叙礼罢,杨雄、石秀把上件事都对石勇说了。石勇随即叫酒保置办分例酒来相待。推开后面水亭上窗子,拽起弓,放了一枝响箭。只见对港芦苇丛中,早有小喽罗摇过船来。石勇便邀二位上船,直送到鸭嘴滩上岸。石勇已自先使人上山去报知。早见戴宗、杨林下山来迎接。俱各叙礼罢,一同上至大寨里。

众头领知道有好汉上山,都来聚会,大寨坐下。戴宗、杨林引杨雄、石秀上厅参见晁盖、宋江并众头领。相见已罢,晁盖细问两个踪迹,杨雄、石秀把本身武艺,投托入伙先说了,众人大喜,让位而坐。杨雄渐渐说到有个来投托大寨同入伙的时迁,不合偷了祝家店里报晓鸡,一时争闹起来,石秀放火烧了他店屋,时迁被捉;李应二次修书去讨,怎当祝家三子坚执不放,誓愿要捉山寨里好汉,且又千般辱骂,叵耐那厮十分无礼。不说万事皆休,才然说罢,晁盖大怒,喝叫:

"孩儿们将这两个与我斩讫(qì,完毕)报来！"正是：

> 杨雄石秀少商量，引带时迁行不臧。
>
> 豪杰心肠虽似火，绿林法度却如霜。

宋江慌忙劝道："哥哥息怒，两个壮士不远千里而来，同心协助，如何却要斩他？"晁盖道："俺梁山泊好汉，自从火并王伦之后，便以忠义为主，全施仁德于民。一个个兄弟下山去，不曾折了锐气。新旧上山的兄弟们，各各都有豪杰的光彩。这厮两个，把梁山泊好汉的名目去偷鸡吃，因此连累我等受辱。今日先斩了这两个，将这厮首级去那里号令，便起军马去，就洗荡(抢光杀尽)了那个村坊，不要输了锐气。孩儿们快斩了报来。"宋江劝住道："不然。哥哥不听这两位贤弟却才所说，那个鼓上蚤时迁，他原是此等人，以致惹起祝家那厮来，岂是这二位贤弟要玷辱山寨？我也每每听得有人说，祝家庄那厮要和俺山寨敌对。即目山寨人马数多，钱粮缺少，非是我等要去寻他，那厮倒来吹毛求疵(吹开皮上的毛，寻找里面的毛病。比喻刻意挑剔过失或缺点。疵，cī)，因而正好乘势去拿那厮。若打得此庄，倒有三五年粮食。非是我们生事害他，其实那厮无礼。哥哥权且息怒，小可不才，亲领一支军马，启请几位贤弟们下山去打祝家庄。若不洗荡得那个村坊，誓不还山。一是与山寨报仇，不折了锐气；二乃免此小辈被他耻辱；三则得许多粮食，以供山寨之用；四者就请李应上山入伙。"吴学究道："公明哥哥之言最好，岂可山寨自斩手足之人？"戴宗便道："宁乃斩了小弟，不可绝了贤路。"众头领力劝，晁盖方才免了二人。杨雄、石秀也自谢罪。宋江抚谕(即抚喻，安抚晓谕)道："贤弟休生异心，此是山寨号令，不得不如此。便是宋江，倘有过失，也须斩首，不敢容情。如今新近又立了铁面孔目裴宣做军政司，赏功罚罪，已有定例。贤弟只得恕罪恕罪。"杨雄、石秀拜罢，谢罪已了，晁盖叫去坐在杨林之下。山寨里都唤小喽罗来参贺新头领已毕，一面杀牛宰马，且做庆喜筵席。拨定两所房屋，教杨雄、石秀安歇，每人拨十个小喽罗伏侍。

当晚席散。次日再备筵席,会众商量议事。

宋江教唤铁面孔目裴宣,计较下山人数,启请诸位头领,同宋江去打祝家庄,定要洗荡了那个村坊。商量已定,除晁盖头领镇守山寨不动外,留下吴学究、刘唐并阮家三弟兄、吕方、郭盛,护持大寨。原拨定守滩、守关、守店有职事人员,俱各不动。又拨新到头领孟康管造船只,顶替马麟监督战船。写下告示,将下山打祝家庄头领分作两起:头一拨,宋江、花荣、李俊、穆弘、李逵、杨雄、石秀、黄信、欧鹏、杨林,带领三千小喽罗,三百马军,披挂已了,下山前进;第二拨便是林冲、秦明、戴宗、张横、张顺、马麟、邓飞、王矮虎、白胜,也带三千小喽罗,三百马军,随后接应。再着金沙滩、鸭嘴滩二处小寨,只教宋万、郑天寿守把,就行接应粮草。晁盖送路已了,自回山寨。

且说宋江并众头领径奔祝家庄来,于路无话。早来到独龙山前,尚有一里多路,前军下了寨栅。宋江在中军帐里坐下,便和花荣商议道:"我听得说祝家庄里路径甚杂,未可进兵,且先使两个人去探听路途曲折,知得顺逆路程,却才进去与他敌对。"李逵便道:"哥哥,兄弟闲了多时,不曾杀得一人,我便先去走一遭。"宋江道:"兄弟,你去不得。若是破阵冲敌,用着你先去。这是做细作(暗探,间谍)的勾当,用你不着。"李逵笑道:"量这个鸟庄,何须哥哥费力,只兄弟自带三二百个孩儿杀将去,把这个鸟庄上人都砍了,何须要人先去打听。"宋江喝道:"你这厮休胡说!且一壁厢(一边,一旁)去,叫你便来。"李逵走开去了,自说道:"打死几个苍蝇,也何须大惊小怪。"宋江便唤石秀来说道:"兄弟曾到彼处,可和杨林走一遭。"石秀便道:"如今哥哥许多人马到这里,他庄上如何不提备(防备),我们扮作甚么人入去好?"杨林便道:"我自打扮了解魇(迷信谓禳解魇魅。魇,yǎn)的法师去,身边藏了短刀,手里擎着法环(道士所用的串铃),于路摇将入去。你只听我法环响,不要离了我前后。"石秀道:"我在蓟州原曾卖柴,我只是挑一担柴进去卖便了。身边藏了暗器,有些缓急,匾担也用得着。"杨林道:"好,好。我和你计较了,今夜打点,五更起来便行。"

正是只为一鸡小忿，致令众虎相争。所以古人有篇《西江月》道得好：

> 软弱安身之本，刚强惹祸之胎。无争无竞是贤才，亏我些
> 儿何碍？　　钝斧锤砖易碎，快刀劈水难开。但看发白齿牙
> 衰，惟有舌根不坏。

且说石秀挑着柴担先入去，行不到二十来里，只见路径曲折多杂，四下里弯环相似，树木丛密，难认路头，石秀便歇下柴担不走。听得背后法环响得渐近，石秀看时，却见杨林头带一个破笠子，身穿一领旧法衣，手里擎着法环，于路摇将进来。石秀见没人，叫住杨林说道："看见路径弯杂难认，不知那里是我前日跟随李应来时的路。天色已晚，他们众人都是熟路，正看不仔细。"杨林道："不要管他路径曲直，只顾拣大路走便了。"石秀又挑了柴，只顾望大路先走，见前面一村人家，数处酒店肉店。石秀挑着柴，便望酒店门前歇了，只见各店内都把刀枪插在门前，每人身上穿一领黄背心，写个大"祝"字，往来的人，亦各如此。石秀见了，便看着一个年老的人，唱个喏(古代男子所行之礼，又手行礼，同时出声致敬)，拜揖道："丈人，请问此间是何风俗？为甚都把刀枪插在当门？"那老人道："你是那里来的客人？原来不知，只可快走。"石秀道："小人是山东贩枣子的客人，消折了本钱，回乡不得，因此担柴来这里卖，不知此间乡俗地理。"老人道："只可快走别处躲避，这里早晚要大厮杀也。"石秀道："此间这等好村坊去处，怎地了大厮杀？"老人道："客人，你敢真个不知，我说与你。俺这里唤做祝家村，冈上便是祝朝奉衙里。如今恶了梁山泊好汉，现今引领军马在村口，要来厮杀。却怕我这村里路杂，未敢入来，现今驻扎在外面。如今祝家庄上行号令下来，每户人家，要我们精壮后生准备着，但有令传来，便去策应。"石秀道："丈人村中，总有多少人家？"老人道："只我这祝家村，也有一二万人家，东西还有两村人接应。东村唤做扑天雕李应李大官人，西村唤扈太公庄，有个女儿，唤做扈三娘，绰号一丈青，十分了得。"石秀道："似此，如何却怕梁山泊

做甚么？"那老人道："若是我们初来时,不知路的,也要吃捉了。"石秀道："丈人,怎地初来时要吃捉了？"老人道："我这村里的路,有首诗说道:'好个祝家庄,尽是盘陀路(曲折回旋的路)。容易入得来,只是出不去。'"石秀听罢,便哭起来,扑翻身便拜,向那老人道："小人是个江湖上折了本钱,归乡不得的人,倘或卖了柴出去,撞见厮杀,走不脱,却不是苦？ 爷爷,怎地可怜见小人,情愿把这担柴相送爷爷,只指小人出去的路罢。"那老人道："我如何白要你的柴？ 我就买你的。你且入来,请你吃些酒饭。"

石秀便谢了,挑着柴,跟那老人入到屋里。那老人筛下两碗白酒,盛一碗糕糜,叫石秀吃了。石秀再拜谢道："爷爷指教出去的路径。"那老人道："你便从村里走去,只看有白杨树,便可转弯,不问路道阔狭。但有白杨树的转弯,便是活路,没那树时,都是死路,如有别的树木转弯,也不是活路。若还走差了,左来右去,只走不出去。更兼死路里地下埋藏着竹签(一端尖锐的细长竹竿或竹片)铁蒺藜(蒺藜状的尖锐铁器。战时置于路上或水中,用以阻止敌方人马前进。蒺藜, jílí),若是走差了,踏着飞签,准定吃捉了,待走那里去？"石秀拜谢了,便问："爷爷高姓？"那老人道："这村里姓祝的最多,惟有我复姓钟离,土居(世代居住)在此。"石秀道："酒饭小人都吃够了,改日当厚报。"

正说之间,只听得外面闹吵。石秀听得道拿了一个细作。石秀吃了一惊,跟那老人出来看时,只见七八十个军人背绑着一个人过来。石秀看时却是杨林,剥得赤条条的,索子绑着。石秀看了,只暗暗地叫苦,悄悄假问老人道："这个拿了的是甚人？ 为甚事绑了他？"那老人道："你不见说他是宋江那里来的细作？"石秀又问道："怎地吃他拿了？"那老人道："说这厮也好大胆,独自一个来做细作,打扮做个解魔法师,闪入村里来。却又不认这路,只拣大路走了,左来右去,只走了死路,又不晓的白杨树转弯抹角的消息(奥妙,底细)。人见他走得差了,来路蹊跷,报与庄上官人们来捉他,这厮方才又掣出刀来,手起伤了四五个人。当不住这里人多,一发上,因此吃拿了。有人认得他从来是贼,叫做锦豹子杨林。"

　　说言未了,只听得前面喝道,说是庄上三官人巡绰(巡察警戒)过来。石秀在壁缝里张时,看见前面摆着二十对缨枪,后面四五个人骑战马,都弯弓插箭;又有三五对青白哨马,中间拥着一个年少的壮士,坐在一匹雪白马上,全副披挂了弓箭,手执一条银枪。石秀自认得他,特地问老人道:"过去相公是谁?"那老人道:"这个正是祝朝奉第三子,唤做祝彪,定着西村扈家庄一丈青为妻。弟兄三个,只有他第一了得。"石秀拜谢道:"老爷爷指点寻路出去。"那老人道:"今日晚了,前面倘或厮杀,枉送了你性命。"石秀道:"爷爷,可救一命则个。"那老人道:"你且在我家歇一夜,明日打听得没事,便可出去。"石秀拜谢了,坐在他家,只听得门前四五替报马报将来,排门(挨家逐户)分付道:"你那百姓,今夜只看红灯为号,齐心并力,捉拿梁山泊贼人,解官请赏。"叫过去了,石秀问道:"这个人是谁?"那老人道:"这个官人是本处捕盗巡检,今夜约会要捉宋江。"石秀见说,心中自忖了一回,讨个火把,叫了安置(称别人就寝的敬辞),自去屋后草窝里睡了。

　　却说宋江军马在村口屯驻,不见杨林、石秀出来回报,随后又使欧鹏去到村口,出来回报道:"听得那里讲动,说道捉了一个细作,小弟见路径又杂难认,不敢深入重地。"宋江听罢,忿怒道:"如何等得回报了进兵?又吃拿了一个细作,必然陷了两个兄弟。我们今夜只顾进兵,杀将入去,也要救他两个兄弟。未知你众头领意下如何?"只见李逵道:"我先杀入去,看是如何!"宋江听得,随即便传将令,教军士都披挂了。李逵、杨雄前一队做先锋,使李俊等引军做合后,穆弘居左,黄信在右,宋江、花荣、欧鹏等中军头领,摇旗呐喊,擂鼓鸣锣,大刀阔斧,杀奔祝家庄来。比及杀到独龙冈上,是黄昏时分。

　　宋江催趱(催赶、督促)前军打庄。先锋李逵脱得赤条条的,挥两把夹钢板斧,火刺刺(形容兴奋、激动的情绪)地杀向前来。到得庄前看时,已把吊桥高高地拽起了,庄门里不见一点火。李逵便要下水过去,杨雄扯住道:"使不得。关闭庄门,必有计策。待哥哥来,别有商议。"

李逵那里忍得住，拍着双斧，隔岸大骂道："那鸟祝太公老贼，你出来，黑旋风爷爷在这里！"庄上只是不应。宋江中军人马到来，杨雄接着，报说庄上并不见人马，亦无动静。宋江勒马看时，庄上不见刀枪人马，心中疑惑，猛省道："我的不是了。天书上明明戒说，临敌休急暴。是我一时见不到，只要救两个兄弟，以此连夜进兵，不期深入重地。直到了他庄前，不见敌军，他必有计策，快教三军且退。"李逵叫道："哥哥，军马到这里了，休要退兵，我与你先杀过去，你们都跟我来。"

说犹未了，庄上早知，只听得祝家庄里一个号炮，直飞起半天里去。那独龙冈上千百把火把，一齐点着，那门楼上弩箭（用弩发射的箭）如雨点般射将来。宋江急取旧路回军，只见后军头领李俊人马先发起喊来，说道："来的旧路都阻塞了，必有埋伏。"宋江教军马四下里寻路走。李逵挥起双斧，往来寻人厮杀，不见一个敌军。只见独龙冈上山顶又放一个炮来，响声未绝，四下里喊声震地，惊的宋公明目睁口呆，罔知所措。

你便有文韬武略，怎逃出地网天罗？正是安排缚虎擒龙计，要捉惊天动地人。毕竟宋公明并众头领怎地脱身，且听下回分解。

# 第四十八回

## 一丈青单捉王矮虎　宋公明两打祝家庄

话说当下宋江在马上看时，四下里都有埋伏军马，且教小喽罗只往大路杀将去，只听得五军屯塞住了，众人都叫起苦来。宋江问道："怎么叫苦？"众军都道："前面都是盘陀路，走了一遭，又转到这里。"宋江道："教军马望火把亮处，有房屋人家，取路出去。"又走不多时，只见前军又发起喊来，叫道："甫能(刚刚能)望火把亮处取路，又有苦竹签、铁蒺藜，遍地撒满鹿角(军营的防御物。用带枝的树木削尖埋在营地周围，以阻止敌人。因形似鹿角，故名)，都塞了路口。"宋江道："莫非天丧我也？"

正在慌急之际，只听得左军中间穆弘队里闹动，报来说道："石秀来了。"宋江看时，见石秀拈着口刀，奔到马前道："哥哥休慌，兄弟已知路了。暗传下将令，教五军只看有白杨树，便转弯走去，不要管他路阔路狭。"宋江催趱人马，只看有白杨树便转。宋江去约走过五六里路，只见前面人马越添得多了。宋江疑忌，便唤石秀问道："兄弟，怎么前面贼兵众广？"石秀道："他有烛灯为号。"花荣在马上看见，把手指与宋江道："哥哥，你看见那树影里这碗烛灯么？只看我等投东，他便把那烛灯望东扯；若是我们投西，他便把那烛灯望西扯。只那些儿，想来便是号令。"宋江道："怎地奈何的他那碗灯？"花荣道："有何难哉！"便拈弓搭箭，纵马向前，望着影中只一箭，不端不正，恰好把那碗红灯射将下来。四下里埋伏军兵不见了那碗红灯，便都自乱撺起来。宋江叫石秀引路，且杀出村口去。只听得前山喊声连起,一带火把纵横撩乱,宋江教前军扎住,且使石秀领路去探。不多时,回来报道:"是山寨中第二拨军马到了接应,杀散伏兵。"

宋江听罢,进兵夹攻,夺路奔出村口,祝家庄人马四散去了;会合着林冲、秦明等众人军马,同在村口驻扎。却好天明,去高阜(高的土山)处下了寨栅,整点(整理、清点)人马,数内不见了镇三山黄信。宋江大惊,询问缘故,有昨夜跟去的军人见的来说道:"黄头领听着哥哥将令,前去探路,不提防芦苇丛中舒出两把挠钩,拖翻马脚,被五七个人活捉去了,救护不得。"宋江听罢大怒,要杀随行军汉:"如何不早报来?"林冲、花荣劝住宋江。众人纳闷道:"庄又不曾打得,倒折了两个兄弟,似此怎生奈何?"杨雄道:"此间有三个村坊结并,所有东村李大官人,前日已被祝彪那厮射了一箭,现今在庄上养病,哥哥何不去与他计议?"宋江道:"我正忘了他。他便知本处地理虚实。"分付教取一对缎匹羊酒,选一骑好马并鞍辔,亲自上门去求见。林冲、秦明权守栅寨。宋江带同花荣、杨雄、石秀上了马,随行三百马军,取路投李家庄来。

到得庄前,早见门楼紧闭,吊桥高拽起了,墙里摆着许多庄兵人马。门楼上早擂起鼓来。宋江在马上叫道:"俺是梁山泊义士宋江,特来谒见(通名刺进见。后泛指进见地位或辈分高的人。谒,yè)大官人,别无他意,休要提备。"庄门上杜兴看见有杨雄、石秀在彼,慌忙开了庄门,放只小船过来,与宋江声喏。宋江慌忙下马来答礼。杨雄、石秀近前禀道:"这位兄弟便是引小弟两个投李大官人的,唤做鬼脸儿杜兴。"宋江道:"原来是杜主管。相烦足下对李大官人说,俺梁山泊宋江久闻大官人大名,无缘不曾拜会。今因祝家庄要和俺们做对头,经过此间,特献彩缎名马,羊酒薄礼,只求一见,别无他意。"杜兴领了言语,再渡过庄来,直到厅前。李应带伤披被坐在床上。杜兴把宋江要求见的言语说了。李应道:"他是梁山泊造反的人,我如何与他厮见?无私有意。你可回他话道,只说我卧病在床,动止不得,难以相见,改日却得拜会。所赐礼物,不敢祗受(恭敬地领受。祗,zhī)。"

杜兴再渡过来见宋江,禀道:"俺东人再三拜上头领,本欲亲身迎迓(迎接。迓,yà),奈缘中伤,患躯在床,不能相见,容日专当拜会。适蒙所赐厚礼,并不敢受。"宋江道:"我知你东人(主人)的意了。我因打祝家庄失利,欲求相见则个,他恐祝家庄见怪,不肯出来相见。"杜兴道:"非是如此,委实患病。小人虽是中山人氏,到此多年了,颇知此间虚实事情。中间是祝家庄,东是俺李家庄,西是扈家庄。这三村庄上,誓愿结生死之交,有事互相救应,今番恶了俺东人,自不去救应。只恐西村扈家庄上要来相助。他庄上别的不打紧,只有一个女将,唤做一丈青扈三娘,使两口日月刀,好生了得。却是祝家庄第三子祝彪定为妻室,早晚要娶。若是将军要打祝家庄时,不须提备东边,只要紧防西路。祝家庄上前后有两座庄门:一座在独龙冈前,一座在独龙冈后。若打前门,却不济事,须是两面夹攻,方可得破。前门打紧(要紧,重要),路杂难认,一遭都是盘陀路径,阔狭不等。但有白杨树,便可转弯,方是活路。如无此树,便是死路。"石秀道:"他如今都把白杨树木斫伐去了,将何为记?"杜兴道:"虽然斫伐了树,如何起得根尽,也须有树根在彼。只宜白日进兵攻打,黑夜不可进兵。"

宋江听罢,谢了杜兴,一行人马却回寨里来。林冲等接着,都到大寨里坐下。宋江把李应不肯相见并杜兴说的话对众头领说了。李逵便插口道:"好意送礼与他,那厮不肯出来迎接哥哥,我自引三百人去打开鸟庄,脑揪(揪住后脑勺头发或头巾后部)这厮出来拜见哥哥。"宋江道:"兄弟,你不省的,他是富贵良民,惧怕官府,如何造次肯与我们相见?"李逵笑道:"那厮想是个小孩子,怕见。"众人一齐都笑起来。宋江道:"虽然如此说了,两个兄弟陷(无法脱身)了,不知性命存亡。你众兄弟可竭力向前,跟我再去攻打祝家庄。"众人都起身说道:"哥哥将令,谁敢不听!不知教谁前去?"黑旋风李逵说道:"你们怕小孩子,我便前去。"宋江道:"你做先锋不利,今番用你不着。"

李逵低了头忍气。宋江便点马麟、邓飞、欧鹏、王矮虎四个："跟我亲自做先锋去"。第二点戴宗、秦明、杨雄、石秀、李俊、张横、张顺、白胜，准备下水路用人；第三点林冲、花荣、穆弘、李逵，分作两路策应。众军标拨(分拨)已定，都饱食了，披挂上马。

且说宋江亲自要去做先锋，攻打头阵，前面打着一面大红帅字旗，引着四个头领，一百五十骑马军，一千步军，直杀奔祝家庄来。于路着人探路，直到独龙冈前。宋江勒马看那祝家庄时，果然雄壮，有篇诗赞，便见祝家庄气象：

> 独龙山前独龙冈，独龙冈上祝家庄。
>
> 绕冈一带长流水，周遭环匝皆垂杨。
>
> 墙内森森罗剑戟，门前密密排刀枪。
>
> 对敌尽皆雄壮士，当锋都是少年郎。
>
> 祝龙出阵真难敌，祝虎交锋莫可当。
>
> 更有祝彪多武艺，咤叱喑呜[1]比霸王。
>
> 朝奉祝公谋略广，金银罗绮有千箱。
>
> 白旗一对门前立，上面明书字两行：
>
> 填平水泊擒晁盖，踏破梁山捉宋江。

当下宋江在马上看了祝家庄那两面旗，心中大怒，设誓(发誓)道："我若打不得祝家庄，永不回梁山泊。"众头领看了，一齐都怒起来。宋江听得后面人马都到了，留下第二拨头领攻打前门，宋江自引了前部人马，转过独龙冈后面来看祝家庄时，后面都是铜墙铁壁，把得严整。正看之时，只见直西一彪军马呐着喊，从后杀来。宋江留下马麟、邓飞，把住祝家庄后门，自带了欧鹏、王矮虎，分一半人马前来迎接。山坡下来军约有二三十骑马军，当中簇拥着一员女将。怎生结束？但见：

> 蝉鬓金钗双压，凤鞋宝镫斜踏。连环铠甲衬红纱，绣带柳

---

① 咤叱喑呜(zhàchìyīnwū)：怒喝。

腰端跨。霜刀把雄兵乱砍,玉纤将猛将生拿。天然美貌海棠花,一丈青当先出马。

那来军正是扈家庄女将一丈青扈三娘,一骑青鬃(zōng,马颈部的长毛)马上,轮两口日月双刀,引着三五百庄客,前来祝家庄策应。宋江道:"刚说扈家庄有这个女将,好生了得,想来正是此人,谁敢与他迎敌?"说犹未了,只见这王矮虎是个好色之徒,听得说是个女将,指望一合便捉得过来。当时喊了一声,骤马(使马奔驰,纵马)向前,挺手中枪,便出迎敌。两军呐喊,那扈三娘拍马舞刀来战王矮虎,一个双刀的熟闲,一个单枪的出众。两个斗敌十数合之上,宋江在马上看时,见王矮虎枪法架隔不住。原来王矮虎初见一丈青,恨不得便捉过来,谁想斗过十合之上,看看的手颤脚麻,枪法便都乱了。不是两个性命相扑时,王矮虎却要做光(调情)起来。那一丈青是个乖觉的人,心中道:"这厮无理。"便将两把双刀直上直下砍将入来。这王矮虎如何敌得过,拨回马却待要走,被一丈青纵马赶上,把右手刀挂了,轻舒猿臂,将王矮虎提离雕鞍,活捉去了。众庄客齐上,把王矮虎横拖倒拽捉去了。有诗为证:

　　色胆能挤不顾身,肯将性命值微尘。

　　销金帐①里无强将,丧魄亡精与妇人。

　　欧鹏见捉了王英,便挺枪来救。一丈青纵马跨刀,接着欧鹏,两个便斗。原来欧鹏祖是军班子弟(仪卫军金枪班成员的后代)出身,使得好一条铁枪,宋江看了,暗暗的喝采。怎的欧鹏枪法精熟,也敌不得那女将半点便宜(上风,优势)。邓飞在远远处看见捉了王矮虎,欧鹏又战那女将不下,跑着马,舞起一条铁链,大发喊赶将来。祝家庄上已看多时,诚恐一丈青有失,慌忙放下吊桥,开了庄门,祝龙亲自引了三百余人,骤马提枪,来捉宋江。马麟看见,一骑马使起双刀,来迎住祝龙厮杀。邓飞恐宋江有失,不离左右,看他两边厮杀,喊声迭

---

① 销金帐:嵌金色线的帷幔、床帐。

起。宋江见马麟斗祝龙不过，欧鹏斗一丈青不下，正慌哩，只见一彪军马从刺斜里(旁边或侧面)杀将来。宋江看时，大喜。却是霹雳火秦明，听得庄后厮杀，前来救应。宋江大叫："秦统制，你可替马麟。"

秦明是个急性的人，更兼祝家庄捉了他徒弟黄信，正没好气，拍马飞起狼牙棍，便来直取祝龙。祝龙也挺枪来敌秦明。马麟引了人却夺王矮虎。那一丈青看见了马麟来夺人，便撇了欧鹏，却来接住马麟厮杀。两个都会使双刀，马上相迎着，正如这风飘玉屑，雪撒琼花，宋江看得眼也花了。这边秦明和祝龙斗到十合之上，祝龙如何敌得秦明过，庄门里面那教师栾廷玉带了铁锤，上马挺枪，杀将出来。欧鹏便来迎住栾廷玉厮杀。栾廷玉也不来交马，带住枪时，刺斜里便走。欧鹏赶将去，被栾廷玉一飞锤，正打着，翻筋斗攧下马去。邓飞大叫："孩儿们救人！"舞着铁链，径奔栾廷玉。宋江急唤小喽罗，救得欧鹏上马。那祝龙当敌秦明不住，拍马便走。栾廷玉也撇了邓飞，却来战秦明，两个斗了一二十合，不分胜败。栾廷玉卖个破绽，落荒(向荒野逃去)即走，秦明舞棍，径赶将来。栾廷玉便望荒草之中跑马入去，秦明不知是计，也追入去。原来祝家庄那等去处，都有人埋伏，见秦明马到，拽起绊马索来，连人和马都绊翻了，发声喊，捉住了秦明。邓飞见秦明坠马，慌忙来救，急见绊马索拽，却待回身，两下里叫声着，挠钩似乱麻一般搭来，就马上活捉了去。

宋江看见，只叫得苦，止救得欧鹏上马。马麟撇了一丈青，急奔来保护宋江，望南而走。背后栾廷玉、祝龙、一丈青，分投赶将来。看看没路，正待受缚。只见庄南上一个好汉飞马而来，背后随从约有五百人马。宋江看时，乃是没遮拦穆弘。东南上也有三百余人，两个好汉飞奔前来：一个是病关索杨雄，一个是拚命三郎石秀。东北上又一个好汉，高声大叫："留下人着！"宋江看时，乃是小李广花荣。三路人马一齐都到，宋江心下大喜，一发并力来战栾廷玉、祝龙。庄上望见，恐怕两个吃亏，且教祝虎守把住庄门，小郎君祝彪骑一匹劣马(性情暴烈、不易驯服的马)，使一条长枪，自引五百余人马，从庄后杀将出来，一齐混战。庄前李俊、张横、张顺，下水过来，被庄上乱箭射来，不能下手。戴宗、白胜，只在对岸呐喊。宋江见天色晚了，急叫马麟先保护欧鹏出村口去。宋江又叫小喽罗筛锣（敲锣），聚拢众好汉，且战且走。宋江自拍马到处寻了看，只恐弟兄们迷了路。

正行之间，只见一丈青飞马赶来，宋江措手不及，便拍马望东而走。背后一丈青紧追着，八个马蹄翻盏撒钹相似，赶投深村处来。一丈青正赶上宋江，待要下手，只听得山坡上有人大叫道："那鸟婆娘赶我哥哥那里去？"宋江看时，却是黑旋风李逵，轮两把板斧，引着七八十个小喽罗，大踏步赶将来。一丈青便勒转马，望这树林边去。宋江也勒住马看时，只见树林边转出十数骑马军来，当先簇拥着一个壮士。怎生结束（装束、打扮）？但见：

> 嵌宝头盔稳戴，磨银铠甲重披。素罗袍上绣花枝，狮蛮带（古代武官腰带钩上饰有狮子、蛮王的形象，故称）琼瑶密砌。丈八蛇矛紧挺，霜花骏马频嘶。满山都唤小张飞，豹子头林冲便是。

那来军正是豹子头林冲，在马上大喝道："兀那婆娘走那里去？"一丈青飞刀纵马，直奔林冲，林冲挺丈八蛇矛迎敌。两个斗不到十合，林冲卖个破绽，放一丈青两口刀砍入来，林冲把蛇矛逼个住，两口刀逼斜了，赶拢去，轻舒猿臂，款扭狼腰，把一丈青只一拽，活挟过马来。宋江看见，喝声采，不知高低。林冲叫军士绑了，骤马向前道："不曾伤犯哥哥么？"宋江道："不曾伤着。"便叫李逵快走村中接应众好汉，且教来村口商议，天色已晚，不可恋战。黑旋风领本部人马去了。林冲保护宋江，押着一丈青在马上，取路出村口来。当晚众头领不得便宜，急急都赶出村口来。祝家庄人马也收回庄上去了。满村中杀死的人，不计其数。祝龙教把捉到的人都将来陷车囚了，一发拿住宋江，却解上东京去请功。扈家庄已把王矮虎解送到祝家庄去了。

且说宋江收回大队人马，到村口下了寨栅，先教将一丈青过来，唤二十个老成的小喽罗，着四个头目，骑四匹快马，把一丈青拴了双手,也骑一匹马,"连夜与我送上梁山泊去,交与我父亲宋太公收管,便来回话。待我回山寨,自有发落"。众头领都只道宋江自要这个女子,尽皆小心送去。先把一辆车儿教欧鹏上山去将息(养息,休息)。一行人都领了将令,连夜去了。宋江其夜在帐中纳闷,一夜不睡,坐而待旦(等待天明)。

次日,只见探事人报来,说军师吴学究引将三阮头领并吕方、郭盛,带五百人马到来。宋江听了,出寨迎接了军师吴用,到中军帐里坐下。吴学究带将酒食来,与宋江把盏贺喜,一面犒赏(犒劳赏赐)三军众将。吴用道:"山寨里晁头领多听得哥哥先次进兵不利,特地使将吴用并五个头领来助战。不知近日胜败如何?"宋江道:"一言难尽。叵耐祝家那厮,他庄门上立两面白旗,写道:'填平水泊擒晁盖,踏破梁山捉宋江。'这厮无礼。先一遭进兵攻打,因为失其地利,折了杨林、黄信。夜来进兵,又被一丈青捉了王矮虎,栾廷玉锤打伤了欧鹏,绊马索拖翻捉了秦明、邓飞。如此失利,若不得林教头恰活捉得一丈青时,折尽锐气。今来似此,如之奈何?若是宋江打不得祝家庄破,救不出这几个兄弟来,情愿自死于此地,也无面目回去见得晁盖哥哥。"吴学究笑道:"这个祝家庄也是合当天败,却好有这个机会。吴用想来,事在旦夕可破。"宋江听罢,十分惊喜,连忙问道:"这祝家庄如何旦夕可破?机会自何而来?"

吴学究笑着,不慌不忙,迭两个指头,说出这个机会来,正是空中伸出拿云手(高强的本领),救出天罗地网人。毕竟军师吴用说出甚么机会来,且听下回分解。

# 第四十九回

## 解珍解宝双越狱　孙立孙新大劫牢

话说当时吴学究对宋公明说道:"今日有个机会,却是石勇面上来投入伙的人,又与栾廷玉那厮最好,亦是杨林、邓飞的至爱相识。他知道哥哥打祝家庄不利,特献这条计策来入伙,以为进身(寄身,安身)之报,随后便至。五日之内,可行此计,却是好么?"宋江听了,大喜道:"妙哉!"方才笑逐颜开。

说话的,却是甚么计策?下来便见。看官牢记这段话头(艺人说话的入头)。原来和宋公明初打祝家庄时,一同事发。却难这边说一句,那边说一回,因此权记下这两打祝家庄的话头,却先说那一回来投入伙的人乘机会的话,下来接着关目(泛指事件,情节)。

原来山东海边有个州郡,唤做登州。登州城外有一座山,山上多有豺狼虎豹,出来伤人。因此登州知府拘集(征集,召集)猎户,当厅委了杖限文书,捉捕登州山上大虫。又仰(旧时下行公文用语。表命令)山前山后里正(古时乡官。里长)之家,也要捕虎文状(字据,军令状),限外不行(期限之外不能成功)解官(解送官府),痛责枷号(将犯人上枷标明罪状示众)不恕。

且说登州山下有一家猎户,兄弟两个,哥哥唤做解珍,兄弟唤做解宝。弟兄两个,都使浑铁点钢叉(指经淬火处理的钢叉),有一身惊人的武艺。当州里的猎户们,都让他第一。那解珍一个绰号唤做两头蛇,这解宝绰号叫做双尾蝎。二人父母俱亡,不曾婚娶。那哥哥七尺以上身材,紫棠色面皮,腰细膀阔。这个兄弟解宝,更是利害,也有七尺以上身材,面圆身黑,两只腿上刺着两个飞天夜叉,有时性起,恨不

得腾天倒地,拔树摇山。有一篇《西江月》,单道他弟兄的好处:

世本登州猎户,生来骁勇(勇猛。骁,xiāo)英豪。穿山越岭健如猱(náo,兽名。猿类。身体便捷,善攀援),麋鹿见时惊倒。　手执莲花铁锃(古兵器。形似马叉,上有利刃,两面出锋,刃下横两股,向上弯。锃,tǎng),腰悬蒲叶尖刀。豹皮裙子虎筋绦,解氏二雄年少。

那弟兄两个当官受了甘限文书(期限内必须完成公差的文书),回到家中,整顿窝弓(捕猎时隐藏起来的弓箭)药箭,弩子锐叉,穿了豹皮裤、虎皮套体,拿了铁叉。两个径奔登州山上,下了窝弓,去树上等了一日,不济事了,收拾窝弓下去。次日,又带了干粮,再上山伺候,看看天晚,弟兄两个再把窝弓下了,爬上树去,直等到五更,又没动静。两个移了窝弓,却来西山边下了,坐到天明,又等不着。两个心焦,说道:"限三日内要纳大虫,迟时须用受责,却是怎地好!"

两个到第三日夜,伏至四更时分,不觉身体困倦。两个背厮靠着且睡,未曾合眼,忽听得窝弓发响。两个跳将起来,拿了钢叉,四下里看时,只见一个大虫中了药箭,在那地上滚。两个拈着钢叉向前来。那大虫见了人来,带着箭便走。两个追将向前去,不到半山里时,药力透来,那大虫当不住,吼了一声,骨碌碌滚将下山去了。解宝道:"好了,我认得这山,是毛太公庄后园里,我和你下去他家取讨大虫。"

当时弟兄两个提了钢叉,径下山来,投毛太公庄上敲门。此时方才天明,两个敲开庄门入去,庄客报与太公知道。多时,毛太公出来,解珍、解宝放下钢叉,声了喏,说道:"伯伯,多时不见,今日特来拜扰。"毛太公道:"贤侄如何来得这等早?有甚话说?"解珍道:"无事不敢惊动伯伯睡寝。如今小侄因为官司委了甘限文书,要捕获大虫,一连等了三日,今早五更,射得一个,不想从后山滚下在伯伯园里。望烦借一路,取大虫则个。"毛太公道:"不妨,既是落在我园里,二位且少坐。敢是肚饥了,吃些早饭去取。"叫庄客且去安排早膳来相待。当时劝二位吃了酒饭,解珍、解宝起身谢道:"感承伯伯厚意,望烦引去,取大虫还小侄。"毛太公道:"既是在我庄后,却怕怎地?

且坐吃茶,却去取未迟。"解珍、解宝不敢相违,只得又坐下。庄客拿茶来,叫二位吃了。毛太公道:"如今我和贤侄去取大虫。"解珍、解宝道:"深谢伯伯。"

毛太公引了二人入到庄后,叫庄客把钥匙来开门,百般开不开。毛太公道:"这园多时不曾有人来开,敢是锁簧<sub></sub>(锁内部结构中的弹簧件)锈了,因此开不得,去取铁锤来打开了罢。"庄客便将铁锤来,敲开了锁,众人都入园里去看时,遍山边去看,寻不见。毛太公道:"贤侄,你两个莫不错看了,认不仔细? 敢不曾落在我园里?"解珍道:"怎地得我两个错看了? 是这里生长的人,如何不认得?"毛太公道:"你自寻便了,有时自抬去。"解宝道:"哥哥,你且来看,这里一带草滚得平平地都倒了,又有血路在上头,如何说不在这里? 必是伯伯家庄客抬过了。"毛太公道:"你休这等说,我家庄上的人如何得知有大虫在园里? 便又抬得过? 你也须看见方才当面敲开锁来,和你两个一同入园里来寻。你如何这般说话!"解珍道:"伯伯,你须还我这个大虫去解官。"毛太公道:"你这两个好无道理! 我好意请你吃酒饭,你颠倒<sub></sub>(反倒,反而)赖我大虫。"解宝道:"有甚么赖处! 你家也现当里正,官府中也委了甘限文书,却没本事去捉,倒来就我现成,你倒将去请功,教我兄弟两个吃限棒<sub></sub>(在限期内未能完成任务而受的棒刑)。"毛太公道:"你吃限棒,干我甚事!"解珍、解宝睁起眼来,便道:"你敢教我搜一搜么?"毛太公道:"我家比你家,各有内外。你看这两个教化头倒来无礼。"解宝抢近厅前寻不见,心中火起,便在厅前打将起来;解珍也就厅前攀折栏杆,打将入去。毛太公叫道:"解珍、解宝白昼抢劫!"那两个打碎了厅前椅桌,见庄上都有准备,两个便拔步出门,指着庄上骂道:"你赖我大虫,和你官司里去理会。"

　　　解氏深机捕获,毛家巧计牢笼。
　　　当日因争一虎,后来引起双龙。

那两个正骂之间,只见两三匹马投庄上来,引着一伙伴当。解珍认得是毛太公儿子毛仲义,接着说道:"你家庄上庄客捉过了我大虫,你爹不讨还我,颠倒要打我弟兄两个。"毛仲义道:"这厮村人不省事,我父亲必是被他们瞒过了。你两个不要发怒,随我到家里,讨还你便了。"解珍、解宝谢了毛仲义,叫开庄门,教他两个进去。待得解珍、解宝入得门来,便叫关上庄门,喝一声:"下手!"两廊下走出二三十个庄客,并恰才马后带来的,都是做公的。那兄弟两个措手不及,众人一发上,把解珍、解宝绑了。毛仲义道:"我家昨夜自射得一个大虫,如何来白赖(诳诈)我的?乘势抢掳我家财,打碎家中什物,当得何罪?解上本州,也与本州除了一害。"

原来毛仲义五更时,先把大虫解上州里去了,却带了若干做公的来捉解珍、解宝。不想他这两个不识局面,正中了他的计策,分说(解释,分辩)不得。毛太公教把他两个使的钢叉并一包赃物,扛抬了许多打碎的家伙什物,将解珍、解宝剥得赤条条地,背剪绑了,解上州里来。本州有个六案孔目,姓王,名正,却是毛太公的女婿,已自先去知府面前禀说了。才把解珍、解宝押到厅前,不由分说,捆翻便打,定要他两个招做混赖大虫,各执钢叉,因而抢掳财物。解珍、解宝吃拷不过,只得依他招了。知府教取两面二十五斤的重枷来枷了,钉下大牢里去。毛太公、毛仲义自回庄上商议道:"这两个男女(骂人的话),却放他不得,不如一发结果了他,免致后患。"当时子父二人自来州里,分付孔目王正:"与我一发斩草除根,萌芽不发,我这里自行与知府的打关节(指暗中行贿勾通官吏的事)。"

却说解珍、解宝押到死囚牢里,引至亭心上来,见这个节级。为头的那人,姓包,名吉,已自得了毛太公银两,并听信王孔目之言,教对付他两个性命,便来亭心里坐下。小牢子对他两个说道:"快过来,跪在亭子前。"包节级喝道:"你两个便是甚么两头蛇、双尾蝎,是你么?"解珍道:"虽然别人叫小人们这等混名,实不曾陷害良善。"包节级喝道:"你这两个畜生,今番我手里教你两头蛇做一头蛇,双尾蝎做单尾蝎,且与我押入大牢里去。"

那一个小牢子把他两个带在牢里来,见没人,那小节级便道:

"你两个认得我么？我是你哥哥的妻舅。"解珍道："我只亲弟兄两个，别无那个哥哥。"那小牢子道："你两个须是孙提辖的兄弟。"解珍道："孙提辖是我姑舅哥哥，我却不曾与你相会。足下莫非是乐和舅？"那小节级道："正是，我姓乐，名和，祖贯茅州人氏。先祖挈家到此，将姐姐嫁与孙提辖为妻。我自在此州里勾当，做小牢子。人见我唱得好，都叫我做铁叫子乐和。姐夫见我好武艺，教我学了几路枪法在身。"怎见得？有诗为证：

　　玲珑心地衣冠整，俊俏肝肠语话清。

　　能唱人称铁叫子，乐和聪慧自天生。

原来这乐和是一个聪明伶俐的人，诸般乐品(乐器)，尽皆晓得，学着便会。作事见头知尾。说起枪棒武艺，如糖似蜜价爱。为见解珍、解宝是个好汉，有心要救他，只是单丝不成线，孤掌岂能鸣，只报得他一个信。乐和说道："好教你两个得知，如今包节级得受了毛太公钱财，必然要害你两个性命，你两个却是怎生好？"解珍道："你不说起孙提辖则休，你既说起他来，只央你寄一个信。"乐和道："你却教我寄信与谁？"解珍道："我有个姐姐，是我爷面上的，却与孙提辖兄弟为妻，现在东门外十里牌住。他是我姑娘(姑姑)的女儿，叫做母大虫顾大嫂，开张酒店，家里又杀牛开赌。我那姐姐有三二十人近他不得，姐夫孙新这等本事，也输与他。只有那个姐姐，和我弟兄两个最好。孙新、孙立的姑娘，却是我母亲，以此他两个又是我姑舅哥哥。央烦的你暗暗地寄个信与他，把我的事说知，姐姐必然自来救我。"

乐和听罢，分付说："贤亲，你两个且宽心着。"先去藏些烧饼肉食，来牢里开了门，把与解珍、解宝吃了。推了事故(借口、事由)，锁了牢门，教别个小节级看守了门，一径奔到东门外，望十里牌来。早望见一个酒店，门前悬挂着牛羊等肉，后面屋下一簇人在那里赌博。乐和见酒店里一个妇人坐在柜上，但见：

　　眉粗眼大，胖面肥腰。插一头异样钗环，露两个时兴钏镯。

　　有时怒起，提井栏便打老公头；忽地心焦，拿石锥敲翻庄客腿。

生来不会拈针线,弄棒持枪当女工。

乐和入进店内,看着顾大嫂,唱个喏道:"此间姓孙么?"顾大嫂慌忙答道:"便是。足下却要沽酒,却要买肉?如要赌钱,后面请坐。"乐和道:"小人便是孙提辖妻弟乐和的便是。"顾大嫂笑道:"原来却是乐和舅,可知尊颜和姆姆(弟妻对兄妻的称呼)一般模样。且请里面拜茶。"乐和跟进里面客位里坐下。顾大嫂便动问道:"闻知得舅舅在州里勾当,家下穷忙(忙碌。自谦之辞)少闲,不曾相会。今日甚风吹得到此?"乐和答道:"小人无事,也不敢来相恼。今日厅上偶然发下两个罪人进来,虽不曾相会,多闻他的大名。一个是两头蛇解珍,一个是双尾蝎解宝。"顾大嫂道:"这两个是我的兄弟,不知因甚罪犯下在牢里?"乐和道:"他两个因射得一个大虫,被本乡一个财主毛太公赖了。又把他两个强扭做贼,抢掳家财,解入州里来。他又上上下下都使了钱物,早晚间要教包节级牢里做翻(弄死)他两个,结果了性命。小人路见不平,独力难救。只想一者沾亲,二乃义气为重,特地与他通个消息。他说道:'只除是姐姐便救得他。'若不早早用心着力,难以救拔。"

顾大嫂听罢,一片声叫起苦来。便叫火家(伙计):"快去寻得二哥家来说话。"有几个火家去不多时,寻得孙新归来,与乐和相见。怎见得孙新的好处?有诗为证:

> 军班才俊子,眉目有神威。
> 身在蓬莱寓,家从琼海移。
> 自藏鸿鹄志①,恰配虎狼妻。
> 鞭举龙双见,枪来蟒独飞。
> 年似孙郎少,人称小尉迟。

原来这孙新祖是琼州人氏,军官子孙,因调来登州驻扎,弟兄就此为家。孙新生得身长力壮,全学得他哥哥的本事,使得几路好鞭

---

① 鸿鹄(hónghú)志:比喻远大的志向。

枪,因此多人把他弟兄两个比尉迟恭,叫他做小尉迟。顾大嫂把上件事对孙新说了,孙新道:"既然如此,叫舅舅先回去。他两个已下在牢里,全望舅舅看觑则个。我夫妻商量个长便道理(长久方便之计),却径来相投。"乐和道:"但有用着小人处,尽可出力向前。"顾大嫂置酒相待已了,将出一包碎银,付与乐和:"望烦舅舅将去牢里,散与众人并小牢子们,好生周全他两个弟兄。"乐和谢了,收了银两,自回牢里来替他使用,不在话下。

且说顾大嫂和孙新商议道:"你有甚么道理,救我两个兄弟?"孙新道:"毛太公那厮,有钱有势,他防你两个兄弟出来,须不肯干休,定要做番了他两个,似此必然死在他手。若不去劫牢,别样也救他不得。"顾大嫂道:"我和你今夜便去。"孙新笑道:"你好粗卤。我和你也要算个长便,劫了牢,也要个去向。若不得我那哥哥和这两个人时,行不得这件事。"顾大嫂道:"这两个是谁?"孙新道:"便是那叔侄两个最好赌的邹渊、邹润,如今现在登云山峪(yù)里,聚众打劫。他和我最好,若得他两个相帮助,此事便成。"顾大嫂道:"登云山离这里不远,你可连夜去请他叔侄两个来商议。"孙新道:"我如今便去。你可收拾了酒食肴馔,我去定请得来。"顾大嫂分付火家,宰了一口猪,铺下数盘果品按酒,排下桌子。

天色黄昏时候,只见孙新引了两筹好汉归来。那个为头的姓邹,名渊,原是莱州人氏,自小最好赌钱,闲汉出身,为人忠良慷慨。更兼一身好武艺,性气高强,不肯容人,江湖上唤他绰号出林龙。第二个好汉,名唤邹润,是他侄儿,年纪与叔叔仿佛,二人争差不多,身材长大,天生一等异相,脑后一个肉瘤,以此人都唤他做独角龙。那邹润往常但和人争闹,性起来一头撞去,忽然一日,一头撞折了涧边一株松树,看的人都惊呆了。有《西江月》一首,单道他叔侄的好处:

> 厮打场中为首,呼卢(赌博)队里称雄。天生忠直气如虹,武艺惊人出众。 结寨登云台上,英名播满山东。翻江搅海似双龙,岂作池中玩弄?

当时顾大嫂见了，请入后面屋下坐地。却把上件事告诉与他，次后商量劫牢一节。邹渊道："我那里虽有八九十人，只有二十来个心腹的。明日干了这件事，便是这里安身不得了。我却有个去处，我也有心要去多时，只不知你夫妇二人肯去么？"顾大嫂道："遮莫(不论,不管)甚么去处，都随你去，只要救了我两个兄弟。"邹渊道："如今梁山泊十分兴旺，宋公明大肯招贤纳士。他手下现有我的三个相识在彼：一个是锦豹子杨林，一个是火眼狻猊邓飞，一个是石将军石勇，都在那里入伙了多时。我们救了你两个兄弟，都一发上梁山泊投奔入伙去，如何？"顾大嫂道："最好，有一个不去的，我便乱枪戳死他。"邹润道："还有一件，我们倘或得了人，诚恐登州有些军马追来，如之奈何？"孙新道："我的亲哥哥现做本州军马提辖，如今登州只有他一个了得。几番草寇临城，都是他杀散了，到处闻名。我明日自去请他来，要他依允便了。"邹渊道："只怕他不肯落草(入山林与官府为敌)。"孙新说道："我自有良法。"

当夜吃了半夜酒，歇到天明，留下两个好汉在家里，却使一个火家带领了一两个人，推一辆车子："快走城中营里，请我哥哥孙提辖并嫂嫂乐大娘子，说道：'家中大嫂害病沉重，便烦来家看觑。'"顾大嫂分付火家道："只说我病重临危，有几句紧要的话，须是(必须,定要)便来，只有几番相见嘱付。"火家推车儿去了。

孙新专在门前伺候，等接哥哥。饭罢时分，远远望见车儿来了，载着乐大娘子，背后孙提辖骑着马，十数个军汉跟着，望十里牌来。孙新入去报与顾大嫂得知，说："哥嫂来了。"顾大嫂分付道："只依我如此行。"孙新出来，接见哥嫂，且请嫂嫂下了车儿，同到房里，看视弟媳妇病症。孙提辖下了马，入门来，端的好条大汉，淡黄面皮，落腮胡须，八尺以上身材，姓孙，名立，绰号病尉迟，射得硬弓，骑得劣马，使一管长枪，腕上悬一条虎眼竹节钢鞭，海边人见了，望风而降。有诗为证：

> 胡须黑雾飘，性格流星急。
>
> 鞭枪最熟惯，弓箭常温习。

阔脸似妆金,双睛如点漆。

军中显姓名,病尉迟孙立。

当下病尉迟孙立下马来,进得门便问道:"兄弟,婶子害甚么病?"孙新答道:"他害得症候,病得蹊蹊,请哥哥到里面说话。"孙立便入来。孙新分付火家(伙计),着这伙跟马的军士去对门店里吃酒。便教火家牵过马,请孙立入到里面来坐下。良久,孙新道:"请哥哥、嫂嫂去房里看病。"孙立同乐大娘子入进房里,见没有病人。孙立问道:"婶子病在那里房内?"只见外面走入顾大嫂来,邹渊、邹润跟在背后。孙立道:"婶子,你正是害甚么病?"顾大嫂道:"伯伯拜了。我害些救兄弟的病。"孙立道:"却又作怪,救甚么兄弟?"顾大嫂道:"伯伯你不要推聋妆哑(指装作不闻不问,什么都不知道)。你在城中,岂不知道他两个是我兄弟,偏不是你的兄弟。"孙立道:"我并不知因由,是那两个兄弟?"顾大嫂道:"伯伯在上,今日事急,只得直言拜禀:这解珍、解宝被登云山下毛太公与同王孔目设计陷害,早晚要谋他两个性命。我如今和这两个好汉商量已定,要去城中劫牢,救出他两个兄弟,都投梁山泊入伙去,恐怕明日事发,先负累(连累)伯伯。因此我只推患病,请伯伯、姆姆到此说个长便。若是伯伯不肯去时,我们自去上梁山泊去了。如今朝廷有甚分晓,走了的倒没事,见在的便吃官司。常言道:'近火先焦。'伯伯便替我们吃官司坐牢,那时又没人送饭来救你。伯伯尊意如何?"孙立道:"我却是登州的军官,怎地敢做这等事!"顾大嫂道:"既是伯伯不肯,我们今日先和伯伯并个你死我活。"顾大嫂身边便掣出两把刀来,邹渊、邹润各拔出短刀在手。孙立叫道:"婶子且住,休要急速!待我从长计较,慢慢地商量。"乐大娘子惊得半晌做声不得。顾大嫂又道:"既是伯伯不肯去时,即便先送姆姆前行,我们自去下手。"孙立道:"虽要如此行时,也待我归家去收拾包裹行李,看个虚实,方可行事。"顾大嫂道:"伯伯,你的乐阿舅透风与我们了。一就(犹一面)去劫牢,一就去取行李不迟。"孙立叹了一口气,说道:"你众人既是如此行了,我怎地推却得开,不成日后倒要替你们吃官司? 罢,罢,罢,都做一处商议了行。"
先叫邹渊去登云山寨里收拾起财物人马,带了那二十个心腹的人,
来店里取齐。邹渊去了。又使孙新入城里来,问乐和讨信,就约会
了,暗通消息解珍、解宝得知。

次日,登云山寨里邹渊收拾金银已了,自和那起人到来相助。
孙新家里也有七八个知心腹的火家,并孙立带来的十数个军汉,共
有四十余人。孙新宰了两口猪,一腔羊,众人尽吃了一饱。顾大嫂
贴肉藏了尖刀,扮做个送饭的妇人先去。孙新跟着孙立,邹渊领了
邹润,各带了火家,分作两路入去。正是:

　　捉虎翻成纵虎灾,虎官虎吏枉安排。

　　全凭铁叫通关节,始得牢城①铁瓮开。

且说登州府牢里包节级得了毛太公钱物,只要陷害解珍、解宝
的性命。当日乐和拿着水火棍(衙门差役所使用的上黑下红、上圆下略扁的木棍),
正立在牢门里狮子口边,只听得拽铃子响,乐和道:"甚么人?"顾大
嫂应道:"送饭的妇人。"乐和已自瞧科了,便来开门,放顾大嫂入来,
再关了门。将过廊下去,包节级正在亭心里,看见便喝道:"这妇人
是甚么人? 敢进牢里来送饭? 自古狱不通风。"乐和道:"这是解珍、
解宝的姐姐,自来送饭。"包节级喝道:"休要教他入去,你们自与他
送进去便了。"乐和讨了饭,却来开了牢门,把与他两个。解珍、解宝
问道:"舅舅夜来所言的事如何?"乐和道:"你姐姐入来了,只等前
后相应。"乐和便把匣床(旧时牢狱中使用的一种刑具)与他两个开了。只听
的小牢子入来报道:"孙提辖敲门,要走入来。"包节级道:"他自是营
官,来我牢里有何事干? 休要开门!"顾大嫂一趱,趱下亭心边去。
外面又叫道:"孙提辖焦躁了打门。"包节级忿怒,便下亭心来。顾大
嫂大叫一声:"我的兄弟在那里?"身边便掣出两把明晃晃尖刀来。
包节级见不是头,望亭心外便走。解珍、解宝提起枷,从牢眼里钻将

_____

① 牢城:囚禁流配罪犯之所。

出来,正迎着包节级。包节级措手不及,被解宝一枒梢打重,把脑盖劈(pǐ,裂开、劈)得粉碎。当时顾大嫂手起,早戳翻了三五个小牢子,一齐发喊,从牢里打将出来。孙立、孙新把两个当住了,见四个从牢里出来,一发望州衙前便走。邹渊、邹润早从州衙里提出王孔目头来。街市上人大喊起,先奔出城去。孙提辖骑着马,弯着弓,搭着箭,压在后面。街上人家都关上门,不敢出来。州里做公的人,认得是孙提辖,谁敢向前拦当。

众人簇拥着孙立,奔出城门去,一直望十里牌来,扶挽乐大娘子上了车儿。顾大嫂上了马,帮着便行。解珍、解宝对众人道:"叵耐毛太公老贼冤家,如何不报了去?"孙立道:"说得是。"便令:"兄弟孙新与舅舅乐和先护持车儿前行着,我们随后赶来。"孙新、乐和簇拥着车儿先行去了。

孙立引着解珍、解宝、邹渊、邹润并火家伴当(随从的差役或仆人)一径奔毛太公庄上来,正值毛仲义与太公在庄上庆寿饮酒,却不提备。一伙好汉呐声喊,杀将入去,就把毛太公、毛仲义并一门老小尽皆杀了,不留一个。去卧房里搜检得十数包金银财宝,后院里牵得七八匹好马,把四匹捎带驮载。解珍、解宝拣几件好的衣服穿了,将庄院一把火,齐放起烧了。各人上马,带了一行人,赶不到三十里路,早赶上车仗人马,一处上路行程。于路庄户人家,又夺得三五匹好马,一行星夜奔上梁山泊去。有《西江月》为证:

> 忠义立身之本,奸邪坏国之端。狼心狗行滥居官,致使英雄扼腕(用一只手握住另一只手腕,表示惋惜、愤慨)。　　夺虎机谋可恶,劫牢计策堪观。登州城廓痛悲酸,顷刻横尸遍满。

不一二日,来到石勇酒店里,那邹渊与他相见了,问起杨林、邓飞二人。石勇答言,说起宋公明去打祝家庄,二人都跟去,两次失利,听得报来说,杨林、邓飞俱被陷在那里,不知如何。备闻祝家庄三子豪杰,又有教师铁棒栾廷玉相助,因此二次打不破那庄。孙立听罢,大笑道:"我等众人来投大寨入伙,正没半分功劳,献此一条计策打破祝家庄，为进身之报如何？"石勇大喜道："愿闻良策。"孙立道："栾廷玉那厮，和我是一个师父教的武艺。我学的枪刀，他也知道，他学的武艺，我也尽知。我们今日只做登州对调来郓州守把（把守，防守），经过来此相望，他必然出来迎接。我们进身入去，里应外合，必成大事。此计如何？"

正与石勇说计未了，只见小校报道："吴学究下山来，前往祝家庄救应去。"石勇听得，便叫小校快去报知军师，请来这里相见。说犹未了，已有军马来到店前，乃是吕方、郭盛并阮氏三雄，随后军师吴用带领五百人马到来。石勇接入店内，引着这一行人都相见了，备说投托入伙，献计一节。吴用听了大喜，说道："既然众位好汉肯作成山寨，且休上山，便烦请往祝家庄行此一事，成全这段功劳如何？"孙立等众人皆喜，一齐都依允了。吴用道："小生今去，也如此见阵，我人马前行，众位好汉随后一发便来。"

吴学究商议已了，先来宋江寨中。见宋公明眉头不展，面带忧容，吴用置酒与宋江解闷，备说起石勇、杨林、邓飞三个的一起相识，是登州兵马提辖病尉迟孙立，和这祝家庄教师栾廷玉是一个师父教的。今来共有八人，投托大寨入伙，特献这条计策，以为进身之报。今已计较定了，里应外合，如此行事，随后便来参见兄长。宋江听说罢，大喜，把愁闷都撇在九霄云外，忙叫寨内置酒，安排筵席等来相待。

却说孙立教自己的伴当人等，跟着车仗人马投一处歇下，只带了解珍、解宝、邹渊、邹润、孙新、顾大嫂、乐和共是八人，来参宋江，都讲礼已毕。宋江置酒设席管待，不在话下。吴学究暗传号令与众人，教第三日如此行，第五日如此行。分付已了，孙立等众人领了计策，一行人自来和车仗人马投祝家庄进身行事。

再说吴学究道："启动戴院长到山寨里走一遭，快与我取将这四个头领来，我自有用他处。"

不是教戴宗连夜来取这四个人来，有分教，水泊重添新羽翼，山庄无复旧衣冠。毕竟吴学究取那四个人来，且听下回分解。

# 第 五 十 回

## 吴学究双掌连环计　宋公明三打祝家庄

　　话说当时军师吴用启烦(敬辞。犹烦劳，劳驾)戴宗道："贤弟可与我回山寨去取铁面孔目裴宣、圣手书生萧让、通臂猿侯健、玉臂匠金大坚。可教此四人带了如此行头，连夜下山来，我自有用他处。"戴宗去了。

　　只见寨外军士来报，西村扈家庄上扈成牵牛担酒，特来求见。宋江叫请入来。扈成来到中军帐前，再拜恳告道："小妹一时粗卤，年幼不省人事，误犯威颜，今者被擒，望乞将军宽恕。奈缘小妹原许祝家庄上，前者不合奋一时之勇，陷于缧绁(léixiè，指牢狱)。如蒙将军饶放，但用之物，当依命拜奉。"宋江道："且请坐说话。祝家庄那厮，好生无礼，平白欺负俺山寨，因此行兵报仇，须与你扈家无冤。只是令妹引人捉了我王矮虎，因此还礼，拿了令妹。你把王矮虎放回还我，我便把令妹还你。"扈成答道："不期已被祝家庄拿了这个好汉去。"吴学究便道："我这王矮虎，今在何处？"扈成道："如今拘锁在祝家庄上，小人怎敢去取？"宋江道："你不去取得王矮虎来还我，如何能够得你令妹回去？"吴学究道："兄长休如此说，只依小生一言：今后早晚祝家庄上，但有些响亮(响动)，你的庄上切不可令人来救护。倘或祝家庄上有人投奔你处，你可就缚在彼。若是捉下得人时，那时送还令妹到贵庄。只是如今不在本寨，前日已使人送在山寨，奉养在宋太公处。你且放心回去，我这里自有个道理。"扈成道："今番断然不敢去救应他，若是他庄上果有人来投我时，定缚来奉献将军麾下(将旗之下。麾，huī)。"宋江道："你若是如此，便强似送我金帛。"扈成拜谢了去。

且说孙立却把旗号上改唤作"登州兵马提辖孙立"，领了一行人马，都来到祝家庄后门前。庄上墙里望见是登州旗号，报入庄里去。栾廷玉听得是登州孙提辖到来相望，说与祝氏三杰道："这孙提辖是我弟兄，自幼与他同师学艺，今日不知如何到此？"带了二十余人马，开了庄门，放下吊桥，出来迎接。孙立一行人都下了马，众人讲礼已罢。栾廷玉问道："贤弟在登州守把，如何到此？"孙立答道："总兵府行下文书，对调我来此间郓州守把城池，提防梁山泊强寇。便道经过，闻知仁兄在此祝家庄，特来相探。本待从前门来，因见村口庄前俱屯下许多军马，不好冲突。特地寻觅村里，从小路问到庄后，入来拜望仁兄。"栾廷玉道："便是这几时连日与梁山泊强寇厮杀，已拿得他几个头领在庄里了，只要捉了宋江贼首，一并解官。天幸今得贤弟来此间镇守，正如锦上添花，旱苗得雨。"孙立笑道："小弟不才，且看相助捉拿这厮们，成全兄长之功。"栾廷玉大喜。当下都引一行人进庄里来，再拽起了吊桥，关上了庄门。孙立一行人安顿车仗人马，更换衣裳，都在前厅来相见。祝朝奉与祝龙、祝虎、祝彪三杰都相见了，一家儿都在厅前相接。

栾廷玉引孙立等上到厅上相见，讲礼已罢，便对祝朝奉说道："我这个贤弟孙立，绰号病尉迟，任登州兵马提辖。今奉总兵府对调他来，镇守此间郓州。"祝朝奉道："老夫亦是治下。"孙立道："卑小之职，何足道哉！早晚也要望朝奉提携指教。"祝氏三杰相请众位尊坐(上座。敬辞)。孙立动问道："连日相杀，征阵劳神。"祝龙答道："也未见胜败。众位尊兄，鞍马劳神不易。"孙立便叫顾大嫂引了乐大娘子叔伯姆两个去后堂见拜宅眷，唤过孙新、解珍、解宝参见了，说道："这三个是我兄弟。"指着乐和便道："这位是此间郓州差来取的公吏。"指着邹渊、邹润道："这两个是登州送来的军官。"祝朝奉并三子虽是聪明，却见他又有老小，并许多行李车仗人马，又是栾廷玉教师的兄弟,那里有疑心,只顾杀牛宰马,做筵席管待众人,且饮酒食。

　　过了一两日,到第三日,庄兵报道:"宋江又调军马杀奔庄上来了。"祝彪道:"我自去上马拿此贼。"便出庄门,放下吊桥,引一百余骑马军杀将出来。早迎见一彪军马,约有五百来人,当先拥出那个头领,弯弓插箭,拍马轮枪,乃是小李广花荣。祝彪见了,跃马挺枪,向前来斗,花荣也纵马来战祝彪。两个在独龙冈前,约斗了十数合,不分胜败。花荣卖个破绽,拨回马便走,引他赶来。祝彪正待要纵马追去,背后有认得的说道:"将军休要去赶,恐防暗器,此人深好弓箭。"祝彪听罢,便勒转马来不赶,领回人马投庄上来,拽起吊桥。看花荣时,也引军马回去了。祝彪直到厅前下马,进后堂来饮酒。孙立动问道:"小将军今日拿得甚贼?"祝彪道:"这厮们伙里有个甚么小李广花荣,枪法好生了得。斗了五十余合,那厮走了。我却待要赶去追他,军人们道,那厮好弓箭,因此各自收兵回来。"孙立道:"来日看小弟不才,拿他几个。"当日筵席上叫乐和唱曲,众人皆喜。至晚席散,又歇了一夜。

　　到第四日午牌,忽有庄兵报道:"宋江军马又来在庄前了。"堂下祝龙、祝虎、祝彪三子都披挂了,出到庄前门外,远远地望见,早听得鸣锣擂鼓,呐喊摇旗,对面早摆下阵势。这里祝朝奉坐在庄门上,左边栾廷玉,右边孙提辖,祝家三杰并孙立带来的许多人伴,都摆在两边。早见宋江阵上豹子头林冲高声叫骂,祝龙焦躁,喝叫放下吊桥,绰枪<sub>(提枪)</sub>上马,引一二百人马,大喊一声,直奔林冲阵上。庄门下擂起鼓来,两边各把弓弩射住阵脚。林冲挺起丈八蛇矛和祝龙交战,连斗到三十余合,不分胜败。两边鸣锣,各回了马。祝虎大怒,提刀上马,跑到阵前,高声大叫宋江决战。说言未了,宋江阵上早有一将出马,乃是没遮拦穆弘来战祝虎。两个斗了三十余合,又没胜败。祝彪见了大怒,便绰枪飞身上马,引二百余骑,奔到阵前。宋江队里病关索杨雄一骑马,一条枪,飞抢出来战祝彪。

　　孙立看见两队儿在阵前厮杀,心中忍耐不住,便唤孙新:"取我的鞭枪来,就将我的衣甲、头盔、袍袄把来披挂了。"牵过自己马来,——这骑马号乌骓马,鞴(bèi,指装备车马)上鞍子,扣了三条肚带,腕上悬了虎眼钢鞭,绰枪上马。祝家庄上一声锣响,孙立出马在阵前。宋江阵上林冲、穆弘、杨雄都勒住马立于阵前。孙立早跑马出来,说道:"看小可捉这厮们。"孙立把马兜住,喝问道:"你那贼兵阵上有好厮杀的,出来与我决战。"宋江阵内鸾铃响处,一骑马跑将出来,众人看时,乃是拚命三郎石秀来战孙立。两马相交,双枪并举。两个斗到五十合,孙立卖个破绽,让石秀枪搠入来,虚闪一个过,把石秀轻轻的从马上捉过来,直挟到庄前撇下,喝道:"把来缚了。"祝家三子把宋江军马一搅,都赶散了。

三子收军回到门楼下,见了孙立,众皆拱手钦伏(敬服)。孙立便问道:"共是捉得几个贼人?"祝朝奉道:"起初先捉得一个时迁,次后拿得一个细作杨林,又捉得一个黄信;扈家庄一丈青捉得一个王矮虎;阵上拿得两个:秦明、邓飞;今番将军又捉得这个石秀,这厮正是烧了我店屋的。共是七个了。"孙立道:"一个也不要坏他,快做七辆囚车装了,与些酒饭,将养身体,休教饿损了他,不好看。他日拿了宋江,一并解上东京去,教天下传名,说这个祝家庄三杰。"祝朝奉谢道:"多幸得提辖相助,想是这梁山泊当灭也。"邀请孙立到后堂筵宴。石秀自把囚车装了。

看官听说,石秀的武艺不低似孙立,要赚祝家庄人,故意教孙立捉了,使他庄上人一发信他。孙立又暗暗地使邹渊、邹润、乐和去后房里把门户都看了出入的路数。杨林、邓飞见了邹渊、邹润,心中暗喜。乐和张看得没人,便透个消息与众人知了。顾大嫂与乐大娘子在里面已看了房户出入的门径。

到第五日,孙立等众人都在庄上闲行,当日辰牌时候,早饭已后,只见庄兵报道:"今日宋江分兵做四路,来打本庄。"孙立道:"分十路待怎地?你手下人且不要慌,早作准备便了。先安排些挠钩套索,须要活捉,拿死的也不算。"庄上人都披挂了。祝朝奉亲自率引着一班儿上门楼来看时,见正东上一彪人马,当先一个头领,乃是豹子头林冲,背后便是李俊、阮小二,约有五百以上人马在此。正西上又有五百来人马,当先一个头领,乃是小李广花荣,随背后是张横、张顺。正南门楼上望时,也有五百来人马,当先三个头领,乃是没遮拦穆弘、病关索杨雄、黑旋风李逵。四面都是兵马,战鼓齐鸣,喊声大举。栾廷玉听了道:"今日这厮们厮杀,不可轻敌。我引了一队人马出后门,杀这正西北上的人马。"祝龙道:"我出前门,杀这正东上的人马。"祝虎道:"我也出后门,杀那西南上的人马。"祝彪道:"我自出前门,捉宋江,是要紧的贼首。"祝朝奉大喜,都赏了酒。各人上马,尽带了三百余骑奔出庄门,其余的都守庄院门楼前呐喊。此时邹渊、邹润已藏了大斧,只守在监门左侧。解珍、解宝藏了暗器,不离后门。孙新、乐和已守定前门左右。顾大嫂先拨军兵保护乐大娘子,却自拿了两把双刀在堂前趱(xué,来回地走),只听风声,便乃下手。

　　且说祝家庄上擂了三通战鼓,放了一个炮,把前后门都开,放下吊桥,一齐杀将出来。四路军兵出了门,四下里分投去厮杀。临后孙立带了十数个军兵,立在吊桥上。门里孙新便把原带来的旗号插起在门楼上,乐和便提着枪,直唱将出来。邹渊、邹润听得乐和唱,便唿哨了几声,轮动大斧,早把守监的庄兵砍翻了数十个,便开了陷车(押送囚犯的车子),放出七只大虫来,各各寻了器械,一声喊起。顾大嫂掣出两把刀,直奔入房里,把应有(一切)妇人一刀一个,尽都杀了。祝朝奉见头势不好了,却待要投井时,早被石秀一刀剁翻,割了首级。那十数个好汉分投来杀庄兵。后门头解珍、解宝便去马草堆里放起把火,黑焰冲天而起。

　　四路人马见庄上火起,并力向前。祝虎见庄里火起,先奔回来。孙立在吊桥上,大喝一声:"你那厮那里去?"拦住吊桥。祝虎省口(不答话),便拨转马头再奔宋江阵上来。这里吕方、郭盛两戟齐举,早把祝虎和人连马搠翻在地,众军乱上,剁做肉泥。前军四散奔走。孙立、孙新迎接宋公明入庄。

　　且说东路祝龙斗林冲不住，飞马望庄后而来。到得吊桥边，见后门头解珍、解宝把庄客的尸首一个个撺将下来火焰里。祝龙急回马，望北而走。猛然撞着黑旋风，踊身便到，轮动双斧，早砍翻马脚。祝龙措手不及，倒撞下来，被李逵只一斧，把头劈翻在地。祝彪见庄兵走来报知，不敢回，直望扈家庄投奔，被扈成叫庄客捉了，绑缚下，正解将来见宋江。恰好遇着李逵，只一斧，砍翻祝彪头来，庄客都四散走了。李逵再轮起双斧，便看着扈成砍来。扈成见局面不好，投马落荒而走，弃家逃命，投延安府去了。后来中兴内也做了个军官武将。

　　且说李逵正杀得手顺，直抢入扈家庄里，把扈太公一门老幼，尽数杀了，不留一个。叫小喽罗牵了有的马匹，把庄里一应有的财赋（财物），捎搭（装载）有四五十驮，将庄院门一把火烧了，却回来献纳。

　　再说宋江已在祝家庄上正厅坐下，众头领都来献功，生擒得四五百人，夺得好马五百余匹，活捉牛羊不计其数。宋江见了，大喜道："只可惜杀了栾廷玉那个好汉。"正嗟叹间，闻人报道：黑旋风烧了扈家庄，砍得头来献纳。宋江便道："前日扈成已来投降，谁教他杀了此人？如何烧了他庄院？"只见黑旋风一身血污，腰里插着两把板斧，直到宋江面前唱个大喏，说道："祝龙是兄弟杀了，祝彪也是兄弟砍了，扈成那厮走了，扈太公一家都杀得干干净净，兄弟特来请功。"宋江喝道："祝龙曾有人见你杀了，别的怎地是你杀了？"黑旋风道："我砍得手顺，望扈家庄赶去，正撞见一丈青的哥哥解那祝彪出来，被我一斧砍了，只可惜走了扈成那厮。他家庄上，被我杀得一个也没了。"宋江喝道："你这厮，谁叫你去来？你也须知扈成前日牵牛担酒前来投降了，如何不听得我的言语，擅自去杀他一家，故违了我的将令？"李逵道："你便忘记了，我须不忘记。那厮前日教那个鸟婆娘赶着哥哥要杀，你今却又做人情。你又不曾和他妹子成亲，便又思量阿舅、丈人。"宋江喝道："你这铁牛，休得胡说！我如何肯要这妇人？我自有个处置。你这黑厮拿得活的有几个？"李逵答道："谁鸟耐烦，见着活的便砍了。"宋江道："你这厮违了我的军令，本合斩首，且把杀祝龙、祝彪的功劳折过了，下次违令，定行不饶。"黑旋风笑道："虽然没了功劳，也吃我杀得快活。"

只见军师吴学究引着一行人马，都到庄上来与宋江把盏贺喜。宋江与吴用商议道，要把这祝家庄村坊洗荡了。石秀禀说起："这钟离老人仁德之人，指路之力，救济大恩，也有此等善心良民在内，亦不可屈坏了这等好人。"宋江听罢，叫石秀去寻那老人来。石秀去不多时，引着那个钟离老人来到庄上，拜见宋江、吴学究。宋江取一包金帛赏与老人，永为乡民："不是你这个老人面上有恩，把你这个村坊尽数洗荡了，不留一家。因为你一家为善，以此饶了你这一境（一地）村坊人民。"那钟离老人只是下拜。宋江又道："我连日在此搅扰你们百姓，今日打破祝家庄，与你村中除害。所有各家赐粮米一石（十六两为斤，三十斤为钧，四钧为石。石，dàn），以表人心。"就着钟离老人为头给散，一面把祝家庄多余粮米，尽数装载上车。金银财赋，犒赏三军众将。其余牛羊骡马等物，将去山中支用。打破祝家庄，得粮五十万石。宋江大喜。大小头领，将军马收拾起身。又得若干新到头领：孙立、孙新、解珍、解宝、邹渊、邹润、乐和、顾大嫂，并救出七个好汉。孙立等将自己马也捎带了自己的财赋，同老小乐大娘子，跟随了大队军马上山。当有村坊乡民，扶老挈幼，香花灯烛，于路拜谢。宋江等众将一齐上马，将军兵分作三队摆开，前队鞭敲金镫，后军齐唱凯歌，正是：

　　盗可盗，非常盗；强可强，真能强。只因灭恶除凶，聊作打家劫舍。地方恨土豪欺压，乡村喜义士济施。众虎有情，为救偷鸡钓狗；独龙无助，难留飞虎扑雕。谨具上万资粮，填平水泊；更赔许多人畜，踏破梁山。

话分两头，且说扑天雕李应恰才将息得箭疮平复，闭门在庄上不出，暗地使人常常去探听祝家庄消息，已知被宋江打破了，惊喜相半。只见庄客入来报说，有本州知府带领三五十部汉到庄，便问祝家庄事情。李应慌忙叫杜兴开了庄门,放下吊桥,迎接入庄。李应把条白绢搭膊络(缠绕)着手,出来迎迓(迎接。迓,yà),邀请进庄里前厅。知府下了马,来到厅上,居中坐了,侧首坐着孔目(官府衙门里的高级吏人),下面一个押番(禁军中比兵高一级的军士),几个虞候,阶下尽是许多节级(地方狱吏)、牢子。李应拜罢,立在厅前,知府问道:"祝家庄被杀一事如何?"李应答道:"小人因被祝彪射了一箭,有伤左臂,一向闭门,不敢出去,不知其实。"知府道:"胡说!祝家庄现有状子,告你结连梁山泊强寇,引诱他军马打破了庄,前日又受他鞍马、羊酒、彩缎、金银,你如何赖得过?"李应告道:"小人是知法度的人,如何敢受他的东西?"知府道:"难信你说,且提去府里,你自与他对理(对质)明白。"喝教狱卒牢子捉了,带他州里去,与祝家分辩。两下押番虞候把李应缚了,众人簇拥知府上了马。知府又问道:"那个是杜主管杜兴?"杜兴道:"小人便是。"知府道:"状上也有你名,一同带去。"也与他锁了。一行人都出庄门。当时拿了李应、杜兴,离了李家庄,脚不停地解来。

行不过三十余里,只见林子边撞出宋江、林冲、花荣、杨雄、石秀一班人马,拦住去路。林冲大喝道:"梁山泊好汉,合伙在此!"那知府人等不敢抵敌,撇了李应、杜兴,逃命去了。宋江喝叫赶上。众人赶了一程,回来说道:"我们若赶上时,也把这个鸟知府杀了,但自不知去向。"便与李应、杜兴解了缚索,开了锁,便牵两匹马过来,与他两个骑了。宋江便道:"且请大官人上梁山泊躲几时,如何?"李应道:"却是使不得。知府是你们杀了,不干我事。"宋江笑道:"官司里怎肯与你如此分辩?我们去了,必然要负累了你。既然大官人不肯落草,且在山寨消停(停歇)几日,打听得没事了时,再下山来不迟。"当下不由李应、杜兴不行,大队军马中间,如何回得来?一行三军人马,迤逦(yǐlǐ,渐次、逐渐)回到梁山泊了。

寨里头领晁盖等众人擂鼓吹笛,下山来迎接,把了接风酒,都上到大寨里聚义厅上,扇圈也似坐下。请上李应与众头领都相见了。

两个讲礼已罢，李应禀宋江道："小可两个已送将军到大寨了，既与众头领亦都相见了，在此趋侍(侍奉)不妨，只不知家中老小如何？可教小人下山则个。"吴学究笑道："大官人差矣！宝眷已都取到山寨了。贵庄一把火已都烧做白地(空地)，大官人却回到那里去？"李应不信，早见车仗人马，队队上山来。李应看时，却见是自家的庄客并老小人等。李应连忙来问时，妻子说道："你被知府捉了来，随后又有两个巡检引着四个都头，带领三百来土兵到来抄扎(查抄没收)家私。把我们好好地教上车子，将家里一应箱笼、牛羊、马匹、驴骡等项，都拿了去。又把庄院放起火来都烧了。"李应听罢，只叫得苦。晁盖、宋江都下厅伏罪道："我等兄弟们端的久闻大官人好处，因此行出这条计来，万望大官人情恕(原谅)。"李应见了如此言语，只得随顺了。

宋江道："且请宅眷后厅耳房中安歇。"李应又见厅前厅后这许多头领亦有家眷老小在彼，便与妻子道："只得依允他过。"宋江等当时请至厅前叙说闲话，众皆大喜。宋江便取笑道："大官人，你看我叫过两个巡检并那知府过来相见。"那扮知府的是萧让，扮巡检的两个是戴宗、杨林，扮孔目的是裴宣，扮虞候的是金大坚、侯健。又叫唤那四个都头，却是李俊、张顺、马麟、白胜。李应都看了，目睁口呆，言语不得。宋江喝叫小头目快杀牛宰马，与大官人陪话，庆贺新上山的十二位头领，乃是李应、孙立、孙新、解珍、解宝、邹渊、邹润、杜兴、乐和、时迁；女头领扈三娘、顾大嫂，同乐大娘子、李应宅眷，另做一席，在后堂饮酒。大小三军，自有犒赏。正厅上大吹大擂，众多好汉，饮酒至晚方散。新到头领，俱各拨房安顿。

次日，又作席面(筵席)会请众头领作主张。宋江唤王矮虎来说道："我当初在清风山时，许下你一头亲事，悬悬挂在心中，不曾完得此愿。今日我父亲有个女儿，招你为婿。"宋江自去请出宋太公来，引着一丈青扈三娘到筵前。宋江亲自与他陪话，说道："我这兄弟王英虽有武艺，不及贤妹。是我当初曾许下他一头亲事，一向未曾成得。今日贤妹你认义我父亲了，众头领都是媒人，今朝是个良辰吉日,贤妹与王英结为夫妇。"一丈青见宋江义气深重,推却不得,两口儿只得拜谢了。晁盖等众人皆喜,都称颂宋公明真乃有德有义之士。当日尽皆筵宴饮酒庆贺。

正饮宴间,只见山下有人来报道:"朱贵头领酒店里,有个郓城县人在那里,要来见头领。"晁盖、宋江听得报了,大喜道:"既是这恩人上山来入伙,足遂平生之愿。"正是恩仇不辨非豪杰,黑白分明是丈夫。毕竟来的是郓城县甚么人,且听下回分解。

# 第五十一回

## 插翅虎枷打白秀英　美髯公误失小衙内

话说宋江主张一丈青与王英配为夫妇，众人都称赞宋公明仁德，当日又设席庆贺。正饮宴间，只见朱贵酒店里使人上山来报道："林子前大路上一伙客人经过，小喽罗出去拦截，数内一个称是郓城县都头雷横，朱头领邀请住了。现在店里饮分例(常规)酒食，先使小校(小卒)报知。"晁盖、宋江听了大喜，随即同军师吴用三个下山迎接。朱贵早把船送至金沙滩上岸。宋江见了，慌忙下拜道："久别尊颜，常切思想(想念、怀念)。今日缘何经过贱处？"雷横连忙答礼道："小弟蒙本县差遣，往东昌府公干回来，经过路口，小喽罗拦讨买路钱，小弟提起贱名，因此朱兄坚意留住。"宋江道："天与之幸！"请到大寨，教众头领都相见了，置酒管待。一连住了五日，每日与宋江闲话。晁盖动问朱仝消息，雷横答道："朱仝现今参做本县当牢节级，新任知县好生欢喜。"宋江宛曲(委婉)把话来说雷横上山入伙，雷横推辞老母年高，不能相从，"待小弟送母终年之后，却来相投"。雷横当下拜辞了下山，宋江等再三苦留不住。众头领各以金帛相赠，宋江、晁盖自不必说。雷横得了一大包金银下山，众头领都送至路口作别，把船渡过大路，自回郓城县去了，不在话下。

且说晁盖、宋江回至大寨聚义厅上，起请军师吴学究定议山寨职事。吴用已与宋公明商议已定，次日会合众头领听号令。先拨外面守店头领。宋江道："孙新、顾大嫂原是开酒店之家，着令夫妇二人替回童威、童猛别用。"再令时迁去帮助石勇，乐和去帮助朱贵，郑天寿去帮助李立,东南西北四座店内卖酒卖肉,招接四方入伙好汉。每店内设两个头领。一丈青、王矮虎后山下寨,监督马匹。金沙滩小寨,童威、童猛弟兄两个守把。鸭嘴滩小寨,邹渊、邹润叔侄两个守把。山前大路,黄信、燕顺部领马军下寨守护。解珍、解宝守把山前第一关。杜迁、宋万守把宛子城第二关。刘唐、穆弘守把大寨口第三关。阮家三雄守把山南水寨。孟康仍前监造战船。李应、杜兴、蒋敬总管山寨钱粮金帛。陶宗旺、薛永监筑梁山泊内城垣雁台。侯健专管监造衣袍、铠甲、旌旗、战袄。朱富、宋清提调筵宴。穆春、李云监造屋宇寨栅。萧让、金大坚掌管一应宾客书信公文。裴宣专管军政司赏功罚罪。其余吕方、郭盛、孙立、欧鹏、马麟、邓飞、杨林、白胜分调大寨八面安歇。晁盖、宋江、吴用居于山顶寨内。花荣、秦明居于山左寨内。林冲、戴宗居于山右寨内。李俊、李逵居于山前。张横、张顺居于山后。杨雄、石秀守护聚义厅两侧。一班头领,分拨已定,每日轮流一位头领做筵席庆贺,山寨体统,甚是齐整。有诗为证:

> 巍巍高寨水中央,列职分头任所长。
>
> 只为朝廷无驾驭,遂令草泽有鹰扬。

再说雷横离了梁山泊,背了包裹,提了朴刀,取路回到郓城县;到家参见老母,更换些衣服,赍了回文,径投县里来拜见了知县;回了话,销缴(缴回并注销交差)公文批帖,且自归家暂歇。依旧每日县中书画卯酉(犹言上下班。卯时签到,酉时签退),听候差使。因一日行到县衙东首,只听得背后有人叫道:"都头,几时回来?"雷横回过脸来看时,却是本县一个帮闲的李小二。雷横答道:"我却才前日来家。"李小二道:"都头出去了许多时,不知此处近日有个东京新来打踅(打转。走江湖、跑码头。踅,xué)的行院(旧指戏剧演员),色艺双绝,叫做白秀英。那妮子来参都头,却值公差出外不在,如今现在勾栏(宋元时杂剧和各种技艺演出的场所)里说唱诸般品调,每日有那一般打散(每场杂剧演完,附加一段表演,作为整个演出的结束,称"打散"。亦泛指曲艺歌舞),或是戏舞,或是吹弹,或是歌唱,赚得那人山人海价看。都头如何不去睃一睃(看一看。睃,suō)？端的是好个粉头！"

雷横听了,又遇心闲,便和那李小二径到勾栏里来看,只见门首挂着许多金字帐额(台幔),旗杆吊着等身靠背(帐幔)。入到里面,便去青龙(左方)头上第一位坐了。看戏台上,却做笑乐院本(正戏开演以前的玩笑戏)。那李小二人丛里撇了雷横,自出外面赶碗头脑(即头脑酒。一种用肉和杂味配制的酒)去了。院本下来,只见一个老儿裹着磕脑儿头巾,穿着一领茶褐罗衫,系一条皂绦(黑腰带),拿把扇子,上来开呵道:"老汉是东京人氏,白玉乔的便是。如今年迈,只凭女儿秀英歌舞吹弹,普天下伏侍看官。"锣声响处,那白秀英早上戏台,参拜四方,拈起锣棒,如撒豆般点动,拍下一声界方(镇书纸的文具),念了四句七言诗,便说道:"今日秀英招牌上明写着这场话本(底本),是一段风流蕴藉的格范(规范,榜样),唤做《豫章城双渐赶苏卿》。"说了,开话(开场白)又唱,唱了又说,合棚价众人喝采不绝。雷横坐在上面看那妇人时,果然是色艺双绝。但见:

> 罗衣迭雪,宝髻堆云。樱桃口,杏脸桃腮;杨柳腰,兰心蕙性。歌喉宛转,声如枝上莺啼;舞态蹁跹(piánxiān,旋转的舞姿),影似花间凤转。腔依古调,音出天然,高低紧慢按宫商(这里指音律),轻重疾徐依格范。笛吹紫竹篇篇锦,板拍红牙(乐器名。檀木制的拍板)字字新。

那白秀英唱到务头(指戏曲中上下联串之处),这白玉乔按喝(行院内人插话,让喝采声停下来)道:"虽无买马博金艺,要动聪明鉴事人。看官喝采道是去过了,我儿且回一回,下来便是衬交鼓儿的院本。"白秀英拿起盘子,指着道:"财门上起,利地上住,吉地上过,旺地上行,手到面前,休教空过。"白玉乔道:"我儿且走一遭,看官都待赏你。"白秀英托着盘子,先到雷横面前,雷横便去身边袋里摸时,不想并无一文。雷横道:"今日忘了,不曾带得些出来,明日一发赏你。"白秀英笑道:"'头醋不酽彻底薄(开头没做好,后面很难做。酽,yàn)',官人坐当其位,可出个标首(领头出的赏钱)。"雷横通红了面皮道:"我一时不曾带得出来,非是我舍不得。"白秀英道:"官人既是来听唱,如何不记得带钱出来?"雷横道:"我赏你三五两银子也不打紧,却恨今日忘记带来。"白秀英道:"官人今日见(现下)一文也无,提甚三五两银子,正是教俺'望梅止渴,画饼充饥'。"白玉乔叫道:"我儿,你自没眼,不看城里人、村里人,只顾问他讨甚么?且过去自问晓事的恩官,告个标首。"雷横道:"我怎地不是晓事的?"白玉乔道:"你若省得这子弟门庭时,狗头上生角(不可实现的事)。"众人齐和起来。雷横大怒,便骂道:"这忤奴(龟奴。讥称在妓院里担任杂务的男子),怎敢辱我?"白玉乔道:"便骂你这三家村使牛的(村里人。三家村,偏僻的小乡村),打甚么紧?"有认得的喝道:"使不得,这个是本县雷都头。"白玉乔道:"只怕是驴筋头(驴鸟。骂男人的粗话)。"雷横那里忍耐得住,从坐椅上直跳下戏台来,揪住白玉乔,一拳一脚便打得唇绽齿落。众人见打得凶,都来解拆(解劝)开了,又劝雷横自回去了。勾栏里人,一哄尽散了。

原来这白秀英却和那新任知县旧在东京两个来往,今日特地在郓城县开勾栏。那娼妓见父亲被雷横打了,又带重伤,叫一乘轿子,径到知县衙内,诉告雷横殴打父亲,搅散勾栏,意在欺骗奴家。知县听了,大怒道:"快写状来。"这个唤做"枕边灵(告枕头状灵验)"。便教白玉乔写了状子,验了伤痕,指定证见。本处县里有人都和雷横好的,替他去知县处打关节;怎当那婆娘守定在衙内,撒娇撒痴,不由知县不行。立等知县差人把雷横捉拿到官,当厅责打,取了招状,将具枷来枷了,押出去号令示众(将犯人行刑以示众)。那婆娘要逞好手,又去知县行说了,定要把雷横号令在勾栏门首。第二日,那婆娘再去做场,知县却教把雷横号令在勾栏门首。这一班禁子(监狱中看守罪犯的人)人等,都是和雷横一般的公人,如何肯绑扒(剥去衣服捆绑起来)他?这婆娘寻思一会,既是出名(具名)奈何了他,只是一怪,走出勾栏门,去茶坊里坐下,叫禁子过去发话道:"你们都和他有首尾(比喻关系密切,互有牵连),却放他自在,知县相公教你们绑扒他,你倒做人情。少刻我对知县说了,看道奈何得你们也不?"禁子道:"娘子不必发怒,我们自去绑扒他便了。"白秀英道:"恁地时,我自将钱赏你。"禁子们只得来对雷横说道:"兄长,没奈何,且胡乱绑一绑。"把雷横绑扒在街上。

人闹里,却好雷横的母亲正来送饭,看见儿子吃他绑扒在那里,便哭起来,骂那禁子们道:"你众人也和我儿一般在衙门里出入的人,钱财直这般好使!谁保的常没事?"禁子答道:"我那老娘听我说,我们却也要容情,怎奈被原告人监定在这里要绑,我们也没做道理处。不时,便要去和知县说,苦害我们,因此上做不的面皮。"那婆婆道:"几曾见原告人自监着被告号令的道理。"禁子们又低低道:"老娘,他和知县来往得好,一句话便送了我们,因此两难。"那婆婆一面自去解索,一头口里骂道:"这个贼贱人直恁的倚势!我且解了这索子,看他如今怎的!"白秀英却在茶坊里听得,走将过来,便道:"你那老婢子(骂人的话),却才道甚么?"那婆婆那里有好气,便指着骂道:"你这贱母狗,做甚么倒骂我!"白秀英听得,柳眉倒竖,星眼圆睁,大骂道:"老咬虫、吃贫婆、贱人,怎敢骂我?"婆婆道:"我骂你待怎的?你须不是郓城县知县。"白秀英大怒,抢向前只一掌,把那婆婆打个趔趄(liàngqiàng,不稳的步履)。那婆婆却待挣扎,白秀英再赶入去,老大耳光子只顾打。

这雷横是个大孝的人,见了母亲吃打,一时怒从心发,扯起枷来,望着白秀英脑盖上打将下来。那一枷梢打个正着,劈开了脑盖,扑地倒了。众人看时,那白秀英打得脑浆迸流,眼珠突出,动弹不得,情知死了。

众人见打死了白秀英,就押带了雷横,一发来县里首告,见知县备诉前事。知县随即差人押雷横下来,会集相官,拘唤里正、邻佑人等,对尸检验已了,都押回县来。雷横一面都招承了,并无难意。他娘自保领回家听候。把雷横枷了,下在牢里。当牢节级却是美髯公朱仝,见发下雷横来,也没做奈何处,只得安排些酒食管待,教小牢子打扫一间净房,安顿了雷横。

少间,他娘来牢里送饭,哭着哀告朱仝道:"老身年纪六旬之上,眼睁睁地只看着这个孩儿,望烦节级哥哥看日常间弟兄面上,可怜见我这个孩儿,看觑看觑。"朱仝道:"老娘自请放心归去,今后饭食不必来送,小人自管待他。倘有方便处,可以救之。"雷横娘道:"哥哥救得孩儿,却是重生父母。若孩儿有些好歹,老身性命也便休了。"朱仝道:"小人专记在心,老娘不必挂念。"那婆婆拜谢去了。朱仝寻思了一日,没做道理救他处。朱仝自央人去知县处打关节,上下替他使用人情。那知县虽然爱朱仝,只是恨这雷横打死了他表子(指情妇)白秀英,也容不得他说了。又怎奈白玉乔那厮催并(催促),迭成文案,要知县断教雷横偿命。因在牢里六十日,限满(期满)断结,解上济州,主案押司抱了文卷先行,却教朱仝解送雷横。

朱仝引了十数个小牢子监押雷横,离了郓城县,约行了十数里地,见个酒店,朱仝道:"我等众人就此吃两碗酒去。"众人都到店里吃酒。朱仝独自带过雷横,只做水火(大小便的隐语),来后面僻净处开了枷,放了雷横,分付道:"贤弟自回,快去家里取了老母,星夜去别处逃难,这里我自替你吃官司。"雷横道:"小弟走了自不妨,必须要连累了哥哥。"朱仝道:"兄弟,你不知。知县怪你打死了他表子,把这文案却做死了,解到州里,必是要你偿命。我放了你,我须不该死罪。况兼我又无父母挂念,家私尽可赔偿。你顾前程万里自去。"雷横拜谢了,便从后门小路奔回家里,收拾了细软包裹,引了老母,星夜自投梁山泊入伙去了,不在话下。

却说朱仝拿着空枷撺在草里,却出来对众小牢子说道:"吃雷横走了,却是怎地好?"众人道:"我们快赶去他家里捉。"朱仝故意延迟了半晌,料着雷横去得远了,却引众人来县里出首(自首)。朱仝告道:"小人自不小心,路上被雷横走了,在逃无获,情愿甘罪无辞。"知县本爱朱仝,有心将就出脱他,被白玉乔要赴上司陈告朱仝故意脱放雷横,知县只得把朱仝所犯情由申将济州去。朱仝家中,自着人去上州里使钱透了,却解朱仝到济州来,当厅审录明白,断了二十脊杖,刺配沧州牢城。朱仝只得带上行枷,两个防送公人领了文案,押送朱仝上路。家间自有人送衣服盘缠,先赏发了两个公人。当下离了郓城县,迤逦望沧州横海郡来,于路无话。

到得沧州,入进城中,投州衙里来,正值知府升厅,两个公人押朱仝在厅阶下,呈上公文。知府看了,见朱仝一表非俗,貌如重枣,美髯过腹,知府先有八分欢喜。便教"这个犯人休发下牢城营里,只留在本府听候使唤"。当下除了行枷(古代押解犯人时所用的木枷),便与了回文。两个公人相辞了自回。

只说朱仝自在府中,每日只在厅前伺候呼唤。那沧州府里押番、虞候、门子、承局、节级、牢子都送了些人情,又见朱仝和气,因此上都欢喜他。忽一日,本官知府正在厅上坐堂,朱仝在阶侍立。知府唤朱仝上厅,问道:"你缘何放了雷横,自遭配在这里?"朱仝禀道:"小人怎敢故放了雷横,只是一时间不小心,被他走了。"知府道:"你如何得此重罪?"朱仝道:"被原告人执定,要小人如此招做故放,以此问得重了。"知府道:"雷横如何打死了那娼妓?"朱仝却把雷横上项的事,备细说了一遍。知府道:"你敢见他孝道,为义气上放了他?"朱仝道:"小人怎敢欺公罔上(欺骗。罔,wǎng)?"

正问之间,只见屏风背后转出一个小衙内来,方年四岁,生得端严美貌,乃是知府亲子,知府爱惜如金似玉。那小衙内见了朱仝,径走过来,便要他抱,朱仝只得抱起小衙内在怀里。那小衙内双手扯住朱仝长髯,说道:"我只要这胡子抱。"知府道:"孩儿快放了手,休要喧闹。"小衙内又道:"我只要这胡子抱,和我去耍。"朱仝禀道:"小人抱衙内去府前闲走,耍一回了来。"知府道:"孩儿既是要你抱,你和他去耍一回了来。"朱仝抱了小衙内,出府衙前来,买些细糖果子与他吃,转了一遭,再抱入府里来。知府看见,问衙内道:"孩儿那里去来?"小衙内道:"这胡子和我街上看耍,又买糖和果子请我吃。"知府说道:"你那里得钱买物事与孩儿吃?"朱仝禀道:"微表小人孝顺之心,何足挂齿!"知府教取酒来与朱仝吃。府里侍婢捧着银瓶果合筛酒,连与朱仝吃了三大赏钟。知府道:"早晚孩儿要你耍时,你可自行去抱他耍去。"朱仝道:"恩相台旨(宋代以后称太守以下官员的意旨为台旨),怎敢有违?"自此为始,每日来和小衙内上街闲耍。朱仝囊箧又有,只要本官见喜,小衙内面上尽自倍费(赔贴费用。倍,同"赔")。

时过半月之后,便是七月十五日盂兰盆大斋之日,年例各处点放河灯,修设好事。当日天晚,堂里侍婢奶子叫道:"朱都头,小衙内今夜要去看河灯,夫人分付,你可抱他去看一看。"朱仝道:"小人抱去。"那小衙内穿一领绿纱衫儿,头上角儿拴两条珠子头须,从里面走出来。朱仝驮在肩头上,转出府衙内前来,望地藏寺里去看点放河灯。那时恰才是初更时分,但见:

> 钟声杳霭(幽深渺茫貌),幡影招摇。炉中焚百和名香,盘内贮诸般素食。僧持金杵(降魔法器。杵,chǔ),诵真言荐拔幽魂;人列银钱,挂孝服超升滞魄。合堂功德,画阴司八难(佛教语。难,谓难于见佛闻法,凡有八端,故名八难。即地狱、饿鬼、畜生、北拘卢洲、长寿天、盲聋瘖哑、世智辩聪、佛前佛后八种)三涂(指火途、血途、刀途);绕寺庄严,列地狱四生(胎生,如人畜;卵生,如禽鸟鱼鳖;湿生,如某些昆虫;化生,无所依托,唯借业力而忽然出现者,如诸天与地狱及劫初众生)六道(天道、人道、阿修罗道、畜生道、饿鬼道、地狱道)。杨柳枝头分净水,莲花池内放明灯。

当时朱仝肩背着小衙内,绕寺看了一遭,却来水陆堂放生池边看放河灯。那小衙内爬在栏杆上,看了笑耍。只见背后有人拽朱仝袖子道:"哥哥借一步说话。"朱仝回头看时,却是雷横,吃了一惊,便道:"小衙内且下来,坐在这里。我去买糖来与你吃,切不要走动。"小衙内道:"你快来,我要去桥上看河灯。"朱仝道:"我便来也。"转身却与雷横说话。

朱仝道:"贤弟因何到此?"雷横扯朱仝到净处拜道:"自从哥哥救了性命,和老母无处归着,只得上梁山泊投奔了宋公明入伙。小弟说哥哥恩德,宋公明亦然思想哥哥旧日放他的恩念。晁天王和众头领,皆感激不浅,因此特地教吴军师同兄弟前来相探。"朱仝道:

"吴先生现在何处？"背后转过吴学究道："吴用在此。"言罢便拜。朱仝慌忙答礼道："多时不见，先生一向安乐。"吴学究道："山寨里头领多多致意，今番教吴用和雷都头特来相请足下上山，同聚大义。到此多日了，不敢相见，今夜伺候得着，请仁兄便挪尊步，同赴山寨，以满晁、宋二公之意。"朱仝听罢，半晌答应不得，便道："先生差矣！这话休题，恐被外人听了不好。雷横兄弟他自犯了该死的罪，我因义气放了他，出头不得，上山入伙。我亦为他配在这里，天可怜见，一年半载，挣扎还乡，复为良民。我却如何肯做这等的事？你二位便可请回，休在此间惹口面（惹是非）不好。"雷横道："哥哥在此，无非只是在人之下，伏侍他人，非大丈夫男子汉的勾当。不是小弟裹合（胁迫纠合）上山，端的晁、宋二公仰望哥哥久矣，休得迟延自误。"朱仝道："兄弟，你是甚么言语？你不想我为你母老家寒上放了你去，今日你倒来陷我为不义！"吴学究道："既然都头不肯去时，我们自告退，相辞了去休。"朱仝道："说我贱名，上复众位头领。"一同到桥边。

　　朱仝回来，不见了小衙内，叫起苦来，两头没路去寻。雷横扯住朱仝道："哥哥休寻，多管是我带来的两个伴当，听得哥哥不肯去，因此倒抱了小衙内去了。我们一同去寻。"朱仝道："兄弟，不是要处。这个小衙内是知府相公的性命，分付在我身上。"雷横道："哥哥且跟我来。"朱仝帮住（挨近）雷横、吴用三个离了地藏寺，径出城外。朱仝心慌，便问道："你的伴当抱小衙内在那里？"雷横道："哥哥且走，到我下处，包（保证）还你小衙内。"朱仝道："迟了时，恐知府相公见怪。"吴用道："我那带来的两个伴当，是个没分晓的，一定直抱到我们的下处去了。"朱仝道："你那伴当姓甚名谁？"雷横答道："我也不认得，只听闻叫做黑旋风李逵。"朱仝失惊道："莫不是江州杀人的李逵么？"吴用道："便是此人。"朱仝跌脚（跺足）叫苦，慌忙便赶。离城约走到二十里，只见李逵在前面叫道："我在这里。"朱仝抢近前来问道："小衙内放在那里？"李逵唱个喏道："拜揖节级哥哥，小衙内有在这里。"朱仝道："你好好的抱出小衙内还我。"李逵指着头上道：

"小衙内头须儿却在我头上。"朱仝看了,又问小衙内正在何处。李逵道:"被我拿些麻药,抹在口里,直驮出城来,如今睡在林子里,你自请去看。"朱仝乘着月色明朗,径抢入林子里寻时,只见小衙内倒在地上。朱仝便把手去扶时,只见头劈做两半个,已死在那里。

当时朱仝心下大怒,奔出林子来,早不见了三个人。四下里望时,只见黑旋风远远地拍着双斧叫道:"来,来,来,和你斗二三十合。"朱仝性起,奋不顾身,拽扎起布衫大踏步赶将来。李逵回身便走,背后朱仝赶来。这李逵却是穿山度岭惯走的人,朱仝如何赶得上,先自喘做一块。李逵却在前面,又叫:"来,来,来,和你并(拼)个你死我活。"朱仝恨不得一口气吞了他,只是赶他不上。赶来赶去,天色渐明。李逵在前面急赶急走,慢赶慢行,不赶不走,看看赶入一个大庄院里去了。朱仝看了道:"那厮既有下落,我和他干休(了结)不得。"

朱仝直赶入庄院内厅前去,见里面两边都插着许多军器,朱仝道:"想必也是个官宦之家。"立住了脚,高声叫道:"庄里有人么?"只见屏风背后转出一个人来。那人是谁?正是:

> 累代金枝玉叶,先朝凤子龙孙。丹书铁券护家门,万里招贤名振。待客一团和气,挥金满面阳春。能文会武孟尝君,小旋风聪明柴进。

出来的正是小旋风柴进,问道:"兀的(指示代词。这个,这)是谁?"朱仝见那人人物轩昂,资质秀丽,慌忙施礼,答道:"小人是郓城县当牢节级朱仝,犯罪刺配到此。昨晚因和知府的小衙内出来看放河灯,被黑旋风杀了小衙内,现今走在贵庄,望烦添力捉拿送官。"柴进道:"既是美髯公,且请坐。"朱仝道:"小人不敢拜问官人高姓?"柴进答道:"小可姓柴名进,小旋风便是。"朱仝道:"久闻大名。"连忙下拜,又道:"不期今日得识尊颜!"柴进说道:"美髯公亦久闻名,且请后堂说话。"朱仝随着柴进直到里面。朱仝道:"黑旋风那厮,如何却敢径入贵庄躲避?"柴进道:"容复:小可平生专爱结识江湖上好汉。

为是家间(家里，家中)祖上有陈桥让位之功，先朝曾敕赐(皇帝赏赐)丹书铁券，但有做下不是的人，停藏在家，无人敢搜。近间有个爱友，和足下亦是旧交，目今在那梁山泊内做头领，名唤及时雨宋公明，写一封密书，令吴学究、雷横、黑旋风俱在敝庄安歇，礼请足下上山，同聚大义。因见足下推阻不从，故意教李逵杀害了小衙内，先绝了足下归路，只得上山坐把交椅。吴先生、雷兄，如何不出来陪话？"只见吴用、雷横从侧首阁子里出来，望着朱仝便拜，说道："兄长望乞恕罪，皆是宋公明哥哥将令，分付如此。若到山寨，自有分晓。"朱仝道："是则是你们弟兄好情意，只是忒毒些个！"柴进一力相劝，朱仝道："我去则去，只教我见黑旋风面罢！"柴进道："李大哥，你快出来陪话。"李逵也从侧首出来，唱个大喏。朱仝见了，心头一把无明业火高三千丈，按纳不下，起身抢近前来，要和李逵性命相搏。柴进、雷横、吴用三个苦死劝住。朱仝道："若要我上山时，依得我一件事，我便去。"吴用道："休说一件事，遮莫(即使)几十件，也都依你。愿闻那一件事。"

　　不争朱仝说出这件事来，有分教，大闹高唐州，惹动梁山泊，直教昭贤国戚遭刑法，好客皇亲丧土坑。毕竟朱仝说出甚么事来，且听下回分解。

# 第五十二回

## 李逵打死殷天锡　柴进失陷高唐州

　　话说当下朱仝对众人说道："若要我上山时,你只杀了黑旋风,与我出了这口气,我便罢。"李逵听了大怒道："教你咬我鸟!晁、宋二位哥哥将令,干我屁事!"朱仝怒发,又要和李逵厮并(相拼,决斗),三个又劝住了。朱仝道："若有黑旋风时,我死也不上山去!"柴进道："怎地也却容易,我自有个道理,只留下李大哥在我这里便了。你们三个自上山去,以满晁、宋二公之意。"朱仝道："如今做下这件事了,知府必然行移(签发公文)文书,去郓城县追捉,拿我家小,如之奈何?"吴学究道："足下放心,此时多敢宋公明已都取宝眷(称人家眷的敬辞)在山上了。"朱仝方才有些放心。柴进置酒相待,就当日送行。三个临晚辞了柴大官人便行。柴进叫庄客备三骑马送出关外。临别时,吴用又分付李逵道："你且小心,只在大官人庄上住几时,切不可胡乱惹事累人。待半年三个月,等他性定,却来取你还山,多管也来请柴大官人入伙。"三个自上马去了。

　　不说柴进和李逵回庄,且只说朱仝随吴用、雷横来梁山泊入伙。行了一程,出离沧州地界,庄客自骑了马回去。三个取路投梁山泊来,于路无话。早到朱贵酒店里,先使人上山寨报知。晁盖、宋江引了大小头目,打鼓吹笛,直到金沙滩迎接,一行人都相见了。各人乘马回到山上大寨前下了马,都到聚义厅上,叙说旧话。朱仝道："小弟今蒙呼唤到山,沧州知府必然行移文书去郓城县捉我老小,如之奈何?"宋江大笑道："我教兄长放心,尊嫂并令郎已取到这里多日了。"朱仝又问道："现在何处？"宋江道："奉养在家父太公歇处，兄长请自己去问慰(慰问)便了。"朱仝大喜。宋江着人引朱仝直到宋太公歇所，见了一家老小，并一应细软(指轻便而便于携带的贵重物品)行李。妻子说道："近日有人赍书来，说你已在山寨入伙了，因此收拾星夜到此。"朱仝出来拜谢了众人。宋江便请朱仝、雷横山顶下寨，一面且做筵席，连日庆贺新头领，不在话下。

却说沧州知府至晚不见朱仝抱小衙内回来，差人四散去寻了半夜，次日有人见杀死在林子里，报与知府知道。府尹听了大怒，亲自到林子里看了，痛哭不已，备办棺木烧化。次日升厅，便行移公文，诸处缉捕捉拿朱仝正身(谓确系本人，并非冒名顶替者)。郓城县已自申报朱仝妻子挈家(携带家眷。挈，qiè)在逃，不知去向，行开各州县出给赏钱捕获，不在话下。

只说李逵在柴进庄上住了一个来月。忽一日，见一个人赍一封书火急奔庄上来，柴大官人却好迎着，接书看了，大惊道："既是如此，我只得去走一遭。"李逵便问道："大官人有甚紧事？"柴进道："我有个叔叔柴皇城，现在高唐州居住，今被本州知府高廉的老婆兄弟殷天锡那厮，来要占花园，怄(òu，怄闷)了一口气，卧病在床，早晚性命不保。必有遗嘱的言语分付，特来唤我。想叔叔无儿无女，必须亲身去走一遭。"李逵道："既是大官人去时，我也跟大官人去走一遭如何？"柴进道："大哥肯去时，就同走一遭。"柴进即便收拾行李，选了十数匹好马，带了几个庄客。次日五更起来，柴进、李逵并从人都上了马，离了庄院望高唐州来。

不一日，来到高唐州，入城直至柴皇城宅前下马，留李逵和从人在外面厅房内。柴进自径入卧房里来看视那叔叔柴皇城时，但见：

　　面如金纸，体似枯柴。悠悠无七魄三魂，细细只一丝两气。牙关紧急，连朝水米不沾唇；心膈(心腔。膈，gé)膨胀，尽日药丸难下肚。丧门吊客(皆为凶煞。主死伤、疾病、哭泣之事)已随身，扁鹊卢医(泛指良医。卢医，春秋名医扁鹊的别称)难下手。

　　柴进看了柴皇城,自坐在叔叔榻前,放声恸哭(痛哭)。皇城的继室出来劝柴进道:"大官人鞍马风尘不易,初到此间,且休烦恼。"柴进施礼罢,便问事情。继室答道:"此间新任知府高廉,兼管本州兵马,是东京高太尉的叔伯兄弟,倚仗他哥哥势,要在这里无所不为。带将一个妻舅殷天锡来,人尽称他做殷直阁。那厮年纪却小,又倚仗他姐夫高廉的权势,在此间横行害人。有那等献勤的卖科(奉承,讨好),对他说我家宅后有个花园水亭,盖造得好。那厮带将许多奸诈不及(十分奸诈)的三二十人,径入家里来宅子后看了,便要发遣(打发,使离去)我们出去,他要来住。皇城对他说道:'我家是金枝玉叶,有先朝丹书铁券在门,诸人不许欺侮。你如何敢夺占我的住宅,赶我老小那里去?'那厮不容所言,定要我们出屋。皇城去扯他,反被这厮推抢殴打。因此受这口气,一卧不起,饮食不吃,服药无效,眼见得上天远,入地近(濒临死亡)。今日得大官人来家做个主张,便有些山高水低(喻指意外不幸之事),也更不忧。"柴进答道:"尊婶放心,只顾请好医士调治叔叔。但有门户,小侄自使人回沧州家里,去取丹书铁券来,和他理会。便告到官府今上御(即朝廷)前,也不怕他!"继室道:"皇城干事,全不济事,还是大官人理论是得。"

　　柴进看视了叔叔一回,却出来和李逵并带来人从说知备细。李逵听了,跳将起来说道:"这厮好无道理!我有大斧在这里,教他吃我几斧,却再商量。"柴进道:"李大哥,你且息怒,没来由和他粗卤做甚么?他虽是倚势欺人,我家放着有护持(指皇帝降旨保护)圣旨,这里和他理论不得,须是京师也有大似他的,放着明明的条例和他打官司。"李逵道:"条例,条例,若还依得,天下不乱了!我只是前打后商量。那厮若还去告,和那鸟官一发都砍了。"柴进笑道:"可知朱仝要和你厮并,见面不得。这里是禁城之内,如何比得你小寨里横行?"李逵道:"禁城便怎地?江州无为军偏我不曾杀人?"柴进道:"等我看了头势(形势),用着大哥时,那时相央(央求),无事只在房里请坐。"正说之间,里面侍妾慌忙来请大官人看视皇城。

柴进入到里面卧榻前,只见皇城阁着两眼泪,对柴进说道:"贤侄志气轩昂(形容精神饱满,气度不凡),不辱祖宗。我今日被殷天锡怄死(气死。怄,òu)。你可看骨肉之面,亲赍书往京师拦驾告状,与我报仇,九泉之下,也感贤侄亲意。保重!保重!再不多嘱!"言罢,便放了命(死了)。柴进痛哭了一场。继室恐怕昏晕,劝住柴进道:"大官人烦恼有日,且请商量后事。"柴进道:"誓书在我家里,不曾带得来,星夜教人去取,须用将往东京告状。叔叔尊灵,且安排棺椁(棺材。椁,guǒ)盛殓(把尸体装入棺材),成了孝服,却再商量。"柴进教依官制,备办内棺外椁,依礼铺设灵位,一门穿了重孝,大小举哀。李逵在外面听得堂里哭泣,自己磨拳擦掌价气,问从人都不肯说。宅里请僧修设好事(指超度、祈福消灾等宗教法事活动)功果(功德。指念佛、诵经、斋醮等)。

至第三日,只见这殷天锡骑着一匹撺行(奔跑)的马,将引闲汉三二十人,手执弹弓、川弩、吹筒、气球、拈竿(即黏竿。粘鸟的捕鸟竿)、乐器,城外游玩了一遭,带五七分酒,佯醉假颠,径来到柴皇城宅前,勒住马,叫里面管家的人出来说话。柴进听得说,挂着一身孝服,慌忙出来答应。那殷天锡在马上问道:"你是他家甚么人?"柴进答道:"小可是柴皇城亲侄柴进。"殷天锡道:"前日我分付道,教他家搬出屋去,如何不依我言语?"柴进道:"便是叔叔卧病,不敢移动,夜来已自身故,待断七(旧时人死后,每隔七天做一次佛事,至七七四十九天而止,称"断七")了搬出去。"殷天锡道:"放屁!我只限你三日便要出屋,三日外不搬,先把你这厮枷号起,先吃我一百讯棍(古代刑具。拷问囚犯的棍棒)!"柴进道:"直阁休恁相欺!我家也是龙子龙孙,放着先朝丹书铁券,谁敢不敬?"殷天锡喝道:"你将出来我看!"柴进道:"现在沧州家里,已使人去取来。"殷天锡大怒道:"这厮正是胡说!便有誓书铁券,我也不怕,左右与我打这厮!"

众人却待动手,原来黑旋风李逵在门缝里都看见,听得喝打柴进,便拽开房门,大吼一声,直抢到马边,早把殷天锡揪下马来,一拳打翻。那二三十人却待抢他,被李逵手起,早打倒五六个,一哄都走了。李逵拿殷天锡提起来,拳头脚尖一发上,柴进那里劝得住。看那殷天锡时,呜呼哀哉,伏惟尚飨(借指死亡。飨,xiǎng)。有诗为证:

慘刻①侵谋②倚横豪,岂知天理竟难逃。

李逵猛恶无人敌,不见阎罗不肯饶。

李逵将殷天锡打死在地,柴进只叫得苦,便教李逵且去后堂商议。柴进道:"眼见得便有人到这里,你安身不得了。官司我自支吾(对付,应付),你快走回梁山泊去。"李逵道:"我便走了,须连累你。"柴进道:"我自有誓书铁券护身,你便去是,事不宜迟。"李逵取了双斧,带了盘缠,出后门,自投梁山泊去了。

不多时,只见二百余人各执刀杖枪棒,围住柴皇城家。柴进见来捉人,便出来说道:"我同你们府里分诉(辩解)去。"众人先缚了柴进,便入家里搜捉行凶黑大汉不见,只把柴进绑到州衙内,当厅跪下。知府高廉听得打死了他的舅子殷天锡,正在厅上咬牙切齿忿恨,只待拿人来。早把柴进驱翻(推倒)在厅前阶下,高廉喝道:"你怎敢打死了我殷天锡?"柴进告道:"小人是柴世宗嫡派(家族相传的正支。嫡,dí)子孙,家门有先朝太祖誓书铁券,现在沧州居住。为是叔叔柴皇城病重,特来看视,不幸身故,现今停丧在家。殷直阁将带三二十人到家,定要赶逐出屋,不容柴进分说,喝令众人殴打,被庄客李大救护,一时行凶打死。"高廉喝道:"李大现在那里?"柴进道:"心慌逃走了。"高廉道:"他是个庄客,不得你的言语,如何敢打死人!你又故纵他逃走了,却来瞒昧官府。你这厮,不打如何肯招?牢子下手,加力与我打这厮!"柴进叫道:"庄客李大救主,误打死人,非干我事!放着先朝太祖誓书,如何便下刑法打我?"高廉道:"誓书有在那里?"柴进道:"已使人回沧州去取来也。"高廉大怒,喝道:"这厮正是抗拒官府,左右腕头(犹言手上)加力,好生痛打!"众人下手,把柴进打得皮开肉绽,鲜血迸流,只得招做使令庄客李大打死殷天锡,

---

①慘刻:凶狠刻毒。　②侵谋:掠夺算计。

取面二十五斤死囚枷钉了，发下牢里监收。殷天锡尸首检验了，自把棺木殡葬，不在话下。

这殷夫人要与兄弟报仇，教丈夫高廉抄扎了柴皇城家私，监禁下人口，占住了房屋围院。柴进自在牢中受苦。有诗为证：

脂唇粉面毒如蛇，铁券金书空里花。

可怪祖宗能让位，子孙犹不保身家。

却说李逵连夜回梁山泊，到得寨里，来见众头领。朱仝一见李逵，怒从心起，掣条朴刀，径奔李逵。黑旋风拔出双斧，便斗朱仝。晁盖、宋江并众头领，一齐向前劝住。宋江与朱仝陪话道："前者杀了小衙内，不干李逵之事。却是军师吴学究因请兄长不肯上山，一时定的计策。今日既到山寨，便休记心，只顾同心协助，共兴大义，休教外人耻笑。"便叫李逵兄弟与朱仝陪话。李逵睁着怪眼，叫将起来，说道："他直恁般做得起！我也多曾在山寨出气力，他又不曾有半点之功，却怎地倒教我陪话！"宋江道："兄弟，却是你杀了小衙内，虽是军师严令，论齿序（年龄的次序）他也是你哥哥，且看我面，与他伏个礼，我却自拜你便了。"李逵吃宋江央及不过，便道："我不是怕你，为是哥哥逼我，没奈何了，与你陪话。"李逵吃宋江逼住了，只得撇了双斧，拜了朱仝两拜。朱仝方才消了这口气。山寨里晁头领且教安排筵席，与他两个和解。

李逵说起："柴大官人因去高唐州看亲叔叔柴皇城病症，却被本州高知府妻舅殷天锡，要夺屋宇花园，殴骂柴进，吃我打死了殷天锡那厮。"宋江听罢，失惊道："你自走了，须连累柴大官人吃官司。"吴学究道："兄长休惊，等戴宗回山，便有分晓。"李逵问道："戴宗哥哥那里去了？"吴用道："我怕你在柴大官人庄上惹事不好，特地教他来唤你回山。他到那里，不见你时，必去高唐州寻你。"说言未绝，只见小校来报戴院长回来了。宋江便去迎接，到了堂上坐下，便问柴大官人一事。戴宗答道："去到柴大官人庄上，已知同李逵投高唐州去了。径奔那里去打听，只见满城人传道殷天锡因争柴皇城庄屋，被一个黑大汉打死了，现今负累了柴大官人陷于缧绁，下在牢里。柴皇城一家人口家私，尽都抄扎了。柴大官人性命，早晚不保。"晁盖道："这个黑厮又做出来了，但到处便惹口面(惹是非)。"李逵道："柴皇城被他打伤，怄气死了，又来占他房屋，又喝教打柴大官人，便是活佛，也忍不得！"晁盖道："柴大官人自来(一向)与山寨有恩，今日他有危难，如何不下山去救他？我亲自去走一遭。"宋江道："哥哥是山寨之主，如何可便轻动？小可和柴大官人旧来有恩，情愿替哥哥下山。"吴学究道："高唐州城池虽小，人物稠穰(众多。穰，ráng)，军广粮多，不可轻敌。烦请林冲、花荣、秦明、李俊、吕方、郭盛、孙立、欧鹏、杨林、邓飞、马麟、白胜十二个头领，部引马步军兵五千，作前队先锋。军中主帅宋公明、吴用，并朱仝、雷横、戴宗、李逵、张横、张顺、杨雄、石秀十个头领，部引马步军兵三千策应。"共该二十二位头领，辞了晁盖等众人，离了山寨，望高唐州进发。端的好整齐，但见：

绣旗飘号带，画角间铜锣。三股叉，五股叉，灿灿秋霜；点钢枪，芦叶枪，纷纷瑞雪。蛮牌(用南方产的粗藤做的盾牌)遮路，强弓硬弩当先；火炮随车，大戟长戈拥后。鞍上将似南山猛虎，人人好斗能争；坐下马如北海苍龙，骑骑能冲敢战。端的枪刀流水急，果然人马撮风(犹乘风。形容行动快速)行。

梁山泊前军已到高唐州地界，早有军卒报知高廉。高廉听了，冷笑道："你这伙草贼在梁山泊窝藏，我兀自要来剿(jiǎo)捕你，今日你倒来就缚，此是天教我成功。左右快传下号令，整点军马出城迎敌，着那众百姓上城守护。"这高知府上马管军，下马管民，一声号令下去，那帐前都统、监军、统领、统制、提辖军职一应官员，各各部领军马，就教场里点视已罢，诸将便摆布出城迎敌。高廉手下有三百体己军士，号为飞天神兵，一个个都是山东、河北、江西、湖南、两淮、两浙选来的精壮好汉。那三百飞天神兵怎生结束(穿戴)？但见：

头披乱发，脑后撒一把烟云；身挂葫芦，背上藏千条火焰。黄抹额齐分八卦，豹皮甲尽按四方。熟铜面具似金装，镔铁(精铁。镔，bīn)滚刀如扫帚。掩心铠甲，前后竖两面青铜;照眼旌旗，左右列千层黑雾。疑是天蓬离斗府，正如月孛(道教以月为夜明之神。道教称为月孛星君。孛，bèi)下云衢(云中的道路。衢，qú)。

那知府高廉亲自引了三百神兵，披甲背剑，上马出到城外，把部下军官周回排成阵势，却将三百神兵列在中军，摇旗呐喊，擂鼓鸣金，只等敌军到来。却说林冲、花荣、秦明引领五千人马到来。两军相迎，旗鼓相望，各把强弓硬弩射住阵脚。两军中吹动画角，发起擂鼓。花荣、秦明带同十个头领，都到阵前，把马勒住。头领林冲横丈八蛇矛，跃马出阵，厉声高叫:"高唐州纳命(犹送死)的出来!"高廉把马一纵，引着三十余个军官，都出到门旗下，勒住马，指着林冲骂道:"你这伙不知死的叛贼，怎敢直犯俺的城池?"林冲喝道:"你这个害民强盗，我早晚杀到京师，把你那厮欺君贼臣高俅，碎尸万段，方是愿足。"高廉大怒，回头问道:"谁人出马先捉此贼去?"军官队里转出一个统制官，姓于，名直，拍马轮刀，竟出阵前。林冲见了，径奔于直，两个战不到五合，于直被林冲心窝里一蛇矛刺着，翻筋斗攧下马去。高廉见了大惊:"再有谁人出马报仇?"军官队里又转出一个统制官，姓温，双名文宝，使一条长枪，骑一匹黄骠(biāo)马，鸾铃响，珂佩(珂色白如玉，相击有声。常做马勒的饰物)鸣，早出到阵前;四只马蹄荡起征尘，直奔林冲。秦明见了，大叫:"哥哥稍歇，看我立斩此贼。"林冲勒住马，收了点钢矛，让秦明战温文宝。两个约斗十合之上，秦明放个门户(架势)，让他枪搠入来，手起棍落，把温文宝削去半个天灵盖，死于马上，那马跑回本阵去了。两阵军相对，齐呐声喊。

高廉见连折二将，便去背上掣出那口太阿宝剑来，口中念念有词，喝声道:"疾!"只见高廉队中卷起一道黑气。那道气散至半空里，飞沙走石，撼地摇天，刮起怪风，径扫过对阵来。林冲、秦明、花荣等众将对面不能相顾，惊得那坐下马乱窜咆哮，众人回身便走。高廉把剑一挥，指点那三百神兵，从阵里杀将出来，背后官军协助，一掩过来，赶得林冲等军马星落云散，七断八续，呼兄唤弟，觅子寻爷,五千军兵折了一千余人,直退回五十里下寨。高廉见人马退去,也收了本部军兵,入高唐州城里安下。

却说宋江中军人马到来,林冲等接着,具说前事。宋江、吴用听了大惊,与军师道:"是何神术,如此利害?"吴学究道:"想是妖法,若能回风返火,便可破敌。"宋江听罢,打开天书看时,第三卷上有回风返火破阵之法。宋江大喜,用心记了咒语并秘诀,整点人马,五更造饭吃了,摇旗擂鼓,杀进城下来。有人报入城中,高廉再点了得胜人马,并三百神兵,开放城门,布下吊桥,出来摆成阵势。

宋江带剑纵马出阵前,望见高廉军中一簇皂旗(黑旗),吴学究道:"那阵内皂旗,便是使神师计的官兵。但恐又使此法,如何迎敌?"宋江道:"军师放心,我自有破阵之法。诸军众将勿得惊疑,只顾向前杀去。"高廉分付大小将校:"不要与他强敌挑斗,但见牌响,一齐并力擒获宋江,我自有重赏。"两军喊声起处,高廉马鞍鞒上挂着那面聚兽铜牌,上有龙章凤篆,手里拿着宝剑,出阵前。宋江指着高廉骂道:"昨夜我不曾到,兄弟们误折一阵,今日我必要把你诛尽杀绝。"高廉喝道:"你这伙反贼,快早早下马受缚,省得我腥手污脚!"言罢把剑一挥,口中念念有词,喝声道:"疾!"黑气起处,早卷起怪风来。宋江不等那风到,口中也念念有词,左手捏诀(谓施法术时做出的一种手势),右手提剑一指,说声道:"疾!"那阵风不望宋江阵里来,倒望高廉神兵队里去了。宋江却待招呼人马杀将过去,高廉见回了风,急取铜牌,把剑敲动,向那神兵队里卷一阵黄沙,就中军走出一群猛兽。但见:

狡猊舞爪,狮子摇头。闪金獬豸(xièzhì,传说中的异兽)逞威雄,奋锦貔貅(píxiū,传说中的两种猛兽)施勇猛。豺狼作对吐獠牙,直奔雄兵;虎豹成群张巨口,来喷劣马。带刺野猪冲阵入,卷毛恶犬撞人来。如龙大蟒扑天飞,吞象顽蛇钻地落。

高廉铜牌响处,一群怪兽毒虫直冲过来,宋江阵里众多人马惊呆了。宋江撇了剑,拨回马先走。众头领簇捧着,尽都逃命。大小军校,你我不能相顾,夺路而走。高廉在后面把剑一挥,神兵在前,官军在后,一齐掩杀(冲杀)将来。宋江人马,大败亏输。高廉赶杀二十余里,鸣金收军,城中去了。

宋江来到土坡下,收住人马,扎下寨栅,虽是损折了些军卒,却喜众头领都有(在)。屯住军马,便与军师吴用商议道:"今番打高唐州,连折了两阵,无计可破神兵,如之奈何?"吴学究道:"若是这厮会使神师计,他必然今夜要来劫寨,可先用计提备(防备),此处只可屯扎些少军马,我等去旧寨内驻扎。"宋江传令,只留下杨林、白胜看寨,其余人马,退去旧寨内将息(养息;休息)。

且说杨林、白胜引人离寨半里草坡内埋伏,等到一更时分。但见:

云生四野,雾涨八方。摇天撼地起狂风,倒海翻江飞急雨。雷公忿怒,倒骑火兽逞神威;电母生嗔,乱掣金蛇施圣力。大树和根拔去,深波彻底卷干。若非灌口斩蛟龙(相传秦时李冰及其次子曾在灌口开离堆,锁蘖龙),疑是泗州降水母(相传泗州大圣将水神锁在泗州塔下)。

当夜风雷大作,杨林、白胜引着三百余人伏在草里看时,只见高廉步走,引领三百神兵,吹风唿哨,杀入寨里来,见是空寨,回身便走。杨林、白胜呐声喊,高廉只怕中了计,四散便走,三百神兵各自奔逃。杨林、白胜乱放弩箭,只顾射去,一箭正中高廉左肩,众军四散,冒雨赶杀。高廉引领了神兵去得远了,杨林、白胜人少,不敢深入。少刻,雨过云收,复见一天星斗,月光之下,草坡前搠翻射死拿得神兵二十余人,解赴宋公明寨内,具说雷雨风云之事。宋江、吴用见说,大惊道:"此间只隔得五里远近,却又无雨无风!"众人议道:"正是妖法只在本处,离地只有三四十丈,云雨气味,是左近水泊中摄将来的。"杨林说:"高廉也自披发仗剑,杀入寨中,身上中了我一弩箭,回城中去了。为是人少,不敢去追。"宋江分赏杨林、白胜。把拿来的中伤神兵斩了。分拨众头领下了七八个小寨,围绕大寨,提备再来劫寨,一面使人回山寨,取军马协助。

且说高廉自中了箭,回到城中养病,令军士守护城池,晓夜提备:"且休与他厮杀,待我箭疮平复起来,捉宋江未迟。"

却说宋江见折了人马,心中忧闷,和军师吴用商量道:"只这回高廉尚且破不得,倘或别添他处军马,并力来劫,如之奈何?"吴学究道:"我想要破高廉妖法,只除非依我如此如此。若不去请这个人来,柴大官人性命也是难救。高唐州城子,永不能得。"正是要除起雾兴云法,须请通天彻地人。毕竟吴学究说这个人是谁,且听下回分解。

# 第五十三回

## 戴宗智取公孙胜　李逵斧劈罗真人

话说当下吴学究对宋公明说道："要破此法,只除非快教人去蓟州寻取公孙胜来,便可破得。"宋江道："前番戴宗去了几时,全然打听不着,却那里去寻？"吴用道："只说蓟州,有管下多少县治、镇市、乡村,他须不曾寻得到。我想公孙胜他是个清高的人,必然在个名山洞府、大川真境居住。今番教戴宗可去绕蓟州管下县道名山仙境去处,寻觅一遭,不愁不见他。"宋江听罢,随即叫请戴院长商议,可往蓟州寻取公孙胜。戴宗道："小可愿往,只是得一个做伴的去方好。"吴用道："你作起神行法来,谁人赶得你上？"戴宗道："若是同伴的人,我也把甲马拴在他腿上,教他也走得许多路程。"李逵便道："我与戴院长做伴走一遭。"戴宗道："你若要跟我去,须要一路上吃素,都听我的言语。"李逵道："这个有甚难处？我都依你便了。"宋江、吴用分付道："路上小心在意,休要惹事。若得见了,早早回来。"李逵道："我打死了殷天锡,却教柴大官人吃官司。我如何不要救他？今番并不敢惹事了。"二人各藏了暗器,拴缚了包裹,拜辞宋江并众人,离了高唐州,取路投蓟州来。

走了二十余里,李逵立住脚道："大哥,买碗酒吃了走也好。"戴宗道："你要跟我作神行法,须要只吃素酒(未蒸馏过的低度酒)。且向前面去。"李逵答道："便吃些肉,也打甚么紧。"戴宗道："你又来了。今日已晚,且寻客店宿了,明日早行。"两个又走了三十余里,天色昏黑,寻着一个客店歇了,烧起火来做饭,沽一角酒来吃。李逵搬一碗

— 603 —

素饭,并一碗菜汤,来房里与戴宗吃。戴宗道:"你如何不吃饭?"李逵应道:"我且未要吃饭哩。"戴宗寻思道:"这厮必然瞒着我背地里吃荤。"戴宗自把素饭吃了,却悄悄地来后面张时,见李逵讨两角酒,一盘牛肉,在那里自吃。戴宗道:"我说甚么?且不要道破他,明日小小地要他要便了。"戴宗自去房里睡了。李逵吃了一回酒肉,恐怕戴宗说他,自暗暗的来房里睡了。

到五更时分,戴宗起来叫李逵打火(生火,烧火),做些素饭吃了,各分行李在背上,算还了房客钱,离了客店,行不到二里多路,戴宗说道:"我们昨日不曾使神行法,今日须要赶程途,你先把包裹拴得牢了,我与你作法,行八百里便住。"戴宗取四个甲马,去李逵两只腿上也缚了,分付道:"你前面酒食店里等我。"戴宗念念有词,吹口气在李逵腿上,李逵拽开脚步,浑如驾云的一般,飞也似去了。戴宗笑道:"且着他忍一日饿。"戴宗也自拴上甲马,随后赶来。李逵不省得这法,只道和他走路一般。只听耳朵边风雨之声,两边房屋树木,一似连排价倒了的,脚底下如云催雾趱(如云雾般疾行。趱,zǎn,催逼、催促)。李逵怕将起来,几遍待要住脚,两条腿那里收拾得住,却似有人在下面推的相似,脚不点地,只管的走去了。看见酒肉饭店,又不能够入去买吃,李逵只得叫:"爷爷,且住一住!"看看走到红日平西,肚里又饥又渴,越不能够住脚,惊得一身臭汗,气喘做一团。

戴宗从背后赶来,叫道:"李大哥,怎的不买些点心吃了去?"李逵应道:"哥哥,救我一救,饿杀铁牛也!"戴宗怀里摸出几个炊饼来自吃。李逵叫道:"我不能够住脚买吃,你与我两个充饥。"戴宗道:"兄弟,你走上来与你吃。"李逵伸着手,只隔一丈来远近,只接不着。李逵叫道:"好哥哥,等我一等。"戴宗道:"便是今日有些蹊蹊,我的两条腿也不能勾住(停住)。"李逵道:"阿也!我的这鸟脚不由我半分,自这般走了去,只好把大斧砍了那下半截下来。"戴宗道:"只除是恁的般方好,不然,直走到明年正月初一日,也不能住。"李逵道:"好哥哥,休使道儿耍我,砍了腿下来,你却笑我。"戴宗道:"你敢是昨夜不依我？今日连我也走不得住，你自走去。"李逵叫道："好爷爷，你饶我住一住！"戴宗道："我的这法，不许吃荤，第一戒的是牛肉。若还吃了一块牛肉，直要走十万里，方才得住。"李逵道："却是苦也！我昨夜不合瞒着哥哥，真个偷买几斤牛肉吃了。正是怎么好！"戴宗道："怪得今日连我的这腿也收不住，只用去天尽头走一遭了，慢慢地却得三五年，方才回得来。"李逵听罢，叫起撞天屈▲▲▲(冲天的冤枉，天大的冤屈)来。

戴宗笑道："你从今已后，只依得我一件事，我便罢得这法。"李逵道："老爹，我今都依你便了。"戴宗道："你如今敢再瞒着我吃荤么？"李逵道："今后但吃荤，舌头上生碗来大疔疮(dīngchuāng)！我见哥哥要吃素，铁牛却吃不得，因此上瞒着哥哥，今后并不敢了。"戴宗道："既是恁地，饶你这一遍！"退后一步，把衣袖去李逵腿上只一拂，喝声："住！"李逵却似钉住了的一般，两只脚立定地下，挪移不动。

戴宗道："我先去，你且慢慢的来。"李逵正待抬脚，那里移得动，拽也拽不起，一似生铁铸就了的。李逵大叫道："又是苦也！晚夕▲▲(傍晚，晚上)怎地得去？"便叫道："哥哥救我一救。"戴宗转回头来笑道："你今番依我说么？"李逵道："你是我亲爷，却是不敢违了你的言语。"戴宗道："你今番却要依我。"便把手绾了李逵，喝声："起！"两个轻轻地走了去。李逵道："哥哥，可怜见铁牛，早歇了罢！"前面到一个客店，两个且来投宿。戴宗、李逵入到房里去，腿上都卸下甲马来，取出几陌▲(即几叠)纸钱烧送了，问李逵道："今番却如何？"李逵道："这两条腿，方才是我的了。"戴宗道："谁教你夜来私买酒肉吃？"李逵道："为是你不许我吃荤，偷了些吃，也吃你要得我勾(通"够")了。"

戴宗叫李逵安排些素酒素饭吃了，烧汤洗了脚，上床歇了。睡到五更起来，洗漱罢，吃了饭，还了房钱，两个又上路。行不到三里多路，戴宗取出甲马道："兄弟，今日与你只缚两个，教你慢行些。"李逵道："亲爷，我不要缚了。"戴宗道："你既依我言语，我和你干大事，如何肯弄你？你若不依我，教你一似夜来只钉住在这里。只等我去蓟州寻见了公孙胜，回来放你。"李逵慌忙叫道："我依，我依。"戴宗与李逵当日各缚两个甲马，作起神行法，扶着李逵两个一同走。原来戴宗的法，要行便行，要住便住。李逵从此那里敢违他言语，于路上只是买些素酒素饭，吃了便行。话休絮繁。两个用神行法，不旬日，迤逦(yǐlǐ，渐次，逐渐)来蓟州城外客店里歇了。

次日两个入城来，戴宗扮做主人，李逵扮做仆者。绕城中寻了一日，并无一个认得公孙胜的，两个自回店里歇了。次日又去城中小街狭巷寻了一日，绝无消耗(消息)。李逵心焦，骂道："这个乞丐道人，却鸟躲在那里！我若见时，脑揪将去见哥哥。"戴宗说道："你又来了，若不听我言语，我又教你吃苦。"李逵笑道："我自这般说耍。"戴宗又埋怨了一回，李逵不敢回话。两个又来店里歇了。

次日早起，却去城外近村镇市寻觅。戴宗但见老人，便施礼拜问公孙胜先生家在那里居住，并无一人认得。戴宗也问过数十处。当日晌午时分，两个走得肚饥，路旁边见一个素面店，两个直入来，买些点心吃。只见里面都坐满，没一个空处，戴宗、李逵立在当路。过卖(旧时酒饭馆里招呼食客的堂倌)问道："客官要吃面时，和这老人合坐一坐。"戴宗见个老丈，独自一个占着一付大座头，便与他施礼，唱个喏(叉手行礼，同时出声致敬)，两个对面坐了。李逵坐在戴宗肩下，分付过卖造四个壮面来。戴宗道："我吃一个，你吃三个不少么？"李逵道："不济事。一发做六个来，我都包办。"过卖见了也笑。等了半日，不见把面来。李逵却见都搬入里面去了，心中已有五分焦躁。只见过卖却搬一个热面，放在合坐老人面前。那老人也不谦让，拿起面来便吃。那分面却热，老儿低着头伏桌儿吃。李逵性急，见不搬面来，叫一声："过卖！"骂道："却教老爷等了这半日。"把那桌子只一拍，溅那老人一脸热汁，那分面都泼翻了。老儿焦躁，便来揪住李逵，喝道："你是何道理，打翻我面？"李逵捻起拳头，要打老儿。

戴宗慌忙喝住，与他陪话道："丈丈(对尊长的敬称)休和他一般见识,小可赔丈丈一分面。"那老人道:"客官不知,老汉路远,早要吃了面回去听讲,迟时误了程途。"戴宗问道:"丈丈何处人氏? 却听谁人讲甚么?"老儿答道:"老汉是本处蓟州管下九宫县二仙山下人氏。因来这城中买些好香回去,听山上罗真人讲说长生不老之法。"戴宗寻思道:"莫不公孙胜也在那里?"便问老人道:"丈丈贵庄,曾有个公孙胜么?"老人道:"客官问别人定不知,多有人不认的他。老汉和他是邻舍。他只有个老母在堂。这个先生,一向云游在外,此时唤做公孙一清。如今出姓,都只叫他清道人,不叫做公孙胜。此是俗名,无人认得。"戴宗道:"正是'踏破铁鞋无觅处,得来全不费工夫'。"戴宗又拜问丈丈道:"九宫县二仙山离此间多少路? 清道人在家么?"老人道:"二仙山只离本县四十五里便是。清道人他是罗真人上首(首位)徒弟,他本师不放离左右。"戴宗听了大喜。连忙催趱(催赶,督促)面来吃,和那老儿一同吃了,算还面钱,同出店肆(商店),问了路途。戴宗道:"丈丈先行。小可买些香纸,也便来也。"老人作别去了。

　　戴宗、李逵回到客店里,取了行李包裹,再拴上甲马,离了客店,两个取路投九宫县二仙山来。戴宗使起神行法,四十五里,片时到了。二人来到县前,问二仙山时,有人指道:"离县投东,只有五里便是。"两个又离了县治,投东而行。果然行不到五里,早望见那座仙山,委实(的确)秀丽。但见:

　　　　青山削翠,碧岫堆云。两崖分虎踞龙盘(地势峻峭险要),四面有猿啼鹤唳(猿和鹤凄厉地啼叫)。朝看云封山顶,暮观日挂林梢。流水潺湲(chányuán,轻缓的水流声),洞内声声鸣玉佩;飞泉瀑布,洞中隐隐奏瑶琴。若非道侣修行,定有仙翁炼药。

　　当下戴宗、李逵来到二仙山下,见个樵夫。戴宗与他施礼,说道:"借问此间清道人家在何处居住?"樵夫指道:"只过这东山嘴,门外有条小石桥的便是。"两个抹(转)过山嘴来,见有十数间草房,一周围矮墙,墙外一座小小石桥。两个来到桥边,见一个村姑提一篮新果子出来。戴宗施礼问道:"娘子从清道人家出来,清道人在家么?"村姑答道:"在屋后炼丹。"戴宗心中暗喜,分付李逵道:"你且去树背后躲一躲。待我自入去,见了他,却来叫你。"戴宗自入到里面看时,一带三间草房,门上悬挂一个芦帘。戴宗咳嗽了一声,只见一个白发婆婆从里面出来。戴宗看那婆婆,但见:

苍然古貌,鹤发酡颜(饮酒脸红貌。此指气色红润)。眼昏似秋月笼烟,眉白如晓霜映日。青裙素服,依稀紫府(道教称仙人所居)元君(女子成仙者之美称);布袄荆钗,仿佛骊山老姥(即女娲,亦称无极老姥。骊,lí)。形如天上翔云鹤,貌似山中傲雪松。

戴宗当下施礼道:"告禀老娘:小可欲求清道人相见一面。"婆婆问道:"官人高姓?"戴宗道:"小可姓戴,名宗,从山东到此。"婆婆道:"孩儿出外云游,不曾还家。"戴宗道:"小可是旧时相识,要说一句紧要的话,求见一面。"婆婆道:"不在家里,有甚话说,留下在此不妨。待回家,自来相见。"戴宗道:"小可再来。"就辞了婆婆,却来门外对李逵道:"今番须用着你。方才他娘说道不在家里,如今你可去请他。他若说不在时,你便打将起来,却不得伤犯他老母。我来喝住,你便罢。"

李逵先去包裹里取出双斧,插在两胯下,入的门里,叫一声:"着个出来!"婆婆慌忙迎着问道:"是谁?"见了李逵睁着双眼,先有八分怕他,问道:"哥哥有甚话说?"李逵道:"我是梁山泊黑旋风。奉着哥哥将令,教我来请公孙胜。你叫他出来,佛眼相看,若还不肯出来,放一把鸟火,把你家当都烧做白地,莫言不是。早早出来!"婆婆道:"好汉莫要恁地。我这里不是公孙胜家,自唤做清道人。"李逵道:"你只叫他出来,我自认得他鸟脸。"婆婆道:"出外云游未归。"李逵拔出大斧,先砍翻一堵壁(一堵墙)。婆婆向前拦住,李逵道:"你不叫你儿子出来,我只杀了你。"拿起斧来便砍,把那婆婆惊倒在地。只见公孙胜从里面走将出来,叫道:"不得无礼!"有诗为证:

药炉丹灶学神仙,遁迹<sup>①</sup>深山了万缘<sup>②</sup>。

不是凶神来屋里,公孙安肯出堂前。

戴宗便来喝道:"铁牛,如何吓倒老母!"戴宗连忙扶起。李逵撇了大斧,便唱个喏道:"阿哥休怪。不恁地,你不肯出来。"公孙胜先扶娘入去了,却出来拜请戴宗、李逵,邀进一间净室坐下,问道:"亏二位寻得到此。"戴宗道:"自从师父下山之后,小可先来蓟州寻了一遍,并无打听处,只纠合得一伙弟兄上山。今次宋公明哥哥因去高唐州救柴大官人,致被知府高廉两三阵用妖法赢了,无计奈何,只得教小可和李逵来寻请足下。绕遍蓟州,并无寻处。偶因素面店中,得个此间老丈指引到此。却见村姑说足下在家烧炼丹药,老母只是推却,因此使李逵激出师父来。这个太莽了些,望乞恕罪。哥哥在高唐州界上,度日如年,请师父便可行程,以见始终成全大义之美。"公孙胜道:"贫道幼年飘荡江湖,多与好汉们相聚。自从梁山泊分别回乡,非是昧心(欺心,违背良心):一者母亲年老,无人奉侍;二乃本师罗真人留在屋前,恐怕有人寻来,故改名清道人,隐藏在此。"戴宗道:"今者宋公明正在危急之际,师父慈悲,只得去走一遭。"公孙胜道:"干碍(关涉,碍于)老母无人养赡,本师罗真人如何肯放。其实去不得了。"戴宗再拜恳告,公孙胜扶起戴宗,说道:"再容商议。"公孙胜留戴宗、李逵在净室里坐定,安排些素酒素食相待。

三个吃了一回,戴宗又苦苦哀告道:"若是师父不肯去时,宋公明必被高廉捉了。山寨大义,从此休矣!"公孙胜道:"且容我去禀问本师真人。若肯容许,便一同去。"戴宗道:"只今便去启问本师。"公孙胜道:"且宽心住一宵,明日早去。"戴宗道:"哥哥在彼一日,如度一年,烦请师父同往一遭。"

公孙胜便起身,引了戴宗、李逵,离了家里,取路上二仙山来。此时已是秋残冬初时分,日短夜长,容易得晚,来到半山腰,却早红

---

① 遁(dùn)迹:隐居。　②万缘:一切是非恩怨。

轮西坠。松阴里面一条小路,直到罗真人观前,见有朱红牌额,上写三个金字,书着"紫虚观"。三人来到观前,看那二仙山时,果然是好座仙境。但见:

> 青松郁郁,翠柏森森。一群白鹤听经,数个青衣(婢女,侍童)碾药。青梧翠竹,洞门深锁碧窗寒;白雪黄芽,石室云封丹灶暖。野鹿衔花穿径去,山猿擎果度岩来。时闻道士谈经,每见仙翁论法。虚皇(道教神名。元始天尊别号虚皇大道君)坛畔,天风吹下步虚声(传说中神仙于空中的诵经声);礼斗(道教谓礼拜北斗星君)殿中,鸾背忽来环佩韵。只此便为真紫府,更于何处觅蓬莱(仙境)?

三人就着衣亭上,整顿衣服,从廊下入来,径投殿后松鹤轩里去。两个童子,看见公孙胜领人入来,报知罗真人。传法旨,教请三人入来。当下公孙胜引着戴宗、李逵到松鹤轩内,正值真人朝真(道家修炼养性之术)才罢,坐在云床(僧道的坐榻)上。公孙胜向前行礼起居(问安、问好),躬身侍立。戴宗、李逵看那罗真人时,端的有神游八极之表(仙风道骨)。但见:

> 星冠(道士的帽子)攒(cuán,簇聚、聚集)玉叶,鹤氅(道袍。氅,chǎng)缕金霞。长髯广颊,修行到无漏之天(指修行完满的境界);碧眼方瞳,服食造长生之境。每啖安期之枣(安期生,古仙人名,曾食巨枣如瓜),曾尝方朔之桃(传说东方朔曾偷食西王母仙桃)。气满丹田,端的绿筋紫脑;名登玄箓(仙籍),定知苍肾青肝。正是三更步月(谓月下散步)鸾声远,万里乘云鹤背高。

戴宗当下见了,慌忙下拜。李逵只管着眼看。罗真人问公孙胜道:"此二位何来?"公孙胜道:"便是昔日弟子曾告我师,山东义友是也。今为高唐州知府高廉显逞异术,有兄宋江特令二弟来此,呼唤弟子。未敢擅便(自作主张),故来禀问我师。"罗真人道:"吾弟子既脱火坑(指烦恼世俗之境),学炼长生,何得再慕此境?"戴宗再拜道:"容乞暂请公孙先生下山,破了高廉,便送还山。"罗真人道:"二位不知,此非出家人闲管之事。汝等自下山去商议。"

　　公孙胜只得引了二人,离了松鹤轩,连晚下山来。李逵问道:"那老仙先生说甚么?"戴宗道:"你偏不听得?"李逵道:"便是不省得这般鸟则声。"戴宗道:"便是他的师父说道教他休去。"李逵听了,叫起来道:"教我两个走了许多路程,千难万难寻见了,却放出这个屁来。莫要引老爷性发,一只手捻碎你这道冠儿,一只手提住腰胯,把那老贼道倒直撞下山去。"戴宗瞅着道:"你又要钉住了脚!"李逵道:"不敢,不敢,我自这般说一声儿耍。"

　　三个再到公孙胜家里,当夜安排些晚饭吃了。公孙胜道:"且权宿一宵,明日再去恳告本师。若肯时,便去。"戴宗至夜叫了安置,两个收拾行李,都来净室里睡了。两个睡到五更左侧,李逵悄悄地爬将起来。听得戴宗齁齁(熟睡时的鼻息声。齁,hōu)的睡着,自己寻思道:"却不是干鸟气么?你原是山寨里人,却来问甚么鸟师父!明朝那厮又不肯,却不误了哥哥的大事?我忍不得了,只是杀了那个老贼道,教他没问处,只得和我去。"

　　李逵当时摸了两把板斧,悄悄地开了房门,乘着星月明朗,一步步摸上山来。到得紫虚观前,却见两扇大门关了,旁边篱墙苦(幸好)不甚高。李逵腾地跳将过去,开了大门,一步步摸入里面来。直至松鹤轩前,只听隔窗有人看诵玉枢宝经之声。李逵爬上来,舐破窗纸张时,见罗真人独自一个坐在云床上。面前桌儿上烧着一炉好香,点着两枝画烛,朗朗诵经。李逵道:"这贼道却不是当死!"一踅踅过门边来,把手只一推,呀的两扇亮槅齐开。李逵抢将入去,提起斧头,便望罗真人脑门上劈将下来,砍倒在云床上,流出白血来。李逵看了,笑道:"眼见的这贼道是童男子身,颐养(保养)得元阳真气(男子的精气),不曾走泄,正没半点的红。"李逵再仔细看时,连那道冠儿劈做两半,一颗头直砍到项下。李逵道:"今番且除了一害,不烦恼公孙胜不去。"便转身出了松鹤轩,从侧首廊下奔将出来,只见一个青衣童子拦住李逵,喝道:"你杀了我本师,待走那里去!"李逵道:"你这个小贼道,也吃我一斧!"手起斧落,把头早砍下台基边去。二人都被李逵砍了。李逵笑道："只好撒开。"径取路出了观门,飞也似奔下山来。到得公孙胜家里,闪入来,闭上了门,净室里听戴宗时,兀自未觉。李逵依然原又去睡了。

直到天明,公孙胜起来安排早饭,相待两个吃了。戴宗道:"再请先生同引我二人上山,恳告真人。"李逵听了,暗暗地冷笑。三个依原旧路,再上山来。入到紫虚观里松鹤轩中,见两个童子。公孙胜问道:"真人何在?"童子答道:"真人坐在云床上养性(道士修行的一种。静处一室,屏去左右,澄神静虑,也称入静)。"李逵听说,吃了一惊,把舌头伸将出来,半日缩不入去。三个揭起帘子入来看时,见罗真人坐在云床上中间。李逵暗暗想道:"昨夜莫非是错杀了?"罗真人便道:"汝等三人又来何干?"戴宗道:"特来哀告我师慈悲,救取众人免难。"罗真人道:"这黑大汉是谁?"戴宗答道:"是小可义弟,姓李,名逵。"真人笑道:"本待不教公孙胜去,看他的面上,教他去走一遭。"戴宗拜谢。李逵自暗暗寻思道:"那厮知道我要杀他,却又鸟说!"

只见罗真人道:"我教你三人片时便到高唐州如何?"三个谢了。戴宗寻思:"这罗真人又强似我的神行法。"真人唤道童取三个手帕来。戴宗道:"上告我师:却是怎生教我们便能够到高唐州?"罗真人便起身道:"都跟我来。"三个人随出观门外石岩上来。先取一个红手帕,铺在石上道:"吾弟子可登。"公孙胜双脚在上面,罗真人把袖一拂,喝声道:"起!"那手帕化做一片红云,载了公孙胜,冉冉腾空便起,离山约有二十余丈。罗真人喝声:"住!"那片红云不动。却铺下一个青手帕,教戴宗踏上,喝声:"起!"那手帕却化作一片青云,载了戴宗,起在半空里去了。那两片青红二云,如芦席大,起在天上转,李逵看得呆了。罗真人却把一个白手帕铺在石上,唤李逵踏上。李逵笑道:"你不是耍,若跌下来,好个大疙瘩。"罗真人道:"你见二人么?"李逵立在手帕上,罗真人说一声:"起!"那手帕化做一片白云,飞将起去。李逵叫道:"阿呀!我的不稳,放我下来。"罗真人把右手一招,那青红二云平平坠将下来。戴宗拜谢,侍立在面前,公孙胜侍立在左手。李逵在上面叫道:"我也要撒尿撒屎,你不着我下来,我劈头便撒下来也!"罗真人问道:"我等自是出家人,不曾恼犯了你,你因何夜来越墙而过,入来把斧劈我?若是我无道德,已被杀了。又杀了我一个道童。"李逵道:"不是我,你敢错认了?"罗真人笑道:"虽然只是砍了我两个葫芦,其心不善,且教你吃些磨难。"把手一招喝声:"去!"一阵恶风,把李逵吹入云端里。只见两个黄巾力士(护法降魔的仙吏),押着李逵,耳边只听得风雨之声,不觉径到蓟州地界,唬得魂不着体,手脚摇战(颤抖)。忽听得刮剌剌地响一声,却从蓟州府厅屋上骨碌碌滚将下来。

当日正值府尹马士弘坐衙,厅前立着许多公吏人等,看见半天里落下一个黑大汉来,众皆吃惊。马知府见了,叫道:"且拿这厮过来!"当下十数个牢子狱卒,把李逵驱至当面。马府尹喝道:"你这厮是那里妖人?如何从半天里吊将下来?"李逵吃跌得头破额裂,半晌说不出话来。马知府道:"必然是个妖人,教去取些法物(施展法术之物)来。"牢子节级将李逵捆翻,驱下厅前草地里,一个虞候掇一盆狗血,没头(犹劈头)一淋;又一个提一桶尿粪来,望李逵头上直浇到脚底下。李逵口里、耳朵里都是尿屎。李逵叫道:"我不是妖人,我是跟罗真人的伴当。"原来蓟州人都知道罗真人是个现世的活神仙,因此不肯下手伤他。再驱李逵到厅前,早有吏人禀道:"这蓟州罗真人,是天下有名的得道活神仙。若是他的从者,不可加刑。"马府尹笑道:"我读千卷之书,每闻今古之事,未见神仙有如此徒弟,即系妖人。牢子,与我加力打那厮!"众人只得拿翻李逵,打得一佛出世,二佛涅槃。马知府喝道:"你那厮快招了妖人,便不打你。"李逵只得招做"妖人李二"。取一面大枷钉了,押下大牢里去。李逵来到死囚狱里,说道:"我是直日神将,如何枷了我?好歹教你这蓟州一城人都死。"那押牢节级、禁子,都知罗真人道德清高,谁不钦服?都来问李逵:"你端的是甚么人?"李逵道:"我是罗真人亲随直日神将,因一时有失,恶了真人,把我撇在此间,教我受此苦难,三两日必来取我。你们若不把些酒食来将息我时,我教你们众人全家都死。"那节级、牢子见了他说,倒都怕他,只得买酒买肉请他吃。李逵见他们害怕,越说起风话(疯话)来。牢里众人越怕了,又将热水来与他洗浴了,换些干净衣裳。李逵道:"若还缺了我酒食,我便飞了去,教你们受苦。"牢里禁子只得倒陪告他。李逵陷在蓟州牢里不提。

且说罗真人把上项的事,一一说与戴宗。戴宗只是苦苦哀告,求救李逵。罗真人留住戴宗在观里宿歇,动问山寨里事务。戴宗诉说晁天王、宋公明仗义疏财,专只替天行道,誓不损害忠臣烈士,孝子贤孙,义夫节妇,许多好处。罗真人听罢甚喜。一住五日,戴宗每日磕头礼拜,求告真人,乞救李逵。罗真人道:"这等人只可驱除了,休带回去。"戴宗告道:"真人不知:李逵虽是愚蠢,不省理法,也有些小好处:第一,鲠直(刚直,率直。鲠,gěng),分毫不肯苟取于人;第二,不会阿谄于人,虽死,其忠不改;第三,并无淫欲邪心,贪财背义,敢勇当先,因此宋公明甚是爱他。不争(若)没了这个人回去,教小可难见兄长宋公明之面。"罗真人笑道:"贫道已知这人是上界天杀星之数。为是下土众生作业(造孽)太重,故罚他下来杀戮。吾亦安肯逆天,坏了此人。只是磨他一会,我叫取来还你。"戴宗拜谢。

罗真人叫一声:"力士安在?"就鹤轩前起一阵风。风过处,一尊黄巾力士出现。但见:

> 面如红玉,须似皂绒。仿佛有一丈身材,纵横(横竖)有千斤气力。黄巾侧畔,金环日耀喷霞光;绣袄中间,铁甲霜铺吞月影。常在坛前护法,每来世上降魔。

那个黄巾力士上告:"我师有何法旨?"罗真人道:"先差你押去蓟州的那人,罪业已满。你还去蓟州牢里取他回来,速去速回。"力士声喏去了。约有半个时辰,从虚空里把李逵撒将下来。

戴宗连忙扶住李逵,问道:"兄弟这两日在那里?"李逵看了罗真人,只管磕头拜说道:"铁牛不敢了也!"罗真人道:"你从今已后,可以戒性,竭力扶持宋公明,休生歹心。"李逵再拜道:"敢不遵依真人言语！"戴宗道："你正去那里走了这几日？"李逵道："自那日一阵风，直刮我去蓟州府里，从厅屋脊上直滚下来，被他府里众人拿住。那个马知府道我是妖人，捉翻我捆了，却教牢子狱卒把狗血和尿屎淋我一头一身，打得我两腿肉烂，把我枷了，下在大牢里去。众人问我是何神从天上落下来？我因说是罗真人的亲随直日神将，因有些过失，罚受此苦，过二三日，必来取我。虽是吃了一顿棍棒，却也诈得些酒食噇(chuáng，吃喝)，那厮们惧怕真人，却与我洗浴，换了一身衣裳。方才正在亭心里诈酒肉吃，只见半空里跳下这个黄巾力士，把枷锁开了，喝我闭眼，一似睡梦中，直扶到这里。"公孙胜道："师父似这般的黄巾力士有一千余员，都是本师真人的伴当。"李逵听了叫道："活佛，你何不早说，免教我做了这般不是！"只顾下拜。戴宗也再拜恳告道："小可端的来的多日了，高唐州军马甚急，望乞师父慈悲，放公孙先生同弟子去救哥哥宋公明，破了高廉，便送还山。"罗真人道："我本不教他去，今为汝大义为重，权教他去走一遭。我有片言，汝当记取。"公孙胜向前跪听真人指教。正是满还济世安邦愿，来作乘鸾跨凤人(指道人)。毕竟罗真人对公孙胜说出甚话来，且听下回分解。

# 第五十四回

## 入云龙斗法破高廉　黑旋风探穴救柴进

话说当下罗真人道："弟子你往日学的法术，却与高廉的一般。吾今传授与汝五雷天罡正法，依此而行，可救宋江，保国安民，替天行道。休被人欲所缚，误了大事，专精从前学道之心。你的老母，我自使人早晚看视，勿得忧念。汝应上界天闲星，以此容汝去助宋公明。吾有八个字，汝当记取，休得临期有误。"罗真人说那八个字，道是："逢幽（幽州）而止，遇汴（biàn，汴京）而还。"

公孙胜拜授了诀法，便和戴宗、李逵三个拜辞了罗真人，别了众道伴下山。归到家中，收拾了道衣，宝剑二口并铁冠如意等物了当，拜辞了老母，离山上路。

行过了三四十里路程，戴宗道："小可先去报知哥哥，先生和李逵大路上来，却得再来相接。"公孙胜道："正好。贤弟先往报知，吾亦趱行来也。"戴宗分付李逵道："于路小心伏侍先生。但有些差池（差错），教你受苦。"李逵道："他和罗真人一般的法术，我如何敢轻慢了他？"戴宗拴上甲马，作起神行法来，预先去了。

却说公孙胜和李逵两个离了二仙山九宫县，取大路而行，到晚寻店安歇。李逵惧怕罗真人法术，十分小心伏侍公孙胜，那里敢使性。两个行了三日，来到一个去处，地名唤做武冈镇。只见街市人烟辏集（聚集。辏，còu），公孙胜道："这两日于路走的困倦，买碗素酒素面吃了行。"李逵道："也好。"却见驿道旁边一个小酒店，两个人来店里坐下。公孙胜坐了上首，李逵解了腰包，下首坐了。叫过卖一面打酒，就安排些素馔来与二人吃。公孙胜道:"你这里有甚素点心卖?"过卖道:"我店里只卖酒肉,没有素点心,市口(泛指人较多的街头)人家有枣糕卖。"李逵道:"我去买些来。"便去包内取了铜钱,径投市镇上来,买了一包枣糕。欲待回来,只听得路旁侧首有人喝采道:"好气力!"李逵看时,一伙人围定一个大汉,把铁瓜锤在那里使,众人看了喝采他。

李逵看那大汉时,七尺以上身材,面皮有麻,鼻子上一条大路。李逵看那铁锤时,约有三十来斤。那汉使的发了(指性起),一瓜锤正打在压街石上,把那石头打做粉碎,众人喝采。李逵忍不住,便把枣糕揣在怀中,便来拿那铁锤。那汉喝道:"你是甚么鸟人?敢来拿我的锤!"李逵道:"你使的甚么鸟好,教众人喝采!看了倒污眼!你看老爷使一回,教众人看。"那汉道:"我借与你,你若使不动时,且吃我一顿脖子拳了去。"李逵接过瓜锤(古兵器名。形如瓜状的铁锤),如弄弹丸一般。使了一回,轻轻放下,面又不红,心头不跳,口内不喘。那汉看了,倒身下拜,说道:"愿求哥哥大名。"李逵道:"你家在那里住?"那汉道:"只在前面便是。"引了李逵到一个所在,见一把锁锁着门。那汉把钥匙开了门,请李逵到里面坐地。

李逵看他屋里都是铁砧、铁锤、火炉、钳、凿家火,寻思道:"这人必是个打铁匠人,山寨里正用得着,何不叫他也去入伙?"李逵又道:"汉子,你通个姓名,教我知道。"那汉道:"小人姓汤,名隆。父亲原是延安府知寨官,因为打铁上,遭际(遇到)老种经略相公帐前叙用(任用)。近年父亲在任亡故,小人贪赌,流落在江湖上,因此权在此间打铁度日。入骨(形容达到极点)好使枪棒,为是自家浑身有麻点,人都叫小人做'金钱豹子'。敢问哥哥高姓大名?"李逵道:"我便是梁山泊好汉黑旋风李逵。"汤隆听了,再拜道:"多闻哥哥威名,谁想今日偶然得遇。"李逵道:"你在这里,几时得发迹,不如跟我上梁山泊入伙,叫你也做个头领。"汤隆道:"若得哥哥不弃,肯带携兄弟时,愿随鞭镫(跟随左右。鞭镫,犹麾下,左右。镫,dèng)。"就拜李逵为兄。李逵认汤隆为弟。汤隆道:"我又无家人伴当,同哥哥去市镇上吃三杯淡酒,表结拜之意。今晚歇一夜，明日早行。"李逵道："我有个师父在前面酒店里，等我买枣糕去吃了便行，耽搁不得，只可如今便行。"汤隆道："如何这般要紧？"李逵道："你不知宋公明哥哥，现今在高唐州界首厮杀，只等我这师父到来救应。"汤隆道："这个师父是谁？"李逵道："你且休问，快收拾了去。"汤隆急急拴了包裹、盘缠、银两，戴上毡笠儿，跨了口腰刀，提条朴刀，弃了家中破房旧屋，粗重家火，跟了李逵，直到酒店里来见公孙胜。

公孙胜埋怨道："你如何去了许多时？再来迟些，我依前回去了。"李逵不敢做声回话；引过汤隆拜了公孙胜，备说结义一事。公孙胜见说他是打铁出身，心中也喜。李逵取出枣糕，叫过卖将去整理。三个一同饮了几杯酒，吃了枣糕，算还了酒钱。李逵、汤隆各背上包裹，与公孙胜离了武冈镇，迤逦望高唐州来。

三个于路，三停中走了两停多路，那日早，却好迎着戴宗来接。公孙胜见了大喜，连忙问道："近日相战如何？"戴宗道："高廉那厮，近日箭疮平复，每日领兵来搦战(挑战。搦，nuò)。哥哥坚守，不敢出敌，只等先生到来。"公孙胜道："这个容易。"李逵引着汤隆拜见戴宗，说了备细，四人一处奔高唐州来。离寨五里远，早有吕方、郭盛引一百余骑军马迎接着。四人都上了马，一同到寨，宋江、吴用等出寨迎接。各施礼罢，摆了接风酒，叙问间阔(久别)之情，请入中军帐内，众头领亦来作庆。李逵引过汤隆来参见宋江、吴用并众头领等。讲礼已罢，寨中且做庆贺筵席。

次日中军帐上，宋江、吴用、公孙胜商议破高廉一事。公孙胜道："主将传令，且着拔寨都起，看敌军如何，贫道自有区处。"当日宋江传令各寨，一齐引军起身，直抵高唐州城壕，下寨已定。次早五更造饭，军人都披挂衣甲。宋公明、吴学究、公孙胜，三骑马直到军前，摇旗擂鼓，呐喊筛锣，杀到城下来。

再说知府高廉在城中箭疮已痊，隔夜小军来报知宋江军马又到，早晨都披挂了衣甲，便开了城门，放下吊桥，将引三百神兵并大小将校,出城迎敌。两军渐近,旗鼓相望,各摆开阵势。两阵里花腔鼍鼓(用鼍皮蒙的鼓。其声亦如鼍鸣。鼍, tuó,扬子鳄,也称鼍龙、猪婆龙)擂,杂彩绣旗摇。宋江阵门开处,分十骑马来,雁翅般摆开在两边。左手下五将:花荣、秦明、朱仝、欧鹏、吕方;右手下五将是林冲、孙立、邓飞、马麟、郭盛;中间三骑马上,为头是主将宋公明。怎生打扮?

　　头顶茜红(绛红色)巾,腰系狮蛮带。锦征袍大鹏贴背,水银盔彩凤飞檐。抹绿靴斜踏宝镫,黄金甲光动龙鳞。描金鞊随定紫丝鞭,锦鞍鞯(ānjiān,鞍子和托鞍的垫子)稳称桃花马。

左边那骑马上坐着的便是梁山泊掌握兵权军师吴学究,怎生打扮?

　　五明扇(仪仗中用的一种掌扇)齐攒白羽,九纶巾(冠名。古代用青色丝带做的头巾)巧簇乌纱。素罗袍香皂沿边,碧玉环丝绦束定。舄舄(指仙履。舄, xì)稳踏葵花镫,银鞍不离紫丝缰。两条铜链腰间挂,一骑青骢(毛色青白相杂的骏马。骢, cōng)出战场。

右边那骑马上,坐着的便是梁山泊掌握行兵布阵副军师公孙胜。怎生打扮?

　　星冠耀日,神剑飞霜。九霞(九天的云霞)衣服绣春云,六甲(道教符箓名)风雷藏宝诀。腰间系杂色短须绦,背上悬松文古定剑。穿一双云头点翠早朝靴,骑一匹分鬃昂首黄花马。名标蕊笈(ruǐjí,青史)玄功(丰功伟绩)著,身列仙班道行高。

三个总军主将,三骑马出到阵前。看对阵金鼓齐鸣,门旗开处,也有二三十个军官,簇拥着高唐州知府高廉出在阵前,立马于门旗下,怎生结束? 但见:

　　束发冠珍珠嵌就,绛红袍锦绣攒成。连环铠甲耀黄金,双翅银盔飞彩凤。足穿云缝吊墩(dūn)靴,腰系狮蛮金鞓带(金色腰带。鞓, tīng)。手内剑横三尺水,阵前马跨一条龙。

那知府高廉出到阵前,厉声高叫,喝骂道:"你那水洼草贼,既有心要来厮杀,定要分个胜败,见个输赢,走(逃跑)的不是好汉!"宋江听罢,问一声:"谁人出马立斩此贼?"小李广花荣挺枪跃马,直至垓心(重围之中)。高廉见了,喝问道:"谁与我直取此贼去?"那统制官队里转出一员上将,唤做薛元辉,使两口双刀,骑一匹劣马,飞出垓心,来战花荣。两个在阵前斗了数合,花荣拨回马,望本阵便走,薛元辉不知是计,纵马舞刀,尽力来赶,花荣略带住了马,拈弓取箭,扭转身躯,只一箭,把薛元辉头重脚轻射下马去。两军齐呐声喊(指在战斗中大声叫喊助威)。

高廉在马上见了大怒,急去马鞍鞒前,取下那面聚兽铜牌,把剑去击。那里敲得三下,只见神兵队里卷起一阵黄砂来,罩的天昏地暗,日色无光。喊声起处,豺狼虎豹,怪兽毒虫,就这黄砂内卷将出来。众军恰待都走,公孙胜在马上,早擎出那一把松文古定剑来,指着敌军,口中念念有词,喝声道:"疾!"只见一道金光射去,那伙怪兽毒虫,都就黄砂中乱纷纷坠于阵前。众军人看时,却都是白纸剪的虎豹走兽,黄砂尽皆荡散不起。宋江看了,鞭梢一指,大小三军,一齐掩杀过去。但见人亡马倒,旗鼓交横。高廉急把神兵退走入城。宋江军马赶到城下,城上急拽起吊桥,闭上城门,擂木(古代作战时从高处推下的大木)炮石,如雨般打将下来。宋江叫且鸣金,收聚军马下寨,整点人数,各获大胜,回帐称谢公孙先生神功道德,随即赏劳三军。

次日,分兵四面围城,尽力攻打。公孙胜对宋江、吴用道:"昨夜虽是杀败敌军大半,眼见得那三百神兵退入城中去了。今日攻击得紧,那厮夜间必来偷营劫寨,今晚可收军一处,至夜深,分去四面埋伏。这里虚扎寨棚,教众将只听霹雳响,看寨中火起,一齐进兵。"传令已了。当日攻城至未牌时分,都收四面军兵还寨,却在营中大吹大擂饮酒。看看天色渐晚,众头领暗暗分拨开去,四面埋伏已定。

却说宋江、吴用、公孙胜、花荣、秦明、吕方、郭盛上土坡等候。是夜,高廉果然点起三百神兵,背上各带铁葫芦,于内藏着硫黄焰硝,烟火药料。各人俱执钩刃、铁扫帚,口内都衔芦哨(芦笛一类的乐器)。二更前后,大开城门,放下吊桥,高廉当先,驱领神兵前进,背后却带三十余骑,奔杀前来。离寨渐近,高廉在马上作起妖法,却早黑气冲天,狂风大作,飞砂走石,播土扬尘。三百神兵各取火种,去那葫芦口上点着,一声芦哨齐响,黑气中间,火光罩身,大刀阔斧,滚入寨里来。高埠处,公孙胜仗剑(持剑)作法,就空寨中平地上刮刺刺起个霹雳。三百神兵急待退走,只见那空寨中火起,光焰乱飞,上下通红,无路可出。四面伏兵齐赶,围定寨栅,黑处遍见。三百神兵,不曾走得一个,都被杀在寨里。

高廉急引了三十余骑,奔走回城。背后一枝军马追赶将来,乃是豹子头林冲。看看赶上,急叫得放下吊桥,高廉只带得八九骑入城,其余尽被林冲和人连马生擒活捉了去。高廉进到城中,尽点百姓上城守护。高廉军马神兵,被宋江、林冲杀个尽绝。

次日,宋江又引军马四面围城甚急。高廉寻思:"我数年学得术法,不想今日被他破了,似此如之奈何? 只得使人去邻近州府求救。"急急修书二封,教去东昌、寇州:"二处离此不远,这两个知府都是我哥哥抬举的人,教星夜起兵来接应。"差了两个帐前统制官,赍擎(持取)书信,放开西门,杀将出来,投西夺路去了。众将却待去追赶,吴用传令:"且放他出去,可以将计就计。"宋江问道:"军师如何作用? "吴学究道:"城中兵微将寡,所以他去求救。我这里可使两枝人马,诈作救应军兵,于路混战。高廉必然开门助战,乘势一面取城,把高廉引入小路,必然擒获。"宋江听了大喜。令戴宗回梁山泊另取两枝军马,分作两路而来。

且说高廉每夜在城中空阔处,堆积柴草,竟天价放火为号,城上只望救兵到来。过了数日,守城军兵望见宋江阵中不战自乱,急忙报知。高廉听了,连忙披挂上城瞻望,只见两路人马战尘蔽日,喊杀连天,冲奔前来。四面围城军马,四散奔走。高廉知是两路救军到了,尽点在城军马,大开城门,分头掩杀出去。

且说高廉撞到宋江阵前,看见宋江引着花荣、秦明三骑马望小路而走。高廉引了人马,急去追赶,忽听得山坡后连珠炮响,心中疑惑,便收转人马回来。两边锣响,左手下吕方,右手下郭盛,各引五百人马冲将出来。高廉急夺路走时,部下军马折其大半。奔走脱得垓心时,望见城上已都是梁山泊旗号。举眼再看,无一处是救应军马。只得引着些败卒残兵,投山僻小路而走,行不到十里之外,山背后撞出一彪人马,当先拥出病尉迟孙立,拦住去路,厉声高叫:"我等你多时,好好下马受缚!"高廉引军便回,背后早有一彪人马,截住去路,当先马上却是美髯公朱仝。两头夹攻将来,四面截了去路,高廉便弃了坐下马便走上山。四下里步军一齐赶上山去,高廉慌忙口中念念有词,喝声道:"起!"驾一片黑云,冉冉(徐徐)腾空,直上山顶。只见山坡边转出公孙胜来,见了,便把剑在马上望空作用,口中也念念有词,喝声道:"疾!"将剑望上一指,只见高廉从云中倒撞下来。侧首抢过插翅虎雷横,一朴刀把高廉挥做两段。可怜五马诸侯贵,化作南柯梦里人。有诗为证:

> 上临之以天鉴,下察之以地祇①。
>
> 明有王法相继,暗有鬼神相随。
>
> 行凶毕竟逢凶,恃势还归失势。
>
> 劝君自警平生,可叹可惊可畏。

且说雷横提了首级,都下山来,先使人去飞报主帅。宋江已知杀了高廉,收军进高唐州城内。先传下将令:"休得伤害百姓。"一面出榜安民,秋毫无犯。且去大牢中救出柴大官人来。那时当牢节级、押狱禁子,已都走了。止有三五十个罪囚,尽数开了枷锁释放。数中只不见柴大官人一个。宋江心中忧闷。寻到一处监房内,却监着柴皇城一家老小;又一座牢内,监着沧州提捉到柴进一家老小,同监在彼。为是连日厮杀,未曾取问(审问)发落,只是没寻柴大官人处。

吴学究教唤集高唐州押狱禁子跟问(犹追问)时,数内(其中)有一个禀道:"小人是当牢节级蔺仁,前日蒙知府高廉所委,专一牢固监守

---

① 地祇(qí):地神。

柴进,不得有失。又分付道:'但有凶吉,你可便下手。'三日之前,知府高廉要取柴进出来施刑。小人为见本人是个好男子,不忍下手,只推道:'本人病至八分,不必下手。'后又催并(逼迫)得紧,小人回称'柴进已死'。因是连日厮杀,知府不闲,小人却恐他差人下来看视,必见罪责。昨日引柴进去后面枯井边,开了枷锁,推放里面躲避,如今不知存亡。"

宋江听了,慌忙着蔺仁引入。直到后牢枯井边望时,见里面黑洞洞地,不知多少深浅。上面叫时,那得人应。把索子放下去探时,约有八九丈深。宋江道:"柴大官人眼见(分明,显然)得多是没了。"宋江垂泪。吴学究道:"主帅且休烦恼。谁人敢下去探看一遭,便见有无。"说犹未了,转过黑旋风李逵来,大叫道:"等我下去。"宋江道:"正好。当初也是你送了他,今日正宜报本(受恩思报,不忘本源)。"李逵笑道:"我下去不怕,你们莫割断了绳索。"吴学究道:"你却也忒奸猾。"且取一个大篾箩(mièluó,竹篾编制的箩筐),把索子络(绕)了,接长索头,扎起一个架子,把索挂在上面。李逵脱得赤条条的,手拿两把板斧,坐在箩里,却放下井里去,索上缚两个铜铃。渐渐放到底下,李逵却从箩里爬将出来,去井底下摸时,摸着一堆,却是骸骨。李逵道:"爷娘,甚鸟东西在这里!"又去这边摸时,底下湿漉漉的,没下脚处。李逵把双斧拔放箩里,两手去摸底下,四边却宽,一摸摸着一个人,做一堆儿蹲在水坑里。李逵叫一声:"柴大官人!"那里见动,把手去摸时,只觉口内微微声唤。李逵道:"谢天地,恁地时(如此,这样),还有救哩!"随即爬在箩里,摇动铜铃,众人扯将上来。

李逵说下面的事,宋江道:"你可再下去,先把柴大官人放在箩里,先发上来,却再放箩下来取你。"李逵道:"哥哥不知我去蓟州着了两道儿,今番休撞第三遍。"宋江笑道:"我如何肯弄你? 你快下去。"李逵只得再坐箩里,又下井去。到得底下,李逵爬将出箩去,却把柴大官人抱在箩里,摇动索上铜铃。上面听得,早扯起来。到上面,众人看了大喜。宋江见柴进头破额裂,两腿皮肉打烂,眼目略开又闭。宋江心中甚是凄惨，叫请医生调治。李逵却在井底下发喊大叫。宋江听得，急叫把箩放将下去，取他上来。李逵到得上面，发作道："你们也不是好人，便不把箩放下来救我！"宋江道："我们只顾看顾柴大官人，因此忘了你，休怪。"

宋江就令众人把柴进扛扶上车睡了，先把两家老小，并夺转(夺回)许多家财，共有二十余辆车子，叫李逵、雷横先护送上梁山泊去。却把高廉一家老小良贱(良民和贱民)三四十口，处斩于市。赏谢了蔺仁。再把府库财帛，仓廒(粮仓。廒，áo)粮米，并高廉所有家私，尽数装载上山。大小将校离了高唐州，得胜回梁山泊。所过州县，秋毫无犯。

在路已经数日，回到大寨，柴进扶病起来，称谢晁、宋二公并众头领。晁盖教请柴大官人就山顶宋公明歇处，另建一所房子，与柴进并家眷安歇。晁盖、宋江等众皆大喜。自高唐州回来，又添得柴进、汤隆两个头领，且作庆贺筵席，不在话下。

再说东昌、寇州两处已知高唐州杀了高廉，失陷了城池，只得写表差人申奏朝廷。又有高唐州逃难官员，都到京师说知真实。高太尉听了，知道杀死他兄弟高廉。次日五更，在待漏院(古代百官晨集准备朝拜之所)中，专等景阳钟(古代宣布早朝的钟)响。百官各具公服，直临丹墀(官殿前的石阶。墀，chí)，伺候朝见。

当日五更三点，道君皇帝升殿。净鞭(皇帝仪仗中的一种，挥动发出响声使人肃静)三下响，文武两班齐。天子驾坐，殿头官喝道："有事出班启奏，无事卷帘退朝。"高太尉出班奏曰："今有济州梁山泊贼首晁盖、宋江，累造大恶，打劫城池，抢掳仓廒，聚集凶徒恶党。现在济州杀害官军，闹了江州无为军，今又将高唐州官民杀戮一空，仓廒库藏，尽被掳去。此是心腹大患，若不早行诛剿，他日养成贼势，难以制伏。伏乞圣断。"天子闻奏大惊，随即降下圣旨，就委高太尉选将调兵，前去剿捕，务要扫清水泊，杀绝种类。高太尉又奏道："量此草寇，不必兴举大兵，臣保一人，可去收复。"天子道："卿若举用，必无差错，即令起行，飞捷报功，加官赐赏，高迁任用。"高太尉奏道："此人乃开国之初,河东名将呼延赞嫡派子孙,单名唤个灼字。使两条铜鞭,有万夫不当之勇。现受汝宁郡都统制,手下多有精兵勇将。臣举保此人,可以征剿梁山泊。可授兵马指挥使,领马步精锐军士,克日(限定日期)扫清山寨,班师还朝。"天子准奏,降下圣旨:"着枢密院即便差人,赍敕(携持诏书)前往汝宁州,星夜宣取。"当日朝罢,高太尉就于帅府着枢密院拨一员军官,赍擎圣旨,前去宣取(召取)。当日起行,限时定日,要呼延灼赴京听命。

却说呼延灼在汝宁州统军司坐衙,听得门人报道:"有圣旨特来宣取将军赴京,有委用的事。"呼延灼与本州官员出郭(外城)迎接到统军司。开读已罢,设宴管待使臣,火急收拾了头盔衣甲,鞍马器械,带引三四十从人,一同使命(奉命出使的人),离了汝宁州,星夜赴京。于路无话。早到京师城内殿司府前下马,来见高太尉。当日高俅正在殿帅府坐衙(坐在公堂上治事),门吏报道:"汝宁州宣到呼延灼,现在门外。"高太尉大喜,叫唤进来参见了。看那呼延灼一表非俗,正是:

> 开国功臣后裔,先朝良将玄孙,家传鞭法最通神,英武熟经战阵。仗剑能探虎穴,弯弓解射雕群。将军出世定乾坤,呼延灼威名大振。

当下高太尉问慰已毕,与了赏赐。次日早朝,引见道君皇帝。徽宗天子看了呼延灼一表非俗,喜动天颜,就赐踢雪乌骓(宝马。骓,zhuī)一匹。那马浑身墨锭(将墨团分成小块放入模型中,压制成的书画类用品)似黑,四蹄雪练(雪白绸缎)价白,因此名为踢雪乌骓。那马日行千里,圣旨赐与呼延灼骑坐。呼延灼就谢恩已罢,随高太尉再到殿帅府,商议起军,剿捕梁山泊一事。呼延灼道:"禀明恩相:小人觑探梁山泊兵多将广,武艺高强,不可轻敌小觑。乞保二将为先锋,同提军马到彼,必获大功。"高太尉听罢大喜,问道:"将军所保谁人,可为前部先锋?"

不争呼延灼举保此二将,有分教,宛子城重添良将,梁山泊大破官军。且教功名未上凌烟阁,姓字先标聚义厅,毕竟呼延灼对高太尉保出谁来,且听下回分解。

# 第五十五回

## 高太尉大兴三路兵　呼延灼摆布连环马

话说高太尉问呼延灼道："将军所保何人，可为先锋？"呼延灼禀道："小人举保陈州团练使，姓韩，名滔。原是东京人氏，曾应过武举出身，使一条枣木槊(shuò，长矛)，人呼为百胜将军。此人可为正先锋。又有一人，乃是颍州团练使，姓彭，名玘(qǐ)。亦是东京人氏，乃累代将门之子，使一口三尖两刃刀，武艺出众，人呼为天目将军。此人可为副先锋。"高太尉听了大喜道："若是韩、彭二将为先锋，何愁狂寇！"当日高太尉就殿帅府押了两道牒文(文书)，着枢密院差人星夜往陈、颍二州，调取韩滔、彭玘，火速赴京。不旬日之间，二将已到京师，径来殿帅府，参见了太尉并呼延灼。

次日高太尉带领众人，都往御教场中操演武艺。看军了当(完毕，停当)，却来殿帅府，会同枢密院官，计议军机重事。高太尉问道："你等三路，总有多少人马？"呼延灼答道："三路军马，计有五千，连步军数及一万。"高太尉道："你三人亲自回州，拣选精锐马军三千，步军五千，约会起程，收剿梁山泊。"呼延灼禀道："此三路马步军兵，都是训练精熟之士，人强马壮，不必殿帅忧虑。但恐衣甲未全，只怕误了日期，取罪不便，乞恩相宽限。"高太尉道："既是如此说时，你三人可就京师甲仗库(古代贮藏兵器的仓库)内，不拘数目，任意选拣衣甲盔刀，关领(领取)前去。务要军马整齐，好与对敌。出师之日，我自差官来点视。"呼延灼领了钧旨，带人往甲仗库关支(领取)。呼延灼选讫铁甲三千副，熟皮马甲五千副，铜铁头盔三千顶，长枪二千根，滚刀一千把，弓箭不计其数，火炮铁炮五百余架，都装载上车。临辞之日，高太尉又拨与战马三千匹。三个将军，各赏了金银缎匹，三军尽关了粮赏。呼延灼和韩滔、彭玘，都与了必胜军状，辞别了高太尉并枢密院等官，三人上马，都投汝宁州来，于路无话。

到得本州，呼延灼便说："韩滔、彭玘，各往陈、颖二州起军，前来汝宁会合。"不到半月之上，三路兵马，都已完足。呼延灼便把京师关到衣甲盔刀、旗枪鞍马，并打造连环、铁铠、军器等物，分俵（分施，分给。俵，biào）三军已了，伺候出军。高太尉差到殿帅府两员军官，前来点视。犒赏三军已罢，呼延灼摆布三路兵马出城，端的是：

　　鞍上人披铁铠，坐下马带铜铃。旌旗红展一天霞，刀剑白铺千里雪。弓弯鹊画，飞鱼袋（一种装弓箭的袋子）半露龙梢，笼插雕翎（雕的翎毛。借指羽箭。翎，líng），狮子壶紧拴豹尾。人顶深盔垂护项，微漏双睛；马披重甲带朱缨，单悬四足。开路人兵，齐担大斧；合后军将，尽拈长枪。数千甲马离州城，三个将军来水泊。

当下起军，摆布兵马出城，前军开路韩滔，中军主将呼延灼，后军催督彭玘，马步三军人等，浩浩荡荡，杀奔梁山泊来。

却说梁山泊远探报马，径到大寨，报知此事。聚义厅上，当中晁盖、宋江，上首军师吴用，下首法师公孙胜并众头领，各与柴进贺喜，终日筵宴。听知报道："汝宁州双鞭呼延灼，引着军马到来征进。"众皆商议迎敌之策。吴用便道："我闻此人，祖乃开国功臣河东名将呼延赞之后，嫡派子孙。此人武艺精熟，使两条铜鞭，人不可近。必用能征敢战之将，先以力敌，后用智擒。"说言未了，黑旋风李逵便道："我与你去捉这厮。"宋江道："你如何去得？我自有调度。可请霹雳火秦明打头阵，豹子头林冲打第二阵，小李广花荣打第三阵，一丈青扈三娘打第四阵，病尉迟孙立打第五阵。将前面五阵，一队队战罢，如纺车般转作后军。我亲自带引十个弟兄，引大队人马押后。左军五将：朱仝、雷横、穆弘、黄信、吕方；右军五将：杨雄、石秀、欧鹏、马麟、郭盛。水路中可请李俊、张横、张顺、阮家三弟兄，驾船接应。"却教李逵与杨林引步军分作两路,埋伏救应。宋江调拨已定,前军秦明早引人马下山,向平原旷野之处列成阵势。此时虽是冬天,却喜和暖。等候了一日,早望见官军到来,先锋队里,百胜将韩滔领兵扎下寨栅,当晚不战。

次日天晓,两军对阵,三通画鼓,出到阵前。马上横着狼牙棍,望对阵门旗开处,先锋将韩滔横槊勒马,大骂秦明道:"天兵到此,不思早早投降,还敢抗拒,不是讨死!我直把你水泊填平,梁山踏碎,生擒活捉你这伙反贼解京,碎尸万段!"秦明本是性急的人,听了也不打话,便拍马舞起狼牙棍,直取韩滔。韩滔挺槊跃马,来战秦明。两个斗到二十余合,韩滔力怯,只待要走,背后中军主将呼延灼已到,见韩滔战秦明不下,便从中军舞起双鞭,纵坐下那匹御赐踢雪乌骓,咆哮嘶喊,来到阵前。秦明见了,欲待来战呼延灼,第二拨豹子头林冲已到,便叫:"秦统制少歇,看我战三百合却理会!"林冲挺起蛇矛,直奔呼延灼,秦明自把军马从左边趱向山坡后去,这里呼延灼自战林冲,两个正是对手。枪来鞭去花一团,鞭去枪来锦一簇。两个斗到五十合之上,不分胜败。第三拨小李广花荣军到,阵门下大叫道:"林将军少息,看我擒捉这厮!"林冲拨转马便走。呼延灼因见林冲武艺高强,也回本阵。林冲自把本部军马一转,转过山坡后去,让花荣挺枪出马,呼延灼后军也到,天目将彭玘横着那三尖两刃四窍八环刀,骤着(奔驰着)五明千里黄花马,出阵大骂花荣道:"反国逆贼,何足为道!与吾并(拼)个输赢!"花荣大怒,也不答话,便与彭玘交马,两个战二十余合,呼延灼看见彭玘力怯,纵马舞鞭,直奔花荣。斗不到三合,第四拨一丈青扈三娘人马已到,大叫:"花将军少歇,看我捉这厮。"花荣也引军望右边趱转山坡下去了。彭玘来战一丈青未定,第五拨病尉迟孙立军马早到,勒马于阵前摆着,看这扈三娘去战彭玘。两个正在征尘影里,杀气阴中,一个使大杆刀,一个使双刀,两个斗到二十余合,一丈青把双刀分开,回马便走。彭玘要逞功劳,纵马赶来,一丈青便把双刀挂在马鞍鞒上,袍底下取出红绵套索,上有二十四个金钩,等彭玘马来得近,扭过身躯,把套索望空一撒,看得亲切(准确),彭玘措手不及,早拖下马来。孙立喝教众军一发向前,把彭玘捉了。

呼延灼看见大怒,忿力(即奋力。忿,fèn)向前来救,一丈青便拍马来迎敌。呼延灼恨不得一口水吞了那一丈青,两个斗到十合之上,急切赢不得一丈青。呼延灼心中想道:"这个泼妇人在我手里斗了许多合,倒恁地了得!"心忙意急,卖个破绽,放他入来,却把双鞭只一盖,盖将下来,那双刀却在怀里;提起右手铜鞭望一丈青顶门上打下来。却被一丈青眼明手快,早起刀只一隔,右手那口刀望上直飞起来。却好那一鞭打将下来,正在刀口上,铮地一声响,火光迸散,一丈青回马望本阵便走,呼延灼纵马赶来。病尉迟孙立见了,便挺枪纵马向前,迎住厮杀。背后宋江却好引十对良将都到,列成阵势。一丈青自引了人马,也投山坡下去了。

宋江见活捉得天目将彭玘,心中甚喜。且来阵前看孙立与呼延灼交战。孙立也把枪带住,手腕上绰起那条竹节钢鞭,来迎呼延灼。两个都使钢鞭,那更一般打扮。病尉迟孙立是交角铁幞头(古代男子用的一种头巾。幞,fú),大红罗(红色轻软丝织品)抹额,百花点翠皂罗袍,乌油戗金(在器物图案上嵌金。戗,qiāng)甲,骑一匹乌骓马,使一条竹节虎眼鞭,赛过尉迟恭(唐初大将,名列凌烟阁)。这呼延灼却是冲天角铁幞头,锁金黄罗抹额,七星打钉皂罗袍,乌油对嵌铠甲,骑一匹御赐踢雪乌骓,使两条水磨(加水精细打磨)八棱钢鞭,左手的重十二斤,右手重十三斤,真似呼延赞。两个在阵前左盘右旋,斗到三十余合,不分胜败,宋江看了,喝采不已。有诗为证:

> 各跨乌骓健似龙,呼延赞对尉迟恭。
> 双鞭遇敌真奇事,更好同归水浒中。

官军阵里韩滔见说(听说)折了彭玘,便去后军队里尽起军马,一发向前厮杀。宋江只怕冲将过来,便把鞭梢一指,十个头领引了大小军士,掩杀过去。背后四路军兵,分作两路夹攻拢来。呼延灼见了,急收转本部军马,各敌个住。为何不能全胜?却被呼延灼阵里都是连环马官军,马带马甲,人披铁铠,马带甲,只露得四蹄悬地;人披铠,只露着一对眼睛。宋江阵上虽有甲马,只是红缨面具,铜铃雉(zhì,野鸡)尾而已。这里射将箭去,那里甲都护住了。那三千马军,各有弓箭,对面射来,因此不敢近前。宋江急叫鸣金收军,呼延灼也退二十余里下寨。

宋江收军,退到山西下寨,屯住军马,且教左右群刀手,簇拥彭玘过来。宋江望见,便起身喝退军士,亲解其缚,扶入帐中,分宾而坐。宋江便拜。彭玘连忙答礼拜道:"小子被擒之人,理合(理应,应当)就死。何故将军以宾礼待之?"宋江道:"某等众人,无处容身,暂占水泊,权时避难,造恶甚多。今者朝廷差遣将军前来收捕,本合延颈(伸长脖子,表示殷切盼望)就缚。但恐不能存命,因此负罪交锋,误犯虎威,敢乞恕罪。"彭玘答道:"素知将军仗义行仁,扶危济困,不想果然如此义气!倘蒙存留微命,当以捐躯保奏(向朝廷推荐人并予担保)。"宋江道:"某等众兄弟也只待圣主宽恩,赦宥重罪,忘生报国,万死不辞。"诗曰:

> 忠为君王恨贼臣,义连兄弟且藏身。
>
> 不因忠义心如一,安得团圞①百八人。

宋江当日就将天目将彭玘使人送上大寨,教与晁天王相见,留在寨里。这里自一面犒赏三军并众头领,计议军情。

再说呼延灼收军下寨,自和韩滔商议,如何取胜梁山水泊。韩滔道:"今日这厮们见俺催军近前,他便慌忙掩击过来,明日尽数驱马军向前,必获大胜。"呼延灼道:"我已如此安排下了,只要和你商量相通。"随即传下将令:"教三千匹马军做一排摆着,每三十匹一连,却把铁环连锁;但遇敌军,远用箭射,近则使枪,直冲入去;三千连环马军,分作一百队锁定。五千步军,在后策应。明日休得挑战,我和你押后掠阵。但若交锋,分作三面冲将过去。"计策商量已定,

---

① 团圞(luán):形容圆。此处作"凑齐"解。

次日天晓出战。

却说宋江次日把军马分作五队在前，后军十将簇拥，两路伏兵，分于左右。秦明当先，搦（nuò，挑斗）呼延灼出马交战，只见对阵但只呐喊，并不交锋。为头五军都一字儿摆在阵前：中是秦明，左是林冲、一丈青，右是花荣，孙立在后。随即宋江引十将也到，重重迭迭，摆着人马。看对阵时，约有一千步军，只是擂鼓发喊，并无一人出马交锋。宋江看了，心中疑惑，暗传号令："教后军且退。"却纵马直到花荣队里窥望。猛听对阵里连珠炮响，一千步军，忽然分作两下，放出三面连环马军，直冲将来；两边把弓箭乱射，中间尽是长枪，宋江看了大惊，急令众军把弓箭施放，那里抵敌得住。每一队三十匹马，一齐跑发，不容你不向前走。那连环马军，漫山遍野，横冲直撞将来。前面五队军马望见，便乱跑了，策立（谋划，指挥）不定；后面大队人马，拦当不住，各自逃生。宋江飞马慌忙便走，十将拥护而行，背后早有一队连环马军追将来，却得伏兵李逵、杨林引人从芦苇中杀出来，救得宋江，逃至水边，却有李俊、张横、张顺、三阮六个水军头领，摆下战船接应。宋江急急上船，便传将令：教分头去救应众头领下船，那连环马直赶到水边，乱箭射来，船上却有傍牌（古代的防御武器。性质同盾）遮护，不能损伤，慌忙把船棹到鸭嘴滩头，尽行上岸，就水寨里整点人马，折其大半，却喜众头领都全。虽然折了些马匹，都救得性命。少刻，只见石勇、时迁、孙新、顾大嫂都逃命上山，却说："步军冲杀将来，把店屋平拆了去。我等若无号船接应，尽被擒捉。"宋江一一亲自抚慰，计点众头领时，中箭者六人：林冲、雷横、李逵、石秀、孙新、黄信；小喽罗中伤带箭者，不计其数。

晁盖闻知，同吴用、公孙胜下山来动问。宋江眉头不展，面带忧容。吴用劝道："哥哥休忧，胜败乃兵家常事，何必挂心？别生良策，可破连环军马。"晁盖便传号令，分付水军，牢固寨棚船只，保守滩头，晓夜提备，请宋公明上山安歇。宋江不肯上山，只就鸭嘴滩寨内驻扎，只教带伤头领上山养病。

却说呼延灼大获全胜,回到本寨,开放连环马,都次第前来请功。杀死者不计其数,生擒的五百余人,夺得战马三百余匹。随即差人前去京师报捷,一面犒赏三军。

却说高太尉正在殿帅府坐衙,门上报道:"呼延灼收捕梁山泊得胜,差人报捷。"心中大喜。次日早朝,越班(越出班列)奏闻天子。徽宗甚喜,敕赏黄封御酒十瓶,锦袍一领。差官一员,赍钱十万贯,前去行营赏军。高太尉领了圣旨,同到殿帅府,随即差官赍捧前去。

却说呼延灼已知有天使(谓天子的使者)到,与韩滔出二十里外迎接。接到寨中,谢恩受赏已毕,置酒管待天使。一面令韩先锋,俵钱(分发钱财)赏军,且将捉到五百余人囚在寨中,待拿得贼首,一并解赴京师,示众施行。天使问:"彭团练如何失陷?"呼延灼道:"为因贪捉宋江,深入重地,致被擒捉,今次群贼必不敢再来,小可分兵攻打,务要肃清山寨,扫尽水洼,擒获众贼,拆毁巢穴。但恨四面是水,无路可进。遥观寨栅,只除非得火炮飞打,以碎贼巢。久闻东京有个炮手凌振,名号轰天雷,此人善造火炮,能去十四五里远近,石炮落处,天崩地陷,山倒石裂,若得此人,可以攻打贼巢,更兼他深通武艺,弓马熟娴。若得天使回京,于太尉前言知此事,可以急急差遣到来,克日(限期)可取贼巢。"

使命应允。次日起程,于路无话。回到京师,来见高太尉,备说呼延灼求索炮手凌振,要建大功,高太尉听罢,传下钧旨,教唤甲仗库副炮手凌振那人来,原来凌振祖贯燕陵(今山东阳谷县东北)人,是宋朝盛世第一个炮手,人都呼他是轰天雷,更兼武艺精熟。曾有四句诗赞凌振的好处:

> 强火发时城郭碎,烟云散处鬼神愁。
>
> 金轮子母轰天振,炮手名闻四百州。

当下凌振来参见了高太尉,就受了行军统领官文凭(用作凭证的官方文书),便教收拾鞍马军器起身。且说凌振把应用的烟火、药料,就将做下的诸色火炮,并一应的炮石、炮架,装载上车,带了随身衣甲盔刀行李等件,并三四十个军汉,离了东京,取路投梁山泊来。到得行营(出征时的军营),先来参见主将呼延灼,次见先锋韩滔,备问水寨远近路程,山寨险峻去处,安排三等炮石攻打:第一是风火炮,第二是金轮炮,第三是子母炮。先令军健整顿炮架,直去水边竖起,准备放炮。

　　却说宋江在鸭嘴滩上小寨内,和军师吴学究商议破阵之法,无计可施。有探细人来报道:"东京新差一个炮手,号作轰天雷凌振,即日在于水边竖起架子,安排施放火炮,攻打寨栅。"吴学究道:"这个不妨,我山寨四面都是水泊,港汊甚多,宛子城离水又远,纵有飞天火炮,如何能够打得到城边?且弃了鸭嘴滩小寨,看他怎地设法施放,却做商议。"当下宋江弃了小寨,便都起身,且上关来。晁盖、公孙胜接到聚义厅上,问道:"似此如何破敌?"动问未绝,早听得山下炮响,一连放了三个火炮,两个打在水里,一个直打到鸭嘴滩边小寨上。宋江见说,心中展转忧闷,众头领尽皆失色。吴学究道:"若得一人,诱引凌振到水边,先捉了此人,方可商议破敌之法。"晁盖道:"可着李俊、张横、张顺、三阮,六人棹船如此行事,岸上朱仝、雷横如此接应。"

　　且说六个水军头领得了将令,分作两队:李俊和张横先带了四五十个会水的军士,用两只快船,从芦苇深处悄悄过去;背后张顺、三阮,掌四十余只小船接应。再说李俊、张横上到对岸,便去炮架子边呐声喊,把炮架推翻。军士慌忙报与凌振知道,凌振便带了风火二炮,拿枪上马,引了一千余人赶将来,李俊、张横领人便走,凌振追至芦苇滩边,看见一字儿摆开四十余只小船,船上共有百十余个水军,李俊、张横早跳在船上,故意不把船开,看看人马到来,呐声喊,都跳下水里去了。凌振人马已到,便来抢船。朱仝、雷横却在对岸呐喊擂鼓。凌振夺得许多船只,叫军健尽数上船,便杀过去。船才行到波心之中,只见岸上朱仝、雷横鸣起锣来。水底下早钻起四五十水军,尽把船尾楔子(指插入榫缝或空隙中,起固定或堵塞作用的木片)拔了,水都滚入船里来。外边就势扳翻船,军健都撞在水里。凌振急待回船,船尾舵橹已自被拽下水底去了。两边却钻上两个头领来,把船只一扳,仰合(上下颠倒)转来,凌振却被合下水里去。水底下却是阮小二,一把抱住,直拖到对岸来。岸上早有头领接着,便把索子绑了,先解上山来。水中生擒二百余人,一半水中淹死,些少逃得性命回去。诗曰:

> 怎许船军便渡河,不施火炮却如何?
>
> 空说半天轰霹雳①,却愁尺水起风波。

呼延灼得知,急领军马赶将来时,船都已过鸭嘴滩去了。箭又射不着,人都不见了,只忍得气。呼延灼恨了半晌,只得引了人马回去。

且说众头领捉得轰天雷凌振,解上山寨,先使人报知。宋江便同满寨头领下第二关迎接,见了凌振,连忙亲解其缚,便埋怨众人道:"我叫你们礼请统领上山,如何恁的无礼!"凌振拜谢不杀之恩。宋江便与他把盏已了,自执其手,相请上山。到大寨,见了彭玘已做了头领,凌振闭口无言。彭玘劝道:"晁、宋二头领替天行道,招纳豪杰,专等招安,与国家出力。既然我等到此,只得从命。"宋江却又陪话,凌振答道:"小的在此趋侍(侍奉)不妨,争奈老母妻子都在京师,倘或有人知觉,必遭诛戮,如之奈何!"宋江道:"但请放心,限日取还统领。"凌振谢道:"若得头领如此周全,死而瞑目。"晁盖道:"且教做筵席庆贺。"

次日,厅上大聚会众头领。饮酒之间,宋江与众人商议破连环马之策。正无良法,只见金钱豹子汤隆起身道:"小人不材,愿献一计,除是得这般军器和我一个哥哥,可以破得连环甲马。"吴学究便问道:"贤弟你且说用何等军器?你这个令亲哥哥是谁?"

汤隆不慌不忙,叉手向前,说出这般军器和那个人来。有分教,四五个头领直往京师,三千余马军尽遭毒手。正是计就玉京(帝都)擒獬豸(xièzhì,传说中的异兽。一角,能辨曲直,见人相斗,则以角触邪恶无理者。古人视为祥物),谋成金阙(帝都)捉狻猊(suānní,猛兽,形似狮)。毕竟汤隆对众说出那般军器,甚么人来,且听下回分解。

---

① 霹雳:巨响,此指火炮。